EPISODIOS DE UNA GUERRA INTERMINABLE

LAS TRES BODAS DE MANOLITA

colección andanzas

EPISODIOS DE UNA GUERRA INTERMINABLE

PLAN DE LA OBRA

Hoy, cuando a tu tierra ya no necesitas,
Aún en estos libros te es querida y necesaria,
Más real y entresoñada que la otra;
No esa, mas aquella es hoy tu tierra.
La que Galdós a conocer te diese,
Como él tolerante de lealtad contraria,
Según la tradición generosa de Cervantes,
Heroica viviendo, heroica luchando
Por el futuro que era el suyo,
No el siniestro pasado al que a la otra han vuelto.

Lo real para ti no es esa España obscena y deprimente
En la que regentea hoy la canalla,
Sino esta España viva y siempre noble
Que Galdós en sus libros ha creado.
De aquella nos consuela y cura esta.

Luis Cernuda, «Díptico español»,
Desolación de la Quimera (1956-1962)

ALMUDENA GRANDES
LAS TRES BODAS DE MANOLITA

El cura de Porlier, el Patronato de Redención de Penas
y el nacimiento de la resistencia clandestina contra el franquismo,
Madrid, 1940-1950

© 2014, Almudena Grandes

Diseño de la colección: Guillemot-Navares
Reservados todos los derechos de esta edición para:
© 2014, Tusquets Editores México, S.A. de C.V.
Avenida Presidente Masarik núm. 111, 2o. piso
Colonia Chapultepec Morales
C.P. 11570, México, D.F.
www.tusquetseditores.com

1.ª edición en Tusquets Editores España: marzo de 2014

ISBN: 978-84-8383-845-7

1.ª edición en Tusquets Editores México: marzo de 2014

ISBN: 978-607-421-549-6

Impreso en los talleres de Litográfica Ingramex, S.A. de C.V.
Centeno núm. 162-1, colonia Granjas Esmeralda, México, D.F.
Impreso en México – *Printed in Mexico*

Índice

A Eduardo Mendicutti,
compañero del alma,
y de tantas resistencias

Al fin de la batalla,
y muerto el combatiente, vino hacia él un hombre
y le dijo: «¡No mueras, te amo tanto!».
Pero el cadáver ¡ay! siguió muriendo.

Se le acercaron dos y repitiéronle:
«¡No nos dejes! ¡Valor! ¡Vuelve a la vida!».
Pero el cadáver ¡ay! siguió muriendo.

Acudieron a él veinte, cien, mil, quinientos mil
clamando: «¡Tanto amor, y no poder nada contra la muerte!».
Pero el cadáver ¡ay! siguió muriendo.

César Vallejo, «Masa»,
España, aparta de mí este cáliz (1937)

Si en el firmamento poder yo tuviera,
esta noche negra lo mismo que un pozo,
con un cuchillito de luna lunera,
cortara los hierros de tu calabozo.
Si yo fuera reina de la luz del día,
del viento y del mar,
cordeles de esclava yo me ceñiría
por tu libertad.

¡Ay, pena, penita, pena!, ¡pena!,
pena de mi corazón,
que me corre por las venas, ¡pena!,
con la fuerza de un ciclón.
Es lo mismo que un nublado
de tiniebla y pedernal.
Es un potro desbocado
que no sabe adónde va.
Es un desierto de arena, ¡pena!,
es mi gloria en un penal.
¡Ay, pena! ¡Ay, pena!
¡Ay, pena, penita, pena!

Rafael de León (Quintero, León y Quiroga),
«¡Ay, pena, penita, pena!» (1952)

(Un principio:
El caso de las máquinas inútiles)

Los envíos empiezan a llegar a Bilbao en 1940, en buques mercantes con pabellón de Estados Unidos de América. Algunos tienen un nombre exótico, de aire anglosajón, como *Lehigh* o *Cold-Haiburg*. Otras veces, la palabra pintada en su casco, *Artiga*, o *Capulín*, parece de origen sudamericano, más sospechoso por lo familiar, pero este detalle no tiene importancia. La carga que nos interesa nunca pasa por la aduana.

Las cajas suben a bordo en secreto, de madrugada, en Veracruz o en La Habana, bajo la protección de los gritos y los cánticos de una tripulación aficionada a celebrar su última escala americana con una juerga memorable. Después cruzan el Atlántico ocultas en las taquillas, en la bodega, o bajo los colchones de las literas de algunos marineros. Al llegar a su destino, ellos mismos reparten su contenido entre sus equipajes y los de otros miembros de la tripulación que cumplen con dos condiciones básicas, ser antifascistas y carecer de un pasaporte español. Aunque estos camaradas anónimos corren un riesgo moderado —la expulsión del país al que acaban de arribar y, a lo sumo, el despido fulminante de un armador poco amante de los problemas—, en 1940 el internacionalismo es mucho más que una bella palabra.

Si algún funcionario franquista llega a revisar alguna vez aquellos equipajes, los vuelve a cerrar con una sonrisa asombrada, complacida al mismo tiempo por la religiosidad y el elevado nivel cultural de los marineros extranjeros, en comparación con sus compatriotas, tan brutos. Porque con ellos, revueltos entre la ropa que llena sacos y maletas, entran en España unos folletos grapados, impresos en papel biblia con tipografía menuda, apretada, cuyas cubiertas de cartulina de tonos pastel están casi siempre ilustradas con una cruz y un piadoso retrato, como es de esperar en tan baratas aunque pulcras ediciones de la *Novena a San Ignacio de Loyola* o las *Homilías* de San Basilio Magno, Padre de la Iglesia. A veces, entre ellas viajan otros libritos de similar aspecto y factura, cuyo contenido no por profano resulta menos exquisito. Desde su portada, Rubén Darío, expresión melancólica de ojos sedientos y tez cetrina, bendice con alcoholizada complicidad estas modestas reproducciones de su *Poesía completa,* cuyos editores no han escatimado el esfuerzo de incluir abundantes, y larguísimos, comentarios de cada poema en una letra de cuerpo diminuto. Así, en notas al pie de página o bajo el encabezamiento de una oración para cada día de la semana, el *Mundo Obrero* vuelve a circular en la España de Franco.

Durante más de un año y medio, estos marineros representan la única vía de comunicación entre los comunistas del interior y la dirección del Partido Comunista de España exiliada en América del Sur, la única accesible para ellos. La organización bilbaína es, sin embargo, tan precaria que apenas tiene contacto con los camaradas del resto de España. En esas circunstancias hacen lo que pueden, copiar los textos que acaban de recibir en boletines mecanografiados que ellos mismos guillotinan, para encuadernarlos después con dos grapas y unas cubiertas no menos ingeniosas que las originales, portadas de manuales de métrica poética titulados *La gaita y la lira,* o tratados de contabilidad, como *Reglas de aligación, interés y descuento.* Estos folletos se envían a los domicilios de algunos antiguos camaradas con los que no se ha perdido el contacto, en Galicia, en Cataluña o en Madrid, acompañados por instrucciones muy precisas. Los responsables deben encargarse de hacer copias a máquina o, llegado el caso, a mano, y hacerlas circular muy rápidamente. Una vez leídas, a ser posible en voz alta y ante el mayor número posible de oyentes, deben devolverse a la misma persona de quien se han recibido, para que conserve un ejemplar en su archivo y destruya todas las copias restantes.

Hasta la primavera de 1941, estos pintorescos boletines con consignas redactadas en México o en Cuba, sin conocimiento preciso de la realidad cotidiana de la España de posguerra, representan la línea política vigente para los comunistas españoles. El Partido Comunista de España ha sido el único partido dispuesto a organizarse en el interior, a nivel nacional, desde el mismo momento de la derrota, pero todos los intentos llevados a cabo hasta la fecha han fracasado tan prematura como estrepitosamente, por la intervención de un jovencito madrileño de gran porvenir.

La brillante carrera del Orejas en la Brigada Político Social se debe en primer lugar al éxito de su apodo. El mote de aquel chaval con enormes orejas de soplillo representa un hallazgo tan feliz, que los militantes de izquierdas del casco histórico de la capital nunca han necesitado conocer su verdadera identidad para referirse a él. Por lo demás, el Orejas ha nacido con el don de caerle bien a la gente. Vivaz y extrovertido, flaco, gracioso y muy bajito, ingresa antes de la guerra en la Juventud Socialista Unificada, donde hace muchos amigos que no recelan jamás de su radical antifascismo. Probablemente es detenido, como casi todos, en la frontera entre marzo y abril de 1939, pero nadie se asombra de tropezárselo enseguida por la calle. Al borde de los veintidós años y sin responsabilidades políticas previas al inicio del conflicto, resulta verosímil que los vencedores no hayan podido formular cargos contra él. Los camaradas que siguen en libertad se alegran de saber que está dispuesto a colaborar con entusiasmo, desde el primer momento, en la reconstrucción clandestina de la organización. Y tan dispuesto está, y tan desde el primer momento es, y tan grande resulta su entusiasmo, que el 4 de abril está ya en condiciones de entregar a su primera víctima, Matilde Landa Vaz, antigua responsable del Socorro Rojo a quien la dirección del PCE ha encomendado la estructura clandestina en el interior antes de partir al exilio. Este golpe de suerte, desde luego extraordinario, no es el último. Dispuesto a comprar a cualquier precio su ascenso desde la deleznable categoría de confidente hasta el ventajoso rango de agente de la ley en un estado policial, el Orejas se centra a continuación en sus camaradas de la JSU, y no tarda en identificar a la presa más fácil en la militante más débil.

María del Carmen Vives apenas tiene quince años, poca inteligencia y menos espíritu. Si las circunstancias hubieran sido distintas, nunca habría llegado a desempeñar un papel relevante dentro del partido en el que milita, pero en una ciudad sometida al imperio del terror, donde la arbitrariedad de las detenciones, sólo superada por el aún más caprichoso azar de las ejecuciones, convierte los lugares seguros en un espejismo, ella está en condiciones de hacer un regalo precioso a sus compañeros. La familia Vives habita en una calle, la de Coloreros, que apenas es tal, más bien un callejón en la intrincada maraña de edificios que rodean la Plaza Mayor, tan estrecha que los coches la eluden, tan desnuda de comercios atractivos que nadie, más allá de las pocas familias que allí viven, se adentra en sus dominios, y tan oscura que apenas le llega la luz del sol. Por eso, los responsables madrileños de la JSU comienzan su trabajo clandestino citándose en casa de Mari Carmen Vives.

Cuando apenas se ha cumplido un mes desde la detención de Matilde Landa, el Orejas hace un negocio redondo. Desarticular la JSU le sale tan barato como regalarle a Mari Carmen un par de zapatos. Por ese precio, ella denuncia a todos y cada uno de los delegados que han asistido a reuniones clandestinas en su propia casa durante las últimas semanas. La caída es tan monumental que la policía tarda más de veinte días en detenerlos a todos, primero a los hombres, luego a las mujeres, incluida la propia anfitriona, que ingresa en la cárcel de Ventas con zapatos nuevos y una reputación impoluta, libre de toda sospecha. Después, la desgracia se ceba a conciencia en sus víctimas.

A las nueve y media de la noche del 29 de julio de 1939 se produce un atentado, en las inmediaciones de Talavera de la Reina, que le cuesta la vida al comandante Isaac Gabaldón, a su hija Pilar y a su chófer, José Luis Díez Madrigal. Sus asesinos son tres miembros de la JSU cuya detención y posterior fusilamiento no bastan para aclarar todas las circunstancias del suceso, hasta el punto de que una larga y compleja investigación judicial, reabierta con posterioridad a petición de la familia de las víctimas, se archiva sin resultados positivos en 1949, a pesar de que, desde el primer momento, han corrido rumores que apuntan a que los inductores del crimen pertenecen a la propia Policía Militar franquista.

Tal vez por eso, este atentado provoca la precipitación de un consejo de guerra de urgencia contra la dirección clandestina de la Juventud Socialista Unificada en la capital, que se celebra en Madrid el 3 de agosto de 1939. Los procesados, que antes de su detención apenas habían tenido tiempo de empezar a organizar una red de ayuda a los presos, estaban todos en la cárcel el día del triple asesinato, pero el tribunal no toma ese detalle en consideración. La sentencia, ejemplar, arroja el saldo de cincuenta y seis penas de muerte, de las que cincuenta y cuatro se cumplen dos días después en las tapias del cementerio del Este, para alzarse con la marca de la saca más masiva de la posguerra. Las trece mujeres, entre ellas varias menores de edad, que son ejecutadas esa mañana para pasar a la Historia como las Trece Rosas, fueron entregadas —como la mayor parte de los cuarenta y un hombres que las preceden en el paredón— por Mari Carmen Vives, que no es capaz de convivir durante mucho tiempo con la culpa que abruma su conciencia.

Mientras el eco de los tiros de gracia resuena aún en los oídos de sus compañeras, se derrumba y les confiesa que ella es la delatora. Este desahogo, más allá de las virtudes terapéuticas que llegue a derramar sobre su espíritu, resulta una imprudencia catastrófica, sobre todo porque el Orejas no cumple sus promesas. Ni él ni sus superiores mueven un dedo para sacar a su confidente de la cárcel de Ventas, donde ella misma se encarga de convertir su vida en un infierno. Sola y aislada, transparente como un fantasma en medio de una multitud de mujeres que no vuelven a dirigirle la palabra y encogen el estómago, levantando los brazos en el aire, para pasar a su lado sin rozarla, Mari Carmen Vives cumple su condena, pero se guarda mucho, tanto mientras sigue presa como después, cuando ingresa en un convento de clausura para desaparecer del mundo, de mencionar al Orejas, cuya fecunda labor seguirá deparando rutilantes triunfos a la Brigada Político Social durante décadas.

De momento, sin embargo, tiene que esperar. Durante algún tiempo, el fracaso es la mejor medida de su éxito. Los pocos dirigentes con capacidad y experiencia que no han tomado el camino del exilio, están escondidos o en la cárcel. Los jóvenes, en quienes el coraje se confunde con una falta de precaución rayana en la inconsciencia, han caído ya, como pececillos dentro de una red, antes de que termine 1939. A lo largo de 1940, dentro y fuera de Madrid, el resto de sus camaradas, aplastados por el peso de aquel doble desastre empapado en sangre, se limitan a sobrevivir en una clandestinidad hermética, que apenas alcanza a una discreta difusión de ciertos manuales de métrica poética y cálculo aplicado. Sobran razones para suponer que su inmovilidad será duradera, pero en otoño de este mismo año, una serie de pequeños, en apariencia hasta insignificantes acontecimientos simultáneos, crea las condiciones necesarias para propiciar un nuevo comienzo.

Los vencedores se han apresurado a diversificar e incrementar las rentas materiales de la Cruzada, emprendiendo una contabilidad paralela en la que destacan desde muy pronto los capellanes de las prisiones. La de Valencia, por ejemplo, hace rico a un cura que tiene acceso a los expedientes del Juzgado Militar número 11 de esa ciudad. A cambio de una considerable cantidad de dinero, él se compromete a modificar la documentación de cualquier preso que aún no haya sido procesado, otorgándole por su cuenta el beneficio de prisión atenuada, que implica la inmediata puesta en libertad. Entre los reclusos que le sirven de intermediarios, un militante comunista, Francesc Badía, tramita la excarcelación de varios de sus camaradas. El último, un hombre misterioso, de quien su documentación dice que se llama Heriberto Quiñones González, es liberado el 18 de octubre de 1940, unos pocos días antes de que la policía descubra el negocio del sacerdote y le mande al otro lado de las rejas.

En ese momento, el polaco Josef Wajsblum, ingeniero de Telecomunicaciones y brigadista internacional, que tras la derrota había ido a parar a un destacamento de trabajadores presos, acaba de obtener la libertad por un procedimiento similar. Su benefactor no es un cura, sino el coronel de Ingenieros que está al mando de su batallón, otro avispado vencedor dispuesto a sacarse un sobresueldo, haciendo estraperlo con el material eléctrico y de comunicaciones incautado al Ejército Popular, aunque carece de la formación imprescindible para clasificar los componentes según el precio que pueda pedirse por ellos en el mercado negro. Lo que no sabe él, lo sabe Wajsblum, a quien ofrece la libertad provisional a cambio de su colaboración. El polaco acepta el trato y se dedica a escoger los materiales más valiosos hasta que, en otoño de 1940, el fin de las existencias liquida el negocio y disuelve su sociedad. Después, el comandante cumple con su palabra, Wajsblum no. Había prometido abandonar el país, pero en el instante en que pisa la calle, se marcha a Madrid y logra enlazar con otros camaradas tan dispuestos como él a refundar el PCE en la clandestinidad.

Uno de ellos, José Américo Tuero, propietario de un pasaporte argentino que le salvará la vida, aunque antes de la guerra ha destacado como ciclista en el incipiente mundo del deporte español, es padre por primera vez en marzo de 1941. La celebración del bautizo de su hija Rosario ofrece a Wajsblum y a sus camaradas, tras meses de fragmentarios y esporádicos contactos callejeros, una inmejorable ocasión para reunirse sin levantar sospechas y fundar, con cierta solemnidad, la Comisión Central Organizadora —en algunos documentos, Reorganizadora— del Partido Comunista de España.

Aunque, para desgracia del Orejas, todos los invitados al bautizo son militantes experimentados, curtidos en la clandestinidad, después de los brindis se hace evidente que el principal problema del grupo es su bajo nivel político. Los hombres que han aguantado el tipo tras la detención de Matilde Landa son buenos dirigentes de barrio, pero carecen de capacidad para ponerse a la cabeza de una organización nacional. Wajsblum, que podría haber afrontado esa tarea, está invalidado para el cargo porque, según los estatutos del PCE, la nacionalidad española constituye un requisito indispensable para asumir cualquier responsabilidad dentro del Partido. Por eso, él mismo propone a

Heriberto Quiñones, propietario de diversos documentos que atestiguan que ha nacido en Gijón, en 1907, hijo de Juan y Luisa, aunque hable un castellano impecable con un acento levísimo y no precisamente asturiano.

Quiñones dirige la organización en Baleares desde finales de 1931 hasta 1937. Allí se casa con Aurora Picornell Femenías, una camarada muy joven, bajita y morena, que no sabe posar ante una cámara sin sonreír y con la que tiene una hija, Octubrina Roja Quiñones Picornell. La niña, que conserva en el ámbito familiar el explosivo nombre que le pusieron sus padres, sigue viviendo en Mallorca, con sus abuelos, desde que su madre es detenida en julio de 1936, fusilada en enero del año siguiente tras el fracaso de sucesivos intentos de canje promovidos por Heriberto desde Menorca, la única isla que no ha caído en manos rebeldes. Después de la guerra, el viudo sigue siendo tan querido, que los Picornell logran reunir en poco tiempo el precio de su fraudulenta libertad gracias a una colecta entre los camaradas de Baleares.

En el bautizo de Rosario Tuero, Wajsblum convence a los madrileños de que Heriberto es el hombre que necesitan. No les cuesta trabajo encontrarle porque no se ha movido de Valencia, y tampoco se hace mucho de rogar. En un momento indeterminado —seguramente abril— de la primavera de 1941, Quiñones se traslada a Madrid para encabezar la Comisión Central Organizadora del PCE. Entonces se entera de la existencia de aquellos barcos que funcionan como un insospechado cordón umbilical entre los militantes del interior y la dirección del exilio. Y aquella vía le parece tan importante que su primera decisión consiste en enviar a Bilbao a Calixto Pérez Doñoro, que pronto se convertirá en uno de sus principales colaboradores.

Calixto vuelve de allí con noticias malas y buenas. Entre las primeras, la peor es que, pese a las apariencias, no ha encontrado nada parecido a un Comité Regional, sólo a un puñado de militantes con ganas de trabajar, entre ellos Realino Fernández López, responsable de propaganda y, por tanto, de los materiales que llegan desde América. A cambio, las buenas son tan inmejorables que, más que noticias, parecen un milagro.

El Comité Central ha llegado a depositar tanta confianza en la vía de los barcos, y esta lleva tantos meses funcionando sin contratiempos, que en el último envío, aparte de peces, manda cañas de pescar. A la espera de que alguna autoridad superior a la suya le indique qué hacer con ellas, Realino tiene escondidas dos máquinas de escribir y tres multicopistas.

Este tesoro desata la euforia de Quiñones, quien junto con un caluroso elogio, transmite a Realino la orden de enviar a Madrid, de inmediato, dos multicopistas y una máquina de escribir. El bilbaíno logra complacerle gracias a la colaboración de Luisa Díaz, una prostituta amiga suya que transporta las cajas sin cobrarle más que el precio del viaje. Así, Heriberto y sus camaradas experimentan la indescriptible emoción de levantar una tapa de madera y descubrir dos multicopistas nuevas, flamantes, perfectamente embaladas, junto con su papel especial, la goma, los clichés y la tinta necesaria para inundar Madrid de propaganda.

Aquel regalo, todo lo que se habrían atrevido a soñar, provoca nuevos brindis, abrazos y sonrisas que se prolongan durante algunas horas. No muchas, porque cuando llevan las máquinas a un lugar seguro, cuando las extraen de sus cajas y se disponen a entintar los rodillos, a colocar los clichés, a cargar el papel para hacer una prueba, todos se dan cuenta al mismo tiempo de que nunca han visto máquinas como esas.

Y por más que lo intentan, ninguno es capaz de hacerlas funcionar.

I
La señorita Conmigo No Contéis

En los buenos tiempos, las jovencitas se casan por amor. En los malos, muchas lo hacen por interés. Yo me casé con un preso en los peores, por dos multicopistas que nadie sabía poner en marcha. Tenía dieciocho años, y hasta que a mi hermano se le ocurrió complicarme la vida, ni siquiera sabía que existieran máquinas con ese nombre.

—¿Pero tú estás tonto, o qué? —le interrumpí a voz en grito—. ¡Sí, hombre, como si no tuviera yo ya bastantes...!

Problemas, iba a decir, pero Toñito se levantó de un salto para sujetarme la cabeza con una mano mientras me tapaba la boca con la otra.

—¡Que no chilles! —susurró, con tanta violencia como si pudiera triturar cada sílaba entre los dientes—. ¿Tienes una idea de la cantidad de policías que puede haber ahí abajo? —asentí con la cabeza, los ojos cerrados, y me fue soltando muy despacio—. Tú sí que estás tonta, Manolita.

Señor farolero que enciende el gas, dígame usted ole por caridad, por caridad... La voz de Jacinta, un pito agudo, ligeramente desafinado, cuya principal virtud consistía en dar a las bailaoras del conjunto la oportunidad de recogerse los volantes con una mano y enseñar las piernas mientras taconeaban como si tuvieran alguna cuenta pendiente con las tablas, resonó entre nosotros con tanta nitidez como si fuéramos invitados del comisario de Centro, que siempre contaba con una mesa reservada al borde de las candilejas, justo debajo del almacén de vestuario donde las chicas tenían escondido a mi hermano. Un instante después, se abrió la puerta y Dolores, la sastra, las tijeras columpiándose en la cadena que llevaba siempre colgada del cuello y un dedal de plata encajado en el dedo corazón, asomó la cabeza con las cejas levantadas, los labios tensos, una expresión de alarma que Toñito deshizo enseguida, moviendo al mismo tiempo la cabeza y las manos para indicar que no había peligro. Cuando se marchó, Jacinta repetía por última vez el estribillo, *¡ay, ole con ole, y olé, y olá!*, pero ninguno de los dos movimos un músculo hasta que estallaron los aplausos.

—Escúchame —sólo entonces mi hermano, que se sabía el espectáculo de memoria, volvió a hablar—. Lo único que te pido es que me escuches.

La habitación, cuadrada, espaciosa en origen, estaba dividida por dos cortinas sucesivas de trajes de flamenca, una marea de flecos y volantes de todos los colores que colgaban de las barras de metal fijadas a las paredes. En la mitad más próxima a la puerta, donde Toñito me estaba esperando cuando llegué, sólo había una mesa y una silla, la oficina en la que Dolores llevaba la contabilidad de los trajes que iban y venían del tinte, las cremalleras que se estropeaban y los zapatos que necesitaban tapas o medias suelas. Mientras las chicas volvían a taconear para ir saliendo del escenario de perfil, una por una, mi hermano apartó con las dos manos los vestidos de la primera barra, luego de la segunda, para abrir un túnel entre los faralaes con movimientos veloces, tan precisos que cuando me encontré al otro lado de los trajes, la Palmera seguía acompañando con sus castañuelas a la última bailaora. Antes de que sus dedos descansaran, todas las perchas estaban en su sitio, Toñito sentado en una butaca y yo en un taburete, frente a él.

Al otro lado de aquella ondulante muralla de lunares de todos los colores, estaba la ventana por la que mi hermano entraba y salía a su antojo de lo que en origen no había sido otra cosa que la sala de pruebas del tablao, un escondite donde las flamencas podían desnudarse tranquilamente para probarse vestidos mientras Dolores las estudiaba con media docena de alfileres entre los dientes. Desde que terminó la guerra, aquella mitad de la habitación era, además, la sala de estar de Antonio Perales García, militante de la JSU que se desvaneció para el mundo el 7 de marzo de 1939, y del que yo sólo llegué a saber una cosa más antes de la Navidad del mismo año.

—Está bien.

Dos semanas después de que mi hermano mayor desapareciera, cuando nos levantábamos todas las mañanas con el presentimiento de que Franco iba a entrar en Madrid sólo para acostarnos, una noche más, con una incertidumbre peor que la derrota, no reconocí a la mujer que me esperaba en el portal. Ella se dio cuenta y se quitó el pañuelo, oscuro, discreto, tan insólito como el amplio abrigo de paño que la envolvía, antes de susurrarme esas dos palabras, está bien. Con eso debería haber bastado, pero al oír su voz me quedé tan pasmada que no fui capaz de relacionar lo que veían mis ojos con lo que acababan de escuchar mis oídos, hasta tal punto me paralizó el asombro que ni siquiera acerté a asentir con la cabeza.

—Tu hermano Antonio —puntualizó ella entonces, sin levantar la voz pero pronunciando muy bien cada sílaba, como si se estuviera dirigiendo a una niña retrasada—, que está muy bien. Está conmigo.

Luego volvió a ponerse el pañuelo y salió a la calle sin despedirse sobre unos zapatos planos que habrían bastado para camuflarla, porque hasta que la vi tan cerca del suelo, aquella mañana, jamás habría imaginado que apenas fuera más alta que yo.

Eso era lo primero que llamaba la atención en ella, su forma de caminar, porque se movía con tanta gracia como una bailarina descalza sin apoyar más que las plantas de los dedos, los empeines casi verticales por obra de unos tacones finísimos que la elevaban muy por encima de su reputación. Aquel prodigio de equilibrio parecía a punto de derribarla en cada paso, pero la mantenía erguida a costa de desplazar rítmicamente sus caderas, chin, chan, a un lado y al otro, para crear una ilusión de inestabilidad perturbadora que repercutía en todo su cuerpo, los pechos bamboleándose al compás que las piernas marcaban al avanzar, con tanta fuerza que un mínimo e instantáneo temblor sacudía al mismo tiempo su trasero. Antes de la guerra, cuando se vestía para dar espectáculo, pocos eran comparables al que aquella mujer ofrecía gratis cada tarde, camino del trabajo.

—Joder, Eladia... —y a las ocho y media en punto, siempre que estaba en casa, mi hermano bajaba corriendo al portal, para apoyarse en la fachada y disfrutar de cerca de los efectos de la cuesta arriba sobre aquel extraordinario fenómeno de reposo y movimiento—. ¡Pero qué buena estás, hija mía!

Carmelilla de Jerez, el nombre artístico con el que la anunciaban los carteles del tablao de la calle de la Victoria donde entraba a trabajar a las nueve, tenía el cuello largo y blanco, terso y esbelto como los brazos, las piernas que nunca dejaba de mover aunque se volviera a veces a increpar a su admirador con un desprecio que sólo servía para hacerle reír.

—No me mires tanto, Antoñito, no te vayas a marear —y cuando estaba de buen humor, le insultaba y todo—. Que no eres hombre tú ni para eso.

Pero no solía estar de buen humor, y pasaba de largo por nuestro portal, el número 19 de la calle Santa Isabel, sin mover un ápice aquel cuello de emperatriz que parecía hecho para cubrirlo de collares, vueltas y más vueltas de perlas y brillantes abrazándolo por completo hasta besar su barbilla, que en otra mujer sería demasiado puntiaguda pero en su rostro ambiguo, extrañamente mestizo, resaltaba mejor que ningún carmín la carnosidad de sus labios gruesos, aquella boca exótica, dibujada con un lápiz certero, imborrable, favorecida a su vez por los pómulos marcados, las quijadas largas y huesudas de su familia materna. Nadie, tampoco ella, seguramente ni siquiera su madre, conocía con certeza la identidad del hombre que la engendró, pero al mirarla era fácil sentir la tentación de absolverle, porque había compensado su deserción con dos ojos negros, enormes, más valiosos que sus apellidos, que en otra mujer estarían tal vez demasiado juntos, en ella no. El rostro de Eladia Torres Martínez se beneficiaba de la superposición de diversos errores, todos ellos admirables, como su nariz fea, grande, ligeramente aguileña y sin embargo perfecta, hasta hermosa en aquella cara desequilibrada que extraía una armonía sublime de sus imperfecciones, el contrapunto ideal del cuerpo de huesos largos y curvas pronunciadas que Toñito miraba, mientras se perdía entre el barullo de los puestos del mercado, con el orgullo de un propietario que exhibe a su yegua favorita.

—Esa está loca por mis huesos.

—¡Sí, hombre! —me burlaba yo—. Pa chasco, no hay más que verla...

Pero que aquella mujer le hubiera salvado la vida, no me habría sorprendido tanto. La que vino a buscarme en marzo de 1939, se llamaba igual y parecía la misma, pero ya no lo era. La guerra había hecho aflorar lo mejor, pero también lo peor de todos nosotros, hasta convertirnos en personas diferentes de las que habríamos seguido siendo en la paz.

En la primavera de 1936, yo no había cumplido aún catorce años, pero apenas reconocía en Toñito al muchacho que había sido una vez mi hermano mayor. Desde que ganaba su propio sueldo en el almacén de semillas que padre tenía en la calle Hortaleza, apenas venía por casa para encerrarse en el baño y salir hecho un pincel, a tiempo de ver pasar a Eladia. Después se iba por ahí, llegaba tan tarde que todas las mañanas se le pegaban las sábanas y se marchaba corriendo, sin pararse a desayunar. En teoría, era yo la que estaba creciendo, pero desde que nos instalamos en Madrid, él había crecido mucho más deprisa, por fuera y sobre todo por dentro, para atravesar de un salto, antes de plazo, la barrera que se interponía entre el jardín de los niños y la selva de los adultos. Y sin embargo, cuando ya lo daba por perdido, la guerra me lo devolvió.

No era sólo que volviera a pasar todas las tardes en casa. Era también su entusiasmo, esa energía juvenil y repentina que había pulverizado de un día para otro una lánguida indolencia de hombre guapo, la chulería risueña, extraña, que en los últimos meses enturbiaba sus ojos con un velo oscuro, cultivado en noches de excesos cuya naturaleza yo ni siquiera podía imaginar. Sus amigos del barrio, Julián el Lechero, el Puñales, el Orejas, el Manitas, venían de vez en cuando a preguntar por él y nunca le encontraban. ¡Qué tío!, solían decir, con un gesto que expresaba más admiración que envidia, cuando les decía que, una vez más, se había marchado sin decir adónde.

—Tu hijo me tiene ya hasta la raíz del pelo, mira lo que te digo... —nuestra madrastra, a cambio, apreciaba muy poco sus nuevas costumbres—. Y si es tan hombre para golfear, debería serlo también para darme su sueldo.

—¿Y por qué? —pero en este mundo no existía nada que a mi padre le gustara tanto como golfear, y por eso siempre se ponía de parte de aquel chico que cada día se le parecía un poco más por fuera, pero también por dentro—. Ya te doy yo el mío, ¿no? Déjale que la corra, María Pilar, que para eso es joven...

A partir de ahí, todo dependía del pie con el que mi madrastra se hubiera levantado aquella mañana. Porque todos sabíamos que él reservaba para sus gastos una parte de los beneficios del negocio. Y que si su mujer se atrevía a reprochárselo, era muy capaz de marcharse por la puerta para no volver a entrar en tres días. Y que Toñito le cubriría en el almacén de mil amores, los mismos con los que le absolvía él cuando llegaba a trabajar con resaca a mediodía. Por eso, María Pilar casi siempre acababa callándose, y yo pensando que nunca en la vida cometería el error de casarme con un hombre guapo.

Mi padre y mi hermano lo eran mucho, y de la misma manera. Altos, apuestos, robustos pero musculosos, ágiles y corpulentos como atletas, más atractivos que bonitos de cara, tenían los ojos grandes, dulces, el carácter en la nariz, en las mandíbulas, los labios finos. Se parecían tanto que, de lejos, hasta sus admiradoras les confundían, y tenían tanto éxito con las mujeres que algunas, como la hija de la portera, coqueteaban con los dos a la vez.

—Es un suponer, claro —me confesó un día que estaba fregando el descansillo y les vio salir juntos, bajar trotando por la escalera—, porque tu padre está casado, y es... Es tu padre, ¿no? Pero si estuviera viudo, por ejemplo, y yo tuviera que escoger entre los dos... Me resultaría difícil, no creas.

—¿Sí? —y me quedé mirando aquella cara de pánfila—. Pues yo creo que en tu caso sería bastante fácil, Luisi...

Me guardé para mí la segunda mitad de la frase, porque precisamente tú no tendrías nada que hacer con ninguno de los dos, pero ella la entendió lo suficiente como para devolvérmela.

—En fin, qué pena, ¿no? Que tú no hayas salido parecida...

Le cerré la puerta en las narices por no darle la razón, pero no pude evitar que lo hiciera el espejo del recibidor. Yo me parecía a mi madre, porque había heredado la forma de su cara, una torta un poco más redonda de lo que me habría gustado, los mofletes carnosos y los ojos oscuros, pequeños como botones, aunque nada me gustaba menos que mi pelo. Lo peor era que ni siquiera sabía de dónde había salido aquella ingobernable maraña de rizos diminutos, tan espantados como si una corriente eléctrica los achicharrara sin pausa, de la mañana a la noche. Cada semana, me gastaba la paga entera en cintas, en peinetas, en horquillas, y nunca sabía qué hacer con ellas, con ese pelo africano que se burlaba de mí, un misterio comparable a las piernas cortas, las manos de muñeca, el menudo tronco que me condenaba a parecer una niña perpetua en una familia de altos, los hombres recios como árboles, las mujeres esbeltas como juncos. Yo había salido a mi madre, pero no del todo, porque lejos de heredar un cuerpo, había heredado su miniatura, una réplica de proporciones fieles a la que, sin embargo, le faltaba casi un palmo para alcanzar las dimensiones del original. Con nueve años, cuatro menos que yo, a mi hermana Isabel le faltaban dos dedos para alcanzarme.

Quizás por eso el regreso de Toñito me sentó tan bien. Mientras él volviera a comportarse como un hermano mayor, yo ocuparía un lugar a su derecha, conformándome con reflejar la autoridad que su huida me había forzado a ejercer antes de tiempo. Pero, además, daba gusto verle. Nunca me había parecido tan guapo como entonces, cuando se ponía lo primero que encontraba en el armario y se peinaba con las manos, ni rastro de colonia, antes de sentarse en la mesa de la cocina, las mejillas arreboladas, el gesto firme, los ojos ardiendo en una luz semejante a las llamas de la fiebre, para escribir en unos papelitos sueltos que iba regando luego por toda la casa. Nunca le había visto sonreír tan seguido como en aquellas tardes de verano de 1936, cuando el timbre de la puerta celebraba la caída del sol con un estruendo interminable de ruidos y de abrazos, el Manitas, el Orejas, el Puñales y otros muchos, chicos y chicas a los que a veces conocía de vista, otras ni eso.

—Si queréis —por aquel entonces, hasta la Luisi aparecía vestida de domingo, con un pañuelo rojo alrededor del cuello, un cuaderno, un lápiz, y unas ilusiones tan inflamadas como el tono de un colorete digno de un apache en pie de guerra—, yo hago de secretaria, ¿eh? ¿Qué te parece, Antonio?

—Muy bien, camarada —él la miraba a los ojos y sonreía con ellos, con los labios a la vez—, muchas gracias...

La Luisi no era la única que confundía el fervor revolucionario de mi hermano con un fantasmagórico indicio de favor, una inclinación que Toñito no sentía hacia ninguna de las muchachas que abarrotaban la salita mientras yo, que sabía cuál era la única que le gustaba, vigilaba la calle desde el balcón, para dar el agua en el instante en que viera a nuestra madrastra bajando por la acera desde la glorieta de Antón Martín.

A finales de julio, María Pilar se había dado por despedida de la casa en la que había trabajado como cocinera durante los últimos cinco años. Su patrón, un aristócrata que no habría necesitado casarse con una sobrina de Romanones para ser un gran señor, le había pagado tres meses por adelantado antes de marcharse a pasar las vacaciones en su residencia de Cestona. Cuando ya estaba claro que no iba a volver, María Pilar aceptó un nuevo empleo en las cocinas del hotel Gran Vía, cuya situación estratégica, frente a la Telefónica y a dos pasos de la Puerta del Sol, había convertido su restaurante en uno de los más frecuentados de la ciudad. Por eso, porque a menudo los corresponsales y diplomáticos extranjeros aparecían por allí con la intención de cenar, mientras los españoles estaban apurando todavía la enésima copa destinada a digerir mejor la comida, era imposible prever la hora de su regreso.

—¡Ah, no! —cuando Toñito intentó convencerme de que me uniera a ellos, me negué en redondo—. Conmigo no contéis.

Y todo lo que acepté fue la modesta misión de espionaje que les permitía disolverse antes de que la dueña de la casa entrara por la puerta. Luego, mientras salían disparados por la escalera, me tocaba a mí vaciar los ceniceros, retirar los vasos, pasar una bayeta por el cristal de la mesa camilla y mullir los cojines a toda prisa, nunca tanta como para convencer a María Pilar de que allí no había pasado nada.

—¿Cuántas veces voy a tener que repetirlo? —entonces, de propina, también me tocaba la bronca correspondiente—. ¡No quiero política en mi casa! El que quiera hacer política, que se vaya a la calle. ¡A la calle, que es la casa de los muertos de hambre!

Para ella, que llevaba toda la vida sirviendo a grandes señores, la proclamación de la República había aparejado una catástrofe parangonable al fin del mundo. La representación cotidiana de aquella gran señora que se recogía la falda para no ensuciarse con el polvo de sus vecinos, los desheredados, mientras subía por la escalera, fue dejando de tener sentido en la misma medida en la que Toñito se iba convenciendo de que el impulso liberador de las masas españolas encerraba, en la senda de la gloriosa revolución soviética, la semilla de la emancipación, el bienestar y el futuro de la Humanidad. Ella, que no se resignaba a la deserción de sus admiradoras, unas pobres muchachas dispuestas a lo que fuera con tal de llegar a ser algún día tan elegantes como la señora María Pilar, entre otras cosas porque no sabían que iba vestida con los modelos que su patrona desechaba diez o quince años después de que hubieran sido el último grito, lo explicaba de otra manera.

—Así no se puede vivir —porque ninguna se acercaba ya a pedirle que le enseñara esa fotografía donde la señora duquesa recibía en su palacio a Victoria Eugenia, con una reverencia que revelaba en segundo plano a su cocinera, cara de circunstancias y un delantal tan tieso que se tenía solo de puro almidonado—. Esta gentuza, tan crecida, que tutea a todo el mundo y no respeta nada... No sé adónde vamos a ir a parar, con tanta ordinariez.

A veces pensaba que, si ingresaba en la JSU, como quería Toñito, yo también podría salir corriendo por la escalera, dejando el cuarto de estar hecho una pocilga que mi madrastra tendría que limpiar y ordenar en persona, antes de echarle la bronca al canario. Pero estaba demasiado cansada como para cargar encima con una de esas secretarías que mi hermano y sus amigos se repartían alegremente, como si se repartieran algo, pensaba yo, como si de verdad creyeran que las decisiones que tomaban en aquellas reuniones iban a influir en el destino de todos nosotros.

Yo quería mucho a Toñito y sus camaradas no me caían mal. No me los tomaba en serio pero sabía que eran buenos chicos, con buenas intenciones, y aunque me limitaba a decir para mí misma que me hacía gracia, la verdad era que el Orejas me gustaba, porque físicamente no valía mucho, pero se las sabía todas, todos los chistes, todas las galanterías, un arsenal de chascarrillos que habrían bastado para engatusar a una piedra.

—Vaya usted con Dios, señora —decía siempre que María Pilar y yo nos lo cruzábamos por la calle—, y la niña, conmigo.

Mi madrastra recibía con una sonrisa aquellos piropos airosos, tan castizos como impregnados de la delicadeza del ingenio, pero yo no estaba acostumbrada a que los chicos se fijaran en mí. Y aunque sabía que el Orejas repartía sus gracias entre todas las muchachas del barrio, de vez en cuando cedía a la tentación de hacerme unas ilusiones que se nutrían de su desconcertante inconstancia. Los otros amigos de Toñito siempre me trataban igual, con la misma familiar indiferencia que derramaban sobre mis hermanas, pero él, que casi siempre pasaba por mi lado como si no me viera, algunos días presumía de saber mirarme de otra manera.

—Ayer te vi salir del metro y no te reconocí, Manolita. Te confieso que te seguí por la calle hasta que te vi entrar en el portal. Estás hecha una mujer, parece mentira...

Yo desconfiaba de la sinceridad de aquellas confesiones, pero eso no impedía que me pusiera colorada al escucharle, ni que él sonriera a mi sonrojo, como si estuviera satisfecho de su dominio sobre el color de mis mejillas. Quizás por eso puso tanto o más empeño que Toñito en reclutarme, y a punto estuvo de conseguirlo.

—Anda que el Roberto, también, menudo sinvergüenza...

Hasta que una tarde me encontré con Luisi consolando a su prima en la escalera, porque Leonor acababa de enterarse de que el Orejas había incorporado al grupo a María, la hijastra de la portera del 15, alardeando ante sus amigos de que unos días antes la había seguido por la calle para mirarle las piernas. Hay que ver, les dijo, se ha convertido en un pedazo de mujer sin que nos hayamos dado cuenta...

—Lo mismo, lo mismito que le decía a Leo —me explicó Luisi en un aparte—. Ella estaba extrañada de que, después de cortejarla tanto, ya no la hiciera ni caso, y resulta que hace lo mismo con todas.

Entonces, aunque eso no significaba que hubiera dejado de gustarme, decidí que no me pondría colorada nunca más, y su chispa acabó volviéndose en mi contra. Porque fue él quien me puso aquel mote tan gracioso, que hasta yo habría celebrado entre carcajadas si no me hubiera sentado tan mal.

—Pero mirad quién está aquí... —proclamó una tarde al descubrirme en mi atalaya del balcón—. ¡La señorita Conmigo No Contéis!

Claro que, por mucho y muy alto que gritara ¡muerte al fascismo!, el Orejas no tenía que levantarse a las seis de la mañana para poner el cocido en el fuego, ni despertar a Isabel para dejarla encargada de los pequeños, ni abrir el almacén de la calle Hortaleza a las ocho en punto, ni cerrarlo a la una y media para volver a casa corriendo a recoger tres tarteras, ni llevarle una a su padre y otra a su hermano a sus respectivos cuarteles para liquidar la suya de pie, en la trastienda, tres minutos antes de abrir otra vez, ni llegar a su casa a media tarde para encontrárselo fumando con sus amigos en el cuarto de estar. El Orejas no había tenido que abandonar a los catorce años un trabajo que le gustaba para hacerse cargo él solo de los trabajos de los demás. Todo eso le había pasado a la tonta de Manolita, al Orejas no.

En mi casa, la guerra le había sentado estupendamente a todo el mundo menos a mí. Los hombres se habían librado del frente, porque corrieron tanto para ofrecerse voluntarios que a uno lo rechazaron por demasiado mayor, y al otro por todo lo contrario. Pero, a los treinta y siete años, mi padre era lo suficientemente joven como para cubrir una de las bajas que los combatientes habían causado en la Guardia de Asalto, y a los dieciocho, mi hermano lo bastante maduro como para trabajar en las oficinas de Capitanía. El resultado fue que una semana después del golpe de Estado, los dos tenían ya un destino mucho más entretenido que pasarse las horas muertas despachando alpiste.

María Pilar, por su parte, dejó de quejarse mucho antes de lo que ella misma se habría atrevido a sospechar. Perdido su prestigio de experta en joyas, a la que todas las mujeres del barrio le llevaban las que tenían para que dictaminara si eran regulares —porque aquí, hija mía, solía desanimarlas antes de coger la lupa, buena, lo que se dice buena, ya puedes estar segura de que no hay ninguna— o simples baratijas, y arruinada la reputación de maestra de protocolo que la había consagrado como consejera de bodas y bautizos entre los tenderos prósperos de Antón Martín, la desaparición de la Corte impulsó su vida por la pendiente de una vulgaridad insufrible hasta que a finales de noviembre de 1936, al tocar fondo, rebotó.

Ella conocía tan bien a sus señores que nunca dudó de que entrarían en Madrid en el instante en que se les antojara y punto final. Su derrota la dejó con la boca abierta, una perplejidad que la transformó en una mujer desconocida, suave como la seda, tan absorta en sus pensamientos que, en lugar de dar órdenes, contestaba a las preguntas con monosílabos. Tal vez por eso, ninguno de nosotros llegó a escuchar el frenético rumor de la máquina de calcular que sumaba y restaba cifras en la trastienda de su cerebro.

Cuando ya nadie dudaba de que la guerra sería larga, María Pilar descubrió, gracias a su trabajo en el hotel Gran Vía, que había nacido una nueva aristocracia, periodistas extranjeros, escritores célebres, diplomáticos refinadísimos, consejeros militares, españolas inauditas que sabían fumar y enroscarse alrededor de los hombres poderosos como si fueran francesas, misteriosas tertulias en las que se decidía el curso de la guerra o, en pocas palabras, el selecto cogollito de unos pocos que sabían lo que había que saber, un medio en el que ella nadaba igual que un pez en el agua. A partir de entonces, hizo nuevas amistades, emprendió nuevos negocios y prosperó como nunca antes. Así, en el invierno de 1937, recobrado e intacto su carácter, expulsó sin contemplaciones a los camaradas de Toñito de una sede destinada a albergar muy pronto a los miembros de una extraña sociedad.

—Buenas tardes, hijita... —al encontrarme en el umbral a aquel individuo estrafalario, la cabeza cubierta por una chistera vieja y pelada, roída por los bordes, y una levita negra del siglo pasado, creí que era un actor que se había escapado de un teatro—. ¿Tendrías la bondad de avisar a la señora de la casa de que el mayordomo del marqués de Hoyos espera el placer de verla?

—¿Qué? —pregunté a mi vez, tan atónita que habría apostado cualquier cosa a que no me cabía ni un gramo más de asombro en el cuerpo, y habría perdido.

—¡Don Eusebio! —porque en ese momento, una María Pilar por la que no había pasado la última década, a juzgar por la túnica de seda amarilla, bordada con hileras de lentejuelas y cuentas de cristal, que hacía juego con el turbante que llevaba en la cabeza, tendió las manos hacia el recién llegado como si pretendiera sacarle a bailar un charlestón—. Placer el mío, y extraordinario, no lo dude, al recibirle en esta casa que, desde ahora mismo, es la suya.

—Mil gracias, querida amiga, por este honor que no merezco, pero dígame... —y mientras le veía besar los dorsos de aquellas manos con unción, comprendí que al principio no iba tan desencaminada, porque aquel diálogo hueco y pomposo, artificial, sólo podía pertenecer a una función, seguramente cómica—. ¿Soy el primero, quizás?

—No, doña Milagros nos está esperando —aunque no logré identificar su título, ni su autor—. Por aquí, por favor, sígame...

Milagros había sido el ama de llaves de uno de los consejeros del Banco de Vizcaya, pero supo arrugar la nariz y extender la mano para que Eusebio la rozara con sus labios, como si sus antiguos amos provinieran de la nobleza más rancia. Y todavía llegaron más, Epifanio, antiguo ayuda de cámara del aristocrático general Weyler; María Teresa, primera doncella de la duquesa de Alba; Mateo, mayordomo en casa de la hija menor de los duques del Infantado, y Antonia, ama de llaves de los Ruiz Maldonado, una opulenta familia de banqueros de Santander, todos ellos empingorotados con las mejores galas de sus buenos tiempos, como si las ropas, los guantes, los exquisitos modales que los adornaban igual que un aderezo de joyas buenas, de esas que nunca se habían visto en nuestro barrio, pudieran aislarles del signo de una época hostil a través de las reglas de un juego clandestino, inocente en apariencia.

—Usted primero...

—No, por favor...

—Permítame...

—De ningún modo...

—Mil gracias...

—A usted...

—No pueden imaginar hasta qué punto les he echado de menos —después de agotar un catálogo completo de melindres y reverencias, lograron por fin acomodarse y María Pilar tomó la palabra—. Por eso, antes de empezar, quiero agradecerles que hayan aceptado mi invitación.

—Gracias a usted, doña María Pilar, por su generosa hospitalidad, sólo equiparable con su talento —pero fue Epifanio quien se irguió en el respaldo de la silla, mojó un plumín en el tintero, y se dirigió a sus socios con una autoridad arraigada en su pasado militar—. Muy bien, damas, caballeros, creo que lo más urgente es elaborar un orden del día. En mi opinión, deberíamos tratar en primer lugar de la cuestión de las afiliaciones...

En ese momento, María Pilar se levantó y cerró la puerta sin advertir que yo estaba detrás. Creí que no oiría nada más, pero al rato, el tintineo de una campanilla se impuso al discreto rumor de la conversación. Cualquier otro día, no me habría dado por enterada. Yo no era la criada de María Pilar, ni siquiera su hija. No tendría por qué haber acudido a su llamada, pero mi curiosidad pudo más.

—Respecto a las incautaciones... —cuando abrí la puerta, Epifanio seguía dirigiendo la reunión, tan tieso como si se hubiera tragado una escoba—. ¿Tenemos novedades, doña Antonia?

—Perdón —interrumpí con suavidad—, me ha parecido que llamabas, María Pilar.

—Sí, Manolita, es que estaba pensando... ¿Qué podemos ofrecerle a estos señores? ¿Una copita de anís, quizás? —y sin quizás, pensé yo para mí, porque aparte de la botella que ella se había agenciado aquel día en el hotel, sólo teníamos un poco de vino de guisar—. ¿Quién se anima?

Todos lo hicieron de tan buena gana como si supieran lo mismo que yo. María Pilar me dio la llave del aparador con una sonrisa, y después de entregarle la botella, abrí la vitrina para sacar, una por una, las copas pequeñas, talladas en cristal de colores, que mimaba más que a sus hijos. Mientras les iba quitando el polvo con una servilleta y mucha parsimonia, me dio tiempo a escuchar la respuesta de Antonia y algunas intervenciones más.

—Pues sí, lamentablemente tengo novedades, don Epifanio, pero no son buenas. Con mi casa no podemos contar.

—¿Se ha despedido su nieta, acaso? —se interesó Mateo.

—¡Quia! Mucho peor... —me volví sin hacer ruido y vi que todos la miraban con la misma expectación—. La señorita Inés, la pequeña... Que se ha hecho revolucionaria.

—¡Qué me dice! —Epifanio abrió mucho los ojos.

—Lo que oye —confirmó Antonia con tristeza—. Mi nieta y ella se tutean, y hasta se llaman camaradas la una a la otra, así que...

—¡Igual que mi señor! —gimió Eusebio—. Yo, la verdad, no sé adónde vamos a ir a parar.

—Es que ya nadie respeta nada —asintió María Pilar, mientras abría la botella y empezaba a servir las copas—. Desde luego, no hay quien viva en este Madrid.

—Bueno, bueno, que no cunda el pánico —Epifanio levantó las manos en el aire para pedir calma—. Las excepciones confirman la regla. La inmensa mayoría de los grandes señores ha sabido seguir estando en su sitio.

—Que, para fortuna nuestra, está a muchos kilómetros de aquí —apuntó Mateo con una cauta sonrisa.

—Tiene usted mucha razón, señor mío —Antonia asintió

con la cabeza mientras una lucecita de picardía se abría paso desde el fondo de sus ojos de ratona—. Porque, dentro de lo malo, parece que mi Virtudes y su señorita han montado una oficina del Socorro Rojo, así que, por el lado de las afiliaciones...

—¡Gran noticia, mi querida amiga! —Epifanio se animó enseguida—. Esto puede resultar más importante de lo que parece, ya lo creo que sí...

—Muchas gracias, Manolita —justo entonces, cuando parecía que por fin iba a enterarme de algo, María Pilar se dio cuenta de que yo seguía de pie, al lado de la mesa—. Ya puedes retirarte.

El primer día de abril de 1937, mi madrastra apareció en casa a media mañana con un brazalete impreso con las siglas del Socorro Rojo Internacional, en la manga derecha de una blusa oscura de tela vulgar que ni siquiera pegaba con el azul mahón de los primeros pantalones que se ponía en su vida. Yo no la vi, porque estaba en el almacén, pero Isa me contó que se había despedido del hotel por su propia voluntad.

—Ya verás cuando se entere padre, la que se va a liar...

Pero me equivoqué, porque en aquella cena no hubo una voz más alta que otra, y a partir del día siguiente, mientras nuestra dieta mejoraba en la misma medida en la que empeoraba la de nuestros vecinos, María Pilar empezó a comprar silencio a espaldas de su marido, repartiendo dinero sin ton ni son, cantidades pequeñas, pero constantes, que iban siempre acompañadas de la misma advertencia, no lo enseñéis, no presumáis, no le digáis a nadie que os lo he dado yo o no volveréis a ver un céntimo. Luego, un buen día él se fue por ahí, estuvo dos noches sin aparecer, y todo volvió a las andadas por una senda trillada, familiar, sin relación alguna con las flamantes actividades de su mujer, ni con aquellas misteriosas reuniones en las que nunca volvió a sonar la campanilla al otro lado de una puerta que, a partir de la segunda sesión, siempre estuvo cerrada.

Yo estaba segura de que la repentina opulencia de María Pilar se fundaba en el misterio de aquel pestillo, porque sus socios habían experimentado la misma incomprensible metamorfosis que había convertido a aquel sucedáneo de gran señora en una miliciana de pega. Los personajes que unas semanas antes parecían actores disfrazados para representar una comedia pasada de moda, actuaban ahora como si se hubieran encasquillado en sus anacrónicos diálogos, mil gracias, querido amigo, por aquí, por favor, permítame, pese a la proletarización radical de su aspecto y su vestuario. Vestidos con monos, sin sombreros, sin guantes, sin chalinas, los hombres mal afeitados, las mujeres sin maquillar, se habían convertido en autores, más que protagonistas, de una obra diferente, un género oscuro, ambiguo, cuyas representaciones se escondían de las miradas de cualquier espectador. Y sin embargo, sus precauciones no impidieron que yo me enterara del argumento por un camino que jamás habrían podido prever.

—¿Manolita?

—Para servirle.

—Háblame en la trompetilla, por favor, y grita, si no te importa, porque soy sordo.

Mayo acababa de empezar y había traído consigo un día radiante, tan propicio a los paseos que apenas había tenido tiempo de aburrirme. Aparte de los consabidos cartuchos de alpiste, producto estrella del negocio en toda estación del año mientras hubo pájaros en las casas de Madrid, el almacén se había llenado de resistentes animosos, dispuestos a aprovechar la primavera para plantar vegetales comestibles en cualquier palmo de tierra a su alcance, patios traseros, parterres municipales, jardineras y hasta macetas. Aunque muchos se desanimaban después de escuchar las instrucciones que Toñito me había dejado apuntadas en una libreta al desertar del mostrador, otros se habían llevado semillas de tomate, de patata, de pepino, de lechuga o de melón, con la convicción de que comerían sus frutos antes de que terminara el verano. Pero aquella mañana aún me traería una novedad más asombrosa.

Cuando faltaba poco para cerrar, un Mercedes negro, enorme, se paró delante de la tienda. En mi vida había visto pocos coches tan imponentes, pero aquel no me impresionó, porque la inexperta mano que había marcado sus puertas con las siglas de la CNT no había sido capaz de evitar que unos hilillos de pintura blanca chorrearan hasta el suelo como lágrimas sucias, desoladas por su torpeza. Sin embargo, el hombre que separó las dos primeras mayúsculas de la tercera al bajar a la calle, no se correspondía con el tipo de personas que solían moverse por Madrid en un coche como aquel.

Lo primero que pensé al verle fue que parecía un socio de mi madrastra. Unos cincuenta años, alto, corpulento, casi completamente calvo y muy tieso, vestía una extraña prenda que no dejaba de ser un mono azul pero estaba confeccionada con una tela lujosa, tornasolada, crujiente, a ambos lados de un cinturón de cuero que traicionaba cierta flacidez, la blandura de unas carnes que en tiempos mejores habían sido más abundantes. Pero no era sólo la ropa. Todo en él, su porte, su manera de andar, de mirar a su alrededor con la barbilla alzada, parecía tan incompatible con la insignia de la FAI prendida en su pecho como esta con el monóculo de oro que llevaba encajado en el ojo derecho. Y sin embargo, antes de que me dirigiera la palabra, reconocí que le había juzgado mal. A pesar de su aspecto, aquella radical confusión de gestos aristocráticos y voluntad revolucionaria, el recién llegado nunca habría podido encerrarse con María Pilar en el cuarto de estar de mi casa porque, aun sin conocer la naturaleza de sus asuntos, estaba segura de que ella y sus amigos no eran otra cosa que un fraude. Aquel desconocido, a cambio, era dos veces auténtico. Primero como señor. Y después, como anarquista.

—Que sí —grité en dirección a la trompetilla que se había encajado en el oído izquierdo—, que soy Manolita...

—Encantado —y me tendió la mano libre, el dorso liso y uniforme, inmaculado, de quien nunca había tenido que usarla para ganarse la vida—. Me llamo Antonio de Hoyos y Vinent... —se quedó pensando si debería añadir algo más, y al final, se decidió a hacerlo—. Soy hijo del marqués de Hoyos.

—¡Ah, sí! —cuando escuché ese título, comencé a atar cabos—. Conozco a Eusebio, su mayordomo.

—El que en otro tiempo fue mi mayordomo —precisó él, con una sonrisa enigmática, apenas esbozada—. Ahora se dedica a otras cosas. Igual que la mujer de tu padre, ¿no? —me limité a insinuar un movimiento, porque sabía demasiado poco como para asentir con la cabeza—. ¡Qué hombre más guapo, tu padre!, ¿verdad?

—Pues... —ese comentario logró desconcertarme más que su coche, que sus insignias, que su monóculo—. ¿Le conoce?

—De vista, solamente —su sonrisa se ensanchó—. Conozco más a tu hermano Antonio, igual de guapo, por otra parte... Verás, yo soy muy amigo de Paco Román —fruncí el ceño, pero no me dio tiempo a confesarle que no sabía de quién me estaba hablando—. La Palmera, ya sabes...

Dejó la trompetilla encima del mostrador, levantó los dos brazos en el aire y, recuperando la expresión seria, casi adusta, con la que había entrado en el almacén, empezó a mover los dedos como si estuviera tocando unas castañuelas, para componer una estampa tan graciosa que logró hacerme reír a carcajadas.

Antes de que la guerra me convirtiera en comerciante a la fuerza, no había ningún lugar en Madrid que me gustara tanto como el Almacén de Semillas Antonio Perales, Casa Acreditada, Productos Nacionales y de Importación. Entonces, mientras me sentía una niña de campo, trasplantada con poca tierra desde Villaverde a la capital, aquella tienda sombría, perfumada por la cera que hacía relucir los mostradores, me parecía un puente, una isla, un jardín pequeño, hecho a mi medida. En el otoño de 1930, cuando llegué a la ciudad, tenía ocho años y los pedazos del único mundo que había conocido sobre los hombros. Tres meses después de la muerte de mi madre, no entendía ni su ausencia ni la sucesión de acontecimientos que había precipitado la segunda, fulminante boda de su viudo, su decisión de venderlo todo, nuestra casa, la huerta, las tierras del soto, para instalarnos en un hogar ajeno, aquel cuarto piso de la calle Santa Isabel con tres balcones que se volcaban sobre un ensordecedor frenesí de ruidos y de gritos, mis pies hollando a todas horas un suelo artificial de baldosas y adoquines, la vida lejos del campo. Ya te acostumbrarás, me decían padre, y María Pilar, y Toñito, que, a los quince días de llegar, era el amo de Madrid, pero el paso de las estaciones, lejos de disminuir mi extrañeza, la fue acrecentando con nuevas y desconcertantes novedades, el colegio Acevedo, el mote con el que me bautizaron mis compañeros sin ceder siquiera a la curiosidad de preguntarme cómo me llamaba, el embarazo de mi madrastra. En enero de 1932, cuando nació mi hermana Pilarín, el único consuelo que me había deparado el tiempo consistía en que había dejado de ser «¡eh, tú, paleta!», para convertirme en «Manolita la paleta».

Mientras sentía que nunca lograría pertenecer a aquella ciudad, que sus baldosas y adoquines no me pertenecerían jamás, aquel local grande, oscuro como una cueva pese a los escaparates que se abrían sobre la acera, era el único lugar que comprendía completamente. Los grandes armarios de madera barnizada que recubrían los muros estaban repletos de cajones, cada uno con su correspondiente etiqueta, malva, clavel, hierbabuena, boldo, albahaca... Aquellas palabras cálidas, familiares más allá de la esmerada caligrafía con la que Toñito las había anotado en unas etiquetas de color crema, componían un universo sencillo, conocido, habitable por y para mí. Yo había ido tantas tardes con madre a la huerta, la había visto plantar tantas pipas de melón y de sandía secadas al sol, había asistido de su mano, tantas veces, al milagro de los tallos verdes que rompían con su fragilidad la corteza de los surcos, que las diminutas briznas que dormían en la oscuridad de aquellos cajones me parecían una promesa de la tierra, tiernos cómplices de mi amorosa nostalgia de niña de pueblo. Por eso, y porque despachar con la pala de madera que se usaba para llenar los cartuchos de papel y aquellas pesas de todos los tamaños era como jugar a las tiendas con cosas de verdad, yo pasaba en el almacén todo el tiempo que podía.

En mis primeros años madrileños, mientras aún iba al colegio, ese plazo se reducía a los sábados por la tarde y poco más, pero en 1934, María Pilar se quedó embarazada de nuevo y, como si la perspectiva de un nuevo hermano menor me convirtiera en una adulta instantánea, el escenario de mis tareas cambió de un día para otro. A los doce años me aprendí el plano del metro de memoria, y empecé a ir al almacén todos los días, a llevarle la comida a mi padre y a mi hermano. De vez en cuando, iba también por las tardes, a ayudarles a cerrar, pero eso me gustaba menos, porque él solía estar allí.

Mientras bajaba las escaleras de la estación de Antón Martín, iba ya rezando para no encontrármelo. Aquel individuo torvo y delgadísimo sólo habría necesitado un trabuco para parecer un bandolero andaluz, de esos que se veían en los carteles de las zarzuelas, si no fuera porque siempre llevaba un ridículo caracol de pelo negro retorcido sobre la frente y una camisa que parecía una blusa de mujer, roja con lunares blancos, blanca con lunares verdes, azul turquesa con lunares de todos los colores. Su estampa ambigua, incomprensible, me daba tanto miedo que cuando le veía apostado en la fachada del almacén, rodeaba la manzana para no pasar a su lado, y empujaba la puerta de la tienda con los ojos apretados.

—¿Quién, la Palmera? —Toñito se echó a reír cuando se lo conté—. ¡Si es un alma de Dios! Un mariconazo, eso sí, pero por lo demás... No le haría daño a una mosca.

A mí no me lo parecía, y a veces tenía la sensación de que me asustaba aposta para divertirse, aunque no hiciera nada más que mirarme con sus ojos oscuros, subrayados con dos gruesos trazos de lápiz negro, demasiado gruesos, demasiado negros hasta para una mujer decente. Después se llevaba un dedo al ala de su sombrero cordobés y me daba cuenta de que me estaba saludando, pero ni siquiera intentaba corresponderle porque temía que mi voz se ahogara antes de brotar de mi garganta. Algunas noches soñaba que me raptaba para matarme, y me despertaba sudando, el corazón latiendo con tanta fuerza como si quisiera romperme el pecho.

Nunca supe de dónde había salido aquel hombre que esperaba a mi hermano cada tarde con la misma constancia que él derrochaba poco después, al acudir a su cita cotidiana con el desdén de Eladia. Me llevó algún tiempo descubrir que, si alguna vez lograba raptar a alguien de mi familia, no iba a ser a mí, ni mucho menos para matar a su víctima, y que su relación con Toñito se limitaba a acompañarle a casa andando, con buen tiempo, o en metro, si la tarde era demasiado fría o calurosa. A veces, si llovía mucho, hasta paraba un taxi para que mi hermano no se mojara, a pesar de que él nunca correspondía a la generosidad de su cortejo.

—¿Qué te tengo dicho, Palmera? —le escuché alguna vez, cuando su admirador se arrimaba demasiado—. Se mira, pero no se toca.

No le habían puesto ese mote porque su silueta famélica, rematada por las temblorosas borlas de su sombrero, le asemejara a una palmera datilera, como había creído yo al principio, sino porque trabajaba dando palmas en un cuadro flamenco, en el mismo tablao donde bailaba Eladia. Eso explicaba su aspecto, el maquillaje y el traje corto que yo no había sabido asociar con un escenario. Explicaba también que se supiera de memoria las coplas con las que solía replicar a los desplantes de mi hermano.

—Serranillo, serranillo, no me mates, gitanillo... —tenía una voz muy fea, ronca y desafinada, pero la compensaba con exagerados gestos de desolación—. ¡Qué mala entraña tienes pa mí! ¿Cómo pué ser así? —hasta que era Toñito el que le cogía del brazo a él.

—Anda, vámonos antes de que empiece a tronar.

Yo no sabía de dónde había salido la Palmera, pero sospechaba que tenía algo que ver con la vida oscura de mi hermano, aquellas noches largas, peligrosas, de las que volvía con los párpados inflamados, un velo rojizo en los ojos, los labios curvados en una sonrisa interior que apenas traicionaba hacia fuera un goce íntimo, secreto.

—Llevas el vicio pintado en la cara, Antoñito —le censuraba nuestra madrastra, cuando su marido no podía oírla—. ¡Hay que ver! Tan joven y tan perdido, ya...

—¿Me vas a dar tú lecciones, María Pilar? —mi hermano, a veces, contestaba—. ¿Quieres que comparemos tus vicios con los míos?

Nuestra madrastra se quitaba de en medio a toda prisa, para que Toñito no dijera en voz alta lo que me había susurrado a mí la noche en que velamos a nuestra madre, los dos sentados en aquellas sillas que alguien había dispuesto entre la mesilla de la difunta y una cómoda de madera oscura que seguía oliendo a ella, y a tomillo, aunque los cajones estuvieran cerrados. En algún momento de aquella noche eterna, larga y plomiza como un año entero de mañanas lluviosas, mientras madre estaba aún sobre su cama, amortajada con su vestido de novia, tan consumida que a los treinta años parecía una anciana y al mismo tiempo una niña raquítica, padre entró en la habitación acompañando a una mujer a quien yo no había visto nunca.

—Dale un beso a tu tía María Pilar, Manolita —y vino derecho hacia mí, como si no se atreviera a mirar a mi hermano—. Es prima de tu madre.

—Una puta, es lo que es —murmuró Toñito, cuando les vimos salir juntos de la habitación, y me explicó que cuando madre se puso mala, padre ya estaba liado con María Pilar.

Ese secreto actuaba como un escudo que le hacía invulnerable a críticas y castigos, garantizándole una libertad que tampoco llamaba la atención de nadie, porque no dejaba de ser propia de un primogénito varón. Toñito sabía gestionar su culpa como un tesoro, manejarla como un sable afilado a favor de sí mismo y siempre contra María Pilar, aunque nuestro padre fuera más culpable que ella. Pero la guerra, que se lo llevó todo por delante, arrasó también su vida para instaurar un nuevo equilibrio. El marxismo acortó sus noches, alargó sus días, le convirtió en un trabajador concienzudo, más responsable y tenaz de lo que nunca había sido, y le devolvió a su verdadera edad, una juventud íntimamente vinculada con el fervor revolucionario. A pesar de todo, y de que dedicaba la mayor parte de su tiempo a conspirar con sus amigos del barrio, la Palmera no desapareció de su vida.

—¡Ay, requesón, qué aburrido te has vuelto!

La primera noche que vino a buscarle no había terminado aún el verano de 1936, pero él también había cambiado. Tanto que cuando fui a abrir la puerta, no estuve segura de reconocerle.

—¡Palmera! —Toñito, a cambio, se echó a reír—. ¿Pero qué haces vestido así?

Y aquel pajarito, la cara lavada, la calva al aire, una camisa blanca con el cuello roído dentro de una americana gris que le estaba grande, pantalones de pana y zapatos baratos, se señaló a sí mismo desde la cabeza hasta los pies, con el dedo índice y las comisuras de los labios hacia abajo, como un niño pequeño a punto de hacer un puchero.

—¿De paisano? —mi hermano asintió y él puso los ojos en blanco—. Pues sí, se han puesto las cosas como para ir vestido de luces, tanto llenarse la boca con la dichosa revolución, y luego... Los tuyos, más estrechos que la bragueta de un torero, y los de la niña, ya no digamos.

La niña era Eladia, que todas las tardes seguía dejando sin habla a los transeúntes que se la tropezaban por la calle Santa Isabel, aunque su estupor se fundara en motivos distintos de las faldas ceñidas, los tacones que antaño atraían a los hombres hacia ella como un imán. Ahora, cuando la veían venir con una camisa militar, pantalones, correajes, y una pistola de medio metro encajada en la cadera, dejaban la acera libre mientras la borla de su gorra cuartelera de la CNT marcaba su paso como un diapasón.

—Joder, Eladia, te pongas como te pongas... —mi hermano era el único de sus admiradores que no había desertado, porque ni siquiera su militancia comunista le impedía acudir puntualmente a su cita—. ¡Hay que ver lo buenísima que estás, hija de mi vida!

—Te voy a decir una cosa, Antoñito —ella se revolvía como una fiera, pero siempre tan deprisa, tan a tiempo, que cuando él la dejaba pasar en silencio, volvía la cara para provocarle—. Me tienes harta ya, ¿sabes? A ver si un día de estos te voy a dar un disgusto.

—¿Tú? —y una tarde hasta se atrevió a fruncir los labios para mandarle un beso—. Tú me vas a dar a mí lo que yo te diga, guapa.

—¡Ah! —en ese momento yo estaba cruzando la calle, y vi a Eladia desenfundar la pistola, mirarla por un lado, luego por el otro—. ¿Sí?

—Y más pronto que tarde, además —pero Toñito no se arrugó.

—No te confíes —antes de que pudiera interponerme entre ellos, la bailaora devolvió el arma a su funda mientras dedicaba a mi hermano una sonrisa burlona, que subrayó al pronunciar muy bien su última palabra—, requesón...

En mayo del año siguiente, mientras Antonio de Hoyos y Vinent tocaba unas castañuelas imaginarias desde el otro lado del mostrador, la estrella de su espectáculo me daba mucho más miedo que la pobre Palmera. Ya me había acostumbrado a mirarle como a una variedad exótica, singular y noctámbula, del Puñales, del Orejas, del Manitas o el Lechero, otro amigo de Toñito que seguía viniendo a casa a buscarle de vez en cuando, para llevárselo a tomar una copa y brindar por los viejos tiempos. Pero si acepté la oferta del cliente más insólito al que había llegado a atender tras aquel mostrador, no fue porque su amistad con el flamenco representara una garantía, sino por pura curiosidad.

—Verás, Manolita, yo necesito vender algunos objetos de valor, y... Podría hablar con Eusebio, desde luego, pero no me gustaría darle esa satisfacción. Por eso he pensado que, si a ti no te importa hacer de intermediaria, preferiría tratar con tu madrastra. Me han contado que eres una buena chica y esto es por una buena causa, puedes estar segura.

Se me quedó mirando con las cejas levantadas, esperando una respuesta que yo no podía darle mientras asistía al misterio de un monóculo impasible frente a sus cambios de expresión.

—Pues, no sé... —balbucí al rato—. ¿Qué tengo que hacer?

—Nada —no me había acordado de gritar en la trompetilla, pero él adivinó mi pregunta y sonrió—. Acompañarme a mi casa, solamente. Vamos en el coche, te enseño la mercancía, y luego, uno de mis chicos te acompaña a la tuya. Cuando puedas, le cuentas a tu madrastra lo que has visto, y le dices que venga a verme si le interesa, que estoy seguro de que le interesará.

—Bueno —faltaban diez minutos para la hora de cerrar, y a pesar de la fecha, el clima de la ciudad donde vivía, no me paré a pensar que fuera peligroso montar en un coche con un desconocido, porque ni siquiera se me pasó por la cabeza la posibilidad de que aquel hombre pudiera hacerme daño—. Si no tardamos mucho...

De todo lo que descubrí aquel día en el palacio del marqués de Hoyos, lo que menos me impresionó fue lo que su propietario quería enseñarme. Nunca en mi vida había visto tantos objetos de valor juntos, pero las joyas, las porcelanas, las vajillas de plata maciza tenían sentido. Aquel tesoro no desentonaba en aquella mansión. Sus habitantes, sí.

Al embocar la calle Marqués de Riscal, el miliciano que hacía de chófer tocó la bocina, y alguien abrió desde dentro el portalón que daba acceso al edificio, una fachada tan sencilla como la de casi todos los palacios de Madrid. Aquel discreto camuflaje de casa de vecinos se desvanecía inmediatamente después, en el inmenso portal cubierto con losas de granito del que arrancaba una espectacular escalera de mármol blanco, sus peldaños abrigados por una alfombra oriental de tonos rojizos. Más allá, al otro lado del patio que el Mercedes cruzó en dirección a la cochera, un arco dejaba ver la mancha verde de los parterres del jardín trasero, al que se abría la fachada noble del edificio. Hacia allí se encaminó mi anfitrión, y al seguirle, vi ropa tendida en las ventanas que daban al patio, un instante antes de escuchar el griterío de una cuadrilla de niños de todas las edades que lo atravesaban corriendo, como si disputaran una carrera sin otra meta que el mono azul del marqués.

—Un momento, un momento...

Hoyos se rió mientras se esforzaba por mantener el equilibrio, comprometido por la acción de dos docenas de manos pequeñas que tiraban de él en todas direcciones. Sólo cuando lo consiguió, entendí la escena que estaba viendo. El dueño de la casa llevaba los bolsillos llenos de dulces, caramelos, anises y bomboncitos envueltos en papeles brillantes, de colores, pero no se desprendió de aquel cargamento hasta que los niños consintieron en tranquilizarse y hacer una fila.

—Cualquiera pensaría que no les damos de comer, ¿verdad? —me dijo cuando los últimos se marcharon sin dar las gracias, corriendo con la boca llena y tan deprisa como habían llega-

54

do—. Toma —se sacó una chocolatina de un bolsillo—. Esta es para ti. ¿Cuántos años tienes?

—Catorce y medio —contesté, mientras la miraba sin saber qué hacer con ella—. En octubre, quince.

—Todavía estás en edad de comer chocolate. Cógela, anda, y cómetela, que yo te vea.

Cuando le di el primer mordisco, se puso en marcha para guiarme hacia el primer piso. Por la escalera nos cruzamos con dos mujeres que bajaban con un cesto de ropa y le saludaron con tanta naturalidad como si fueran sus vecinas. Antes de que él me explicara qué pintaban allí, ya me había dado cuenta de que en realidad lo eran, porque los salones que fuimos atravesando estaban recorridos por unas hileras regulares de sábanas, colgadas de unas cuerdas con pinzas de tender, que compartimentaban el espacio en pequeños habitáculos donde vivían familias enteras. En aquel momento, las que hacían las veces de puerta estaban descorridas, y al pasar por los improvisados pasillos que dejaban libres, pude ver los colchones tirados en el suelo, flanqueados por maletas de cartón, pilas de ropa doblada, juguetes baratos, toallas y palanganas. En los cuartos más grandes, algunos muebles buenos y caros, butacas, sillas, cómodas que debían de formar parte del ajuar del palacio, hacían las veces de armarios para acentuar el carácter absurdo, imposible, de aquel campamento nómada instalado entre muros recubiertos de seda o decorados con pinturas al fresco, con chimeneas de mármol y techos altísimos, sus gruesas molduras de escayola tan blancas como si estuvieran hechas con nata montada.

Hoyos y yo atravesamos cuatro salas seguidas, comunicadas entre sí por puertas acristaladas, abiertas de par en par. En la última, una biblioteca con las paredes recubiertas de vitrinas llenas de libros, había una escalera que daba acceso al segundo piso a través de una puerta de taracea, la única que parecía cerrada en toda la casa.

—Por aquí —se volvió a mirarme en el primer peldaño—. Sígueme.

Al llegar arriba, se desabrochó el mono para buscar algo en

el bolsillo de la camisa, y como allí nadie podía oírnos, me atreví a preguntar.

—¿Y eso? —moví la mano hacia abajo, para señalar aquel hormiguero de figuras y enseres, una confusión muy parecida a la que se desparramaba por los andenes de las estaciones en las fotos que los periódicos publicaban todos los días—. Toda esta gente...

—Son mi familia —me respondió en un tono risueño, pero firme—. El verano pasado no les conocía de nada, pero ahora son mi familia, mis hermanos, mis hijos, mis nietos —hizo una pausa para mirarme, y lo que vio en mi cara le hizo sonreír—. Son refugiados. Empezaron a llegar en verano y venían de todas partes, algunos del norte, otros del sur, siempre huyendo, con las cuatro cosas que habían podido salvar cuando los fascistas tomaron sus pueblos... Yo los veía por la calle, amontonados en las escaleras del metro, durmiendo al raso, y en esta casa sobraba tanto sitio que los fui recogiendo, primero por mi cuenta, y después, con la ayuda de mis compañeros del sindicato.

—La CNT —supuse en voz alta.

—Sí, la CNT. ¿Por qué me miras así? ¿Te parece raro?

—Raro no, rarísimo —y resoplé para subrayar mi escepticismo—. Que alguien que no ha trabajado nunca sea de un sindicato...

—¿Y quién te ha dicho a ti que yo no he trabajado nunca? —se echó a reír, negando con la cabeza y un gesto de estupefacción—. Yo he trabajado mucho, jovencita. He escrito un montón de libros.

—¿Es usted escritor? —asintió con la cabeza—. ¿Y qué escribe?

—Novelas.

—¿En serio? —volvió a asentir—. ¿Y tiene alguna ahí abajo?

—Pues... Alguna quedará, pero tú no puedes leerlas —y antes de que pudiera preguntarle por qué, me lo explicó él mismo—. Eres demasiado joven, y mis novelas son muy verdes. No te convienen.

—Seguro que sí —protesté—. A mí me gusta mucho leer.

—Ya, pero... Hasta hace poco, yo sólo escribía historias de

mujeres lascivas que nunca se sacian de sus placeres, de jóvenes hastiados que fuman opio y frecuentan los burdeles, de la fauna nocturna de las tabernuchas y la decadencia de los grandes amadores... —sólo en aquel momento, mientras agitaba lánguidamente una mano en el aire, descubrí la pieza que faltaba en aquel rompecabezas y que Hoyos era tan marica como la Palmera, aunque no se le notara a primera vista—. Todo muy poco edificante.

—Y muy poco revolucionario —aunque me di cuenta al mismo tiempo de que su condición no me inquietaba.

—En efecto —volvió a reírse—. Pero es que, cuando las escribí, yo todavía no era revolucionario.

—Tampoco es que ahora lo sea demasiado —le reproché al ver lo que tenía en la mano—. Porque si esos refugiados fueran de verdad su familia, la puerta que está abriendo no estaría cerrada con llave.

—Ahí te equivocas, ¿ves? Si cierro esta puerta con llave y la llevo siempre encima es por su bien, para protegerles de ellos mismos —antes de hacerla girar en la cerradura, volvió a mirarme—. Aunque muchos no lo crean, en el fondo me odian, y hacen bien, yo les entiendo. Nunca han tenido nada y yo he heredado tanto de todo sin haber tenido que ganármelo... No son malos, pero en su manera de ser buenos caben la envidia, la codicia, el egoísmo, claro que sí, no es culpa suya. No podría ser de otra manera. Son humanos y son pobres, están hartos de pasar hambre, de que se les mueran los hijos recién nacidos, de sufrir. Cuando terminemos de hacer la revolución, todo será distinto, pero ahora, si encontraran esta puerta abierta, me robarían lo que pudieran y ni siquiera sabrían qué hacer con el botín. Lo malvenderían, les engañarían, los dejarían muertos a navajazos en una esquina después de quitarles lo que ellos me han quitado a mí. ¿Y para qué? —descorrió el cerrojo, pero aún no me franqueó la entrada—. Para nada. Por eso, para sostener esta casa y mantenerlos a todos, lo mejor es que yo siga administrando mi fortuna. Y para lograrlo, te necesito a ti.

Empujó la puerta y me cedió el paso a un lugar tan distinto de aquel del que veníamos como si aquel edificio fuera una trampa, el escenario de un extraño sueño en espiral donde cada decorado desmintiera tercamente el anterior, o una caja imposible en la que fueran encajando otras diferentes, cada vez más pequeñas pero cada una con su propia forma.

Aquel salón no era tan grande como los anteriores, pero sí más bonito, porque la pared del fondo formaba una especie de mirador acristalado que se abría sobre el jardín a través de una terraza. Aunque todos los visillos estaban echados, las cortinas corridas hasta la mitad para crear una penumbra que amortiguaba el sol del mediodía, había luz suficiente para distinguir los cuadros que decoraban las paredes, los sofás y butacas de cuero enfrentados en el centro de la habitación, una *chaise longue* tapizada en terciopelo blanco, veladores, plantas, vitrinas llenas de libros y objetos pequeños, una colección de bailarinas orientales de bronce y marfil sobre los alféizares de las ventanas. A la izquierda, una puerta entreabierta dejaba ver un dormitorio presidido por una cama enorme, con dosel. Frente a ella, otra daba paso a un despacho organizado alrededor de un escritorio de madera, bonito y antiguo, ante una estantería forrada de libros. La guerra, que lo había puesto todo boca abajo, no había cambiado las habitaciones del marqués de Hoyos. A sus invitados, y eso era lo más notable, tampoco parecía haberles afectado mucho.

—Bueno, pues... Ahora voy a presentarte a mi otra familia, un poco más antigua y mucho menos trabajadora, eso sí —hizo un gesto con el brazo derecho para señalar a media docena de hombres y mujeres que me miraban con un gesto indeciso entre la curiosidad y la extrañeza—. Damas, caballeros... Ha venido a vernos Manolita, la hermana de nuestro querido Antonio.

No añadí nada. No habría sabido qué decir, así que me limité a contemplar a aquellos personajes que en cualquier otra época, en cualquier otro lugar, habrían ya resultado excéntricos, pero en Madrid, en mayo de 1937, parecían más bien inverosímiles, casi imposibles con la excepción de dos muchachos altos, fornidos, vestidos con un uniforme que parecía militar, aunque no logré asociarlo con ninguno conocido. Llevaban las camisas abiertas, con la mitad de los botones desabrochados, las mangas subidas hasta el codo, los pantalones muy ceñidos, pero a pesar de todo, sus botas y sus insignias anarquistas llamaban tanto la atención en aquel lugar como el atuendo de sus acompañantes lo habría hecho en plena calle.

En la noche artificial de aquel mediodía, las mesas repletas de ceniceros llenos y de botellas vacías, una mujer mayor, envuelta en un vapor de tules que la cubrían como las capas de una cebolla, la frente ceñida por una banda blanca cuyos bordes rozaban la alfombra, levantó en el aire una copa de champán para saludarme desde el sofá en el que estaba recostada. Con la otra mano, estrechaba la de una chica joven, no tanto como para justificar un vestido de aire infantil que apenas le cubría los muslos, que apoyaba la cabeza en su regazo. Frente a ellas, un hombre delgado, menudo como un niño pero empolvado como una *vedette*, barniz de brillantina sobre el pelo escaso, bigote fino y traje oscuro de rayas, me miraba con desgana. Al corresponderle, me di cuenta de que sólo le faltaba un canotier para parecer un figurín de diez años antes, pero no tuve tiempo de fijarme mucho en los demás, porque al volverme, distinguí una figura familiar en el vano de la puerta del despacho.

—Hola, Manolita.

Era Eladia, o mejor dicho, una Eladia nueva, distinta a la que conocía. Con la cara lavada, el pelo suelto sobre los hombros y un batín de hombre anudado con descuido alrededor de la cintura, sus zapatos de tacón alto eran el único rasgo de Carmelilla de Jerez que identifiqué en ella. Sin embargo, nunca me había parecido tan guapa como en aquel momento, quizás porque la luz que entraba por los balcones del despacho la iluminaba como a una aparición. Adiviné que iba desnuda debajo del batín, y tampoco acerté a explicarme cómo aquella prenda sin forma, que le estaba enorme, podía favorecerla tanto.

—Ven conmigo, Manolita —Hoyos me cogió del brazo con un gesto casi paternal—. Estos son unos vagos, pero nosotros tenemos trabajo que hacer.

Me condujo hasta su dormitorio y echó el cerrojo de la puerta. Después, volvió a sacar el llavero del bolsillo y abrió un cuerpo lateral del gran armario que recorría una pared de punta a punta. Dentro, sobre los estantes de madera, dormía su tesoro.

—¡Qué barbaridad! —suspiré, deslumbrada por los reflejos del oro y la plata—. Parece la cueva de Alí Babá...

—Lo es —sonrió—. Aún lo es. Estás viendo el fruto de la explotación a la que los marqueses de Hoyos han sometido a sus semejantes durante generaciones. Pero pronto dejará de serlo.

—¿Esto es lo que quiere vender? ¿El armario entero?

—Claro. Tengo que mantener a una familia muy numerosa, ya lo has visto. Pero no quiero desprenderme de todo a la vez, porque rebajaría su precio, así que, de momento, voy a seleccionar unas cuantas piezas para ver qué me ofrece tu madrastra.

Mientras dejaba sobre la cama dos parejas de candelabros, varias bandejas y una diadema digna de una emperatriz, empecé a comprender el negocio de María Pilar, pero me asaltó una duda más urgente.

—¿Puedo hacerle una pregunta? —se volvió para mirarme y asintió con la cabeza—. Con lo que debe valer todo lo que tiene aquí... ¿Por qué se fía de mí?

—Porque tu hermano me ha dicho que puedo fiarme de ti —sonrió antes de hacer una pausa para explicarse mejor—. Al principio recurrí a él, es normal, somos viejos amigos, pero me dijo que prefería mantenerse al margen. Eso también es normal, porque él es comunista, y yo soy anarquista, y los nuestros se llevan a matar, ya lo sabes. Por eso me recomendó que hablara contigo, porque tú no militas en ningún partido y... Bueno, si la operación se tuerce por lo que sea, o tu madrastra decide irse de la lengua con alguien que se confunde, y piensa que esto es lo que no es, a ti no te va a perjudicar.

—Ya, pero...

Hoyos frunció las cejas esperando una objeción que no fui capaz de concretar, porque tampoco logré interpretar del todo las imágenes que habían acudido de repente a mi cabeza. No eran más que eso, imágenes sueltas, María Pilar abriendo la puerta de casa después de que alguien llamara muy quedo con los nudillos, un par de cabezas recortándose a través del cristal esmerilado de la puerta de la salita, una recomendación pronunciada en un susurro, no te equivoques conmigo, Roberto, indicios de una verdad escondida a los que las revelaciones de aquel día daban cierto sentido, pero nada más. Era demasiado poco, demasiado vago y confuso para constituir siquiera una sospecha, pero Hoyos insistió en arrancármela.

—Pero ¿qué?

—Nada —y acabé complaciéndole—, que yo creía que el que se encargaba de estas cosas era el Orejas.

—¿Quién? —se lo describí por encima y negó con la cabeza—. Lo siento, querida, pero no conozco a ningún Orejas.

Volvió a afanarse con el contenido del armario, metiendo y sacando objetos hasta que reunió sobre la cama una colección que le pareció aceptable.

—¿Y esto también lo va a vender? —levanté con las dos manos un objeto incomprensible, pero precioso, un cuenco redondo de cristal tallado en el que encajaba otro de plata, más pequeño, con una tapa también redonda, también de plata, que se abría solamente hasta su mitad. Cuando estaba abierta, era como si un cuarto de naranja se escondiera debajo de otro cuarto. Cuando estaba cerrada, el recipiente, sujeto en un trípode labrado que lo sostenía sobre una bandeja circular, parecía una bola del mundo de plata y de cristal.

—Sí —me lo quitó con delicadeza de entre las manos para mirarlo con detenimiento—. Es una caviarera, y no creo que vayamos a tener muchas oportunidades de comer caviar, de ahora en adelante.

—Una... ¿qué?

Me explicó lo que era el caviar y cómo se servía, y hasta rebuscó en el armario hasta que dio con dos cucharas de mango largo y labrado, que se sostenían en unos ganchitos que yo no había visto hasta que él me los descubrió, pero ni siquiera al escuchar el precio de aquellas huevas de pescado, di mi brazo a torcer.

—Ya, pero es muy bonita. Las cosas inútiles, si son bonitas, sirven para algo, ¿no? Aunque no sea más que para alegrarse de verlas.

—Sí —me sonrió mientras asentía con la cabeza, muy despacio—, igual que los chicos guapos. Tienes razón. Vamos a indultarla entonces —y sonreí yo—. No vaya a ser que un día nos encontremos por ahí una caja de latas de caviar y no sepamos cómo comérnoslo.

Aquella hipótesis resultaba tan cómica que nos echamos a reír a la vez, y cuando volvimos al salón no habíamos recobrado del todo la compostura.

—Qué bien os lo habéis pasado ahí dentro, ¿no? —el maniquí viviente levantó las cejas al vernos salir.

—Narciso —pero Hoyos se dirigió a uno de los militares descamisados como si no hubiera oído ese comentario—, hazme un favor. Lleva a Manolita a su casa, ¿quieres?

—¿Tan pronto? —la mujer mayor descansaba ahora las piernas sobre los muslos de Eladia, que había vuelto a ponerse un vestido blanco, estampado con un cerco rojizo y circular que revelaba la mancha de vino tinto que su dueña no había conseguido eliminar—. Déjala que se quede a tomar una copa con nosotros, por lo menos...

—No —Hoyos volvió a mirar a Narciso y él empezó a abrocharse los botones a toda prisa—. Ya ha perdido demasiado tiempo y tiene muchas cosas que hacer.

—Bueno, eso debería decidirlo ella —la mujer insistió—. Ya es mayorcita...

—Que no —Hoyos me cogió del brazo y empezó a andar conmigo hasta la puerta—. Vete, Manolita —añadió cuando ya nos habíamos alejado lo suficiente para que nadie le oyera—, esto no es para ti.

—Muchas gracias —le respondí yo, a cambio.

—¿Gracias? —me sonrió—. No sé por qué...

—Por la chocolatina.

En realidad, tenía algo más que agradecerle, porque Hoyos tenía razón. Aquella vida no era para mí.

Mientras circulábamos por las calles de la ciudad herida, barricadas y sacos terreros, vigas de madera apuntalando las fachadas de los edificios que aún resistían, cascotes y polvo en los solares de los que habían caído bajo las bombas, recordé Madrid como lo había visto a solas por primera vez, cuando cogía el metro en Antón Martín todos los días, a la hora de comer, para bajarme en Tribunal, muy cerca de la taberna de Manuel Rodríguez, un amigo de mi padre que le dejaba sentarse en una mesa con Toñito y el cocido que yo les llevaba, por el precio de una frasca de vino y dos copas de chinchón. A esa hora, las calles, los tranvías, los vagones del metro, estaban repletos de mujeres jóvenes, muchas embarazadas, que recorrían la ciudad en todas direcciones con una cesta entre las manos. Dentro viajaba la comida que llevaban a sus maridos, su propia comida, porque a las dos de la tarde Madrid se llenaba de parejas, hombres y mujeres que se sentaban muy juntos en tapias, en bancos, en muros a medio levantar dentro de las obras, para comer, cada uno con su cuchara, el mismo cocido de la misma tartera. Yo los miraba al pasar, tranquilos y sonrientes, contentos de encontrarse en el centro del día, aquellos apresurados banquetes callejeros que prometían noches más lentas, la contraseña de una felicidad vulgar y corriente, tan humilde como los recipientes de barro que les reunían. Me gustaba mirarles, y al verles sentía calor, una emoción pequeña que era envidia pero era amable, porque me daba cuenta de que la vida de cualquiera de aquellas muchachas sencillas y enamoradas sería una buena vida para mí.

En mayo de 1937, mientras un chico guapísimo me llevaba a casa en un Mercedes descomunal, pensé en ellas, y en que los invitados de Hoyos se partirían de risa si supieran que por las noches, antes de dormir, me acunaba a mí misma con la imagen de una tartera y dos cucharas en un banco de cualquier calle. Sin embargo, el marqués lo entendería, porque había sabido mirarme por dentro, comprender lo que veía. Eso valía mucho más que una chocolatina y por eso estaba dispuesta a ayudarle, pero antes tenía que averiguar qué esperaba exactamente de mí.

—Tenemos que hablar —aquella noche, después de recoger la cocina, apoyé las manos en la mesa donde Toñito había desplegado su escritorio portátil y señalé con la cabeza hacia arriba—. En cuanto que se acuesten.

Media hora después cerramos la puerta sin hacer ruido y subimos las escaleras para sentarnos en el último peldaño. Desde que nos mudamos a aquella casa, el rellano que daba acceso a las buhardillas había sido siempre el escenario de las conferencias importantes de los hermanos Perales García, aunque aquella noche dejamos a Isa durmiendo en su cama.

—Pues es muy sencillo —y lo era tanto que mientras escuchaba a Toñito me pareció mentira no haberlo descubierto sola—. Todos pertenecen a alguna organización de ayuda a los refugiados. Se presentaron voluntarios, así que pudieron elegir, y se han ido repartiendo entre las oficinas del gobierno, del ayuntamiento, de todos los partidos y sindicatos. Localizan las casas que les convienen, se plantan allí con una orden de incautación y sus carnés, todo en regla, y se llevan los objetos de valor que encuentran, plata, relojes, vajillas, cuadros, muebles... Trabajan con un par de peristas que les pagan bien y no hacen preguntas. Cuando ya han cargado el camión, vuelven a colocar en su sitio lo que no les interesa, van a buscar a los refugiados correspondientes, los instalan allí, y a por otra.

—¿Y padre lo sabe? —mi hermano negó con la cabeza—. Porque él es guardia de asalto, y... Bueno, eso es robar.

—Pues claro que es robar —se echó a reír y siguió fumando, tan fresco—. ¿Qué te creías?

—No sé, pero es un delito, ¿no? Habría que impedirlo, hacer algo...

—Ya —y por fin conseguí que se pusiera serio—. Lo sé. Y lo he pensado, no creas, hasta lo he hablado con Hoyos, pero... —chasqueó los labios y negó con la cabeza—. Aparte de los problemas que me buscaría en casa, si desmanteláramos la red tendríamos que detenerlos a todos, ¿no? Saldrían en la prensa, se enteraría todo el mundo y pasaría lo de siempre, imagínate los periódicos de Burgos, Madrid ciudad sin ley, saqueos, pillaje, el caos, así que... Son unos ladrones, es verdad, pero aparte de que quien roba a un ladrón tiene cien años de perdón, cumplen con su tarea, alojan a familias todos los días, trabajan muy bien y en sus organizaciones les aprecian mucho. Habría un montón de gente dispuesta a defenderles, las oficinas de ayuda a los refugiados se desprestigiarían, y... Lo único importante para nosotros es ganar la guerra. Eso es lo único que importa. Después, iremos a por ellos, pero ahora, el remedio sería peor que la enfermedad.

—Pues no me parece bien —protesté.

—Ya me lo imagino, pero... Te puedes consolar pensando que Hoyos es todo lo contrario. Él se gastará hasta el último céntimo que saque en comprar carbón, ropa y comida para sostener la comuna esa que ha montado en su casa, ya lo has visto. Y lo demás... Por mucha rabia que te dé, de momento no podemos hacer otra cosa que tenerlos vigilados.

—Ya —entonces creí que por fin lo había entendido todo—. De eso se encarga el Orejas, ¿no?

—¿El Orejas? —Toñito frunció el ceño al escucharme—. No. ¿Por qué lo dices? Él no sabe nada de esto.

—¿Que no? Claro que sabe... —pero mis sospechas le hicieron reír.

—¡Qué va, mujer! ¿Cómo va a estar él metido en negocios con María Pilar? —siguió negando con la cabeza, sin admitir ni por un instante la posibilidad de que yo llevara razón—. Lo que pasa es que le tienes manía, porque te gustaba un rato, no me digas que no, hasta que te puso ese mote que te sentó tan mal...

La señorita Conmigo No Contéis. En lo que quedaba de guerra, no volvió a llamármelo nunca más, pero unas semanas antes estuvo a punto de empezar a llamarme de otra manera. Mi hermano estaba en el baño cuando vino a buscarlo y le pedí que me acompañara a la cocina porque tenía que vigilar el cocido. Era domingo, media mañana, y el sol de abril entraba hasta el centro de la habitación. Yo estaba apoyada en el mármol, de espaldas a la ventana, y le miraba, él me miraba y hablaba, hasta que se quedó callado en mitad de una frase y se me olvidó de golpe todo lo que sabía.

—Parece que te está ardiendo el pelo —alargó una mano para tocarlo, sus dedos estirando con delicadeza uno de los bucles que enmarcaban mi frente—. Te da la luz por detrás y los rizos te brillan como si se quemaran.

—Pues es lo que me faltaba —sonreí—, con lo feo que lo tengo.

—No es feo —y se acercó un poco—. A mí me gusta —y un poco más—. Ahora mismo estás guapísima...

—¿Sí? —ya lo tenía tan cerca que nuestras narices casi se rozaron.

Cerré los ojos, entreabrí los labios, y todo lo que conseguí fue escuchar los gritos de mi hermano.

—¡Orejas! —el eco de sus botas sobre las baldosas—. ¿Qué haces aquí? Vámonos, coño, que no llegamos...

Al abrir los ojos, sólo vi su espalda. Ni siquiera me dijo adiós, como si se avergonzara de haber estado a punto de besar a una chica tan insignificante como yo.

Volví a ver a Roberto un par de veces y siguió pasando por mi lado como si apenas me conociera, hasta que en verano, cuando aún no se habían cumplido dos meses desde aquella conversación en la buhardilla, las reuniones políticas terminaron para siempre. Mi hermano volvió a presentarse voluntario, y esta vez le aceptaron. El Puñales dejó de venir a casa cuando le daban permiso. Y de los otros dos, creí que nunca volvería a saber nada, pero unos meses más tarde, la Luisi me contó que el Manitas trabajaba en una oficina militar secretísima.

—O algo así —añadió, moviendo las manos en el aire—. No me he enterado muy bien, no creas.

—No, si eso ya se ve. ¿Y el Orejas?

—Pues por ahí anda. Me lo encontré el otro día, precisamente. Está muy metido en política, por lo visto...

Eso nunca pude comprobarlo por mí misma, porque sólo volvimos a encontrarnos en una ciudad distinta.

Aunque el mes de abril de 1939 fue tan templado, tan caprichoso y húmedo como el de cualquier otro año, en mi cuerpo heló todas las noches, todos los días amanecieron cubiertos de escarcha. En el instante en que los franquistas entraron en Madrid, María Pilar decidió no volver a poner un pie en la calle, y su dimisión me condenó a disfrutar de la primavera de los vencedores en todo su esplendor. Me convertí en una de tantas figuras oscuras que caminaban pegadas a los muros, vestidas con ropas pardas, sin brillo, la cabeza cubierta por un viejo velo de tul sujeto con una horquilla, como si fuera a misa a todas horas. Destacar, en cualquier sentido, era peligroso. La Luisi, que en la paz como en la guerra seguía estando enterada de todo, había renunciado a la pequeña impostura de andar por el barrio con una camisa azul y una falda gris, vagamente falangistas, cuando vio a su precursora Cecilia, la hija del afinador de pianos de la calle Magdalena, bajando de un camión con la cabeza rapada, la combinación hecha jirones y magulladuras en todo el cuerpo. Ella fue quien tuvo la idea de protegerse con un velo, y yo la imité.

El día que volví a ver al Orejas, padre ya no estaba en casa. Había oído que los soldados de la República tenían que presentarse en un campo de fútbol y para allá se fue, pero le dijeron que aquella convocatoria era sólo para militares, que los guardias de asalto tenían que esperar en su domicilio. Volvió a casa tan contento, pero dos días más tarde vinieron a buscarlo. Se lo llevaron sin decirnos adónde para soltarlo enseguida, después de comprobar que no tenían nada contra él. Una semana después, ya lo habían encontrado y se lo volvieron a llevar. Por la tarde, fui al cuartelillo de la calle Toledo donde le habían retenido la primera vez y me dijeron que lo habían trasladado a la cárcel de Porlier, donde había que pedir turno en una ventanilla para visitar a cualquier preso. Eso hice, y al volver a casa, me fijé por casualidad en una pareja que bajaba por la otra acera de la calle Atocha.

Ella, delgada y bajita, muy morena, se llamaba Mari Carmen y era un par de años más joven que yo, pero la conocía porque había venido de vez en cuando a las reuniones de Toñito. Él era el Orejas, y al verle, me avergoncé de haber desconfiado tanto de sus intenciones, porque caminaba con gesto sigiloso, hablando sin mover apenas los labios, con una caja de zapatos debajo del brazo y un aire de conspirador que me sugirió que seguramente le estaba dando a aquella chica unas instrucciones que sólo podían ser políticas. La idea de que los camaradas de mi hermano se estuvieran organizando en aquella ciudad sometida a un asedio interior más duro que el que habíamos soportado desde el extrarradio durante tres años, me inspiró una extraña sensación, compuesta a partes iguales de incredulidad, de miedo, de orgullo y de ternura. Y sin embargo, un segundo antes de que cediera a la tentación de arrepentirme de mi apodo, sucedió algo extraño.

Eran casi las ocho, ya había atardecido, pero quedaba un rastro de luz, una claridad difusa, como una bruma blancuzca que se confundía con el resplandor amarillento de las farolas recién encendidas para crear un efecto irreal, de sombras vagas, dudosas. En esas condiciones, nunca sabría con certeza si había visto en realidad lo que creí ver, pero mis ojos detectaron que el Orejas volvía un instante la cabeza hacia fuera, que su mirada se encontraba con la mía durante una fracción de segundo, y que su cuello volvía a enderezarse a toda prisa. Una semana después, él mismo acabó de confundirme.

—¡Orejas! —exclamé al encontrármelo delante de la puerta—. Todavía te acuerdas de dónde vivimos...

—Sí, bueno, es que no están los tiempos como para hacer visitas —hablaba para el cuello de su camisa, dividiendo su atención entre mi cara y la escalera—. ¿Puedo pasar?

—Claro —entró en el descansillo y echó a andar hacia la salita pero, por un impulso que no acerté a explicarme, decidí que era mejor que no se encontrara con María Pilar—. Vamos a la cocina.

Me pidió un vaso de agua, y mientras se lo bebía, le conté que padre estaba en Porlier, pero que teníamos esperanzas de que lo soltaran pronto, como la primera vez.

—¿Y tu hermano? —preguntó entonces—. ¿Sabes dónde está?

—Ni idea. No sabemos nada de él desde el golpe de Casado.

Le estaba diciendo la verdad. Desde el 6 de marzo, cuando el Consejo de Defensa puso precio a la cabeza de todos los comunistas de Madrid, Toñito no había vuelto a casa, y ya había pasado casi un mes desde que Eladia vino a contarme que estaba con ella. Podría haberla mencionado, pero no lo hice porque, como él mismo había dicho al entrar, no estaban los tiempos como para hacer visitas.

—Pues venía a buscarle, porque... —me miró, resopló, se frotó la frente con una mano—. Nos habíamos vuelto a reunir, ¿sabes?, su grupo, el del barrio, para ver qué podíamos hacer, ayudar a los presos, más que otra cosa, pero todo se ha venido abajo de repente. Han caído un montón de camaradas, hombres y mujeres, hay redadas todos los días y no sabemos lo que ha pasado. Tenemos un traidor dentro, pero no hemos conseguido saber quién es. Por eso, conviene avisar a Antonio, decirle que tenga mucho cuidado, que no se fíe de nadie... Si te enteras de dónde está, ven a verme, ¿quieres?

Le miré fijamente, intentando adivinar qué había detrás de aquellas enormes orejas de soplillo, aquella cara tan simpática de niño zalamero, aquel relato tan sólido y bien trabado al que le faltaba un detalle fundamental. Si me hubiera dicho: oye, y por cierto, que nos vimos la otra tarde, porque eras tú la que subía por Atocha, ¿no?, le habría mandado derecho a casa de Eladia. Como no lo hizo, y entró una vez más en la cocina de mi casa sin tomarse la molestia de preguntarme cómo estaba, antes de dejar claro que el único que le interesaba era mi hermano, decidí que siempre estaría a tiempo de arriesgarme a que las moscas entraran en mi boca.

—Bueno, no sé... —y me limité a responder a su respuesta con un acertijo muy fácil de resolver—. Tú sabes mejor que nadie cómo me llama la gente.

—La señorita Conmigo No Contéis —sonrió.

—Justo —yo también sonreí—. Pero lo decía en broma. Si me entero de algo, ya te avisaré, no te preocupes.

Cuando se llevaron con velo y todo a la pobre Luisi, que en lo que duró la guerra no había hecho otra cosa que intentar seducir a Toñito emborronando libretas en vano con las mejillas perdidas de colorete, convertí mi instintiva desconfianza en un argumento contundente. Si había caído incluso aquella infeliz era porque algún asistente a las reuniones de nuestra casa trabajaba para la policía, y en ese caso, todos los demás, inocentes o no, eran igual de peligrosos. Lo fueron mientras estuvieron en libertad, porque cuando llegó el calor, no volví a encontrarme con ninguno por la calle.

Aquel otoño, mientras mi vida encajaba en un molde nuevo, estrecho y feo, humillado y monótono, creí que nunca más volvería a ver a mi hermano. Mi madrastra seguía escondida en casa, aunque de vez en cuando, temprano por la mañana o casi de noche, recibía a un anciano muy atildado, que se llamaba don Marcelino y tenía una tienda de antigüedades. Hasta mediados de julio, cuando me mandó allí para que le entregara una nota en un sobre cerrado, habíamos vivido del dinero de Burgos, que parecía florecer misteriosamente en su monedero. Sin embargo, antes de que terminara la primavera, no le quedó más remedio que ponerme al corriente de su particular economía doméstica.

Ella había estado siempre tan segura de quién ganaría al final que, durante la guerra, había recolectado una considerable cantidad de divisas, francos franceses y suizos, dólares y libras esterlinas que provenían de la recepción del hotel Gran Vía, donde sus antiguos compañeros de trabajo se las habían ido cambiando con recargos progresivamente exagerados, a medida que se devaluaban las pesetas republicanas en las que cobraba los objetos que vendía. Por eso, cada dos o tres días, me daba un billete de poco valor que yo cambiaba en la ventanilla de algún banco donde no me hubieran visto la cara todavía. Si me preguntaban, decía que lo había recibido en una carta que me habían mandado unos tíos míos, emigrantes, aunque las cantidades eran tan propias del regalo de un pariente, que casi nunca despertaban la curiosidad del cajero. Pero, por desgracia, no todos los billetes eran pequeños, y a medida que se iban acabando los de menor cuantía, empezamos a depender, también para cambiar divisas, de la codicia de don Marcelino, un comerciante de buena familia, monárquico de toda la vida y demasiado listo como para matar a la gallina de los huevos de oro.

María Pilar, que estaba a su altura, había acatado siempre la regla suprema que el hijo del marqués de Hoyos aplicó a la venta de su tesoro. Desprenderse de todo a la vez hubiera hecho bajar los precios, y por eso, el armario del pasillo estaba siempre cerrado con llave. Ella debía de levantarse de madrugada para sacar lo que quería ofrecer a don Marcelino en su siguiente visita, pero nunca descubrí el escondite intermedio, y pocas veces llegué a ver el objeto de la transacción. Tampoco escuchaba sus negociaciones, porque ninguno de los dos podía permitirse el lujo de chillar, aunque sólo con verles la cara al salir, me imaginaba la clase de acuerdo al que habían llegado.

—Este cabrón, sinvergüenza... —a finales de 1939, María Pilar ni siquiera se levantaba para acompañarle hasta la puerta, y era yo quien contemplaba una chispa de excitación en los ojos del anticuario, sus mejillas coloreadas de euforia—. ¡Un ladrón! Eso es lo que es, ni más ni menos que un ladrón. Vamos, que venirme a mí con esos precios...

Pero los aceptaba. Tenía que aceptarlos porque no le quedaba otra. No podía desairarle por miedo a que la denunciara a la policía, y tampoco podía denunciarle sin autoinculparse. Lo sabían los dos, y lo sabía yo, que veía cómo el anticuario iba apretando poco a poco una soga imaginaria alrededor del cuello de mi madrastra.

—Buenos días, don Marcelino —y esperaba a que respondiera cortésmente a mi saludo antes de transmitirle un mensaje que él conocía de antemano—. Que dice María Pilar que anteanoche le estuvo esperando, y ayer también, todo el día, y le gustaría saber cuándo tiene usted previsto venir.

—Pues no sé, hija mía, la verdad es que no lo sé. No me encuentro muy bien, con estos fríos... A ver si mejora el tiempo y me repongo un poco.

Yo fingía que le creía, él fingía que me lo agradecía, y todavía me tocaba volver una o dos veces hasta que juzgaba que nuestra desesperación había llegado a un punto óptimo para sus intereses. En esas circunstancias, decidí que lo mejor para los míos era buscar trabajo.

La policía precintó el almacén de la calle Hortaleza al día siguiente de que detuvieran a mi padre por primera vez. El local era nuestro, pero no podíamos venderlo ni alquilarlo hasta que procesaran al detenido, porque en función de los cargos que se presentaran contra él, sus propiedades podrían ser expropiadas y adjudicadas a los demandantes como reparación. Intenté averiguar quién le había demandado, y me dijeron que eso estaba bajo secreto de sumario. Pregunté después cuáles eran los cargos y me respondieron que no se sabía. Me interesé después por la fecha del juicio y tampoco quisieron contestarme. Antes de probar las amargas consecuencias de aquel silencio, aprendí a vivir en un mundo al revés.

Mi padre, un simple simpatizante socialista, que aparte de estar afiliado a la UGT no había hecho nada más que ser guardia de asalto, estaba en la cárcel. Toñito, el auténtico rojo activo de la familia, a salvo en algún lugar, aunque fuera al precio de esconderse como un animal en su madriguera. Entretanto, María Pilar, una auténtica delincuente que ni siquiera había sido de izquierdas, dormía en su cama cada noche mientras nos mantenía a todos con el producto de sus robos, aunque era inevitable que la detuvieran antes o después. Por eso, ella no se atrevía a salir y yo me pasaba el día machacando aceras, recorriendo Madrid de punta a punta en busca de algún empleo que me permitiera mantener a mis hermanos cuando las cosas dejaran de ir mal para empezar a ir peor, un horizonte tan terrorífico que no me dejaba dormir por las noches.

En octubre de 1939, cuando cumplí diecisiete años, Isabel tenía doce, Pilarín, siete, y a los mellizos, Juan y Pablo, todavía les faltaban unos meses para llegar a los cuatro. Aquel día, todos me regalaron muchos besos. No hubo comida especial, ni tarta, ni visitas, pero Isa encendió una cerilla después de cenar, y me animó a soplarla para pedir un deseo. Cerré los ojos, y durante un instante, deseé un cañamazo y una caja de hilos de colores en una habitación grande y soleada, un puesto fijo en un taller de bordadoras, como el que tenía cuando la guerra me lo quitó, la mejor plataforma para encontrar un hombre bueno y divertido, del que pudiera enamorarme mientras llegara el momento de compartir un cocido con él en un banco de la calle. No había nada que deseara más, pero eso era lo mismo que pedir que nunca hubiera habido una guerra.

Mi antigua patrona había desaparecido. Olvido, la oficiala de entonces, me pasaba de vez en cuando algún encargo que no podía terminar sola, pero ya no quedaban talleres, sólo muchachas machacando aceras, implorando en las lencerías, en las tiendas de ropa, en las de mantones, casi siempre sin suerte, porque los dueños leían en nuestros ojos ávidos, en nuestros cuerpos flacos, en la ansiedad que nos afilaba los pómulos y dibujaba una sombra púrpura bajo nuestros ojos, que éramos hijas, esposas, hermanas de republicanos, y nadie se arriesgaba a colocar a una roja en la inmensa cárcel de desahuciados en la que nos había tocado sobrevivir, así que cambié de deseo sobre la marcha. No me gustó pensar lo que estaba pensando, pero no tenía mucho más donde elegir. Que no detengan a María Pilar. Que no se la lleven, aunque no la quiera, aunque sea una ladrona, aunque se merezca estar en la cárcel. Que no la encuentren, que no me la quiten, que no me dejen sola con los niños, que no detengan a María Pilar... Ese fue el deseo de mis diecisiete años.

El destino me regaló seis meses de mal sueño. En abril de 1940, cuando metieron a mi madrastra en la cárcel de Ventas, empecé a dormir mejor, porque llegaba a la cama tan agotada, después de vivir en una pura pesadilla durante cada minuto de cada día, que no tenía fuerzas ni para soñar desastres. Aquel año me enseñó que eso de ir de mal en peor era una expresión tonta, torpe, porque lo peor no puede compararse con nada. Lo peor es un saco sin fondo, un pozo infinito, un túnel negro donde los desesperados que se arrastran a tientas, sin atreverse a mirar hacia arriba, no llegan nunca a atisbar la luz. Desde que acabó la guerra, yo sabía que lo peor estaba por llegar, que acechaba detrás de una hoja de cualquier calendario, pero jamás imaginé que fuera tan enorme, tan inabarcable, tan devastador. Quizás por eso, antes de que la desgracia se multiplicara, encadenando una ruina tras otra como si estuviera jugando a comprobar mi capacidad de resistencia, 1939 quiso demostrarme que no había sido tan malo, y me hizo otro regalo antes de marcharse.

Aquellas navidades fueron un presagio del tiempo que vendría y el momento que escogió el hambre, aquel desconocido, para dejar en nuestras manos su tarjeta de presentación. A mediados de diciembre, don Marcelino se esfumó, dejando tras de sí sólo un cartel, «cerrado durante las fiestas navideñas», en un escaparate vacío. María Pilar tuvo que arriesgarse, recurrir a sus antiguos socios, confiarles que estaba viva y en casa, una audacia que nos salvaría durante unos meses sólo para condenarla definitivamente después. Pero en Nochebuena, sus gestiones aún no habían dado resultado, y las mías no arrojaron más que unas pesetas que me prestó el señor Felipe, el cordelero del número 17, cuando se acabaron las pocas que había podido reunir bordando para Olvido, haciendo recados y limpiando los cristales de la tienda de don Marcelino. Aquel día estuve a punto de intentar comprar el pan como lo hacían la mitad de las chicas del barrio, enseñándole las tetas a Jero, el hijo tonto de la panadera de la calle León, pero no hizo falta. Cuando ya le había dado varias vueltas a todos los puestos del mercado de la Cebada, el más barato al que podía llegar andando, sin decidir con qué acompañar el repollo que llevaba en la cesta, oí un ruido sordo tres veces repetido, que incrementó en la misma proporción el peso que sostenía con la mano derecha, antes de que otra mano me cogiera del brazo izquierdo para tirar de mí.

—Sigue andando y no mires para atrás —reconocí el acento, la voz, pero incluso así, al mirarle de reojo me costó trabajo aceptar que la Palmera me estuviera sacando del mercado a tirones—. Son tres patatas bastante gordas, se las acabo de robar a la Timotea, que es una cabrona estraperlista.

—Pero tú... —cuando salimos a la calle quise preguntarle qué hacía allí, pero me quedé muda al ver como sacaba de un bolsillo una tableta de turrón de Jijona y un cartucho de peladillas que fueron a hacerle compañía a las patatas y al repollo en el fondo de la cesta—. Y eso, ¿también lo has robado?

—No, el postre os lo manda tu hermano, pero sin embargo... —separó de la americana el brazo izquierdo que llevaba pegado al costado, como si fuera un tullido, y sacó un trozo de bacalao en salazón—. Digamos que me he encontrado esto en el suelo ahí dentro, como si alguien lo hubiera tirado con el codo mientras tú dabas vueltas a los puestos como un alma en pena. Ten —también lo echó en la cesta—, y vete a casa. Pero esta noche, sal a las doce menos cuarto, con un velo y un rosario, como si fueras a oír la misa del gallo en las Calatravas de Alcalá. Yo te estaré esperando en la esquina de Cedaceros —se quedó parado un instante, como si esperara una pregunta que no me atrevía a hacerle, y después, él mismo me dio la respuesta—. Antonio quiere verte. Y ahora, corre.

No pude hacerlo. Me quedé parada en mitad de la acera, la cesta llena con aquella compra extravagante y las lágrimas temblándome en los ojos, los ojos temblándome en la cara, la cara temblándome en un cuerpo que mis piernas apenas sostenían, ellas también un puro temblor. Quería hablar, darle las gracias por todo, por las patatas, por el bacalao, por el turrón, por haber venido a buscarme, por contarme que Antonio quería verme. Quería hablar, pero no podía, y ni siquiera le veía bien.

—¿Pero qué haces ahí? Vete ahora mismo a casa, Manolita, y no llores —volvió a cogerme del brazo para obligarme a andar otro trecho—. Ya no se puede ni llorar por la calle, ¿es que no te has enterado? Anda, que como te pare un guardia y te pregunte qué te pasa, al final todavía la acabamos liando.

—Muchas gracias, Palmera —le dije antes de separarme de él y seguí andando sola, sin mirar para atrás.

—Muchas veces, preciosa —escuché a mi espalda, en un susurro.

Si la guerra había puesto el mundo boca abajo, la derrota lo volvió del revés. Paco Román, la Palmera, aquel sujeto incomprensible, siniestro, peligroso, que me había torturado en sueños tantas noches, se convertiría pronto en mi único amigo y más que eso, una improvisada hada madrina, el ángel de la guarda afeminado, con chapas metálicas en los tacones de las botas y un rastro de lápiz negro en el párpado inferior, que se las arreglaría para estar cerca de mí cuando todas las puertas se cerraran, armado con un chiste entre los labios y algo comestible en los bolsillos.

—Feliz Navidad, ¿no? —aquella noche me dio mucho más—. Que es lo propio...

Me cogió del brazo y me guió por el camino más largo hasta la puerta de artistas del tablao donde trabajaba. Le seguí por las escaleras sin atreverme a hacer preguntas, hasta que llegamos a una puerta cerrada. Llamó con los nudillos, primero tres veces, luego dos más, y una desconocida abrió desde dentro.

La primera vez que entré en el cuarto del vestuario, todos los trajes estaban corridos, las luces encendidas, y media docena de mujeres, que acababan de cambiar los faralaes por batas de raso de andar por casa, brindando con sidra en copas de champán. En una butaca, al fondo, vi a un hombre, pero no estuve segura de que fuera mi hermano hasta que su boca se despegó de la de una mujer sentada en sus rodillas, con la que se besaba como si sus cabezas fueran una sola. A ella la reconocí primero. Era Eladia. Toñito la apartó con delicadeza antes de levantarse para venir hacia mí.

—¡Qué bonito! —Jacinta fue la única que se atrevió a interrumpir el silencio en el que nos dimos un abrazo interminable, largo y estrecho, cuajado de besos, de lágrimas—. Dan ganas de aplaudir y todo, como en el cine.

—Pues sí, no faltaba otro escándalo... —la voz de Eladia nos separó, pero yo aún no quise desprenderme del todo de los brazos de mi hermano, y me quedé mirándole un rato muy largo, como si necesitara convencerme de que aquel hombre joven, relajado y bien alimentado, tan guapo como siempre y más que nunca, era de verdad Toñito.

—No te preocupes por mí, Manolita —él mismo disipó mis dudas mientras sujetaba mi cara con las manos, sus ojos risueños, fijos en los míos—. Aquí estoy de puta madre. Mejor que en la calle, seguro.

Pronto comprendería que eso no era más que una pequeña parte de la verdad. La versión completa incluía no sólo que mi hermano estuviera bien, sino que estaba mucho mejor que yo, que cualquiera de nosotros. Sin embargo, le había echado tanto de menos, me dio tanta pena, tanto miedo encontrarle allí, en aquel cuarto ajeno, rodeado de flecos, de volantes y mujeres desconocidas, que tuve que obligarme a sonreír. Y cuando terminó de contarme que vivía entre aquella habitación y el piso que Eladia tenía alquilado dos portales más arriba, los labios casi me dolían del esfuerzo.

—Voy y vengo por las azoteas, aunque algunas noches, cuando las chicas se van, salgo con ellas. A esas horas no hay nadie en la calle.

—Pero es muy peligroso, Toñito —objeté en un susurro—. Cualquiera puede denunciarte, pueden...

—¿Quién? —me interrumpió con una sonrisa mientras describía un círculo con el brazo—. Estas, desde luego, no. Aquí hay de todo, ¿verdad, Dolores? —la sastra sonrió, asintiendo con la cabeza—, el Frente Popular al completo, una viuda de republicano, dos socialistas de Largo Caballero, otra de Negrín, Jacinta, que es camarada, mi novia, que tiene la mala costumbre de ser anarquista, como sabes... —alargó un brazo para coger a Eladia por la cintura, la estrechó contra él y ella le devolvió el mimo, dejando caer la cabeza contra su cuello mientras le sonreía con una complacencia mansa, inaudita—, y la Palmera, por supuesto. Nadie más sabe que estoy aquí. Cuando echemos a Franco, volveremos a liarnos todos a hostias —una carcajada general acogió esa predicción—, pero de momento, estamos juntos y muy bien relacionados, por cierto, así que... —se sacó un cartón del bolsillo—. Toma, mi regalo de Reyes.

Era una cartilla de fumador a nombre de Antonio Perales Cifuentes, nuestro padre, un preso de la cárcel de Porlier que no tenía derecho a ninguna libreta como la que su hijo mayor acababa de depositar entre mis manos.

—Pero, esto... ¿Es auténtica?

—Natural —fue Eladia quien respondió—. No vamos a darte una falsa, para que te encierren a ti también.

No me atreví a preguntar cómo la habían conseguido, pero se la agradecí como si adivinara que, muy pronto, la comida que pudiera poner sobre la mesa dependería de mi habilidad para trapichear con aquellos cupones. Sin embargo, cuando me despedí de Toñito con un abrazo tan fuerte como el que nos había reunido, seguía sintiendo más miedo por él que gratitud por su regalo. Fue en vano.

En una ciudad donde cualquiera era capaz de vender a su madre por dos perras, aquellas mujeres de reputación menos que dudosa demostraron una lealtad tan incombustible que acabó sumergiendo a mi hermano en un puro espejismo de irrealidad. Con el tiempo me convencí de que eso era lo que había ocurrido, que Toñito se había vuelto loco, que había perdido todas las referencias, que se sentía tan poderoso, tan invulnerable, tan inmortal, que ni siquiera sabía en qué país vivía. Sólo un delirio nacido de su aislamiento, de la feliz ignorancia de uno de los pocos madrileños que seguían viviendo en la capital de la República sin haber llegado a conocer la de Franco, podía justificar el absurdo plan que, en la primavera de 1941, justo en el momento en que empezaba a vislumbrar una pequeña luz más allá de las tinieblas, me convirtió por última vez en la señorita Conmigo No Contéis.

—Escúchame. Lo único que te pido es que me escuches. Ya sé que suena raro, pero es un plan limpio, seguro. No vas a correr ningún riesgo.

—¿Pero cómo se te ocurre proponerme una cosa así? —le contesté lo de siempre, que no contara conmigo, aunque ya sabía que él tampoco iba a aflojar tan fácilmente—. ¡Sí, hombre! No tengo yo otra cosa que hacer que casarme ahora con un preso para que tú sigas jugando al revolucionario, ya te digo...

—No te estoy pidiendo que te cases —volvió a pronunciar cada palabra con tanta violencia como si su lengua la cortara con el filo de un cuchillo—. Te estoy dando una oportunidad de luchar contra los asesinos de tu padre. ¿Te vale como razón, o necesitas alguna más?

—No me vengas con esas, Toñito...

—¿No? —y volvió a mirarme con dureza—. ¿Los has perdonado, entonces?

Ni él ni yo necesitábamos escuchar una respuesta que ya conocíamos. Yo tampoco tenía nada más que decir, pero antes de irme, le miré y leí en sus ojos lo que estaba pensando, siempre igual, cómo no, la tonta de Manolita aguando la fiesta. Y total, ¿por qué? Por egoísmo, por pereza, porque ella no mueve un dedo para ayudar a nadie... Eso era lo que pensaba mi hermano mientras vivía como un pachá, un convaleciente mimado, protegido por media docena de mujeres, que dormía en la cama de Eladia, comía bien, bebía mejor, fumaba gratis y no sabía cómo era mi vida. Por eso, la señorita Conmigo No Contéis seguía siendo yo, no él.

Al marcharme de allí, no podía sospechar que al final, como siempre, acabaría saliéndose con la suya. A cambio, él nunca podría imaginar la naturaleza de los motivos que me impulsaron a aceptar su oferta.

—Pero, mujer... Inténtalo, por lo menos —la Palmera se me quedó mirando con el maquillaje intacto, después de acompañarme hasta la puerta trasera del tablao—. A Antonio le hace mucha ilusión y a ti... ¿Qué trabajo te cuesta? Total, es una boda de mentira, ¿no? ¡Si yo te contara la de esas que he visto en mis buenos tiempos! Y todas para lo mismo, que tú, ni eso vas a tener que hacer, pobrecita mía...

Desde la Navidad de 1939 hasta el mes de mayo de 1941, él había sido mi único amigo, y más que eso. Cuando lo peor ejecutó a mi padre, cuando encarceló a mi madrastra y me lo quitó todo para demostrarme que, en realidad, lo malo no era un mal sitio donde estar, mi única esperanza consistía en distinguir una figura flaca, un traje raído, unos zapatos baratos, muy viejos, pero muy limpios, merodeando cerca del número 7 de la calle de las Aguas.

—Di que sí, anda, y ese día yo te arreglo, te peino, te pinto... —empezó a loquear con las manos en el aire para hacerme reír—. Como a una reina, te voy a dejar, no te digo más.

—¿Pero no habíamos quedado en que era una boda de mentira?

—¿Y qué? Una boda es una boda —entornó los ojos para dirigirme una mirada triste, melancólica—. Igual, con el tiempo, el chico te acaba gustando, y si no... En este país de mierda, todos necesitamos un poco de emoción. Cásate con él, anda, aunque sólo sea para que nos hagamos ilusiones de que algo va a salir bien durante una temporada...

Después de nuestro primer encuentro en el mercado, la Palmera vino a buscarme otras muchas tardes, tantas que llegó un momento en el que me bastaba con mirarle para adivinar el motivo de su visita. Un gesto relajado, sin ojeras, significaba que Toñito lo había mandado con algún recado. Durante algunos meses, aquello fue lo mejor que podía pasarme, pero el hambre relegó muy pronto la situación de mi hermano a la categoría de los asuntos poco urgentes. Por eso, al distinguir su silueta a lo lejos, cruzaba los dedos para invocar una cara abotargada, unos ojos enrojecidos, el espantoso, inequívoco aspecto de quien ha dormido muy poco después de beber demasiado. Cuando era eso lo que me encontraba, él sonreía antes de sacarse de los bolsillos de la americana, como un Rey Mago espléndido y flamenco, unos paquetitos de papel de estraza llenos de almendras saladas, de tacos de jamón, de lonchas de mojama o de queso manchego, los restos de las tapas que no se habían terminado los clientes de la juerga de la noche anterior, y que había rebañado plato a plato, adelantándose a los camareros, para los niños y para mí.

En mayo de 1941, en la puerta de artistas del tablao, sonreí al recuerdo de las carcajadas que se nos escapaban en aquellos días horribles, al contemplar la sal que solía espolvorear nuestro botín.

—En fin, menos mal que el agua de las fuentes sale gratis, ¿verdad?

—Gracias, Palmera —y recordé también que él nunca había tenido ningún deber, ninguna obligación de preocuparse por mí.

—De nada, preciosa —así comprendí que aquellos puñaditos de almendras fritas, aquellos tacos de queso y de jamón, me comprometían en una misteriosa fraternidad a la que hasta entonces nunca había creído pertenecer—. Yo sé lo que es pasar hambre.

A Francisco Román Carreño nunca le faltó un plato en la mesa a la hora de comer, pero la Palmera había mirado muchas veces al hambre a los ojos.

Cuando dejaba de notar las tripas y empezaba a sentir que le dolían, como si una tenaza de hierro las pegara entre sí para exprimir el limpísimo hueco de su estómago, miraba a su alrededor y tardaba en decidirse. Sentía una envidia amarga de los niños de la calle, porque ellos no se avergonzaban de rebuscar en los cubos de basura de los restaurantes, y sabían poner cara de pena mientras extendían una mano sucia ante cualquier pareja bien vestida en la puerta de un teatro. Él jamás podría hacer lo mismo porque antes había sido Paquito Román, el hijo pequeño de Tomás y Salvadora, que habían tirado la casa por la ventana al comprarle a un chamarilero de Camas un traje blanco para que su benjamín recibiera la Primera Comunión vestido de señorito, y no le habían perdonado que saliera maricón.

Mientras andaba por las calles mirando al suelo, hacia el ángulo recto que las aceras formaban con las fachadas de los edificios para crear una sombra discreta, el lugar que los niños caprichosos y los adultos descuidados solían elegir para desprenderse de las cáscaras de plátano, los bollos a medio masticar o esos delicados recipientes de papel blanco que con suerte conservaban, pegado en el fondo, un resto del merengue, del azúcar o la mermelada que los colmaba cuando a alguien se le habían antojado en una pastelería, maldecía la fotografía que le había impulsado a mudarse a Madrid. Y no era que en Sevilla le hubiera ido mucho mejor, pero allí, por lo menos, no hacía tanto frío en invierno.

—Ahora, nosotros vamos a la fonda, a desayunar... —tras el entierro de su madre, su hermano le había cogido de un brazo para llevarlo aparte sin miramientos—. Tú recoges tus cosas y te largas. No queremos volver a verte por aquí.

—¿Qué? —Paco se quedó mirando a Bernabé y él le sostuvo la mirada por primera vez en siete años.

En 1921, la última noche en la que estuvieron juntos como hermanos, también era verano. Berna le invitó a salir con él después de cenar, y nunca antes lo había hecho, pero Paco no receló de su oferta porque era sábado, primero de mes, y él había trabajado tan duro como los demás. Las tierras de su padre no daban para mantener a la familia, y por eso tenía arrendadas otras y una huerta cuyo cuidado repartía entre sus cuatro hijos, todos varones. A Paco no le gustaba el campo, pero cumplía con su parte, y siempre había creído que eso bastaba para justificar las noches que pasaba en el bodegón del Pelao, aprendiendo a bailar flamenco con unos pantalones muy ceñidos, unos ojos muy pintados, y el Niño de Bormujos como nombre artístico. Esa convicción y el orgullo abrupto, desesperado, que le subió por la garganta como un aceite oscuro para impregnarle por dentro de un brillo espeso y negro, le impulsó a decirle a su hermano la verdad cuando agotó todas las excusas convencionales en la barra del burdel al que se había empeñado en llevarle.

—No voy a acostarme con ninguna, Berna —y mantuvo la cabeza alta al decirlo—. A mí no me gustan las mujeres.

Su hermano mayor le tiró al suelo de una hostia y no volvió a dirigirle la palabra hasta el día del entierro de su madre, cuando le echó de la casa igual que a un perro.

—Ten —antes le ofreció trescientas pesetas, y las movió en el aire al ver que no se decidía a cogerlas—. Vete lejos, y no nos avergüences más.

Paco miró el dinero, a su hermano, otra vez el dinero, y por fin a su padre. El anciano, encogido y frágil entre los cuerpos rotundos de dos de sus nueras, mantuvo la vista humillada, fija en el suelo, hasta que su hijo menor comprendió que ni siquiera iba a decirle adiós. Entonces cogió los billetes, una miseria a cambio de su parte de una herencia que nunca cobraría, levantó la cabeza y se fue sin despedirse. Al salir de Bormujos, se juró a sí mismo que no volvería jamás, y hasta se sacudió el polvo de los zapatos antes de echar a andar por la carretera.

Mejor, por el camino se fue animando, mucho mejor, ¿que no?, desafiándose a sí mismo con una sonrisa cosida por dentro a sus labios cerrados, ¿qué soy yo, un artista? Pues a vivir del arte, tan ricamente... En Sevilla sobraban malos bailaores, sobraban maricones, sobraban hombres feos de veintiocho años buscándose la vida por las esquinas, pero a temporadas sacó para ir tirando. Cuando no encontraba nada en los tablaos, ni en las compañías que hacían bolos por los pueblos, ni en las ventas por las que merodeaba en busca de algún grupo de señoritos con ganas de juerga, se ofrecía para cualquier cosa y a veces lograba sacarse un jornal. Otras no.

La posibilidad de escribir a su familia para pedir dinero se convertía entonces en un tormento cotidiano que hacía aún más penosa su pobreza. Tumbado a solas en la cama de la pensión más barata, pasaba los días pensando en su padre, en sus hermanos, en su propio desamparo, y el orgullo iba cediendo a la presión del hambre, aquella tenaza que no dejaba sitio para nada más, pero instalaba en su cabeza una determinación traidora que se disipaba en cuanto lograba despachar una comida en condiciones. Luego, mientras hacía la digestión, comprendía con la clarividencia que le restaba el hambre, que reivindicar sus derechos no sólo representaría una humillación, sino que sería, además, una humillación infructuosa. Y sin embargo, a los dos años y medio de marcharse de Bormujos, le llegó el momento de escribir aquella carta.

La respuesta tardó tanto en llegar que cuando volvió a tener en las manos ciento cincuenta pesetas juntas, España se había convertido en una República. Paquito Román había probado ya el veneno de las fotos que publicaron todos los periódicos, la Puerta del Sol, la de Alcalá, la glorieta de Cibeles abarrotadas de gente feliz, sombreros y gorras mezclados en una insólita hermandad, muchachas decentes que se envolvían en una sábana para posar ante las cámaras con un gorro frigio y una sonrisa que no les cabía en la boca, un desorden risueño, un caos pacífico, una danza armoniosa al compás de una música sin ritmo ni final. Había llegado la hora de los miserables, pensó él. La hora de los pobres, de los humillados, de los que nunca habían tenido suerte. La hora de los maricones, se dijo, mi hora. Y ni corto ni perezoso, cogió el dinero y se compró un billete para el expreso de Madrid.

Muy pronto, los jornaleros de su pueblo, de todos los pueblos de España, aprenderían que la República no daba de comer. Eso escucharían de los labios desdeñosos de los capataces, fieras domesticadas de los terratenientes que dejaron de sembrar sus fincas en el instante en que el gobierno anunció una reforma agraria. Que os dé de comer la República, respondían en las plazas a los hombres que buscaban trabajo en vano, una mañana tras otra. Que te dé de comer la República, sentía él que le gritaban también las farolas, los edificios, los adoquines de esas plazas que había visto una vez repletas de personas eufóricas y ociosas, mientras las recorría solo, sin rumbo, perdido entre una multitud que no le veía al entrar o salir del metro. Madrid era demasiado grande, demasiado confusa, una ciudad difícil, cuyos habitantes no se burlaban de él, como los sevillanos, porque ni siquiera se fijaban en aquella sombra vestida con traje corto, botas camperas y sombrero cordobés, que había empeñado su ropa de paisano para poder comer y apenas contaba con un lápiz de ojos, negro como su suerte, por toda propiedad. En el verano sofocante, en el lluvioso, después helado otoño de 1931, el Niño de Bormujos maldijo mil veces la magia tramposa de las fotografías. Y sin embargo, él tendría más suerte que los jornaleros de su pueblo. La República acabó dándole de comer, aunque antes le tocaría pasar mucha hambre.

—Perdone, pero... —la tercera noche que le vio a lo lejos, mirándole con aquella expresión impenetrable, en la que la tristeza se confundía con una ternura para la que no encontraba explicación, recogió del suelo su pañuelito rojo y se acercó a él—. ¿Por qué me mira tanto?

—¿Qué? —aquel hombre alto, gordo, que sin haber sido

nunca guapo conservaba un aspecto imponente con más de cuarenta años, quizás porque no le faltaba ni el monóculo para parecer un gran señor, sacó un artilugio de metal de su bolsillo y se lo metió en la oreja—. Háblame en la trompetilla, por favor, y grita, si no te importa, porque soy sordo.

Cuando no había nada que rascar, Paco Román caminaba al atardecer hasta la Puerta del Sol, la estudiaba para escoger un lugar propicio, apartado de los hombres que sujetaban postes con anuncios, de los niños mendigos, de los gitanos que exhibían una cabra que sabía moverse al son de un organillo, y bailaba sin más música que el ruido de sus tacones. Al principio, le daba mucha vergüenza poner su pañuelo en el suelo, como hacían los demás, pero pronto descubrió que, con tanta competencia, si esperaba hasta el final del zapateado para pasar el sombrero, la mitad de su corrillo se habría evaporado ya. Él no era un buen bailarín, pero taconeando daba el pego, y en verano, con las aceras llenas de parejas, de familias con niños que salían a la calle para tomar el fresco, casi siempre sacaba para pagarse un bocadillo, a veces hasta una cama donde acostarse vestido, sin mirar el color de las sábanas, en el dormitorio común de alguna cochambrosa pensión de los alrededores. La lluvia lo echó todo a perder y el frío fue peor, aunque algunas noches bailaba para entrar en calor. Sabía que después tendría más hambre, pero también la oportunidad de que algún transeúnte caritativo se apiadara de él. En su situación, era difícil escoger entre dos males. Lo fue hasta que una noche encontró un duro, entero y verdadero, dentro de su pañuelo.

El brillo de aquella moneda inmovilizó sus pies, y la parálisis del asombro fue subiendo deprisa por su cuerpo hasta conquistar la cabeza, que levantó para contemplar la aristocrática estampa de su benefactor. Aquella noche ni siquiera le dio las gracias, y se limitó a verle desaparecer entre la gente, dudando de su suerte hasta que mordió el duro y comprobó que era bueno. Después, volvió a Sol y a bailar todas las noches, hasta que en la undécima se repitió el milagro. Dos semanas más tarde, cuando lo encontró por tercera vez, por fin se atrevió a acercarse a él.

—Te miro porque te conozco.

—¿A mí? —Paco Román se señaló a sí mismo, posando el dedo índice sobre su pecho como si esa respuesta hubiera podido dirigirse a otro, y el desconocido sonrió—. No, a mí no me conoce, se habrá confundido, porque nosotros no nos hemos visto nunca, bueno, antes de ahora, quiero decir, de la otra noche, cuando lo del duro, yo...

—Claro que te conozco —el hombre del monóculo lo interrumpió con decisión—, *mon semblable, mon frère*.

—¿Qué?

—Es francés —y volvió a sonreír—. Un verso.

—Ya. Es que no entiendo...

—Mi semejante, mi hermano —hizo una pausa que Paco no se atrevió a rellenar mientras se ahogaba en el océano de su propio estupor, estrujando su pañuelo como un náufrago sujetaría un madero—. Esa es la traducción.

Anda, que aquella noche podrías haberme dicho que tú también eras maricón, le reprocharía la Palmera después para que los dos se rieran como uno solo, eso sí que lo habría entendido...

—Da igual —el buen samaritano no dio importancia a su confusión—. ¿Cuánto tiempo hace que no comes?

—¡Uf! Pues... —el bailarín tuvo que hacer memoria—. Ayer desayuné un café con leche y media tostada. Y hoy... Esta tarde he robado una naranja.

—Ven conmigo.

Se dio la vuelta y empezó a caminar con la misma determinación con la que parecía hacer todas las cosas, sin pararse a mirar si su protegido le seguía. Paco tardó unos segundos en arrancar, y tuvo que trotar durante un trecho para ponerse a su altura mientras negociaba con su asombro sin llegar a conclusión alguna. El penúltimo ademán de aquel desconocido, la amplitud del círculo que su mano había trazado al moverse en el aire, le habían sugerido que, tal vez, lo que pretendía aquel hombre era acostarse con él, una oferta que habría aceptado de inmediato, empujado por la armoniosa cooperación de la gratitud y el interés. Sin embargo, un señor capaz de ir soltando duros en los pañuelos de los desgraciados que se buscaban la vida en la calle podría pagarse amantes mejores, más jóvenes, más guapos y hasta buenos bailarines. Paco Román había nacido con el siglo y sabía que no era atractivo. También sabía que en la compleja travesía por arenas movedizas que desemboca en una cama con dos cuerpos desnudos, nadie puede estar nunca seguro de nada, pero aun así...

—Quítate el sombrero —su protector interrumpió bruscamente sus cavilaciones cuando ya estaba empujando la puerta de Lhardy.

—A mí no me dejan entrar aquí —le advirtió él, el sombrero entre las manos de todos modos.

—Conmigo sí —y antes de que Paco traspasara el umbral, el maître ya había doblado el espinazo como si estuviera haciendo gimnasia.

—Señor marqués, ¡qué placer volver a verle! Sígame, por favor...

El Niño de Bormujos cruzó por delante de la barra de Lhardy sin levantar la vista del suelo, los ojos clavados en los talones de los hombres que le precedían, como si así pudiera lograr que nadie se fijara en él. El responsable del restaurante, embutido en un frac impecable, no le prestó atención mientras les guiaba hasta una mesa apartada, en un pequeño comedor donde su aparición levantó un discreto murmullo, pero atendió con esmero a su acompañante, apartando su silla, encendiendo una vela, retocando la posición del florero mientras suponía en voz alta que al señor marqués le gustaría tomar su vino favorito. Cuando se alejó, no había posado los ojos en Paco ni un instante, y él ya no habría sabido decir si sentía más hambre que vergüenza.

—Ni caso —su anfitrión le sonrió mientras saludaba con un gesto a los ocupantes de un par de mesas próximas—. No te preocupes. Vamos a cenar bien, que es lo que importa.

—Pero usted... ¿Es marqués de verdad?

—Yo no, mi padre, pero estos gilipollas se desviven por los títulos, y... ¡Ah, claro! Que no nos hemos presentado. Me llamo Antonio de Hoyos y Vinent, soy escritor —y le ofreció la mano desde el otro lado de la mesa—. Mi mejor amigo me llama Antoine, pero para los demás soy simplemente Hoyos.

—Mucho gusto —Paco estrechó su mano para corresponder con su propio nombre—. Yo le llamaré Hoyos, mejor, porque el francés... No es lo mío.

—Al idioma te refieres, ¿no?

Los dos se echaron a reír en el instante en que un camarero les trajo las cartas, y en aquel juego de palabras, el sevillano entendió a la perfección lo que no había sabido explicarle un verso de Baudelaire. Después, cuando volvieron a quedarse solos, Hoyos decidió lo que iban a cenar los dos.

—Tú te vas a tomar un consomé...

—Y un filete con patatas fritas.

—No —lo subrayó con un movimiento de la cabeza—. Eso no te conviene.

—¿Por qué? Si es lo que más...

—Ya, lo que más te apetece, pero en tu estado, lo vomitarías. Si llevas tanto tiempo sin comer bien, tienes que empezar por algo suave, fácil de digerir, un consomé y una tortilla francesa, por ejemplo.

—Pero que sea de escabeche, por lo menos —imploró el bailarín.

—¿Escabeche? No sé yo... —el marqués frunció el ceño—. Mejor de gambas.

Mucho tiempo después, cuando ya se habían hecho amigos sin haberse acostado nunca juntos, ni siquiera con un chico guapo en medio, la Palmera le preguntó por qué le había escogido y Hoyos no quiso contestar. Tuvo que insistir varias veces, y esperar a una noche en la que los dos habían bebido demasiado, para escuchar una respuesta que conocía desde el principio.

—Pero no te ofendas, Palmera.

—Tú no me ofendes, marqués.

—El caso es que yo... Te veía tan flaco, tan indefenso, tan desesperado, que pensaba... —borracho y todo, se encajó el monóculo antes de mirarle—. No bailas nada bien, lo sabes, ¿verdad?

—Lo sé.

—Pues eso, que yo pensé, como a este no le eche alguien una mano... Se va a morir de hambre. Eso fue lo que pasó.

Cuando consiguió arrancarle aquella confesión, Paco Román ya tenía un trabajo fijo y un ático pequeño que se abría a una terraza rebosante de macetas, un jardín aéreo que miraba de frente a las azoteas del Hospital General. Hoyos no le había regalado nada, pero tampoco habría llegado muy lejos si, a la mañana siguiente de aquella cena en Lhardy, él no le hubiera llevado casi de la mano al café Gijón. Allí le presentó a Pepito Zamora, el amigo que le llamaba Antoine, un ilustrador que se repartía entre Madrid y París, encargándose de la escenografía y el vestuario de algunos de los mejores teatros de ambas ciudades. Junto a aquel hombrecillo flaco y menudo, vestido como un figurín de los que solía dibujar, le esperaba otro gordo y calvo, que sostenía un puro apestoso entre dos enormes sortijas de oro.

Don Celedonio era empresario, pero aparte de programar espectáculos en su propio teatro, una sala pequeña y coqueta en un barrio elegante de la ciudad, había formado dos compañías de variedades que giraban por los pueblos de la provincia.

—A ver, ponte de pie —le pidió antes de nada, mientras echaba el humo sobre las mejillas empolvadas de Pepito para incentivar la mueca de disgusto que fruncía sus labios—. ¿Tú cantas?

—Hombre, cantar... —el Niño de Bormujos decidió ser prudente—. No mucho, la verdad.

—Qué pena, porque eres clavado a Miguel de Molina. En feo, pero...

—En fin —terció Hoyos con acento benévolo—, tampoco es que Miguelito sea precisamente un Adonis.

—De todas formas —don Celedonio siguió adelante como si no hubiera escuchado ese comentario—, a ti no te importará ponerte un caracol encima de la frente y tocar las castañuelas, ¿verdad?

—¿A mí? —si usted supiera todo lo que no me importaría, se dijo a sí mismo mientras negaba con la cabeza—. No, señor.

—Entonces me puedes valer. Bailarines no necesito, porque en los pueblos sólo saben apreciar un par de buenas jacas, tú ya me entiendes —el empresario dibujó dos globos con las manos a la altura de su pecho y Pepito Zamora usó las suyas para taparse la cara, incapaz de soportar ni un segundo más tanta ordinariez—, pero un palmero con tu planta no me vendría mal.

Así, Paco Román cambió de oficio, y a cambio de jalear en escenarios infames a mujeres tetonas y entradas en carnes, que bailaban tan mal como él pero tenían unos buenos muslos que enseñar, su estómago volvió a ser capaz de digerir cualquier cosa entre función y función.

Cuando volvía a Madrid, Hoyos se alegraba tanto de verle que sus visitas perdieron pronto cualquier protocolario matiz de vasallaje. Aunque nunca dejarían de formar una extraña pareja, el Niño de Bormujos se convirtió en un íntimo del marqués, invitado permanente en el palacio que durante largos periodos albergaba una fiesta perpetua a la que él procuraba contribuir como podía, llevando consigo a tramoyistas, soldados, chicos guapos que se dejaban arrastrar a unos salones donde siempre sobraban estímulos legales e ilegales por igual. De vez en cuando, la maquinaria de aquel frenesí daba indicios de agotamiento y se desaceleraba primero lentamente, un poco más deprisa cada noche, hasta culminar en un final tan abrupto como si el dueño de la casa hubiera tirado de las riendas de un caballo en pleno galope. Hoyos caía en largos periodos de melancolía, un desaliento lánguido y triste que era hastío, cansancio de los excesos a los que se entregaba cada vez con menos ánimo.

—Las diversiones me aburren, Palmera —entonces los gorrones desaparecían sin dejar rastro, pero él nunca le falló—. No sé qué me pasa, hasta el placer me cansa. *La chair est triste, hélas...*

—Y dale con el francés.

—Es un verso, quiere decir...

—Que la carne es triste y que has leído todos los libros, ya lo sé —eso no significaba que lo entendiera—. Te repites más que el gazpacho, marqués, claro que... Ya se nota que a ti no te ha faltado nunca un chulazo que te pusiera en tu sitio cuando más falta te hacía. Para carne triste, la mía, no te jode.

—Eres un sentimental, Palmera —y a veces, hasta lograba hacerle reír.

En medio de una de aquellas crisis, otoño de 1932, Jacinta la Pocha, una chica rolliza y coloradota, que cantaba regular pero tenía mucho éxito con los hombres, le hizo un favor que compensaría para siempre el mote con el que ella misma le había bautizado, al contarle que el principal competidor de don Celedonio quería contratarla para un tablao de Madrid.

—Antes era un cabaret pero ahora, como van a cambiar de espectáculo, necesitan flamencos de todos los oficios. A mí, que soy de Segovia, me ha puesto Encarnita de Antequera, así que tú, que eres andaluz de verdad...

Aunque no era bueno en ninguna, la Palmera sabía hacer cualquier cosa encima de un tablao, y su versatilidad no sólo le valió el mejor contrato de su vida. A destiempo, porque ya no se acordaba de sus hermanos ni cuando se dejaba a medias un filete con patatas, pudo verse anunciado como el Niño de Bormujos en los carteles, aunque fuera en letras pequeñitas. Hoyos no tuvo en cuenta su tamaño al acudir una noche, por sorpresa, a ver el espectáculo, y desde el escenario, aparte de la alegría de verle, Paco celebró que se hubiera curado de la apatía que durante meses lo había recluido en casa por su propia voluntad, escribiendo como un autómata sin pisar apenas la calle, aunque no pudo anticipar la naturaleza de su recuperación.

—Las cosas están muy mal, Palmera —porque cuando se quedaron a tomar la última copa, vivían ya en el verano de 1933—. La actitud de la derecha es intolerable.

—¿Qué derecha?

—¿Cuál va a ser? La de siempre, esos carcas beatos de mierda que se creen que este país es suyo y que es natural que sus jornaleros se mueran de hambre, pero no toleran que quitemos los crucifijos de las escuelas.

—Pues... —aquella noche, Hoyos sólo habló en español y la Palmera casi echó de menos el francés—. ¿Y qué crucifijos has quitado tú, marqués?

—No seas tonto, Paquito —porque ni escuchándole en su propio idioma, logró entenderle—. Hablo en general, de nosotros, los republicanos.

Entonces se acordó de aquellas fotos, la Puerta del Sol, la de Alcalá, la glorieta de Cibeles, sombreros, gorras y cabezas destapadas unidas en una sola euforia, y decidió que bueno, que sí, que Francisco Román Carreño podía reconocerse en esas palabras, pero Antonio de Hoyos y Vinent no. Mientras le escuchaba hablar, con una fuerza, una chispa de cólera que nunca antes había alumbrado sus ojos, la Palmera se mordió la lengua para no decir lo evidente, pero si estás hablando de ti mismo, marqués, de tu propia familia...

—La otra noche, un hermano de mi padre me llamó a capítulo, ¿sabes? —no habría hecho falta, porque el propio aristócrata lo contó mejor y con más autoridad—. Nunca nos hemos metido en tu vida, Antonio, pero las cosas andan muy revueltas. Tienes que ser consciente de que, al fin y al cabo, eres un Grande de España, y por el interés de la familia, hasta que pasen las elecciones, te pido que seas discreto... ¿Discreto? —y en sus ojos ya no brillaban chispas, sino llamas—. ¡Se va a enterar, ese cabrón!

Desde luego debió enterarse, porque antes de que la derecha volviera al poder, el palacio de su familia se había convertido ya en la sucursal madrileña de Sodoma y Gomorra, un escándalo sin límite que cada mañana arrojaba un número indeterminado de cuerpos semidesnudos de ambos sexos que dormían la mona en los sofás, en las alfombras y hasta en la cama de la señora marquesa. No era la primera vez que el marquesito invertía su fortuna en hacer felices a sus semejantes, pero Hoyos había cambiado, y todo cambió con él. La Palmera, tan asiduo como siempre a las luces y sombras de aquellos salones, echaba de menos la apacible serenidad con la que su amigo presidía en otro tiempo los excesos de sus invitados. Ahora parecía que sus fiestas no tuvieran más objeto que darle la oportunidad de renegar a gritos de sus orígenes, porque estaba inquieto, distraído, y al acecho de cualquier oportunidad de unirse a un corrillo donde se hablara de política.

Seguían siendo magníficas, sin embargo. Ninguna tanto como la Nochevieja en la que Hoyos quiso celebrar el reencuentro con sus dos grandes amigos de juventud, Pepito Zamora, que vino desde París a pesar de que España se estaba convirtiendo en un país cada día más ordinario para su gusto, y Tórtola Valencia, la bailarina exótica más famosa de los felices veinte, que se había mudado a Barcelona después de la proclamación de la República, pero supo convertir su regreso en una aparición digna de un escenario.

La Palmera, que la había admirado muchas veces en revistas y tarjetas postales, la vio entrar en el palacio como una estrella rutilante, dispuesta a brillar sobre una nube de mujeres guapas, más y menos jóvenes, rubias y morenas, perfectas con sus vestidos de noche y sus pendientes largos, broches de cuentas de cristal que relampagueaban como si fueran brillantes en sus profundos escotes y espaldas desnudas entre una resplandeciente marea de lamé y lentejuelas. Quizás por eso, se fijó en ella más que en ninguna. Aquella muchacha, casi una niña, llevaba un vestidito camisero de percal azul estampado con flores rosas, la cara lavada, las piernas desnudas y, sobre la frente, unas ondas caseras tan mal hechas que los cabellos que seguían en su sitio parecían pegados a la piel con cemento, pero otros se habían soltado para flotar a su aire, encrespados y huecos como los hilos de una redecilla rota.

—¿Quién es esa chica, marqués? —a pesar de eso, era la más guapa de la fiesta.

—Ni idea —Hoyos se paró a su lado, la miró—. Carne de cañón, ¿no?

—¿Por qué lo dices?

El escritor se encogió de hombros mientras la veían desaparecer por la puerta del comedor entre dos amigas de Tórtola, una sastra de teatro vestida de hombre que llevaba el esmoquin más impecable del salón y una rubia oxigenada, espumosa, con túnica de raso, estola de visón y abanico de plumas, todo tan blanco como su piel pálida, casi transparente. Si no la hubiera vuelto a ver, podría haberse cruzado con ella por la calle unas semanas después sin reconocerla, pero el destino se obstinó en ponérsela delante, una y otra vez, durante las últimas horas de 1933, las primeras de 1934. Cuando Claudio, un virtuoso intérprete de Debussy, le sorprendió pidiéndole que le llevara a un sitio discreto, descartó la biblioteca al encontrarla allí, con la estola de visón sobre los hombros y los labios muy pintados. Después, mientras bajaban juntos y medianamente satisfechos desde el único dormitorio del piso de arriba que habían encontrado libre, volvió a verla en el centro de un corrillo, al pie de la escalera. Seguía llevando la estola, pero estaba desnuda de cintura para arriba y una invitada gorda, extranjera de imprecisa nacionalidad, le acariciaba los pechos mientras besaba con languidez su largo cuello. Ella se dejaba hacer, sin dar señales de aprobar ni rechazar lo que estaba pasando, el cuerpo inerme, los brazos caídos, la mirada blanda, ausente, hasta que se encendió en otros ojos, subrayados por gruesos trazos negros.

—¿Y tú qué miras? —al escucharla, la Palmera se dio cuenta de que estaba borracha, seguramente drogada, pero lo que le impresionó no fue eso.

—¿Yo? —sino descubrir que nunca, en su vida, había visto tanta rabia en los ojos de nadie—. Nada.

Carne de cañón, concluyó para sí mismo mientras se alejaba, pero la orquesta había vuelto a tocar y un coro de exclamaciones de admiración le obligó a volver la cabeza. Ella bailaba un charlestón frenético con los pechos desnudos, la parte de arriba de su vestido colgando a su espalda como un polisón desinflado, los brazos y las piernas moviéndose a compás, con mucha gracia. La Palmera se dio cuenta enseguida de que lo que estaba haciendo no era fácil, y no porque los pasos fueran complicados, sino porque nadie se los había enseñado. Para moverse de aquella manera, a su aire, improvisando sin cesar, hacía falta tener un sentido del ritmo muy desarrollado, que en aquella chica debía de ser innato y él no había conseguido alcanzar nunca.

Cuando el baile terminó, la Palmera había cambiado de opinión, y la mantuvo pese a las condiciones en las que volvieron a coincidir. La puerta de aquel baño estaba encajada pero abierta, y al empujarla, la vio de rodillas delante de la taza, vomitando con el peinado deshecho y el vestido sucio, arrugado.

Ella giró la cabeza para mirarle y a él le pareció más joven que nunca, una niña perdida, sometida a rituales que no comprendía, engañada por adultos sin escrúpulos, una imagen que tal vez ni siquiera fuera auténtica, pero le inspiró un pudor repentino que le impulsó a cerrar la puerta desde dentro. Sólo pretendía aislarla, defenderla de la curiosidad de los demás, y jamás habría podido calcular la reacción que desencadenaría el ruido de un simple picaporte.

—¡Déjame! —la chica se revolvió como una fiera, aún en el suelo, extendiendo las dos manos hacia delante como si quisiera defenderse de un peligro—. No me toques, ni se te ocurra...

Una nueva arcada la obligó a recuperar su posición inicial y él la dejó vomitar en silencio mientras se preguntaba quién sería, de dónde habría salido, qué clase de cosas le habrían pasado para que se hubieran reunido allí, así, aquella noche. No había encontrado ninguna respuesta cuando la vio levantarse, tambalearse, agarrarse al lavabo con las dos manos para estudiar su aspecto en el espejo. Estaba sucia, despeinada, sudorosa, pálida como una muerta. Y tan guapa que la Palmera apenas podía creerlo.

—Estoy bien —se lavó la cara con agua fría y empapó luego el pico de una toalla para quitarse las manchas de vómito del vestido hasta que toda ella chorreó por igual—. Estoy muy bien, estoy...

—Como nueva, no hay más que verte —él esperó a que llegara a su altura, abrió la puerta y la dejó marchar sin añadir nada.

Un par de horas después, cuando ya había amanecido, la vio mojando churros en una taza de chocolate, relamiéndose los labios con un gesto de glotonería infantil que volvió a desatar un nudo de frío en su espalda.

—¡Ay, Palmera! —Hoyos se dio cuenta de todo—. Si cuando yo digo que eres un sentimental...

Estaba demasiado cansado para comentar esas palabras, así que recogió su abrigo, se despidió de los pocos invitados que no se habían retirado todavía y salió a la calle. Se dio cuenta de que alguien salía tras él, pero no se dio la vuelta para comprobar quién era hasta que la oyó.

—Yo también me voy —la vio parada en un escalón, envuelta en una chaqueta de punto a la que le faltaba un botón, cuatro churros enganchados en el índice de la mano izquierda—. Si no te importa llevarme...

—¿A hombros? —la Palmera se echó a reír.

—¿No tienes coche? —cuando le vio negar con la cabeza, imitó su movimiento como si no pudiera aceptar aquella extravagancia—. ¡Pero si te has besado con el marqués y todo!

—Porque somos amigos. Pero él es rico y yo soy pobre.

—¡Ah! Lo siento, es que, no sé, yo creía...

Seguía parada en el mismo escalón, con la actitud cautelosa de un niño que se enfrenta al mar por primera vez sin haber aprendido a nadar, y en la frecuencia de su pestañeo, las miradas que dirigía en todas direcciones sin decidirse a escoger ninguna, él empezó a entender lo que le pasaba.

—¿Vives muy lejos? —a las siete y diez de la mañana del primer día de 1934, no había nadie en la calle y tampoco se oía el ruido de ningún tranvía.

—No, aquí cerca —por eso le daba miedo volver sola a su casa—. En la calle San Mateo.

—Te acompaño, si quieres. Yo vivo en Atocha, me pilla de camino.

—Bueno, gracias, pero no te hagas ilusiones.

—¿Ilusiones? —la Palmera se rió con más ganas—. No te preocupes, chica, no tenemos los mismos gustos.

—Mejor.

Subieron por Marqués de Riscal caminando al mismo ritmo, sin hablar, sin mirarse, él estudiándola por el rabillo del ojo, ella comiendo churros con la vista clavada en sus zapatos, viejos, azules, con una trabilla que se abrochaba con un botón a cada lado, un modelo de niña todavía. Parecía que su encuentro no iba a dar más de sí pero antes de llegar a la calle Almagro, un jovencito vestido de etiqueta salió corriendo de un portal y se les echó encima. Para esquivarle, la chica se colgó del brazo de la Palmera, él no lo retiró, y siguieron andando tan juntos como una pareja de novios.

—A mí no me gustan las mujeres, ¿sabes? —al llegar a Alonso Martínez le ofreció una explicación que él no le había pedido—. Vamos, que me dan igual. Lo que es gustar, me gustan los hombres, pero no quiero a ninguno cerca. No voy a consentir que ningún cabrón me explote —y en sus ojos volvió a abrirse un doble abismo de rabia—. Eso nunca, jamás, en mi vida.

—Muy bien —aprobó él, y fue sincero—, pero a este paso, si no te andas con ojo, la que acabará explotándote antes o después será una cabrona.

—No, porque las mujeres... —ella se le quedó mirando, muy sorprendida—. Las mujeres no explotan a las mujeres.

—¿Ah, no? ¿Y a ti quién te ha dicho eso? —mientras cruzaban la calle Sagasta, esa pregunta quedó suspendida sobre sus cabezas, y al llegar a la otra acera, le echó encima una más—. ¿Cuántos años tienes?

—Dieciocho.

—Mentira.

Se quedaron quietos, mirándose de frente en el preámbulo de un duelo imaginario que ella desconvocó a tiempo, apartando la vista primero.

—Tengo quince, pero cumplo dieciséis el mes que viene.

—Bien, pues... —esta vez, la Palmera le ofreció su brazo y, cuando ella lo tomó, reanudó el paso—. Ya eres mayorcita para saber que todo el mundo, hombre o mujer, intenta explotar siempre a todo el mundo, hombre o mujer. Así funciona esto, en general, con muy pocas excepciones. Lo bueno es que tú podrías ser una de ellas...

La Palmera era un sentimental, pero no tanto. Era bueno, pero no era tonto, y demasiado pobre para permitirse el altruismo sin condiciones del que se había beneficiado una vez. Por eso, cuando los músicos pusieron punto final al charlestón, ya había adjudicado a aquella belleza un destino muy distinto de la carne de cañón que Hoyos había detectado en ella. Una mina de oro. Eso fue lo que pensó al verla bailar, un segundo antes de empezar a hacer cuentas. Después, la furia con la que ella rechazó la proximidad de los hombres sólo sirvió para confirmarle la exactitud de unos cálculos que fue repitiendo en voz alta hasta que llegaron al portal de su casa.

—Eres demasiado guapa para ir dando tumbos por ahí, dejándote desnudar por cualquiera en una fiesta. Usa la cabeza y sácale partido a lo que tienes, no seas tonta. Yo podría enseñarte a bailar, y con esa cara, con ese cuerpo, te lloverían los contratos. Piénsalo...

Ella le escuchó con atención, sin incentivar ni desmentir las expectativas de su aspirante a mentor, pero cuando él terminó de hablar, le dio la mano.

—Me llamo Eladia —añadió después de prometerle que pensaría en su oferta—, Eladia Torres. Es un nombre horroroso, pero no tengo otro.

Un año después, cuando acudieron juntos a otra fiesta de Nochevieja en el palacio del marqués de Hoyos, eso ya no era cierto. Carmelilla de Jerez había debutado poco antes de Navidad con resultados proporcionales al entusiasmo de don Arsenio, el dueño del tablao de la calle de la Victoria que la contrató en exclusiva el mismo día que la vio bailar.

—Antes de nada, quiero saber qué ganas tú con esto.

Al terminar el segundo pase de una sofocante noche de julio, avisaron a la Palmera de que una chica le esperaba en la puerta de artistas y ni siquiera se acordó de ella. Pero allí estaba, con seis meses de retraso, un vestidito parecido al que llevaba cuando la conoció, y un aire desafiante que la favorecía más que el recelo de aquella madrugada. Tenías razón en lo que me advertiste, reconoció, pero no he venido a hablar de eso. Él se limitó a asentir con la cabeza y extendió una mano en el aire hacia la terraza de La Faena.

—Pues, mira..., Eladia te llamabas, ¿no?, yo tengo ya treinta y cuatro años, y ninguna gana de volver a hacer bolos por los pueblos. Por eso, lo que gano... —la Palmera hizo una pausa para escoger bien las palabras—. Si yo te enseño a bailar, y tú triunfas, lo único que quiero es que me impongas en las compañías que te contraten, sólo eso. Los palmeros... Bueno, ya sabes, nunca podemos estar seguros de nada.

Lo que le dijo era verdad, pero no toda la verdad. Tampoco quería inquietarla, y menos aún hacerse ilusiones antes de ver lo que daba de sí. Después, si había suerte, siempre podría convertirse en su representante y vivir de un porcentaje de sus ingresos, intentarlo, al menos, cuando ella se tranquilizara lo suficiente como para dejar de ver explotadores en todas las esquinas. En cualquier caso, aprobó para sí mientras la veía alejarse desde la puerta del tablao, en el momento en que ese culo estuviera dentro de un traje de flamenca, iban a contratarla seguro, y eso nunca sería malo para él.

Al día siguiente, cuando Eladia llamó al timbre a las cinco de la tarde, ninguno de los dos imaginaba hasta qué punto esa cita iba a cambiarles la vida. La Palmera tampoco podía sospechar que las dotes de aquella chica multiplicaran sus aspiraciones por una cifra tan alta. Como había adivinado cuando la vio moverse por primera vez, Eladia nunca había recibido clases de baile, pero no sólo tenía un sentido innato del ritmo, sino algo más, una condición que su maestro tardó algún tiempo en identificar.

—Lo haces muy bien —también tardó en reconocerlo, porque temía que un exceso de alabanzas la impulsara a buscarse otro profesor—. Tanto que estaba pensando... ¿Tú no tendrás sangre andaluza, o gitana, por casualidad?

—No.

Respondió muy deprisa, sin pensar. Luego se detuvo, le miró, se estudió en la luna de la puerta del armario que él sacaba a la terraza para las clases, paseó la vista por las macetas y volvió a mirarle.

—Bueno, la verdad es que no lo sé. Igual sí, porque no he conocido a mi padre. Mi madre tampoco conoció al suyo, así que... Pero no creo que eso importe. Y desde luego, no es asunto tuyo.

Era rabia. Lo descubrió en aquel instante por su forma de mirarle, de gritar con los ojos que ese era otro tema del que nunca iban a hablar. El talento de Eladia era su rabia, y la rabia, al mismo tiempo, el principal obstáculo para que llegara a convertirse en una artista de verdad. Cuando él lo comprendió, entendió todo lo demás, por qué tenía esa fuerza, aquella intensidad que nacía de la violencia, del irresistible impulso de escupir al mundo. El misterio de Eladia era sólo desprecio, su aparente profundidad, una pasión seca, oscura, que no tenía que ver con el ritmo, con la música, ni siquiera con su cuerpo, sino con un sufrimiento sostenido y secreto, la opaca negrura del espíritu de una muchacha que a los dieciséis años ya era capaz de odiar.

La rabia la hacía bailar, pero el baile la curaba. Cuando terminaba, cansada, sudorosa, se ablandaban sus brazos, sus labios, y podía abrazar a Paco, y hasta sonreír. A él le gustaban sus sonrisas, porque eran muy raras. Y se daba cuenta de que Eladia disfrutaba bailando, pero lo que experimentaba no era auténtico placer, sino la paz de una tregua, el momentáneo alivio de esa rabia que la devoraba por dentro como una fiera hambrienta de dientes afilados, un enemigo íntimo al que sólo sabía echar fuera de sí moviendo los brazos y las piernas con tanta furia como si pretendiera derrotar al aire. No tenía más ambición, y por eso, la Palmera, que había triunfado en la terraza de su casa, fracasó ante el espejo de la sala de ensayos del tablao, intentando corregir en vano los errores que su discípula repetía una y otra vez.

—Mira, Eladia, te voy a decir la verdad —y hasta ahí fue capaz de llegar—. Yo soy muy mal bailarín, pero tú, si te lo tomaras un poquito en serio, podrías llegar a donde quisieras.

—Para eso haría falta que yo supiera adónde quiero llegar, Palmera.

Después le prometía que sí, que se esforzaría, que trabajaría para mejorar, y seguía bailando igual, con la misma fuerza y la misma oscuridad, hasta que su maestro se resignó a aceptar que, cuando se movía al compás de la música, Eladia no estaba bailando, sino actuando como el instrumento de su rabia. Por fortuna, don Arsenio nunca se dio cuenta.

—Es impresionante —dijo cuando logró cerrar la boca, después de verla por primera vez—. Es... tan auténtica, tan honda que hasta da miedo... No sé, parece que sale de la tierra.

Eso era verdad, la Palmera estaba de acuerdo. Lo estuvo, al menos, mientras duraron los ensayos, hasta que la noche antes de su debut se la encontró en la puerta de su casa con una maleta de cartón.

—¿Y eso? —entonces recordó que, en realidad, de donde salía Eladia era de la calle San Mateo—. ¿Qué llevas ahí?

—Mis cosas —le respondió con una naturalidad más asombrosa que su arte—. Me vengo a vivir contigo.

—¿Qué?

Ella no contestó a esa pregunta. Pasó a su lado, dejó la maleta al lado del perchero, se quitó el abrigo, lo colocó con cuidado en un gancho, dio unos pasos hacia el centro del cuarto de estar, se sentó en una butaca y le miró.

—¿No vas a cerrar la puerta? —le preguntó desde allí.

—No.

—Pues nos vamos a quedar helados.

—No —la Palmera miró al descansillo, luego a su mano, se dio cuenta de que no sabía lo que estaba diciendo—. Quiero decir, que sí. O sea, que la puerta sí la cierro, pero tú no vas a quedarte a vivir aquí.

—Claro que sí —Eladia se levantó.

—Claro que no —y él fue hacia ella.

—Mira, Palmera, tú me has metido en esto, ¿o no? Esta casa me gusta mucho, está muy cerca del tablao y a ti te sobra una habitación.

—No me sobra.

—Sí te sobra.

—Es el trastero.

—Pues por eso mismo —le dedicó una sonrisa triunfal para la que él no encontró ningún fundamento—. Ahora tenemos dos sueldos. Alquilamos una buhardilla pequeña para meter tus trastos, lo pagamos todo a medias, y arreglado. En mi casa no puedo seguir y soy demasiado pequeña para vivir sola. Además, si lo piensas, verás que nos conviene mucho a los dos. Así, tú tienes más dinero, yo me ocupo de guisar, a ver si engordas, y vivimos los dos juntos como hermanos, tan ricamente. No voy a darte la lata, no te preocupes. Cuando venga a verte el petardo ese de músico con el que te acuestas, me encierro en mi cuarto y no salgo, ahora, que te voy a decir una cosa...

Al llegar a ese punto, como si el asombro que había congelado a su anfitrión implicara su aquiescencia, volvió a sentarse en la butaca.

—Te convendría mucho darle puerta, ¿sabes? —cogió una revista y empezó a hojearla—. Porque es más feo que tú, que ya es decir.

Siguió pasando páginas hasta que encontró una que le interesó, y él siguió de pie, mirándola, mientras se preguntaba si aquello iba a quedarse así. Se contestó que no, que ni hablar, y cogió una silla, la arrimó a la butaca, enumeró con serenidad todos los motivos que hacían imposible que ella se quedara a vivir allí. Eres menor de edad, tienes una familia que se preocupará, que te reclamará, que acabará mandando a la policía a buscarte, y yo no soy precisamente un modelo de conducta, al contrario, si un juez llega a enterarse de que duermes bajo mi techo, creerá que te he retenido por la fuerza y me buscará la ruina, me meterá en la cárcel, me acusará de proxenetismo...

—¿A ti? —Eladia frunció los labios en una mueca burlona—. ¿Pero qué juez se va a creer que eres mi chulo, con la pluma que vas soltando, Paquito?

Él no se detuvo en aquel comentario y siguió hablando, explicándole que por muy inocente que fuera su relación, nadie aceptaría su inocencia, porque aquello no tenía sentido, no estaba bien, no era lógico, pero en cada frase que decía, le crecía por dentro una misteriosa incredulidad, una paulatina falta de convicción que presagió su derrota antes de tiempo.

—Mira, Palmera —Eladia necesitó menos palabras para consumarla—, tú me explicaste que las mujeres también explotan a las mujeres, ¿te acuerdas? Y mi abuela, que no va a mandar a nadie a buscarme, primero porque no, y después porque no sabe quién eres, ni dónde vives, no se va a llevar ni un céntimo del dinero que me pague don Arsenio —hizo una cruz con los dedos, y la besó con tanta rabia que debió de hacerse daño en los labios al golpearlos con el nudillo del pulgar—, por estas te lo juro.

Aquella noche, después de obligarla a prometer que se buscaría otra casa lo antes posible, se acostaron juntos, vestidos. Creo que es la primera vez que me meto en la cama con una mujer, dijo la Palmera antes de apagar la luz, y los dos celebraron aquella declaración con grandes carcajadas. Antes de dormirse, él se dio cuenta de que también era la primera vez que la oía reír, y por la mañana, al despertarse, la miró. Era tan joven, le pareció tan frágil, tan indefensa mientras dormía como una niña pequeña, que comprendió que echarla sería peor que conservarla a su lado. La noche anterior se le habían ocurrido varias buenas ideas, pero a la luz del sol, todas le parecieron igual de malas y todavía más peligrosas.

La Palmera no sentía ningún respeto por las familias, empezando por la suya. Entregar a Eladia a la policía para que se la devolviera a la misma abuela que le había consentido permanecer durante una noche entera en la casa de un desconocido a los quince años, no resolvería el problema, sólo lo cambiaría de sitio. Pero, además, aunque nunca le hubiera interesado la política, Paco Román era un hombre de tres o cuatro principios inquebrantables, y el primero de todos rezaba que nunca se entrega un fugitivo a la policía. No podría perdonárselo a sí mismo, y en ese punto confluían sus restantes opciones porque, incluso si conseguía colocar a Eladia en una pensión de confianza, o persuadir a alguna chica del conjunto de que compartiera su casa con ella, la sensación de que la estaba exponiendo a toda clase de riesgos no le dejaría dormir por las noches. Su discípula era demasiado guapa, demasiado inexperta, demasiado tentadora como para suponer que nadie iba a tardar más de unas semanas en intentar sacar provecho de ella, la mina de oro que él había sido el primero en descubrir.

—Buenos días —pero lo más decisivo de todo fue que, antes de levantarse de la cama, Eladia ya dejó claro que no tenía la menor intención de marcharse—. Voy a hacer el desayuno y luego me pongo a limpiar mi cuarto.

Así, más de seis años después de que su hermano Bernabé le echara de su casa, Francisco Román Carreño volvió a tener una familia.

—Es mi hermana pequeña —respondía cuando le preguntaban, esquivando la hipótesis de parentesco más obvia.

—¿De verdad? —esa afirmación tenía la virtud de desconcertar a los preguntones, seguros hasta aquel momento de que iban a conocer a otro tío, otra sobrina—. Pues nadie lo diría...

—Es que sólo somos hermanos de padre —remataba ella con idéntico aplomo—. Su madre siguió viviendo en Sevilla cuando él la abandonó, muy jovencilla. Luego, se fue a América, estuvo allí un montón de años, y al volver, conoció a la mía y se quedó aquí. Por eso no tenemos el mismo acento.

Lo hacían tan bien que, con el tiempo, hubo hasta quien acabó encontrándoles parecido, y por lo demás, su convivencia resultó mucho más fácil de lo que la Palmera había esperado. Nadie vino nunca a buscar a Eladia, ni siquiera después del verano de 1935, cuando corrió la voz y el local empezó a llenarse de hombres que sólo iban hasta allí para comérsela con los ojos.

Ella los maltrataba a todos por igual y se apresuraba a devolver los ramos de flores que llegaban a su camerino. Su inaccesibilidad contribuyó a acrecentar su fama con una leyenda de virgen flamenca que las más beligerantes de sus competidoras intentaron minar con perversos cuchicheos. Entre los noctámbulos de Madrid circularon sucesivas versiones, que oscilaban entre los argumentos más vulgares, que tenía el cuerpo cubierto de pústulas o cicatrices, hasta los más elaborados, como el rumor de que era hermafrodita.

—¡Qué tontería! —la Palmera se echaba a reír cuando se lo contaban—. Todo eso es mentira. Ni está enferma, ni le pasa nada raro.

—Eso no se sabe. Nadie la ha visto nunca desnuda.

—¿Que no? La he visto yo, un montón de veces.

—Desde luego, Dios le da pan a quien no tiene dientes...

Las habladurías sólo servían para enardecer a sus pretendientes, mientras ella hacía una vida digna de un manual de decencia para señoritas. Por la mañana, se levantaba temprano, limpiaba el piso, iba al mercado y hacía la comida. Por la tarde, si la Palmera no le proponía algún plan más entretenido, salía un rato sola, a ver escaparates o a pasear. Por la noche, un cuarto de hora después de que terminara el espectáculo, se cambiaba de ropa y Paco la acompañaba a casa mientras las otras chicas se quedaban a tontear un rato con los clientes habituales, todos salvo sus enamorados más tenaces, un estudiante de Bellas Artes que la dibujaba sin cesar y un desconocido al que los camareros habían bautizado como «el hombre misterioso», porque siempre llegaba solo y se quedaba bebiendo en silencio hasta que cerraban, sin hablar con nadie. Sólo sabían dos cosas de él, que era esquiador y que se llamaba Alfonso. La Palmera sospechaba, además, que debía de ser mucho más joven de lo que su cuerpo, una masa enorme, pero bien proporcionada con sus casi dos metros de estatura, hacía suponer.

—Pobrecito... —y le conmovía su devoción, la intensidad de un deseo que, tan grande como era, le hacía parecer pequeño, frágil como un corderito—. También podrías hablar un poco con él, alguna noche. ¿No te da pena?

—¿Quién, ese? —ella respondió con una mueca—. ¿De qué me va a dar pena ese, que me mira como si le debiera algo? Por mí, que le vayan dando...

—¡Ay, Eladia, qué bruta eres!

—Pues te voy a decir una cosa —terció Jacinta una noche—. No es feo, el muchacho, y tiene unos ojos bien bonitos, lo que pasa es que con ese cuerpazo y la cabeza tan grande, parece una estatua.

—Pues para ti, que yo no quiero hombres ni de piedra.

—No sabes lo que te pierdes, chica.

—Ni ganas de aprenderlo —entonces, aunque estaba discutiendo con Jacinta, giró la cabeza y se encontró con la de Antonio—, mira lo que te digo.

—¿A mí? —le preguntó él, muy sonriente.

—A ti, ¿qué?

—Que si me lo dices a mí... —ella le miró con extrañeza y él le refrescó la memoria—. Eso de que no tienes ganas de aprender lo que te pierdes.

—No... A ti no te digo nada, requesón.

Una tarde de abril de 1935, al pasar por delante de un escaparate, la Palmera vio de refilón una imagen que le obligó a pararse en mitad de la acera para volver sigilosamente sobre sus pasos. Después cruzó la calle, se apoyó con aire despreocupado contra un muro, dirigió la vista hacia arriba, Almacén de Semillas Antonio Perales, Casa Acreditada, Productos Nacionales y de Importación, y la hizo descender muy despacio hasta posarla sobre un muchacho que colocaba unas cartulinas pequeñas, dobladas por la mitad, sobre otros tantos sacos de semillas, «guisantes de olor», «rosales trepadores», «clavellinas»... El pelo, castaño con reflejos dorados, le caía sobre los ojos, e inclinado como estaba, sólo se veía parte de su cara, la nariz, la mandíbula y el cuello, enmarcado por las solapas de una camisa blanca que, en el esfuerzo de llegar a los rincones más alejados, tensaba sus hombros, sus brazos desnudos bajo las mangas subidas hasta el codo. No vio más que eso, pero pensó que con eso tenía bastante. Hasta que aquel chico levantó la cabeza, miró a la calle, distinguió a alguien conocido, levantó un brazo en el aire, y la Palmera ya ni siquiera supo qué pensar.

Volvió a cruzar la calle y echó a andar como si le hubieran dado cuerda, pero unos cuantos portales más allá, se apoyó en la fachada de un edificio y miró a su derecha. Aquella tarde había salido para ir a la plaza de Santa Bárbara a recoger unas botas que había llevado a arreglar la semana anterior, pero en aquel momento, lo único que logró recordar fue que unos días antes había pasado de largo por la misma calle, la misma tienda, el mismo arcángel, y el azar le pesó como una piedra atascada en su estómago. Las botas podían esperar, él no, pero tampoco sabía qué hacer, cómo acercarse, de dónde sacar una blanca y mullida piel de cordero en la que envolverse. No la había encontrado todavía cuando en la puerta de la tienda se produjo un movimiento que le desconcertó. Una mujer vistosa y reventona, de unos treinta años, golpeó el cristal con los nudillos y casi enseguida salió un hombre que parecía él, aunque llevaba una camisa de rayas y celebró la aparición de la recién llegada con un descaro excesivo para su edad, poniéndole una mano en el culo y apretando hacia arriba mientras la besaba en los labios. Ella se dejó hacer, muy a gusto, antes de colgarse de su brazo para avanzar en la misma dirección que la Palmera había tomado unos minutos antes. No tardaron más de dos en ponerse a su altura, y cuando los tuvo delante, comprendió al mismo tiempo que aquel hombre no era el chico al que había visto y que era su padre, un modelo casi idéntico al que el martillo del tiempo labraría en él al cabo de veinte años, tan guapo a su vez, tan joven todavía que cualquier otra tarde le habría seguido por el simple placer de verle andar, de apreciar su perfil en un cruce de calles. En aquella ocasión, sin embargo, decidió aprovechar su ausencia.

—Buenas tardes —en la sonrisa confiada del único dependiente que le recibió en el almacén, comprendió que antes no se había fijado en él.

—Muy buenas —contestó, mientras lamentaba que trabajara precisamente en una tienda como aquella, donde no se le ocurría nada que comprar.

Fingió lo contrario y se entretuvo mirando unas artesas repletas de semillas de legumbres, hasta que la suerte le premió con la entrada de dos niños que fueron derechos al mostrador para poner encima unas monedas y un papelito con los encargos que les había hecho su madre. El dependiente leyó la lista y empezó a moverse por el local, cambiando un escabel de sitio, subiéndose encima para llegar a los cajones más altos, devolviéndolo a su lugar, entrando en la trastienda y volviendo a salir hasta que les entregó cinco cartuchos de papel y las vueltas. Después, les siguió con la mirada hasta que salieron, y por fin se dirigió a la Palmera.

—Perdone, pero... —salió de detrás del mostrador y avanzó un par de pasos hacia él—. ¿Puedo preguntarle qué desea?

—¿Que qué deseo? Mejor no te lo digo.

Estudió sus ojos y lo que vio en ellos no le sorprendió. Paco Román no bailaba bien, no cantaba bien, no sabía tocar la guitarra, pero conocía a los hombres. Se había equivocado demasiadas veces en su vida como para no aprender de sus errores, y la impasibilidad de aquel tampoco le desanimó del todo. El vendedor de semillas era demasiado deseable como para que fuera la primera vez que le abordaban desde la acera de enfrente, y aunque no parecía halagado por su interés, había sido capaz de detectarlo sin ceder al impulso de echarle a patadas. Por eso, su admirador se arriesgó a avanzar un paso más.

—Sólo estoy mirando.

—Pues aquí no hay nada que ver —le replicó él, con un simulacro de arrogancia que no logró encubrir su nerviosismo.

—Yo creo que sí.

—Ya le digo yo que no, y además... —volvió al mostrador, accionó un interruptor que no estaba a la vista y apagó todas las luces—. Es la hora de cerrar, así que si no le importa marcharse...

Se metió en la trastienda y la Palmera adivinó que no volvería a verle salir. No quería empeorar las cosas, así que se marchó y hasta dijo adiós en voz alta, para escenificar una rendición que incumplió inmediatamente. Así descubrió que aquel chico no sólo era guapo. También era bastante listo.

—No se te ocurra seguirme —porque aunque tardó casi media hora en pisar la calle, lo primero que hizo fue buscarle con los ojos—. ¿Está claro?

Asintió con la cabeza y, por supuesto, le siguió hasta la esquina con la Gran Vía, donde le vio entrar en un bar. Montó guardia en la acera opuesta, y al rato, le vio salir con otros chicos de su edad, el hijo de la dueña de la lechería de la calle Tres Peces, un desconocido castaño, flaco y larguirucho, otro muy moreno, con una prematura pinta de matón, y el cuarto más bajo, con las orejas grandes, muy despegadas del cráneo. Aquella cabeza le resultó familiar, pero no tanto como un itinerario que le dejó casi en la puerta de su casa. Cuando le vio despedirse del lechero y desaparecer con los otros tres en un portal de la calle Santa Isabel, se dio cuenta de que el orejón le sonaba precisamente de eso, de verle por el barrio, y sintió que un millón de hormigas se desparramaban por todo su cuerpo.

—¿Qué te pasa, Palmera? —le preguntó Eladia aquella noche, mientras la acompañaba a casa—. Estás como atontado, hijo, no das una.

—Es que... Creo que me he enamorado.

—¿Quién? —se separó de él y le miró como si no le conociera—. ¿Tú?

—Sí —Eladia se echó a reír pero a él no le hizo ninguna gracia—. Yo. ¿Te parece chistoso?

—Pues... No es eso, no te ofendas —se acercó a él, le cogió del brazo—. Perdóname, es sólo que no me lo esperaba.

Él se dio por satisfecho y siguió andando sin decir nada, sin querer acusar tampoco las miradas de curiosidad de su protegida, que unos metros antes de llegar al portal, se atrevió a preguntar otra vez.

—¿Quién es? ¿Un hombre?

—¡No! —y los labios de la Palmera se curvaron por su cuenta, sin pedirle permiso—. Una cupletista, no te jode...

—¿Y cómo se llama?

—No lo sé.

No era la única cosa que no sabía. Para empezar, a él nunca le habían atraído los chicos jóvenes, si acaso los más broncos, adolescentes renegados de su edad, adultos precoces que se entregaban a los rituales de la rudeza con una vocación que compensaba su inexperiencia, pero ni siquiera esos le interesaban mucho. Lo suyo eran los braceros de su pueblo, algunos albañiles, obreros ferroviarios o descargadores de camiones a quienes descubría de madrugada, desayunando una copa de chinchón en la barra de cualquier taberna que ya estuviera abierta cuando él salía del tablao, hombres cuajados, maduros pese a su juventud, aficionados a exhibir su virilidad ante las mujeres y, con mucha suerte, a ceder alguna vez a otra clase de tentaciones, encuentros bruscos, fugaces, que no solían repetirse. Esos le volvían loco, los niños no, y sin embargo, aquel chico era casi un niño y le había sumido en una locura para la que no tenía explicación ni podía encontrar precedentes.

Aquella noche no volvió al tablao. Se quedó hablando con Eladia y se lo contó todo, lo que había sido su vida hasta entonces, y lo que había ocurrido aquella misma tarde, antes, durante y después de un breve encuentro. Ella, que más allá de su hosco celibato, no dejaba de ser una muchacha de diecisiete años, se divirtió tanto con aquella historia que la estiró hasta donde pudo, y cuando los dos habían empezado ya a bostezar al mismo ritmo, seguía proponiendo extravagantes planes de abordaje. Aquel derroche de imaginación la consagró como confidente de los amores de la Palmera, pero hasta que ella misma dio con la solución, el enamorado progresó menos que los niños que tuvieron la suerte de tropezárselo por la calle.

—Oye, chaval, ¿tú quieres ganarte una perra chica?

Como todos querían, no tardó en descubrir que el vendedor de semillas vivía en el edificio donde le había visto entrar la primera tarde, que era el mayor de seis hermanos, que se llamaba Antonio, que en su casa le conocían como Toñito, que tenía la misma edad que Eladia, que había tonteado con muchas chicas pero nunca había tenido novia fija y que solía ir de vez en cuando a las reuniones de la JSU con sus amigos. Los chavales intentaron venderle varias veces los nombres y las direcciones de estos últimos, pero esa información no le interesaba y tampoco sacó nada más de ellos.

—¿Y por qué no vas a verle una tarde, sencillamente, y le invitas a una cerveza? —Eladia intentaba animarle, combatir el desánimo que se iba apoderando poco a poco de los dos.

—Porque no quiero que me mande a la mierda.

Mientras tanto, pateaba todas las tardes la calle Hortaleza por la misma acera, sin más beneficio que el placer furtivo de mirarle sin ser descubierto. Sin embargo, el avance decisivo no tuvo lugar allí, sino en el barrio donde vivían, y tampoco obedeció a un plan preconcebido, sino al puro azar de que una tarde se quedara sin tabaco y sus pasos escogieran llevarle hasta un determinado estanco de la calle Atocha. Al llegar, lo encontró cerrado aunque eran más de las cuatro y media. Ya se había dado la vuelta cuando escuchó que se abría la puerta, y volvió la cabeza a tiempo para verle salir, mirando al suelo mientras terminaba de abrocharse la camisa, despeinado y culpable.

La Palmera se dijo que sólo había una manera de interpretar aquella escena, la expresión ambigua, indecisa entre la satisfacción del cuerpo y la preocupación del espíritu, que pudo captar brevemente gracias a la coincidencia de un tranvía que se aproximaba con la inquietud que hizo girar varias veces la cabeza del chico en todas direcciones, para asegurarse de que ningún conocido le había visto salir. Su único testigo le vio cruzar la calle casi corriendo, y al volverse, comprobó que alguien había corrido la cortinilla para darle la vuelta al cartel que, tras el cristal de la puerta, indicaba que el estanco estaba abierto. No le sorprendió que la estanquera, una mujer basta pero de carnes apretadas, que seguía estando de buen ver al borde de los cuarenta, no ofreciera indicio alguno de culpa o nerviosismo. Sólo hacía falta echarle un vistazo para adivinar que estaba más que curtida en el trajín de su trastienda, aunque tampoco pudo evitar que su cliente la encontrara demasiado colorada, con los ojos más brillantes que de costumbre y el moño medio deshecho.

—¡Vaya, vaya, Antoñito! —exclamó Eladia cuando se enteró—. O sea, que te gustan las mujeres...

—Sí, pero eso ya lo sabíamos y no me preocupa, no creas, torres más altas han caído. Lo importante es que es un golfo, ¿entiendes? A medio hacer, eso sí, porque tendrías que haber visto la cara que tenía, que sólo le faltaba llamar a su mamá, pero un golfo, que es lo que cuenta. Si fuera un buen chico, todo sería mucho más difícil, ¿sabes?, porque yo no podría...

No llegó a terminar la frase. La reacción de Eladia, que se dio en la frente una palmada que hizo ruido, acaparó toda su atención.

—¡Claro! —aunque al principio sólo parecía interesada en hablar consigo misma—. ¿Cómo no se me habrá ocurrido antes? Pues claro, qué tonta soy, pero qué tonta, madre mía...

Sin perder tiempo en explicaciones, se levantó, fue hacia él, le puso las manos sobre los hombros y le obligó a levantar la cabeza para mirarla.

—¿Sabes lo que vamos a hacer, Palmera? Hoy no, porque la gorda esa lo habrá dejado agotado, al pobre, pero un día de estos, ¿sabes lo que vamos a hacer? Vamos a ir los dos juntos a su tienda, a hacerle una visita —sonrió, como si le encantara la idea, antes de impostar una vocecita aguda y teatral—. Te presento a mi hermanita, que está loca por plantar flores en las macetas de su balcón... ¿Qué te parece?

—¿Tú harías eso por mí, Eladia? —y antes de tener tiempo para celebrar su plan, se dio cuenta de que le había emocionado que se lo propusiera—. ¿Tú harías de cebo para mí?

—Pues claro, tonto —y se echó a reír—. ¿Qué más me da?

Si alguien hubiera podido anunciarles lo que les daría, lo que les quitaría aquella ofensiva, se habrían entregado a sus preparativos con el mismo entusiasmo, incapaces de prestar a esa profecía más crédito que a quienes juraban que Carmelilla de Jerez había nacido con un pene atrofiado entre los muslos. La Palmera pudo comprobar una vez más que no era así mientras ella se vestía y se desnudaba para él, en una prueba de vestuario que se prolongó varios días. Se decidieron por un vestido primaveral, que marcaba su figura sin exagerar y ofrecía su escote hasta unos milímetros por encima del nacimiento de los pechos, y tardaron aún más en elaborar un guión, ensayando diálogos para todas las situaciones posibles. Eladia no sólo lo respetó escrupulosamente, sino que lo hizo tan bien que nadie que la hubiera visto comprando semillas en un almacén de la calle Hortaleza habría podido adivinar sus verdaderas intenciones.

—Me gustan mucho los jazmines, pero el año pasado planté uno y se me heló, ¿verdad, Paco? —él, que no había despegado los labios desde que entraron en la tienda, asintió con la cabeza—. Tenemos una terraza muy hermosa, pero no hay manera de que agarre nada en las paredes.

—Puede probar con un rosal trepador, de pitiminí, por ejemplo —el dependiente desempeñó su papel con la misma destreza—. Aunque su nombre tiene mala fama, la verdad es que son muy duros.

—Ya, pero es que las rosas... están muy vistas.

—¿Y la hiedra?

—No sé... —hizo un mohín de niña mimada, tan perfecto que incluso la Palmera sonrió—. Yo me merezco flores, ¿no le parece?

—Desde luego —él la miró con la boca abierta y tragó aire antes de encontrar una fórmula airosa para ponerse a su altura—. Yo la cubriría de ellas.

—Pues eso.

Así siguieron durante un buen rato, sin dar señales de cansancio mientras el mostrador se llenaba de sobres con estampas pegadas encima, entre las que Eladia escogió dos casi al azar. Después de pagarlas, sonrió al vendedor, le agradeció muchísimo su ayuda, le aseguró que volvería para contarle qué tal le había ido y cogió a la Palmera del brazo. Eso era lo que habían pactado, llegar, vencer y retirarse en el instante en que la ansiedad de su víctima hubiera llegado al punto óptimo. Sin embargo, cuando ya estaba empujando la puerta, Eladia se volvió y le miró a los ojos.

—Mi hermano y yo habíamos pensado en ir a merendar a una terraza de la Gran Vía. ¡Hace una tarde tan buena! —y giró la cabeza hacia fuera, como si pretendiera enseñársela—. A lo mejor le apetece venir con nosotros.

La Palmera se puso tan nervioso que intentó darle un pisotón, pero su zapato se estrelló contra el suelo mientras Eladia, sin apartar la vista de su objetivo, ladeaba la cabeza para alzar levemente las cejas. Desde el otro lado del mostrador, él los miró despacio, primero a ella, luego a él, a ella otra vez, sus labios curvados en una mueca irónica que habría podido ser una sonrisa si no estuviera desequilibrada, más alta por un lado que por otro. Su enamorado interpretó aquella expresión con la misma facilidad con la que había descifrado su inquietud al verle salir del estanco. Les estaba diciendo que a él no se la daban, que había descubierto el mecanismo de una trampa en la que no iba a dejarse atrapar. Eso parecía hasta que Eladia cambió de postura. Porque volvió a enderezar la cabeza, bajó ligeramente la barbilla, dejó de mirarle a los ojos para fijarlos en el ángulo que formaba su cuello con la solapa de su camisa blanca, y cuando frunció los labios en un mohín de disgusto, todo cambió al otro lado del mostrador.

—Bueno, sí, claro que me apetece, muchas gracias —antes de terminar de decirlo, Antonio ya se había quitado la bata que llevaba puesta encima de la ropa—. Si me esperan un momento... No tardo nada.

La Palmera creía que conocía a los hombres, pero reconoció para sí mismo que no había visto nada igual.

—¡Joder, Paco, yo creía que entendías de esto! —Eladia se burló de él en un susurro—. Pero si está entregado, no hay más que verle.

Ella fomentó su entrega durante toda la tarde y aún después, cuando lo presentó al portero del tablao como un amigo al que debía franquear la entrada en cualquier circunstancia. Mientras tanto, la Palmera se sintió incapaz de decidirse entre el miedo y la gratitud. Nunca había visto a Eladia coquetear con nadie, y su actuación le pareció demasiado admirable para ser sólo teatro, excesiva para no sospechar que estaba disfrutando del pretexto que le había consentido romper el freno, entregarse a la libertad que se negaba tercamente a sí misma por motivos ajenos a su propia inclinación. Si hubiera contemplado la escena desde otra mesa, no habría dudado de que aquella mujer, que parecía haber nacido para seducir al hombre que la miraba como si la vida le fuera en complacerla, actuaba en su propio beneficio. Por eso, permaneció en silencio, al margen de las sonrisas, las palabritas y los ronroneos de una Eladia insólita, y apenas intervino en la conversación cuando ella le invitaba con una pregunta o un codazo bien disimulado.

—Pero, bueno, ¿se puede saber qué te pasa? —hasta que Antonio se levantó una vez, para ir al baño, y fue más explícita—. Se supone que eras tú el que quería conocerle, ¿no?

—Ya, pero... No sé. Tengo la sensación de que estoy de más.

—¿De más? Tú lo que estás es gilipollas perdido, Palmera.

Entonces Antonio volvió a sentarse, Eladia a frotarse el tobillo para tensar el escote sobre sus pechos, él a mirar hacia allí mientras le daba consejos para plantar las adelfas, ella a agradecérselos sin dejar de acariciar con los ojos la curva de su cuello, y la Palmera a percibir entre ambos una tensión casi física, como si las palabras que no se decían fueran capaces de calentar el aire que mediaba entre sus cabezas para provocar una tormenta en miniatura, con sus rayos, y sus truenos, y sus relámpagos, sobre la mesa de una terraza de la Gran Vía. No logró hablar a solas con él hasta que terminó el espectáculo y accedió a esperarle para dejarse invitar a una copa, pero el único tema de aquella conversación fue Eladia, de dónde era, desde cuándo la conocía, por qué vivían juntos, hasta que la Palmera se dio cuenta de que se había convertido en un niño que jugaba en la acera, Antonio en él mismo mientras recorría la calle Santa Isabel en busca de información.

—Estás segura de que no te gusta, ¿verdad? —le había preguntado antes a ella, en el portal de la casa que compartían.

—¡Ay! —Eladia protestó antes de responder—. ¿Cuántas veces tengo que decirte que no me interesan los hombres?

—No te he preguntado si te interesa —insistió él, arrepintiéndose de las palabras que iba a decir a continuación antes de pronunciarlas—. Te he preguntado si te gusta.

—¡Mira que eres pesado, Palmera!

Cerró la puerta tras de sí, y él fue consciente de que no había querido contestarle, pero el malestar que le acompañó en el camino de vuelta fue disipándose con el paso del tiempo, sin llegar nunca a disolverse del todo.

A partir de aquella noche, Antonio Perales se convertiría en una pieza esencial de sus vidas, un lado del extraño triángulo de esquinas quebradas cuyos ángulos parecían condenados a no encajar jamás. Los tres sabían que la Palmera estaba enamorado de él, que él estaba enamorado de Eladia, y que ella no le trataba como a los demás, sino mucho peor, porque nunca dejaba pasar la ocasión de demostrárselo. Antonio iba al tablao todas las noches, la miraba bailar con la misma expresión desolada, salvaje, que enturbiaba los ojos del estudiante de Bellas Artes o del hombre misterioso, y Eladia, en lugar de ignorarle, le distinguía siempre con una pulla, una burla o una frase malévola destinada a dejarle en ridículo ante sus compañeras. Era una pésima estrategia, porque Antonio tenía mucho éxito con las chicas y no tardó en desarrollar su propio sistema para desmarcarse de sus compañeros de infortunio. Lejos de desdeñarlas, como ellos, se dejaba querer, sobre todo cuando Eladia estaba delante. El principal beneficiario de aquel doble fracaso fue la Palmera, que nunca perdió la esperanza, y después de cortejarle con tanta constancia como generosidad durante meses, logró que Antonio se olvidara a ratos de que había llegado al tablao en pos de Eladia, y hasta que incluyera su compañía en los beneficios de la nocturnidad.

—Yo sólo quiero que seamos amigos —le aclaraba de vez en cuando—. Quiero ser tu amigo, Antonio.

Él respondía a esas declaraciones con una expresión burlona, pero amable, y cuando bebía más de la cuenta, con un abrazo inesperado que dejaba a la Palmera con el corazón en la boca.

—Acabas de quitarme un peso de encima —pero después se afilaba la lengua para exhibir una ironía puntiaguda que no llegaba a ser cruel y transparentaba algo más que tolerancia, un cariño limpio, casi inocente, que era valioso pero nunca sería amor—. Yo creía que te gustaba, Palmera.

—Y me gustas, hijo de puta, me gustas...

Después se reían juntos, y se iban de juerga para disfrutar a la vez, cada uno a su manera, del itinerario de los trasnochadores contumaces, puertas que seguían abiertas al amanecer y otras cerradas, no para ellos. En locales elegantes y antros infames, Antonio se dejaba exhibir como la condecoración de un general tramposo y la Palmera corría a cambio con los gastos de su iniciación en la deslumbrante oscuridad de los días artificiales, noches iluminadas que defendían su naturaleza con terquedad, a despecho de la tierna claridad de unas mañanas que sabían vivir sin ellos. Su tutela no habría sido tan generosa, ni sus resultados tan brillantes, si el flamenco no hubiera contado a su vez con su propio patrocinador, el marqués de Hoyos, a quien el encanto del vendedor de semillas cautivó de tal modo que, en los últimos días de enero de 1936, ofreció su palacio para celebrar la fiesta de su decimoctavo cumpleaños.

Aquella noche, como en los buenos tiempos, hubo de todo, aunque el anfitrión, dividido entre dos mundos, los perversos placeres que había cultivado con vocación exquisita en su juventud y su reciente conversión al credo anarquista, recibió a sus invitados con un mono de seda escarlata, un diseño proletario retocado según las indicaciones del figurín que su amigo Pepito le había enviado desde París, y confeccionado con una tela carísima en la que la Palmera apenas reparó, absorbido por preocupaciones más urgentes.

—No habrás invitado a Claudio, ¿verdad?

—Pues claro que no, ¿cómo se te ocurre? —Hoyos levantó tanto las cejas que el monóculo se desprendió de sus párpados para balancearse en el aire—. Un facha de mierda, que se pasa la vida en La Ballena Alegre, explicándole a unos señoritos que no saben hacer la o con un canuto que la música rusa es pura degeneración y que no existe pureza más allá de Wagner... ¡Wagner! Sí, hombre, hasta ahí podíamos llegar. Ese cabrón no vuelve a poner aquí los pies en su puta vida.

¿Y qué más te darán a ti Wagner o los rusos, marqués, si estás más sordo que una tapia?, pensó la Palmera para sí, pero no dijo nada. Las consecuencias musicales de la militancia política de su benefactor le resultaban tan impenetrables como la esencia misma del fenómeno que le estaba volviendo loco, aunque aquella locura le sentara tan bien que le había quitado diez años de encima. El indolente Hoyos a quien él conoció antes de que la República cumpliera un año había explotado, igual que una bomba de esas a las que sus nuevos amigos eran tan aficionados, para dar paso a un individuo firme, incluso enérgico, interesado de pronto por tantas cosas que ni siquiera cabían en los días donde antes sobraba sitio para el hastío. Y no era sólo él, ni había sido sólo Claudio. De pronto, todas las personas, pero también todas las cosas de este mundo, habían tomado posición frente a una realidad que a la Palmera le parecía vulgar, de puro previsible. Hombres y mujeres, bares y restaurantes, calles, teatros, aficiones, abrigos, zapatos, se habían vuelto de izquierdas o de derechas, y de ahí no les movía ni Dios, o ni dios, según los casos. La música, el arte, la literatura, tampoco escapaban de la grieta que había fulminado a España para partirla en dos. Por eso, una tarde encontró a Hoyos alimentando la estufa de su dormitorio con sus Obras Completas.

—¿Pero qué haces, marqués? —en ese momento empezó a pensar que se estaba volviendo loco, aunque su amigo le contestó con una expresión amable, una sonrisa de otros tiempos.

—No puedo quemar mi pasado, pero esta mierda sí la puedo quemar, como ves —le miró y se echó a reír—. No te agobies, Palmera. En sus tiempos, vendí miles de estas novelas. Aunque queme todas las que tengo, siempre quedarán demasiadas para recordarme que nunca debí haberlas escrito.

Y todo esto, ¿por qué?, pensaba él. ¿Es que su amigo de verdad creía que su propia familia, los aristócratas y los banqueros, los amos de las tierras, los militares que se forraban en Marruecos y la Iglesia Católica, iban a aceptar que encogieran sus privilegios así, por las buenas? Él no necesitaba meterse en política para contestar a esa pregunta. No le hacía falta ponerse un uniforme, llamar camaradas a sus conocidos, pagar

117

una cuota todos los meses para interpretar lo que sucedía a su alrededor. Le bastaba acordarse de su hermano Bernabé, de sus palabras, vete lejos y no nos avergüences más, para concluir que los poderosos estarían dispuestos a hacer lo que fuera con tal de que España volviera a formar parte de sus pertenencias, una propiedad más entre las que habían heredado de sus padres y pretendían dejar en herencia a sus hijos. ¿No había sentido él mismo que cuando se proclamó la Segunda República había sonado la hora de los maricones? Pero si las grandes señoras no se habían roto el cuello en 1932, cuando iban a todas partes con una enorme cruz de metal colgada de una cadena, si dos años más tarde, en Asturias habían hecho una revolución y la República seguía en pie, ¿por qué iba a consumarse ahora la maldición de los años pares? Seguirían intentándolo, eso por descontado, pero había que dejarles, esperar a que se cansaran. Provocarles era un error, responder a sus provocaciones, un error mucho más grave. Eso era lo que opinaba él, pero en esa opinión, parecía estar solo en el mundo.

—Eres un cobarde, Palmera —le reprochaba Antonio.

—No —respondía él, cuando nadie más podía escucharle—. Lo que soy es maricón. Y por eso me han pegado más palos que a una estera, ¿sabes? Hasta que aprendí cómo conviene hacer las cosas.

—Bueno, pero si te empeñas en montarme una fiesta, tiene que ser antes de mi cumpleaños, porque voy a hacer la campaña electoral.

—¿Tú? —la Palmera abrió mucho los ojos—. ¿De qué?, si no vas en ninguna lista.

—De guardaespaldas —Antonio sonrió, como si esa palabra impregnara su paladar con un sabor exquisito—. Voy a proteger a los candidatos.

—¿De verdad? —y su enamorado se echó a reír—. Pues un día de estos voy a afiliarme a tu partido, requesón, a ver si te ocupas un poco de mí...

Aquella fue la última gran fiesta que Antonio de Hoyos y Vinent celebraría en su palacio de la calle Marqués de Riscal, y para él, como para sus invitados, la dorada bisagra de una puerta que estaba a punto de cerrarse. Aquella noche, sin embargo, todo era posible aún y la libertad un bien vulgar, sin demasiado valor. Unos meses después y durante cuatro décadas seguidas, todo sería distinto, pero en el cumpleaños anticipado de Antonio Perales no faltó de nada, hombres vestidos de mujer, mujeres vestidas de hombre, fuentes de champán, y de chocolate, azucareros de plata llenos hasta el borde de una sustancia blanca que no era azúcar, bailarines desnudos, bailarinas desnudas, y hasta una vieja *vedette* retirada que se chutaba morfina en un muslo a través de las medias sin levantarse del diván donde estaba tumbada. Había de todo, y todo valía mientras una excitación imprecisa, universal, corriera por las venas de los asistentes como un líquido brillante y espeso, capaz de hacer más brillante, más espesa su sangre.

Ni siquiera Eladia se resistió a aquella tentación sin forma y sin límites, que en un oscuro pliegue de la noche pareció a punto de hacerla claudicar. Hasta aquel instante, la Palmera la había visto jugar con Antonio, tensar y aflojar los hilos con los que sabía moverle como a una marioneta, dejarse acariciar por otras mujeres sonriendo sólo para él, aparecer a su lado para desaparecer bruscamente después, sacarle a bailar, dejar de hacerlo. Mientras tanto, Paco decidió no beber más, como si presintiera que antes de que acabara la fiesta se alegraría de estar sobrio, pero llegó a lamentar una condición que seguramente no compartía con ningún otro invitado cuando distinguió a Antonio y a Eladia a través de las cristaleras del salón. Estaban los dos solos, muy juntos, apoyados en la balaustrada de la terraza, y sus cabezas se unían muy despacio, sus rostros fundiéndose en uno solo mientras la mano de él se posaba con delicadeza sobre uno de los pechos de ella. En ese momento, la Palmera decidió que necesitaba una copa, pero no llegó a moverse para ir a buscarla porque apenas un segundo después, cuando Antonio giró levemente el cuello para besarla en los labios, Eladia se zafó de sus brazos y firmó su rechazo con una bofetada.

—¿Qué la pasa, Palmera? —él fue a buscarle con los ojos turbios de excitación y una huella sonrosada en la mejilla—. ¿Por qué es así?

—No lo sé —decir la verdad no le estorbó para darse cuenta de que Antonio estaba borracho, ni para distinguir en la otra punta del salón la silueta de Eladia con el abrigo puesto, a punto de marcharse.

—Vamos a tomar algo.

—Estás como una cuba, requesón.

Él no fue capaz de articular una respuesta y le arrastró hasta la barra, pero tampoco pudo terminar la copa que había pedido.

—Me estoy mareando —y se tambaleó mientras la dejaba sobre una mesa, para que la Palmera le sostuviera con una solicitud casi maternal.

—Claro, si te lo he dicho —qué feo es lo que vas a hacer, Paco Román—. Anda, ven conmigo, a ver si encontramos un sitio para que te tumbes un poco —pero qué feo...

Antes de acostarlo en la cama de un dormitorio de invitados del primer piso, echó el cerrojo. Después, lo desnudó y él se dejó hacer como un niño pequeño, los ojos cerrados, la conciencia lejana, ausente, instalada en la más absoluta indiferencia de la emoción que hizo temblar las manos de la Palmera cuando le contempló desnudo, mientras le miraba como si su imagen fuera la única cosa que pretendiera llevarse de este mundo. El alcohol no había logrado rebajar el triunfo de Eladia, la excitación que ella había creado, sostenido y alimentado sin piedad durante una noche entera, y el esplendor del sexo que le desafiaba, erguido, duro, rojizo, le clavó en los ojos dos puñales tan largos y afilados que, por un instante, el deseo no le dejó respirar. Tuvo que abrir la boca para tragar aire como si fuera agua, y ya no volvió a cerrarla.

—¿Pero qué haces, Palmera?

La voz de Antonio, pastosa y débil, llegaba desde muy lejos, tanto que le contestó, te estoy comiendo la polla, sin soltar su presa.

—¿Qué dices? No te entiendo...

La Palmera levantó la cabeza, le miró, se enamoró del aturdimiento casi infantil que vio en sus ojos y no dejó de acariciarle las caderas, los muslos, mientras le contestaba.

—Es mi regalo de cumpleaños —e hizo una pausa para recorrer todo su sexo con la lengua, de abajo arriba—. Tú déjate, no seas tonto.

—Palmera...

No volvió a hablar, pero su cuerpo respondió por él para que su amante disfrutara de cada momento, todos y cada uno de los pequeños temblores que desembocaron en una explosión que le horadó por dentro para abrir un cráter profundo, duradero, en su memoria. Después, cuando se tumbó a su lado y le abrazó, ya estaba dormido.

Aquella noche, la Palmera apenas cerró los ojos. Dejó la luz de su mesilla encendida, las cortinas abiertas, para que los visillos dejaran entrar la luz de una mañana inminente, y activó una alarma interior destinada a recordarle en cada instante que estaba desnudo bajo las sábanas, y que el cuerpo dormido que podía besar, acariciar, estrechar entre sus brazos, pertenecía al hombre al que amaba. No se hacía ilusiones. Sabía que aquella proeza no tendría consecuencias, que lo más probable era que nunca se repitiera e, incluso, que tanta dulzura posaría un sabor amargo en su paladar al día siguiente, pero se conjuró consigo mismo para apurarla hasta el último segundo, y fue feliz mientras recorría con los dedos aquella piel mullida, lustrosa, para no olvidar jamás sus líneas y sus ángulos, cada pequeño accidente que la hacía única, distinta de cualquier otra. Fue feliz mientras aprendía el olor, el calor, el ritmo exacto de la respiración del muchacho que, de vez en cuando, se daba la vuelta para encajar apaciblemente entre sus brazos, sus cabezas tan cerca que pudo besarle en los labios muchas veces, probar una emoción tan intensa que en el último beso, cuando ya era de día, estuvo a punto de llenarle los ojos de lágrimas. Aquel era el momento de levantarse, de vestirse, de sentarse en una butaca para que no lo encontrara a su lado cuando se despertara. La Palmera conocía bien a los hombres.

—Vístete, anda —cuando Antonio abrió los ojos, no leyó en ellos nada distinto a la cuchillada de una resaca monumental—. A ver si encontramos algún sitio donde nos den de desayunar a estas horas.

Antonio le miró, sonrió y obedeció en silencio. La Palmera no le encontró más risueño o burlón que otras veces, y se tranquilizó pensando que, con la borrachera que llevaba encima unas horas antes, nunca estaría seguro de si había pasado algo o lo había soñado, pero no era cierto.

—Dime una cosa, Palmera —le preguntó cuando salieron del café donde habían desayunado—. ¿Te lo pasaste bien anoche?

Él no le contestó enseguida. Antes le miró a los ojos, quiso asegurarse del sentido exacto de la pregunta a la que iba a contestar, despejó cualquier duda antes de hacerlo.

—Mejor que tú.

Antonio se rió, le dio una palmada en la espalda y echó a andar sin volverse a mirarle. La Palmera sucumbió en un instante al pánico de pensar que allí se acababa todo y tuvo que morderse la lengua para no preguntar a gritos si volverían a verse, pero aquella misma noche descubrió que el futuro encajaría al mismo tiempo con el mejor y el peor de sus cálculos. Antonio llegó al tablao a la hora de siempre, se sentó en la barra, como de costumbre, y se dedicó a pensar en sus cosas sin ocuparse ni siquiera de Eladia, como si la bofetada de la noche anterior hubiera cerrado una puerta que hasta entonces había estado entreabierta. La Palmera esperó en vano una palabra, un guiño, cualquier indicio de que lo que había ocurrido entre ellos resultara, si no memorable, al menos relevante para él, pero Antonio siguió tratándole igual que antes, con la misma complicidad cariñosa y nocturna que durante muchos meses había sido bastante y ya no lo era. Hasta que, al final, fue el bailarín quien dejó de estar seguro de lo que había ocurrido. Las imágenes de aquella noche se fueron tiñendo poco a poco del color de la incertidumbre, el tono pálido, engañoso, de los recuerdos inventados. Era un epílogo detestable pero pronto le tocaría escribir otro peor, y abrir la puerta por la que el vendedor de semillas haría una entrada triunfal en el destino de Eladia.

—Que dice don Arsenio que quiere hablar contigo.

Aquella noche, el Frente Popular ya había formado gobierno y Antonio estaba con él, tomando una copa entre pase y pase mientras vigilaba la puerta de los camerinos. Cuando un camarero se acercó a darle el recado, la Palmera echó un vistazo a la mesa del empresario y le encontró en compañía de un desconocido sólo relativo, porque estaba tan seguro de que no le había visto nunca como de que era pariente, seguramente hermano, del hombre misterioso. Si no fuera porque le sacaba al menos diez años, sus rasgos, su estatura, las dimensiones colosales de su cuerpo embutido en un uniforme del Ejército de Tierra, podrían haberle hecho pasar por un mellizo del tipo que estaba sentado un poco más allá, mirándoles con ansiedad.

—Usted dirá, don Arsenio.

—Mira, Paco, te quiero presentar a don Juan Garrido, que por lo visto tiene un asunto que tratar contigo... —y se levantó en el instante en que se dieron la mano, como si aquello no fuera con él, para dirigirse después a su nuevo cliente—. Les dejo solos, mi capitán, así estarán más cómodos.

A la Palmera no le extrañaron esas palabras. Si la silla de aquel visitante hubiera estado ocupada por un dirigente de cualquier organización de izquierdas, el dueño del local le habría llamado compañero o camarada, según los casos, pero le pareció rara tanta prisa y que el militar la agradeciera con un breve asentimiento de cabeza, sin levantar los ojos del mechero al que daba vueltas entre los dedos.

—Pues, verá usted, Paco —tenía una voz magnífica, grave y profunda—, yo quería plantearle un asunto muy delicado, de hermano a hermano... En mi caso, se trata de Alfonso —y se volvió para señalarle con la cabeza—, ya le conoce, ¿verdad?

—De verle por aquí, sí.

—Alfonso es mi hermano pequeño, el único que tengo y... Está loco por su hermana, supongo que ya está al corriente —la Palmera asintió con una sonrisa y la satisfacción de descubrir que no era su familia de Bormujos la que acechaba tras los titubeos de su interlocutor—. El caso es que en Salamanca, porque nosotros somos de allí, tiene novia formal, una niña monísima, de muy buena familia, que está deseando hacerle feliz. Él la quiere mucho, pero... No puede quitarse a su hermana de la cabeza. Eso me preocupa, porque la boda es el mes que viene, y si empieza su vida de casado obsesionado por otra, pues... —hizo una pausa para crear expectación, antes de dirigirle una mirada de inteligencia—. La única mujer irresistible es la que no se consigue a tiempo. Una vez conquistadas, son todas iguales, como usted sabrá.

—Pues, mire, lo que es saberlo no lo sé —la Palmera dejó que su interlocutor frunciera las cejas, que le mirara con atención, que se encendiera una luz en sus ojos—, pero me lo imagino.

—Con eso me basta. Porque, en ese caso, también podrá imaginar cuál es el mejor regalo de bodas que puedo hacerle a Alfonso.

No quiso ser más explícito, no hacía falta. Era el turno de la Palmera, y lo consumió despacio antes de contestar, porque en ese plazo le asaltaron dos ideas sucesivas, antagónicas. Tú eres un hijo de puta, fue la primera, un señorito de mierda que viene aquí, con la cartera llena, a comprar lo que el bobo de su hermano no ha sido capaz de ganarse por sí mismo. Era un razonamiento tan impecable que estuvo a punto de repetírselo en la cara, palabra por palabra, pero antes pensó en Eladia, en su interés, en su futuro, los años que faltaban para que dejara de bailar sola en el centro del escenario y la mandaran al fondo, a dar las mismas palmas que a él no le llegaban para comprar un palmo de tierra donde caerse muerto. La vida es muy larga, pensó después, la juventud muy corta, y la belleza no puede cambiarse por billetes en el mostrador de un banco. Ella había jurado muchas veces que no se dejaría explotar por un cabrón, pero nunca había avanzado en la dirección inversa. El mundo está lleno de cabrones con dinero deseando que los exploten, concluyó la Palmera, y por alguno habrá que empezar.

—Lo siento, pero no va a poder ser —empezó desanimándole, para ver hasta dónde estaba dispuesto a llegar—. Mi hermana no hace esas cosas.

—Yo tampoco —Juan Garrido sonrió—. Es muy importante que comprenda que este es un caso excepcional. Por eso, estoy dispuesto a ser excepcionalmente generoso.

—No me ha entendido —la Palmera correspondió a la sonrisa—. No hablaba de dinero. Mi hermana todavía no se ha acostado con ningún hombre.

—¿Qué? —la sorpresa que se pintó en el rostro de su interlocutor desembocó en una carcajada gruesa, deliberadamente desagradable—. ¿Me está tomando el pelo?

—No, señor —apuró su copa, apartó la silla, se levantó—. Buenas noches.

—No, no, por favor, espere, espere... —el capitán Garrido también se levantó, atrapó con la punta de los dedos una manga roja con lunares blancos, imprimió un tono apaciguador a su poderosa voz de barítono—. Lo siento, no quería decir... Perdóneme —la Palmera volvió a sentarse—. Alfonso me había comentado algo de eso, pero no me lo había creído, la verdad —hizo una pausa que su interlocutor no quiso rellenar—. De todas formas... En ese caso, estoy dispuesto a aceptar cualquier oferta.

—Ahora, el que no entiende soy yo.

—Dígale a su hermana que ponga ella el precio. Estoy dispuesto a pagar cualquier cantidad razonable, y le aseguro que, en este momento, mi concepto de lo razonable no lo es en absoluto —hizo una pausa para mirar a su interlocutor y comprobar que le había entendido—. Por ese lado no vamos a tener problemas, se lo aseguro. Tengo mucho dinero, pero sólo un hermano.

En ese momento, las luces se apagaron para precipitar el final de su conversación. La Palmera anunció que tenía que volver al escenario y el militar se despidió de él con un apretón de manos y la promesa de volver diez días más tarde para cerrar el trato. Hablaba de Eladia como si fuera ganado, y su tono bastó para que la Palmera se arrepintiera de haberle escuchado. Por eso, aquella noche no le dijo nada, pero después tampoco pudo dormir.

—Oye, Eladia, ¿puedo hacerte una pregunta?

En una de las noches más calurosas del verano anterior, al llegar a casa de madrugada se la había encontrado despierta, medio desnuda, tomando el fresco en la terraza. Dentro no hay quien pare de calor, le anunció como todo saludo, pero aquí se está bien. Tenía razón, y por eso, en lugar de acostarse, se quedó con ella. Hablaron mucho, sobre todo de Antonio, lo que habían hecho, dónde habían estado, a quién habían visto, y la conversación se deslizó hacia terrenos progresivamente comprometidos con la misma naturalidad con la que una combinación de raso se iba arrugando alrededor de su cuerpo, para desvelar una perfección a la que la ropa no hacía justicia. La Palmera se encontró admirando a Eladia, la esbeltez de los muslos, la rotundidad de los pechos, la impecable proporción de las caderas, y durante un instante comprendió que la deseaba, no con el ansia incontrolable, casi carnívora, que despertaban en él algunos hombres, sino de otra manera, tranquila, suave, hasta perezosa. La había visto desnuda muchas veces, pero nunca había probado nada semejante al efecto de su cuerpo vestido a medias, en la penumbra desde la que ella le miraba, recostada sobre una sábana con la indolencia de una bañista despreocupada en una playa desierta. Aquel asombroso fenómeno empezaba y terminaba en él. No la necesitaba, pero al probar, aunque fuera de refilón, lo que sentían tantos otros hombres al verla, aún entendió menos el cautiverio de un cuerpo semejante.

—¿Tú eres virgen de verdad? —ella, que le había dado permiso para preguntar con un movimiento de la cabeza, asintió otra vez.

—Sí. ¿Por qué me lo preguntas? ¿Te extraña?

—No sé. Es que, desde que te vi con Antonio, en la tienda... Sabes demasiadas cosas, ¿no?

—A lo mejor por eso soy virgen, ¿no te parece? —su sonrisa se deshizo en una expresión ambigua—. Porque sé demasiadas cosas.

Eso fue todo. Después de decirlo se levantó, recogió la sábana y se volvió a su cama. Nunca volvieron a hablar de eso, y aunque la Palmera recordó muchas veces aquella conversación, no volvió sobre sus palabras hasta que la oferta del capitán Garrido empezó a quitarle el sueño.

—No.

Esa palabra fue el saldo de varias noches de insomnio y un discurso minuciosamente ensayado durante sus respectivos días.

No me interpretes mal, Eladia, y sobre todo, no te confundas, porque yo sólo soy el recadero, no gano ni pierdo un céntimo con esto... Para él, dividido entre su intuición y la responsabilidad de no privarla de un negocio que podría cambiarle la vida, era muy importante que todo quedara claro desde el principio. Después le contó lo demás, y ella escuchó en silencio, tranquila en apariencia aunque un poco más estirada que de costumbre, el cuello tenso, los hombros rígidos, la barbilla alzada en un forzado contraste con la mirada baja, concentrada en algún lugar situado a espaldas de su interlocutor, al que no interrumpió en ningún momento antes de contestarle con una sola sílaba, no.

—¿Por qué? —se atrevió a preguntar él, de todas formas.

—Porque no me da la gana —y por fin le miró—. ¿Hace falta algo más?

—No, pero... Yo creo que, igual, podrías pensarlo mejor, porque...

—¿Tú entiendes el español, Palmera? —él se limitó a asentir con la cabeza—. Pues he dicho que no y es que no, y aquí se acaba la historia.

Ahí se habría acabado si ella hubiera querido, pero no fue así. Aquella noche no le dirigió la palabra, y al terminar el espectáculo salió del tablao sola por primera vez desde que vivían juntos. Él, sin la menor intención de insistir, corrió tras ella hasta alcanzarla.

—¿Pero qué te pasa, me quieres explicar...?

—¿Que qué me pasa? —sacudió el brazo por el que la sujetaba, mientras le miraba con tanta rabia como la primera vez—. Eso explícamelo tú a mí, Palmera. Tú, que tienes cojones para ir vendiéndome por ahí.

—Que no es eso, Eladia.

—¿Ah, no? Entonces, ¿qué es?

Ella fue la que no quiso dar aquel tema por zanjado, la que se negó a aceptar sus motivos, la que volvió una y otra vez sobre una proposición que siguió creciendo, complicándose, resucitando cada noche de sus cenizas por su única y expresa voluntad. Él cometió el error de defenderse, de enumerar en voz alta lo que podría ganar, lo que estaba perdiendo, y aunque se excluía cuidadosa y honestamente a sí mismo de todos sus cálculos, sólo consiguió enfurecerla aún más, despertar a la fiera que Eladia llevaba dentro, aquella rabia que el trabajo, el éxito, los apacibles vínculos que compartían y su monótona rutina de jovencita virtuosa, parecían haber adormecido. Así lograron que en el tablao empezaran a circular rumores.

—Pues nada —hasta que ella los fulminó una noche, la víspera del regreso del capitán—. Este, que se ha creído que soy una puta.

—No digas eso, Eladia, porque no es verdad —y la Palmera volvió a equivocarse—. Además, vender el virgo no es de putas.

—¡No, qué va! —ella frunció los labios e hizo un ruido extraño, como si quisiera reírse de él y no pudiera.

—Pues claro que no. Vender el virgo es de pobres.

Ella se revolvió, se encaró con él como un animal salvaje, tendió las manos hacia delante como si estuviera a punto de tirarse a su cuello, y Mari, una chica baja, gordita, la menos atractiva de la compañía, intervino para empeorarlo todo.

—Mujer, en eso lleva razón.

—¿Ah, sí? —Eladia se movió en círculo, para mirarles a todos, uno por uno—. ¿Y quién os ha dicho a vosotros que yo soy pobre?

—¿Qué está pasando aquí? —hasta que don Arsenio asomó la cabeza—. Se deben estar oyendo los gritos hasta en la calle.

Nadie se animó a contestar, la orquesta terminó antes de tiempo la última pieza bailable, y las luces se apagaron. El escándalo que ella misma había provocado precipitó el último pase y la mejor actuación que Carmelilla de Jerez ofrecería en aquel local. Mientras la veía bailar, como si saliera de la tierra, la Palmera se dolió de su talento, el fruto del dolor, esa tortura íntima, perpetua, de la que apenas lograba escapar moviéndose sobre las tablas con la violencia repetida y rítmica que convertía todo su cuerpo en un formidable instrumento de percusión. Pero al final, antes de que se apagaran los aplausos enfervorecidos de un público puesto en pie, ella le ofreció en bandeja el único motivo capaz de hacerle abominar de su piedad.

Aquella noche llevaba un vestido verde botella con lunares grandes, negros. La Palmera nunca podría olvidarlo, dejar de recordar el contoneo de sus caderas mientras bajaba con paso decidido los tres peldaños que separaban el tablao de la sala, para crear una situación insólita que llamó la atención de todos los presentes a ambos lados de las candilejas. Las otras chicas, conscientes de la ventaja que las batas de cola otorgaban a sus cuerpos, solían conservarlas para exhibirse entre los clientes, pero Eladia no lo había hecho nunca. Jamás se había mezclado con el público después de bailar, pero aquella noche, despeinada, sudorosa, recorrió el local sin que la Palmera lograra adivinar sus intenciones. Hasta que se volvió a mirarle.

—¿Quieres ver lo rica que soy? —entonces lo entendió todo, bajó por los mismos peldaños, sorteó las mismas mesas y llegó tarde—. ¿Quieres verlo?

Antonio, que había visto la función desde la barra, avanzó unos pasos hacia ella, como si pudiera olerla.

—¿Tienes algo que hacer esta noche, Antoñito? —Eladia levantó la voz y él negó con la cabeza muy despacio—. Acompáñame a casa, ¿quieres?

La Palmera dio un rodeo para alcanzarlos en la base de las escaleras y se dirigió a ella, pero el único que cerró los ojos al escucharle fue él.

—No serás capaz...

La estrella del espectáculo le sostuvo la mirada, sonrió, cogió a su pareja del brazo mientras se levantaba la falda con la otra mano para no tropezarse con los volantes al subir, y sólo le respondió cuando llegaron arriba.

—Búscate un buen hotel para dormir esta noche, Palmera —estaba pegada al requesón, el brazo derecho alrededor de su cintura, la cabeza recostada sobre su hombro, la voz, de nuevo, muy por encima del volumen imprescindible—. Yo te lo pago.

No quiso ver cómo se marchaban juntos, pero escuchó el ruido de la puerta, y sobre él un creciente rumor de conversaciones, chasquidos de mecheros, copas de cristal chocando en el aire. El local no tardó en recuperar la animación de todas las noches, pero él se preguntó qué iba a hacer a continuación y no supo responderse. De momento, fue a la barra, pidió una copa, la apuró de un trago. Cuando estaba a punto de pedir otra, una mano le zarandeó para darle la vuelta con la misma facilidad con la que un niño habría movido un muñeco de trapo, antes de que un puño se estrellara contra el mostrador a un centímetro de su brazo.

—Le voy a decir una cosa —era Alfonso Garrido y estaba furioso—. ¡Esto no se va a quedar así!

La Palmera le miró sin miedo, ni más sorpresa que la conciencia de no tenerlo. El gilipollas este era lo que me faltaba, pensó, y después, que le bastaría rozarle con el canto de una mano para tirarlo al suelo. Mejor, se dijo, que me pegue, que me mate, que me deje malherido, que me lleven a un hospital y me den algo para dormir mucho, mucho tiempo.

—Váyase usted a la mierda.

Lo que estaba pensando debió aflorar a sus ojos, porque Garrido se marchó sin ponerle la mano encima. La Palmera se dio cuenta de que estaba llorando, y en un repentino acceso de pudor, cogió la copa, la botella, se fue a su camerino y echó el cerrojo. Cuando la borrachera le dejó inconsciente en una butaca, todavía no había decidido qué le hacía más daño, la traición de Eladia o la certeza de que a aquellas alturas ya debía de haber enganchado a Antonio para siempre. Cualquiera de las dos cosas le dolía más que la peor paliza que Alfonso Garrido hubiera podido pegarle.

La misma duda y la misma certeza le acompañaron al despertar, mientras la luz que entraba desde el patio le imponía el tormento suplementario de atravesarle un clavo entre las sienes. Le dolía el alma y además la cabeza, los ojos, el cuello, todo el cuerpo. La señora de la limpieza no dijo nada cuando le vio aparecer, llegar hasta la barra, tomarse una cerveza con dos aspirinas, hacer acopio de las fuerzas necesarias para salir a la calle. Desayunó un café con porras pero la grasa, que le asentó el estómago, no le aclaró las ideas. Sabía qué era exactamente lo que no debía hacer y eso hizo, pero al meter su llave en la cerradura, la puerta no se abrió. El cerrojo estaba echado por dentro y ya habían dado las doce del mediodía, una hora tan buena como cualquier otra para perseverar en el error.

—Oye, chaval, ¿tú quieres ganarte una perra chica?

Al pasar por el almacén, sólo vio al padre tras el mostrador, pero podía estar en la trastienda, se consoló, o haciendo algún recado.

—Que dice ese señor que esta mañana su hijo estaba malo y se ha quedado en la cama.

Para eso, me la podía haber ahorrado, pensó mientras dejaba caer una moneda en la palma de una mano pequeña y sucia. Después, por hacer algo, fue andando hasta la Puerta del Sol, se ventiló un bocadillo de calamares en la barra de un bar donde no había estado nunca, siguió vagando por Madrid hasta media tarde y por fin volvió a intentarlo. A las siete, Eladia no había descorrido el cerrojo, pero ya no le quedaba mucho margen, así que decidió apostarse en la puerta del hospital. Cuarenta y cinco minutos después, más o menos a la hora en la que ella empezaba a arreglarse todos los días para ir a trabajar, vio salir a Antonio, y aunque estaba demasiado lejos como para fiarse de la precisión de sus ojos, tuvo una impresión muy distinta de la que esperaba. El hombre cabizbajo, distraído, que chocó con una señora a la que ofreció un perdón apresurado mientras se alejaba hacia el paseo del Prado, no parecía el amante pletórico, borracho de euforia, hacia el que señalaban las manecillas de los relojes. Aquí ha pasado algo y yo no lo entiendo. Eso fue todo lo que descubrió antes de ir al tablao. Después, Eladia se lo puso todavía más difícil.

—Se acabó, Palmera.

Al entrar, fue derecha a buscarle, pero todo en ella, desde la lentitud de sus pasos hasta la repentina blandura de su gesto, revelaba a una mujer distinta, tan ajena a la furia de la noche anterior como a la diosa del desdén que la había precedido. Él nunca la había visto así, nunca tan dulce, tampoco tan cansada, tan triste.

—Ya no hay nada que vender, ningún precio que regatear —cuando lo tuvo delante, sus ojos se escaparon, revolotearon

131

por la habitación como dos mariposas asustadas—. Fíjate si soy rica, que lo he regalado.

Él se dio cuenta de lo que iba a pasar y se advirtió a sí mismo que no se podía ser más gilipollas, pero sus brazos no lo tuvieron en cuenta al abrirse, su hombro acogió sin pensar la cabeza que buscó en él un refugio que nadie más podía ofrecerle, y sus labios encontraron un extraño consuelo al besarla.

—Ya está, cariño —aunque nada le resultó tan raro como descubrir que, a pesar de que no entendía por qué lloraba, en algún remoto lugar de su conciencia estaba hasta orgulloso de ella—. Ya está...

La situación para la que se había preparado no llegó a producirse, pero convivir a diario con el empalagoso arrullo de una pareja de enamorados no le habría resultado más duro que el simulacro de una normalidad que nunca volvería a ser auténtica. A partir de aquella noche, Eladia nunca dejó de pedirle que la acompañara a casa por la noche. Alfonso Garrido no volvió al tablao. Antonio lo hizo sólo tres noches después y bajo una especie distinta, un hombre taciturno, seco, en el que se había apagado la ironía, aquella chispa burlona que tanto le favorecía. Hasta que la recuperó, ni siquiera se acercó a Eladia, y después, la tensa hostilidad que siempre les había unido volvió a fluir, pero en sentido inverso. Ahora, él atacaba, ella se defendía. Entonces estalló otra guerra, la de verdad.

Hizo falta una guerra, tres años de combates encarnizados, para que la Palmera volviera a encontrarse su casa cerrada a cal y canto. Pero en la madrugada del 8 de marzo de 1939, Eladia se apresuró a atajar sus timbrazos abriendo la puerta con la cadena echada, y al comprobar que era él, y que venía solo, le franqueó el paso.

—Entra deprisa, corre...

Antonio estaba dentro y tampoco quiso darle explicaciones de lo que había ocurrido tres años antes. La Palmera seguía estando enamorado de él como nunca lo había estado de otro, pero en la desolación que le rodeaba, verles juntos le sentó bien, y cuando Eladia decidió mudarse a un edificio contiguo al tablao, para que Antonio tuviera una mínima libertad de movimientos, echó de menos por adelantado el continuo estrépito de los muelles del somier mientras le ponía una peluca, le maquillaba y le vestía de mujer para acompañarle a su casa nueva de madrugada.

En aquel momento, él creía, como todos, que el terror era provisional, que en unos pocos meses, antes o después, un insignificante cargo de la JSU podría volver a andar por la calle. Pero los meses fueron pasando y el terror, lejos de aflojar, fue creciendo en la misma medida en que descendían las temperaturas. La Palmera no era un hombre valiente, pero en Nochebuena, cuando hasta Antonio se atrevió a retomar el contacto con su familia, comprendió que ya no le quedaba margen para saldar sus propias cuentas.

—¡Palmera! —cuando le vio, no le reconoció, pero sacó fuerzas de alguna parte para sonreír—. ¿Qué haces tú aquí?

—He venido a verte, marqués.

Se lo habían contado y no lo había creído. Será un error, se dijo, le habrán confundido con otro, él es un Grande de España, su familia nunca lo consentiría, no puede ser. A Eladia también la habían detenido pero don Arsenio se había movido deprisa, había sacado a relucir sus fabulosos méritos de quintacolumnista, había argumentado que privarle de su estrella sería lo mismo que buscarle la ruina, y había conseguido sacarla, sana y salva, a los tres días. Lo consiguió porque la pistola que a ella le gustaba llevar en la cadera, aun siendo auténtica, era de atrezzo. Pero si Eladia nunca había disparado una bala, Hoyos ni siquiera había ido armado. Había escrito mucho, eso sí, artículos, panfletos, discursos, había montado una comuna en su casa, pero no le había hecho daño a nadie. En enero de 1940, sin embargo, seguía preso en la cárcel de Porlier, flaco como una espiga, decrépito como un anciano, los hombros hundidos y el cristal del monóculo rajado en diagonal.

—No te esfuerces, Palmera, porque no te oigo —le advirtió, después de pedirle silencio pegando las dos manos extendidas a la alambrada—. Me han quitado la trompetilla, estás muy lejos y aquí hay siempre mucho ruido.

—Pero... —su amigo gritó de todas formas, marcando cada palabra con los labios para dejarle leer en ellos—. ¿Y tu familia?

—No me han perdonado —sonrió con tristeza—. Yo a ellos tampoco, así que estamos en paz. Pero eso no importa. Lo importante es que tú no puedes volver aquí, ¿me oyes?

—Claro que puedo —y mientras protestaba, se le llenaron los ojos de lágrimas—. Yo te debo mucho, te lo debo todo, marqués...

—No —miró a su izquierda, luego a su derecha, para asegurarse de que el vigilante estaba lejos—. Tú eres mi hermano, mi semejante, ¿te acuerdas? A ti te conoce mucha gente y estás muy delicado, Paco. Si vienes mucho, puedes coger frío, así que hazme caso y prométeme que no vas a volver.

—No puedo.

—Sí puedes. Prométemelo, y si puedes mandarme algo alguna vez, dáselo a Manolita, la hermana del requesón, la conoces, ¿no? —la Palmera asintió para que Hoyos volviera a sonreír, con más ánimo que antes—. Viene casi todos los días a ver a su padre, y cuando puede, le da a los guardias un paquete para mí, un bocadillo, unas nueces... Pobrecita.

Francisco Román Carreño, alias la Palmera, nunca olvidaría que, en ese momento, el hombre más generoso que había conocido en su vida negó con la cabeza, como si no pudiera concebir tanto desprendimiento.

Cuando volví a ocupar una plaza en la interminable fila de mujeres que avanzaban junto a un muro de ladrillos rojos, la cárcel de Porlier era el último lugar de Madrid al que habría querido volver. En la mañana cálida, soleada, del segundo lunes de mayo de 1941, habían pasado nueve meses desde que me despedí de aquel edificio, y del cadáver de mi padre en el cementerio del Este, con la solemne promesa de no volver a pisarlo jamás.

—Lo siento mucho, de verdad, yo... No pude hacer nada y mi marido tampoco ha tenido que ver, te lo juro. Ha sido mi suegro, mi suegro...

Doña Encarnación Peláez nunca me había dirigido la palabra, y si no hubiera dicho su nombre en voz alta mientras llamaba a mi puerta, ni siquiera la habría identificado, porque la conocía desde siempre, pero de muy poco.

La familia de su marido veraneaba en la casa más bonita de Villaverde, un palacete al que mi madre solía ir en verano a ofrecer leche, fruta y verdura. Yo la acompañaba algunas tardes hasta los dominios de la cocinera, una mujer gorda y risueña que se asombraba de verme tan mayor de un año para otro antes de darme un plátano o una onza de chocolate. Como entrábamos y salíamos por la puerta de la cocina, nunca coincidíamos con los dueños de la casa, pero desde la verja del jardín trasero se veía la pista de tenis y allí, una tarde, descubrí por primera vez a la señorita Encarna, pegando brincos a lo lejos con una raqueta en la mano y una falda blanca, corta, que dejaba sus muslos al aire cada dos por tres. Me impresionó mucho, porque nunca había visto a una mujer haciendo deporte, pero esa imagen, y la de su rostro sonriente mientras nos decía adiós cuando pasaba a nuestro lado en el coche, era todo lo que podía recordar de ella una mañana de octubre de 1940, la que escogió para venir a contarme por qué habían fusilado a mi padre.

Dos semanas antes de su ejecución, yo había estado en el juicio, había escuchado su nombre aparte, desgajado del expediente por el que creía que iba a ser juzgado, había visto el mismo gesto de extrañeza en su rostro y en el de sus compañeros, y había oído la declaración de tres testigos a quienes no conocía de nada, afirmando lo contrario y que le habían visto pegando fuego a una iglesia en marzo de 1936. Cuando intentó defenderse, le dijeron que había agotado su turno de intervenciones. Luego, el abogado que le había tocado tomó la palabra para decir que, dada la abominable naturaleza de su crimen, no concebía más clemencia que la inmediata ejecución de la pena.

Antes de que lo detuvieran por segunda vez, padre me había contado que tenía miedo. Había sido guardia de asalto durante toda la guerra y eso significaba que habría detenido a mucha gente, habría declarado contra ellos, habría tenido que disparar más de una vez. Yo sólo cumplía órdenes, decía, pero vete a saber, en una guerra... Nunca fue más allá de aquellos puntos suspensivos, una culpa que le torturó en vano hasta que le fusilaron por un delito que no había cometido.

Doña Encarnación Peláez no me contó desde cuándo se conocían, ni en qué momento había empezado él a llamarla Encarnita, pero sí que se habían encontrado por azar, en el paseo de Recoletos, en la primavera de 1937. En aquella época, la tenista vivía en la casa de su familia, donde se había instalado el verano anterior para cuidar de su padre, convaleciente de una neumonía, mientras su marido se trasladaba al balneario de La Toja con su hermano mayor, canónigo de la catedral de Valladolid y enfermo de reúma. Aquel dato me devolvió una parte de su historia que conocía de oídas. La última vez que acompañé a mi madre al palacete, la cocinera había dicho algo que no entendí, pero las hizo reír a las dos. Cuando pregunté, madre no quiso repetir el chiste, pero me contó que el marido de la señorita Encarna estaba muy delicado, que padecía unos ataques de tristeza que le dejaban sin fuerzas hasta para levantarse de la cama, que no debería haberse casado, y que su mujer y él hacían vidas separadas. Diez años después, ella me lo confirmó antes de contarme que, al terminar la guerra, la portera de la casa donde había vuelto a vivir con su marido y su única hija había corrido a contarle a su suegro que había estado viéndose allí con un guardia de asalto, y que una vez había oído que lo llamaba Antonio.

—Me preguntó su apellido y no se lo quise decir, pero mi marido lo adivinó enseguida porque... Bueno, porque lo adivinó —apartó sus ojos de los míos y los clavó en una esquina del techo—. Son muchos años, y muchos... En fin, que lo siento en el alma, Manolita.

En ese momento, sucedió algo que no pude explicarme. Yo ya había llorado a mi padre. Había llorado por él, por mí y por mis hermanos, por su ausencia y por el futuro que entrañaba para sus hijos. La última vez que hablé con él, no sabíamos que iban a fusilarlo al día siguiente pero estaba mucho más sereno que yo. Después, me entregaron su carta de despedida, un mensaje corto y sencillo al que dos faltas de ortografía añadían una misteriosa solemnidad. En una cuartilla, nos pedía perdón por habernos dejado solos tan pronto, insistía en que iba a morir por un delito que no había cometido, reconocía que no había sido ni un buen marido ni un buen padre aunque nos había querido mucho a todos, y nos dedicaba una frase a cada uno, seis mensajes individuales, el mío y el de Toñito casi idénticos, aunque la fuerza y la suerte que nos deseaba por igual significaran cosas diferentes. Para él, que no se dejara atrapar. Para mí, que lograra salir adelante. Terminaba dándonos ánimos, él, que iba a morir, a nosotros, que íbamos a seguir viviendo, y esa despedida me aplastó de tal manera que estuve a punto de no darle a la Palmera la copia que había hecho para mi hermano. Después, envié a la cárcel de Ventas la carta que había dejado para María Pilar sin leerla siquiera.

En los dos meses que pasaron desde la ejecución de mi padre hasta la visita de doña Encarnación Peláez, había llorado mucho y había dejado de llorar. Mientras la escuchaba hablar, interrumpirse, dejar las frases a medias, su confesión no me alivió, pero tampoco agravó mi orfandad. Sin embargo, cuando creí que ya no le quedaba nada más que decir, su dolor resucitó el mío.

—Sé que está mal que yo lo diga —dejó de limpiarse los ojos con un pañuelo y el llanto corrió por su cara como un torrente que acabara de romper un dique—, que no debería decirlo pero... Desde que nació mi hija, tu padre es la única cosa buena que ha pasado en mi vida, la única, y yo... Yo habría hecho cualquier cosa para salvarle, pero no pude, no pude, no me dejaron...

Abrió la boca como si quisiera añadir algo más, pero los sollozos no se lo consintieron. Me levanté, fui hacia ella, rodeé con mis brazos su cuerpo y el respaldo de la silla en la que estaba sentada, y la mecí como si fuera uno de mis hermanos pequeños. En ese momento, no reparé en la incomprensible naturaleza de la escena que estábamos representando, la huérfana de un fusilado consolando a la involuntaria causante de su muerte, sino en que, aunque también estaba mal que yo lo pensara, a mi padre le habrían gustado esas palabras, «él fue la única cosa buena que ha pasado en mi vida», como epitafio. Nunca se me había ocurrido mirarle con los ojos de sus amantes. Lo que vi desde allí me reconfortó de una manera extraña y culpable, al precio de recordarme que Antonio Perales Cifuentes nunca tendría un epitafio, una losa de piedra donde inscribir la memoria de amor alguno. El frío sucedió al calor para devolverme a un llanto que creía haber agotado para siempre y que terminó de una forma brusca, tan abrupta como su principio, cuando doña Encarnación se acordó de mirar el reloj.

—¡Uy, qué tarde es! —y en sus ojos hinchados, inflamados, relució un destello de miedo auténtico—. Tengo que irme ya, se estarán preguntando... —entonces me miró—. No me dejan salir sola, ¿sabes? Por eso he tardado tanto en venir, porque hasta hoy no he podido escaparme y...

Se levantó, se arregló la ropa, recorrió la habitación con la mirada como si estuviera perdida en un paisaje que no comprendía, y echó a andar hacia la puerta con un aturdimiento que inflamó sus mejillas de color. Eso tampoco lo entendí hasta que la vi abrir el bolso, sacar algo, coger una de mis manos, depositarlo en la palma y apretarla después.

—Ten. Esto no es... Me he enterado de que tu madrastra está presa, de que os han echado de vuestra casa, y... Tampoco tengo dinero, no me dejan manejar ni un céntimo, pero he encontrado esto en un bolsillo de mi marido. Acéptalo, por favor.

Luego se fue, bajó corriendo por las escaleras y no se volvió a mirarme. Cuando la perdí de vista, abrí el puño, encontré dos billetes de cien pesetas y me puse como loca de contenta. Ni se me pasó por la cabeza que debería ofenderme. Mi último margen para el orgullo había expirado seis meses antes, el día que me encontré un papel clavado en la puerta de mi casa.

Era una orden de desahucio, el mismo formulario, las mismas palabras que habían usado para quitarnos el almacén de la calle Hortaleza. Sólo cambiaba el nombre de la propietaria, María del Pilar García Fresneda, y la firma del juez. Yo entendía que en este caso la expropiación estaba justificada por más que los expoliados siguieran siendo mucho más ricos que la ladrona, pero aquel aviso me hundió más que cualquier otra mala noticia que hubiera recibido en el último año. En aquel plazo había padecido desgracias más graves, la detención de mi padre, la de mi madrastra, que no me habían obligado a tomar decisiones. La pérdida de nuestra casa, sin embargo, hizo recaer sobre mí una responsabilidad muy superior a mis capacidades. Eso pensé, y que total, ya, nos podían matar a todos para acabar antes.

—¿Y qué vas a hacer ahora, Manolita? —la señora Luisa me estaba esperando al pie de la escalera.

—No lo sé —y era verdad que no lo sabía—. De momento, llevarme a los niños al pueblo, para quitarles de en medio, y luego...

Abrí las manos vacías en el aire y me dijo que fuera a hablar con ella si todo se torcía.

Yo ya sabía que todo se iba a torcer, porque tenía tan pocas opciones que me sobraban los dedos de una mano para contarlas. No podía recurrir a mi familia materna. Nunca habían perdonado a mi padre que se casara tan pronto con una prima de su mujer, ni a nosotros que hubiéramos seguido viviendo con él después de aquella boda. Mis tres hermanos pequeños no eran hijos de mi madre, y la única hermana de María Pilar vivía en Valencia, así que cualquier solución pasaba a la fuerza por la familia Perales.

Me habría gustado ir sola, pero no estaban las cosas como para tirar el dinero en dos billetes de vuelta, así que aquella misma tarde, nos fuimos todos al mercado de Legazpi y no tardamos en encontrar un transportista dispuesto a llevarnos a Villaverde gratis, en la trasera del camión que acababa de descargar. Cuando llegamos, dejé a Isa con los pequeños en la plaza y me fui a ver al hermano mayor de mi padre, que no me dejó pasar de la puerta. Tenía siete hijos, estaba muy mal y no podía hacerse cargo de nada, pero me recomendó que fuera a ver a Colás, el viudo de su única hermana, que siempre había sido de derechas y se había vuelto a casar con una mujer joven que no lograba quedarse embarazada. Josefa, a la que ni siquiera conocía, accedió a acoger a los niños con la condición de que Isa les acompañara para cuidar de ellos. No me puso ningún plazo para que fuera a recogerlos, y al acceder, me di cuenta de que acababa de colocar a mi hermana como criada sin sueldo a los trece años, pero tampoco podía hacer otra cosa. Mientras volvía a Madrid sola en la camioneta, aposté conmigo misma a que jamás me sentiría peor, más humillada, más culpable. La vida me enseñó muy pronto a ganar aquella apuesta. Nunca habíamos sido pobres, pero aprender me costó mucho menos que el precio de aquel viaje.

—¿Qué te parece? —cuando abrió la puerta por la que el pasillo desembocaba en una azotea diminuta, pero radiante de sol, Margarita se volvió a mirarme—. ¿A que no está mal?

—¿Mal? —un alivio inmenso inundó de aire mis pulmones encogidos—. ¡Es una maravilla!

Cuando le confirmé que todo se había torcido, la señora Luisa me contó que una sobrina suya llevaba unos meses viviendo en una casa que había sido declarada en ruinas porque las viviendas exteriores se caían a pedazos. Pero el edificio tenía dos patios, y los pisos interiores apenas habían sufrido los bombardeos. Margarita se había metido en uno porque su novio conocía a un funcionario municipal que cobraba un dinero todos los meses a cambio de mantener la carpeta del número 7 de la calle de las Aguas en la base de la pila de los expedientes de derribo. El precio no era barato, pero tampoco tan caro como un alquiler legal, y uno de los áticos estaba libre.

Si hubiera tenido la libertad de examinar con atención aquel piso de tres habitaciones, habría visto las grietas que decoraban el techo del pasillo. Además, me habría dado cuenta de que la azotea de la casa contigua sólo alcanzaba al nivel de la planta inferior, exponiendo a todos los vientos una vivienda abocada a resultar más heladora en invierno, más sofocante en verano, que ninguna otra del edificio. Pero toda mi libertad se reducía a una cartilla de fumador, que en el mercado negro produciría dinero de sobra para pagar a don Federico, el del ayuntamiento. Que la sobra no alcanzara ni para comprar el pan, en aquel momento no me pareció un problema.

Tardé una semana en hacer habitable aquel piso después de transportar hasta allí, en una sola noche, todo lo que los agentes del juzgado no echarían de menos. El desahucio afectaba a la vivienda y todo su contenido, con la única excepción de la ropa y los efectos personales, pero cuando los funcionarios volvieron a hacer el inventario, ya había puesto a salvo todo lo que había podido.

—¿Qué pasa, que en esta casa tampoco hay camas?

—No, señor. Como eran de madera, las hicimos leña y las quemamos durante la guerra, para calentarnos.

—¿Igual que las sillas?

—Claro. Hacía mucho frío, ¿no se acuerda?

—¿Y los cubiertos? Eso no se quema.

—Pero se vende. Nos quedamos con seis cucharas, ahí las tiene...

La chica que supo sostener sin inmutarse la mirada de aquellos buitres no era la misma que había vuelto llorando de Villaverde. No podía serlo porque, al llegar a casa, me encontré con medio barrio esperándome en el portal. Mis vecinos no sólo sabían lo que había que hacer, sino además cómo, y cuándo, y por qué había que hacerlo. Seguí sus instrucciones al pie de la letra y al día siguiente me dediqué a desmontar y empacar todo lo que me dijeron que podría llevarme sin riesgo de que me denunciaran. Aquella misma noche, el padre del Puñales, los hijos del señor Felipe y un hermano de Jacinta me ayudaron a cargar de madrugada el carro de Abel, que se encargaba de repartir la leche desde que metieron preso a Julián. El Orejas no apareció, pero otros con los que no me habría atrevido a contar se ofrecieron a vigilar las calles. Ninguno quiso cobrarme nada por aquel vía crucis que les tuvo en vela hasta el amanecer, pero eso me sorprendió menos que su alegría, el placer que se dibujó en sus caras cuando terminamos el último porte sin contratiempos, como si escamotear unas cuantas cajas, unos pocos muebles, a los funcionarios del juzgado representara una proeza que pudiéramos recordar con orgullo. Después, Margarita me ayudó a pintar. Cuando las paredes se secaron, repartí lo que tenía entre las habitaciones de mi nueva casa, me senté en una silla, contemplé mi obra y entendí dos cosas a la vez. Tenía muchos motivos para estar orgullosa, pero nunca lo habría logrado yo sola. Tenía también otros problemas que no podrían resolverse con la solidaridad de nadie.

—Buenos días, don Marcelino.

—¡Manolita! —el anticuario frunció las cejas al mirarme por encima de las gafas—. No te esperaba hasta el jueves que viene.

—Ya, es que hoy no vengo a limpiar.

El día que se llevaron a María Pilar, las dos nos pusimos tan nerviosas que se me olvidó pedirle las llaves, pero un policía se rió de ella cuando la vio coger el bolso.

—Esto no te hace falta —se lo quitó de las manos y me lo dio antes de esposarla—. No vas a poder usarlo durante una buena temporada.

Aquella noche, cuando conseguí que los niños se durmieran, abrí todas las puertas que estaban siempre cerradas con llave y no encontré gran cosa. Todo lo que quedaba de su fortuna eran noventa y siete pesetas, cinco libras esterlinas, un jarrón de cristal tallado con la base de plata, un juego de servir la mesa del mismo metal, algunas figuritas de porcelana y una caja de música de madera lacada en cuyo interior había más huecos que joyas. De lo poco que quedaba, la mayoría me pareció bisutería incluso a mí, antes de que don Marcelino renunciara a la lupa para examinarlas.

—Esto es quincalla, no vale nada —hizo un montón con ellas sobre la bandeja de fieltro verde y lo empujó en mi dirección—, y lo demás... Sólo me has traído una pieza de valor, y no puedo comprártela.

—¿Por qué?

—Porque no sé de dónde la has sacado. Nunca la he visto, tu madrastra nunca me habló de ella.

Cuando le di a María Pilar el recado de Hoyos, Eusebio se negó a hacer negocios con su antiguo patrón. A mi madrastra tampoco le gustó aquella oferta, pero después de desperdiciar un par de días preguntándose en voz alta por quién la habría tomado ese maricón, su codicia pudo más y me preguntó, en el tono más inocente, si me importaría ir con ella a ver al marqués. Creí que había decidido hacer ese negocio por su cuenta, pero me equivoqué. Un Eusebio muy silencioso, con el ceño fruncido de preocupación, nos llevó hasta la puerta en el coche que usaban para moverse por Madrid, y Epifanio se quedó con él mientras Antonia y mi madre bajaban conmigo.

—Salud —el chico que me había acompañado a casa unos días antes, abrió la puerta—, ¿cómo estás?

—Muy bien, gracias. ¿Y tú?

—Bien —asintió con la cabeza y sonrió—. Antonio está arriba, esperándote.

Al oír aquel verbo en singular, fruncí las cejas y me volví para encontrarme con que María Pilar y Antonia seguían en la acera, cogidas del brazo, examinando las losas de granito con el mismo temor que les habría inspirado la frontera de un bosque tenebroso.

—¿Se puede saber qué hacéis ahí? —se miraron la una a la otra, pero ninguna me respondió—. ¿No vais a entrar?

Las dos avanzaron al mismo tiempo un pie, después el otro, sin levantar la vista de sus zapatos. Con la misma actitud de sigiloso recogimiento me siguieron por la escalera y después, a través del campamento instalado en los salones, hasta la puerta de la biblioteca, que aquella mañana estaba cerrada.

—No tengáis miedo, ¿eh? —me volví a mirarlas antes de llamar con los nudillos—, que no muerde.

María Pilar levantó por fin la cabeza para dedicarme una mirada asesina en el instante en que la puerta se abrió por dentro.

—¡Manolita! Me alegro de verte —Hoyos sonrió mientras rebuscaba en sus bolsillos—. Te había guardado una chocolatina, por si acaso...

Me senté en el borde de una mesa para comérmela mientras asistía a una transacción insólita, en la que el vendedor ponía los precios y las compradoras los aceptaban sin discutir. Antonio de Hoyos y Vinent fue, durante aquel cuarto de hora, un hombre distinto del extravagante filántropo a quien yo había conocido unos días antes en el mismo lugar. Su elegante mono azul no le impidió deslizarse en una naturaleza anterior con la misma facilidad con la que se habría envuelto en una capa, resucitando a un aristócrata consciente de que su presencia bastaba para inspirar en sus visitantes la mansedumbre temerosa y servil que más le convenía. Ellas, que desde el primer momento se habían dirigido a él por su título, se comportaron como las criadas de esas novelas que no me dejaba leer, y después de admirar en voz alta los objetos en venta sin dejar de adornarse con las florituras verbales a las que eran tan aficionadas, le agradecieron con vehemencia la confianza que había tenido la generosidad de otorgarles, antes de decirle a todo que sí. Al mirarlas, comprendí por qué Eusebio se había negado a bajar del coche, por qué ellas se habían detenido en el umbral, sin atreverse a entrar. En aquella habitación, había un marqués y dos sirvientas. Que el revolucionario fuera él me pareció aún más divertido al pensar en los motivos de aquella representación.

—Entonces, estamos de acuerdo. Les doy ocho horas de plazo para reunir el dinero. De lo contrario, tendré que recurrir a otras personas.

—No se preocupe, señor marqués —el ama de llaves de los Ruiz Maldonado inclinó la cabeza como si no supiera que la cantidad que iban a entregarle estaba destinada a alimentar a un montón de desgraciados—. Y no dude de que le quedamos eternamente agradecidas.

—Ha sido un verdadero placer —añadió María Pilar.

Él no respondió a estos halagos. Se acercó a mí, me vio sonreír, y sonrió a su vez antes de tender una mano en mi dirección.

—Tengo una cosa para ti, Manolita, ¿quieres venir conmigo? Seguro que a estas señoras no les importa esperarte un momento abajo —se volvió a mirarlas y señaló hacia una figura plantada en el umbral—. Narciso estará encantado de acompañarlas hasta la puerta.

Ninguna de las dos reaccionó a esas palabras, pero cuando ya había empezado a subir por la escalera del fondo, María Pilar dio un grito que me detuvo entre dos peldaños.

—¡De ninguna manera! —había avanzado hasta el centro de la biblioteca y nos miraba con una expresión furiosa, los brazos en tensión, los puños cerrados—. ¿Pero qué se ha creído? No pienso dejar a esta niña sola en su casa ni un momento. ¡Pues no faltaría más!

Hoyos retocó la posición de su monóculo, miró a mi madrastra desde muy arriba y la puso en su sitio.

—Si a esta niña no le ha pasado nada malo en su casa, señora —hizo una pausa para subrayar el tratamiento—, menos le va a pasar en la mía. Por ese lado, puede estar usted tranquila.

Me cogió de la mano y me llevó hasta arriba. Desde allí pude comprobar que mi madrastra todavía no había logrado cerrar la boca.

—Chisst... No hagas ruido, que hay gente durmiendo en mi cama.

Era la una de la tarde, pero nadie había retirado aún los ceniceros llenos, las copas vacías en el salón desierto. Hoyos lo cruzó de puntillas hasta su despacho, y cerró la puerta después de invitarme a pasar. No me fijé en el paquete de papel de estraza y forma irregular que reposaba sobre una balda de la librería, hasta que lo cogió para dármelo.

—Toma. No vaya a ser que algún día te encuentres por ahí con una caja de latas de caviar y no sepas cómo comértelo —se echó a reír con tantas ganas como la primera vez que pronunció aquella frase.

—Gracias, pero... —extendí las manos en su dirección—. Yo no creo que vaya a comer eso nunca, es mejor...

—No —él empujó mis manos con las suyas hasta pegármelas al pecho—. Es para ti. Da igual que no vayas a usarlo nunca. Cuando lo mires, te alegrarás de verlo, ¿o no? Tú me dijiste que las cosas bonitas, aunque sean inútiles, sirven para algo.

Me pidió que esperara un momento y miró a su alrededor, abrió una vitrina, después otra, negó con la cabeza y se agachó para abrir los armarios que ocupaban la zona inferior de su biblioteca. Allí encontró lo que estaba buscando, una decena de libros pequeños, muy usados, y una bolsa de papel marrón.

—A ver, dame la caviarera... —la puso en al fondo de la bolsa y amontonó los libros encima—. Así está mejor. No quiero que esas arpías te la quiten, y además, estas novelas sí que te convienen.

—¿Son muy edificantes?

—Pues... Según se mire —volvió a sonreír—. Sobre todo, son muy buenas. Luego renegué de ellas, pero las leí cuando tenía tu edad y me encantaron.

Me despedí de él en la puerta de sus habitaciones, le prometí que volvería a verle de vez en cuando, y atravesé el palacio con la bolsa en brazos y tanta tranquilidad como si estuviera andando por mi propia casa, pero no encontré a nadie en el portal. María Pilar estaba sentada en el asiento trasero del coche, inclinada hacia delante, sosteniendo una conversación que parecía muy animada hasta que mi llegada la interrumpió.

—¿Qué te ha dado? —me preguntó sin más preámbulo, después de empujar a Antonia para hacerme sitio.

—Unos libros.

No hice el menor ademán de enseñárselos, pero ella metió la mano en la bolsa, sacó el primero y le dirigió una mirada desdeñosa.

—Benito Pérez Galdós —recitó en voz alta—. *Episodios Nacionales, Trafalgar...* ¡Bah! Y en rústica, encima —lo dejó caer dentro de la bolsa, sobre los demás—. Pues sí que se ha estirado, el tío, menudo regalo, esto no vale nada, hija mía...

Cuando le expliqué a don Marcelino cómo había llegado hasta mis manos la pieza que reposaba en su mostrador, añadí que el marqués me había regalado también unos libros que tenían su nombre escrito en la primera página, que si desconfiaba de mí, podía ir a buscarlos, pero no hizo falta.

—Antonio de Hoyos y Vinent —porque al escucharle pronunciar aquel nombre como si fuera un ensalmo, me di cuenta de que me había creído—. Qué hombre más loco, ¿verdad?

No quise comentar esas palabras y él permaneció en silencio, mirando al techo, como si pudiera contemplar allí su propio pasado.

—Yo le conocí bastante —añadió después de un rato—, en los felices años veinte. Ya era un caso perdido, un niño malcriado, escandaloso, un manirroto dispuesto a llamar la atención a toda costa, pero lo que hizo luego, tirar su fortuna por la borda de esa manera... ¡Con lo bien que le vendría ahora el dinero en la Costa Azul!

—Pero él no está en la Costa Azul, don Marcelino.

—Bueno, pues en el Trópico, donde sea...

—No, señor, tampoco está en el Trópico —la segunda vez que le llevé la contraria, me dirigió una mirada impaciente—. Está preso en la cárcel de Porlier, condenado a treinta años. Lo sé porque voy a verle de vez en cuando.

—No puede ser —y negó con la cabeza varias veces—. No puede ser... ¡Qué hombre más loco!

—Es un hombre muy bueno.

A finales de abril de 1940, cuando estaba a punto de salir

de la tienda de don Marcelino con más dinero del que había visto junto en toda mi vida, le dije en voz alta lo que pensaba yo de Hoyos y Vinent con las mismas palabras que había usado unos meses antes, en la cola de la cárcel, para interceder por él.

—Le he contado a mi padre lo de tu amigo, pero me ha dicho que está muy mal, muy enfermo —Rita me miró con sus ojos egipcios, grandes, oscuros, brillantes como si fueran líquidos y tan rasgados en los extremos que daban la impresión de ver de perfil—. Me ha prometido que hará lo que pueda, pero dice que lo peor es que ya no tiene ganas de vivir, y él de eso sí que entiende, Manolita.

Las primeras veces que fui a Porlier a ver a mi padre, sentí que yo misma estaba sentenciada, condenada a la confusión de no saber qué hacer, adónde ir, cómo moverme en aquella angustiosa muchedumbre integrada por pocos hombres, casi siempre demasiado mayores para ganarse un jornal, y una multitud de mujeres de todas las edades, todos los tamaños y acentos imaginables. Las puertas de la cárcel desprendían una pestilencia que se desparramaba por la acera, y era difícil distinguir el olor a cebolla del sudor fermentado de otros aromas hediondos e imprecisos, paredes húmedas, coles hervidas, una suciedad espesa, vieja y de un origen remoto, olvidado de sí mismo. Mientras me preguntaba por qué correrían las mujeres que habían entrado antes que yo, procuré respirar por la boca. Después me topé con una muralla de cuerpos presurosos que no me dejaron ver más allá de sí mismos, pero a fuerza de empujar, encontré un resquicio por el que me escurrí como una anguila hasta conquistar un pedazo de alambrada al que me aferré con los dedos de ambas manos. Había vuelto a respirar por la nariz sin darme cuenta, pero busqué a mi padre entre el tropel de desconocidos que se abrían paso a codazos para ganar su propio espacio en la verja de enfrente y no lo encontré. Él me vio primero, gritó mi nombre, movió los brazos, y tuve que abandonar mi posición para volver atrás, desplazarme unos cuantos metros a la derecha y repetir la operación. Cuando al fin lo tuve delante, le encontré tan pequeño, tan solo mientras sonreía, apretujado entre muchos hombres que sonreían con la misma decisión a otras mujeres, que me arrepentí de haberme compadecido de mí misma mucho antes de salir a la calle.

Al volver a casa estaba tan cansada como si hubiera escalado una montaña. No era sólo la tristeza de ver a mi padre al otro lado de una reja, ni siquiera el miedo, los nervios de haber penetrado en un territorio hostil, desconocido, el desconcierto de reconocer, en los uniformes de sus guardianes, un modelo muy parecido al que había vestido él durante los últimos años. Era también el tumulto, la prisa, los golpes involuntarios de las mujeres que me habían clavado los codos en las costillas mientras se aplastaban contra mí como si pretendieran arrebatarme hasta el aire que respiraba. La cárcel de Porlier era el infierno dentro y fuera de sus muros, un hormiguero de desesperación que agravaba la condena de los internos con la implacable humillación de sus familias. Aunque el reglamento pretendía repartir las visitas para evitar aglomeraciones, el hacinamiento de aquel edificio desbordaba con creces tanto la capacidad del locutorio como la de los siete días de la semana, abocando a centenares de personas a competir entre sí para conquistar unos pocos centímetros de alambrada en unas condiciones insuperables para los más débiles, ancianos, embarazadas, enfermos de todas las edades que se veían forzados a abandonar antes o después. Era un recurso eficaz. Una semana después, yo misma lo comprobé al salir del metro, mientras caminaba deprisa, las mejillas ardiendo de vergüenza, la vista clavada en las baldosas por no ver mi infamia reflejada en las caras de los transeúntes con los que me iba cruzando por la acera, mira a esa, seguro que va a ver a un preso, hasta que una vergüenza distinta nació de la conciencia de mi sonrojo para hacerme sentir todavía peor. Creí que nunca me acostumbraría, pero el tercer día me coloqué en la cola detrás de una muchacha de mi edad, ni alta ni baja, tan delgada como todas las demás, una chica corriente en la que no me habría fijado si no hubiera tenido unos ojos que parecían dos zafiros muy oscuros, tan raros, tan bonitos como si alguien los hubiera dibujado. Tenía un año menos que yo, pero tres semanas más de experiencia, porque habían detenido a su padre el último día de marzo. Después de adivinar que era nueva, me dijo su nombre, me preguntó el mío, y me explicó cómo funcionaban allí las cosas.

—¡Alegra esa cara, chica! Yo, en casa, me harto de llorar, pero aquí, tan fresca, pues ya ves. Estoy muy orgullosa de mi padre y él no ha hecho nada malo, así que... Anda y que les den.

—¡Rita!

—Lo siento, mamá.

La expresión de escándalo de la mujer que acompañaba a aquella chica me llamó menos la atención que su aspecto distinguido, la desnuda elegancia que se asociaba con los cigarrillos que fumaba discretamente para producir un efecto erróneo en aquella acera. En la primavera de 1939, Caridad Martín, pálida y delgada, el pelo corto, peinado con audacia, la piel cuidada y una curva trágica suspendida en las cejas, aún llevaba pendientes en las orejas y sortijas en varios dedos, pero no dejaba que nadie la llamara doña, ni que las mujeres de su edad la trataran de usted. Aquí sí que somos todas iguales, decía siempre, de momento para mal, y ojalá pronto sea para bien. Sin embargo, cuando terminó de vender todas sus joyas y un abrigo forrado de piel que no llegó a las navidades de aquel año, hasta con una simple toquilla de punto cruzada sobre el pecho seguía pareciendo lo que era, una señora.

Caridad era muy amable pero hablaba poco, como si necesitara todas sus energías para repasar, una y otra vez, la crónica de una ruina que la había fulminado con tal saña que su imaginación no alcanzaba a concebirla. Esa extrañeza, la forzosa necesidad de afrontar a los cuarenta años una situación para la que su vida no la había preparado, y el empeño de no empeorar la condena de su marido con la menor queja, la convertían en un caso singular, tan raro como respetable en aquella comunidad donde abundaban las mujeres que se habían criado en las colas de las cárceles, entre otras tan curtidas en la desgracia que se tomaban aquella como una más.

Ellas no impresionaban por su dignidad, aquel dolor sereno, íntimo, que la esposa del doctor Velázquez apuraba a solas, sin compartirlo siquiera con su hija, pero eran más sabias, y no sufrían menos mientras se empeñaban en encontrar temas de conversación, intercambiando en voz alta trucos, recetas, remedios caseros para los orzuelos, las diarreas, las lombrices de los niños, o desmenuzando en un susurro las leyes, los procedimientos procesales, los reglamentos en los que algunas se habían convertido en auténticas especialistas sin haber leído en su vida un libro entero. Aquellas mujeres le habían enseñado a Rita a decir tacos, y todo lo que ella me enseñó a mí. Yo me adapté con la misma facilidad a una rutina en la que la vida triunfó rotundamente sobre el desolado anonadamiento de los primeros días.

—Mi marido me ha pedido que le traiga pescadilla hervida.

Al poco tiempo de conocernos, en el pasillo por el que salíamos a la calle con la garganta en carne viva, después de desgañitarnos durante veinte minutos para hacernos entender por los hombres que nos gritaban con todas sus fuerzas desde la alambrada de enfrente, las dos asistimos por casualidad al estupor de una mujer con la que ya habíamos coincidido un par de veces.

—¡Qué raro! —la oímos murmurar para sí misma mientras se alejaba—. Si a él nunca le ha gustado la pescadilla...

—¿Te acuerdas de Julita, la de la pescadilla del otro día? —me contó Rita una semana después—. ¡Pues resulta que lo que quería el marido eran empanadillas! Por lo visto, ayer le dijo... —hizo una pausa cuando la risa no la dejó seguir—. ¿Para qué me traes pescadilla, Julita, si sabes que no me gusta?

—La pobre, con lo cara que está.

—¿Y de dónde habrá sacado que la quería hervida?

Aquella mañana, las dos nos reímos con tantas ganas que Caridad nos miró mal, pero ni siquiera así conseguimos recobrar la compostura. Desde entonces, nos apuntábamos siempre para el mismo día y hacíamos la cola juntas, al acecho de la menor ocasión de divertirnos, hasta que su madre dejó de regañarnos para empezar a sonreír a nuestras carcajadas.

—¿Y lo de Merche, esa tan alta, que el otro día le dijo a su marido que estaba acatarrada? Él entendió que estaba embarazada y como el niño no podía ser suyo, se ha cabreado y ha roto con ella por carta...

Hasta el pretexto más tonto era bueno para romper el cerco de la muerte, para neutralizar la tristeza que su implacable avance sembraba entre nosotras, para resistir las mentiras de esos hombres quebrantados, frágiles y hambrientos, a quienes la derrota había convertido en embusteros profesionales.

—Estoy muy bien, hija —me aseguraba mi padre cada vez que le veía—, de verdad. Tú hazme caso y no te preocupes por mí.

No estaba bien, pero estaba, y su simple presencia era un bien incomparable. Durante los dieciséis meses en los que estuvo preso en Porlier, nunca temí nada tanto como las ausencias.

Rita y yo no éramos las únicas que nos armábamos mutuamente de compañía para soportar mejor la cola de la cárcel. Todas las mañanas llegaban grupos de mujeres que venían juntas en el metro desde el mismo barrio o desde más lejos, en las camionetas que las traían de los pueblos de los alrededores. Éramos tantas que ninguna de nosotras podía conocer a todas las demás con la excepción de algunas tristemente famosas, familiares de dirigentes políticos unidos, más allá de las discrepancias que los habían separado durante la guerra, por la pena de muerte que compartían. Sin embargo, con el tiempo me fui fijando en ciertas desconocidas que me llamaban la atención por cualquier cosa, un moño alto, unas alpargatas desteñidas, el pelo blanco de los albinos. A algunas las saludaba con un gesto, a otras ni eso, pero llevaba su cuenta igual, y no me quedaba tranquila hasta que comprobaba que estaban todas. Sabía que todos los días faltaba alguna, pero si no estaba en mi lista, ni siquiera me asustaba.

—Esta madrugada han fusilado al marido de Eugenia, esa chica bajita, de Toledo, que tiene tres niños. Si podéis dar algo, lo que sea...

Mientras mi madrastra estuvo en casa, siempre dejé caer alguna moneda en aquella bolsa, pero cruzaba los dedos al ver llegar a la chica que la llevaba para no oír que la viuda era la del moño alto, la de las alpargatas desteñidas, la que es tan rubia que parece albina. Esas tres seguían en la cola una mañana de mayo de 1940, cuando la que faltó fue Rita.

—No llores, mujer —entonces recordé las palabras con las que me había consolado un día—, si a tu padre no lo van a matar, ya verás como no. Total, un guardia de asalto, que no podía hacer otra cosa que cumplir órdenes... Lo del mío es peor. Al mío no le perdonan, porque le conocen.

Para su padre, Andrés Velázquez Herrera, afiliado al PSOE desde finales de los años veinte, la guerra consistió en cambiar de despacho. En otoño de 1936, abandonó el que ocupaba como catedrático de Psiquiatría en la Universidad Central, y se mudó a la sede de la Junta de Defensa. Allí compartió con otros dos colegas un despacho más grande y la responsabilidad de coordinar la asistencia sanitaria en la ciudad sitiada. Su actuación en aquel puesto había sido irreprochable, pero sus ideas eran ya tan conocidas antes del golpe de Estado, su firma tan habitual en manifiestos y cartas abiertas que pedían el voto para el Frente Popular, que cosechó una pena de muerte de todas formas. La sentencia no habría sido distinta si nunca hubiera hecho pública su ideología política. Las posiciones que había sostenido en varios libros y casi un centenar de artículos sobre la sexualidad femenina, las enfermedades mentales y la influencia del medio socioeconómico sobre las conductas anormales, habrían bastado para clasificarle como un enemigo visceral de la Iglesia Católica, un sujeto peligroso, indeseable e indigno de vivir en la nueva España. El padre de Rita ni siquiera encajaba en la categoría de preso político. Ocupaba un eslabón inferior, y aún más penoso. Era un preso ideológico, pero yo no me enteré hasta que el mío me contó que había visto a Hoyos en el patio de Porlier.

—Todo se ha perdido, Manolita.

En aquella cárcel, donde la miseria de los reclusos labró más de una fortuna personal, no sólo podía visitarse a los presos por la mañana. Había también una lista de pago que permitía acceder a lo que se llamaban «las comunicaciones del libro». Nunca supimos si aquel libro existía o no, pero aunque sospechábamos que en el Ministerio de Justicia tampoco sabían que los presos más afortunados podían volver a comunicar a media tarde, quienes podían reunir la peseta que costaba ese privilegio la pagaban sin rechistar, porque las visitas duraban treinta minutos y era más fácil entenderse a ambos lados de las alambradas en un locutorio medio vacío. Yo me apuntaba al libro una vez al mes, para que Isa pudiera ver a padre, hablar con él sin el tumulto de las visitas generales, pero en septiembre de 1939, pagué una peseta para enfrentarme a solas con un anciano al que apenas le quedaban fuerzas para sonreír. En el último verano de su vida, la cabeza de Hoyos era ya su calavera, su cuerpo, un esqueleto recubierto de piel seca, cenicienta, sus movimientos, los de un inválido que sin embargo fue capaz de sacar de alguna parte un resto de energía para movilizar su antiguo ingenio.

—Contéstame con gestos porque no oigo nada. ¿Cómo estáis en casa? Supongo que tu hermano bien, porque seguirá en Flandes, ¿no?

—Pues... —cuando logré atar cabos, me reí con ganas—. Sí, ahí sigue.

Le pregunté qué necesitaba y me contestó que nada. Le prometí que la próxima vez le traería algo de comer y me pidió que no me molestara. Le conté que había empezado a leer los libros que me regaló y me dijo que se alegraba. Sólo al final, cuando un funcionario estaba a punto de tocar el timbre que pondría fin a la visita, se permitió ser sincero.

—Qué pena, ¿verdad, querida? —y pude verla condensada en sus ojos, multiplicada por el cristal rajado de su monóculo—. Todo se ha perdido. Podría haber sido tan hermoso... ¡Qué pena!

Aquella tarde salí de la cárcel con tan mal cuerpo como el primer día. En los cinco meses que habían pasado desde entonces, había visto demasiadas cosas, muchas más de las que habrían bastado para convencerme de que no me quedaba ni una fibra de compasión que repartir. Cabalgaba sobre las ruinas ajenas con la misma naturalidad con la que sabía que otros cabalgarían pronto sobre la mía, y no me paraba a pensar, no podía. En el instante en que me detuviera, me vendría abajo, y por eso lo hacía todo deprisa, con esa alegría impostada que desde fuera parecía frívola, pero me sostenía por dentro como un armazón de acero. La estampa de Hoyos, frágil, solo, abandonado, abrió en aquella estructura una grieta que no volvería a cerrarse.

—Es un hombre buenísimo, Rita, de verdad. No se merece... —me acordé de su padre, del mío, de los demás—. Ninguno se merece lo que les está pasando, pero él está muy solo, completamente sordo, y enfermo.

—¿Y por qué me cuentas a mí eso?

—¿Pues por qué va a ser? Tu padre es médico, ¿no?

—Mi padre estudió Medicina, Manolita, pero es psiquiatra. Se ocupa de otra clase de enfermos aunque... —se quedó pensando pero se guardó sus pensamientos para sí misma—. Bueno, hablaré con él, no te preocupes.

El doctor Velázquez, que destacaba entre sus compañeros por su mal color y la perpetua firmeza de su sonrisa, encontró pocas dificultades para diagnosticar las dolencias del hijo del marqués de Hoyos. Le había costado mucho más trabajo explicarse el malestar difuso, asociado con algunos síntomas extraños, inconexos en apariencia, que le había martirizado en los últimos meses de la guerra. En marzo de 1939, había logrado establecer una hipótesis que le impulsó a consultar su caso con un par de amigos. Ellos pusieron a su disposición los pocos recursos con los que seguía contando la sanidad republicana y cuando los resultados confirmaron sus sospechas, tomó una decisión de la que ni las protestas, ni las súplicas, ni la desesperación de su mujer consiguieron moverle un milímetro. Su nombre estaba en la lista de los cargos públicos que tuvieron la posibilidad de abandonar Madrid unos días antes de la gran desbandada, pero él cedió a su hijo mayor su plaza en un barco con destino a Orán. Rita me explicó el motivo una mañana en la que Caridad, tan discreta, tan serena siempre, apareció con unas gafas oscuras que le estaban grandes, no tanto como para ocultar los surcos de sus lágrimas.

—Si supieran cómo les odio, me tendrían miedo —su hija tenía los ojos secos, las mejillas ardiendo, una sonrisa feroz que no le impedía hablar en el tono de una conversación normal, aunque las palabras parecían partirse por la mitad, como ampollas llenas de veneno, al salir de su boca—. Si lo supieran, se cruzarían de acera cuando me encontraran por la calle. Porque no se puede odiar más, ¿sabes? Es imposible odiar a nadie más de lo que odio yo a estos hijos de puta.

El día anterior, un juez había denegado la petición de la familia Velázquez para que el preso, enfermo de cáncer de estómago con metástasis avanzada, cumpliera condena en su domicilio durante el tiempo que le quedara de vida. Ya se la habían denegado una vez, cuando él mismo calculaba que le faltaban cinco meses, seis a lo sumo, para entrar en estado terminal, y se la volverían a denegar unas semanas antes de que el dolor empezara a atormentarle. La situación del enfermo aún no era crítica, dijeron, y que además, su conducta en prisión no le ayudaba. Que te voy a contar, Caridad, le explicó el nuevo catedrático de Psiquiatría de la Central, antiguo ayudante de su marido y asesor del tribunal que evaluaba su caso, tú le conoces mejor que nadie, ya sabes cómo es, más terco que una mula, y ahí sigue, dale que te pego, sosteniendo todos sus errores, llenando de guarradas la cabeza de los otros presos, una partida de analfabetos que, en el mejor de los casos, son incapaces de discriminar, de entender lo que les cuenta. Lo único que consigue con esa actitud es crearse problemas, y en estas condiciones...

Ella sabía que, si alguna vez llegaban a aceptar su petición, los trámites judiciales serían más lentos que el progreso de una agonía atroz, tan cruel como la que habrían obtenido bajo tortura. Por eso le pidió a su marido de rodillas, a través de su abogado, que aceptara la visita de un sacerdote que estaba dispuesto a ayudarle, que renegara de todo lo que había escrito, que confesara, que comulgara, lo que hiciera falta para que lo trasladaran a un hospital, pero él no cedió. Yo sé lo que tengo que hacer, contestaba siempre, no te preocupes. Nunca quiso ser más explícito y ella tampoco le puso al corriente de sus últimas gestiones. Caridad apuró en solitario la copa de su amargura, peregrinando de despacho en despacho para rogar a algunos antiguos alumnos del preso, bien situados en el nuevo régimen, que hicieran lo posible por acelerar su ejecución. Antes de que le diera tiempo a verlos a todos, el doctor Velázquez dispuso su propia muerte con la misma soberana libertad con la que había dispuesto de su vida.

Cuando dejó de controlar el dolor, empezó a pedirle naranjas a su mujer. Antes de que lo detuvieran, había sido capaz de predecir las condiciones de sus últimos meses con una precisión tan asombrosa que le había anotado la receta de una combinación de anestesia y sedantes solubles en líquido, que podían inyectarse en la fruta con una jeringuilla. No te preocupes mucho por las cantidades, añadió con una sonrisa, mientras se lo explicaba, porque con una sobredosis igual me mandas antes al otro barrio, así que... A ella no le hizo gracia aquel chiste y respetó escrupulosamente sus instrucciones, el agujero por el que todas sus joyas fueron a parar al mercado negro, hasta que una mañana, mientras todavía era capaz de moverse hasta el locutorio y de hablar con normalidad, él le pidió que a partir del día siguiente le llevara dos naranjas en lugar de una. Una semana después, la noche previa a su traslado a la enfermería, se comió seis. Cuando estaba inconsciente, dos compañeros lo asfixiaron con su propio petate. Les había explicado cómo tenían que hacerlo para provocarle una parada respiratoria sin dejar en su cuerpo señales visibles de ahogamiento, y hasta en eso se salió con la suya. El médico de la prisión no fue capaz de determinar las causas de su muerte, pero tampoco detectó en el cadáver ningún indicio que justificara una autopsia. Al día siguiente, en la cola de la cárcel no se hablaba de otra cosa.

—Tú eres amiga de la hija de Velázquez, ¿verdad? —cuando aún no había logrado recuperarme de la noticia, una mujer desconocida vino a buscarme—. Tienes que ir a verla lo antes posible. Dile que mire en el abrigo de su padre, que descosa el forro, ¿entendido?

—Pero yo... —la miré, y la expresión de su rostro me serenó—. Es que ni siquiera sé dónde vive, siempre nos vemos aquí.

—Gaztambide 21, 1.º derecha B. Si puedes acercarte esta misma tarde, mejor.

La puerta estaba entreabierta, la casa tan llena que la gente llegaba hasta el recibidor. Nadie me preguntó quién era y avancé por el pasillo, flanqueado desde el suelo hasta el techo por estanterías abarrotadas de libros, hasta que encontré la puerta del salón abierta de par en par. Caridad, tan pálida como si ella también se hubiera muerto, estaba sentada en una butaca, sola entre las personas que la rodeaban, ausente de su conversación, los ojos fijos en sus dedos mientras repasaban sin cesar la raya de unos pantalones negros. Nunca la había visto con pantalones, pero en aquel instante comprendí que no sólo le sentaban bien. También la explicaban, explicaban sus gestos, su actitud, aquel piso luminoso, bonito, decorado con objetos bonitos, donde otras mujeres que fumaban maldecían a Franco en compañía de hombres muy bien afeitados, sin una pizca de gomina en el pelo ni de formalidad en sus americanas de sport. Desde que acabó la guerra, había escuchado a mucha gente hablar así, pero nunca en voz alta, menos en una casa con los balcones abiertos, y me asusté al oírles llamar a las cosas por su nombre, como en los tiempos en que no teníamos miedo.

Antes de identificar el portal, había reconocido aquel edificio de aspecto severo, muros de ladrillo rojo y ventanas pequeñas, cuadradas, que ocupaba una de las pocas manzanas del barrio de Argüelles que los aviones alemanes no habían convertido en un solar, aunque las bombas habían destrozado una de sus esquinas. Nunca había entendido su nombre, pero al descubrir a Caridad, descubrí también que los balcones de todos los pisos miraban hacia dentro, a un gran jardín interior, tan responsable de que el sol entrara hasta el centro de las habitaciones como de que aquella fuera conocida como la Casa de las Flores. Era muy hermosa, aunque aquel día las manchas verdes de los árboles que acariciaban las barandillas, las voces de los niños que jugaban entre los parterres, las fugaces siluetas de los pájaros que se recortaban en el cielo claro de la primavera, derramaban tragedia sobre la tragedia. Esta es una casa construida para personas felices, pensé, para familias con suerte, y sentí que los colores del luto, lejos de disiparse, se volvían más negros, más tristes entre los cuadros abstractos y los muebles modernos, los objetos exóticos y las fotografías de personas sonrientes que se miraban de frente, entre la tapa del piano y la repisa de la chimenea.

—Manolita —Rita vino hacia mí cuando ya llevaba un rato paralizada en el umbral.

—Lo siento muchísimo, ya lo sabes.

—Gracias por venir.

Nos dimos un abrazo, le conté lo que me había dicho aquella mujer y le pregunté si había visto una caja con las cosas de su padre. Por la mañana, al volver de la cárcel, Caridad la había dejado encima de su cama, pero no la había abierto. Nosotras lo hicimos para encontrar un impreso con un inventario, una pluma estilográfica, un reloj, una agenda, un cinturón, un pañuelo y, por fin, un abrigo gris lleno de manchas, que era el único objeto de la caja que olía a cárcel. Yo no me atreví a tocarlo, pero Rita fue a buscar unas tijeras y se lanzó a descoser el forro con tanto empeño que la ayudé enseguida, tirando de los extremos para agrandar un hueco donde no encontramos nada. Sin embargo, cuando nos fijamos un poco mejor, descubrimos bajo la sisa izquierda un recuadro lateral de puntadas parejas, perfectas, cuyas dimensiones parecían demasiado grandes para el tamaño de los bolsillos. Al tocarlo, me pareció que su interior estaba relleno. Rita deshizo las puntadas una a una, con mucho cuidado, e hizo trepar su mano entre el tejido y el forro hasta que reconoció un objeto que, incluso a ciegas, le llenó los ojos de lágrimas.

—Es papel —me dijo, sin atreverse a sacarlo todavía—, y está grapado. Deber ser un cuaderno abierto por la mitad.

Era un cuaderno delgado y barato, de los que usaban los niños en la escuela, sus hojas rellenas con una letra menuda y regular, escrita a lápiz, que se extendía en renglones perfectamente rectos por todo el espacio disponible, desbordando los cuatro márgenes de cada página e invadiendo por completo las caras interiores de la cubierta de cartulina verde. Rita me dejó ver el encabezamiento de lo que parecía una carta, pasó las primeras hojas, lo cerró y se lo llevó a su madre.

—Toma, mamá, es para ti —sus palabras, asombrosamente serenas, crearon un silencio instantáneo, pesado como las nubes que transportan las tormentas, mientras todos los ojos que había en aquel salón miraban en la misma dirección—. Estaba escondido en el abrigo de papá —entonces, su voz tembló—. A Manolita la han avisado esta mañana, en la cola de Porlier, y ha venido a decirnos...

No pudo acabar la frase y se limitó a extender la mano para ofrecérselo. Caridad lo recogió con delicadeza, lo miró, acarició la tapa con los dedos y lo abrió muy despacio. Leyó algunas líneas, volvió a cerrarlo, lo apretó sobre su pecho con las dos manos, y en un solo movimiento, sin llegar a levantarse de la butaca, se tiró al suelo y gritó, dejó escapar un alarido ronco y profundo, el sonido más extraño que yo había oído brotar de una garganta humana, una queja sin sonido y sin forma que parecía ahondar en su interior, herirla por dentro mientras salía de su boca. De rodillas en el suelo, tal y como se había quedado cuando se abalanzó hacia delante, inclinada sobre sí misma, balanceándose como una niña pequeña, Caridad gritó y dejó de gritar, pero cuando me marché, no se había levantado todavía.

Al salir, me fijé en una foto enmarcada, colgada de un clavo junto a la puerta. Por la edad de Rita, que iba peinada con raya en medio y una trenza a cada lado, calculé que aquella familia de personas felices habría ido de excursión a algún paraje de la sierra de Guadarrama unos cinco, quizás seis años antes. Allí, sobre una inmensa losa plana de granito, los cuatro habían sonreído a la cámara para dejar constancia de su suerte, una fortuna que debía de haber sido tan grande antes de desaparecer, que apenas reconocí al doctor Velázquez en el hombre que miraba a su mujer mientras rodeaba sus hombros con el brazo izquierdo, ni a Caridad en ella. Detrás estaba su hijo Germán, que en marzo del 39 se embarcó en Valencia hacia Orán con diecinueve años, cincuenta francos franceses, y la manta que le habían dado al alistarse como voluntario en las

Dos Divisiones que la JSU formó a la desesperada cuando la guerra estaba ya perdida, como todo patrimonio. Unos meses después, logró llegar hasta Neuchâtel gracias a las gestiones de un antiguo compañero de estudios de su padre en Leipzig, un judío alemán que había aceptado una invitación de aquella universidad suiza cuando todavía estaba a tiempo de exiliarse. Y allí seguía, bajo la protección del profesor Goldstein, aunque se había colocado en un restaurante para pagarse los estudios de psiquiatría.

—¡Con lo que ha sido él, toda la vida! —me había contado Rita una mañana—. Tendrías que haberlo visto. No sabía ni cómo funcionaba la cafetera, y antes de ser camarero se tiró un año fregando platos, así que...

Mientras se reía, me enseñó una postal del lugar donde trabajaba su hermano, La Maison du Lac, un gran chalé blanco con una terraza que desembocaba en un muelle donde estaban amarradas algunas pequeñas barcas de pescadores. Lo recordé en la puerta de su casa, mientras le veía sonreír en otra fotografía que ya nunca podría volver a repetirse, porque por muy distintos que pudieran parecerle a cualquiera que no hubiera escuchado el grito de Caridad, para mí, aquella tarde, el lago de Neuchâtel y la sierra del Guadarrama compartieron la misma luz. Germán Velázquez Martín no tenía ni idea de que su padre se hubiera desahuciado a sí mismo cuando le obligó a meterse en un coche poco más de un año antes de morir. En España, todo se va a ir a la mierda, hijo mío, eso le dijo, y la universidad lo primero, como de costumbre. Europa va por el mismo camino, pero Suiza siempre ha sido neutral, y Saúl te ayudará en todo lo que pueda. Aprovecha la oportunidad, estudia mucho, y cuando vuelvas, serás más útil que si te hubieras quedado aquí. Esas palabras, tan distintas de las que le había dicho a su mujer, hazme caso, Caridad, aunque sólo sea porque tengo razón, a Rita y a ti no os van a hacer nada y yo me voy a morir igual, eran todo lo que aquel chico sabía del fin de su padre. Su madre tendría que contarle ahora todo lo demás.

Quizás había pasado ya por ese trago cuando volví a verla en la puerta de la cárcel, vestida de negro desde los zapatos hasta las gafas de sol, porque en la tercera semana de su viudedad la encontré más delgada, más consumida que nunca. A aquellas alturas, todo el mundo, dentro y fuera de los muros de Porlier, sabía que la muerte de su marido había sido un suicidio, pero la identidad de los dos hombres que le habían ayudado a consumarlo era un secreto por el que nadie se atrevía a preguntar. Ella conocía sus nombres, los había leído, pero también supo dar las gracias a sus mujeres, y a la del sastre que había cosido el cuaderno dentro del abrigo, sin traicionar su anonimato. Aquella mañana abrazó a más de cuarenta y a todas nos dijo algo al oído. A mí, que si no hubiera ido hasta su casa a tiempo, habría regalado la ropa de su marido al día siguiente y nunca habría podido perdonárselo.

Unos días más tarde, ya en junio, fue Rita la que vino a verme. Su madre se había enterado de que Antonio de Hoyos y Vinent había muerto la noche anterior, y quiso volver a hacer la cola conmigo.

—Lo siento mucho, Manolita.

—Gracias, Rita. Y gracias por venir.

Al atardecer, me aposté en la entrada de artistas del tablao de la calle de la Victoria para repetir el mismo ritual, por los mismos motivos.

—Lo siento muchísimo, Palmera, ya lo sabes.

—Gracias, preciosa —me abrazó con los ojos llenos de lágrimas—. Y gracias por venir.

Dos meses después, el 12 de agosto de 1940, mi padre cayó bajo las balas de un pelotón contra una tapia de ladrillos rojos del cementerio del Este, y allí mismo se quedó, en una fosa común.

—Lo siento muchísimo, Manolita.

—Gracias, Rita —me eché a llorar en sus brazos en la misma puerta, y antes de que tuviéramos tiempo de entrar en casa, reconocí la figura que subía por la escalera y extendí mi brazo derecho para incluirle en el abrazo.

—Ya sabes cuánto lo siento, cariño.

—Gracias, Palmera. Y gracias por venir.

Así se cerró un bucle macabro que al menos, pensé, tendría

la virtud de apartarme para siempre del lugar más odioso de Madrid.

Me quedaba la cárcel de Ventas, pero allí no sufrí tanto, y no porque las condiciones de vida de las reclusas fueran mejores que las de los varones. El sistema penitenciario era la única institución de la nueva España donde se seguía aplicando el principio republicano de igualdad entre sexos, pero yo amaba a mi padre y no le tenía cariño a su mujer. Sin embargo, aunque las visitas a mi madrastra fueron un paseo en comparación con el calvario de Porlier, no sólo fui a verla tan a menudo como pude. También repartí equitativamente entre su paquete y el de su marido lo mucho o lo poco que podía conseguir, porque quería a mis hermanos pequeños tanto como a Isa y a Toñito, y estaba dispuesta a lo que fuera con tal de ahorrarles lo que pasé yo cuando perdí a mi madre. Todas las semanas hacía, además, un tercer paquete, juntando lo que me daba la Palmera con lo que me convencía a mí misma de que nos sobraba. El primer día, me di cuenta de que el funcionario que supervisaba la recepción de los paquetes no se creía que fuera sobrina de un marqués, pero respondí a su recelo con una sonrisa impertérrita, sin dejar de aplicarle por dentro la receta de Rita. Anda y que te den.

Ni mi padre ni María Pilar llegaron a enterarse nunca de que alimentaba a un tercer preso, pero nada habría sido más justo, porque sin la generosidad de Hoyos, aquel invierno nos habríamos muerto de hambre. Aunque lo busqué hasta debajo de las piedras, 1940 terminó sin que hubiera logrado encontrar un empleo. Los jueves limpiaba tres tiendas de antigüedades de la calle del Prado, y un lunes sí, y otro no, las vidrieras del edificio donde vivía la señorita Encarna. Aparte de eso, sólo podía contar con los encargos que Olvido, mi antigua encargada del taller de bordados, me pasaba de vez en cuando y con el milagro de que alguien necesitara una chica para ayudar en una limpieza general o sustituir a una costurera enferma. Los achaques del señor Felipe, que era muy mañoso y se sacaba un sobresueldo vendiendo los domingos, en el Rastro, unos muñequitos que hacía en sus ratos libres, me permitían incrementar mis ingresos algunas semanas con la mitad de lo que sacaba ofreciendo por la calle a Don Nicanor tocando el tambor.

Las mil quinientas pesetas que don Marcelino me pagó por la caviarera me permitieron comprar una cocina de segunda mano, una cerradura para la puerta y lo más imprescindible para instalar a mis hermanos en un edificio que seguía teniendo agua corriente, porque nadie había cortado el suministro, y luz eléctrica, porque los vecinos que lo habían ocupado antes que yo repararon la instalación para engancharla a una toma municipal. Sin embargo, cuando llegué no había cables en las paredes ni grifos en las pilas. Los saqueadores se habían llevado los casquillos de las lámparas, los cristales de las ventanas, los marcos de las puertas, las tuberías y hasta las baldosas que habían logrado arrancar enteras del suelo. No tenía dinero para todo eso, pero apañé lo que pude con cortinas y esteras de esparto, y guardé lo que sobraba en una caja de caudales cuya llave llevaba siempre colgada del cuello. Intenté estirar su contenido al máximo, pero todo estaba mucho más caro que antes de la guerra y los precios no paraban de subir.

Con una cartilla de fumador y otra de racionamiento en la que constaban dos adultas y tres niños, tuve que alimentar a siete personas y media, luego sólo a siete, a partir de agosto, a seis, con suministros imposibles de combinar entre sí. Si una semana podía comprar azúcar moreno, pasta para sopa y jabón, con los cupones de la siguiente sólo conseguía el líquido de origen desconocido que hacían pasar por aceite, la algarroba tostada a la que llamábamos café, y bacalao. Para guisar algo que se pudiera comer, vendía algunas cosas para comprar otras en las trastiendas de los ultramarinos, pero como en todas las casas nos desprendíamos de lo mismo a la vez, el jabón o el café bajaban de precio por exceso de oferta y los márgenes se volvían cada vez más estrechos. Además, aparte de lo que ponía en la mesa y de lo que llevaba a dos cárceles, mis hermanos crecían sin parar, destrozaban las suelas de los zapatos, se les quedaba la ropa pequeña por más que les sacara los bajos hasta eliminarlos, y ni siquiera eso fue lo peor. Con el dinero que

164

me dio la señorita Encarna, pude comprarles uniformes, carteras, cuadernos y lápices para llevarles a un colegio de monjas de la calle Toledo donde me admitieron a los mellizos como gratuitos y me hicieron una rebaja en la matrícula de Pilarín. El día que les dejé en la puerta a las nueve en punto de la mañana, me sentí en paz conmigo misma por primera vez en mucho tiempo. Quince días más tarde me arrepentiría amargamente hasta de esa sensación. La niña se contagió antes. Al tercer día que pasó en la cama, con una fiebre altísima y una congestión que no la dejaba respirar, Juan empezó a toser. Pablo, su mellizo, le siguió con pocas horas de diferencia. El médico que los atendió nunca supo ponerle nombre a aquella infección respiratoria. Hay tanta miseria, alegó para justificar su ignorancia, que entre la desnutrición y la falta de higiene, las epidemias se suceden antes de que tengamos tiempo de bautizarlas. Los números, sin embargo, se le daban muy bien. Su factura y el precio de las medicinas consumieron casi todo lo que quedaba de aquellas mil quinientas pesetas que seis meses antes me habían parecido una fortuna. Cuando los niños se pusieron buenos, nuestra economía estaba más enferma de lo que ellos habían llegado a estar nunca.

—¡Hola, Manolita y la compañía! —nadie me acompañaba, pero a él le gustaba saludar así a todo el mundo—. Cuánto bueno por aquí.

—Hola, Jero, verás... —y las mejillas empezaron a dolerme de puro sonrojo—. Yo necesito comprar pan, ¿sabes?, pero no tengo dinero.

Al escucharme, el hijo tonto de la panadera de la calle León se puso nervioso y sonrió con la mitad de la boca, una expresión de astucia tan desligada de la inteligencia que no tenía, que imprimió en su rostro un gesto animal, la codicia brillando en sus redondos ojos de reptil sin llegar a alumbrarlos.

—Tengo otras cosas, eso sí —continué, poniéndome la mano en el escote—. Igual te interesan.

Aquella mañana, a cambio de mirarme las tetas, Jero me dio un pistolín.

—Si me dejas tocártelas, te doy dos.

—Otro día —le contesté, arrebatándole la barra de entre las manos para salir corriendo—. Otro día te dejo, mejor...

Jerónimo el tonto fue el primer hombre que me vio las tetas, el primero que me las tocó, el primero al que escuché jadear ante mi cuerpo desnudo. Era demasiado triste para pensarlo, así que procuraba no hacerlo mientras le seguía hasta la trastienda. Tampoco fui más allá. En Madrid había pocos chicos tan tontos como él pero, a cambio, sobraban los hombres listos.

—Depende —me contestó Margarita cuando le pregunté si creía que don Federico me aplazaría una parte del alquiler hasta que las cosas mejoraran.

—¿De qué?

—De si te apetece acostarte con él.

—¿A mí? —y hasta me asusté al oírlo—. Ni loca.

—Pues no se te ocurra pedírselo. Te va a proponer eso a cambio, y si le dices que no, te echará a la calle.

—No puede —alegué—. Esto es un edificio en ruinas, todo es ilegal.

—Ya, pero él le da una parte de sus ganancias a unos amigos que tiene en la Policía Municipal, y ellos se encargan de los morosos. Ya ha pasado otras veces, Manolita, hazme caso.

A partir de aquel día, el primer laborable de cada mes me abrochaba los botones hasta el cuello para pagar el alquiler en un despacho del ayuntamiento. Fue un error, porque precisamente entonces, como si hubiera adivinado las razones que me impulsaban a vestirme de ursulina, empezó a interesarse por mi situación.

—¿Y qué tal, Manolita, cómo te van las cosas?

Cuarenta y pocos años, bastante calvo, flaco, con bigotito, una alianza en la mano izquierda y una insignia de la cofradía del Cristo de Medinaceli en la solapa, su repentina curiosidad le dio la razón a Margarita.

—Muy bien, don Federico.

—¿E Isabel? Estará ya hecha una mujer, hace mucho que no la veo.

—Bien, también. Nos defendemos estupendamente, no se preocupe.

—Me alegro. Pero si algún día tuvierais algún problema, ya sabes dónde estoy.

Don Federico, con su preciso manejo del singular y los plurales, se convirtió para mí en un símbolo, la última frontera de la peor época de mi vida. En el otoño de 1940 y el invierno de 1941, lo único que me consolaba era que no me había acostado con él. Eso pensaba cuando encontraba un agujero en las rodilleras de algún mellizo, cuando no tenía nada para darles de merendar, cuando Isa me proponía volver al pueblo, a casa de Colás y de Josefa.

—Ni hablar —le contestaba siempre, y la abrazaba para darle muchos besos—. ¿Qué pasa, que ya no nos quieres?

—No digas eso, Manolita... —ella me devolvía el abrazo, los besos, pero desviaba la mirada para no encontrarse con mis ojos—. Es sólo que ella me dijo que podía volver cuando quisiera, que si nos iban mal las cosas, en su casa siempre habría una cama y un plato para mí, y como veo que...

—Pues si es sólo eso, ni lo pienses —y la apretaba todavía más fuerte para consolarla por las frases que no se atrevía a terminar—. Si quieres trabajar, ya te encontraré yo algo, no te preocupes.

Las dos sabíamos que, si no encontraba nada para mí, menos iba a encontrarlo para ella, pero cuando los niños volvieron al colegio, empecé a llevármela conmigo a limpiar. Así no engañaba a ninguna de las dos, pero por lo menos acabábamos antes y le daba una oportunidad de sentirse útil. Los domingos por la mañana, cuando el señor Felipe me avisaba de que no se encontraba con fuerzas para salir, le preguntaba si quería ir ella al Rastro a vender los muñequitos en mi lugar y siempre me decía que sí. Luego iba con los pequeños a buscarla, hacíamos cuentas en un banco de Cascorro y me daba cuenta de lo contenta que se ponía al contar las pocas monedas que había ganado ella sola vendiendo Nicanores. Pero una cosa era el Rastro los domingos por la mañana, aquellas calles llenas de gente conocida a la luz del día, y otra poner a trabajar a mi hermana sola en el horno de desesperación en el que se había convertido Madrid.

A los trece años, Isa era una niña y, al mismo tiempo, una mujer hecha y derecha, más alta, más guapa, más atractiva que yo. A veces, al comparar el relieve de su cuerpo con el del mío, me sorprendía pensando que a ella Jero le daría los pistolines de dos en dos, y sentía un escalofrío al calcular qué pensarían los demás si se la encontraran a solas por la calle. Antes me acuesto con don Federico, me prometía a mí misma, pero sospechaba que él me diría que prefería acostarse con mi hermana y eso me daba más miedo todavía. Isa era la que más me preocupaba, porque se daba cuenta de las cosas, entendía lo que nos pasaba y, además, podía recordar otra vida.

—Y los tranvías, ¿por qué van siempre tan llenos de gente? —cuando íbamos por la calle, los mellizos me hacían siempre la misma pregunta.

—Porque son tontos —yo siempre les daba la misma respuesta—, y no saben que ir andando es más divertido y te pone muy fuertes las piernas.

—¿Y cuando llueve?

—Pues cogemos un paraguas y ya está —a veces, Pilarín se me anticipaba, para dejar claro que ella era mayor, más lista que sus hermanos—. Porque Madrid es muy bonito cuando llueve, ¿a que sí, Manolita?

—Claro que sí, precioso —pero al mirar a Isabel de reojo, la encontraba muy seria, muy callada, los ojos clavados en el horizonte.

Yo no trabajaba más porque no encontraba más trabajo, pero me pateaba la ciudad todos los días, hacía colas interminables para conseguir comida más barata, invertía mis ratos libres en vigilar las puertas de los ultramarinos al acecho de la ocasión de robar un puñado de arroz, me caía de cansancio al desplomarme en la cama por las noches, y sin embargo, tenía la sensación de que Isabel estaba peor que yo, y no se me ocurría la forma de arreglarlo. La desgracia que se había cebado en nuestra familia la había pillado siempre en la peor edad. Cuando estalló la guerra, acababa de cumplir nueve años y llevaba menos de uno asistiendo al colegio Acevedo. Cuando terminó, después de olvidar lo poco que había aprendido, ya contaba como adulta en la cartilla de racionamiento. Demasiado mayor para ir a la escuela, demasiado pequeña para defenderse sola, incapaz de juntar las letras a la velocidad necesaria para entretenerse leyendo los pocos libros que teníamos, encerrada sin radio, sin compañía, sin nada que hacer, mi hermana se aburría, y de lunes a sábado, yo estaba demasiado atareada para ocuparme de ella.

—Toma, Isa —pero cuando los domingos le ofrecía una perra gorda para que se fuera a dar una vuelta, tampoco me la cogía.

—No, si no me apetece salir.

—¿Cómo no va a apetecerte, mujer, si llevas toda la semana metida en casa? Sal a darte una vuelta con tus amigas, anda, que te dé un poco el aire.

—Que no. Si es que ellas seguro que van... —tampoco terminaba nunca aquella frase—. Me quedo aquí y salgo un rato luego con vosotros, mejor.

Así, mi hermana se iba volviendo cada vez más seria, más callada, una muchacha guapa, solitaria y triste, sin ilusión por nada, con tiempo de sobra para darse cuenta de que no la tenía. Por eso, cuando María Pilar me comunicó que habían aceptado su petición, me alegré más que ella.

—Isa y Pilarín —levantó dos dedos en el aire para confirmarlo—. Se van juntas a un colegio de Bilbao.

La cárcel de Ventas, donde estaba encerrada, se parecía mucho a la de Porlier. Los hábitos de las monjas representaban una diferencia insignificante en comparación con el hacinamiento, los reglamentos y la suciedad que producía un olor distinto al de los presos, pero igual de pestilente. Por lo demás, había menos reclusas condenadas a muerte pero, a cambio, muchos bebés que enfermaban para desaparecer en la enfermería sin que nadie volviera a verlos ni vivos ni muertos, y otros que morían todos los días, a menudo de hambre, en los brazos de madres que agonizaban del mismo mal. A ambos lados de las rejas, había también mujeres sabias que sonreían a la adversidad, la curva de sus labios un último desafío, mientras hablaban de temas intrascendentes en voz alta o desmenuzaban los asuntos graves en un murmullo. En abril del 40, cuando empecé a ir por allí, me encontré con bastantes conocidas de Porlier, entre ellas algunas que habían traspasado la barrera de la clandestinidad con tan mala suerte que su estreno las había desembarcado al otro lado del pasillo. Me alegré de ver a las primeras y lamenté la mudanza de las segundas como si fueran viejas amigas, antes de darme cuenta de que, en realidad, no eran otra cosa. Desde que detuvieron a mi padre, pasaba tanto tiempo en la cola que mi vida social se había desarrollado allí más que en ningún otro lugar.

—¿Te has enterado? —Asun, una hermana de Julita, la de la pescadilla, fue la primera que me habló de aquel decreto, mientras nos pelábamos de frío esperando turno en el mostrador de los paquetes—. Me alegro por ti, chica, porque a vosotras seguro que os lo dan.

El 3 de diciembre de 1940, el BOE publicó un decreto con un título bastante ambiguo, «sobre la protección del Estado a los huérfanos de la Revolución Nacional y de la Guerra», que las juristas aficionadas de la cola se apresuraron a desmenuzar para ponernos al corriente de su contenido. Al día siguiente, todas nos habíamos enterado ya de que no sólo establecía que la tutela de los huérfanos de guerra pasara a manos del Estado, sino también que los hijos menores de dieciocho años de penados acogidos a la redención de penas, podían solicitar plaza para ellos en colegios de instituciones benéficas. Cuando quise informar a mi madrastra, me contestó que se había apuntado ya.

—Ha venido una señorita a contármelo, esta misma mañana —le gustaba presumir de sus buenas relaciones con las funcionarias tanto como antes, en la escalera de Santa Isabel, de haber cocinado para Victoria Eugenia—. ¿Qué te crees, que ellas no se dan cuenta de que yo no tengo nada que ver con la gentuza que hay aquí dentro?

La cárcel convirtió a mi padre en un hombre mejor, más consciente y sensible al sufrimiento ajeno de lo que había sido nunca en libertad. La guerra ya había herido de muerte al seductor implacable que sólo vivía pendiente de olfatear las faldas con las que se cruzaba, pero en prisión llegó a asumir una transformación más profunda, que desentrañó para mí algunas tardes gracias a la peseta que nos permitía hablar como personas, y cuando le escuchaba pedir perdón por no haber sido el padre que nos merecíamos, se me partía el corazón. A María Pilar, en cambio, la cárcel le hizo el mismo efecto que beberse un vaso de agua. Y si no hubiera conocido en Porlier a las hijas y hermanas de muchas presas de Ventas, si mi amistad con Rita, la suerte de mi padre, la del suyo, no me hubieran convertido en alguien de fiar antes de que la pobre Luisi me saludara al verme entrar en el locutorio, nadie se habría tomado la molestia de dirigirme la palabra en aquella cola.

—Pero mira que eres tonta, Manolita —me regañaba la señora Luisa—. ¡Hay que ver, que te quites la comida de la boca para llevársela a esa asquerosa, que seguro que come mejor que tú!

Al mes escaso de ingresar en Ventas, mi madrastra había hecho méritos de sobra para convertirse en una presa de confianza. Aunque dormía en una sala común, apenas se trataba con las demás, y a diferencia de otras reclusas, chivatas, traidoras o arrepentidas que se dolían de la suplementaria pena de aislamiento a la que sus propias compañeras las habían condenado, ella recibía su hostilidad como una bendición.

—¿Que no me hablan? Pues mejor. Así, quienes tienen que darse cuenta de las cosas comprenderán que yo no tengo por qué estar aquí.

En eso llevaba razón, pero el tribunal que la sentenció a veinte años y un día dio más importancia a las siglas del Socorro Rojo estampadas en su brazalete que a la naturaleza de los delitos que cometió mientras lo llevaba en un brazo. En el mundo al revés en el que se había convertido España, las presas comunes recibían mejor trato que las políticas, pero como María Pilar era la presa política menos digna de ese nombre que vivía en aquella cárcel, fue también, tal y como había predicho Asun, la primera en beneficiarse de un decreto que se haría célebre.

—Venga, Pilarín, no llores... —aunque nadie se alegró tanto como mi hermana Isabel—. ¿Tú sabes lo bien que vamos a estar las dos juntas en el colegio, con un jardín para salir al recreo con nuestras amigas y profesoras que nos van a enseñar muchas cosas?

Yo no me hacía tantas ilusiones porque María Pilar no me había dado ningún papel y la señora Luisa, que me recogía la correspondencia, tampoco recibió ninguna carta a nombre de mis hermanas. Estaba demasiado familiarizada con el funcionamiento de las cárceles de Madrid como para confiar en los rumores, todos esos «oye, pues he oído que» que florecían en las colas como si la esperanza fuera otra epidemia capaz de prosperar en la miseria. Sin embargo, en febrero de 1941, la misma funcionaria que había informado a María Pilar de que habían aceptado su solicitud, me dijo que tenía que ir con las niñas al Ministerio de Justicia, y al llegar allí, el policía de la puerta asintió con la cabeza a mis explicaciones antes de mandarme al primer piso.

—Sí, eso lo llevan en el Patronato de Redención de Penas.

Era la primera vez que escuchaba aquel nombre y estuve a punto de negar con la cabeza, de alegar que no debía de haberme explicado bien porque mis hermanas no estaban presas ni tenían pena alguna que redimir. Pero antes de que encontrara una buena forma de explicarlo, él mismo llamó a una mujer que estaba entrando en el edificio.

—Señorita Marisa, mire usted a ver, estas niñas, que vienen por lo de los hijos de los presos...

—Ah, sí, claro —ella nos hizo un gesto para que la siguiéramos—. Venid conmigo.

Mientras subía las escaleras detrás de aquella mujer, tuve un mal presentimiento. Las hermanas Perales éramos demasiado pequeñas, demasiado pobres e insignificantes para tener algo que ganar en aquel edificio inmenso, el laberinto de pasillos que recorrimos en direcciones que parecían contradictorias, a través de unas puertas tan altas como las de los palacios de las pesadillas. Sin embargo, la última nos desembarcó en una habitación que parecía un consultorio médico, porque en sus paredes blancas había carteles con dibujos de mujeres con bebés en brazos, y al fondo, una báscula con una barra graduada para medir la estatura. En primer término, tras el mostrador, atendían dos mujeres. La que no llevaba una bata blanca encontró enseguida a mis hermanas en un listado.

—Aquí estáis, Perales García, Isabel, y Perales García, Pilar... Muy bien, pues ahora tenéis que quitaros los zapatos y pasar ahí dentro, para que la enfermera os pese y os tome las medidas —se entretuvo anotando algo en sus papeles, me miró, y la expresión de mi cara la animó a añadir algo más—. Es para que podamos encargar su equipo.

—¿Equipo? —pregunté con un hilo de voz tan temeroso que dibujó una sonrisa en el rostro de mi interlocutora—. No me habían dicho nada...

—Sí, mujer, el uniforme, los calcetines, lo que necesitan para ir al colegio —volvió a mirarme y su sonrisa se ensanchó—. No te preocupes. Se lo van a hacer en los talleres de la cárcel de Ventas, no hay que pagarlo.

Yo no sonreí. Estaba a punto de hacerlo y de darle las gracias por todo, cuando mi pensamiento escogió por su cuenta una dirección por la que nunca antes me había llevado. Han matado al padre de estas niñas, recordé, como si no fuera también el mío. Han encarcelado a la madre de la más pequeña. Les han quitado la casa donde vivían. Les han robado el negocio que era su medio de vida. El único hombre que podría mantenerlas ha tenido que esconderse para salvar la vida. Y no van a pagar ni un céntimo a las mujeres que confeccionen a la fuerza lo que necesitan para estudiar de caridad. Ellas son las culpables de que tus hermanas estén aquí. No le des las gracias.

—Pero, mujer —era una chica de veintitantos años, cara aniñada y camisa azul—. ¿No estás contenta?

—Sí, mucho —pero tampoco entonces sonreí.

La enfermera pesó y midió a mis hermanas, les pidió que se descubrieran el pecho para auscultarlas y que abrieran la boca para mirarles la garganta, examinó su cabeza para comprobar que no tenían parásitos, las hizo apoyar los pies en una tabla con medidas de zapatos y, por fin, midió sus cuerpos con un metro de modista. Yo la miraba desde el otro lado del mostrador, intentando comprender qué me pasaba, de dónde había salido el grumo espeso que tenía atravesado en la garganta, de dónde la desconocida furia que me hacía temblar por dentro como si tuviera fiebre precisamente allí, un lugar amable en comparación con la cola de la cárcel, con el locutorio de Porlier, con el rincón del cementerio del Este donde besé a mi padre por última vez, su cuerpo ya frío en una caja de pino. No encontré respuesta para esas preguntas y mi perplejidad acrecentó el malestar que sentía desde que entré en el ministerio.

Necesitaría algún tiempo para comprender que, aquella mañana, el dolor, el miedo, la incertidumbre acerca de un futuro tan inmediato que podía contarlo por horas, se habían disipado para llevarse consigo la tiranía de la desesperación, la angustiosa urgencia de encontrar un escudo que me protegiera del siguiente golpe. Durante mucho tiempo, había destinado todos mis recursos, toda mi energía, a aquel propósito que la desgracia había colmado hasta hacerlo reventar. Lo peor había terminado para dejarme en herencia la versión definitiva de lo malo, un destino vasto y solitario, monótono como un desierto de arena sin principio ni final, el infierno vestido con la ropa de los días laborables que me dio la bienvenida en una habitación de paredes blancas, ante un mostrador donde mi pensamiento descubrió una región desolada, que ya estaba dentro de mí aunque yo no la hubiera visitado todavía.

—Bueno, pues hemos terminado —la mujer que tenía enfrente apuntó unas palabras en un papel y me lo dio—. Antes del 15 de abril tenéis que ir al colegio de los Ángeles Custodios, aquí te he apuntado la dirección. Me imagino que la expedición saldrá a principios de mayo, pero no puedo decírtelo con seguridad. Allí te informarán de todo, te explicarán dónde está el colegio, a qué dirección puedes escribir, en fin, lo que necesites. Dentro de un mes —escribió una fecha y la rodeó con un círculo—, tenéis que ir a Ventas a recoger los equipos... ¿Lo has entendido bien? ¿Tienes alguna duda?

—No, lo he entendido todo muy bien —cogí la nota y me la guardé en un bolsillo—. Adiós, buenos días.

Al abrir la puerta, vi a una mujer vestida de luto, con un hato entre las manos y un cansancio inmenso pintado en la cara, sentada en un banco con un niño a cada lado. Todavía tendría que esperar un poco más, porque cuando estábamos a punto de salir, la enfermera me pidió que esperara un momento.

—A ti te va a ir muy mal en la vida, ¿sabes? —la soberbia encendía sus ojos para desmentir la suavidad de su acento—. No creas que no me he dado cuenta de que eres una desagradecida. Eso nunca es bueno, pero en tu caso... No tienes ni idea de la cantidad de solicitudes que no hemos podido atender. Eres muy afortunada, jovencita.

—Sí, señora. Lo que he tenido yo en la vida es mucha suerte —y por fin sonreí—. Si se lo contara, no se lo podría usted creer.

Durante unos segundos, las dos nos sostuvimos la mirada sin decir nada. Después, tiré de mis hermanas y me marché de allí sin volverme a mirarla. Cuando llegamos a la calle, me di cuenta de que no habría sabido reconstruir el camino por el que habíamos salido del edificio, pero el mismo aturdimiento furioso que me había consentido escapar, guió mis pasos por el paseo del Prado, coronando con un halo blanco, como una corona de vapor, a todas las personas, todas las cosas que distinguían mis ojos. A la altura de la fuente de Neptuno, me vine abajo.

—Anda, que tú también —Isabel habló sin mirarme mientras esperábamos a que pasara el tranvía—, podrías haberte callado.

—Eso es lo que he hecho —respondí, y apreté su mano con la mía pero no quiso corresponder a la presión de mis dedos—, callarme.

—No, digo al final —estaba muy enfadada conmigo—, tú ya me entiendes.

Cuando cruzamos mi cara seguía ardiendo, pero la culpa y la vergüenza habían arrebatado a la rabia la posesión de mis mejillas para devolver a los objetos que me rodeaban sus perfiles nítidos, auténticos. Al llegar a casa, ni siquiera sentía calor. La palidez sucedió al miedo de haberlo echado todo a perder por una tontería, un estúpido ataque de dignidad que no debería haberme consentido a mí misma. La experiencia me había enseñado que, entre todos los errores que estaban a mi alcance, ninguno podía hacerme tanto mal como el orgullo, pero a pesar de eso, y de que Isa pasara por mi lado como si no me viera, ya no logré acatar del todo sus enseñanzas. Algo había brotado o se había roto dentro de mí aquella mañana, y aunque no estaba segura del verbo más adecuado para explicar aquel fenómeno, sabía que sus efectos eran irreversibles. Por eso, en lugar de arrepentirme y echarme a llorar, recogí los platos rotos con un ánimo tan inaudito como la silenciosa cólera que había provocado el estropicio.

Aquella noche, cuando me metí en la cama, ya había logrado prepararme para volver a los dominios de lo peor. Bueno, y si nos borran de la lista, si las niñas al final se quedan en Madrid, conmigo, ¿qué puede pasar? Nada más grave de lo que nos ha pasado ya, y aquí estamos, así que... Antes de llegar a una conclusión, noté que alguien se movía a oscuras en el dormitorio que compartía con mis hermanas.

—Déjame sitio —Isa me abrazó con tanta fuerza como si hubiera vuelto a ser una niña pequeña y asustada—. Lo siento, Manolita.

—No, tesoro —yo también la abracé, y la tapé muy bien, igual que antes, mientras un presentimiento salado trepaba por mi garganta—, más lo siento yo.

Nos quedamos dormidas a la vez y el lunes siguiente, cuando volví de limpiar las vidrieras de la señorita Encarna, el azar me hizo un regalo tan valioso como si quisiera consolarme por haber arruinado su futuro.

—¡Te he encontrado un trabajo, Manolita! —Rita abrió la puerta desde dentro antes de que me diera tiempo a girar la llave—. ¿Qué me dices?

—Pues... —la miré, y al ver mi cara se echó a reír—. No sé, ¿dónde...?

—Nada, nada —me quitó la bolsa de las bayetas de las manos, la dejó en el suelo y me cogió del brazo—. Ni te quites la chaqueta porque nos están esperando, tenemos que ir ahora mismo, te lo cuento por el camino.

Al día siguiente, víspera de su inauguración, empecé a trabajar en el obrador de la Confitería Arroyo, una tienda muy bonita situada en la esquina de la calle Villanueva con la de Serrano, aunque yo apenas llegaría a verla cuando me tocara dejar una bandeja en una repisa, al alcance de las uniformadas dependientas que trataban con los clientes. María Luisa Velázquez, señora de Arroyo, hermana del padre de Rita y nuera de los dueños de varias pastelerías y restaurantes de Madrid, había llamado a Caridad la noche anterior para ofrecer a su hija un puesto en aquel reluciente mostrador.

—Estábamos las dos juntas en la cocina, haciendo la cena, y la oí decir que no, darle las gracias a mi tía, añadir que, por supuesto, ningún trabajo le parecía deshonroso. Parece mentira que me digas eso precisamente tú, María Luisa, lo único que pasa es que prefiero que Rita siga estudiando...

Los hermanos del doctor Velázquez, la manzana podrida por un judío vienés, y otro alemán, en el irreprochable cesto cultivado por una familia de la burguesía monárquica de toda la vida, desconfiaban de las posibilidades de su cuñada para salir adelante por sí misma. No sabían gran cosa de ella porque hacía muchos años que apenas se trataban con su marido, pero desde que se quedó viuda, tampoco cejaron en el empeño de socorrerla. Rita les agradecía los mimos, los regalos, y creía que se sentían culpables por no haber salvado a su padre, pero Caridad no se fiaba de su aparente generosidad. Estaba segura de que sus cuñados pretendían someterla por el procedimiento de asegurar su bienestar al precio de hacerla depender de sus favores, y por eso nunca los aceptó. Procuraba mantenerlos al margen de su vida y, sobre todo, de la de su hija, sangre de su sangre y la única que les interesaba en realidad.

Caridad también provenía de una familia burguesa, aunque ni por su patrimonio, ni por su nivel de vida, había pertenecido nunca a la misma clase social que los Velázquez. Sin embargo, su padre, profesor en el Real Conservatorio de Música, le había enseñado a tocar el piano, y su madre, hija de un pastor metodista que llegó a España a los veinte años, para entregarse durante más de medio siglo a una misión evangelizadora en la que nunca alcanzaría el menor éxito, siempre habló con ella en inglés. Su bilingüismo la animó a estudiar francés, y aunque nunca había trabajado como traductora profesional, después de casarse ejerció aquel oficio para ayudar a su marido, que hablaba perfectamente alemán, tenía pocas nociones de francés y ninguna de inglés. Caridad traducía para él los textos que le interesaban de estas dos últimas lenguas, y se ocupaba también de verter a ellas los artículos del doctor Velázquez que iban a ser publicados en el extranjero. Desde que lo detuvieron, había intentado sacar todo el partido posible de sus conocimientos, pero en 1939 las familias con dinero tenían cosas más urgentes en la cabeza que contratar clases particulares para que sus niños aprendieran música o inglés. No tuvo más remedio que alquilar el cuarto de su hijo a un alférez provisional que acababa de llegar a Madrid parar preparar unas oposiciones, y él, que creía que su patrona era viuda de guerra, fue quien le proporcionó su primer empleo. Me he fijado en que tiene muchos libros en inglés, le dijo un día, a la hora de comer, ¿no conocerá usted a alguien que pueda traducir de ese idioma? Mi padre se dedica a importar maquinaria pesada y le va muy bien, porque ahora hace mucha falta, pero ningún manual viene en español y eso desanima mucho a los clientes, claro...

Veinte días más tarde, Caridad le entregó un texto de doscientas páginas de especificaciones técnicas y consejos de mantenimiento de un telar industrial, firmado por un hermano imaginario, Carlos Martín, que se enfrentó inmediatamente después con la naturaleza de una cosechadora mecánica. Cuando el alférez aprobó las oposiciones, su patrona, que ya tenía alumnos de idiomas y de música, trataba directamente con el importador, siempre en calidad de representante de un hermano ficticio. Aquel detalle contribuyó a que, en abril de 1941, sus ingresos representaran un misterio impenetrable para su cuñada María Luisa y, de rebote, a incrementar los míos.

—Total, que esta mañana le he preguntado si le molestaría que llamara a la tía para proponerle que trabajaras tú en mi lugar, y me ha dicho que no, que al revés, pero luego, como se llevan fatal y es tan mal pensada... —Rita miró a nuestro alrededor y bajó la voz—. No le calientes mucho la cabeza a Manolita, me ha dicho, porque a ella no le va a ofrecer el mismo puesto que a ti.

—Anda, ¿y por qué no? Si necesita contratar a alguien, qué más le da...

—Eso mismo he dicho yo. Pero ella me ha repetido que conocía muy bien a mi tía. Le dio clases de canto y de piano hace muchos años, ¿sabes? Ella fue quien le presentó a mi padre.

María Luisa Velázquez tenía la misma edad que su cuñada, pero cuando la vi me pareció mayor, e inmediatamente después, más joven que ella. El primer equívoco estaba originado por su aspecto, no tanto el traje de chaqueta oscuro, el moño alto, como la actitud con la que supervisaba a los obreros que daban los últimos retoques al local. Sin embargo, al escuchar la voz de su sobrina, aquella vigilante estatua se quitó las gafas, descruzó los brazos, sonrió, y mientras venía hacia nosotras, su piel tersa, sus mejillas sonrosadas, las mullidas curvas de su rostro y de su cuerpo, subrayaron la juvenil apariencia de una mujer por la que la guerra y el tiempo habían pasado sin abrir heridas graves.

—Pues... —cuando Rita nos presentó, me miró de arriba abajo y volvió a sonreír—. Por desgracia, acabamos de contratar a la última dependienta que necesitábamos, pero creo que queda alguna plaza en el obrador —se dirigió a otra mujer, algo mayor y peor vestida, que la había reemplazado en la vigilancia—. Meli, ¿quieres venir un momento, por favor? —y volvió a mirarme—. Meli es la encargada, ella te dirá las condiciones. Ven conmigo, Rita, voy a enseñarte todo esto.

—No —mi amiga intentó resistirse—. Yo prefiero...

—Que sí, mujer —pero su tía la abrazó por la cintura y la obligó a darme la espalda—. Déjame que disfrute un poco de ti, para un día que vienes a verme...

A aquellas alturas, ya me había dado cuenta de que Caridad tenía razón, pero necesitaba tanto un trabajo que ni siquiera acusé el tijeretazo con el que la encargada redujo exactamente a la mitad las esperanzas que Rita había ido infiltrando en mi espíritu durante un trayecto de tranvía.

—¿Tienes experiencia? —también necesitó muchas menos palabras.

—En un obrador no, pero... —no me dejó seguir.

—Pues escúchame bien, porque te lo voy a decir sólo una vez. Aquí se viene a trabajar, no a comer, ¿está claro?

—Sí, señora

—El primer día que te pille comiendo, o robando comida, vas a la calle —hizo una pausa para mirarme antes de seguir hablando—. Entrarás como aprendiza, seis días a la semana, de siete de la mañana a cinco y media de la tarde. La tienda cierra a mediodía, pero el obrador no, así que tendrás que comer aquí mismo, en un rato libre. El día de libranza es el lunes, aunque como los domingos abrimos más tarde y cerramos antes, el obrador funciona entre las ocho y las cuatro y media. El sueldo son cuatro pesetas diarias y si no te conviene dímelo ya, porque tengo más chicas esperando.

—Sí que me conviene —me apresuré a contestar—. Muchas gracias.

—Pues empiezas mañana mismo —me dio la espalda pero un instante después se volvió de pronto, como si acabara de acordarse de algo—. ¡Ah! Los primeros meses son de prueba, el primero sin sueldo, y después, tres más sin derecho a liquidación en caso de despido. Pero, si trabajas bien, antes de un año serás oficiala de tercera y ganarás cuatro cincuenta al día. ¿Sabes leer?

—Sí, señora, y escribir.

—Muy bien —y sin embargo, tuve la sensación de que le habría gustado más escuchar lo contrario—. Hasta mañana entonces.

Me dejó sola para irse a discutir con un chico que estaba montando una vitrina, y esperé el regreso de Rita sin moverme del sitio. Cuando reapareció, su tía aún la llevaba abrazada por la cintura, pero la soltó para acercarse a su encargada y cuchichear un rato con ella. Luego se reunió con nosotras, muy sonriente, para decirnos que se alegraba mucho de poder ayudarme.

—Además —añadió, para subrayar por qué me estaba ayudando en lugar de contratarme—, ya le he dicho a Meli que, contigo, por ser amiga de mi sobrina, vamos a hacer una excepción...

Si mi trabajo era del gusto de mis superiores, añadió, daría la orden de suprimir el mes de prueba para que pudiera cobrar desde el primer día. Al escuchar eso, Rita abrió mucho los ojos, pero yo le di las gracias con tanta vehemencia que tuvo que mover una mano en el aire para hacerme callar.

—¿Qué es eso del mes que no se cobra?

Cuando salimos a la calle, me cogió de un brazo para preguntármelo, y mientras repetía las condiciones de mi empleo, vi la indignación creciendo en su cara a tal velocidad que casi me arrepentí de darle la razón a su madre.

—¡Cuatro pesetas! —gritó, moviendo mucho los labios—. Será hijaputa...

—Rita, por favor, cállate —tiré de ella como si fuera un fardo y conseguí arrastrarla por la acera, pero no que dejara de hablar sola, ni mucho más alto de lo que nos convenía.

—A mí me ofreció ocho... El doble por tres horas menos, y ni siquiera vas a tener un descanso para comer. ¡Qué cabrones!

—Rita, que te va a oír alguien, baja la voz, por favor te lo pido.

Se quedó callada, absorta en sus pensamientos, hasta que llegamos a la Puerta de Alcalá, y sólo allí volvió a mirarme.

—Lo siento mucho, Manolita. De verdad, perdóname, yo no creía...

—¿Y qué te voy a perdonar, mujer, si acabas de darme la alegría de mi vida? ¡Noventa pesetas al mes! ¿Tú sabes lo que es eso para mí?

—No hay derecho, y lo peor es que debería haberlo sabido —negó con la cabeza y lo repitió menos para mí que para sí misma—. Debería haberlo sabido.

Lo único que sabía yo, cuando nos despedimos, era que aquel empleo me había salvado la vida. A partir del día siguiente, trabajé como una fiera, fregando, barriendo, recogiendo más deprisa que cualquier otra aprendiza, mientras Isa me reemplazaba en los pocos compromisos que había logrado adquirir en los últimos dos años. Si las mujeres del Patronato decidían castigarme por mi ingratitud borrando a mis hermanas de la lista, al menos habría cumplido la promesa de encontrar algún trabajo para la mayor. Aun así, el primer lunes de la segunda mitad de abril, traspasé el umbral de otro edificio mucho más grande que nosotras sintiendo que las piernas apenas me sostenían para descubrir que las monjas de los Ángeles Custodios nos estaban esperando. Todo estaba en orden, me dijeron, y que el expreso en el que mis hermanas se marcharían a Bilbao saldría de la estación del Norte el domingo 1 de mayo, a las siete de la mañana.

El lunes anterior a su viaje, Pilarín no fue al colegio. La dejé en casa, con Isa, y me fui sola a limpiar cristales. Luego las llevé a Ventas. María Pilar había conseguido un permiso especial para despedirse de ellas y aprovechamos para recoger sus paquetes. Al volver a casa, las dos se probaron un vestido confeccionado con un tejido basto, estampado en cuadros escoceses azules y amarillos, unas sandalias de cuero marrón y un jersey azul, tricotado a mano, como un par de calcetines de lana jaspeada, multicolor. Eso era todo, porque el equipo no incluía ropa interior. El uniforme les quedaba muy bien aunque era bastante feo, pero me dio tanta pena verlas así que aquella noche junté dos camas para que pudiéramos dormir las tres juntas hasta el día de su partida.

—Oye, Manolita —el viernes, Isa me despertó cuando era de noche todavía—. Me gustaría ir a ver a Toñito, para despedirme. ¿Tú crees que podré?

—Voy a intentarlo —respondí, después de pensarlo un rato—, pero no le digas nada a Pilarín, porque a ella sí que no la van a dejar entrar.

El sábado por la noche, disfracé a mi hermana con un vestido y unos tacones de María Pilar, y hasta le pinté los labios. Así, además de hacerla parecer mayor que yo, logré que los tres hijos de mi madre pudiéramos reunirnos por última vez en muchos, muchos años.

—¿Y qué vas a hacer ahora con los mellizos? —me preguntó Toñito sin dejar de abrazar a Isa—. Porque si entras a trabajar a las siete...

—Pues pagar, a ver qué remedio. Mi vecina Margarita tiene una hermana que no hace nada. Vendrá un rato a casa por las mañanas, para levantar a los niños y llevarlos al colegio, e irá a buscarlos por la tarde para quedarse con ellos hasta que yo vuelva. Los domingos se los llevará también a comer a su casa, así que me imagino que algo le dará a su hermana.

—Total, que vas a tener criada —Isa acogió con una carcajada aquella pintoresca conclusión.

—Sí, pa chasco —repliqué yo—, no veas lo bien que me viene soltar dinero. Menos mal que libro el lunes y no tengo que dejar las vidrieras...

—Pues mañana por la noche, dale una propina a la niñera y ven a verme, que tengo que hablar contigo.

Eso me extrañó más que ver a Isa sentada en sus rodillas, pero cuando le pregunté qué pasaba, no quiso soltar prenda.

—No, mañana —y miró a Isa con tanta intensidad como si tuviera el don de la clarividencia—. Ahora déjame despedirme de mi hermanita, que no sé cuándo la volveré a ver.

Al día siguiente desperté a todos mis hermanos a las seis en punto. Hacía frío, pero mientras caminábamos hacia el metro amaneció un día limpio y claro, una de esas mañanas de primavera que saben prometer un sol radiante antes de albergarlo en el cielo. Mis hermanas iban calladas, llevando cada una a un mellizo de la mano. Yo me ocupaba de sus maletas, y no paré de hablar para no tener que pensar.

—Tenéis que portaros bien y aprovechar el tiempo, ¿de acuerdo? Estudiad mucho, y escribid para contárnoslo, sobre todo eso, no os olvidéis de escribir. Voy a darle dinero a la monja que os acompañe por si tenéis que comprar sellos, y ya lo sabéis, vais a estar muy bien, en un colegio muy grande y muy bonito, pero no os olvidéis de nosotros, por favor... —y cuando llegaba al final, volvía a empezar—. Quiero que me prometáis que os vais a portar muy bien, como dos niñas buenas y bien educadas, que vais a estudiar mucho y no vais a perder el tiempo...

La despedida que había torturado mi imaginación durante una semana de noches en vela, fue sorprendentemente breve.

Las monjas a cargo de la expedición nos concedieron apenas el tiempo suficiente para darles un beso antes de meterlas en el tren. Cuando nos dijeron adiós con la mano desde la ventanilla, los mellizos empezaron a llorar con un desconsuelo que aún no habían mostrado, y había tanta tristeza a nuestro alrededor, tantas madres y hermanos, tantos niños y ancianos llorando a la vez en el mismo andén, que el pitido del jefe de estación, el ruido del convoy al ponerse en marcha, resonaron en mis oídos como una canción alegre, consoladora.

Ya está, pensé, ya se han ido. Y mientras mis hermanos seguían llorando con la cara escondida en mi falda, me obligué a recordar la mañana en que encontré una orden de desahucio clavada en la puerta de nuestra casa, las etapas de un viaje que había tenido que completar sin la ayuda de nadie, hasta llegar al andén de aquella estación. No tengo derecho a quejarme, concluí. Inmediatamente después miré el reloj y me asusté al ver que eran ya las siete y diez.

—¿Queréis que hagamos una tontería? —los mellizos levantaron la cabeza al mismo tiempo para mirarme—. Vamos a coger el tranvía.

Unos minutos más tarde, cuando nos bajamos en la puerta del mercado de la Cebada, los dos estaban tan contentos como si los hubiera montado en la noria más grande de una feria. Los dejé en casa de Margarita, y al recogerlos, por la tarde, su hermana Mari se ofreció a venir a la mía, después de cenar, sin cobrar nada. Aquella misma noche, sin darme tiempo a reposar la despedida, Toñito arrancó de mi cabeza la preocupación por dos niñas solas en un colegio de Bilbao, al proponerme pasar a la clandestinidad por la puerta de un matrimonio fraudulento. Le dije que no y me sentí mal. Un par de días después, decidí aceptar y no me sentí mucho mejor. Que no cuente conmigo, volví a pensar más tarde, y me sentí peor que en ninguna otra etapa de aquella silenciosa negociación. Al final, le di unos céntimos a Mari para que se quedara con mis hermanos mientras volvía a verle, y él me recibió con una sonrisa que certificó la definitiva defunción de la señorita Conmigo No Contéis.

—Mira, he pensado bien lo que me dijiste de padre y... Por ese lado tienes razón, y la verdad es que tampoco habría podido salir adelante sin la cartilla de fumador, sin la ayuda de la Palmera, de todos vosotros —asintió con la cabeza, pero no me interrumpió—. Así que estoy dispuesta a colaborar, te lo digo en serio, no creas que quiero escurrir el bulto. Me comprometo a conseguir los pasteles más baratos, lo que haga falta, pero... Es mejor que se lo pidáis a otra, a una de las vuestras, una chica que sepa cómo hacerlo, que tenga experiencia, yo...

—No es por los pasteles —mi hermano me miró como si pudiera ver a través de mis ojos—. Es por ti.

—Pero yo no valgo para eso, Toñito. Yo nunca he hecho nada parecido, ya sabes el mote que me puso el Orejas.

—Eso no cuenta, porque has cambiado mucho. Te has convertido en una chica muy valiente, Manolita.

—¿Yo? —lo último que esperaba escuchar de sus labios era un elogio semejante—. Yo no soy valiente.

—Anda que no —y volvió a sonreír mientras se daba la razón con la cabeza—. Más que yo.

Esas palabras me llevaron de vuelta a la cárcel de Porlier, el último sitio de Madrid al que habría querido volver por mi propia voluntad.

El segundo lunes de mayo de 1941, la cola seguía llegando hasta la calle Torrijos, pero vi muchas caras nuevas, mujeres desconocidas, con características que me llamaron la atención tanto como el moño alto, las alpargatas desteñidas o el pelo casi blanco, de tan rubio, de aquellas tres a las que no volví a ver en aquella acera. Otras, sin embargo, seguían en el mismo sitio, y casi todas me saludaron con la misma expresión, una sonrisa instantánea que se desvaneció de golpe, cuando sus conjeturas sobre el motivo de mi regreso la reemplazaron con un gesto de preocupación.

—Pues nada —me apresuré a tranquilizarlas—, que me dio por empezar a escribirme con un amigo de mi hermano, y así, a lo tonto, a lo tonto... Nos hemos hecho novios.

—¡Ah!, bueno... —y sonreían con más ganas que al principio—. ¡Mira la Manolita, qué espabilada nos ha salido!

Cuando la cola ya se había puesto en marcha, vi a la mujer de un preso de la JSU apoyada en una farola, como si estuviera esperando a alguien, pensé, antes de que me llamara por mi nombre y me diera un abrazo entre grandes aspavientos de júbilo.

—No te asustes, él no sabe nada —susurró en mi oído—. Es por seguridad. No conviene que hable con nadie antes de tiempo.

Se marchó tan deprisa que no tuve tiempo para preguntar a quién se le había ocurrido ese disparate, aunque en realidad ya sabía la respuesta. Sólo existía una persona en el mundo capaz de decidir algo así, y se apellidaba igual que yo.

—¡Manolita! —el Manitas puso unos ojos como platos al distinguirme al otro lado de la alambrada—. No sabía que eras tú... Vamos, que no esperaba que vinieras a verme.

Le conocía desde que era una niña, pero le miré como si fuera la primera vez. Siempre había sido flaco, pero dos años de cárcel le habían dejado en los huesos y su nariz parecía más larga, su cabeza más grande, su rostro más parecido que nunca al de un pájaro carpintero de piel lechosa, salpicada de pecas.

—¿No? —anda, que menudo marido me ha buscado mi hermano, me dije, mientras sonreía con todo el arrobo que pude improvisar—. Me voy a poner celosa, Silverio, cualquiera diría que tienes más novias.

—¿Novias? —me dio pena verle tan desconcertado, tan perdido en aquel locutorio que conocía mejor que yo—. No... Claro... No tengo novias.

—Sólo yo, ¿verdad? —asintió con un gesto casi temeroso, las cejas fruncidas, reclamando una explicación que no podía darle, y decidí cortar por lo sano—. Eso espero, porque he venido a decirte que quiero casarme contigo.

Después de escuchar eso, se tapó la cara con las manos, las movió con energía, como un niño que se frota los ojos al despertarse de una pesadilla, las bajó de golpe, y volvió a mirarme.

—¿Qué?

—Pues eso, que vamos a casarnos —entonces me acordé de Hoyos, del ingenio que le consentía hablar en clave, decir a gritos cosas cuyo significado pasaba desapercibido para los guardias—. No sé de qué te extrañas. Eres muy buen partido, el mecánico más habilidoso de Madrid, ¿o no?

Silverio Aguado Guzmán, alias el Manitas, volvió a mirarme, asintió con la cabeza muy despacio, y la movió después en dirección contraria para que estuviéramos en igualdad de condiciones.

Y desde aquel momento hasta el día de nuestra primera boda, ninguno de los dos llegó a saber nunca lo que estaba pensando el otro.

Antonio Perales García desapareció el 7 de marzo de 1939 como si se lo hubiera tragado la tierra, pero nunca llegó a perder el contacto con su partido.

Al atardecer, después de cuarenta y ocho horas de combates ininterrumpidos, el suboficial que mandaba su unidad renunció a continuar resistiendo, pero no para entregarse sin condiciones. Cuando calculó que le quedaba munición para mantener a raya a los casadistas durante cuarenta y cinco minutos más, dejó que un sorteo decidiera quiénes se rendirían con él y quiénes se marcharían a tiempo para incorporarse a otros focos de resistencia comunista. Antonio creyó que no había tenido suerte. Sacó la cerilla más corta entre las cinco que le ofrecieron y no sospechó que su destino pudiera cambiar cuando vio a Pepe sacar la más larga.

—Verá usted, mi teniente... —pero el amigo que la guerra le había cambiado por Puñales, le guiñó el ojo antes de salvarle por primera vez, quizás la vida.

Le llamaban el Olivares porque no sabía hablar de otra cosa. Este tiempo no es bueno para las olivas, murmuraba cada vez que les caía un chaparrón en mitad de una marcha interminable, o al contrario, qué pena de guerra, con lo bien que le sentaría a las olivas este sol... Cuando ordenaban cuerpo a tierra, repetía siempre el mismo ritual. Pegaba la cara al terreno, lo olía, lo miraba de cerca, desmenuzaba un terrón con los dedos y cerraba los ojos para concentrarse en el mensaje que recibían sus yemas. El resultado era casi siempre una mueca de disgusto pero, de vez en cuando, sus labios se curvaban en una sonrisa melancólica, desconcertante de puro tierna, que revelaba la condición de un hombre que en otro tiempo había necesitado muy poco para ser feliz.

—Un poco sequilla está, pero buena es, desde luego. Yo aquí plantaría picual pura, sin injertos, y en dos años...

La primera vez que le oyó, Antonio Perales se echó a reír pero a su jefe no le hizo ninguna gracia.

—¡Olivares!

—¡A sus órdenes, mi sargento!

—¿Quieres callarte de una puta vez?

—Sí, mi sargento.

Después, un nido de ametralladoras empezó a escupir fuego para extinguir todas las conversaciones, pero al caer la noche, cuando el tiroteo cesó, el sargento se fue derecho a buscarle.

—Vamos a ver, Pepe, ¿se puede saber qué relatas? Porque te advierto que me tienes ya hasta los cojones de horticultura...

Antonio Perales se atrevió a responder en el lugar de aquel soldado que había logrado conmoverle de la manera más tonta, como le conmovían todos los hombres que recordaban por él, para él, que más allá de la guerra seguían existiendo Madrid, España, el mundo, campos sembrados y ciudades populosas, un ático pequeño, la terraza festoneada de geranios trepadores donde se desperezaba cada mañana Eladia Torres Martínez.

—No es horticultura, mi sargento —y sonrió a la extravagancia de aquella situación—. Son aceitunas.

—¿Aceitunas?

El sargento se llevó las manos a la cabeza y la sujetó con fuerza, como si estuviera a punto de separarse del tronco para echar a volar. Luego se dio la vuelta, avanzó un par de pasos, se volvió y señaló al Olivares con el índice.

—¡Pues se han acabado las aceitunas!, ¿me oyes? No quiero volver a oír esa palabra hasta que estemos todos en una barra tomando el aperitivo... ¡Aceitunas! —volvió a decir mientras se alejaba—. Pues no faltaba más, que nos volaran la cabeza a alguno por esa tontería...

El autor de aquel crimen imaginario siguió mirándose los

pies hasta que perdió a su jefe de vista. Después, antes incluso de levantar la cabeza, la giró para sonreír a un desconocido.

—Gracias, camarada, pero... ¿Tú no eres de Madrid? —Antonio asintió y le devolvió la sonrisa—. ¿Y cómo sabes lo que es la picual?

—Porque antes de la guerra trabajaba en un almacén de semillas que tiene mi padre en la calle Hortaleza.

—Mira —y le puso una mano en el hombro mientras sonreía para enseñarle sus dientes blanquísimos, una de las paletas partida, quebrada en diagonal como un cuchillo—, qué buen amigo me he echado...

Aquellas palabras resultaron tan certeras que cuando Pepe intervino a su favor con una cerilla intacta entre los dedos, apenas se habían separado. Desde diciembre de 1937 habían hecho juntos la guerra y una amistad sólida, silenciosa y casi instintiva, de esas que no requieren palabras, secretos mutuos ni promesas alcohólicas para consolidarse. Les gustaba estar juntos y no necesitaban hablar, aunque hablaban, ni beber, aunque bebían, ni reírse, aunque se reían, para sentir que cada uno de los dos podía confiar, descansar en el otro. Eso no quería decir exactamente que se conocieran, o al menos, no en la misma proporción. Pepe leía en Antonio como en un libro abierto. Antonio sabía muchas cosas de Pepe, pero ni siquiera cuando logró identificar la clave de su carácter llegó a estar seguro de haberlo descifrado por completo.

—A ti te gusta mucho hablar, ¿no?

Era un día tranquilo. Estaban juntos, recostados en una trinchera que corría paralela al río Henares, a aquellas alturas la única casa que tenían, cuando un soldado con acento catalán se dirigió a Pepe sin previo aviso.

—Te gusta mucho hablar —insistió—, pero te voy a decir una cosa. Donde esté la arbequina, que se quite la picual. Esa oliva sí que es buena.

—¿La arbequina? —Pepe se inclinó para mirarle como un juez del Santo Oficio habría escrutado el rostro de un hereje—. Pero ¿qué dices, hombre?, si no hay color... ¿Qué te parece a ti, Antonio?

Perales le miró y meditó un instante su respuesta. Las diferencias entre la arbequina y la picual le traían sin cuidado, porque en su vida había plantado un olivo, pero Pepe era su amigo, y ya que había sido él quien había pedido su opinión, escogió una respuesta destinada a complacerle.

—Una mierda, la arbequina...

—¡No, hombre, no! —y al recibir en pago su propia versión de la mirada del Gran Inquisidor, descubrió algo más—. Es muy buena oliva, la arbequina, claro que sí. Lo único es que yo creo que la picual de primera prensa...

—¡Olivares! —tronó el sargento desde el otro extremo de la trinchera—. ¡O te callas o te fusilo!

—¡Pero si los fascistas no están disparando, mi sargento!

—¡Me da lo mismo! Y no te digo hasta dónde estoy ya de aceitunas...

El andaluz se sonrió, agachó la cabeza y ejercitó una vez más la aturdida mansedumbre que le gustaba lucir como una condecoración.

—¡Sí, mi sargento! Perdóneme, mi sargento, lo siento mucho.

Pero aquella vez, Antonio le descubrió.

—¿Y a ti por qué te gusta tanto hacerte el tonto, Olivares?

Él sabía muchas cosas de Pepe, y la principal era que no sólo se daba cuenta, sino que además, llevaba la cuenta de todo. Sabía que era inteligente y algo más, rápido, brillante, astuto, y no era la primera vez que intimaba con un chico listo que no lo parecía, pero las razones por las que la capacidad de Silverio pasaba desapercibida para casi todo el mundo eran involuntarias, mucho más vulgares y fáciles de comprender. El Manitas era muy tímido, y ese rasgo, tan acentuado en él que resultaba su defecto más grave, le incapacitaba para exhibir en público la potencia de su pensamiento. La mayoría de sus conocidos habría afirmado lo mismo del Olivares, pero Antonio sabía que Pepe no aparentaba ser un pardillo por timidez. Él, simplemente, prefería que los demás pensaran que era lo que no era, un paleto ensimismado en un olivar imaginario, un infeliz atrapado en una guerra que había puesto un fusil entre unas manos que sólo servían para sostener un azadón. Y no lo entendía.

—¿Yo? —su curiosidad no obtuvo otra respuesta que una carcajada—. ¿Por qué dices eso?

—Pues porque sí, porque he conocido a mucha gente que se la da de lista sin serlo, pero nunca he conocido a nadie como tú. Y no entiendo qué ganas aparentando que eres un pobre hombre.

—Bueno... —no quiso ser más explícito, pero le pasó un brazo por encima de los hombros para seguir andando a su lado—. Todos somos unos pobres hombres, ¿no? A todos nos gustaría estar en otra parte, hacer otras cosas...

Parecía que no iba a pasar de ahí, pero después de avanzar unos metros, volvió a reírse, se detuvo, le miró.

—De todas formas, eres el primero que se da cuenta.

Antonio sonrió sin saber muy bien por qué y renunció a seguir preguntando. No volvieron a hablar de aquel tema hasta el 7 de marzo de 1939, cuando Pepe le demostró para qué servía ser el más listo y parecer el más tonto al mismo tiempo.

—Es que yo soy de Torreperogil, mi teniente, yo no conozco Madrid. Desde que llegué, no he hecho más que ir detrás de los que saben, y esos... —señaló a los dos soldados que se habían librado con él, uno de Albacete, el otro de Palencia— pues poco más o menos, así que yo he pensado que si pudiera venir con nosotros alguno de aquí, que nos hiciera de guía...

Cuando el sargento de antaño entendió el motivo de que Perales estuviera presente en aquel conciliábulo, volvió a sujetarse la cabeza con las manos y bufó como un toro a punto de salir al ruedo.

—Te voy a decir que sí, Olivares, te voy a decir que sí, ¿y sabes por qué?

—No, mi teniente.

—Pues para perderte de vista, ni más ni menos.

Después, mientras se alejaban de aquella posición indefendible, Antonio le dio las gracias y su amigo le respondió sin mirarle.

—No hay de qué, hombre. Total, con la que se nos va a venir encima —y sonrió para sí mismo—, para uno que puede pasar un buen ratico...

Si hubieran tenido tiempo, Perales se habría reído, le habría insultado, le habría preguntado cómo se las arreglaba siempre para leerle el pensamiento. Pero tenían demasiada prisa, y Pepe había dejado de sonreír.

—¿Tú crees que vas a poder sacarnos de aquí?

—No es fácil —admitió—, pero voy a intentarlo.

Fue mucho más difícil de lo que suponía, porque en unas pocas horas Madrid se había convertido en una ciudad desconocida para él. No podía sospecharlo cuando escogió con naturalidad el camino más corto.

Caminaba por delante de los demás y escapó de milagro de las balas de una patrulla dejándose caer por un terraplén como si estuviera muerto. Al levantar la cabeza, comprobó que el manchego había muerto de verdad, y ni siquiera se sintió culpable por haberlo perdido tan pronto. El peligro y su propio estupor se aliaron para bloquear su pensamiento mientras se arrastraba por la orilla del río, abriendo camino hacia un edificio en ruinas que les ofreció un refugio provisional. Desde el sótano escucharon voces, gritos de mando, el eco de muchas botas que marcaban el mismo ritmo. Las tropas del Consejo de Defensa avanzaban en la dirección contraria a la que ellos habían recorrido, en dirección a los cuarteles de la carretera de Extremadura. Cerca de las dos de la mañana, el ruido cesó. Antonio dejó pasar cinco minutos, subió las escaleras sin hacer ruido, asomó la nariz y decidió jugársela.

—Sólo tenemos una posibilidad —anunció a sus camaradas mientras volvía al sótano, arrancándose las insignias de su unidad—. Correr.

Eso hicieron, y sólo se dieron cuenta de que habían cruzado el puente cuando estaban al otro lado. A aquellas alturas, Perales ya había comprendido que nunca conseguirían llegar vivos a los Nuevos Ministerios, pero creyó que aún tenían una oportunidad.

—Vamos a subir por la calle Segovia —y señaló la cuesta con el dedo para ahorrarse preguntas—, de uno en uno, pegados a la pared y en intervalos de cinco minutos, ¿de acuerdo?

Después, con la misma seguridad con la que habría recorrido el pasillo de su casa, guió a sus camaradas a través de un laberinto de callejuelas. Pretendía llegar a la sede comunista más próxima, pero se desvió a la izquierda dos bocacalles más arriba porque, incluso con las farolas apagadas, había advertido a tiempo que los carteles, las banderas que identificaban aquel edificio desde antes de la guerra, habían desaparecido de la fachada. Entonces se apoyó en la pared sin molestarse en reprimir un gesto donde aún había más desconcierto que derrota, y valoró la situación en voz alta.

—Si esta sede está cerrada, ninguna estará abierta. Y con la ciudad tomada por los casadistas, los nuestros escondidos... —hizo una pausa para que cada cual sacara sus conclusiones—. Para llegar a los Nuevos Ministerios, tendríamos que cruzar Madrid por el centro. Podríamos intentar llegar al Pardo dando un rodeo, pero... Yo creo que ni nosotros ni la JSU ganamos nada con que nos detengan. Tal y como están las cosas, lo más sensato es que os marchéis de aquí y esperéis a ver qué pasa.

—¿Y tú? —preguntó el castellano para que Pepe contestara en su lugar.

—Él tiene donde esconderse.

Antonio sonrió antes de cambiar de dirección para avanzar en zigzag siempre por vías estrechas, primero conocidas, después incluso familiares pese a la oscuridad, hasta que, a las tres y veinte de la mañana, distinguió a lo lejos la mole del Hospital General y volvió a señalar hacia delante con un dedo.

—Ahí está la estación de Atocha, ¿la veis? De ahí sale la carretera de Valencia. Y aquí nos separamos. Mucha suerte, camaradas.

—Lo mismo digo —le contestó Pepe, y los dos se echaron a reír a la vez antes de abrazarse.

Mientras le veía avanzar pegado a la pared, para camuflarse en las sombras de los edificios, se arrepintió por un instante de la ligereza de aquella despedida. En el último año, Pepe había sido su compañero, la persona con la que más tiempo había pasado. Tal vez no vuelva a verle, pensó, y echó de menos las frases que no había sabido pronunciar a tiempo, pero estaba demasiado nervioso, demasiado excitado como para detenerse en aquel paréntesis de nostalgia anticipada. Sus ojos se habían adaptado a la ausencia de luz tanto como su conciencia a la convicción de que lo que iba a hacer no era desertar, sino preservar a un revolucionario para la lucha futura. Todos sus camaradas habrían estado de acuerdo con eso, pero ahora que Pepe se había marchado, ningún otro habría podido imaginar la oscura tensión que hacía su sangre más veloz en cada segundo, el sostenido, placentero nerviosismo que le erizaba la piel mientras espiaba aquella casa, el bote del corazón que le brincó en el pecho cuando vio llegar a Eladia, despedirse de la Palmera en el umbral, empujar la puerta sin necesidad de abrirla con su llave. Ni él ni la JSU ganaban nada con que le detuvieran, pero dejó pasar el momento más propicio para presentarse ante ellos, dejó escapar a un viejo amigo, su garantía, el único hombre, aparte de su padre, de quien sabía de antemano que nunca le negaría cobijo, para tener una oportunidad de tratar a solas con aquella mujer.

La conocía desde que era fea, una niña agitanada y flaca, bronca, chillona, que tenía una sola ceja y las piernas como dos palillos sembrados de pelos negros entre tiras de esparadrapo, un remedio que le habría venido mejor en la boca, donde también tenía pelos negros y, además, una palabra más grande que ella colgando de los labios.

—¡Que me dejes de una puta vez, hostia! —por si lo demás fuera poco, arrastraba las palabras al hablar, alargando la última vocal como las vecindonas de los sainetes.

El hombre que había intentado cogerla por la cintura se echó a reír mientras ella se zafaba de sus brazos para escurrirse entre dos sacos y agazaparse tras ellos, expectante como un soldado en su parapeto.

—¡Ven aquí, fiera! —alto, grasiento, de una apostura tosca y achulada, hizo ademán de perseguirla, pero la mujer que los acompañaba intervino antes de que pudiera dar un paso.

—Trinidad, por favor, estate quieto —se acercó al mostrador, movió la cabeza para esbozar una blanda expresión de censura y la giró hacia la niña—. Lali, ven aquí conmigo —la pequeña salvaje abandonó su escondite, se pegó al cuerpo de la mujer y aferró su brazo con las dos manos, mientras ella sonreía al dueño de la tienda en busca de una complicidad que no encontró—. Perdone, pero todavía no sé cuál de los dos es más crío.

—Ya —su interlocutor no quiso pasar de ahí—. Pues si me dice en qué puedo atenderla...

En noviembre de 1930, Antonio todavía era Toñito, apenas llevaba unas semanas viviendo en Madrid y acompañaba a su padre por las tardes para ayudarle a organizar el almacén. Por eso, y porque se vendían mucho, sabía que las semillas de begonia no estaban en la trastienda, sino en los cajones de la izquierda. Sin embargo, cuando su padre le pidió que le acompañara, le siguió sin rechistar.

—¡Ay! —y se llevó un capón que no esperaba—. Pero si no he hecho nada.

—¿No? ¿Cuántas veces te he dicho que no hay que mirar así a la gente?

Y sin embargo, al salir volvió a mirarlos. No lo pudo evitar porque en su pueblo nunca había visto nada semejante a aquel simulacro de familia, la niña con los labios pintados de rojo, unos guantes de encaje llenos de rotos y un cargamento de quincalla encima, que parecía un modelo defectuoso, pechos puntiagudos y caderas escurridas, de la mujer demasiado mayor para ser su madre que iba del brazo de un hombre demasiado joven para ser su marido. La adulta fue quien más le llamó la atención, y no porque llevara la cara pintada como un anuncio, sino por el corsé que imponía a sus movimientos la rigidez de un autómata, un arma de doble filo que la atacaba por la espalda, dejando escapar a la altura de los omóplatos un grasiento rollo de carne blanda, pero que por delante, aun sin lograr disimular del todo la textura frágil, marchita, de la piel de su escote, le subía los pechos hasta la clavícula. A los doce años, lo que más le gustaba a Toñito en este mundo era ver tetas, y por más que aquellas dibujaran una estampa decadente, no dejaban de contener la clave del misterio, un territorio inexplorado que desataba en su imaginación una ondulante marea de terciopelo color violeta.

—¡Uy, qué guapo! —hasta que su dueña le acarició la cara con el filo de sus uñas largas, esmaltadas en un rojo muy oscuro, y se asustó tanto que se prometió no volver a mirar unas tetas nunca más—. ¿Cuántos años tienes?

—Doce —contestó después de que su padre le diera un codazo—, señora —añadió cuando se llevó otro.

—Mira, Lali, igual que tú. Pero dile algo, mujer, no seas tímida...

Ella le miró sin despegarse un milímetro del cuerpo de la mujer, envuelta en su falda como en una capa, pero antes de salir, cuando los adultos ya estaban en la calle, se volvió y le hizo una pedorreta.

—¡Joder! —su padre suspiró como si acabara de quitarse un peso de encima—, menuda tropa...

Nunca volvieron a entrar en la tienda, pero la víspera de Nochebuena los vio pasar de nuevo, cada uno con un gorro de papel en la cabeza y un matasuegras de cartón entre los labios. Después, cuando su padre le dio permiso para salir con sus amigos, los perdió de vista. En 1934 Antonio empezó a ir todos los días a trabajar a la calle Hortaleza y comprobó que la niña ya no estaba con ellos. A cambio, aquella mujer de pechos definitivamente mustios llevaba en los brazos a un caniche blanco, con su correspondiente lacito sobre los ojos, al que trataba alternando mimos y golpes en la misma medida en que debía recibirlos de su acompañante.

Pero la preciosidad que empujó la puerta del almacén una tarde de mayo de 1935, precediendo al maricón que le había seguido hasta su casa unas semanas antes, no se parecía a ninguna criatura que Antonio Perales García hubiera conocido en su vida. Mientras la escuchaba quejarse de que todos los jazmines se le echaban a perder, se dio cuenta de que tenía una belleza poco convencional, la nariz aguileña, los ojos juntos, una barbilla puntiaguda que fulminaba todos los tratados sobre la armonía de las proporciones para hacerla aún más hermosa, y ningún indicio de una niñez oscura. Aquella tarde fue para él, al contrario, una criatura limpia, luminosa, aunque la sonrisa de sus labios pintados de rosa no llegara a ocultar del todo un fondo complicado, sin el que nunca hubieran llegado a encontrarse. Porque no la reconoció, pero descubrió su juego muy pronto, antes incluso de que le invitara a salir con ellos. Y si aceptó su invitación, no fue sólo porque hubiera hecho latir un temporal de olas violentas entre sus sienes, sino porque en aquel momento creyó que sólo se trataba de eso, de jugar, de apostar en una partida que no podría perder porque hasta aquel momento las había ganado todas.

—Hay que dejarse de señoritas —solía predicar su amigo Vicente cuando Antonio era tan virgen, tan inocente y tan aficionado a alardear de las conquistas que apenas consumaba en su imaginación como él mismo—. ¿Que son muy monas? Sí, y muy graciosas, muy decentes, pero para casarse, y eso sólo con una. De momento, lo que nos conviene son las mujeres casadas, te lo digo yo. ¿Que tienen las tetas caídas? ¿Y qué? A cambio, se las saben todas. Yo, desde luego, en cuanto alguna se me insinúe... Ya te digo.

Mucho antes de que el Puñales recibiera la menor insinuación, la estanquera de la calle Atocha se saltó cualquier protocolo para llevarse a su amigo a la trastienda. Antonio salió de allí convencido de que el seductor había sido él, un benévolo error de apreciación que disparó su autoestima, estimulando en la misma proporción sus visitas al estanco y sus coqueteos con las chicas del barrio. Un par de meses después de estrenarse, conoció a Eladia y tuvo la impresión de que, en el fondo, era una más. Por su forma de hablar, de moverse, por los comentarios que hacía y las cosas que le gustaban, aquella diosa podría haber estado unos años antes jugando en la calle con Luisi, con Cecilia y con Manolita. Gracias a sus hermanas, Antonio conocía las diversiones y las costumbres, los placeres y los temores de las chicas de su barrio, pero ni eso, ni la experiencia de la trastienda del estanco, ni la que llegó a acumular gracias a la generosidad de la Palmera, le sirvieron para ablandar a una estatua recubierta por la carne más hermosa que había visto en su vida.

—Tú estás tonto, Antonio —le regañaba el Puñales—. Lo tuyo está empezando a parecer una enfermedad, en serio te lo digo. Anda que no hay mujeres en el mundo —y se volvía hacia el Orejas—, ¿verdad, tú?

—Verdad.

Seguía siendo muy joven, muy inocente, y pese a la velocidad por la que se multiplicaba noche tras noche la temperatura del horno en el que se cocía, un golfo a medio hacer. Mientras intentaba comportarse como un hombre maduro, no sabía que esa condición, la precoz avidez del jovencito que avanzaba a tientas a través de un laberinto del que aún lo ignoraba casi todo, era su principal atractivo y la única explicación de que algunas mujeres, las que buscaban exactamente lo contrario de lo que ofrecía, ni siquiera le miraran. Sin embargo, tuvo éxito con otras y aprendió deprisa a interpretar sus señales, las miradas que desencadenaban un proceso que él creía controlar, los indicios que le permitían avanzar a través de sus cuerpos desnudos. Fue tan aplicado que enseguida descubrió que estaba representando un papel menos airoso de lo que le habría gustado, y cuando empezó a resistirse, a hacerse desear en lugar de bailar como una marioneta animada por los hilos de su propio deseo, tuvo más éxito todavía. Pero ni siquiera el vértigo de las fiestas de Hoyos, que solía rematar en los brazos de cualquiera, le consolaba del desprecio con el que la única le respondía cada tarde, mientras subía la cuesta de Santa Isabel exhibiendo un desdén tan esforzado que tampoco llegó a creérselo del todo. Aun así, tardó meses en desentrañar el enigma de Eladia Torres Martínez.

—¿Qué? —no lo habría logrado sin la ayuda del Puñales—. ¿Lo has entendido ya?

—Bueno —sin las palabras que él escogió después de verla bailar—, la verdad es que yo, como esta, no he visto a ninguna.

Ese rasgo vinculaba a la niña flaca y malhablada que le había despedido con una pedorreta a los doce años, con la belleza que le obsesionaba a los diecisiete. Eladia también había vivido muy deprisa, también parecía mayor, también se comportaba como una adulta precoz. Eso fue lo que le despistó, lo que le estorbó para comprender a tiempo que ninguna de las dos se parecía a cualquier otra niña o adulta que hubiera conocido. Pero iba al tablao todas las noches y allí no hacía otra cosa que mirarla, comprobar que las dos tenían el pelo oscuro, los ojos muy juntos, la abreviatura de la una semejante al nombre de la otra. No podía estar seguro, pero la idea le rondaba ya por la cabeza cuando la Palmera le regaló una pista capaz de fabricar la certeza de que aquellos dos ejemplares únicos eran en realidad uno solo.

A Paco no le gustaba hablar de Eladia. Antonio se dio cuenta de que al principio respondía a sus preguntas para asegurarse su compañía, pero cuando puso la noche de Madrid a sus pies, empezó a alternar los monosílabos con una repentina sordera. Él aceptó con naturalidad una regla incompatible con las fantasías de su amigo, esas frases a medias con las que le gustaba insinuar que había, o había habido, o algún día podría llegar a haber, algo entre ellos. Por debajo, las cosas eran muy sencillas. La Palmera nunca le puso un dedo encima, Antonio se entendía con las mujeres sin dejarle en ridículo, y Eladia era un tema del que no se hablaba. Hasta que una noche, en uno de los cabarets que frecuentaban, el flamenco se puso nervioso ante la aparición de un hombre de su edad, con las manos muy finas y la cara picada de viruela.

—¿Ves a ese que acaba de entrar? El del frac... —Paco se volvió en su asiento para agachar la cabeza como si se le hubiera caído algo—. ¿Me ha visto?

—No creo, porque se ha ido hacia el fondo.

—Menos mal —ni siquiera después de decirlo estiró el cuello.

—¿Quién es?

Antes, pagó la cuenta y le sacó del local a la carrera. Luego, mientras caminaban por Recoletos, le explicó que se llamaba Claudio, que habían sido novios, y que el día que Eladia se mudó a su casa, lo primero que le dijo fue que le convenía darle puerta enseguida.

—Porque es más feo que tú —se echó a reír—, que ya es decir...

—¿Y dónde vivía Eladia hasta aquel día? —hizo esa pregunta sin haberla preparado, y quizás por eso, la Palmera contestó con naturalidad.

—En la calle San Mateo, con su abuela... —todavía faltaban unas horas para que amaneciera, pero en aquel instante, una luz cegadora fulminó el entendimiento de Antonio Perales García—. Es pianista, ¿sabes?

—¿La abuela de Eladia? —eso tampoco lo pensó.

—¡No, hombre! —y su imprevisión tuvo la virtud de distraer a la Palmera con otra carcajada—. Claudio...

Al llegar a Cibeles, Antonio declaró que estaba muy cansado y se fue a casa, pero cuando logró pegar ojo ya era de día. La revelación del pasado de Eladia le trastornó tanto que aquella noche ni siquiera fue al tablao.

—¿Y a ti qué te pasa? —al comprobar que no se había levantado de la butaca donde fumaba un cigarrillo tras otro desde después de cenar, María Pilar le puso la mano en la frente para burlarse de él—. ¿Tienes fiebre?

—Déjame en paz —contestó sin mirarla siquiera, mientras volvía a recolocar sus peones en el tablero.

No sabía qué hacer, cómo gestionar aquella información que, por un lado, iluminaba el carácter de la mujer más incomprensible que había conocido, pero por otra, podría inducirle a cometer un error fatal. Durante muchos días y sus correspondientes noches, valoró todas las posibilidades con la paciente concentración de un general que desplaza sus tropas sobre un mapa, y después de pensarlo mucho, renunció a una batalla frontal. Era mejor esperar a que se dieran las condiciones óptimas para atacar por los flancos, y el momento tardó algún tiempo en llegar.

Después del primer pase, la Palmera se sentaba siempre a la misma mesa y las chicas solían aprovechar la pausa para ir a retocarse al camerino, pero aquella noche, cuando las luces se encendieron, Eladia proclamó que se moría de sed. Antonio, que había visto la función entre cajas, acertó al interpretar que iba a sentarse con la Palmera para tomar una cerveza, pero no sólo no tuvo prisa por unirse a ellos, sino que le dijo a Jacinta que tenían que hablar, para asegurarse de que iba a acompañarle.

—A ver —la cantaora se sentó a su derecha, mirando a la Palmera, porque él se había apresurado a escoger la silla que estaba enfrente de la que ocupaba Eladia—, ¿qué es lo que quieres?

—Informarte de lo que hablamos ayer. Te echamos de menos en la reunión, camarada.

—Ay, lo siento —la cantante hizo un gesto de disculpa—. No te enfades. La verdad es que quería ir, pero me eché la siesta, y como no estoy acostumbrada, me quedé frita.

—Pues si todos nos dedicáramos a dormir la siesta, ya me contarás... —entonces levantó la cabeza en dirección a la puerta, y la mantuvo quieta, las cejas fruncidas como si algo le llamara mucho la atención.

—¿Qué pasa? —la Palmera le dio un codazo.

—Nada, es que... Acaba de entrar un tío... Ahora no le veo, es alto, moreno, con pinta de chulo. Me ha recordado a uno que viene por el almacén de vez en cuando, con una vieja a la que le saca los cuartos... —hizo una pausa para mover sus ojos desde la Palmera hasta Jacinta, y al pasar por Eladia la encontró con la cabeza baja, los ojos clavados en la falda—. Debe de vivir por allí cerca, en la Florida, en Barceló, en San Mateo, no sé... Trinidad, se llama.

—¿Trinidad? —Jacinta se echó a reír—. Si es un nombre de mujer.

—Pues este es un hombre —siguió hablando sin dejar de vigilar a una mujer muda, inmóvil, tan tiesa como si estuviera congelada—, y debe de ser muy hombre, además, porque no veáis como tiene a la vieja... —la silla que tenía enfrente chirrió y, al ponerse de pie, Eladia no pudo esconder del todo una expresión desencajada, dominada por el sonrojo de sus mejillas—. La trae loca.

—Pobrecita —la Palmera negó con la cabeza—. No deberías burlarte de ella, requesón, claro, como los guapos no tenéis sentimientos... —luego se volvió hacia la bailaora—. ¿Y a ti qué te pasa?

—Yo... Voy... al camerino —Antonio tuvo el acierto de no mirarla—. No me encuentro bien.

—Ni que lo digas, hija —aprobó Jacinta—. Cualquiera que te viera creería que acaba de darte un soponcio.

Él no quiso añadir nada, no hacía falta, aunque disfrutó mucho hablando consigo mismo. Ahora ya sabes lo que yo sé, y que te tengo en un puño, podría hundirte cuando se me antojara pero no tengas miedo, amor mío, porque lo último que pretendo es hacerte daño... Sonaba muy bien, pero no estaba seguro de que fuera verdad, no lo estuvo hasta que fueron pasando los días y comprobó que aquel secreto pesaba demasiado, que Eladia lo sufría como una enfermedad infame, gravísima y secreta, una herida tan dolorosa que nunca se atrevería a desarmarle, a desactivar su poder reconociendo en público al amante de su abuela. Aquella estratagema tan sencilla le permitió descubrir otras cosas sorprendentes, pero la reconfortante, por humana, blandura que vislumbró entre las escamas de una armadura de acero, no le asombró tanto como le conmovió la dureza de Eladia a partir de aquella noche.

Durante más de una semana, la bailaora ni siquiera se acercó a él. Antonio la miraba de lejos, más esquiva que nunca, fingiendo una prisa que no tenía, la cabeza siempre baja, los ojos en el suelo, mientras se daba cuenta de que una ternura sin nombre ni naturaleza conocida crecía poco a poco en su interior. Esa repentina debilidad le impidió llevar su plan hasta el final, exprimir el nombre de Trinidad hasta la pulpa de un placentero chantaje, si no quieres que cuente lo que sé, ya sabes lo que quiero yo. Esa era la idea, pero no pudo ponerla en marcha porque se dio cuenta a tiempo de que no deseaba el cuerpo de Eladia a costa de ganarse su odio, o su desprecio. Su voluntad cambió de objetivo sin avisar, y decidió por su cuenta que lo que él quería era cuidarla, mimarla, protegerla de sí misma, suturar las heridas que una antigua violencia había impreso en la memoria de la niña fea y maleducada que seguía incrustada en su interior. Antonio Perales García se había enamorado de aquella mujer, pero no lo sabía, porque nunca le había pasado nada parecido.

Se consolaba recordando cada uno de sus gestos, las palabras y las sonrisas del día en que se conocieron, aquella tarde primeriza, primaveral, en la que fue otra, una muchacha tan dulce y graciosa como nunca más. Entonces aún no fingía, no tenía motivos para fingir, y ahora se arrepentía de haberse mostrado tal y como era en realidad. Estaba seguro de que ella también hablaba consigo misma, de que se maldecía por no haberle reconocido, por no haber comprendido a tiempo que, aunque para ella él había sido un niño vulgar y corriente, fácil de olvidar, ningún niño vulgar y corriente habría podido olvidar fácilmente la tropa a la que aquella niña pertenecía. Hasta que una noche sus miradas se cruzaron y ninguno de los dos quiso apartar la vista de los ojos del otro. Luego, se apagó la luz, comenzó el espectáculo y, al terminar, ella se esforzó en comportarse como antes. No lo consiguió del todo, porque en la fiesta que Hoyos ofreció para celebrar su cumpleaños, le maltrató más que nunca hasta el momento en que se encontraron juntos en la terraza.

—¿Puedo preguntarte una cosa? —Antonio asintió con la cabeza mientras interpretaba la cortesía de aquella petición como una declaración de tregua—. ¿Tú por qué me miras así?

—¿Así? —él estiró su curiosidad con una pausa—. ¿Cómo?

Ella también tardó más de la cuenta en contestar.

—Lo sabes de sobra, requesón.

—No, Eladia, yo no sé nada —y lo repitió como una garantía—. No sé nada de nada, y te miro como siempre. Me gusta mucho mirarte.

Eso era y no era verdad. Antonio había empezado a mirarla como si ella fuera una manzana y él, un niño hambriento que calculara con la boca abierta en qué instante iba a caerse del árbol, y por eso, porque estaba convencido de que aquel instante había llegado, se atrevió a prolongar aquella conversación.

—Pero si te molesta, no tienes más que decirlo —Eladia no añadió nada y él apretó un poco más—. ¿Quieres que deje de mirarte? —y un poco más todavía—. Puedo dedicarme a mirar a Marisol. Aunque tú me gustas mucho más, ella también es digna de verse.

—No sé —en ese punto sonrió, llegó incluso a reír antes

204

de corregirse a toda prisa—. No creo que Marisol te convenga mucho...

—Entonces no quieres.

—Yo no he dicho eso.

—Dímelo —su cabeza avanzó lentamente hacia la de Eladia y ella no la retiró—. Pídeme que no te mire y me olvidaré de ti para siempre.

Después, todo pasó muy deprisa, pero no tanto como para que él no estuviera seguro de que los labios de Eladia se habían posado sobre los suyos antes de que su mano izquierda le soltara un bofetón que dañó más su orgullo que su cara, para pesar en su ánimo más que aquel beso. A tomar por culo, pensó luego, se acabó. Su determinación era tan firme que ni siquiera cedió a la suavidad con la que ella le pidió perdón al día siguiente.

La semana previa al principio de la campaña electoral sólo fue una noche al tablao. La conspiración del calendario con su militancia le mantuvo ocupado en tareas más gratificantes que desperdiciar horas de sueño sentado ante una barra, acosado por su propio despecho y por el de la Palmera, que le consideraba un ingrato por no recordarle que había abusado de su borrachera. Para evitar ambos por igual, aquella noche dedicó su tiempo y sus energías a coquetear con Marisol. Ella le acogió con tanto entusiasmo que, después de las elecciones, se aseguró de que la estrella del espectáculo les viera marcharse juntos para celebrar el triunfo del Frente Popular, una victoria que se desbordó para conquistar terrenos cuya invasión él no esperaba.

—¿Y a ti qué mosca te ha picado, Eladia? —tres noches más tarde, la Palmera estalló cuando la vio estrellar una copa en la mesa con tanta fuerza que se partió por la base—. Ayer rompiste el picaporte del camerino, hoy te has cargado la cremallera del traje, y ahora esto... Estás endemoniada, hija mía.

—¿Endemoniada? Lo que estoy es hasta el mismísimo coño de todos vosotros —Antonio se había cuidado mucho de abrir la boca pero no pudo evitar una sonrisa—. ¿Y tú qué miras, pedazo de gilipollas?

No puede ser, se dijo a sí mismo, no puede ser, no me lo

creo, es imposible que sea tan fácil, después de un año entero pasándolo mal, perdiendo el tiempo, tanto desplante, tantos gritos, tanto desprecio...

—A ti no. Sólo miro a otras, ya lo sabes.

Si el suelo hubiera sido de baldosas, habría roto unas cuantas con los tacones, con tal furia lo pisó mientras se marchaba al camerino. A partir de aquella noche, Antonio siguió coqueteando con Marisol, pero no volvió a acostarse con ella. Poco después, don Arsenio reclamó a la Palmera para presentarle a un oficial del Ejército, y aunque él nunca llegó a conocer todos los detalles del conflicto que desató aquella conversación, cuando la vio venir en línea recta, arrastrando la falda de su bata de cola como si transportara el universo en el último volante, estuvo seguro de que el hermano del hombre misterioso no había sido una causa, sino un instrumento, el capote al que Eladia embistió por su propia voluntad para ponerse en suerte a sí misma sin que nadie lo advirtiera.

Pero eso fue antes de escucharla en la puerta del tablao, antes de salir a la calle, antes de llenarse los pulmones de aire para mirar al cielo como si estuviera a punto de brindar al tendido, antes de cerrar los ojos y gritar en silencio, ¡mírame, Madrid!, ¡España, Europa, miradme bien!, este soy yo, Antonio Perales García... Cuando la apoyó en la fachada para besarla, Eladia se escurrió como una anguila, pero le cogió de la mano para echar a correr. Él lo tomó como un juego y corrió con ella hasta el portal de su casa. Hasta aquel momento, creyó que sabía lo que había pasado, lo que iba a pasar, y por qué. Media hora después, apenas sabía cómo se llamaba.

—¿Qué haces?

Cuando se sentó en el borde de la cama, Eladia seguía tapada hasta la barbilla. Él cogió su camisa del suelo y se la puso sin decir nada, pero antes de que pudiera abrocharse el último botón, ella le agarró de un brazo y le obligó a volverse.

—¿Adónde vas? —estaba sentada en la cama pero mantenía la sábana firme contra su pecho con la mano izquierda, como las mártires de la pureza que salen en las estampas, pensó él con una punzada de asco.

—Mira, Eladia —se zafó de su mano, se levantó, se dio la vuelta para mirarla a la cara—. Yo no he ido a buscarte, ¿sabes? Has sido tú la que has venido a por mí. Y si no tienes ganas de acostarte conmigo, me parece muy bien, estás en tu derecho, pero hay otras mujeres que sí tienen. Así que me voy, a ver si encuentro a alguna.

Había intentado abrazarla en el portal, en la escalera, en el recibidor, y ella no se lo había consentido. Espera, aquí no, luego, ahora no, ven, que no, déjame. Cuando ya no le quedaban excusas, todavía le pidió que esperara una vez más, porque le daba vergüenza desnudarse delante de él. En ese momento, Antonio habría mandado a la mierda a cualquier otra, pero ella era la única, y al mirarla, volvió a ver en sus ojos a aquella niña tan fea con pelos en las piernas que le enternecía sin saber por qué. Para resistir lo que pasó después, aquel cuerpo rígido como un cadáver, los ojos soldados entre sí, los puños aferrados al borde de la sábana, ya no tuvo fuerzas, ni ganas de encontrarlas.

—No sé a qué juegas, Eladia, no lo entiendo. Pero voy a decirte una cosa, la Palmera tiene razón. Para esto, ya podrías haberte marchado con Garrido y te habrías forrado, de paso.

—Te equivocas —no reconoció su voz, una hebra frágil, asustada—. Sí que tengo ganas.

—¿De qué? —ni su rostro, distinto a todas las versiones que le había enseñado hasta aquella noche.

—De acostarme contigo —le miró un momento y bajó la vista enseguida—. Me da miedo, pero quiero hacerlo.

—Miedo...

Antonio repitió esa palabra como si nunca la hubiera oído, se acercó a la cama, se sentó en el borde, se inclinó hacia ella.

—¿Por qué tienes miedo? —Eladia abrió la boca para volver a cerrarla sin decir nada—. ¿Es verdad que eres virgen? —ella asintió con la cabeza, él sonrió—. No te preocupes, no voy a hacerte daño.

—Eso no es lo que me da miedo.

Entonces fue él quien se quedó mudo mientras ella se deslizaba sobre la cama para quedarse recostada, soltando las sábanas por primera vez.

—Vamos a hacer un trato —propuso desde allí—. Yo te doy lo que tú quieres, y a cambio, en el momento en que salgas por esa puerta, te olvidas para siempre de que has estado aquí.

—Como si no hubiera pasado nada —resumió él.

—Justo.

Y para demostrar que estaba dispuesta a cumplir su parte, retiró la sábana por completo para descubrir su cuerpo desnudo. Antonio tardó unos segundos en recuperarse de aquella imagen. Después, se quitó la camisa, se metió en la cama y la abrazó.

—Muy bien, acepto —aunque impuso su propia condición—, pero tú tienes que abrir los ojos.

—¿Todo el rato? —aquella pregunta le sonó tan rara a sí misma que se rió, para que su voz, su cara volvieran a ser las de siempre.

—No, todo el rato no —él también se rió—. Sólo de momento.

Después fue él quien cerró los ojos, como si le estorbaran para sentir su boca, para comprender que era la boca de Eladia la que se apretaba contra la suya, sus dedos los que la recorrían despacio, con la suavidad precisa para no asustarla. La euforia de la conquista había sucumbido a la perseverancia de su voluntad, que infiltraba en cada centímetro de su piel la certeza de que él no quería devorar a esa mujer, sino cuidarla, mimarla, protegerla de sí misma, y nunca había sido tan paciente, nunca tan delicado como mientras sentía que el terror de una niña salvaje, parapetada tras unos sacos de semillas, se disolvía poco a poco, sus viejas heridas cerrándose una por una sin dejar rastro, ninguna cicatriz en aquella piel limpia y mullida, el esplendor bajo el que un océano de terciopelo color violeta comenzaba a agitarse para parar los relojes, para encapsular el tiempo en ampollas de cristal transparente, destinadas a preservar una emoción que él no olvidaría jamás.

—Eso me gusta.

Hasta que ella empezó a abrir los ojos por su cuenta para mirarle con asombro, la boca abierta en el umbral de un placer desconocido.

—Te gusta, ¿eh? —él tampoco conocía la intensidad del placer que hallaba en complacerla.

—Sí —el placer de mirarla mientras sus párpados caían lentamente—. Me gusta mucho...

Aquella noche ninguno de los dos durmió gran cosa, pero Eladia se despertó muchas veces, en su propio cuerpo y en el de su amante, hasta que un temporal de olas aterciopeladas y espumosas, altas como castillos, engulló una ceremonia que, tal vez, a aquellas alturas él temía más que ella, pero que fue mucho menos complicada de lo que los dos creían antes de empezar.

—Ya está —Eladia le besó en los labios y sonrió—. Ya he echado a perder el negocio de mi vida.

—¿Pero qué dices? —él la abrazó con fuerza, se pegó a su cuerpo para que notara en el vientre la huella de su sexo enhiesto—. El negocio de tu vida soy yo, tonta —y consiguió hacerla reír—, que eres tonta...

Cuando se quedó dormida con la cabeza sobre su hombro, Antonio era tan feliz que se propuso apurar la vigilia hasta que amaneciera, pero el sueño le fulminó enseguida como una droga cálida, benéfica. Unas horas después, ella abrió antes los ojos.

—¡Uy, qué tarde es!

Al escucharla, él la imitó para descubrirla de pie, desnuda en la penumbra, intentando leer el reloj a la luz que entraba por las rendijas de la persiana, pero volvió a cerrarlos cuando la levantó.

—Antonio —y siguió haciéndose el dormido mientras ella le zarandeaba—, Antonio, despiértate, que son las diez y media, no vas a llegar a trabajar...

—Desde luego que no —se dio la vuelta, la cogió por la cintura y la arrastró a su lado—, porque no voy a ir a trabajar. No pienso marcharme de aquí hasta que tú salgas por esa puerta.

—Pues tu padre te va a despedir —ella sonrió.

—Pues que me despida —él también.

—Y te vas a morir de hambre.

—Pues me muero —la apretó más fuerte, pegó su cabeza

a la suya, respiró su olor—. Llevarás mi muerte sobre tu conciencia.

—Bueno, para ti la perra gorda —Eladia se revolvió entre
sus brazos para besarle—. A partir de ahora, ya no es esa puerta, sino la de la calle, ¿qué me dices? Así, por lo menos, podemos desayunar.

Luego volvieron a la cama, se durmieron, se despertaron, se
entregaron con idéntico fervor a la tarea de completar el catálogo de las cosas que a Eladia le gustaban más, y de las que no
le gustaban tanto, volvieron a levantarse, volvieron a comer,
volvieron a acostarse, y él sintió que el vapor que emanaba de
sus cuerpos se condensaba en una nube ligera y sonrosada, que
cubría el techo de aquella habitación para ampararles en una
clase de felicidad primaria, nueva para los dos, una alegría tan
complicada que no podía explicarse, tan simple que nadie sabría fabricarla. Así pasó el tiempo, como si no fuera a pasar
nunca más, hasta que a media tarde ella volvió a mirar el reloj,
y la expresión de su cara cambió para parecerse a la de una niña
que ve cómo se pierde en el cielo el globo de colores que acaban de comprarle en una feria.

—Ya son las siete —le miró antes de aferrar su sexo con
la naturalidad que él había hecho brotar sobre las cenizas de la
mártir de la pureza de la noche anterior—. Vamos a despedirnos, ¿no?

Antonio creyó que aquel adiós era un mimo, y sonrió antes
de complacerla, pero al terminar, Eladia le besó con una intensidad distinta, como si se volcara entera en su boca, y desvió
la cabeza para no mirarle.

—Tengo que vestirme para ir a trabajar.

—Ya —él se dio cuenta de que se había puesto seria, pero
no se alarmó—. Yo también tengo que irme, a ver si consigo
que mi padre me perdone.

—Y preferiría que esta noche no fueras al tablao porque...
Nos va a tocar aguantar chistecitos y eso...

Él asintió con la cabeza, y para convencerse de que no pasaba nada raro, se sentó en la cama, la besó otra vez y ella no
sólo le respondió, sino que se levantó para acompañarle.

—Antonio —cuando ya estaba en el rellano, le llamó desde allí, ocultando su desnudez tras la hoja entreabierta—, acuérdate de que hemos hecho un trato.

—Eladia... —él se echó a reír, pero no era una broma.

—Un trato es un trato. Hay que cumplirlo —y con esas palabras cerró la puerta.

Él se quedó parado en la misma baldosa donde le había detenido su voz, mientras sentía que su columna vertebral se convertía en una cadena de espinas de hielo. Podía escuchar el crujido de la escarcha bajo su piel pero ni así creer lo que acababa de oír. Cuando pudo volver a pensar, concluyó que estaría trastornada, arrepentida quizás de haber llegado tan lejos, que habría sucumbido a un súbito ataque de pudor o a la culpa de haber roto un sombrío y remoto compromiso, nada que al cabo de unas horas, se animó, pudiera resistir la esplendorosa evidencia que habían construido juntos.

Estaba tan convencido de que su resistencia sería efímera, que aquella noche se quedó en casa para darle la ocasión de echarle de menos. Al día siguiente, se apoyó en el portal a las ocho y media de la tarde, preparado para aceptar cualquier excusa, pero no la vio. Por primera vez en más de un año, Carmelilla de Jerez cambió de recorrido para esquivarle. A las nueve y cuarto, Antonio volvió a entrar y subió las escaleras hasta el último peldaño. Sentado en el descansillo que daba acceso a las buhardillas, fumó, y pensó, y fumó, y pensó, fumó hasta atascarse los pulmones, pensó hasta embotarse el cerebro, y no logró llegar a ninguna conclusión. Las únicas explicaciones que se le ocurrían, que ella le hubiera utilizado como un instrumento para perder la virginidad con el propósito de entregarse a otro, o que hubiera fingido durante dieciséis horas seguidas un placer que no sentía, le parecieron tan absurdas que a la mañana siguiente se levantó dispuesto a no ponérselo fácil.

Desde la casa que compartía con la Palmera hasta el tablao, Eladia podía escoger muchos caminos pero el único que no la obligaba a dar rodeos era la calle Atocha. Decidido a empezar por ahí, se apostó en una esquina para verla subir y procuró no pensar en lo que estaba haciendo, no mirarse desde fuera para no verse como un espía, un atracador, un pobre desgraciado. Así se sentía cuando reconoció a lo lejos la variedad más insípida de Eladia Torres Martínez, una mujer joven y discreta que caminaba con la vista baja, zapatos planos y un pañuelo sobre la cabeza, una opacidad suficiente para que los transeúntes no repararan en ella, incapaz de ocultar a los ojos de su amante, sin embargo, la sombra de luz dorada, balsámica, que crecía a su alrededor en cada paso que daba.

—Eladia —al cogerla del brazo la asustó, aunque eso era lo último que pretendía.

—Vete —el miedo endureció sus rasgos tanto como los de aquella niña a la que él creía haber derrotado para siempre—. Largo de aquí.

—No, no me voy a ninguna parte —hablaba en un tono suave, sereno, pero no la soltó—. Escúchame, Eladia, lo único que quiero es hablar contigo. Dime qué ha pasado, qué he hecho mal...

—Nada —por fin le miró, y en su cara ya no había miedo ni rabia, sólo tristeza—. No has hecho nada mal, pero no quiero volver a verte, ¿me oyes? Tú me lo prometiste, hicimos un trato, dijiste...

—Pero eso fue antes de lo que pasó, antes...

Pegó su cara a la de Eladia, acarició con la nariz el borde de su oreja, respiró su olor, la besó en la mandíbula, y durante un instante, el que necesitó para reaccionar, ella se lo consintió. Él llegó incluso a oírla respirar con la boca antes de que empezara a negar con la cabeza.

—Eso da igual. Déjame, Antonio, déjame, por favor, no puede ser —intentó marcharse, pero él volvió a retenerla—. No puede ser.

—¿Por qué?

—Porque no —sus ojos brillaban cuando puso su mano libre sobre la que él usaba para sujetarla y empezó a forcejear con todas sus fuerzas—. No quiero verte, Antonio, ¿te enteras?, nunca más. No quiero que me hables, no quiero que me toques, no quiero que me beses, sólo quiero irme de aquí, marcharme de una vez, así que déjame en paz, déjame... —al mover la cabeza hacia fuera, algo llamó su atención y le devolvió el aplomo que le faltaba desde que se encontraron—. Antonio, si no me sueltas ahora mismo, llamo a un guardia.

—¿Qué? —él abrió la boca, agrandó los ojos, la miró como si no la conociera—. ¡No me jodas, Eladia! —y sintió que la indignación le quemaba en la garganta como un chorro de metal fundido—. ¿Pero qué es lo que te pasa? Tú estás chalada, chica...

—¿Eso crees? ¡Guardia! —entonces la soltó, retrocedió un paso, comprobó que eso no era suficiente, que ella no estaba dispuesta a ahorrarle aquella humillación—. ¡Guardia!

—No me hagas esto, Eladia —y se sintió tan desgraciado, tan ultrajado, tan pobre, que ni siquiera se le ocurrió salir corriendo—. No me hagas esto...

—¿Le está molestando este sinvergüenza, señorita?

Ella no dijo nada cuando el guardia puso la mano en la funda de la porra ni cuando Antonio le dio la espalda para marcharse muy despacio, los hombros tan hundidos como su espíritu.

—Que no vuelva yo a verte por aquí...

Al doblar la esquina se paró a mirar a su derecha. El guardia ya no estaba, pero Eladia seguía en el mismo sitio, con los brazos muy tiesos, las manos muy juntas, apretando el asa del bolso como si fuera un ancla que la mantuviera en pie, mientras le miraba con los ojos esmaltados, aún brillantes. Él levantó la mano derecha en el aire, juntó los dedos para tocar la base de la palma con las yemas y repitió ese movimiento un par de veces. Le estaba diciendo adiós. Ella dejó caer los párpados, como si no quisiera verlo.

Veinticuatro horas más tarde, se puso como un pincel, cogió dinero y se fue al tablao. Los chistecitos no le escoltaron más allá de la puerta. Llevaba la mala hostia pintada en la cara y tampoco se quedó mucho tiempo, el justo para tomarse una copa, quedar con la Palmera y tirar el taburete al levantarse en el instante en que Eladia salió al escenario.

—¿Tienes ganas de hablar? —le preguntó su amigo cuando fue a buscarle al cabaret donde se había emborrachado él solo.

—No.

De todas formas, se sentó a su lado, pidió una copa y le dirigió una mirada confusa, donde había cariño, y lástima, y piedad.

—¡Ay, requesón...! Te habría ido mejor si te hubieras quedado conmigo.

—Pues mira, sí —Antonio Perales García sonrió por primera vez en muchas horas—, la verdad es que tienes razón.

—Si es que las mujeres son muy brutas —Paco asintió con la cabeza para darse la razón y prosiguió en un tono solemne, casi filosófico—. Como nacen sabiendo que, antes o después, lo que les espera es la carnicería esa de parir... No te rías, que lo estoy diciendo en serio.

Durante algo menos de dos meses, la Palmera, el único vínculo que Eladia no había podido destruir, fue todo lo que tuvieron en común. El flamenco les miraba con la paciencia expectante de un científico que estudia una bacteria a través de un microscopio, esperando un estallido que no llegó a producirse. La saña con la que Eladia se maltrataba a sí misma al maltratar a su amante, relegó el amor que la Palmera sentía por él a un segundo plano, el decorado lejano y constante ante el que se representaba un drama incomprensible, incapaz de proyectar un desenlace en el futuro. Antonio se daba cuenta de eso y agradecía su lealtad, la compañía del enamorado que había renunciado a obtener ventaja de su confusión, pero por más que lo intentó, no consiguió ponerse a su altura. El 18 de julio de 1936 aún no había encontrado un truco para habitar con serenidad dentro de sí mismo, y ni siquiera la guerra logró arrancarle a aquella mujer de la cabeza.

—¿Destinado a Capitanía? —al leer el volante que tenía en la mano, miró al oficial de la Caja de Reclutas como si acabara de insultarle—. Esto será una broma, ¿no? Yo a donde quiero ir es al frente.

El oficinista no levantó la vista de sus papeles mientras le respondía en un tono mecánico, como si estuviera aburrido de repetir la misma frase.

—Al frente van los mayores de veintiún años. Tú no los tienes, y te quedas en Madrid. En Capitanía también hacemos la guerra.

—Pues yo tengo amigos que...

—Porque se habrán alistado en batallones sindicales —esa respuesta también se la sabía de memoria— o en las cajas de los partidos, pero tú has venido aquí y no me digas que renuncias porque no se puede. ¡Siguiente!

—De siguiente, nada... ¡Yo no me voy de aquí hasta que no arregle esto!

Un capitán de unos treinta años, que sacaba carpetas de un archivador, se volvió a mirarle con una sonrisa benévola y burlona a partes iguales.

—¿Qué pasa, que te ha dejado la novia y quieres que te maten, para que se joda cuando se entere de que has muerto como un héroe? —el recluta se puso tan colorado que la sonrisa del capitán se ensanchó—. Mira, chaval, no hagas tonterías y márchate, que bastantes problemas tenemos aquí ya.

Pero ese mismo capitán fue a buscarle la primera semana de noviembre, cuando todavía le faltaban tres meses para cumplir diecinueve años.

—¿Te has arreglado con tu novia, Perales?

—No, mi capitán.

—Pues enhorabuena, porque los fascistas están en Aranjuez y ya no le hacemos ascos a nadie, ¿sabes? Así que, si sigues queriendo guerra, te vas a hartar...

Estuvo en el frente hasta que se estabilizó, pero ni le mataron ni le dejaron quedarse. A primeros de abril de 1937, se reintegró a su puesto en Capitanía, una mesa en la que no cabían todas las carpetas que se habían acumulado durante sus cinco meses de movilización extraordinaria, aunque antes le dieron tres días de permiso. Volvió a casa dispuesto a aprovecharlos bien, pero el camión que le trajo desde Guadalajara lo depositó en Antón Martín a las ocho y veinticinco minutos de la tarde.

—¡Antonio!

Eladia, que subía la cuesta embutida en un disfraz de miliciana al que no le faltaba detalle, le vio primero. Él tuvo que mirarla dos veces antes de reconocerla, y al lograrlo, el asombro le paralizó ante el portal de su casa.

—¿Estás bien? —le preguntó cuando estuvo a su altura, y él asintió con la cabeza—. Me alegro de verte.

En ese instante, las tres hermanas Perales cruzaron el portal corriendo para lanzarse sobre él. Él les devolvió los besos, los abrazos, y cogió a Pilarín en brazos antes de subir. La balanceó, tomando impulso como si pretendiera lanzarla hacia delante, y mientras la niña se reía, se volvió hacia la izquierda. Eladia seguía allí, mirándole. Antonio enderezó a su hermana, la besó en el pelo y entró en el portal sin decir nada, pero por la noche, después de cenar, fue a la calle Tres Peces a preguntar por Julián y él mismo le abrió la puerta.

—Hay una chica que está con vosotros, Eladia, no sé si la conoces... —él negó con la cabeza, pero Antonio insistió, porque era imposible que no se hubiera fijado en ella—. Sí, hombre, una morena que baila flamenco...

—¡Ah, sí! —Julián sonrió con los ojos antes que con los labios—. Pero se llama Carmela.

—Bueno, ese es su nombre artístico.

—No veas cómo está de buena —Antonio asintió con la cabeza, porque en los cinco meses que había pasado dentro de una trinchera no había visto otra cosa—. Claro, que yo la conozco sólo de vista. Vino por la sede a principios de noviembre, poco antes de que me marchara al frente, y anteanoche, cuando me pasé por allí, volví a encontrármela, aunque tampoco me fijé mucho, porque... —hizo una pausa, le miró, sonrió—. Me han destituido.

—¿A ti? No jodas.

—Sí, pero me da igual. Pensaba volverme al frente de todas formas, y aquí hace falta alguien que se encargue de todo, lo que pasa... Bueno, ha sido a traición, ¿sabes? No ha habido una dirección provisional, ni un comité, nada. Ni siquiera me han esperado para votar.

Antonio se paró, miró a su amigo, estudió su expresión y avanzó un nombre casi con miedo.

—¿Tito? —Julián volvió a asentir, volvió a sonreír—. ¡Joder! A quien se lo cuentes...

A los quince años, cuando dejó de crecer, Ernestito Jiménez

medía ciento cincuenta y cuatro centímetros, cinco más que su padre, que había hecho instalar una tarima al otro lado del mostrador de su ultramarinos para aumentar la altura desde la que derramaba sobre sus clientas un servilismo equitativamente astuto y empachoso.

—Buenos días, doña María, ¿cómo nos hemos levantado esta mañana? Permítame obsequiarla con uno de estos caramelitos de menta, que sé que le agradan mucho...

El único hijo varón del señor Ernesto empezaría a trabajar con él en la calle Amor de Dios después de abandonar el colegio Acevedo, donde había coincidido con Antonio y con Julián, con Roberto el Orejas y Vicente Puñales, sin haber llegado a hacerse amigo de ninguno.

—¿Y tú por qué eres tan redicho, Tito? —le preguntaban, para obtener a cambio una mirada atravesada que les daba más risa que su manera de hablar—. ¿Por qué dices agradar en vez de gustar, y obsequiar en vez de regalar, y usas diminutivos todo el rato?

Nunca les respondía con palabras, pero al día siguiente se apresuraba a correr hacia el maestro en el instante en que le veía abrir la puerta.

—Buenos días, don Ramiro. Me he permitido traerle unos huevos de corral, que sé que le agradan mucho.

—Gracias, Tito, pero no puedo aceptarlos, de verdad, no hace falta...

—Nada, nada —su alumno le ponía una huevera de cartón entre las manos sin atender a sus excusas, la sonrisa mecánica que no lograba enmascarar su incomodidad—. Tengo mucho gusto en obsequiárselos. Son de esta misma mañana, están fresquitos, fresquitos...

Cuando empezó a darles clase en el colegio Acevedo, Ramiro Fuentes acababa de terminar Magisterio, la única carrera que sus padres habían podido pagarle. No tenía vocación de profesor, pero era muy joven, muy paciente y, en general, demasiado bueno para aquella escuela donde pensaba permanecer el tiempo imprescindible para pagarse la carrera de Filosofía, ni un día más. Cuando le conocieron, Antonio era un estudiante mediocre y Julián el primero de la clase, pero ambos se prendaron por igual de aquel universitario repleto de entusiasmo, que enseñaba como si contara cuentos y acertó a convencerles de que no tenían que formarse por su bien, sino por el de toda la Humanidad.

—Porque sólo los hombres cultos son libres, y en el supremo esfuerzo revolucionario que traerá consigo la emancipación de nuestros hermanos, no caben quienes han desperdiciado el privilegio de recibir educación...

Ramiro Fuentes era anarquista, y por las tardes, al salir de clase, se reunía con un grupo de alumnos en la lechería de la calle Tres Peces para embelesarlos con hermosas parábolas de justicia y fraternidad, que tenían mucho más éxito que las lecciones que dictaba en el aula. Tito ni siquiera llegó a asomarse a aquellas reuniones en las que el Orejas y el Puñales se dejaban caer de vez en cuando. Sin embargo, Antonio no se perdió una hasta que su padre lo mandó a la calle San Agustín, a recoger unas octavillas de propaganda del almacén.

—Los anarquistas tenéis buenas intenciones, pero estáis muy equivocados.

La imprenta Guzmán era uno de los negocios más antiguos del barrio, pero aquella tarde de 1934, detrás del mostrador sólo estaba Silverio, un chico de su edad al que ya conocía, porque antes de que su abuelo materno se hubiera ofrecido a pagar lo que hiciera falta con tal de sacarle del colegio de las monjas, había coincidido allí con Julián, con Roberto y con Vicente.

—¿Están todas? —le preguntó Antonio antes de pagar.

—Sí. Léelas, si quieres, aunque no tienen erratas —después de decirlo se puso colorado, como si se avergonzara de aquel modesto alarde de arrogancia—. Las he hecho yo, y las he corregido dos veces.

El tono en el que pronunció aquella explicación invitaba a su interlocutor a despedirse después de revisar el trabajo, pero produjo un efecto distinto. El chico que había aprendido el oficio de don Silverio Guzmán, el único trabajador del barrio a quien los vecinos respetaban tanto que jamás le apearon el tratamiento, tenía diecisiete años, uno más que el hijo del señor Antonio, a quien esa edad le pareció demasiado corta para manejar las dos enormes máquinas contra las que se recortaba su silueta desgarbada, larguirucha, embutida en un mono perdido de manchas negras de todos los matices, brillantes las de grasa, opacas las de tinta.

—¿En serio? —Antonio frunció las cejas sin decidirse a dejar el dinero sobre el mostrador, y recibió a cambio una expresión equivalente.

—¿No te lo crees? —su cara pálida, sembrada de pecas y de las negras tiznaduras de sus dedos, reveló que la pregunta no le había hecho gracia.

—Sí, sí, claro que me lo creo, lo que pasa... —se detuvo a escoger las palabras para no agravar una suspicacia que no había pretendido despertar—. No sé, es que esas máquinas parecen muy complicadas, ¿no?

—Ya —entonces sonrió, como si se sintiera seguro de repente—, pero las octavillas no las hacemos ahí, sino en una Minerva de pedal, pequeñita, que es una preciosidad... ¿Quieres verla?

El vendedor de semillas nunca había oído a nadie piropear a una máquina, y no supo qué decir, pero su anfitrión interpretó su silencio como un asentimiento y volvió a sonreír antes de guiarle hasta el fondo del local.

—Mira, es esta, ¿ves? —la acarició con las manos como si fuera una mujer, dejando que sus dedos resbalaran muy despacio por los tirantes que unían las ruedas posteriores con las anteriores mientras sonreía de una manera distinta, para seducir a la Minerva, no a su cliente—. Una maravilla. Sencilla, suave de manejar pero dura como una piedra. No se ha estropeado nunca. Es mi favorita, da gusto trabajar con ella.

Mientras Silverio declaraba su amor por aquella máquina, Antonio se fijó en una pila de folletos que reposaban en el suelo, *V.I. Lenin, Discurso a los jóvenes*. Cogió uno, y mientras lo hojeaba, el impresor se acercó a él.

—¿Esto también lo haces tú?

—Sí, para mis camaradas, en los ratos libres.

—¿Eres comunista? —Silverio asintió—. Yo soy anarquista.

—Lo sé. Conozco a Ramiro, a él también le hago panfletos, no creas.

—Cobrando —Antonio sonrió.

—Cobrando, sí —el impresor le devolvió la sonrisa—, pero una miseria, porque me llora mucho.

—Me lo puedo imaginar.

Los dos se rieron antes de volver al mostrador, donde un chico no mucho más joven, con aspecto de aprendiz, atendía a una señora. Silverio le preguntó dónde había puesto las octavillas, pero Antonio le detuvo antes de que tuviera tiempo de ir a buscarlas.

—Espera, porque me acabo de acordar... Ya sé que tu Minerva nunca se estropea, pero ¿y las demás? ¿A quién llamáis cuando tienen una avería?

—A nadie. Intentamos arreglarlas nosotros mismos. ¿Por qué lo dices?

La registradora que se habían encontrado cuando compraron el local del almacén, una National de carcasa dorada, con más de treinta años a cuestas, había dejado de funcionar. Las teclas de la derecha estaban bloqueadas y el técnico les había dicho que tendría que llevársela al taller para hacerle una reparación tan costosa que el padre de Antonio no acababa de decidirse entre pagarla o comprar una nueva, más moderna. Mientras tanto, hacían todas las operaciones a mano, y cuadrar las cifras cada tarde les costaba un sino.

—¡Qué disparate! —Silverio abrió mucho los ojos al oírlo—. Ni se os ocurra cambiarla, esas máquinas son buenísimas y lo que tiene es una tontería, seguro... —se quedó un instante pensando, antes de volverse hacia el aprendiz—. ¿A ti te importa quedarte solo a cerrar? —el chico negó con la cabeza y Silverio sonrió—. Si esperas un momento, me voy contigo y le echo un vistazo.

—¿Sí? —Antonio se quedó tan sorprendido que no fue capaz de añadir nada hasta que Silverio volvió a salir, con una camisa tan blanca como sus dientes y las manos limpias excepto por el cerco negruzco, perpetuo, de las uñas—. Oye, muchas gracias, pero tampoco hace falta... Quiero decir...

—No te preocupes. No hay nada en este mundo que me guste más que arreglar una máquina estropeada.

Cogió un paquete de octavillas y le dio el otro para precederle hasta la puerta con tanto ánimo como si se fueran juntos de excursión.

—Pero... ¿Y las herramientas? Nosotros no tenemos.

—Aquí —metió la mano derecha en el bolsillo, le enseñó un cubilete de hojalata que una vez estuvo lleno de caramelos de café con leche, y lo agitó en el aire como si fuera un sonajero—. Vamos.

Al llegar, se quedó mirando la registradora como si fuera una persona a la que le acabaran de presentar. Después la tocó, recorrió con los dedos los sinuosos contornos de metal dorado, adornados con hojas y pámpanos grabados en relieve. Por último, se sacó el cubilete del bolsillo y de su interior un destornillador muy pequeño, sin mango pero con dos puntas diferentes, mientras Antonio pensaba que, si pudiera verle, la Minerva tendría tal ataque de celos que se estropearía por primera vez.

—¡Qué bonita eres! —murmuró mientras empezaba a desatornillar la carcasa—. Vamos a ver qué te pasa...

Cuando dejó las tripas de la máquina al descubierto, volcó con cuidado el cubilete encima del mostrador y el padre de Antonio miró a su hijo como si los tres estuvieran igual de locos. Todas las herramientas que Silverio había traído consigo eran media docena de horquillas, otras tantas gomas, cuatro tornillos, dos muelles medianos, otros dos diminutos, varillas metálicas de distintos grosores y unos alicates pequeños, de manicura. En el otro bolsillo, llevaba un bote de lubricante. Con eso, y un trapo que pidió prestado, tardó veintidós minutos en dejar la máquina como nueva.

—Ya está —antes de atornillar de nuevo la carcasa, comprobó que el mecanismo que había improvisado con dos horquillas y una goma resistía la presión sin descomponerse—. Va a aguantar de sobra, pero mañana, o pasado, cuando tenga un rato, os hago un fleje en el taller y os la dejo en condiciones.

En ese momento, fue Antonio quien miró a su padre y sonrió. Silverio se sonrojó cuando el dueño de la National le preguntó cuánto le debía, y se negó a cobrarles. Lo menos que podía hacer era darle dinero a su hijo para que le invitara a tomar algo por ahí, y por la misma razón, él no se atrevió a decir que tenía reunión en la lechería. Estuvo bebiendo, hablando con Silverio hasta medianoche, y a la altura de la segunda cerveza, el impresor se animó a explicarle por qué, en su opinión, los anarquistas estaban equivocados.

—La teoría es muy bonita, sí, preciosa, la exaltación de la fraternidad, la vida comunitaria, el regreso al estado natural, la abolición del dinero, de toda autoridad... Muy poético, pero la poesía no sirve para luchar contra el fascismo, porque el fascismo es la guerra. Ya lo ha dicho Dimitrov, y si no, al tiempo...

Antes de escuchar a Ramiro Fuentes en la lechería, a Antonio Perales ni siquiera se le había ocurrido que la política, aquel inocente pasatiempo que su padre simultaneaba muy de vez en cuando con las mujeres, pudiera llegar a interesarle alguna vez. Después, cuando empezó a sentir que las historias que su profesor contaba fuera de clase tenían la virtud de convertirle en una persona mejor, tampoco se le pasó por la cabeza que la poesía tuviera algo que ver con la fraternidad universal, aquel dorado sueño que sabía ablandarle los ojos y calentarle el corazón. Pero aquella noche sí se dio cuenta de que, sin un destornillador entre las manos, Silverio no era, ni de lejos, tan brillante como Ramiro, y eso fue lo que más le impresionó. Porque su nuevo amigo era tan tímido que bajaba la barbilla, como si pretendiera convencer al cuello de su camisa, cada vez que algún parroquiano se acercaba a escuchar lo que estaba diciendo, pero ni su repentino tartamudeo ni el sonrojo de sus mejillas restaban un ápice de potencia a las palabras sencillas que le hicieron descender desde una tierna nube hasta el duro suelo de los problemas de todos los días. Cuando se despidieron, estaba perplejo y excitado, sorprendido y, sobre todo, decidido a saber más. Por eso, le agradeció tanto a Silverio que, al llevar al almacén la pieza prometida, le trajera también un ejemplar del discurso de Lenin a los jóvenes. Cuando acudió a la que sería su última reunión en la lechería, se lo había aprendido casi de memoria. Todo lo demás fue fácil.

—Mira, Antonio, lo he estado pensando y lo mejor es que el jefe seas tú.

—¿Yo? Pero si yo no sé nada, tú...

—No —Silverio fue inflexible—. Tú eres atractivo, tienes labia, te gusta hablar, le caes bien a la gente, sobre todo a las mujeres, y es muy importante gustar a las mujeres, así que... Yo soy un desastre, ya lo sabes. Cuando hablo con más de dos, me pongo nervioso, cuando me pongo nervioso, tartamudeo, y cuando tartamudeo, me suben los colores. Lo mío son las máquinas. Se me dan mucho mejor que las personas, así que... Yo te cubriré las espaldas, si hace falta, pero el que tiene que dar la cara eres tú.

Ese fue el único estatuto previo a la fundación de las Juventudes Comunistas en Antón Martín, un proceso que muy pronto le dio la razón a Silverio. Si el carisma de Antonio el Guapo reclutó en una tarde al Orejas y al Puñales, su belleza atrajo a la mitad de las chicas del barrio a una organización que, durante algunos meses, sería una rareza, la única célula comunista con más militantes femeninas que masculinas del centro de Madrid. Pero su progreso no se debió solamente a eso. Después de convencerle para que pusiera su atractivo físico al servicio de la causa, Silverio, que nunca dejó de ser el teórico, descubrió en Antonio otra condición tan notable como excesiva.

—Es muy sencillo. Lo único que hace falta es alquilar un local. Primero hacemos una rifa, ¿no?, convencemos a los militantes de que aporten... Yo qué sé, libros, sombreros, ropa, cosas así, tú haces unas octavillas, las repartimos en la puerta del metro, y hacemos un mitin, pero no uno corriente, ¿sabes?, que a esos no viene nadie, sino un mitin-verbena, buscamos unos músicos...

—Oye, Antonio —Silverio levantó las manos en el aire para interrumpirle—, dime una cosa. ¿Tú eres hombre-lobo, o algo así?

—¿Yo...? No. ¿Por qué lo dices?

—Porque hay luna llena y no se me ocurre otra explicación para el follón que estás liando. Lo único que yo he dicho es que convendría hacer un acto a favor de la amnistía, no que nos volvamos locos.

Pero Antonio Perales García era un conspirador nato, un maquinador incesante de planes fabulosos, siempre brillantes, siempre desproporcionados, que a veces funcionaban mucho mejor de lo que su jefe político podía calcular cuando se resignaba a ponerlos en práctica.

—¿Qué quieres que te diga? Es lo mismo que matar moscas a cañonazos, pero si te empeñas...

Aquel mitin-verbena, que al final se celebró en un descampado y con un simple organillo en vez de una orquesta, fue un éxito porque Silverio rebajó a la mitad las pretensiones del proyecto inicial. Desde entonces, Antonio se acostumbró a regatear con él, aunque la ambición de sus planes no dejó de crecer. Tampoco echó a perder sus viejas amistades. Julián y él nunca dejaron de ser amigos y, aunque canturreaba *La donna è mobile* cada vez que se lo encontraba por la calle, Ramiro le siguió tratando con el cariño y la confianza de siempre hasta el 25 de julio de 1936, cuando se dieron el último abrazo junto a la trasera de un camión cargado de voluntarios.

—¡Ven aquí, Judas! —exclamó al verle llegar corriendo, y su desertor predilecto no se rió menos que Julián—. Dame un abrazo, anda, que tanto citar a Dimitrov, y al final, ya ves quién tiene que irse a ganar la guerra...

—Cuídate mucho, Ramiro —Antonio le estrechó con tanta fuerza como la que recibió de los brazos de su maestro—, y mata a muchos fascistas por mí.

—Lo haré, descuida... —después abrazó a Julián, se subió al camión y se despidió de los dos al mismo tiempo—. Portaos bien y no hagáis tonterías, porque las guerras se ganan también en la retaguardia. Que no se os olvide.

Ramiro Fuentes era de los buenos, y por eso le mataron muy pronto, antes de cumplir una semana en el frente. Como no tenía familia en Madrid, le enterraron en el cementerio de Guadarrama, pero sus viejos alumnos lo lloraron igual, y en septiembre, cuando pasó el primer susto, organizaron un acto en su memoria. Julián, que se había puesto al frente de la CNT en el barrio, gestionó los permisos, hizo el programa y le pidió a Antonio que hablara desde el escenario del cine Doré, para darle la oportunidad de ver a Tito sentado en la primera fila con un uniforme militar de fantasía.

—¿Y ese gilipollas?

—Pues ya ves... —Julián hizo una pausa para mirarle—. Apareció por la sede en cuanto Ramiro se marchó a la sierra, y ahí sigue, diciendo tonterías. De la noche a la mañana, es el más radical, el más puro, el más inflexible. Esta mañana ha propuesto una votación para que te elimináramos del programa por enemigo de la revolución, así que...

—¿De verdad? —su amigo asintió con la cabeza—. ¿Y tú qué le has dicho?

—Que como no se me quitara de delante, le iba a meter una hostia que le iba a entornar —Antonio celebró esas palabras con una carcajada, pero su amigo no le imitó—. No me gusta un pelo, fíjate lo que te digo.

—¿Quién, Tito? Pero si es inofensivo, Julián.

—No, no te equivoques —la preocupación pesaba sobre sus cejas como un trazo sombrío—. Ahora mismo, tal y como están las cosas, nadie es inofensivo, y menos todavía la gente con la que se junta ese, los que se van a la pradera por la noche y vuelven al día siguiente con reloj, y una sortija para su mujer... Me acuerdo mucho de Ramiro, ¿sabes?, de aquello que nos dijo antes de marcharse, que las guerras también se ganan en la retaguardia. Y a veces, hasta me alegro de que lo mataran, no te digo más.

Julián cerró el homenaje. Hablaba como Ramiro le había enseñado, en el mismo tono, con los mismos gestos pero más pasión que su maestro, una intensidad que brillaba en sus ojos e inflamaba sus mejillas con el color, el calor de las palabras que pronunciaba. No era un chico apuesto ni demasiado alto. Siempre había llevado gafas, y estaba tan delgado que nadie entendía que manejara las cántaras de leche con tanta facilidad. Sin embargo, al mirarle, Antonio entendió que Tito fuera su enemigo, porque Julián era bueno, era fuerte, era inteligente, sensible, honrado, y sus virtudes afloraban a su voz, impregnaban sus palabras con una emoción que nunca estaría al alcance del miserable hombrecillo que fruncía los labios mientras le escuchaba.

Sin una guerra de por medio, aquel redicho que regalaba huevos a los profesores mientras esperaba a que llegara el momento de obsequiar a las vecinas caramelitos de menta, no habría encontrado ninguna manera de escapar a su destino. Pero la guerra, aparte de matar a personas como Ramiro, había hecho saltar las tapas de las alcantarillas. En todos los partidos había personas admirables, como Julián, y personas despreciables, como Tito, cada vez más peligrosas, más dañinas, aunque al principio nadie les hubiera dado importancia. En julio, en agosto, con Mola en la sierra y los moros avanzando desde el sur, lo único importante era sofocar la sublevación, pero antes de que terminara el verano, la Guardia de Asalto había empezado a hallar resistencia donde no la esperaba, grupos que actuaban por su cuenta, que se oponían a su autoridad y suponían un problema para los agentes que intentaban entrar en sus sedes. Antonio sabía que su padre había tenido que elegir entre las órdenes de sus superiores y las quejas de sus jefes del sindicato, pero, Perales, vamos a ver, ¿es que ya no quedan quintacolumnistas en Madrid? ¿No tenéis otra cosa que hacer que tocarles los cojones a los compañeros? Luego decían que el gobierno ya lo estaba arreglando, pero que lo importante era la guerra, la guerra... En septiembre de 1936, Antonio miró a Tito a los ojos y se preguntó si dejar cualquier clase de poder al alcance de gente como él era un asunto tan secundario como parecía.

Siete meses más tarde, cuando volvió a casa y a Capitanía después del último coletazo de la batalla de Madrid, Tito ya le había respondido, armando a Eladia y destituyendo a Julián. Entonces, mientras lamentaba más que nunca estar a salvo, lejos del frente, la primera de esas noticias le afectó mucho menos que la segunda. La degradación de Julián no le dolía sólo por su amigo, ni porque fuera injusta, sino porque liquidaba el recuerdo de Ramiro, la luz juvenil de las tardes de la lechería, la inocencia de su maestro, de los alumnos que se arremolinaban a su alrededor para merendar nata aderezada con azúcar y promesas de un futuro feliz. Frente a las cenizas humeantes de la primera utopía que amó, la imagen de Eladia vestida de miliciana, con aquellos pantalones que le sentaban tan bien como las batas de cola, no pasaba de ser una estampa pintoresca de consecuencias en teoría temibles, pero excitante e inofensiva en la práctica.

—¡Joder, Eladia! —cuando se acostumbró a verla así, volvió a bajar a la calle a las ocho y media todas las tardes, para cumplir su parte del trato y comportarse como si nunca hubiera pasado nada—. Estás tan buenísima que metes más miedo con el canalillo que con la pistola, no te digo más.

—¿Sí? —y ella, con el tiempo, volvió a replicarle—. Será que los comunistas sois tan cobardes que os da miedo cualquier cosa.

—¡Uhhhh! —él encogía los hombros, se tapaba la cara con los dedos, e improvisaba un gesto de terror—. Qué horror, no me lo recuerdes...

La Palmera, que era el único asustado de los tres, le reprochaba su ligereza, aquellas bromas que el día menos pensado iban a darles un disgusto.

—Una pistola es una pistola, requesón, y Eladia tiene muy mala leche, así que a ver si nos dejamos de coñitas.

Pero Antonio no se la tomó en serio hasta mucho tiempo después, una noche de invierno de 1938, cuando ya se había salido con la suya y era un soldado más con una noche de permiso.

Teruel estaba lejos, pero su conquista había trastocado algunos sectores del Ejército del Centro. La pérdida de la ciudad los devolvió a sus posiciones originales, y la derrota le pesó más que la larga marcha que le permitió volver a casa durante unas horas, prólogo de otra extenuante caminata que culminaría con su retorno a las riberas del Henares. Sobre todo porque allí, en un paraje sin nombre de la provincia de Teruel, se había quedado Vicente el Puñales, la única razón por la que se atrevió a desobedecer una orden desde que se alistó.

—¡Perales! ¿Adónde crees que vas? ¡Vuelve aquí ahora mismo!

—No puedo dejarle ahí, mi capitán —tampoco logró explicarse mejor mientras seguía reptando por el suelo para recuperar el cadáver—. No puedo...

Consiguió engancharle por la axila y arrastrarle hasta la trinchera que acababan de abandonar un segundo antes de que una granada levantara la hierba donde había caído, pero aún tendría más suerte aquella noche.

—¡Alto! —aunque al escuchar el ruido de otro cuerpo cayendo en la zanja se asustó tanto que ni siquiera reparó en que venía de sus propias líneas—. ¿Quién eres?

—¿Pues quién voy a ser, tontopollas? —en aquel insulto tan peculiar, antes que en su voz, reconoció al Olivares—. Yo. He venido a ayudarte. ¿O es que te crees que vas a poder tú solo con él?

Pepe prendió el chisquero para iluminar su cara mientras hablaba, pero Antonio no distinguió su rostro porque estaba viendo la calle Santa Isabel, el colegio Acevedo, el patio donde unos niños jugaban al gua y le decían que se fuera, que ellos no se juntaban con paletos. Allí estaba el Puñales, con el pelo muy negro y los hombros muy anchos desde pequeñito, el segundo amigo que hizo en Madrid, ¿sabes lo que te digo?, que me caes bien, paleto, otra mañana, el mismo patio y Julián sonriendo. Eso veía Antonio, eso escuchaba mientras su nariz aspiraba un aroma confuso, polvo de tiza, goma de borrar, el chorizo del bocadillo de la merienda pringándole los dedos. Aquel perfume triste, irrecuperable, palpitaba entre sus sienes al ritmo de las canicas que abultaban los bolsillos de sus pantalones cortos, chocando entre sí, vivas y alegres, en el fondo de aquella zanja donde iba a quedarse enterrada su infancia. Pepe, que no podía saberlo, le miraba sin decir nada, como si supiera que estaba de más, que su camarada habría preferido estar solo para llorar sin testigos, para abrazar el cadáver de su amigo y acunarse con él en la memoria del niño que la guerra no había podido arrebatarle. Eso era lo que quería hacer Antonio, eso necesitaba, y sus ojos decidieron abandonarse a un llanto que abarcaba la pérdida de un soldado y de un mundo completo, el lugar donde había sucedido su niñez, una ciudad que había dejado de existir, a la que nunca podría volver porque Vicente no saldría andando con él de aquella trinchera.

—Perdona —fue lo único que acertó a decir al darle la espalda a un hombre vivo para volcarse sobre un hombre muerto.

Después, cuando el cuerpo del Puñales ya estaba apenas tibio entre sus brazos, un instinto enterrado en un ignorado recodo de sí mismo le impulsó a soltarlo, a estirarlo bien, a cubrir una cara que ya no era la de Vicente para esperar al amanecer. Sólo entonces volvió a acordarse de Pepe, se volvió hacia él, y en la penumbra indecisa de una noche limpia, estrellada, contempló el rostro del hombre que había escuchado sus sollozos, las palabras inconexas que habían acompañado a las yemas de sus dedos mientras acariciaban las cejas, los ojos, los labios que no volverían a decir su nombre. Antonio habría preferido llorar a solas, pero el impúdico espectáculo de su dolor, aquella pena irremediable que se había ido enfriando poco a poco, había tenido un espectador y no sintió vergüenza al mirarle.

—Perdona —repitió, e intuyó que Pepe buscaba algo en sus bolsillos, que lo encontraba, que era tabaco.

—No tengo nada que perdonar.

El andaluz le ofreció un pitillo y él lo aceptó, lo arrimó al chisquero que volvió a iluminar su cabeza.

—Gracias. Era mi amigo.

—Lo sé.

Con cualquier otro habría sido distinto. Con cualquier otro habría sido difícil. Cualquier otro le habría estorbado, le habría molestado, habría interrumpido su duelo con palabras, con preguntas, la insufrible torpeza de quienes se empeñaban en hacer llevadera la insoportable carga de la muerte. Pero Pepe sabía estar callado y supo esperar hasta que Antonio comprendió que no soportaba ni un solo segundo de silencio más, hasta que rompió a hablar como si cada sílaba que brotaba de su boca tuviera la virtud de suturar una herida que los dos sabían que no volvería a cerrarse. Durante aquellas horas, Antonio tuvo la sensación de que se habían contado su vida, pero en realidad, casi todo el tiempo había hablado él, y casi todo el tiempo había hablado de Eladia. Eso tampoco le pesó.

Cuando se consumó la retirada y tuvo la oportunidad de pedir permiso para pasar una noche en su casa, le invitó a ir con él. Pepe aceptó porque también estaba muy sucio, muy cansado, y el placer de bañarse, de dormir en una cama, compensaba el mal trago de acompañar a Antonio a casa de Puñales. El padre, que ya había perdido otro hijo en aquella guerra, les agradeció su condolencia con palabras. La madre, sentada en una silla con la mirada perdida, los labios cerrados, los ojos secos, como muertos, ni siquiera giró la cabeza para mirarles. Aquel dócil, silencioso ejercicio de desesperación les impresionó tanto que salieron a la calle Atocha sin hablar, y ninguno de los dos había despegado los labios todavía cuando pasaron por delante de una taberna que les llamó la atención. Todavía eran las ocho menos diez, la tierra de nadie previa al apagón de cada noche, y aquel local tenía la mitad de las luces encendidas. Así, Antonio pudo ver a Eladia acodada en la barra, sonriendo a las palabras de un hombre alto y moreno, al que Tito escuchaba con la misma atención y una mano encima del brazo de la bailaora.

Por no verla, se volvió hacia su amigo y estudió la venda que llevaba alrededor de la frente como si no supiera qué significaba. La gasa sucia y reseca, estampada de manchas rosadas y amarillentas, de sangre y de pus, era más aparatosa que el rasguño que cubría, pero los colores de la herida eran auténticos. Delgado hasta la transparencia, la piel macilenta de polvo y de cansancio, las mejillas hundidas, una bolsa violácea bajo los párpados, Antonio miró a Pepe y logró verse a sí mismo tal y como le vería Eladia si girara la cabeza para echar un vistazo hacia la calle. Él también tenía una herida, una venda estampada en tonos semejantes rodeando dos dedos de su mano izquierda, el índice y el corazón dañados por la misma metralla que había matado a Puñales. Mientras volvía a recordar cómo y por qué, dónde había muerto Vicente, se comparó, comparó la pareja que formaba con su camarada, con aquellos dos hombres limpios y bien peinados, sus flamantes uniformes cargados de insignias, las manos limpias, el cuerpo intacto mientras compartían media frasca de vino con la chica más guapa del barrio, en aquel local iluminado cuya temperatura empañaba unos cristales milagrosamente enteros. Hasta que Pepe dio un paso hacia él, le pasó un brazo por los hombros y le obligó a mirarle.

—¿Es esa? —Antonio asintió con la cabeza—. ¡Qué putada, Antoñico!

Él se limitó a asentir, mordiéndose los labios para no romper aquel escaparate con los puños. Era una putada, y tan gorda que cuando el andaluz tiró de él, se dejó hacer con una mansedumbre insensible, casi inerte, como si su cuerpo no dependiera de su voluntad. Pero no pudo evitar que en el mínimo plazo que sus pies necesitaron para arrancar, Eladia le viera, le mirara, y descifrara todos los ingredientes de aquella escena muda, estática, tan pacífica en apariencia, dos soldados en la calle, dos civiles en un bar, una mujer con ellos. Él también la vio, la boca abierta en mitad de una palabra, las manos congeladas en el aire, los ojos agrandados por el asombro, y adivinó que estaba anticipando su propio desprecio. Todo esto ocurrió en un segundo. En el siguiente, ella intentó reaccionar y él no se lo consintió. Al fin y al cabo, hicimos un trato y no lo hemos deshecho todavía, se dijo mientras la furia y la tristeza competían entre sí para alejarlo de allí lo antes posible. Pero a las seis de la mañana del día siguiente, la encontró esperando en su portal.

—Antonio...

La noche anterior, después de presentar a Pepe a su familia, y besarles, abrazarles a todos, los dos se habían bañado, habían liquidado en un cuarto de hora todo lo que había en la despensa y se habían acostado antes de las nueve. El hijo pródigo estaba tan exhausto que, a pesar de todo, había dormido ocho horas de un tirón. Eladia no. Seguramente no había llegado a acostarse, porque tenía los ojos hinchados, los labios resecos, la ropa arrugada. Antonio detectó todo esto y el efecto mate, grisáceo, de la preocupación sobre su piel, pero no logró identificar en su cansancio el desamparo de otras veces, la huella

231

de aquella niña bronca y peluda, indefensa, que antes le enternecía tanto.

—Buenos días —intentó salir y ella bloqueó el umbral con su cuerpo.

—No, espera un momento, tengo que hablar contigo.

—No tengo tiempo para hablar, Eladia. Tengo que volver al frente, ya sabes... A jugarme la vida por los héroes de la retaguardia.

Ella cerró los ojos y se quedó quieta. Él la sorteó y echó a andar, siguió adelante hasta que escuchó unas palabras que no esperaba.

—Tú no sabes nada de mí, Antonio.

Pepe siguió subiendo la cuesta. Él se paró, miró a aquella mujer, afrontó una expresión extraña, mansa y rabiosa a la vez, que ya conocía aunque nunca había sabido interpretar.

—No sabes nada de mi vida. Tendría que contarte...

Eladia no quiso terminar la frase. Él la estaba esperando, esperaba una razón, un milagro, un clavo ardiendo al que agarrarse con el borde de las uñas, pero ella sólo se atrevió a coger un atajo equivocado.

—No tengo nada que ver con esos, de verdad. Les conozco, sí, el enano anda siempre detrás de mí y ayer me los encontré por la calle, pero... —alargó una mano, le cogió del brazo, le sujetó para que no se escapara—. Sé que no son héroes, sé lo que son, pero estoy sola con la Palmera, él es lo único que tengo, y a ninguno de los dos nos conviene que me lleve mal con ellos porque son peligrosos, sobre todo para Paco. No pasa nada más.

Eso no era lo que Antonio esperaba. Lo comprendía, lo aprobaba, pero no era lo que ella tendría que haberse atrevido a decir, así que intentó soltarse, seguir andando. Eladia se lo impidió, fue de nuevo la más rápida de los dos, y antes de que lograra alejarse, le rodeó, se le puso delante, le colocó las manos en el pecho como si estuviera empujando una pared.

—¡Espera un momento, Antonio, por favor! Yo, después de ti, yo... —cerró los ojos, volvió a abrirlos, le miró—. No he estado con ninguno.

—¡Antonio! —Pepe le llamó desde Antón Martín y el conductor del camión subrayó su nombre con un bocinazo—. ¡Venga!

—Me están esperando, Eladia —liberó su pecho de las manos de aquella mujer, y sus dedos las retuvieron un instante más de lo imprescindible aunque él no fue consciente de habérselo ordenado—. Tengo que irme.

Cuando se montó en el camión, se asomó por el borde de la caja como si fuera un balcón para mirarla por última vez, y entonces sucedió. Entonces, mientras un soldado rezagado atravesaba la plaza a la carrera, Antonio la vio con la cabeza hundida entre los hombros, los brazos muy quietos, pegados al cuerpo, una niña pequeña con una pistola demasiado grande, un uniforme tan falso como si lo hubiera robado en una tienda de disfraces, un dolor impreciso, antiguo y nuevo, que era lo único que no había cambiado, lo único que permanecía intacto en ella desde que la conoció. Luego el conductor arrancó, y Eladia se puso en marcha como si el ruido del motor la hubiera despertado.

—¡Antonio! —le llamó y corrió hacia él—. ¡Antonio! —el chófer pisó el acelerador—. ¡Antonio! —la tercera vez que gritó su nombre, ya no pudo verla.

Después, perdió la guerra. Durante un año entero, Antonio Perales García luchó en una guerra perdida, se entregó por entero a una República cada vez más pequeña, más enferma, y pensó en su amor con la misma desesperación que en la victoria. Cada mañana, cada noche la veía, una niña fea y una mujer hermosa, un cuerpo desnudo o enfundado en un vestido verde con lunares negros, una expresión arrogante o triste, siempre feroz, Lali, Eladia o Carmelilla, tan dura, tan suave, tan incomprensible. Todos los días temía que lo mataran antes de volver a verla, y todos los días pensaba que quizás la muerte fuera mejor, más deseable que el tormento de vivir contando los eslabones de la cadena que lo ataba a ella sin remedio. El 7 de marzo de 1939 no fue una excepción. Aquella mañana, antes de que su teniente le pusiera delante cinco cerillas para animarle a sacar la más larga, también pensó en Eladia. Y cuando Pepe corrigió la inclemencia del azar, le dio la oportunidad de poner su vida y su muerte en las mismas manos.

A las tres y media de la madrugada del día siguiente, empujó una pesada puerta de madera y no tuvo miedo. La remota posibilidad de encontrarse por la escalera con alguien que le reconociera le impulsó sin embargo a avanzar los pies con mucho cuidado, tanteando cada escalón antes de pisarlo, aunque subió sin contratiempos hasta el último piso. Al llegar a la puerta, se paró a pensar y decidió tocar el timbre dos veces seguidas, posando apenas la yema del dedo para no despertar a los vecinos que estuvieran durmiendo. Había visto llegar a Eladia sólo diez minutos antes, calculaba que no le habría dado tiempo a acostarse, y el repiqueteo de unos tacones sobre las baldosas no tardó en darle la razón.

—¿Quién es? —reconoció su voz.

—Soy yo —y confió en que ella reconociera la suya.

Durante un segundo no escuchó nada. Después, percibió un chasquido metálico. Eladia aseguró la cadena de la puerta antes de abrirla y se le quedó mirando por el hueco, con los ojos muy abiertos.

—¿Estás solo? —preguntó de todas formas.

—Sí —él asintió—. Has oído la radio, ¿no? —ella le contestó con el mismo gesto—. Entonces, ya sabes lo que está pasando.

—Espera un momento.

Cerró la puerta, quitó la cadena, la abrió de par en par y le miró. A pesar de la gravedad de aquella conversación de medias palabras, él se tomó su tiempo para recorrerla con los ojos, un quimono oriental ajustado con tantas prisas que las solapas dejaban ver las puntillas de su combinación, las piernas desnudas, los pies embutidos en unos zapatos de tacón sin abrochar, una imagen tan conmovedora que le impulsó a levantar los brazos, como si pretendiera rendirse al enemigo.

—Pues aquí me tienes, Eladia... Haz conmigo lo que quieras.

Ella no se apresuró a responder. Antes cerró los ojos, volvió a abrirlos, sonrió. Después, le agarró por las solapas de la guerrera, le atrajo hacia sí, cerró la puerta, le apoyó contra la hoja y le besó.

En aquel momento, Antonio Perales García debería haber sido consciente de que estaba a salvo. Nadie iba a ir a buscarle precisamente allí, a la casa de una mujer que no sólo era anarquista, sino también la que peor le había tratado antes y después de aquella noche en la que se lo llevó del tablao para que no pasara nada, decían algunos, o para que pasara lo peor, según otros habituales del local. En todo Madrid no existía un refugio más seguro para él, pero cuando volvió a besar a Eladia, cuando volvió a tocarla, Antonio no pensó en eso ni en ninguna otra cosa. La emoción que acababa de inaugurar la época más extraña, más intensa de su vida, no le dejó pensar.

Duró treinta y dos días, y fue, de principio a fin, una locura, un paréntesis de irrealidad plena y eufórica como el baile de un condenado camino de la horca. Más allá de las paredes de aquella habitación, el mundo, su mundo, se caía a pedazos, pero él se sentía al margen de cualquier catástrofe, como un viajero de paso en un país ajeno, un turista alojado en un hotel de lujo desde cuyas ventanas se oyera un clamor incomprensible, un corresponsal de guerra aburrido por un conflicto que había dejado de interesarle. Todo lo demás era Eladia.

—Esta noche ha venido Tito al tablao a preguntar por ti.

Cuando entraba en la habitación ya llevaba los zapatos en una mano y se desabrochaba la blusa con la otra, muy despacio.

—¿Ah, sí? —él se enderezaba en la cama, cruzaba los brazos detrás de la nuca para apoyar la cabeza en ellos, sonreía—. ¿Y tú qué le has dicho?

Ella terminaba de desnudarse, se bajaba la cremallera de la falda, se la quitaba para dejarla caer al suelo, apoyaba un pie en la cama para quitarse una media, después la otra, y no dejaba nunca de mirarle.

—Pues que no tenía ni idea de dónde estaba ese cabrón comunista, traidor, vendido a la burguesía y enemigo de la revolución.

Se desprendía deprisa de las bragas, del sostén, pero se demoraba en colocarlo todo, algunas prendas en el armario, otras sobre la silla, para pasearse desnuda por la habitación antes de acercarse a la cama.

—Pero que no se preocupara —añadía mientras se sentaba en el borde—, porque en cuantito que me enterara, iba a ir corriendo a contárselo.

—¡Ohhh! —él abría los brazos, la cogía por la cintura, la arrastraba hasta tumbarla a su lado—. Así que mi vida corre peligro.

—Desde luego —ella separaba un instante la cabeza de la suya, le miraba, levantaba en el aire un dedo admonitorio—. Yo que tú me esmeraría...

Y se reían, se reían mucho, se reían tanto, y tan alto, que la Palmera les regañaba cuando salían de la habitación.

—¿Pero es que no os habéis dado cuenta de que aquí ya no se ríe nadie, joder? —y al verle con el susto pintado en la cara, se reían otra vez—. Sí, vosotros seguid con la juerga, que ya veréis lo que van a tardar en venir los vecinos a preguntar. Más de uno estará pensando que me he vuelto macho por obra del Espíritu Santo...

En algún lugar de su cerebro, un rincón fresco y oscuro, impermeable al júbilo, Antonio comprendía que Paco tenía razón, que no deberían reírse ni hacer tanto ruido, pero eso también sucedía muy lejos, en una zona extranjera de su cabeza, el remoto almacén donde se cubrían de polvo todas las verdades que sabía y debería recordar alguna vez, en aquel momento no. No se le ocurrió pensar que el peligro que estaba corriendo, el que correría cuando Franco entrara en Madrid, el que su presencia en aquella casa representaría entonces para Paco, para Eladia, latía en el fondo de las risas, de las bromas y los besos, multiplicando el placer, la alegría de cada instante, para evitar que una verdad sombría, erizada de espinas, arruinara la fantasía en la que dos amantes se despertaban cada mañana felices, hambrientos y dispuestos a apurar un nuevo día como si no supieran que podría ser el último. Por eso, las únicas concesiones a la realidad que se permitió a sí mismo fueron insignificantes.

—¿Se puede saber qué estás haciendo ahora, requesón?

Desde que vivía allí, la Palmera se encargaba de hacer la compra, porque Eladia tampoco tenía un instante que perder en las largas colas que se formaban ante todos los mostradores. Aquella mañana, sin embargo, tuvo suerte, y cuando volvió, ella no se había levantado todavía.

—¿Pues qué voy a hacer? —al oírle, Antonio se incorporó para sentarse en el suelo—. Flexiones. Como en el ejército hacía tanto ejercicio y ahora no puedo salir a la calle, pues... No quiero engordar, ni ponerme fofo.

—¡Ja! —aquel día, fue la Palmera quien se rió—. Eso sí que es bueno. Con la mierda que comemos y el trajín que te traes, tendría gracia que te echaras un gramo encima —y cabeceó para darse la razón a sí mismo mientras Eladia, somnolienta, despeinada, luminosa, salía de su habitación.

—No le hagas caso, Antonio —se sentó frente a él, en el suelo, y rodeó su cuerpo con las piernas para que su amante la apretara contra sí antes de adoptar la misma posición—. Tú haz gimnasia, que ya me ocuparé yo de que no engordes.

Estaba tan graciosa desde que le favorecía con su ingenio, poniendo a su servicio el descaro con el que siempre le había combatido, que se echó a reír antes de besarla.

—¡Hala, alegría! —la Palmera se fue rezongando a la cocina—. Si lo peor es que al final los curas van a tener razón. Un día de estos, se os va a derretir el cerebro de tanto follar...

Concentrado en la boca de Eladia, Antonio no pudo verle, pero le escuchó, y volvió a pensar que ya encontraría un momento mejor para darle la razón. Aparte de la gimnasia, todas las medidas que el camarada Perales llegó a tomar antes de la entrega de Madrid se redujeron a dos. El tercer día que despertó en su cama, le pidió a su amante que informara a Jacinta de su paradero. Ella se negó porque no le parecía seguro, y a él le conmovió tanto esa objeción, que tardó un rato en volver a la carga. Al final logró convencerla, y hasta la envió una mañana a la calle Santa Isabel a avisar a Manolita. Después, todo lo que hizo fue esperar, disfrutar del regalo de aquella luna de miel que, por momentos, llegó a parecerle un destino perpetuo. No lo fue.

En la madrugada del 9 de abril, estaba acostado y despierto, esperando a Eladia como todas las noches. El último pase del espectáculo terminaba hacia las dos y media, pero había que contar con los bises, con el tiempo que tardaba en desmaquillarse y cambiarse de ropa, así que nunca llegaba antes de las tres y cuarto. A las tres y media, todavía no estaba preocupado, pero dieron las cuatro, las cuatro y media, las cinco y no había vuelto. Cuando oyó el ruido de una llave en la cerradura, ya había empezado a clarear al otro lado de los visillos.

—Han detenido a Eladia —la Palmera llegó con el gesto desencajado, el rostro tan pálido como si no le quedara una gota de sangre en las venas—. Han venido a buscarla y se la han llevado a la Puerta del Sol. Vengo de allí, pero no he podido verla, y tampoco han querido decirme nada.

—¿A Eladia? —Antonio sintió que se tambaleaba, pero llegó a sentarse en una silla a tiempo—. ¿Pero por qué? Si ella nunca ha tenido responsabilidades, no era dirigente de... —hasta que recuperó aquella imagen tan violenta, tan excitante al mismo tiempo, una mujer de bandera marcando el paso con una pistola de medio metro encajada en el cinturón—. No puede ser.

—¿No? —la Palmera le sonrió con tristeza—. ¿Te acuerdas de Alfonso Garrido? Pues ha venido su hermano en persona a por ella. Don Arsenio dice que no hay que preocuparse, que mañana por la mañana empezará a hacer gestiones, pero... —hizo un puchero y se detuvo a tragar saliva—. Ya veremos.

En ese momento se pinchó el globo, la mullida nube de algodón de azúcar en la que se había mecido durante el último mes. Antonio se cayó al suelo y se hizo daño. Había luchado con todas sus fuerzas para evitar lo que acababa de suceder, pero eso no le había impedido vivir en el mismo engaño, la misma trampa amable, benévola, que había empujado a hombres como Besteiro a apoyar el golpe de Casado. Hasta aquel momento, había cedido al espejismo de suponer que los golpistas de su propio bando representaban para él un peligro más grave que el enemigo al que habían combatido juntos durante tanto tiempo. La guerra se había perdido y habría que empezar otra vez desde cero, aguantar el tirón, unos meses, en el peor de los casos quizás años de cárcel, otros tantos de clandestinidad, y luego el perdón, la amnistía, el restablecimiento de la normalidad, el regreso al trabajo político, la espera de una segunda oportunidad. Durante un siglo, siempre había sido así. Cuando un general absolutista daba un golpe de Estado, los liberales se repartían entre los presidios y un exilio temporal, en París o en Lisboa. Cuando el golpe lo daba un liberal, llegaba el turno de la cárcel y el destierro francés o portugués para los absolutistas. Ninguna guerra civil había sido tan larga, tan feroz como la que acababa de terminar, pero hasta la noche en la que Eladia no volvió a casa, no se le había ocurrido pensar que aquellos adjetivos pudieran aplicarse también a la posguerra. Tres días después, ella misma le explicó hasta qué punto estaba equivocado.

—Ten mucho cuidado, Antonio, prométeme que vas a tener mucho cuidado, que no te vas a acercar a las ventanas siquiera... —acababa de entrar por la puerta y le cogió la cara con las dos manos para mirarle de una manera que fulminó la sonrisa con la que él había celebrado su regreso—. Prométemelo. No te imaginas cómo están las cosas, te lo digo en serio.

Desde el 12 de abril de 1939 hasta el 5 de enero de 1942, Antonio siguió viviendo con Eladia, haciendo gimnasia y escandalizando a la Palmera. Ella siguió ocupándose de que no engordara, pero ninguno de los tres volvió a reírse como antes.

La dureza de una represión que, lejos de ceder, se incrementó a medida que iba pasando el tiempo, cambió el ritmo de sus días y sus noches, la monotonía de un encierro que llegó a desesperarle. No tenía miedo, porque se sentía muy protegido, arropado por media docena de mujeres y un hombre dispuestos a todo para garantizar su seguridad. Tampoco se sentía prisionero, sobre todo desde que se mudó con Eladia a un edificio de la calle de la Victoria, otro ático con una terraza enfrentada a un muro macizo, donde podía tomar el aire sin que nadie le viera. Desde allí llegaba con mucha facilidad, cruzando dos azoteas, a la ventana por la que entraba y salía del vestuario del tablao, el escondite adicional que le permitía hablar con gente distinta todos los días y evitaba que se viniera abajo. Era consciente de que, en sus circunstancias, aquella situación era casi inmejorable. Su reclusión le pesaba menos que el riesgo que implicaba para sus benefactores, pero no se sentía culpable sólo por eso.

—¿Qué te pasa, Antonio? —le preguntaba Eladia de vez en cuando.

Ni él ni la JSU ganaban nada con que le detuvieran. Aquel axioma seguía siendo cierto, pero no le consolaba de la inactividad forzosa, el confortable retiro desde el que asistió a distancia al fusilamiento de su padre, al encarcelamiento de sus amigos, de su madrastra, al heroico empeño de su hermana Manolita por sobrevivir, mientras Jacinta le traía cada noche noticias de nuevas detenciones, sospechas siempre equivocadas sobre la identidad del traidor que les estaba diezmando sin remedio.

—Nada —contestaba él siempre—. Estoy bien.

Los dos sabían que no era verdad, pero ella ni siquiera sospechaba que la impotencia de estar recibiendo tanto sin poder hacer nada por nadie, le sumía a ratos en una melancolía que sembraba en su cabeza ideas peligrosas, abrir la puerta de su casa, bajar las escaleras como cualquier vecino, pasearse por la calle a la luz del día, ir al encuentro de la policía, dejarse detener, acabar por fin donde debería haber estado desde el principio, en la cárcel, como todos sus amigos. El Orejas era el único que estaba fuera, pero trabajaba mucho, corría muchos riesgos para reorganizar a los que no habían caído. Él, sin embargo, no podía hacer nada útil, no pudo hacerlo hasta que, a fines de abril de 1941, encontró una oportunidad de sentirse mejor consigo mismo.

—¡Chico, qué mala suerte! —Jacinta subió a verle al vestuario unos minutos antes del segundo pase—. ¿Te acuerdas de Luisa, aquella chica de Bilbao que durmió en mi casa la semana pasada? Pues le gustaba mucho pegar la hebra, y como a mí también me gusta, nos liamos las dos, dale que te pego, y me contó que había venido a Madrid a traer dos multicopistas para el Partido, que no te lo dije porque era secretísimo, pero anoche mi marido llegó a casa con un cabreo que para qué, le pregunté qué pasaba... ¡Y resulta que ahora, con lo que ha costado traerlas, las multicopistas no funcionan!

—¿Cómo que no funcionan?

—Pues que no —Jacinta movió las manos en el aire para disuadirle de pedir más precisiones—, que son muy raras, que nadie ha visto máquinas como esas, que no saben ponerlas en marcha... Que no funcionan.

Yo tengo un amigo que arregla cualquier máquina con dos horquillas y una goma... En febrero de 1937, aquella frase había cambiado el destino de Silverio. Cuatro años después, sin darle apenas tiempo para censurar a su camarada por la alegría con la que acababa de destripar aquel asunto secretísimo, volvió a formarse intacta en su cabeza.

—Yo tengo un amigo que sabría hacerlas funcionar, estoy seguro —y le contó a Jacinta la historia del Manitas, la legendaria habilidad que había bastado para reabastecer de munición todos los frentes de Madrid—. Lo que no sé es cómo podríamos llegar hasta él, porque de esto no se puede hablar en un locutorio lleno de guardias.

—No, claro, aunque se me está ocurriendo... —Jacinta se quedó un rato pensando—. ¿Tú has oído hablar de las bodas que hace el cura de Porlier?

Doscientas pesetas, un kilo de pasteles y un cartón de tabaco por cada pareja, todo multiplicado por dos, porque si no había padrinos, no había boda. Era muy caro pero, desde hacía unos meses, por cuatrocientas pesetas, dos kilos de pasteles y dos cartones de tabaco, dos mujeres podían comprar una hora a solas para encontrarse con dos presos de Porlier. Aquel negocio, que estaba haciendo rico al capellán de la cárcel y a los funcionarios conchabados con él, era un puro invento, una fachada que no comprometía a nada. No hacía falta aportar papeles, no se celebraba ninguna ceremonia y no quedaba constancia alguna de aquellos simulacros de matrimonio.

—¿Estás segura? —cuando Antonio hizo aquella pregunta, ya había escogido a la novia.

—¡Toma! Como que la que me lo contó era la madre de un preso que se había casado con su propio hijo.

Porque no existía otra posibilidad de besarlos, de abrazarlos, de tratar con ellos, sin testigos, asuntos que no se podían hablar a gritos. Ni siquiera los condenados a muerte, ni siquiera en la noche previa a su ejecución, podían recibir visitas sin una alambrada de por medio. Así, algunas madres y hermanas desesperadas se ponían de acuerdo con otras para organizar encuentros muy distintos a los que las mujeres de los presos que podían pagárselo solicitaban para tener relaciones sexuales con sus maridos.

—Se trata de forrarse con el dinero de los rojos, nada más —le explicó Jacinta—. En el cuarto por lo visto no hay nada, ni una triste silla, el suelo, las cuatro paredes y un ventanuco. Yo creo que el director de la cárcel ni sabe lo que pasa allí, fíjate...

—Mejor —el timbre que convocaba a los artistas para el tercer pase puso fin a la conversación—. Cuando bajes, dile a mi mujer que la espero en casa.

Al cruzar la azotea, miró al cielo y se fijó en que aquella noche había luna llena. Pues va a ser verdad que soy un hombre-lobo, se dijo, y celebró aquella casualidad como un guiño del destino, porque Silverio no estaba a su lado para moderar su ambición, pero sus méritos habían desatado los engranajes que rechinaban en su cabeza, y eso era como una garantía de su presencia.

—Es lo mismo que matar moscas a cañonazos —recordó—, pero si te empeñas...

Aquella noche, solo en su casa con un proyecto, un plan, algo que hacer por primera vez en mucho tiempo, Antonio comprendió que la objeción de Silverio tenía más fundamento que nunca, pero el simple hecho de poder cargar un cañón imaginario para matar a una mosca diminuta le dio fuerzas y ánimos, devolviéndole el buen humor que le faltaba desde hacía meses.

—Pero, bueno, ¿y a ti qué te pasa hoy? —Eladia lo celebró cuando la enlazó por la cintura y la estrechó contra sí, para bailar con ella sin más música que la que sonaba en su imaginación.

La dirección del Partido tardó menos de cuarenta y ocho horas en comunicarle que había aprobado su plan y estaba dispuesta a correr con los gastos. La cantaora recitó a continuación, como si fuera la letra de una copla que hubiera tenido que aprenderse de memoria, que las multicopistas eran prioritarias, que el camarada Perales estaba a cargo de la operación y que, en consideración a su encierro, se le autorizaba expresamente a tomar sus propias decisiones.

—Pero, hombre, requesón... —la Palmera fue la única persona que frunció el ceño cuando se enteró de lo que tramaba—. ¿A ti no te parece que tu pobre hermana ya tiene bastante como para echarle esto encima?

Antes de la victoria de Franco, lo último que Antonio se habría atrevido a sospechar era que algún día llegaría a admirar a Manolita. En los primeros meses de su encierro, atado de pies y manos por la amenaza de un peligro cuyas verdaderas dimensiones aún desconocía, ninguna imagen le posaba en el paladar un sabor tan amargo como la estampa de su hermana, tan pequeña, tan joven, tan sola, con cuatro niños a cuestas, navegando sobre dos cárceles, el paro, el desahucio y el hambre. Estaba seguro de que no sería capaz de tirar de aquel carro durante mucho tiempo, de que antes o después tendría que desprenderse de los pequeños, confiarlos al Auxilio Social o recurrir a la caridad para alimentarlos, si no se veía obligada a hacer algo peor. Por eso, les pidió a las chicas que coquetearan con el comisario todo el tiempo que hiciera falta hasta conseguir una cartilla de fumador a nombre de su padre, y después, siguió desvelándose por las noches mientras repasaba todos los posibles desarrollos de una situación que, en cualquier momento, podía terminar con una de sus hermanas, quizás las dos, en una esquina de la calle de la Montera.

Pero la Palmera, que siempre había sido un sentimental, y se había empeñado en cobijar a Manolita bajo las pocas plumas que le quedaban en las alas, fue contándole, semana tras semana, una historia distinta. Antonio siguió a distancia los episodios de la guerra que su hermana libraba en solitario contra el mundo, la sucesión de pequeñas victorias que había colmado de medallas el pecho de una jovencita a la que él nunca había considerado digna de grandes méritos. A veces, hasta tenía la sensación de no haberla conocido antes, pero en abril de 1941 ya había aprendido que Manolita era fuerte, que era lista, que era animosa, generosa, tenaz. Y que era, sobre todo, muy valiente.

—Precisamente por eso, Palmera —respondió—. Si ha conseguido salir adelante con todo lo que lleva a cuestas... ¿Cómo no va a poder con esto?

Antonio Perales García podría haberse parado a valorar las consecuencias del cañonazo que estaba a punto de disparar, pero su especialidad no era pensar, sino conspirar. La teoría siempre había sido asunto de Silverio.

II
Un extraño noviazgo

Cuando el funcionario descorrió el cerrojo, Martina se lanzó encima de su novio. Durante un instante, sólo pude escuchar el eco entrecortado, confuso, de sus respiraciones.

—Hola, Manolita.

Silverio olía a jabón. Se había lavado y había lavado la ropa que llevaba, una camisa blanca que parecía de gasa, el tejido tan frágil, tan desgastado que transparentaba el relieve de sus costillas, y unos viejos pantalones militares con varios rotos mal cosidos. A sus botas les faltaban los cordones. A sus pies, los calcetines.

—Hola.

El cuarto era tan pequeño que al atravesar el umbral me había quedado a tres pasos de la pared del fondo. En medio estaba él, y a mi derecha, Tasio y Martina habían empezado a respirar por la nariz mientras se besaban como si pretendieran devorarse entre sí. No necesitaba mirarles para verlos, ni prestarles atención para oír algunas palabras sueltas, ganas, estoy, loca, verte, alegría, aunque las pronunciaban en un susurro, sin despegar del todo sus labios de la boca, la cara, el cuello del otro.

—Estás muy guapa —Silverio tampoco levantó la voz para piropearme.

—Tú... —también, iba a decir, pero me pareció una tontería—. Gracias.

La Palmera había cumplido su palabra. Me había vestido, me había peinado, me había pintado, y aunque no parecía exactamente una reina, al mirarme en el espejo me gustó lo que vi.

Llevaba un vestido blanco con la cintura muy marcada y una falda que se abría como la corola de una flor puesta boca abajo. Era de Jacinta. Los zapatos, negros y puntiagudos, con un tacón tan alto que tuve que recorrer la casa con ellos un par de noches hasta que aprendí a pisar en línea recta, eran de Eladia, y preciosos, aunque me hacían mucho daño. Paco me había recogido el pelo alrededor de la cara para dejar mis rizos sueltos por detrás y plantarme encima, a un lado, una gardenia de tela que le había pedido prestada a Dolores.

—Pero es que estoy rarísima, Palmera —intenté resistirme mientras me la sujetaba—. ¿Tú crees que hace falta todo esto?

—Pues claro, mujer —asintió con la cabeza mientras me colocaba la última horquilla—. Se supone que estás enamorada de él, deseando verle, ¿o no? Querrás que te encuentre guapa. No vas a ir como todos los días.

—Pues en el metro me van a tirar pesetas...

—Ya verás como no.

En eso tuvo razón. Cuando salí de casa con las mejillas iluminadas con colorete, carmín en los labios y una raya negra, más fina que las que a él le gustaba pintarse, subrayando el borde interior de mis párpados, llamé la atención de algunos peatones, pero ninguno se rió de mí. Llevaba sobre los hombros una chaqueta fina de punto azul celeste, también de Eladia, y en la mano un bolso blanco que Marisol me había prestado a regañadientes, a cambio de la solemne promesa de que no lo iba a manchar. Al entrar en el metro, me sentía tan rara como si fuera disfrazada, pero en el vagón me di cuenta de que algunos hombres me miraban de vez en cuando como sólo les había visto mirar a otras, y no fui capaz de decidir si aquella novedad me gustaba o me desagradaba, aunque me puse la chaqueta para esconder en las mangas mis manos ásperas y rojizas, de fregona. Sin embargo, cuando llegué a la cárcel, comprendí que yo también tenía razón, y que podría haberme ahorrado la transformación que a la Palmera le había entretenido tanto.

—¡Anda, hija, que sólo te falta el ramo! —porque Martina iba vestida igual que siempre—. Te vas a poner perdida. Ni que fueras a casarte de verdad.

Ella era la campeona de las bodas de Porlier, la reincidente que, en poco más de seis meses, se había casado dos veces y había amadrinado a otras tantas parejas. La lista de espera era muy larga y los condenados a muerte tenían preferencia sobre los demás, pero el precio era tan alto que muchas veces las novias o las madrinas no lograban reunir el dinero a tiempo. En la reserva, siempre estaba Martina.

—Si es que no lo conocí hasta febrero del 39...

También iba a ser mi madrina, y Toñito arregló una cita para que nos conociéramos en el café Comercial, tan lejos de su casa como de la mía.

—Una mañana me caí en la calle mientras empezaban a sonar las sirenas —entornó los ojos como si acabara de encontrar en su boca un sabor muy dulce, y aquella expresión suavizó sus rasgos duros, un poco bastos, para enseñarme la cara de una chica con suerte—. Me torcí el tobillo y no podía andar. Él iba corriendo por la acera. Me vio, me recogió, me ayudó a bajar al metro y ya no nos separamos, pero... —aquella mujer afortunada se evaporó tan deprisa como su sonrisa—. No estuvimos juntos ni dos meses. Por eso, saco el dinero de donde sea. Me da igual no comer, no llevar medias en invierno, ir y volver andando a todas partes... Lo que haga falta.

Si acabara de conocerla, me habría dado envidia, porque yo había hecho las mismas economías por mucho menos. Pero en la cola de la cárcel se sabía todo, y que Martina vivía con un canónigo de San Isidro que tenía medio cuerpo paralizado y ninguna familia. Ella le cuidaba, empujaba su silla de ruedas hasta la iglesia y le reemplazaba en algunas tareas, como vaciar los cepillos. También administraba sus cuentas para, entre otras cosas, pagarse su propio sueldo. Él no tenía más remedio que confiar en aquella muchacha que durante la guerra se había ocupado, además, de que nadie le molestara. Martina le tenía cariño y sólo le engañaba a medias, porque aparte de lo que sisaba por aquí y por allá, de vez en cuando le pedía veinte duros para las obras de caridad del capellán de la cárcel, y ese era el propósito al que el cura de Porlier decía destinar todos sus ingresos.

—No te hagas ilusiones —por su forma de mirarme, comprendí que ella tampoco sabía que mi noviazgo era tan ficticio como la boda en la que iba a culminar—. Es un cuarto sucio y oscuro, pequeño, sin muebles, así que hay que hacerlo en el suelo, unos al lado de otros... —no fui consciente de que la expresión de mi cara hubiera cambiado hasta que se echó a reír—. Pero no te asustes, mujer. Al principio es raro y da mucha vergüenza, pero con el tiempo, una se acostumbra...

El tercer lunes de mayo de 1941, cuando volví a ver a Silverio, me di cuenta de que mi situación en la cola de Porlier había cambiado. La mayoría de las mujeres que una semana antes habían celebrado mi reaparición con miradas benévolas y sonrisas cómplices —¡mira la Manolita, qué espabilada nos ha salido!— me trataban como siempre, pero algunas, esas que solían saberlo todo, asentían con la cabeza al verme, me ponían una mano en el hombro y la apretaban para darme ánimos, o la dejaban caer por mi espalda para dibujar una caricia fugaz. María, la que me había advertido una semana antes que Silverio no sabía nada, me cogió del brazo para caminar a mi lado mientras me hablaba al oído, en un susurro.

—La boda será el lunes que viene —miré hacia delante y encontré una espalda que no había visto al llegar, miré hacia atrás y vi a Julita, que también era comunista—. No te preocupes, que no nos va a oír nadie.

—Ya, pero no entiendo... —la brevedad de aquel plazo me puso tan nerviosa que tuve que pararme a escoger las palabras para que no me malinterpretara—. Creía que la lista era muy larga, mi hermano me dijo que me tocaría esperar más de un mes.

—Y normalmente es así —sonrió antes de desbaratar mis esperanzas—. Pero tú no vas a tener que esperar, porque todas las camaradas te han dejado pasar. También hemos hablado con las que no son del Partido. Algunas nos han hecho el favor y a otras les hemos comprado el turno, pero no pasa nada. Esto es muy importante para nosotros, ya lo sabes... Yo le daré a Martina el dinero y el tabaco, pero me han dicho que tú trabajas en una confitería y podrías conseguir los pasteles más baratos.

—Sí, pero no tengo con qué pagarlos.

—Yo te lo doy. ¿Cuánto te van a costar, más o menos?

Se me pasó por la cabeza la idea de añadir algunas pesetas al precio que me había dado la encargada. No se habría extrañado, porque los pasteles se habían convertido en una extravagancia, un alimento irreal, tan fabuloso como el Gordo de Navidad. Había tenido que inventarme una rifa benéfica de la Sección Femenina de mi barrio antes de preguntar, porque ya sabía que Meli iba a responderme con otra pregunta, ¿y para qué quieres tú un kilo de pasteles? Ni siquiera yo, que trabajaba allí, habría podido calcular que los tíos de Rita ganaran un margen tan desorbitado. María habría pagado cualquier cantidad, y sin embargo le dije la verdad.

—Puede que al final cuesten un poco más —incluyendo la advertencia que Meli me había hecho a mí— porque a veces hay escasez de harina, o de mantequilla, y no se encuentra ni en el mercado negro, o el precio de los huevos se dispara de pronto, y como en teoría nadie sabe por qué...

—Da igual —me cogió la mano derecha para deslizar en ella un billete—. Te doy veinte duros. Tú paga lo que sea y el lunes que viene le devuelves a Juani lo que sobre. Vas a verla, porque ella se casa a las cuatro y tú a las cinco.

Por eso no la engañé, no habría podido. María era hermana de Domingo Girón, Juani, la mujer de Eugenio Mesón, y ambos, dirigentes de la JSU de Madrid que en marzo de 1939 había tenido menos suerte que uno de sus militantes. Mientras Toñito se las ingeniaba para esconderse en el último lugar donde iban a ir a buscarlo, Girón, Mesón y hasta quince de sus camaradas, la cúpula de la organización, habían sido detenidos por los hombres de Casado. Antes de entregar Madrid, el Consejo de Defensa había liberado a todos los comunistas detenidos excepto a ellos. Trasladados a la cárcel aún republicana de Valencia, los diecisiete permanecieron encerrados mientras sus carceleros huían, como un regalo siniestro y destinado a aplacar a las nuevas autoridades, que sólo los devolvieron a la capital para encerrarlos en sus propias cárceles. Una semana antes de que su hermana me diera cien pesetas para comprar un kilo de pasteles, un consejo de guerra había condenado a muerte a todos menos a dos, y Girón tampoco había tenido suerte esta vez.

—Por eso quería pedirte... —María, tan firme hasta entonces, apartó sus ojos de los míos mientras se sonrojaba—. Si esto tuyo sale bien, y ya no necesitáramos... En fin, que si pudieras seguir consiguiendo los pasteles más baratos... No lo digo por mí, sino por las casadas, Juani, Pepa, ya sabes... —hizo una pausa y cerró los ojos, pero aunque apretó los párpados con tanta fuerza como si quisiera hundírselos en el cráneo, cuando volvió a abrirlos ya brillaban más de la cuenta—. Como han condenado a muerte a quince...

Las lágrimas empezaron a desprenderse de sus ojos para caer por sus mejillas, pero no llegaron más allá. Ella se las limpió de un manotazo y hasta dio un pisotón en el suelo antes de seguir hablando.

—Perdóname, parezco tonta. Lo que iba a decirte...

—No te preocupes —tampoco necesitaba oírlo—. Haré lo que pueda.

Me habría gustado hacer algo más, darle un abrazo, un beso, o apretarle una mano, pero no me atreví porque apenas la conocía. Rita era mi amiga, María sólo una chica de la cárcel, una más, como tantas con las que había compartido un destino terrible, el presentimiento, el hachazo, la soledad de quienes sobreviven a la muerte de un marido, un padre, un hermano, sin haber llegado a alcanzar ninguna intimidad. En aquella comunidad, las cosas eran así, tan duras y tan frágiles, tan pesadas y tan livianas a un tiempo que a veces, cuando alguna se venía abajo, podía recordar que otras la habían consolado, que la habían ayudado a sentarse en un banco, que la habían cogido de la mano para recordarle que tenía que ser fuerte, pero una semana después era incapaz de identificarlas. La madre de Rita tenía razón. En la cola de Porlier todas éramos iguales, todas para lo peor, y los rostros, los cuerpos, las voces de todas se borraban para confundirse en una sola, el rostro, el cuerpo, la voz de la cola de la cárcel. Por eso no me atreví a tocar a María. Por eso ella me respondió con una sola palabra.

—Gracias.

Y cuando entré en el locutorio me sentí afortunada, una privilegiada que no se jugaba nada en aquella visita ni en el encuentro del lunes siguiente. Silverio también estaba de buen humor, relajado y muy contento de verme. Su sonrisa tal vez me habría alarmado si no hubiera visto sonreír antes a Domingo Girón. El hermano de María tenía veintinueve años y nunca cumpliría treinta. En otras condiciones, cuando podía lavarse, afeitarse delante de un espejo y ponerse ropa limpia, debía de haber sido un hombre guapo. Tras la alambrada, su calavera transparentándose bajo la piel tirante del rostro, el cuerpo consumido, más que flaco, y el relieve de los huesos visible bajo la ropa, era como todos, y cuando estaba serio no llamaba la atención. Sin embargo, al sonreír, sus ojos achinados se entornaban, sus labios cobraban un misterioso grosor y toda su cara se iluminaba. Entonces era imposible dejar de mirarle, imposible creer que fuera a morir, que aquella sonrisa tuviera los días contados y aquellos labios, aquellos ojos, aquellos dientes perfectos, fueran a extinguirse para siempre sin haber llegado a conocer la humillante tiranía de la vejez. Aquella mañana, mientras le miraba, me dio mucha pena pensarlo. No le conocía de nada, nunca había hablado con él, no sabía cómo era, qué carácter tenía, cuáles eran sus virtudes, sus defectos. Sólo que había sido ferroviario y que nunca cumpliría treinta años, porque le iban a matar. Durante unos instantes sentí su condena como una tragedia personal. No era la primera vez que me ocurría. Aquellos repentinos accesos de una sensación profunda y difícil de definir, en los que la compasión por un hombre real se confundía con la tristeza inspirada por una relación imaginaria, eran un fenómeno corriente en aquel lugar donde la propia identidad se diluía en una especie de órgano universal, como si todas las mujeres de la cola fuéramos una sola, como si todos los presos de Porlier fueran el padre, el hermano, el marido de todas. Pero aquel día, la sonrisa de Girón me conmovió más de la cuenta. Atrapada en la curva de sus labios mientras sentía el dolor de su hermana instalado en mi pecho, no encontré la manera de deshacer otra sonrisa.

—Nos casamos el lunes que viene, a las cinco —mientras Silverio asentía, los presos que le rodeaban celebraron la noticia más que él para que mi ánimo cambiara de dirección, como si después de subir el último peldaño de una escalera larga y empinada, se deslizara plácidamente por un tobogán.

—Los hay con suerte...

—Estarás contento...

—Oye, si te echas para atrás, avísame...

—Y si no a mí, que estoy soltero y sin compromiso.

Tampoco era la primera vez que asistía a una algarabía semejante, la versión masculina y carcelaria de la pescadilla de Julita. Al otro lado de la alambrada de enfrente, ellos tenían más motivos que nosotras para burlar a la muerte, para ahuyentarla con chistes y con risas. Mi padre, que tenía una pepa encima, me había cantado el chotis que sus compañeros habían dedicado a la pena de muerte, encaramada como una reina promiscua en el trono del tribunal de las Salesas, *Pepa, Pepa, ¿dónde vas con tanto tío?, de continuar así, dejarás Madrid vacío,* y al llegar al estribillo se partía de risa, como si la letra no fuera con él. Por eso, porque necesitaban reírse de cualquier cosa, me uní a ellos aquella mañana. Y no fui la única.

—Anda que... —la madre del último que había hablado, negó con la cabeza y un gesto de incredulidad—. Presos y todo, no piensan en otra cosa.

—Pa chasco —dijo la mujer de otro—. Tendrían que nacer otra vez.

—Ya te digo —terció una tercera—. Y el pobre muchacho a punto de reventar —y se echó a reír—. Debería daros vergüenza.

Yo la imité, porque los comentarios de sus compañeros eran graciosos, pero no tanto como el sonrojo que se había apoderado de la cabeza de Silverio, su cuello, su rostro, sus orejas rojas como un tomate, aunque la vergüenza que los otros no sentían tampoco le estropeó el humor, ni le impidió mover unos labios color escarlata.

—¡Qué bien! —gritó a través de la malla de alambre, y siguió sonriendo.

Entonces me asusté, pero no por mí, sino por él, por el chasco que iba a llevarse cuando estuviéramos solos en una habitación.

—Pero... —por eso intenté darle una pista—. Tú ya te imaginas de qué va esto, ¿verdad? —y lo único que logré fue empeorar las cosas.

—Mujer, el chico es tonto, pero no tanto...

—Yo creo que a eso llega...

—Y si no, ya se lo explicaremos nosotros...

—Tú tranquila, que va a cumplir como un hombre.

Silverio seguía igual de colorado, pero no ofrecía resistencia a aquellas bromas, la expresión de una envidia limpia, amable, que no pretendía ofenderle. En aquel momento era un privilegiado, lo sabía y pagaba con gusto el precio impuesto por quienes no habían tenido tanta suerte. Y aunque aquella escena me habría parecido mucho más divertida si la novia de Silverio no hubiera sido yo, la compasión no me impidió pensar en Rita, en cómo nos reiríamos si ella estuviera conmigo, en cómo nos regañaría Caridad después. Por eso no conseguí recobrar la compostura.

—¡Dejadle en paz! —Girón parecía enfadado, tan serio que logró imponer silencio un instante antes de que sus labios se curvaran de nuevo—. A ver si lo vais a poner nervioso y luego, con lo largo que es, se va a acabar arrugando.

—¡Mingo! —su hermana, la única que no le encontraba la gracia a aquellos juegos de palabras, le regañó—. Ya está bien —antes de volverse hacia mí—. Eso también va por ti, Manolita.

Después, cuando ya lo había hecho todo mal, supuse que en aquel momento ella estaba pensando lo que debería haber pensado yo desde el principio, que Silverio acababa de cumplir veinticuatro años, que hacía más de dos que no veía a una mujer sin una alambrada por medio, y que no sabía a quién tenía que agradecer aquel milagroso regalo del destino. Aunque no era mucho mayor que yo, María tenía experiencia suficiente para intuir lo que iba a pasar en un cuartucho que, pese a las advertencias de Martina, nunca imaginé tan sucio, tan pequeño ni maloliente como el cubil donde me encontraría una semana después. Pero no sólo me fallaba la imaginación.

En mayo de 1941, yo tenía dieciocho años y ningún novio a mis espaldas. Antes de la guerra, había tonteado una temporada con Abel, el hermano pequeño de Julián, y nos habíamos dado algunos besos breves y apresurados, secos, inocentes. Una tarde, en plena guerra, había estado a punto de repetir con el Orejas y eso era todo. Desde que los franquistas entraron en Madrid, siempre había tenido demasiadas cosas que hacer, demasiado urgentes como para que me pasara algo más, aparte de lo que pasaba en la trastienda de Jero cuando las cosas venían mal dadas, que eso no contaba porque sólo era una forma de comprar el pan. Pero yo no tenía la culpa de ser tan pava, ni iba a entrar en la cárcel como una mártir en un Coliseo lleno de leones por mi propia voluntad. Además, tenía un plan. Mira, Silverio, antes de nada tenemos que hablar, porque esto no es lo que parece. Él me escucharía, se sorprendería mucho, me preguntaría qué había querido decir, yo se lo contaría, él me explicaría a cambio qué había que hacer para que funcionaran las multicopistas, y a otra cosa.

Eso era lo que creía que iba a pasar el 19 de mayo de 1941, cuando me encontré con Martina a las cuatro y media de la tarde en la calle Padilla, delante de una puerta pequeña por la que nunca había entrado hasta entonces.

—Vamos —después de asombrarse de mi aspecto, sonrió y me cogió del brazo—. Primero nos tienen que registrar, pero parece que ha habido suerte, porque los de hoy no suelen meter mano.

Al escucharla, me paré en seco.

—¿Cómo que meten mano? —pregunté con un hilo de voz.

—Que no te asustes, mujer —ella se echó a reír y tiró de mí—. Hay que ver, Manolita, te ahogas en un vaso de agua.

Eran dos, uno joven y bajito, con pinta de estudiante, el otro más bien gordo, con bigote y unos cuarenta años. El primero recogió el dinero, el tabaco, mis pasteles y una caja de yemas rellenas de cabello de ángel que unas monjas le regalaban cada semana al patrón de Martina para que ella se las requisara por su bien, decía, porque era diabético. Se lo llevó todo y no le volví a ver. El otro anunció que iba a registrarnos y le pidió a mi madrina que abriera los brazos y separara las piernas. La cacheó sin sobarla más de la cuenta, pero al terminar, se quedó mirándola con la boca abierta. Tenía los dientes amarillos y el blanco de los ojos se le puso del mismo color.

—Cómo te vas a poner, ¿eh? —ella no le hizo ni caso—. Dos veces en un mes. Eso es afición, menuda cachonda debes estar tú hecha, y que tenga yo que perdérmelo, desde luego, hay que joderse —entonces me miró y empecé a tiritar como si tuviera fiebre—. A ver, pimpollo, ahora tú...

Separé los brazos, las piernas, y cerré los ojos para no verle. Al rato volví a abrirlos para ver qué pasaba. No me había puesto un dedo encima porque estaba esperando a que le mirara. Cuando lo hice, se echó a reír.

—Pero no te pongas así, preciosidad —y se agachó para empezar a cachearme por los tobillos—. Mira a la mosquita muerta, cualquiera diría que no viene a abrirse de piernas... ¿Con tu novio también te haces la tímida?

Aquel cabrón tardó conmigo más que con Martina, porque repasó dos veces cada línea, cada curva, cada accidente de mi cuerpo. Cuando terminó, volcó el contenido de nuestros bolsos en una mesa, hizo un gesto con el dedo para que lo recogiéramos, me miró, miró a Martina, volvió a mirarme. Luego se sacó unas llaves de un bolsillo y abrió una puerta que estaba al fondo.

—¡Hala, a pasarlo bien!

Hasta ese momento, cada uno de los elementos de aquel embrollo, las multicopistas, la boda, el precio de los pasteles, la alegría de Silverio y las maquinaciones de mi hermano, había estado revestido del hipotético y reconfortante envoltorio de la teoría. La cárcel era un lugar tan raro, con todos aquellos hombres encerrados, aquellas mujeres aplastadas contra una verja, los funcionarios caminando entre ellos por un pasillo, que lo que sucedía en su interior producía un efecto de irrealidad que sobrevivía a los juicios, a las sentencias, a las ejecuciones. Quizás esa sensación, la remota serenidad de estar viviendo en una pesadilla que terminaría abruptamente en cualquier momento, era una simple consecuencia de nuestro instinto de supervivencia. Si no hubiéramos sospechado que, pese a todo, lo que nos estaba pasando era imposible, los suicidios habrían dejado desiertas las dos mitades del locutorio hacía mucho tiempo. Por eso había llegado yo hasta aquella tarde, aquel instante en el que me di cuenta de dónde me había metido y de que no había marcha atrás. Por eso seguí a Martina sin decir nada, como un animal que avanza hacia la muerte por su propio pie. Mi matadero era un pasillo largo y estrecho, sin ventanas, una bombilla colgando del techo por toda iluminación.

—A ver si estas no se retrasan —Martina se apoyó en la pared, porque tampoco había donde sentarse—. Pobrecillas, no debería decir eso, están peor que nosotras, pero es que luego una hora se hace tan corta que no...

No llegó a terminar la frase. Yo no supe por qué, no veía nada, había vuelto a cerrar los ojos. Lo único que sentía era frío, pero enseguida noté el peso de un brazo alrededor de mis hombros, después el roce de su pelo en la mejilla. Cuando intenté mirarla, no pude verla bien.

—Aquí no se viene así, Manolita. Aquí no se llora, no se siente, ¿entiendes? Hasta que entremos ahí dentro, lo que hay que hacer es apretar los dientes y pensar en otra cosa. ¿Tú sabes en lo que estaba pensando yo mientras ese cerdo me decía esas guarradas? —no respondí y me estrechó un poco más fuerte—. ¿Quieres saberlo? —asentí con la cabeza y la presión de su brazo se aflojó—. Pues pensaba... ¡qué gordas deben estar las lombrices que tienes en el culo, hijo de la gran puta!

—¿Lombrices? —aquellas palabras me sorprendieron tanto que logré pasar del llanto a la risa en un instante—. ¿Y cómo se te ocurre...? ¡Qué asco!

—Pues por eso —ella también se rió—. Un tío tan asqueroso tiene que tener el cuerpo lleno de cosas asquerosas, ¿no?, así que mientras me hablaba, yo veía lombrices, miles, millones de lombrices gordas y ciegas, pegándose entre sí por salir del agujero de su culo... Se te ha corrido la pintura —abrió su bolso, me dio un pañuelo, un lápiz, un espejito—. Toma, arrégláte —y no tenía más de veinte años, pero me miró como si fuera mi madre.

Un cuarto de hora después se abrió la puerta del fondo. Una chica a la que apenas conocía de vista la atravesó sosteniendo a otra delgada y de aspecto frágil, tan menuda que parecía una niña, quizás porque la llevaba casi en volandas. Aunque tenía la cabeza baja, la barbilla hundida, la reconocí enseguida. Era Juani, la Juanini, como la llamaban en su barrio, la más fuerte de la cola de Porlier, siempre animosa y animando a los demás. Aquella tarde, en cambio, lloraba como si pretendiera quedarse hueca, vaciarse entera por los ojos, y era su amiga quien representaba ese papel, como Juani habría sabido consolar a María, pensé, la mañana en que yo no supe hacerlo.

—Hola, Manolita.

Bastó que su acompañante me llamara por mi nombre para que Juani se irguiera. Después se metió los dedos debajo de las gafas, se estiró la ropa y sacudió los hombros con suavidad.

—Déjame, Petra... —tenía la cara muy pálida, los ojos brillantes, los labios tensos y una mina de hierro, el remoto depósito interior del que estaba sacando las fuerzas suficientes para no venirse abajo—. Ya estoy bien, de verdad.

—Te he traído las vueltas —anuncié mientras buscaba en el monedero hasta el último céntimo—. Toma.

—Gracias —me puso una mano en el hombro—. Y ánimo.

—Mucha suerte, Manolita —Petra me apretó el brazo al pasar a mi lado y cuando se marcharon, descubrí que me había quedado sola en aquel pasillo. Martina se me había adelantado para esperar en una especie de vestíbulo, ante una puerta cerrada.

—Ahora hay que esperar a que traigan a los nuestros.

Yo no dije nada. Seguía viendo a Juani, preguntándome qué podría pasar tras una puerta cerrada entre una mujer enamorada y un hombre condenado a muerte, cómo serían sus besos, sus abrazos, qué palabras usarían, sabiendo que les quedaban tan pocas. Recordé el inesperado elogio con el que Toñito se había premiado a sí mismo, más que a mí, por haberme embaucado en aquel disparate, te has convertido en una chica muy valiente, y volví a pensar que aquel adjetivo era demasiado pesado para mis hombros. La escena que acababa de contemplar me había aplastado de tal forma que ni siquiera me puse nerviosa. Sólo podía pensar que, por muy amarillos que se le hubieran puesto los ojos al guardia de la entrada, seguía siendo afortunada. Entonces se abrió la puerta y otro funcionario nos repasó con la mirada antes de cedernos el paso. Martina entró corriendo. Yo, andando despacio.

Mis ojos, habituados al resplandor de la bombilla, apenas distinguieron los bultos alargados de dos hombres de pie. Mi nariz percibió enseguida, a cambio, un olor tan espeso como un puñetazo, en el que una concentración muy elevada de la pestilencia que invadía toda la cárcel se sumaba a la del sudor, la humedad, y un aroma violento, especiado, ácido y misteriosamente dulzón a la vez. Era el olor del sexo, pero yo no lo conocía. Cuando Silverio me saludó, forcé la vista y antes que su cara distinguí una sombra pequeña que trepaba por las paredes. Cucarachas, me dije, qué alegría, y me entraron ganas de llorar. Siempre sentía ganas de llorar al ver una cucaracha, pero cuando busqué más, mi mirada se tropezó con un monstruo mayor, de dos cabezas, Tasio y Martina tan juntos como si compartieran un solo cuerpo, la sombra blanca de la pierna que ella había encajado en la cintura de su novio destacando sobre la mancha oscura de la ropa del preso. Volví a mirar al Manitas y a la luz de un ventanuco que nunca se abría para ventilar, ni para limpiar un cristal tan sucio que apenas dejaba pasar una claridad grisácea, tamizada por el polvo, logré ya verle bien. Su ropa era más clara que la de Tasio y pensé que se iba a llenar de manchas, pero eso no iba a ser nada en comparación con la ruina del vestido blanco de Jacinta. Eso fue lo último que pude pensar en un buen rato, porque a partir de ahí, todo se precipitó para avanzar mucho más deprisa que mi entendimiento.

—Mira, Silverio, tenemos que...

Yo tenía un plan, pero era imposible ponerlo en práctica con una lengua dentro de la boca. Cuando la suya empezó a buscar la mía, no había tenido tiempo de oponer resistencia. Era gruesa, caliente, y sobre todo extraña mientras se movía contra el filo de mis dientes, una agresión blanda, indolora pero desconcertante, desagradable y sin embargo tan poderosa que por un momento concentró toda mi atención, aislando mi nariz de aquel olor hediondo, desterrando a las cucarachas para afinar a cambio mis oídos, que percibían un jadeo diferente, ahora rítmico, regular, la banda sonora de la pareja que había cambiado de postura a mi derecha. Me había preguntado muchas veces cómo serían los besos en la boca, pero Silverio no me concedió el plazo suficiente para hallar una respuesta. Un segundo antes de descubrir que quizás su lengua no me disgustaba tanto como al principio, sus manos cambiaron de lugar. Al besarme, habían recorrido mi espalda mientras me apretaban contra él. Después, habían ido bajando para acariciar mis caderas. Desde allí, las hizo subir para rodear mi cintura y las deslizó entre su cuerpo y el mío para posar las palmas sobre mis pechos. Los apretó sin hacerme daño y me devolvió la cordura junto con el control de los brazos. No perdí el tiempo en apartar sus manos. Apoyé las mías en sus hombros y empujé con todas mis fuerzas.

—¿Pero qué pasa?

—¿Que qué pasa? —él me lo había preguntado sin levantar la voz y yo contesté en el mismo volumen, aunque procuré impregnar mis susurros con un tono de indignación digno de un grito—. ¡Que estás tolay, pasa! ¿Es que tú y yo hemos tenido algo que ver alguna vez, Silverio? ¿No se te ha ocurrido pensar que no podíamos ser novios así, por las buenas?

—Nnn, nno, ppp... pero... —sabía que era tímido, pero nunca había escuchado en él, ni en nadie, un tartamudeo semejante—. T-tú dd-dijiste que qu-qu-querías casarte coo-onmigo, que yo e-e-era muy buen ppp-partido... —cerró los ojos para negar con la cabeza—. Nnn-no lo entiendo.

—¿Y cómo lo vas a entender, si no me has dejado que te lo explique?

—¿Os queréis callar de una puta vez, coño?

Tasio había apoyado a su novia contra la pared, y cuando se volvió a mirarnos, me di cuenta de que era bastante feo, cabezón, con las cejas muy juntas y una barba tan cerrada que se distinguía hasta en aquella penumbra, aunque eso me asombró menos que la facilidad con la que, tan flaco y tan bajo como era, sostenía a Martina en vilo sin más apoyo, en apariencia, que el de las piernas que rodeaban su cintura. No supe qué decir y miré a Silverio, que había cruzado los brazos sobre la cabeza para protegerla del mundo que se le acababa de caer encima. Tasio se dio por satisfecho con nuestro silencio y volvió a ocuparse de su novia, a agarrarla por las caderas mientras la empujaba hacia arriba una y otra vez, para que ella le recibiera con los ojos cerrados, la boca entreabierta, una especie de ronroneo de gato que procedía de algún lugar más profundo que su garganta.

—Ven —le puse una mano a Silverio en la espalda, pero no conseguí que liberara su cabeza de la cárcel de sus brazos—. Vamos a ese rincón.

Lo conduje hasta allí como si estuviera ciego y me senté mirando a la pared. Él se destapó los ojos un momento para sentarse a mi lado, pero enseguida corrigió su posición para separarse unos centímetros más de mí, y volvió a cubrirse la cabeza con los brazos. Al mirarle, me dieron ganas de hacer lo mismo. Me sentía tan culpable, tan inocente a la vez de mis pecados, que le habría cogido de la mano si hubiera podido.

—Lo siento mucho, Silverio, de verdad que lo siento, pero es que... No es culpa mía —él no se movió, no me miró, no dijo nada, pero al ver sus dedos crispados me di cuenta de que se estaba tirando del pelo y decidí saltarme las excusas—. Me ha mandado mi hermano para un asunto de vuestro partido. Por lo visto, han llegado unas multicopistas de América y nadie sabe hacerlas funcionar. Toñito pensó que tú sí sabrías, y como no podíamos hablar de esto en el locutorio, se le ocurrió que me casara contigo. María, la hermana de Girón, me dijo después que no te habían avisado por seguridad, para que no dijeras nada.

Él no reaccionó enseguida. Antes respiró hondo una docena de veces, inspirando profundamente para retener el aire en sus pulmones durante unos segundos, espirándolo después con suavidad. Supuse que era una técnica destinada a tranquilizarse y recuperar el dominio de su lengua, pero aunque su dicción mejoró, cuando volvió a hablar sólo le entendí a medias.

—Jjj-joder con el hombre-lobo, me ca-ago en todos sus muertos... —dejó pasar unos segundos antes de ser más explícito—. Cuando salga de aquí, voy a matar a tu hermano.

—No creo que puedas —le contesté, celebrando que volviera a pronunciar las palabras de un tirón—. Le habré matado yo antes.

En ese instante cogió aire, se destapó la cabeza y volvió a mirarme.

—Cuéntamelo otra vez, a-anda, que no me he enterado bien.

Le repetí lo que sabía mientras Tasio y Martina se tumbaban en el suelo, todavía más cerca de nosotros, aunque su proximidad no pareció distraerle demasiado. El sonrojo no había cedido, pero fue limitando su dominio a las mejillas mientras me escuchaba con la vista fija en las baldosas, un gesto de concentración que soldaba sus labios y fruncía levemente sus cejas.

—Así, así... No, eso... ¡Ah!, sí..., así...

Martina, más cómoda ahora, no paraba de susurrarle instrucciones a su amante, que contestaba de vez en cuando en el mismo tono. Yo procuraba no oírles, pero no lo conseguí, y a medida que la piel de Silverio se enfriaba, la mía se fue calentando de una vergüenza distinta, la de contemplar una escena que aquella pareja no debería haber compartido con nadie.

—¿Cinco? —por eso le agradecí en silencio que me hablara, que me interrumpiera de vez en cuando sin tropezarse con ninguna sílaba—. No pueden ser cinco. Las multicopistas sencillas sólo tienen un rodillo, y las que imprimen varias hojas a la vez, un número par. Las he visto con dos, y me han contado que las hay con cuatro, pero nada más.

—Pues estas tienen cinco.

—¡Qué raro! —y se quedaba pensando como si no oyera los gemidos de Martina, como si no percibiera la violencia del olor que nos envolvía, creciendo un poco más en cada segundo—. El quinto no puede servir para imprimir. Tiene que ser un seguro, un mecanismo que sirva para otra cosa...

Cuando se agotaron sus preguntas, todas las dudas que no pude resolver, negó con la cabeza y se me quedó mirando.

—Así no puedo, Manolita. Tendría que verlas, y como no me dejan salir de aquí, vas a tener que hacerlo tú por mí.

—¿Yo? —y me asusté tanto como la primera vez que escuché el plan de mi hermano—. No, yo no. Si yo no sé nada.

—Eso da igual. Las máquinas son como las personas, sólo tienes que mirarlas con mucha atención, igual que mirarías a alguien que te acabaran de presentar. Tú vas a verlas, las estudias, y te fijas bien en todos los detalles, sobre todo en el rodillo del centro, el impar... —se quedó pensando otra vez y aplastó a una cucaracha con el pie—. ¿Sabes dibujar? —negué con la cabeza—. Pues que te acompañe alguien que sepa. Que haga un par de planos tan minuciosos como sea posible, uno de frente y otro desde arriba, en las dos caras del mismo papel, y me los traes la próxima vez.

—¿La próxima vez? —socorro, grité hacia dentro, y mi imaginación acudió al rescate—. Si no puedo meter nada aquí, Silverio, antes de entrar nos cachean, es imposible...

—En el moño.

—¿Qué?

—Que te puedes meter el papel en el moño. En la cabeza no te han cacheado, ¿a que no? —y no me quedó más remedio que darle la razón—. Pues haces un rollo con el plano, lo doblas y te lo metes en el moño.

—Ya, pero... —si yo no llevo moño, podría haberle dicho, pero me lo ahorré para no escuchar que bastaría con que me hiciera uno, y me limité a calcular el júbilo con el que la Palmera acogería la noticia.

—Así entran aquí los lápices, las cartas, el dinero... A nosotros no nos cachean para no llamar la atención de los que no están en el ajo. Yo no había venido nunca, pero he visto que nos traen y nos llevan muy deprisa. Si tú me traes un plano, yo me las apañaré para que no me lo quiten.

—Vale, hablaré con mi hermano.

—Sí —me sonrió por primera vez—. Y m-mándale a la mierda de mi parte.

Yo también sonreí, pero no encontré nada más que decir. Nos quedamos los dos callados, mirando a la pared, mientras nuestros padrinos, que desde hacía un rato hablaban en un murmullo salpicado de besos, volvían a la carga. Yo cerré los ojos y resoplé, pero Silverio intervino por los dos.

—Tasio... —no le contestó—. Tasio... —tampoco esta vez—. Tasio... —y siguió haciéndose el sordo—. Voy a llamar al guardia, quiero irme de aquí.

—¡Sí, los cojones! No me jodas, Manitas... —el novio de Martina dejó de moverse, y apoyó todo su peso en las manos para quedarse mirando a Silverio—. Llama al guardia y te rajo como a una sandía, no te digo más.

—Bueno, pues dile a tu novia que no haga ruido.

—¡Claro! ¿Y qué más? —protestó ella—. Eso era lo que faltaba para el duro. La próxima vez, ya os podéis ir buscando otros padrinos...

Silverio volvió a mirarme, y al verle sonreír comprendí que su amenaza no iba en serio.

—Cuéntame algo.

—¿Algo? ¿Qué?

—Lo que sea, así nos distraemos. Deben de quedar veinte minutos, por lo menos.

—Joder con Martina —no me di cuenta de que hablaba en voz alta—. Y eso que antes de entrar me ha dicho que una hora no daba para nada.

—Depende de a qué se dedique uno, ¿no?

No quería pensar en eso, así que me lancé a hablar y le conté todo lo que me había pasado, dónde vivía, dónde trabajaba, le hablé del barrio, de la suerte de nuestros vecinos, de los que seguían encerrados y los que habían salido ya de la cárcel. A cambio me enteré de que él no era un preso de la guerra. En abril de 1939, después de estar unos días detenido, lo pusieron en libertad con la obligación de hacer la mili, pero tuvo la suerte, primero buena y después mala, de que lo reclamaran antes de terminar la instrucción para destinarle a una imprenta militar. Aprovechó el primer permiso para retomar el contacto con sus camaradas. Le encargaron unas octavillas y la policía entró en la imprenta de su abuelo cuando la Minerva todavía estaba templada. Así, unos meses después de haber salido, volvió a la cárcel.

—Yo fui de los últimos pero aquel verano cayó mucha gente, así que supongo que me delataría el mismo que a los demás. Hay un traidor, y tiene que ser alguien que hemos tenido dentro mucho tiempo, desde que nos reuníamos en tu casa. El Orejas dice que igual es una chica, aunque yo creo...

Nunca llegó a decirme lo que creía, porque en ese momento escuchamos el repiqueteo de unos nudillos sobre la puerta.

—¡Cinco minutos! —el grito resonó como un rugido en aquel cuarto donde todos hablábamos en susurros.

Él miró al suelo, como si necesitara pensar otra vez.

—Ahora tendrás que abrazarme como si se te partiera el corazón —y me dirigió una mirada tan avergonzada que comprendí que estaba a punto de volver a tartajear—. Lo siento, pero...

—No, no, no pasa nada —me apresuré a asegurarle—. No me importa abrazarte, quiero decir que... Perdóname, Silverio, yo sí que siento muchísimo lo de antes, de verdad que...

—No —movió las manos en el aire para hacerme callar, antes de demostrarme que no había llegado a tiempo—. Yo t-t-también... Lo-lo... siento. Y nnn... n-no quiero...

—Vale, no volvemos a hablar de esto.

—Eso —parecía tan aliviado que decidí darle unas garantías que no se había atrevido a pedirme.

—Pero volveré a verte todos los lunes —y al recordar la escena del locutorio, fui todavía más lejos—. Y nadie va a enterarse de lo que ha pasado, te lo prometo. Bueno, si Tasio...

—No —negó con la cabeza—. Yo mmm-me encargo.

Cuando se abrió la puerta, Martina se aferró a su novio como si presintiera que al desprenderse de él se le partiría el corazón. Yo me pegué al Manitas, rodeé su cuello con mis brazos, sentí los suyos alrededor de mi cintura y, como era más alto que yo, me puse de puntillas para besarle en la boca. Él se volvió para darle la espalda al funcionario, pero de todas formas, sin pensar mucho en lo que hacía, intenté meterle la lengua dentro. No pude. Tenía los dientes cerrados.

—Anda que...

Martina, que había hecho el camino de vuelta delante de mí, a una velocidad incompatible con la doliente pereza de su despedida, no me dirigió la palabra hasta que estuvimos en la calle. Por eso no pude darme cuenta a tiempo de lo furiosa que estaba.

—Tú también podías haberme contado a lo que venías, ¿no? —me agarró de un brazo y tiró de mí hasta que nos hallamos a una distancia que juzgó suficiente para permitirse la imprudencia de chillarme—. ¡Joder, menuda encerrona! La leche que os han dado, a ti y al marica ese...

—¡Oye, mona! —sus palabras me indignaron tanto que le di un empujón que la hizo trastabillar—. No hables de lo que no sabes, ¿estamos?

—¡Que no me toques! —me devolvió el empujón, pero lo aguanté mejor que ella porque lo estaba esperando.

—Pues para de decir gilipolleces...

En ese momento, distinguí una mancha oscura con el rabillo del ojo. Giré la cabeza para ver a un señor de unos cincuenta años, muy bien vestido, que nos observaba como un biólogo enfrentado a dos bichos de una especie exótica. Cuando volví a mirar a Martina, me di cuenta de que ella también lo había visto, y la cogí del brazo para arrastrarla hacia el metro.

—Primero, Silverio no es marica, ¿me oyes? —hablaba con la vista fija en mis zapatos, escupiendo las palabras como si me estorbaran en la boca—. Segundo, lo único que he hecho ahí dentro ha sido cumplir órdenes, y de vuestro partido, por cierto, que yo ni siquiera soy comunista. Tercero, no te podía contar nada antes ni te lo puedo contar ahora, porque es secreto, y si has oído algo, más te vale olvidarlo. Y cuarto... —hice una pausa para mirarla y la encontré muy colorada, con una expresión compungida en los labios, la vista baja—. Como le cuentes una sola palabra de esto a alguien, te parto la cara, por estas...

—hice una cruz con los dedos y los besé— que son cruces. Así que chitón, ¿está claro?

Asintió con la cabeza y seguimos andando en silencio hasta que, al llegar a la boca del metro, la oí reír.

—Hay que ver, Manolita... No sabía que tuvieras tanto carácter.

—Yo tampoco —y me quedé tan perpleja que ni siquiera sonreí.

Había muchas cosas de mí que yo misma no sabía. Aquella tarde, mientras lavaba el vestido de Jacinta, y lo restregaba hasta que me dolían los nudillos y lo miraba a la luz y comprobaba que las manchas no habían salido, las repasé todas, una por una, hasta que me asaltó la tentación de no creer, de desmentir las imágenes que brincaban entre las paredes de mi cabeza, las palabras que daban cuerda a mi memoria para convertirla en una máquina tonta, un mecanismo sin fin, detenido en un movimiento circular.

Los mellizos jugaban al escondite con los hijos de Margarita y yo los oía, una, dos, tres, reconocía la voz del que se la llevaba, cuatro, cinco, seis, escuchaba el silencioso estrépito de los que se escurrían bajo las camas o se agachaban detrás de un mueble, siete, ocho, nueve, veía a Pablo pasar a mi lado con un dedo encima de la boca, y diez, ¡voy!, y volvía a meter el vestido en lejía mientras seguía su juego a distancia, ¡por mí y por todos mis compañeros y por mí el primero!, y a pesar de las grietas del techo, la extrañeza de aquel hogar ajeno de habitaciones sin puertas, cortinas caseras y esteras de esparto, no vale, había cogido a Marga, me daba cuenta de que el juego de los niños en aquella tarde de mayo, tan plácida que parecía otra, era real, lo que no vale es lo tuyo, ha sido trampa, la única realidad auténtica, ¡tramposa tú!, la realidad de Manolita Perales García, que no, que te la vuelves a llevar, una chica que lavaba un vestido blanco y no tenía nada que ver con el cuartucho siniestro y maloliente, ¡pues ya no juego, hala!, donde dos extraños se sostenían en un equilibrio imposible, sí que juegas, Juanito, te la vuelves a llevar, para cultivar un olor ácido y dulce que sacudía mi nariz como un puñetazo, no, se la lleva Marga que la he cogido, y sólo un rato antes yo había estado allí pero no me lo creía, me has cogido pero no vale porque tu hermano me había salvado ya, y yo también me había salvado, estaba en casa, en aquella ruina que era la única casa que tenía, ¡que no!, ¡que sí!, y mi nariz no percibía otro aroma que el de la lejía, ¡pues te la llevas tú o yo no juego!, un olor a limpio, tan agradable de pronto como el perfume más exquisito, siempre estás igual, Juanito, no se puede jugar a nada contigo, pero el vestido de Jacinta estaba en el barreño para recordarme que aquella escena había ocurrido en realidad, dejadle, da igual, ya me la llevo yo, que en otra realidad imposible, que había suspendido la auténtica durante una hora, yo había estado allí, una, dos, tres, que antes me había cacheado un funcionario que tenía el blanco de los ojos tan amarillo como los dientes, cuatro, cinco, seis, y había visto salir a Juani por aquella puerta como si fuera una marioneta desarticulada, siete, ocho, nueve, y después Silverio me había metido la lengua en la boca antes de tirarse del pelo con todos los dedos, y diez, ¡voy!, y yo me había sentido tan culpable de lo que le había hecho que no lograba arrancar su cara de mis ojos, ni su tartamudez de mis oídos, ¡por mí y por todos mis compañeros y por mí el primero!

Dejé el vestido sumergido en agua con lejía y me puse a limpiar el bolso de Marisol, primero con alcohol, luego con gasolina, por fin con un trapo empapado en agua jabonosa y mucho cuidado, para no estropear la piel más de lo imprescindible. Los niños seguían jugando y peleándose, como si los juegos en armonía no fueran ni la mitad de divertidos, y mi cabeza hervía, me bombardeaba con recuerdos que no deseaba pero a los que tampoco lograba derrotar. Pensaba en mi vida, la de una niña de pueblo destinada a arrastrar una existencia simple y monótona, de casa a la huerta y de la huerta a casa, un perpetuo viaje de ida y vuelta al trabajo, el marido, los hijos, y la comparaba con lo que la guerra había hecho conmigo, con la guerra que la paz había declarado a mi vida, aquella incesante sucesión de batallas que no me daba ni un suspiro de tregua, y no me lo creía. No era la primera vez que me tocaba vivir cosas que luego me habían parecido erróneas, irreales o, al menos, impropias de mí, de mi tamaño, pero algunas habían sido bonitas, amables como los paquetitos que la Palmera se sacaba del bolsillo o mis visitas a un palacio de la calle Marqués de Riscal. La trastienda de Jero era otra cosa, pero mi primera boda con Silverio estaba envuelta en colores más sombríos, una textura áspera, espinosa, el sabor amargo que seca la boca de quien se despierta en medio de una pesadilla. Sin embargo, aquel mal sueño era real. Aquella pesadilla era mi vida y nadie iba a arrancarme de ella. No tenía a nadie al lado para pedirle que me despertara, que me pellizcara, que me consolara.

Debería mandaros a todos a hacer gárgaras, pensé, mientras secaba el bolso, mientras devolvía la gardenia de Dolores a su caja, mientras doblaba la chaqueta de Eladia y envolvía sus zapatos en una gamuza. Eso era lo que habría debido hacer, pero les pedí a los niños que se portaran bien antes de bajar un momento al tercero, porque aquella tarde había oído demasiadas veces una frase distinta.

—Hola, Margarita, ¿está tu hermana? —por mí y por todos mis compañeros—. Dile que salga un momento, por favor —por mí y por todos mis compañeros—. ¿Puedes quedarte un rato con mis hermanos esta noche? —por mí y por todos mis compañeros—. No voy a tardar ni una hora.

—Si me la pagas...

Por mí y por todos mis compañeros, pero por mí el primero. Que la hermana de Margarita llegara hasta el final, sólo me fastidió por el precio que iba a cobrarme. La reacción de Toñito, que se partió de risa cuando concluí mi relato mandándole a la mierda de parte de Silverio, me molestó mucho más.

—¡Coño, Manolita, no aguantas una avispa en los cojones! —y el chascarrillo favorito de nuestro padre le hizo tanta gracia que las carcajadas no le dejaron seguir—. No exageres, mujer, tampoco es para tanto.

—¿Ah, no? Claro, al camarada señorito no le parece para tanto, como el camarada señorito no se mueve de aquí y está muy ocupado descansando...

—Que no es eso, pero lo cuentas como si fuera una tragedia y a mí me parece que tiene gracia, ¿no? —intentó ponerse serio sin conseguirlo del todo—. No me imaginaba que fuera a pasar algo así, qué quieres que te diga. El Manitas te conoce desde que eras una cría, y tampoco es que tú... En fin, no eres el tipo de chica de la que se puede esperar que entre en una cárcel a acostarse con un hombre. Yo creía que se daría cuenta a tiempo.

—De que no valgo nada, ¿no? —fui consciente de que no habría respondido de esa manera si Silverio no me hubiera piropeado al verme llegar, si no me hubiera metido la lengua en la boca sin darme tiempo a explicarle por qué estaba allí con él—. De que soy una pava sin sustancia, una birria que sólo sirve para fregar. Es eso, ¿no?

—No —cuando ya me daba igual, se puso serio de verdad—. Yo no he dicho eso.

—Sí lo has dicho.

—No —me miró como si no me conociera—. Yo solamente, simplemente...

—Pues mira —volví a cortarle, porque no tenía el cuerpo para adverbios—, siento mucho no estar tan buena como tu novia, ¿sabes? Ya me gustaría. Pero la que se ha jugado el cutis ahí fuera —y señalé hacia la puerta en el instante en que entraba la Palmera, antes de apoyar el índice en mi propio pecho— he sido yo, ¿te enteras? Yo, no ella. Así que, si quieres que siga con esto, vas a tener que tratarme con más respeto. Y si no, la próxima vez mandas a otra.

Así se manifestó, por segunda vez en un solo día, un carácter que yo nunca había creído tener, como si el infierno del locutorio de Porlier no hubiera sido bastante, como si sólo después de bajar hasta el último peldaño del subsuelo, después de haber visitado el paraíso del hedor y la desnudez, el imperio de las cucarachas y los amores desesperados, hubiera brotado en mi interior un aprecio por mí misma que no había sentido antes. El cuarto donde Tasio y Martina se habían comportado como dos fieras salvajes, carnívoras, parecía el último lugar del mundo capaz de operar una transformación semejante, pero su estallido, que me asombró más que a Toñito, tampoco terminó ahí. Mi memoria volvió a asaltarme con las imágenes, las palabras que había intentado esquivar durante toda la tarde, y ya no fui capaz de recordarlas como las había visto, como las había escuchado. En el vestuario del tablao, aquel espacio limpio y ventilado que olía muy bien, a mujeres perfumadas, sucumbí a un espejismo de armonía para que una luz cálida, tibia, que no había visto en aquel cuarto, iluminara una escena distinta, la victoria de la vida sobre la muerte, la dignidad de los condenados que se aferraban al tiempo que no tenían, fulminando la humillación del hacinamiento, del impudor, de su propia y amorosa desesperación. Al principio es raro y da mucha vergüenza, me había dicho Martina, pero con el tiempo, una se acostumbra...

—Perdóname, Manolita —estaba tan absorta en esa sensación que ni siquiera miré a mi hermano—. No quería ofenderte, en serio.

—No importa —pero cuando lo hice, vi en sus ojos un respeto con el que no me había mirado nunca—. Es que... No ha sido divertido, ¿sabes?

La Palmera avanzó con cautela y nos miró de la misma manera, primero a él, después a mí.

—¿Qué ha pasado? —Toñito negó con la cabeza—. ¿Ha salido mal? —entonces negué yo.

—Ha salido regular. Pero te voy a decir una cosa, Palmera... Tengo el vestido de Jacinta metido en lejía. La próxima vez me caso de negro.

—¡Uy, mucho más elegante! —y no me quedó más remedio que sonreír—. Adónde va a parar...

Una semana después, fui a la visita de la mañana de buen humor, aunque los motivos no tenían que ver con Silverio.

—Que me ha dicho Miguel el de la carbonería que la señora Luisa le ha dicho a su madre que le dijera que nos diga que ha llegado una carta para ti —me había espetado Juanito el viernes cuando llegué de trabajar—. De Bilbao.

—¡De Bilbao! —repetí con una sonrisa que no me cabía en la boca, y aunque estaba molida y mientras subía las escaleras sólo pensaba en descalzarme, calcé a los mellizos para ir corriendo a nuestra antigua casa, donde la madre de Luisi nos seguía recogiendo las cartas.

Queridos hermanos, era una cuartilla escrita con una letra bastante cuidadosa y pocas faltas, soy Isa, pero esta carta os la escribe una chica que se llama Ana, porque yo todavía no me apaño... Que estaban muy bien, decía. Que las habían separado porque Pilarín iba al colegio de las pequeñas, pero se veían los domingos en el recreo. Que les habían dado unos uniformes nuevos, muy bonitos, con el cuello blanco. Que se portaban bien y no las regañaban. Que como el colegio era muy grande, por las noches hacía frío, pero enseguida iba a llegar el buen tiempo. Que nos querían mucho, y se acordaban mucho de nosotros, y esperaban que estuviéramos bien de salud. Se despedía con un beso y lo sentí mejor que ninguno que sus labios hubieran posado sobre mi piel.

Por la noche, cuando acosté a los niños, releí a solas aquella carta para sentir que una de las válvulas que estrangulaban mi estómago se aflojaba lentamente. De todos los frentes que sostenía en aquel momento, el de Bilbao era el que más me preocupaba, y aquel alto el fuego repercutió favorablemente en todos los demás. El sábado por la tarde fui a Porlier con los mellizos a dejar un paquete para Silverio, y después, me aposté con ellos en la puerta del tablao para esperar a la Palmera. Cuando le di las buenas noticias para que se las transmitiera a mi hermano, se puso tan contento que nos invitó a horchata.

—¿Lo ves, mujer? —me dijo en la terraza de La Faena, mientras Pablo y Juan chupaban por la pajita con todas sus fuerzas—. Dios aprieta, y además ahoga, pero nada puede salir mal eternamente.

Aquellas palabras me acompañaron como una bendición hasta la cola de la cárcel, donde acepté con una sonrisa mansa, complacida, una catarata de bromas disfrazadas de felicitaciones.

—No, si cuando digo yo que nos has salido espabilada...

—Hay que ver, hija mía, qué impaciencia...

—Y lo bien que le ha sentado, ¿eh?, no hay más que ver la carita que trae...

Estaba preparada para eso, pero no para afrontar el encuentro que puso un final inesperado a aquel coro de amable malevolencia.

—¡Manolita!

Era una voz masculina y no la reconocí hasta que su propietario logró atravesar aquella muralla de cuerpos femeninos para llegar a mi lado.

—Cuánto tiempo, Manolita... —aquella mañana, el Orejas sí se interesó por mí—. ¿Cómo estás?

—Roberto —su presencia me sorprendió tanto que sólo alcancé a añadir la pregunta más obvia—, ¿qué haces aquí?

—Lo mismo que tú. Cuando puedo escaparme, vengo a ver a los amigos.

Era verdad que hacía mucho tiempo que no le veía, pero no tanto como para olvidar que antes era mi favorito, el único amigo de Toñito que había llegado a gustarme de verdad. La derrota, que había puesto el mundo boca abajo para volverlo luego del revés, me lo había arrancado de la cabeza, pero desde que mi hermano me convenció para que me hiciera pasar por la novia de otro, me acordaba de él casi todos los días. Se me quedó mirando como si lo supiera tan bien como yo, y aparté mis ojos de los suyos para no ponerme colorada. Así me di cuenta de que tenía buen aspecto. Estaba muy delgado, igual que todos, pero el color y la textura de su piel, distinta del tono de los pergaminos resecos, entre ocres y amarillentos, que imperaba a ambos lados de las alambradas, revelaba que estaba bien alimentado. No me extrañó.

Desde abril de 1939, el Orejas había sido la excepción que confirmaba todas las reglas. Unos días después de que le soltaran, tuvo la rara fortuna de recuperar su trabajo, y no lo perdió aunque le detuvieron un par de veces más, siempre por poco tiempo. Todo el barrio sabía que la policía le hacía la vida imposible, y unos pocos que a pesar de su acoso se arriesgaba como el que más. Al margen de esa modesta leyenda, el saldo de su suerte era una camisa blanca, gastada pero muy limpia, un traje gris bastante nuevo, aunque pasado de moda, y unos zapatos viejos pero flamantes. Seguía teniendo orejas de soplillo, pero había echado cuerpo de hombre y esa repentina madurez le favorecía. Nunca había sido guapo y no lo era. Siempre había tenido gracia, y seguía teniéndola. También le había gustado siempre presumir, y aquella mañana, en aquel lugar, podía permitírselo.

—Aunque lo tuyo es distinto, ¿no? Ya me he enterado de lo del Manitas.

—¿De lo del Manitas? —y a este imbécil cómo se le ocurre hablarme de eso en plena calle, añadí para mí.

—Sí —su sonrisa se ensanchó—. De que os habéis hecho novios.

—¡Ah! —y mientras mis cejas se relajaban, las suyas se fruncieron—. Eso... —siguió mirándome con extrañeza porque no sabía nada, y yo no se lo iba a contar—. Bueno, no creía que la noticia hubiera corrido tanto.

—Pues ya ves, todo se sabe, lo que pasa...

Se acercó más a mí, me cogió del brazo y me habló al oído, tan cerca que sentí su aliento, el roce de sus labios en la piel.

—Yo creía que tú y yo, algún día... —no quiso terminar la frase.

—Que tú y yo, ¿qué?

—Que tú y yo acabaríamos teniendo algo, Manolita.

Si los espejos me hubieran devuelto alguna vez la imagen de una mujer parecida a Eladia, quizás, sólo quizás, me lo habría creído. Pero mi hermano tenía razón, yo no era de esas, y tampoco le había visto el pelo al Orejas desde que vino a casa a preguntar por él. De eso hacía casi dos años, y aunque luego nos habíamos cruzado por la calle alguna vez y siempre me había saludado, era evidente que, ni antes ni después, había querido nada conmigo. Eso era lo que sabía cuando me lo encontré aquella mañana en la cola de la cárcel.

Si un instante después no lo hubiera tenido tan cerca, si no hubiera sentido su mano en mi brazo mientras me hablaba al oído, rozándome la oreja con los labios, me habría detenido en esa evidencia. Sin embargo, su proximidad me inquietó más de lo que había calculado, y llegó a alterarme hasta el punto de insinuar que, tal vez, aquel ataque tenía sentido. Tal vez, la noticia de mi noviazgo con Silverio había espoleado su orgullo, le había impulsado a demostrarse a sí mismo que era capaz de conquistarme. Para una chica como yo, aquella idea era agradable, pero no tanto como tenerle encima, pegado a mí. Para la sucesora de la señorita Conmigo No Contéis, aquel despliegue resultaba, al mismo tiempo, una prueba de su deslealtad, su disposición a traicionar a un amigo con peor suerte que él. No era nada nuevo. Siempre había sabido que el Orejas no era de fiar y eso nunca había impedido que me gustara. Las cosas habrían sido muy distintas si me hubiera tocado casarme con él, pero aunque aquella hipótesis me erizó la piel, no logré decidir si habría sido una suerte o una desgracia.

—A buenas horas, mangas verdes —por eso me solté de su brazo y crucé los míos bajo el pecho.

—Bueno —él esbozó una sonrisa—, ya sabes cómo somos los hombres.

—¿De cabrones? —al escucharlo, sus labios se curvaron del todo.

—No —y volvió a responderme al borde del oído—. De celosos.

—Mala suerte, Orejas —yo hablé más alto, porque aquella escena estaba empezando a escandalizar a mis compañeras de los lunes—. Llegas tarde.

—Eres mujer de un solo hombre, ¿eh? —asentí con la cabeza y él se me quedó mirando con una expresión risueña, antes de negar con la suya como si no se lo creyera—. En fin, qué le vamos a hacer.

La llegada de Martina volvió a poner cada cosa en su sitio para consolidar aquella realidad que unos días antes me había parecido tan errónea. Mientras la besaba en las mejillas, mi memoria me devolvió una imagen fugaz, sus pechos agitándose como dos flanes enloquecidos entre las solapas de una blusa abierta de par en par, y me di cuenta de que podía convivir con ella, retenerla en mi memoria y colgarme de su brazo al mismo tiempo.

—¿Qué tal, madrina?

—Bien —me sonrió—. ¿Y tú? —asentí con la cabeza y sólo entonces se fijó en el Orejas—. ¿Y este?

—Roberto, un amigo de Silverio —me volví hacia él y se la presenté—. Mi amiga Martina...

El Orejas hizo el resto de la cola a nuestro lado sin intervenir en la conversación, una crónica del duelo a muerte que la lejía había sostenido con las manchas del vestido de Jacinta hasta salir victoriosa, y cuando ya había empezado a preguntarme por qué todo tenía que pasarme a mí, y por qué todo a la vez, me respondió una misteriosa sensación de bienestar. Martina se reía de mis quebrantos domésticos con carcajadas breves y espaciadas, como el tintineo de una campanilla, y el sol de mayo calentaba, me calentaban las sonrisas de las mujeres, el eco de sus conversaciones, aquellas baldosas inhóspitas que de repente resultaban acogedoras, familiares como el vestíbulo de mi hogar, el lugar al que yo pertenecía. Nunca lo habría creído, pero aquella mañana me sentí bien en la cola de la cárcel, rodeada de unas pocas conocidas y muchas más desconocidas que formaban parte de mí, como yo era parte de ellas en una comunidad sin apellidos donde el destino había reservado una plaza a mi nombre.

Antes de entrar en el locutorio, miré al Orejas y me acordé de Silverio con los brazos cruzados sobre la cabeza, la lengua rebelde, y de lo mucho que mi hermano se había reído de él, de mí, cuando le expliqué lo que había pasado. Roberto, con su camisa blanca y sus zapatos brillantísimos, se habría reído todavía más si hubiera podido y me pareció feo, injusto, pero fácil de explicar. Tú no eres la clase de chica de la que se espera que entre en una cárcel a acostarse con un hombre, recordé, y sin embargo Silverio me había metido la lengua en la boca porque tal vez no era tan distinto a mí, porque quizás no habría llegado a creer que pudiera visitarle una mujer de otra clase. Aquella hipótesis desarrolló extrañas consecuencias en mi ánimo. La evidencia de mi pequeñez, lejos de deprimirme o inspirarme una rabia inútil, reforzó la impresión de que la cola de Porlier era mi sitio, un espacio donde mi presencia tenía sentido y yo una misión que cumplir.

—Manolita... —Silverio, tan pendiente de mí que ni siquiera se fijó en mis acompañantes, me recibió con una expresión precavida, esbozando un gesto que no se atrevía a ser una sonrisa—. Qué alegría verte.

—Yo sí que me alegro —le sonreí hasta donde la boca me daba de sí mientras pasaba revista con el rabillo del ojo a los presos que le rodeaban, y grité para que me oyeran bien—. Me moría de ganas de verte, cariño.

—¡Ohhh! Mira a los tortolitos...

—¡Qué bonito es el amor!

—Menos mal que has dejado al Partido en buen lugar, chaval.

—Desde luego, porque no las tenía yo todas conmigo...

Silverio se puso colorado y se rió, yo me puse colorada y me reí, se rió Tasio un poco más allá, y Martina con él. Los comentarios de los otros presos, causa verdadera de nuestro sonrojo y nuestras sonrisas, acababan de redondear la puesta en escena de un amor indudable, fruto de una extraña luna de miel cuya verdadera naturaleza nadie podría sospechar. Celebré tanto el éxito de nuestra impostura, que hasta encontré a Tasio menos feo de lo que me había parecido a la luz del ventanuco. Y mientras Silverio me miraba como todavía no me había mirado ningún hombre, la cabeza inclinada, la sonrisa radiante, y una ensimismada expresión de júbilo que debía haber rescatado de la memoria de sus auténticos enamoramientos, me pareció hasta guapo.

—Gracias por el paquete —tanto, que por un instante me dio pena que todo fuera mentira.

—De nada, ¿te gustó? —asintió con la cabeza, muy despacio, como si al abrirlo hubiera encontrado algo más que un puñado de cacahuetes, una manzana, un trozo de queso y unos cuantos pitillos—. Ya sabes, si quieres algo en especial, no tienes más que decirlo.

—¡Ohhh! —nuestro coro particular volvió a zumbar mientras Silverio descubría al fin que no había entrado sola.

—Orejas, qué sorpresa, ¿cómo estas? —seguí la dirección de sus ojos y encontré a Roberto, tan sonriente como los demás—. Perdona, no te había visto.

—No, ya... Con lo entretenido que estás, como para verme.

Hablaron un rato y esperé a que se marchara a hablar con un conocido que estaba en la otra punta de la verja, para informar a Silverio del progreso de nuestros asuntos en el tono más inocente.

—El próximo lunes no puedo venir por la mañana, ¿sabes? He quedado con la amiga de Julita, para ir a ver esa máquina de coser que te conté, te acuerdas, ¿no? —asintió con la cabeza, en su boca un gesto que ya no era una sonrisa, pero conservaba la memoria de haberlo sido—. No está nada barata, no creas, pero me hace mucha falta. Como todo está tan caro y mis hermanos destrozan la ropa sin parar... —miré a mi alrededor y comprobé que sus compañeros ya no nos prestaban atención—. Ahora, cuando salga, voy a apuntarme a la lista del libro, y así vengo por la tarde, y te lo cuento.

—Muy bien. Ojalá tengas suerte.

—Yo creo que sí, ¿sabes? Que al final, todo va a salir bien. Y el jueves o el viernes, cuando pueda, te traeré otro paquete.

—No hace falta —describió un círculo con la mano derecha, para englobar a los otros presos, y negó con la cabeza para sugerir que no necesitaban verle abrir mis paquetes para aceptar que era el amor de mi vida.

—Ya lo sé, pero seguro que no te viene mal.

Me devolvió la sonrisa en el instante en que un funcionario tocó el timbre para anunciar el final de la visita. Entonces volvió a ladear la cabeza y entornó los ojos para mirarme como al principio, aunque ya no tuviéramos espectadores, cada preso ocupado en despedirse de sus propios visitantes.

—He tenido mucha suerte contigo, Manolita —y no gritó, pero le oí perfectamente—. No podría haber encontrado una compañera mejor.

Estaba hablando de las multicopistas y yo lo sabía. Hablaba de las multicopistas y de nuestra conversación en el cuarto de las bodas, de las garantías que le prometí aunque no me las hubiera pedido y de la promesa que acababa de cumplir, del paquete que le había llevado el sábado anterior y del que le llevaría unos días más tarde. Hablaba de eso, sólo de eso, pero al escucharle metí todos los dedos de mis dos manos en los agujeros de la alambrada para tocar el espacio que nos separaba, como hacían las novias, las mujeres de los demás. Él me respondió de la misma manera y algunos presos se fijaron en nosotros, pero ninguno se rió ya, ninguno dijo nada. Luego esperé a que se marchara y enfilé el corredor muy despacio.

—Anímate, muchacha —Teodora, la misma que le había preguntado a su marido una semana antes si no le daba vergüenza reírse de Silverio, se acercó a mí—. Cuando él estaba fuera todavía no erais novios, ¿no? —negué con la cabeza y me pasó el brazo por el hombro para acompasar su paso con el mío—. Pues sí que es una faena, pero parece un buen chico, es muy joven, y tampoco va a estar preso toda la vida —dejó de mirarme mientras su voz descendía al volumen de un susurro—. Vamos, digo yo...

El abismo en el que la habían precipitado sus propios cálculos me impresionó menos que su necesidad de consolarme. Había contemplado muchas veces escenas semejantes, había protagonizado algunas, y sabía qué aspecto tenían las mujeres a las que yo había abrazado sin conocerlas, jóvenes y mayores, altas y bajas, morenas, rubias, castañas, guapas y feas pero todas iguales, los párpados inflamados, la piel pálida, los labios tirantes y una mirada perdida que nunca hallaba un destino donde posarse. A veces sabía cómo se llamaban, otras ni eso, pero había aprendido que, por mucho que amara a su padre moribundo, por muy destrozada que saliera de la cárcel después de cada visita, Rita nunca tenía ese aspecto. Caridad sí.

Las madres y las hijas, las hermanas y las amigas de los condenados, sufrían, lloraban, se desesperaban, pero seguían siendo ellas mismas, con sus rasgos, sus cuerpos, sus gestos y su voz. Las otras, las que habían escogido entre todos al hombre al que acababan de ver entre rejas, se entregaban a la desolación de otra manera, con una complacencia casi enfermiza, una atracción oscura, contraria, por su propia ruina que las hacía salir del locutorio como muertas en vida, muñecas de cuerda que avanzaban un pie tras otro sin ser conscientes del movimiento de sus piernas, los nervios de punta, la razón ausente y el gesto detenido en un reloj averiado, parado en una fecha feliz y remota. Aquella insensibilidad repentina, de ritmo lento y ademanes mecánicos, era el signo de otro amor, el amor del cuerpo, de la piel herida en la memoria de los besos que no se repetirían. Eso pensaba yo al verlas, y que tenían que volver, que había que hacerlas volver como fuera. Por eso las abrazaba, les hablaba, sacudía sus hombros con la misma blanda firmeza con la que Teo acababa de sacudir los míos. Todo eso lo sabía, lo entendía, pero me resultaba difícil aceptar que ella hubiera visto en mí lo que yo sólo había visto en otras, que el sufrimiento por un amor ficticio hubiera inspirado en mi rostro, en mi cuerpo, los signos físicos de una emoción real.

Después de apuntarme al libro para el lunes siguiente, fui hacia el metro dando un rodeo para evitar nuevos encuentros con mujeres empeñadas en preocuparse por mí. Necesitaba hacerlo yo, para poner mis pensamientos en orden, pero al doblar la última bocacalle, vi al mismo tiempo el cartel de la boca de Lista y al Orejas recostado contra la barandilla.

—¿Vas para el barrio? —me preguntó cuando llegué a su altura, como si no le importara demostrar que me estaba esperando.

—Más o menos —respondí, porque su barrio ya no era exactamente el mío—. Me bajo en La Latina.

—Voy contigo. Total, tengo que transbordar de todas formas...

El vestíbulo de la estación estaba abarrotado de las mujeres que acababan de salir de la visita. Él se paró un momento a estudiar el panorama, y me pidió que le esperara en las puertas de entrada. Hizo cola en la taquilla, compró un billete, me lo dio, y mientras yo esperaba turno para pasar, se puso en otra fila, delante de dos señoras muy gordas, miró hacia atrás para escoger el mejor momento, y con una técnica perfecta, limpia y precisa, saltó la valla para colarse sin que le viera ningún guardia.

—Gracias —le dije al reunirme con él, riéndome todavía.

—Me habría gustado invitarte a algo mejor, pero como no puede ser...

Me miró, esperando una respuesta que no fui capaz de ofrecerle, y siguió hablando sin mirarme, como si enunciara sus pensamientos en voz alta.

—Qué rara es la vida, ¿verdad? Cuando me lo contaron, no me lo podía creer, ¿Silverio y Manolita? Pero sí no se pegan nada, pensé, él es tan tímido, tan serio, Manolita debe aburrirse un montón con él... —me miró, le sonreí, me sonrió—. Ya sé que no está bien que piense así, con el pobre Silverio en la cárcel, pero que os hubierais hecho novios me sorprendió mucho.

Empezamos a bajar por una escalera muy empinada, él hablando sin parar, yo sonriendo al escucharle mientras vigilaba mis pies para evitar un resbalón. Por eso, y porque no cambió de tono, su pregunta no me alarmó.

—¿Lo sabe Antonio?

—¿Qué? —contesté sin levantar la cabeza, como si no hubiera oído bien.

—Que si lo sabe tu hermano —repitió, y una alarma se abrió paso por fin desde el fondo de mis oídos.

—¿Lo mío con Silverio? —le miré y le vi asentir con la cabeza—. Pues no. Vamos, supongo que no, porque hace más de dos años que no le veo.

Nos separaban tres peldaños del andén. Los bajamos al mismo ritmo, yo pendiente de su reacción, él negando con la cabeza, muy despacio.

—Los echo mucho de menos, ¿sabes? —me puso una mano en la espalda para guiarme con suavidad entre la multitud—. Parece una tontería, pero me he quedado sin amigos. Vicente muerto, Julián y Silverio en la cárcel, tu hermano desaparecido y yo... Siempre estábamos juntos, ya lo sabes, y ahora, en cambio, siempre estoy solo... —levantó la voz para compensar el estrépito del convoy que se acercaba—. Pensé que igual habrías sabido algo de él...

Negué con la cabeza, y me guardé para mí que había escogido una forma muy rara de preguntarlo.

Cuando llegamos a La Latina, salimos juntos a la calle. Acababa de decidir que hacía un día estupendo y que le apetecía volver andando al trabajo, pero en la misma boca del metro me dijo algo más.

—Me he alegrado mucho de verte, Manolita, y me alegro de que te vaya tan bien con Silverio, pero la vida es muy larga, y... —entornó un poco los ojos para mirarme—. En fin, si algún día se te ocurre algo que yo pueda hacer, ya sabes dónde estoy.

—Adiós, Roberto —no agradecí su oferta, pero le di dos besos de despedida—. Y gracias por el viaje.

Giré sobre los talones y eché a andar sin mirar hacia atrás.

—De nada.

Al escuchar esas palabras a mi espalda, me asaltó una punzada de satisfacción que no deseaba. Creí que el Orejas se había quedado en el sitio, para mirar cómo me marchaba, y logré dominar el impulso de comprobarlo hasta que llegué al primer cruce. Cuando el tráfico se detuvo, volví la cabeza con disimulo y no le vi. Tampoco habría deseado que su ausencia me decepcionara, pero no lo pude evitar.

Mientras subía las escaleras de mi casa, las piernas me pesaban como si arrastrara una bola de hierro en cada tobillo. No entendía por qué, pero me sentía a punto de morir de cansancio, un agotamiento distinto y mucho más intenso del que me habría producido una mañana de trabajo. Eran casi las dos pero no tenía hambre, sólo sueño, tanto que me tumbé vestida en la cama para cerrar los ojos un momento. Me despertó el ruido del timbre de la puerta, y al abrir me encontré con los mellizos, que habían vuelto a casa con Margarita porque no me habían encontrado en la puerta del colegio aunque fuera lunes.

—No lo entiendo... ¿Qué hora es?

Los niños no supieron contestarme, pero lo hizo mi vecina, y en su tono percibí que no le había hecho gracia mi pregunta.

—¡Pa chasco! ¿Qué hora va a ser? Pues las cinco y cuarto.

—¡Las cinco y cuarto! —aquella noticia me inspiró tal gesto de horror que mis hermanos se partieron de risa al verlo.

Fui a la cocina y corté por la mitad el pan que me había guardado para comer. Le di un trozo a cada uno con un poco de membrillo encima, y como no estaban acostumbrados a merendar con pan, se pusieron muy contentos. Yo me conformé con una naranja, para castigarme a mí misma por mi descuido, la siesta que pesaba en mi conciencia como un pecado. Y sin embargo, mientras pelaba la fruta en la cocina, advertí que el sueño me había despejado lo suficiente como para hacerme recordar algunas cosas que nunca debería haber olvidado. Que Silverio no me gustaba. Que mi única relación con él pasaba por aquellas dichosas multicopistas que nadie sabía poner en marcha. Que nuestra boda había sido mentira, mentira nuestro noviazgo, mentira las palabras que nos habíamos gritado a través de la alambrada. A cambio, la emoción que había sentido al despedirme de él seguía siendo verdadera, y su naturaleza me desafiaba como un enigma incomprensible. No logré dudar de su autenticidad, pero me tranquilicé pensando que auténticos e incomprensibles eran también los mareos, los malos sueños, ciertas misteriosas sensaciones de miedo o de placer, capaces de brotar y de extinguirse sin causas conocidas. La cárcel de Porlier era una de las sedes terrenales del infierno, y en un infierno a la fuerza tenían que pasar cosas raras, espejismos de un tiempo forzado a transcurrir a otro ritmo, indicios de un mundo aparte, con reglas propias, perversas, incompatibles con la realidad. Cuando terminé la naranja, aquella conclusión me pareció tan evidente que recordé, de propina, que más allá de aquel momento tonto en la cocina de Santa Isabel, el Orejas nunca había mostrado el menor interés por mí. Pero no logré resolver ese punto, porque no pude imaginar qué otros motivos podrían haberle impulsado a acercarse a mí aquella mañana.

—Pobrecillo —murmuró mi hermano por la noche—. Tiene que estar muy solo. He pensado muchas veces en mandar a buscarle, no creas.

—Ni hablar —Eladia, que estaba probándose un traje, se bajó de la tarima con tanta energía que casi se llevó a Dolores detrás—. No me fío un pelo de ese.

—¿Adónde vas tú? —la sastra protestó, levantando en la mano los dedos que unos segundos antes sostenían la aguja que acababa de perderse entre los volantes de la cola—. Vuelve aquí ahora mismo...

—¿Por qué? —pero mi hermano salió en defensa de su amigo.

—¿Porque ha tardado dos años en echarte de menos? —y ella misma se respondió—. Ya te digo...

—No te pongas chula, Eladia, porque tú no sabes nada. No sé qué os pasa con Roberto, si pudiera oíros, con lo que le gusta a él cacarear del éxito que tiene con las mujeres —y se volvió para señalarme con el dedo—. Porque esta está siempre con lo mismo.

—Pues sí —respondí—. Y también es raro que ahora, después de no haberme hecho caso en su vida, se dedique a bailarme el agua.

—¿Lo ves? —Eladia se dio la razón con la cabeza mientras volvía a subirse en la tarima—. No es trigo limpio.

—Porque tú lo digas —Toñito se enfadó—. Es mi amigo y le conozco mucho mejor que vosotras. ¿Que le gustan las chicas? ¿Que es muy simpático? ¿Y qué? Mejor para él, eso no es nada malo. Pero hay muy poca gente en este mundo tan digna de confianza como el Orejas.

—Natural —su novia asintió sin mirarle—. Por eso no está en la cárcel.

—¡Joder, Eladia! Para ser ácrata, te pareces un montón a algunos comisarios que yo me sé...

—Haya paz —después de imponer silencio, Dolores miró a mi hermano—. De todas formas, Antonio, tú no eres el único que se está arriesgando aquí, y desde el principio estuvimos de acuerdo en que la única persona que iba a entrar y a salir de este cuarto sería tu hermana. Eso sin contar con que Jacinta y tú os tiráis las horas muertas buscando al chivato que ha ido entregando a todos los de tu grupo, ¿o no? No habláis de otra cosa. Así que, si quieres ver a ese chico, quedas con él en la calle. Pero si te interesa mi opinión, lo mejor que puedes hacer, por ti, por tu amigo y por nosotras, es seguir como hasta ahora.

Volvió a agacharse, enterró la cabeza en un océano morado con lunares amarillos, y cuando nadie lo esperaba, dijo algo más.

—Y a ti, Manolita, te iría mejor si no te dieras siempre tanta lástima. A mí me parece muy normal que un chico te corteje, pregunte por tu hermano o no.

Aquellas palabras, que cualquier otro día de la semana me habrían dado vueltas en la cabeza durante horas, apenas resistieron el plazo que tardé en apoyarla sobre la almohada. Al salir del tablao, estaba segura de que tendría que pagar el precio de las horas que había dormido a destiempo con una noche en vela, pero el sueño me fulminó como una gracia, una condena que se repetiría sin falta un lunes tras otro, durante muchos meses.

La mañana siguiente, más que un día frío o cálido, borrascoso o despejado, amaneció martes, una jornada tranquila, rutinaria, de trabajo y descanso programados, veinticuatro horas de monotonía sin sustos, sin emoción, sin sorpresas, como el miércoles que vendría después para dejar tras de sí un jueves igual de aburrido. Entre lunes y lunes, mi vida consistía en levantar a los niños, ir a trabajar y ocuparme después en unas pocas tareas fáciles y tranquilas, hacer la compra, los recados, la comida, vigilar que Juanito acabara los deberes, coser coderas, o rodilleras, o coderas y rodilleras en su ropa y en la de Pablo, y caer rendida en la cama justo después de acostarlos. Sabía que al otro lado del domingo me esperaba otro lunes, un día de descanso en el que iba a cansarme más que en cualquiera de trabajo, pero cuando pensaba en él, o recordaba los que le habían precedido, me parecían tan improbables como el delirio de una imaginación ajena, entregas sucesivas de un folletín escrito por un desconocido. Sabía muy bien que no era así, que los riesgos que corría eran reales, pero el trabajo clandestino tenía tan poco que ver con mi vida verdadera, que no lograba tomármelo en serio. Y aunque nunca olvidé mi compromiso, conseguí alojarlo en el trastero de mi cabeza, un lugar donde no estorbaba mientras yo me ocupaba de mis asuntos.

—No sé qué ha pasado hoy con las pastas de té, que no ha

salido del horno ni una viva —el viernes, mi jefa me sonrió como si le encantara darme aquella noticia—. Corre, anda, que hoy te toca repartirte las migas con Juanita...

Ni siquiera los dueños de la Confitería Arroyo estaban a salvo de las estafas y las trampas que redondeaban las ganancias de los estraperlistas. Por muy cara que la pagaran, no podían estar seguros de comprar harina de verdad, de que la mantequilla que les ofrecían no fuera una extraña grasa teñida de amarillo, o de que la leche no estuviera adulterada. Por eso, de vez en cuando las recetas fallaban y las tartas no subían, los pasteles se deformaban o las pastas se deshacían en el instante en que se posaban sobre la pala que las sacaba del horno. Aurelia, la jefa del obrador, había recibido instrucciones precisas para actuar en esos casos, parar inmediatamente la producción y tirar el producto defectuoso a la basura, pero la primera vez que tuvimos delante una plancha de magdalenas hechas migas, nos congregamos a su alrededor como si estuviéramos dispuestas a defenderlas con la vida.

—Hablad vosotras con la encargada —Aurelia, que se las daba de simpática pero era incapaz de hacer nada por nadie, se lavó las manos—. Yo no asumo esa responsabilidad.

Meli nos escuchó en silencio, miró las magdalenas, luego a nosotras.

—Sabéis por qué ha pasado esto, ¿no? A lo mejor os ponéis malas después de coméroslas —nadie dijo nada y ella asintió despacio con la cabeza—. Bueno, pero que no salga de aquí.

Juanita, que había sido delegada sindical antes de la guerra, hizo una lista de turnos que se cumpliría escrupulosamente desde aquel día y, como yo era la más joven y tenía dos niños pequeños a mi cargo, me emparejó con ella para que nadie me pasara por encima. Pocas veces tendríamos tanta suerte como aquel día.

—Toma —cogió un resto que todavía tenía pegada una guinda roja y me lo metió en la boca—. Ha sido la harina, que era muy floja, pero la mantequilla es fetén y están muy ricas...

Era verdad que estaban ricas, y además había muchas, más de un kilo. Las repartimos en dos cajas de cartón defectuosas, de una pila que había salido de la imprenta con todas las letras fundidas en una mancha rojiza, y aproveché para coger también unos cuantos cartuchos de celofán transparente, de los que usábamos para envasar los bombones. Aquella tarde, al llegar a casa, separé los trozos más grandes y volqué el resto en un plato sopero. Mientras mis hermanos se las comían como si fuera un juego, haciendo un cuenco con la palma de una mano para llenarlo de migas y pellizcarlas con los dedos de la otra, devolví a la caja el resto, añadí tres nísperos y metí en un cartucho de celofán seis pitillos que le había comprado a una pipera al salir de trabajar. Después, envolví la caja en papel de estraza, dejé a mis hermanos en casa de Margarita con las migas que no habían sido capaces de comerse, y me fui a Porlier.

—¿Nombre? —me preguntó un funcionario.

—Silverio Aguado Guzmán.

Pronuncié aquellas palabras de un tirón, sin pararme a pensar en lo que significaban, porque era viernes, un día corriente, tan vulgar como el sábado que amanecería después, y el domingo que traería consigo, sin embargo, la promesa de un nuevo desorden.

—Mañana, a las diez y media —al salir de trabajar, me encontré a la Palmera en la puerta del obrador—, te espera el dibujante en la esquina de la calle Lista con Claudio Coello.

—Muy bien —sonreí porque aún era domingo—. ¿Vas al metro? —asintió con la cabeza y me colgué de su brazo, tranquila y confiada—. Voy contigo...

Al día siguiente, cuando me desperté, todavía era de noche. Mientras contemplaba la oscuridad con los ojos abiertos, una luz potente, incómoda, me iluminó por dentro para enfocar todo lo que no había querido ver desde que salté de la cama el martes anterior. Había llegado otro lunes, pero no era un lunes cualquiera. Antes de volver a machacar la acera de Porlier saludando a unas y a otras, antes de entrar en un locutorio tan familiar, a aquellas alturas, como la cocina de mi casa, tendría que acudir a una cita con un desconocido que me acompañaría al escondite donde un partido clandestino, al que yo ni siquiera pertenecía, guardaba unas máquinas destinadas a imprimir propaganda ilegal. Al pensarlo, sentí que todos mis huesos se ahuecaban de golpe, y me pareció mentira haber llegado tan lejos. Después de dejar a los niños en el colegio, me asaltó la tentación de abandonar, volver a casa, meterme en la cama, taparme la cabeza con las sábanas y decirle a mi hermano que se ocupara él de sus asuntos. Todavía lo estaba pensando cuando oí llegar un tren y aceleré el paso para no perderlo.

Fui escrupulosamente puntual, pero no encontré a ningún hombre en aquella esquina. No quería llamar la atención, y crucé la calle para curiosear un escaparate, hasta que distinguí en los cristales el reflejo de una figura familiar en la otra acera. Qué raro, me dije, y antes de clasificar aquel encuentro entre las casualidades afortunadas o indeseables, moví la mano para saludar a Rita.

—Hola —ella me besó en una mejilla, luego en la otra, muy sonriente—. Siento llegar tarde, pero he tenido que dejar hecha la comida, porque mi madre tiene clases toda la mañana.

—No, yo... —aquella explicación me dejó tan atónita que de repente no supe por dónde seguir—. Estoy esperando a alguien.

—Me estás esperando a mí.

—Pero, tú... —la miré y asintió con la cabeza—. ¿Y sabes dibujar?

—Mejor que hablar. De pequeña pintaba y todo, paisajes, bodegones... El retrato de mi padre que hay en el salón de mi casa lo hice con carboncillo, a los trece años.

—Lo siento —entonces me fijé en que llevaba una carpeta de cartón bajo el brazo—. No me fijé en él. Aquella mañana...

—No importa. La próxima vez que vengas, te lo enseño. El caso es que cuando mi madre empezó a traducir aquellos manuales, te acuerdas, ¿no? —asentí con la cabeza y me cogió del brazo para echar a andar—. Bueno, pues hay que repetir algunos diagramas, porque los nombres de las piezas están dentro del dibujo y no se pueden reproducir con las palabras inglesas, y eso también lo hago yo. Tengo mucha experiencia, no te preocupes. Pero vamos a lo importante. Ya me estás contando qué es eso de que te has casado.

Todavía tardé un par de segundos en reaccionar. Durante un par de segundos, sólo pude volver a verla, a escucharla aquella mañana ya lejana en la que Caridad apareció en la cola con gafas de sol aunque estuviera nublado. Si supieran cómo les odio me tendrían miedo, eso había dicho, porque es imposible odiar más de lo que odio yo a estos hijos de puta.

—Bueno, te has tragado la lengua, ¿o qué?

La sonrisa con la que me miraba era el fruto de ese odio, la consecuencia de una pasión feroz que tal vez ellos no habrían temido, pero que a mí me asustó cuando la vi en sus ojos. Ahora está dentro, me dije, la han reclutado, la han convencido o seguramente no, seguramente no ha hecho ni falta, habrá sido ella la que se ha movido, la que se ha ofrecido, la que ha llegado hasta aquí para acatar la voluntad de su odio. Era un razonamiento sencillo, pero me pareció tan asombroso que tardé un instante en pensar en mí misma, en mirarme por dentro para verme como me habría visto ella cuando se enteró de mi boda. Hasta ese instante, no había querido comprender que yo también estaba dentro, pero ese lugar, cualquiera que fuese, me gustaba más con Rita a mi lado. Por eso me apreté contra su brazo, la miré y sonreí.

—Te advierto que te he echado mucho de menos —así, aquel temible lunes dejó de serlo—. Te habrías divertido de lo lindo.

—Espero que por lo menos sea guapo.

—Pues no mucho, la verdad —recurrí a un chascarrillo que a las dos nos hacía mucha gracia desde que lo aprendimos juntas en la cola de Porlier—. Pero es muy esbelto, eso sí —entonces soltó una carcajada y repitió conmigo la segunda parte de la frase—, no le sobra ni un gramo de grasa.

Seguimos andando y hablando durante casi media hora. El lugar de la cita estaba bastante lejos de nuestro destino pero ni siquiera esa distancia, planificada para que tuviéramos tiempo de comprobar que nadie nos seguía, requirió el tiempo que habría necesitado para contárselo todo.

—¿Pero estamos hablando de la misma Martina? —me preguntó al doblar a la derecha por Zurbano—. ¡No te puedo creer!

—¿Que no? —sonreí—. Una fiera. Tendrías que haberla visto, y eso...

—Espera un momento, que tengo que recoger una blusa.

La tintorería, un local oscuro, sin más luz que la que recibía a través del cristal de la puerta, olía a calor, y a humedad. Cuando entramos no había ningún cliente, pero un viejecillo encorvado nos miró desde el otro lado del mostrador como si nos estuviera esperando.

—Buenos días —Rita le enseñó un resguardo con tanta naturalidad que por un momento creí que íbamos a recoger una blusa de verdad.

El anciano cogió el papel, se puso las gafas, lo leyó.

—Un momento.

Levantó la tapa del mostrador y la dejó abierta mientras iba hasta la puerta para darle la vuelta al cartel que anunciaba que el establecimiento estaba abierto. Después hizo caer una cortina de tela marrón sobre el cristal y, sin encender la luz, nos guió en la penumbra hasta la trastienda, donde dos enormes máquinas de limpieza funcionaban a tope, a juzgar por el estrépito de sus motores. Al entrar allí, sólo vi la brasa de un cigarrillo encendido. Luego, el viejecillo cerró la puerta y activó un interruptor para que las bombillas que alumbraban aquel cuarto sin ventanas revelaran la presencia de dos hombres.

—Hola, preciosas —el más joven, un chico delgado que hablaba con acento valenciano, nos dio la mano antes de señalar un armatoste de metal macizo que reposaba sobre una mesa, en el centro de la habitación—. Aquí la tenéis. La otra es igual que esta.

El fumador se limitó a saludarnos con un gesto de la mano. Tenía algo más de treinta años y un rostro extraño, quizás porque sus cejas sobresalían más de lo normal o porque sus ojos, los párpados rasgados, casi plegados en los extremos, parecían tristes. Iba vestido de señor, con un traje de tela cara, bien cortado, mucho mejor que la camisa y el pantalón de su camarada incluso sin contar el sombrero que había enganchado en el respaldo de la silla. Pero después de integrar todos esos rasgos en su imagen, siguió resultándome extraño y no averigüé por qué.

—Manolita —Rita, que había empezado a darle vueltas a la multicopista, me llamó—. Vamos.

—Sí... —a no ser que fuera porque no parecía español, pensé, antes de darme cuenta de que acababa de pensar una tontería.

De todas formas, el misterio del hombre silencioso se disipó en el instante en que me fijé en la máquina, un artefacto complicadísimo con un par de rodillos en alto, a cada lado, y un quinto, el que Silverio me había dicho que no podía servir para imprimir, encajado en el fondo. Mientras mi amiga empezaba a dibujarla, yo intenté conocerla igual que si fuera una persona, fijarme en sus piezas como si fueran los rasgos de una cara, y la toqué, como mi hermano me había contado que solía hacer el Manitas, acariciando los rodillos, las palancas, la carcasa, pero no adelanté mucho. Rita, sin embargo, iba por el tercer dibujo cuando me acerqué a ella.

—Oye, guapa, no gastes tanto papel que luego me lo tengo que meter en el moño.

—Ya —sonrió, sin dejar de trabajar—. No te preocupes. Estoy dibujando los planos por separado. Luego, en casa, te haré un dibujo en el que salga cada cosa en su sitio.

—Bueno, pues dame un papel a mí. Voy a hacerme una lista de piezas para aprendérmela de memoria, porque si no...

—No es tan difícil —el valenciano se acercó, me sonrió—. Mira, te voy a contar lo que sabemos. Parece que hay un mecanismo doble, ¿no? El papel debe entrar por aquí, y por aquí, ¿lo ves?, y después...

Unos minutos más tarde, su camarada se acercó a nosotros sin hacer ruido y le puso una mano en el hombro.

—Me tengo que ir, Luis —escuché y no fui capaz de identificar su acento.

—Muy bien, ya me quedo yo con ellas.

Interrumpió sus explicaciones mientras el hombre del sombrero caminaba hacia la puerta y así pude escuchar la extravagante fórmula que escogió para despedirse de nuestro anfitrión.

—Hasta la vista, ilustre.

—Salud, Heriberto —contestó el viejecillo, pero su interlocutor se paró a su lado para negar con la cabeza.

—Salud no —y le corrigió en un tono que bastó para convencerme de que era el jefe de todos ellos—. Adiós.

—Eso, adiós —el tintorero apretó los ojos e improvisó un gesto de desánimo antes de volverse a mirarle—. Si es que no me sale...

—Pues te tiene que salir, Ceferino.

—Ya... —asintió con la cabeza como si pretendiera darse fuerzas a sí mismo—. Adiós entonces.

—Adiós a todos —dijo Heriberto antes de marcharse.

Rita y yo le respondimos inclinando la cabeza al mismo tiempo y me di cuenta de que su autoridad la había impresionado tanto como a mí. El viejecillo salió tras él, y sólo cuando volvió a entrar mi profesor retomó el hilo.

—Lo que no sabemos es cómo coge la tinta, porque parece que el mecanismo funciona, pero el papel sale tan blanco como cuando entra...

Lo apunté todo muy bien mientras me sentía incapaz de contarle a Silverio lo que estaba viendo, y arrastré aquella vaga sensación de fracaso hasta que me lo encontré a las cinco de la tarde en un locutorio casi vacío.

—Me mimas demasiado, Manolita —me saludó con una sonrisa que no pude descifrar—. No sé qué voy a hacer cuando te canses de mí.

—¿Qué? —me acordé de las pastas y sonreí yo también—. ¡Ah! Si no es nada. Pasa de vez en cuando, ¿sabes?, y nos regalan lo que se estropea. Otro día igual te traigo pasteles o magdalenas, todo hecho migas, eso sí... —pero teníamos algo más importante de lo que hablar—. He ido a ver la máquina.

—¿Y qué tal?

—¡Uf! Será una ganga, no digo que no, pero es complicadísima —hice una pausa mientras el funcionario pasaba por delante de nosotros—. No sé si voy a ser capaz de coser con ella, porque parece que funciona, pero la aguja no coge el hilo, y ni siquiera la dueña sabe por qué...

—Bueno, será cuestión de estudiar el mecanismo, y aquí me sobra tiempo para eso, no te preocupes —se calló mientras el guardia se acercaba a nosotros—. Cuando veas a Martina, dile que Tasio ya se ha puesto bien.

—Eso, que me dijo que había estado vomitando, ¿no?

—Sí. Bueno, con la porquería que nos dan de comer, estamos todos igual —el guardia se paró y le miró, pero él siguió hablando en el mismo tono—. Cuando no son vómitos, son diarreas, aunque yo esta semana no puedo quejarme —y volvió a sonreír—, gracias a ti.

En ese momento, volvió a ocurrir. La sonrisa de Silverio encendió una luz, abrió una puerta, y de repente me encontré con él en otro lado, un lugar que era y no era el locutorio de la cárcel, una realidad paralela donde la verdad y la mentira se fundían en una frontera imprecisa, una tierra de nadie donde creer sin pensar, y sentir sin pensar, y hablar sin pensar, apurando unos minutos de algo semejante al placer de gustar, de coquetear, de mirar al otro con una intensidad capaz de fulminar las alambradas, de borrar cada nudo, cada clavo, hasta deshacerlos con los ojos.

—Pues a ver si hay suerte y sigue fallando la harina —y las alambradas seguían estando ahí—. Aunque en el obrador somos muchas, y hasta que me toque el turno otra vez...

—Con tal de que sigas viniendo a verme —y todo seguía siendo mentira.

—Claro —pero nada lo parecía—. Todos los lunes.

Yo tenía dieciocho años y una vida horrible. Silverio tenía veintitrés, y una vida más horrible que la mía en aquel agujero donde ya llevaba dos años encerrado. A mí casi nunca me pasaba nada bueno. A él, jamás. Si hubiera tenido algo con lo que comparar aquella historia, un novio, un trabajo que me gustara, alguien capaz de hacerse cargo de mí, habría podido comprender lo que me estaba pasando, pero estaba sola, aburrida, cansada. Él esperaba un juicio, la muerte o una condena larga, un traslado a un penal, una prisión aún más penosa, y tampoco podía comparar con nada, con nadie, mis visitas de los lunes. No era culpa mía. No era culpa de Silverio. Era sólo que aquella ficción, aquel amor inocente y fingido que las alambradas protegían del contacto físico, de los peligros de mi confusión y su tartamudez, era mejor que mi vida verdadera, mucho mejor que la suya. Debería haberlo comprendido a tiempo, pero la condición de lo peor es que no se puede comparar con nada, y en mi pobreza, en la del hombre que me sonreía desde el otro lado de una tela metálica, aquellos minutos eran preciosos, balsámicos como una medicina para un enfermo, una ilusión tibia, insensata, o esos sueños donde los muertos siguen estando vivos. Silverio nunca me había gustado, y lo sabía, pero me gustaba deslizarme dentro de una Manolita que no era yo, pero era más feliz que yo, mientras sonreía al hombre del que se estaba enamorando, un preso que tampoco era Silverio, pero era más feliz que él. Tendría que haberme dado cuenta de lo que estaba pasando, pero aquella tarde me lo pasé tan bien que ni siquiera tuve tiempo para preguntarme por qué.

—Cuídate mucho —metí todos los dedos en la alambrada para despedirme.

—Tú también —él volvió a responderme de la misma manera.

Me quedé mirándole mientras hacía la fila y después, aunque el funcionario de la puerta ya estaba dando palmadas para reclamarnos. Antes de salir, se volvió a mirarme. Levanté la mano en el aire para decirle adiós y salí del locutorio despacio, remoloneando sólo por joder. En el camino de vuelta no extrañé nada, y sólo al llegar a casa, mientras subía las escaleras con un brío casi atlético, me di cuenta de que aquel lunes, en contra de todas mis previsiones, no me había cansado en absoluto.

Aquella semana, la otra Manolita le llevó a Silverio dos paquetes, pero los hice yo, uno el martes, con seis nueces, un trozo de bacalao y un bocadillo de queso, y otro el viernes, con unos cuantos pitillos, un poco de membrillo y dos manzanas. Cuando volví a casa, Rita me esperaba en el portal con su carpeta debajo del brazo. Así llegó a mis manos una cuartilla dibujada con tinta china por las dos caras, la multicopista de frente en un lado, desde arriba en el otro, con tanto detalle que en algunos lugares había una flecha que señalaba hacia un recuadro donde había copiado los engranajes o mecanismos que le habían parecido más importantes a una escala mayor.

—Enhorabuena, Rita, porque yo no entiendo nada —le confesé mientras miraba sus dibujos como si fueran el retrato de una persona a la que hubiera conocido el lunes anterior—, pero me parece... No sé, te han salido perfectos.

—Eso espero, porque me he tirado tres noches sin dormir, para que no se enterara mi madre —me quitó el papel de la mano con suavidad y señaló unas rayitas marcadas en el borde—. Esto de aquí son unas guías para que sepas por dónde conviene doblarlo. Las he calculado para que los pliegues tapen las zonas menos complicadas... —me miró y sonrió al interpretar la expresión de mis ojos—. ¿Quieres que lo doble yo?

—Pues sí, mejor.

—¡Ah! Y nada de laca, ¿eh? No vaya a ser que se corra la tinta.

—¡Pues la Palmera se va a poner contento!

Se rió mientras doblaba la cuartilla una y otra vez, hasta plegarla en un fuelle delgado y estrecho.

—Ya está —y me miró como si de repente ella también fuera otra Rita, una desconocida atrapada en el romanticismo de una historia de amor auténtica y ajena—. Me encantaría ir a Porlier a conocer a tu novio, pero ya no tengo a nadie dentro, así que igual voy a buscarte a la salida.

El lunes, cuando llegué a la cárcel, me la encontré saludando a unas y a otras mientras hablaba con ellas de mí, de Silverio, de la rabia que le daba no haberse fijado a tiempo en aquel elemento que me había hecho espabilar tan deprisa. Sus interlocutoras no necesitaban más para lanzarse a hablar como cotorras, y aquel guirigay me pintó una sonrisa que llegó hasta la alambrada.

—Qué bien —Silverio se dio cuenta—. Hoy estás de buen humor.

—Sí, bueno, lo que pasa... ¿Tú llegaste a conocer a Rita?

—La hija de... —no acabó la frase, no hacía falta.

—Justo —le respondí—, mi amiga. Pues está en la calle, esperándome, porque se muere de ganas de entrar a conocerte, pero como no puede, pues...

—¿Ah, sí? —sonrió como si su humor se hubiera igualado con el mío—. ¿Y eso?

—Pues ya ves. Nos hemos convertido en unos enamorados muy famosos dentro y fuera de aquí, no creas... —nos reímos juntos mientras los ¡ohhh! se multiplicaban a nuestro alrededor—. Total, que ha estado preguntando a las demás y te han puesto por las nubes, por cierto.

Era verdad que las mujeres habían hablado bien de él, que era muy majo, muy buen chico, serio, sensato, responsable, como si algún preso tuviera la oportunidad de hacer el golfo. Teodora, incluso, había llegado a decir que se veía que estaba muy enamorado de mí, pero yo no me enteré de eso hasta que salí a la calle para que Rita se colgara de mi brazo, muy sonriente.

—¡Qué exagerada eres! —me regañó—. Seguro que no está tan mal.

—Qué va —le llevé la contraria sin dejar de sonreír, pero me sentí un poco traidora al repetir el chiste que Toñito y sus amigos solían hacer a costa de Silverio—. Sólo que si estornuda y se clava la nariz en el pecho, se suicida.

—Bueno, mujer, eso le dará carácter...

No llegué a replicar, porque Juani se acercó a nosotras y las dos nos pusimos serias al mismo tiempo. La mujer de Mesón parecía más triste que otras veces y me temí lo peor, pero sólo me contó que estaban haciendo gestiones para que mi segunda boda, con Martina de nuevo como madrina, fuera el lunes siguiente.

—No te lo puedo asegurar pero te he traído el dinero —hizo una pausa y me equivoqué al pensar que no sabía por dónde seguir—. Si al final no puede ser, te avisaremos mañana mismo. Pepa y yo nos hemos apuntado a las cuatro. Si las cosas fueran de otra manera, os cederíamos el turno, pero...

—No, mujer —y la cogí de las manos mientras negaba con la cabeza para alejar el sombrío presentimiento que estaba viendo en sus ojos—. ¿Cómo vais a hacer una cosa así?

—Bueno, ojalá no pase nada raro.

Pero el lunes 16 de junio fue un día raro desde antes de empezar, porque el sábado nadie me dio ninguna contraorden, pero el domingo, cuando llegué al obrador, no vi pasteles, ni bollos, ni tartas en el plan de trabajo.

—¿Qué ha pasado? —le pregunté a Aurelia.

—Que no hay harina. Ni un gramo en todo Madrid.

—No hay harina... —repetí, y me apoyé en la pared mientras sentía que las piernas estaban a punto de dejar de sostenerme—. ¿Y qué vamos a hacer?

Me lo había preguntado a mí misma, pero ella me contestó igual.

—Chocolate, que hay de sobra. También caramelos, pero sobre todo bombones, lenguas de gato y huevos decorados, como los de Pascua aunque sin envolver, porque no es época. Algo habrá que poner en el escaparate...

Aquella mañana, mientras mis compañeras se quejaban entre dientes, porque el chocolate ensuciaba más que las masas y las cremas juntas, yo limpié, fregué, sequé cacharros y fuentes, bandejas y cacerolas, sin rechistar, contestando con monosílabos a todas las preguntas mientras intentaba tomar una decisión. Nadie podía estar completamente seguro de nada, pero en la cola de Porlier creíamos que el cura revendía los dulces en el mercado negro. Por mucho honor que hiciera a la legendaria glotonería de su oficio, cinco bodas diarias, los siete días de la semana, arrojaban un total de setenta kilos de pasteles, setenta cajetillas de tabaco semanales. Nadie podía comer ni fumar tanto. Eso explicaba que le diera igual la marca de los cartones que llevábamos y que aceptara las yemas de Martina. También aceptaría un huevo de chocolate siempre que pesara un kilo, sobre todo porque, aunque no estuviéramos en Pascua, podría cobrarlo más caro que los pasteles.

—No hemos hecho ninguno de ese peso —cuando le expliqué lo que quería, Aurelia me miró como si estuviera loca—. Como van rellenos de bombones, pasan de novecientos a un kilo ciento cincuenta gramos, pero los de novecientos se han vendido todos.

—Bueno, pues me llevo uno de los grandes.

—Pero no te entiendo, Manolita, con lo que tú ganas... ¿No te interesa más esperar a los pasteles, que saldrán más baratos?

—No, porque... —y crucé los dedos para que no siguiera haciendo preguntas—. Es que no es para mí. Es un encargo de una vecina que tiene un compromiso mañana mismo, así que...

Pagué con los veinte duros que me había dado Juani y me devolvieron menos de la mitad de las vueltas que habían sobrado de los pasteles de mi primera boda. Luego, la otra Manolita y yo colocamos el huevo, que era precioso y tenía una puerta abierta por la que se asomaban dos pajaritos de azúcar, en una base de cartón dorado, lo envolvimos con celofán, y cerramos el envoltorio con un lazo rojo. Lo llevé a casa yo sola, eso sí, en brazos, porque me dio miedo que se derritiera en el metro, y caminé siempre por la sombra, aunque la tarde estaba nublada y no hacía mucho calor. Aquella noche estalló una tormenta que refrescó todavía más y el huevo amaneció sano y salvo sobre la mesa de la cocina. Entonces empecé a preocuparme por otras cosas.

—No te enfades conmigo, Manolita —la Palmera vino por la mañana—, pero los moños no son para ti, ¿eh? Con los rizos sueltos, estás más guapa.

—Bueno, ¿pero asoma algo o no?

—Ni pizca.

Me pasó un espejo pequeño y lo que vi no le dio la razón del todo. Me encontré más y menos guapa que la primera vez, porque era verdad que el pelo recogido no favorecía demasiado al rostro que estaba viendo, pero sus ojos brillaban como si reflejaran una luz interior, cálida y dorada, y eran tan grandes, tan hermosos que no estuve muy segura de que fueran de verdad mis ojos.

Qué tontería, y regañé a mi doble con tanta energía como a mí misma, si no va a pasar nada, ¿qué va a pasar? Silverio no volverá a meternos la lengua en la boca porque ahora sabe lo mismo que nosotras, y que lo único importante son los planos, las multicopistas... Sin embargo, a medida que pasaban las horas, me iba poniendo cada vez más nerviosa, me asomaba a la ventana cada dos por tres para comprobar la temperatura y, aunque el cielo seguía nublado, sentía que mi estómago se volvía cada vez más pequeño, como si unas tenazas lo estuvieran doblando, plegándolo una y otra vez para convertirlo en un fuelle semejante al que llevaba escondido en el pelo.

A las dos y media decidí que no tenía hambre, y a las tres menos veinticinco que iba a obligarme a comer. Después de tragar unas pocas cucharadas de lentejas, volví a pintarme los labios con mucho cuidado, cogí el huevo en brazos y me fui andando a la Puerta del Sol. Me arriesgué a ir en metro hasta Goya, sólo cinco estaciones, para hacer el resto del trayecto a pie, sin dejar de vigilar el huevo. Cuando llegué a la cárcel, el celofán no se había adherido a su cáscara en ningún punto, y sin embargo, en el instante en que enfilé la calle Padilla, me di cuenta de que algo no iba bien.

Faltaban diez minutos para nuestra cita, pero Martina había llegado ya y no estaba sola. Hablaba con dos mujeres sentadas en un banco y las reconocí mucho antes de llegar hasta allí, quizás porque Juani lloraba con el mismo desconsuelo que ya había visto una vez, aquella tarde en que la encontré tan desmadejada como una marioneta a la que le hubieran cortado los hilos. A su lado estaba la mujer de José Suárez, otro condenado a muerte del expediente de la JSU y el director del coro que celebraba en el locutorio mis amores con Silverio. Pepa tenía dos cajas de bizcochos borrachos en el regazo, y miró el huevo de chocolate que yo traía entre las manos igual que un náufrago habría mirado una balsa en un océano sacudido por una tempestad.

—¿Qué pasa? ¿Por qué no habéis entrado?

—Es que... Yo... —Juani intentó explicármelo pero los sollozos no se lo permitieron—. No... No...

—No tiene los pasteles —Pepa estaba muy nerviosa—. No

ha encontrado. Yo me he ido esta mañana a las cinco, a Guadalajara, a buscarlos, pero a ella le había prometido una chica que se los traería y no ha aparecido.

—No es culpa suya —murmuré—, no hay harina en todo Madrid.

—No tengo... —Juani levantó la cabeza, me miró, abrió las manos y dijo algo que no entendí antes de pronunciar el nombre de su marido—. Y Eugenio...

—Yo... —Pepa levantó los borrachos en el aire y añadió algo más con labios temblorosos, indecisos entre la culpa y la desesperación—. Yo tengo, pero Juani...

En ese momento, Martina me miró. Yo la miré, levanté las cejas y la vi asentir con la cabeza, muy despacio.

—No os mováis de aquí —pedí a las mujeres sentadas en el banco—, ahora volvemos.

Nos apartamos un poco y ni siquiera necesitamos hablar.

—Es una putada —reconocí por las dos, de todas formas.

—Sí —ella intentó sonreír, y le salió regular—. Eso es lo que es.

No había más que decir, así que volví al banco, me senté al lado de Juani y le puse el huevo en el regazo. Era lo justo porque, al fin y al cabo, lo había pagado ella.

—Toma —me miró como si no me entendiera, miró el huevo, volvió a mirarme—. No son pasteles, pero pesa más de un kilo, está lleno de bombones y ha salido bastante más caro.

—Gracias, Manolita —Pepa cerró los ojos al decirlo—. Gracias a las dos.

—Gracias —Juani, en cambio, los mantuvo muy abiertos—, yo...

En ese instante, el funcionario de la otra vez se asomó a la acera para enseñarnos sus dientes amarillos.

—¿Qué pasa, que hoy no se casa nadie? —preguntó.

—Sí, se casan ellas —Martina sacó de alguna parte la voz con la que recontaba para sí las lombrices de su culo—. Van a entrar en nuestro turno.

—Sí —tiré de Juani mientras me levantaba—. Nosotras, total, ya nos casamos otro día...

Nos quedamos en la acera hasta que la puerta se cerró y no hablamos hasta que mi madrina empezó a acariciar la caja de la que no había podido desprenderse.

—Qué pena de yemas, ¿no?

Entonces recordé otro temblor, sus pechos agitándose como dos flanes enloquecidos a los lados de una blusa abierta de par en par, aquel equilibrio imposible que la mantenía en vilo contra un muro y algunas palabras sueltas, ganas, estoy, volverme loca, que apenas llegué a entender mientras los dos las pronunciaban en un susurro, sin despegar del todo sus labios de la boca, la cara, el cuello del otro. La violencia de aquella imagen, que me había asustado tanto como la estampa de dos animales salvajes que se despedazaran a dentelladas entre sí, se disipó para no resucitar jamás, mientras me sentía tan cerca de Martina como si la hubiera probado alguna vez.

—Lo siento muchísimo, cariño, de verdad —le pasé un brazo por los hombros, como había hecho ella conmigo en aquel pasillo, y la estreché contra mí—. Lo siento en el alma, en serio.

—No es culpa tuya, Manolita. Y tampoco pasa nada, sólo que una se hace ilusiones y... Esto significa mucho para mí, ya ves, qué tontería, si total... —se quedó pensando y se echó a reír mientras dejaba por fin escapar las lágrimas—. Se me pasará. En dos o tres semanas, como nueva.

—¡Ah, bueno! Si es sólo eso... —la dejé llorar mientras empezábamos a bajar por Padilla, y celebré que se parara a limpiarse los ojos y a estirarse la ropa cuando apenas habíamos avanzado.

—Al libro ya no llegamos ni pagando dos pesetas, ¿verdad?

—¡Qué va! —le coloqué en su sitio un mechón de pelo que se le había escapado—. La visita habrá terminado ya.

—Pues acompáñame, que voy a dejarle las yemas a Tasio. Que se las coma él, por lo menos...

El lunes no la vi en la cola. Imaginé que habría ido el sábado por la tarde, quizás el domingo también, pero encontré a Tasio a la izquierda de Silverio, a su derecha José Suárez y, con ellos, un chico muy joven para haber llegado a la secretaría general de la JSU de Madrid varios años antes. Tenía los ojos azulísimos, claros y transparentes como dos gotas de agua limpia.

—Gracias, Manolita —Eugenio Mesón metió los dedos en la alambrada y los cerró, para abrazarme a través de la reja.

—Gracias, tortolita —José Suárez hizo lo mismo, y los dos me miraron con tanta intensidad que no pude sostenerles la mirada.

—De nada —respondí, sin encontrar un lugar donde posar los ojos hasta que encontré la cara de Silverio—. No tiene importancia, yo... Bueno —sonreí y volví a mirarles—, también tendríais que darles las gracias a ellos.

—¿A estos? —Mesón se echó a reír—. ¿De qué? Si se pusieron morados de yemas.

—Hombre, algo teníamos que llevarnos, ¿no? —Tasio sonrió.

—Sí —Silverio me miraba con la cabeza ladeada, los ojos entornados y aquella expresión que debía haber aprendido cuando se enamoró de verdad por primera vez—. Pero a mí me gustaron más tus pastas, Manolita.

—¡Ohhh! —zumbó el coro.

—Pues es una pena que no pudieras verme —le dije cuando, tan apretados como antes, las conversaciones que se multiplicaron a nuestro alrededor nos dejaron solos de la única forma posible en aquel lugar—. Porque llevaba un peinado estupendo.

—Ya me lo imagino.

Aquella semana llegó la segunda carta de Isabel, tan reconfortantemente sosa como la primera. Mis dos hermanas estaban bien, se portaban bien, comían bien, dormían bien, y el tiempo había mejorado mucho.

Para compensarlo, el lunes siguiente, antes de entrar a la visita, Juani me anunció que tenía malas noticias. Acababan de enterarse de que en verano no habría bodas. El capellán tenía una dolencia respiratoria que se agravaba mucho con el calor, iba a pasar los dos meses de verano en una residencia para sacerdotes, y todo se suspendía hasta su regreso.

—Os hemos apuntado para el tercer lunes de septiembre...
No podemos hacer otra cosa.

Pobre Martina, fue todo lo que se me ocurrió pensar.

Después, la otra Manolita me preguntó si íbamos a seguir yendo a la cárcel todos los lunes de aquel verano, y al escuchar que sí, se puso como unas pascuas.

Isabel Perales García había descubierto que el único remedio eficaz para aliviar el dolor de sus manos consistía en sumergirlas dentro del lavadero.

El primer jueves de diciembre de 1941, el agua de la pila salía helada del grifo y su temperatura le entumecía la piel, la anestesiaba como si tuviera el poder de rellenar los agujeros, aquellos picotazos por los que asomaba la carne viva, brillante al principio, mientras el anuncio de la sangre se confundía con un líquido transparente que parecía agua pero olía mal, oscura después, cuando las heridas sangraban para trazar delgados hilos rojizos que manchaban la espuma del detergente. Esas heridas tenían peor aspecto que las otras, aunque no resultaban tan dolorosas como las blandas, aquellos lunares de aspecto gelatinoso y color amarillento, más o menos verdoso, que se hinchaban alrededor de un reborde inflamado, relleno de pus. Lo que afloraba en ellas parecía carne muerta, tan extrañamente sensible, sin embargo, que la hacía llorar de dolor cuando la rozaba algo que no fuera el agua helada. Casi todas las niñas tenían algún agujero en las manos, ninguna tantos como ella. Por eso, aquella mañana, cuando la hermana Raimunda anunció la hora del caldo, Isabel se quedó en los lavaderos. Tenía hambre, pero las manos le dolían más que el estómago.

—¿Qué hace usted aquí?

El tono de aquella pregunta, pura curiosidad amable, lejos del acento airado, amenazador, en el que la había escuchado otras veces, la impulsó a girar la cabeza. La madre Carmen, que todavía no había cumplido treinta años y tenía el cutis liso, sonrosado y perfecto como el de una figura de porcelana, se acercó caminando como si flotara, el bajo de la túnica negra ocultando sus pies, el velo ondeando a su espalda. Isabel apenas la conocía, pero le caía bien porque la había visto jugar en el patio con las pequeñas, agacharse y levantarse como una niña más hasta caerse de culo en el suelo. Sin embargo, aquella canción de corro, achupé, achupé, sentadita me quedé, no le pareció una garantía suficiente para responder a esa pregunta.

—¿Por qué no ha ido usted a tomar el caldo con las demás? —volvió a preguntar cuando llegó a su lado.

—Es que... No tengo hambre.

—¿No tiene usted hambre?

Entre la primera y la última palabra de aquella pregunta, algo cambió en su voz, que fue adelgazando, haciéndose más frágil, más fina, hasta desfallecer al final, como si a su propietaria le faltara aire para pronunciar la última sílaba. Isabel se dio cuenta, la miró, y siguió su mirada hasta el agua de la pila, la espuma que su sangre había teñido de rosa.

—Enséñeme las manos.

—No —la niña negó con la cabeza.

—Enséñeme las manos, por favor —pero la mujer la cogió por una muñeca con suavidad—. Por favor...

Era la primera vez en más de seis meses que una monja se interesaba por su problema, pero no se lo agradeció. Habría preferido mantener el secreto de sus manos destrozadas, esconderlas en las axilas o debajo de las mangas, porque se avergonzaba de su debilidad y sabía que, en aquella casa, lo mejor era pasar desapercibida. Por eso les dio la vuelta antes de sacarlas del agua, y enseñó las palmas amoratadas, inflamadas pero enteras.

—No, así no... Por el otro lado.

Isabel obedeció, no habría podido hacer otra cosa, y al enseñar el dorso de sus manos, las miró como si nunca hubiera visto aquella piel perforada desde la base hasta la punta de los dedos, los lunares de sangre y de pus que dibujaban un mapa de colores violentos donde apenas se reconocía el tono original, uniforme, que sobrevivía en el resto de su cuerpo.

—¡Madre del Amor Hermoso y de la Misericordia Divina! —la monja retrocedió ante aquellas heridas que atraían su mirada como un imán, e Isabel se asustó—. ¡Santa María, Madre de Dios, ruega por nosotros, pecadores, ahora y en la hora de nuestra muerte, amén! —pero todo lo que hizo después fue santiguarse, y cuando volvió a hablar, su voz era dulce—. Dígame una cosa...

Movió la mano como si quisiera buscar su nombre en el aire.

—Isabel.

—Pues dígame, Isabel, esto no será una enfermedad, ¿verdad? —la niña se dio cuenta de que deseaba escuchar que sí y no quiso disgustarla—. ¿Le ha pasado a usted alguna vez algo parecido, antes de venir a esta casa?

—No —pero tampoco se atrevió a mentir—. Nunca.

—Nunca...

—No —y cada palabra suya hundió un poco más a su interlocutora—. Yo creo que es la savorina, el detergente que usamos aquí, porque en mi casa me lavaba las manos con jabón y nunca me pasaba nada.

La madre Carmen cerró los ojos, apretó los párpados, volvió a despegarlos y suspiró. Luego se acercó a Isabel, la cogió de las manos, las unió por las palmas para rodearlas con las suyas y tanta delicadeza que el contacto no le hizo daño.

—Venga conmigo.

Siete meses antes, cuando el tren se detuvo en la estación de Bilbao, Isabel había percibido algo muy extraño. Era humedad, una compañía desconocida para una niña que nunca había respirado más aire que el de Madrid, tan fino que cortaba como un cuchillo. También era raro el cielo, blanquecino y sedoso como la panza de un burro, y rara la ciudad desde la ventanilla del autobús, la ría, las chimeneas que echaban humo a lo lejos, las calles estrechas, sombrías, diferentes a las de su ciudad. Pero el colegio, un edificio de ladrillo rojo, grande como un palacio y rodeado por un jardín de árboles frondosos que ocupaba una manzana entera, le encantó. Lo había imaginado exactamente así, y sin embargo, la realidad empezó a desmentir sus expectativas apenas hubo traspasado la monumental puerta de Zabalbide.

—A ver —una monja desconocida dio unas palmadas hasta que logró imponer silencio—. Ahora me van a hacer ustedes dos grupos. Las mayores a la izquierda y las pequeñas a la derecha.

Pilarín volvió a llorar, pero ella apretó su mano y no la soltó hasta que se quedaron en medio, las dos solas.

—¿Ustedes no me han oído?

—Sí, pero es que nosotras somos hermanas, ¿sabe?, y...

—Y nada. Aquí eso no cuenta —la monja se llevó a Pilarín a rastras a la fila de las pequeñas, y se volvió a mirarla—. Usted con las mayores, vamos.

Las pequeñas se marcharon antes. Isabel las vio entrar en un pabellón situado en un extremo del patio, y sólo cuando las luces del primer piso se encendieron, la monja volvió a dirigirse a ellas.

—Ustedes vienen conmigo a la clase de San Ignacio de Loyola —y las precedió hasta un pabellón situado en el otro extremo del patio.

El dormitorio era una habitación muy grande, sin calefacción, a la que dos hileras de camas metálicas daban la apariencia de una sala de hospital. Sobre cada colchón había un juego de sábanas, una almohada y una manta. La monja que las estaba esperando les ordenó que hicieran sus camas antes de ir a cenar. Ella se apresuró a obedecer para ponerse la primera en la fila.

—Oiga...

—Oiga no —le corrigió la monja—. Hermana Raimunda.

—Sí, pues verá usted, hermana Raimunda, es que yo he venido con mi hermana Pilarín, que está con las pequeñas...

—En la clase de San Francisco Javier —volvió a corregirla.

—Eso, en la clase de San Francisco Javier, y quería preguntarle... ¿Es que no la voy a ver?

—Claro —la hermana Raimunda sonrió—, los domingos, después de misa, en el jardín. Ese día hacen ustedes recreo todas juntas.

—Muchas gracias.

—¿Cómo se llama?

—Isabel Perales García, para servirla.

La hermana Raimunda asintió con la cabeza, como si aprobara aquella respuesta, e Isabel sintió de repente mucho frío, pero se guardó esa sensación para sí misma mientras abría la fila que bajaba al comedor, otra sala inmensa con mesas corridas, muy largas, casi todas vacías. Se les había hecho tarde y las demás habían cenado ya, les explicó la monja mientras señalaba hacia el fondo, donde a cada una le esperaba un plato hondo, un vaso y una cuchara. Aunque les anunció que iban a tomar una sopa, en el líquido que les sirvieron no había arroz, ni fideos, sólo unas hojas verdes que Isabel no había comido nunca y unas pocas judías blancas, aunque a ella no le tocó ninguna. No les dieron pan, ni la oportunidad de charlar. La hermana reclamó silencio, y a los diez minutos, ordenó que cada una cogiera su plato, su vaso y su cubierto, y lo dejara encima del aparador antes de salir.

—¿Y el segundo plato? —cuchicheó en su oído una niña que se llamaba Ana y había llegado desde un pueblo de Albacete.

Isabel se encogió de hombros, y ya no corrió para colocarse en la cabeza de la fila. Fue una de las últimas en llegar al dormitorio y recoger una prenda de tela basta, parecida a la arpillera, sin forma y larga hasta los pies.

—Cuando os pongáis el camisón, antes de meter los brazos por las mangas, os quitáis la ropa interior y la dejáis en los pies de la cama —las niñas se miraron entre sí, pero la monja atajó los murmullos antes de que se hicieran perceptibles—. Mañana os daremos un uniforme nuevo. La ropa que habéis traído la metéis en vuestras maletas y las guardáis debajo del somier, vamos...

Al quitarse el vestido, se dio cuenta de que muchas de sus compañeras llevaban sólo una camiseta, otras nada, porque tenían el pecho casi plano. Ella usaba un sostén de su madrastra desde hacía dos años, y se dio la vuelta para quitárselo porque le daba vergüenza enseñar los pechos. Cuando se volvió para dejarlo, junto con las bragas, en el borde de la cama, vio que otra hermana iba recogiendo la ropa interior para echarla en un saco. Al llegar a su altura, cogió con la punta de los dedos su sostén, que estaba muy viejo pero seguía siendo de satén, con puntillas en el borde, y la miró.

—¿Cuántos años tiene usted?

—Catorce.

—Catorce... —repitió, mientras negaba con la cabeza—. ¡Qué barbaridad!

Isabel sintió que había hecho algo malo y se puso colorada, pero nadie pudo verlo, porque la hermana Raimunda se apresuró a apagar las luces del techo para dirigirse a un escritorio situado entre dos camas, en el centro de la sala, donde había una lamparita que siempre permanecería encendida. Desde allí, dirigió una oración que ninguna niña se sabía. Repitió cada frase varias veces, advirtiéndoles que tendrían que aprenderla de memoria, y les deseó buenas noches, antes de que una novicia, vestida con una túnica corta, blanca, se sentara tras la mesa para vigilar el dormitorio.

Isabel se arrebujó en la cama y volvió a sentir frío. Lo habría sentido igual, porque lo hacía, si no hubiera oído los gimoteos apagados que brotaban de los cuatro extremos del dormitorio como si siguieran una pauta previamente trazada, un plan de ruido sordo, sostenido, que los siseos y las palmadas de la novicia no lograron acallar hasta que los fulminó el cansancio. Aquella noche, ella no lloró. En el tren había hablado con algunas niñas y se había sorprendido al enterarse de que muchas viajaban contra su voluntad, obligadas por la situación de unas familias que no podían mantenerlas. Pero ella había escogido aquel colegio, lo había celebrado como un premio del destino, el final del cautiverio al que la había abocado la precariedad de una vida insoportable, la repentina pobreza de una casa en ruinas en la que había lo justo para comer lo justo y ni siquiera siempre, el aburrimiento de horas largas como días, días largos como semanas, y la soledad, el cansancio de no hacer nada y esperar a que pasara algo que nunca pasaba. Isabel quería mucho a sus hermanos. Siempre había estado muy unida a Toñito y sabía que los demás no habrían podido salir adelante sin Manolita, que se había convertido en el único padre, la única madre que había en aquella casa. Estaba segura de que si Pilarín durmiera a su lado, en el dormitorio no haría tanto frío, pero a pesar de eso, y de que nunca habría podido imaginar que echaría tan pronto de menos a los mellizos, aquella noche aguantó el tipo y no lloró. Se durmió pensando que lo que había vivido hasta entonces no era más que un prólogo, un paso intermedio, triste pero inevitable, hacia una vida nueva. Mañana, todo empezará de nuevo, se dijo, y así fue.

Isabel Perales García tenía catorce años y muy mala suerte, dos condiciones inmejorables para aguantar lo que se le iba a venir encima.

—¡Buenos días! —la hermana Raimunda encendió las luces del techo a las seis y media de la mañana, aunque al otro lado de las ventanas todavía era de noche—. ¡Vamos! ¡Arriba, perezosas!

Después de levantarse, fueron al baño, se lavaron la cara, volvieron al dormitorio, hicieron sus camas y se dirigieron en fila y en silencio a la capilla para oír misa antes de desayunar. Esa rutina se repetiría un día tras otro durante todo el tiempo que pasó en aquel colegio, pero aquella mañana, la primera, llegaron por los pelos a la consagración. Antes, la hermana Raimunda les pidió que se acercaran en orden a recoger su uniforme, un clásico vestido azul de colegiala con un gran cuello blanco, muy bonito. Junto con él, cada una recibió una prenda extraña, un rectángulo de fieltro grueso con un cordón blanco cosido en el centro de cada uno de sus bordes.

—¡Atención! —la hermana Raimunda levantó uno en el aire—. Esto es una tela fuerte. Tienen que colocársela aquí, así... —la aplastó contra su pecho sujetándola con las dos manos—. Luego, cruzan los cordones por la espalda de esta manera ¿lo ven? —lo hizo—, y después, los estiran tanto como puedan y se los atan por delante con un lazo, igual que estoy haciendo yo.

Cuando la hermana terminó aquella demostración, giró lentamente sobre sus talones para dar una vuelta completa, y todas pudieron apreciar el efecto ridículo y sin embargo extrañamente agresivo, casi obsceno, de una maniobra destinada a aplastar sus pechos sobre el hábito.

—¿Lo han visto bien? Pues esto es lo que tienen que hacer todos los días antes de ponerse el uniforme. Empiecen ahora mismo pero sin quitarse el camisón, háganlo por debajo, ¿entienden?, vamos...

Isabel, que había tenido que tragarse la risa al ver a aquella monja tan baja, tan gorda que debía medir lo mismo en todas las direcciones, con el fieltro atado encima del babero, se metió el suyo bajo el camisón y escuchó un murmullo que la obligó a mirar hacia su izquierda.

—¡Y una mierda! —una chica morena, casi tan alta como ella e igual de desarrollada, la miró y negó con la cabeza—. Yo no me lo pienso apretar, desde luego. Lo que quieren estas es que se nos estropeen las tetas, igual que a ellas, que las deben tener ya como un par de huevos fritos.

Aquella expresión, y la estampa que dibujó en la imaginación de quienes la escucharon, creó un risueño alboroto que llamó la atención de la monja.

—Ahora ya pueden quitarse el camisón —mientras lo decía avanzó hacia la rebelde sin quitarle los ojos de encima—. Y usted, con lo grande que es... ¿No ha podido apretarse más la tela fuerte?

—No, señora.

—¡No, hermana! —le arrancó el camisón de las manos, lo tiró al suelo y deshizo el nudo para estirar de los dos cordones a la vez.

—¡Ay!

—Así... —caminó de espaldas hasta el centro de la habitación y repartió su atención entre todas las niñas—. Ahora ya pueden ponerse ustedes el uniforme.

Pero pese a la demostración de autoridad que acababan de presenciar, muy pocas llegaron a obedecer esa orden mientras una nueva oleada de murmullos se extendía por el dormitorio.

—Perdone, hermana... —una niña rubia, de aspecto infantil, dio un paso hacia delante—. ¿Y las bragas?

—No las necesitan.

—¿No? Pero... Yo siempre he llevado bragas.

—Pues aquí no las va a llevar —se volvió hacia las demás y dio unas palmadas—. ¡Pónganse el uniforme de una vez, rápido!

Isabel tardó un instante en obedecer, porque no entendía el sentido de aquellas dos normas igual de absurdas pero tan contradictorias entre sí, el empeño de la monja en que se aplastaran los pechos y no llevaran bragas. Había algo más, y su vecina de la izquierda se dio cuenta antes que ella.

—¿Y cuando tengamos la regla? —ya se había puesto el uniforme, pero no se había abrochado los botones—. ¿Tampoco vamos a usar bragas?

—Cuando estén ustedes indispuestas, porque se dice así, indispuestas, me avisan. Yo les daré lo que necesiten, ¿de acuerdo? ¿Algo más? Pues háganme una fila, a ver si logramos salir del dormitorio de una bendita vez.

Todas tenían preguntas que hacer, pero ninguna se atrevió a abrir la boca mientras se vestían en silencio. Sin embargo, cuando la hermana Raimunda se colocó a la cabeza de sus pupilas, Isabel entendió por qué la chica que no estaba dispuesta a acabar con las tetas como dos huevos fritos llevaba el uniforme abierto. Mientras se ponía en la fila, se deshizo el nudo con disimulo, movió el tronco hasta que consiguió separar la tela de sus pechos, volvió a anudar los cordones y se abrochó hasta el último botón. Después, mientras bajaban ya por la escalera, volvió la mano derecha hacia arriba con el dedo índice estirado, los otros plegados hacia la palma, y la movió varias veces. Isabel volvió a sonreír, y cuando llegó a la capilla ya llevaba la tela fuerte tan floja como ella. Aquella operación se convertiría en una rutina diaria, aunque su fundadora, de castigo en castigo, faltaría la mitad de las mañanas.

—Bueno, yo me llamo Taña —susurró, cuando llegaron a la capilla para arrodillarse una junto a la otra, en el mismo banco—. De Montaña.

—Qué nombre más raro, no lo había oído nunca.

—Es que soy de Cáceres. Es la patrona, ¿sabes?

—Ya, yo me llamo Isabel.

Cuando llegó el momento de comulgar, la mayoría de las

recién llegadas se quedó en su sitio y las monjas impidieron que las que lo intentaron alcanzaran el altar. No lo entendieron, como no habían entendido casi nada de lo que les había pasado desde que se bajaron del tren el día anterior. Su confusión empezó a disiparse al salir de misa, cuando la hermana Raimunda las ordenó formar en el patio, cuatro filas de diez niñas cada una, como si fueran un ejército al que un general se dispusiera a pasar revista.

—Aquí las tiene, reverenda madre...

Su tutora se dirigió con un respeto entreverado de temor a una mujer alta y enjuta, que conservaba más allá de los hábitos la altiva elegancia propia de la familia donde se había criado. Quizás por eso, cuando terminó de repasarlas se quedó mirando a su subordinada desde la misma altura.

—Siento mucho haber llegado tan tarde a misa, reverenda madre, pero no se puede imaginar la guerra que me han dado...

—Era de esperar —la superiora asintió con la cabeza y levantó la voz para que las niñas la oyeran, aunque no se dirigió a ellas—. Pero de eso se trata, hermana, para eso están aquí. Nuestra obligación es arrancar las ramas antes de que lleguen a troncos.

Aquellas palabras, que englobaban su propia definición y la de su destino, se quedaron flotando en el aire mientras la hermana las precedía hasta el comedor, donde cada una encontró una taza de café aguado. Cuando parecía que eso iba a ser todo, otra monja que llevaba un delantal sobre el hábito y un gorro encajado encima de la toca, salió de la cocina empujando un carrito repleto de cajas de pan. Un suspiro de alivio recorrió los bancos de las recién llegadas, pero la hermana Raimunda volvió a recurrir a las palmadas con las que imponía silencio antes de dar instrucciones.

—Cada una de ustedes va a recibir una barra de pan. Les recomiendo que se coman ahora la cuarta parte y guarden lo demás, porque tiene que durarles hasta la noche. Lo mejor es que hagan cuatro trozos, uno para el desayuno, otro para la comida, otro para la merienda y el último para la cena. Pueden guardarse en los bolsillos lo que no coman ahora.

La barra era del mismo tamaño que los pistolines que compraba Manolita, igual de delgada, pero pan, se dijo Isabel, e intentó animarse aunque la ración del desayuno le dio exactamente para tres mordiscos. Como si tuviera cronometrado ese plazo, la hermana Raimunda volvió a tocar las palmas un segundo después de que dejaran de masticar. Y justo entonces, cuando parecía que ya no podía pasar nada más, empezó lo peor.

—Todas las alumnas de San Ignacio de Loyola hacen tres turnos, ¿entendido? —porque el sitio al que las llevaron no era una clase, sino un lavadero con grandes pilas corridas de piedra y cestos llenos hasta arriba de ropa blanca—. El grupo que lava una semana, tiende la siguiente y plancha la tercera. Luego, se vuelve a empezar. Al lado de cada grifo encontrarán detergente. Ya saben lo que hay que hacer con él, ¿verdad? Froten y restrieguen muy bien, para quitar las manchas, y cuando hayan terminado, aclaran cada pieza y la dejan escurriendo en las rejillas que hay ahí detrás, para que sus compañeras las recojan y las tiendan en la azotea, ¿de acuerdo?

Ninguna se atrevió a contestar, y la hermana Raimunda asintió con la cabeza. Ahora dará una palmada, pensó Isabel, o dos, o tres, y dirá que venga, que rápido, que a qué estamos esperando...

—Hermana —por eso dio un paso hacia delante, levantó la mano, carraspeó para afianzar su voz—. ¿Y cuándo vamos a estudiar?

—Después.

Las niñas de Zabalbide lavaban, tendían y planchaban los manteles del café Arriaga, toda la ropa blanca del hotel Excélsior, y las sábanas, las camisas y la ropa interior de los profesores y alumnos de un internado masculino de la Compañía de Jesús. No recibían por su trabajo ni un céntimo del precio que la congregación cobraba a sus clientes, ni más educación que la que les brindaba la lectura de vidas de santos que escuchaban en silencio durante la última hora de la tarde, sentadas en unos pupitres donde no había nada más que una labor de costura. A media mañana, disponían de cuarenta y cinco minutos de recreo, en los que se les servía una taza de caldo. Ese mismo líquido, con berzas y alguna legumbre suelta, era la comida y la cena de todos los días. Su dieta se completaba con una cuarta parte de la barra de pan que habían recibido con el desayuno y tomaban a palo seco a la hora de merendar. Así, con el sudor de su frente, pagaban el pecado de haber nacido, la culpa de ser hijas de sus padres y sus madres, ramas del tronco del mal que abarrotaba las cárceles de España. Sin embargo, en el recreo del domingo, Isabel comprobó que en la clase de San Francisco Javier las cosas eran diferentes.

—He empezado a hacer palotes —al abrazar a Pilarín, su nariz se inundó de olor a colegio, polvo de tiza, ralladura de lápiz, virutas de goma de borrar—, primero tiesos y luego de lado, ¿sabes? En mi clase hay niñas que se portan muy mal y lloran todo el rato, pero yo no. La hermana Gracia dice que soy muy buena. Yo la quiero mucho...

Isabel experimentó un alivio semejante a la paz al escuchar a Pilarín, que estaba tan contenta, tan compenetrada con sus compañeras, que se zafó enseguida de su abrazo para irse a jugar con ellas. En aquel momento, sólo pensó que la vida era muy rara. No conocía la palabra paradoja, pero su ignorancia no le impidió aplicar su significado a aquel escarmiento, su hermana pequeña, que nunca había querido abandonar Madrid, tan feliz, mientras ella destinaba todas sus energías a convencerse de que no se arrepentía de haberse marchado. Era imprescindible que lo consiguiera, porque no estaba sola. Aún no sabía que salir de allí era imposible, pero la suerte de Pilarín estaba ligada a la suya y no podía asumir la responsabilidad de perjudicarla.

Con el tiempo, también llegaría a comprender por qué la vida de las pequeñas se ajustaba a las promesas del Caudillo, mientras que su existencia, la de sus compañeras, sólo encajaba en el molde de un campo de trabajadores forzados. La madre superiora lo repetía cada dos por tres, hay que arrancar las ramas antes de que lleguen a troncos. Las alumnas de la clase de Pilarín no habían llegado a ser ramas, apenas brotes, yemas tiernas que se podían enderezar sin demasiado esfuerzo. Por eso a las monjas les compensaba invertir en ellas, y en lugar de recitar vidas de santos mientras cosían, las enseñaban a leer en las heroicas crónicas de los mártires de la Cruzada.

—Yo ya sé que padre no era bueno, Isa.

—¿Por qué dices eso? —ella se asustó mucho la primera vez que lo oyó—. Claro que era bueno.

—¿Sí? —Pilarín frunció las cejas—. Pero iba con los malos, ¿no?

—Pues... Yo creo que no. Él era bueno, pero... A lo mejor, como la hermana Gracia no le conoció, por eso dice esas cosas.

—Yo voy a ser muy buena, Isa, voy a ser muy buena siempre para ir al cielo —hizo una pausa y la miró con un gesto de preocupación que su hermana nunca había visto en su rostro—. ¿Tú crees que padre está en el cielo?

—Yo no sé dónde está padre, Pilarín.

Pero Isabel Perales García tenía catorce años y muy mala suerte, tanta que se adaptó enseguida a las condiciones de su nueva vida, y en la segunda semana de su estancia en Zabalbide disfrutó de la tarea de tender la ropa como si fuera un premio, unas pequeñas vacaciones entre la extenuante semana del lavadero y la abrumadora monotonía que apenas haría la plancha más soportable.

—Ya saben ustedes lo que hay que hacer, ¿verdad? —a mediados de mayo hacía calor hasta en el norte, y la hermana Raimunda las dejó solas en el tendedero para ir a sentarse bajo un sombrajo.

Ellas, que desde que subieron a la azotea habían disfrutado tanto del aire libre como de la oportunidad de volver a jugar, salpicándose unas a otras con el agua que chorreaba de las sábanas empapadas, ralentizaron el ritmo del trabajo para poder charlar, y como iban mucho más deprisa que las lavanderas, se sentaron incluso a tomar el sol con la espalda apoyada en el muro.

—Mi padre está en Carmona —Taña resumió su vida para Ana y para Isa, porque las tres ya estaban siempre juntas—, y mi madre, en Saturrarán, cerca de aquí. Para el día de la Merced, igual pido permiso y voy a verla.

—¡Qué suerte! —Ana negó con la cabeza—, que te vivan los dos... Mi padre murió en el frente y mi madre sigue en el pueblo, pero tengo dos hermanos presos, uno en Ocaña y el otro en Barcelona. Por eso estoy aquí.

—Pues yo me quedé huérfana de madre a los cinco años, a mi padre lo fusilaron y mi madrastra está en Segovia... —Isabel miró a su derecha, a su izquierda, guió sus ojos a través de un resquicio de las sábanas hasta la silla donde la hermana Raimunda parecía dormitar, y prosiguió en un susurro—. Pero si me prometéis que no se lo decís a nadie, os cuento un secreto.

—Prometido.

—Mi hermano mayor está escondido en Madrid, en casa de su novia, viviendo tan ricamente.

—¿Sí? —y las dos sonrieron a la vez—. ¡Qué tío!

Manolita se lo había repetido muchas veces, en una gama de entonaciones que oscilaban entre la súplica y la orden más tajante, de Toñito ni mu, ¿entendido?, pero Isabel sonrió a la sonrisa de sus amigas en la certeza de que aquella confidencia no entrañaba peligro alguno. En los primeros meses que pasó en Zabalbide, creyó que las monjas que las explotaban en lugar de educarlas, habían subestimado las consecuencias de su actuación. Con las pequeñas cosecharon un éxito rotundo, pero las mayores se limitaban a acatar el terror que les inspiraban los baberos blancos con una sola excepción.

—¡Sánchez! —porque la hermana Raimunda nunca volvió a llamar a Montaña por su nombre—. ¡Al cuarto de las escobas!

A los veinte días de llegar, la pillaron hablando con unos chicos a través de la verja. Aparte de eso, intentó escaparse un par de veces, se metió en otras tantas peleas, y nada más. Al final del verano, aunque no levantara la voz ni respondiera peor que las otras, Taña pasaba al menos un día de casi todas las semanas en el cuarto de las escobas, dos metros cuadrados repletos de trastos donde apenas había sitio para sentarse, ni más luz que la que entraba por una ventanita cuadrada, con dos barrotes unidos en forma de cruz. Aquel lugar le pertenecía hasta tal punto que cuando otra niña estaba dentro la perdonaban para poder meter a Taña en su lugar. Desde ese momento hasta el día siguiente, no recibía más alimento que los trocitos de pan a los que sus amigas renunciaban para echárselos a través de los barrotes, y sin embargo, cuando la hermana Raimunda abría la puerta, salía de allí tan tiesa como si viniera de darse una ducha. Eso era lo que Isabel admiraba más de ella.

—¿Qué? —la monja se calaba las gafas para mirarla—. ¿Ha aprendido usted la lección?

Ella nunca le daba la satisfacción de contestar enseguida. Se encogía de hombros, se ponía en la fila y no abría la boca hasta que Raimunda la amenazaba en voz alta con encerrarla otra vez.

—Sí, hermana —decía entonces—. He aprendido la lección. Las aprendo todas la mar de bien.

Pero cuando la fila se ponía en marcha murmuraba algo distinto, fíjate si aprendo, que en cuanto se dé la vuelta la tortilla voy a colgarte del palo del gallinero... Luego sacaba la mano derecha con el dedo corazón estirado y la movía en el aire para que Isa y Ana sonrieran a la vez.

—Jopé, tu amiga Taña sí que es mala —le decía Pilarín de vez en cuando.

—Qué va —contestaba Isabel—. Es muy buena.

—¡Mentira! Es malísima, lo sabe todo el colegio. La hermana Gracia la llama Montaña de Satanás, y dice que es muy mala fluencia para ti.

—Se dice influencia.

—Pues no, se dice fluencia —y le llevaba la contraria con soniquete de niña sabihonda—. ¿O es que tú, que no sabes ni escribir, vas a decirlo mejor que la hermana Gracia?

A veces le entraban ganas de cogerla por el cuello, llevársela a un extremo del jardín y contarle todo lo que no sabía, la verdad de los lavaderos, del hambre, de la tela fuerte y el cuarto de las escobas. Nunca lo hizo, y cuando llegó el momento de escribir a casa, le pidió a Ana que pusiera por escrito la versión de Pilarín, estamos muy bien, todo va muy bien, no os preocupéis por nosotras. Su amiga le hizo el favor sin rechistar, copiando de memoria las mismas tranquilizadoras frases que había enviado a su propia madre. Cuando cerró el sobre y le puso el sello, Isa se sintió más cerca que nunca de Manolita, y se arrepintió de sus silencios hoscos, aquella apatía que pretendía señalarla con el dedo, la perra gorda que no había aceptado ningún domingo. Ahora que le había tocado probar lo mismo que se tragaba ella cuando le contaba a los mellizos que el tranvía sólo lo cogían los tontos, porque andar era más sano y ponía más fuertes las piernas, sintió que cada uno de sus reproches se le clavaba en el paladar como una espina, y que esa amargura, que la fortificaba por dentro para impulsarla a resistir sin una queja, era más fuerte que el miedo. De vez en cuando se preguntaba qué había pasado, por qué la desgracia insistía en cebarse en ellas con tanta saña, qué habían hecho las hermanas Perales García para recibir, una tras otra, el mismo castigo, la vida en una cuerda floja con el lastre de sus hermanos, de su hermana pequeña, en los tobillos. Pero eso fue al principio, los primeros meses, cuando Taña todavía no lloraba por las noches.

El verano terminó, los días se hicieron más cortos y se extinguió el tiempo de la rebeldía. Cuando Isabel se dio cuenta de que la madre superiora había triunfado, ya era tarde. La realidad las había aplastado de tal manera que ni siquiera les dejó margen para apreciar su derrota. Desde que llegaron a Zabalbide, habían vivido como si la verja del jardín representara la frontera del abismo, una cordillera de acantilados que aislaran y defendieran al mismo tiempo el territorio de una isla autosuficiente, perdida en el centro de un océano erizado de tormentas y monstruos impensables. Desde que llegaron a Zabalbide, que para ellas igual habría podido estar en Huelva o en Valencia, en Rusia o en América, no habían puesto un pie en la calle.

Así, poco a poco, todas olvidaron que existía un mundo más allá de la verja, una vida diferente en la que habían llevado bragas y sostenes, en la que nadie les prohibía hablar y la autoridad era un privilegio de personas que las querían, que cuidaban de ellas y las obligaban a bañarse, no a trabajar. Poco

señaló con el dedo para que no hubiera duda—. Ella fue la que dijo que había que mandar una nota en los manteles planchados para que no tiraran el pan.

—¿Que han mandado ustedes una nota?

La hermana Raimunda se llevó las manos a la cabeza, dio unos cuantos pasos en círculo como si no supiera adónde dirigirse, las miró, cerró los ojos, volvió a abrirlos antes de acercarse a Isabel.

—Pero ¿cómo se le ocurre? —ella se puso tan nerviosa que se olvidó de esconder las manos bajo las axilas—. ¿Con qué permiso...?

La monja se fijó entonces en las heridas, todavía leves, superficiales, que la culpable tenía en los dorsos, en los dedos, y no fue capaz de terminar la pregunta. Isa aprovechó su desconcierto para encoger los brazos y esconder las manos bajo las mangas, mientras se defendía a toda prisa.

—Es verdad que se me ocurrió a mí, hermana, pero no hemos hecho nada malo, en los manteles había migas ya, desde antes, lo único que hemos hecho ha sido pedirles el pan que les sobraba, y no le pedimos permiso porque no le hacemos mal a nadie, es una tontería, es...

—¡Silencio!

La hermana cruzó las manos a su espalda y volvió a pasearse, a recorrer los lavaderos de punta a punta como si estuviera, ella también, tan asustada que no supiera qué hacer, por dónde salir de aquel atolladero. Mientras tanto, las niñas fueron volviendo lentamente a las pilas y todas, excepto Magdalena, Taña y Ana, que se quedaron donde estaban, rodeando a Isabel, empezaron a frotar la ropa blanca, a sumergirla en el agua para demostrar que aquel delito no tenía nada que ver con ellas. La explosión de la que pretendían protegerse no se llegó a producir.

—¡Aurora! —la hermana se dirigió a su flamante colaboradora antes de marcharse—. La hago a usted responsable de sus compañeras. Todo el mundo al trabajo, sin rechistar —se volvió hacia la culpable y ella sintió que las piernas le temblaban como dos montones de gelatina—. Ustedes también, vamos...

Las cuatro niñas que no lo habían hecho aún, ocuparon sus puestos antes de que la monja saliera por la puerta, pero el silencio se extinguió al mismo tiempo que el eco de sus pasos en el pasillo.

—Eres una cochina, Aurora —porque Taña se acercó a la chivata antes de que su pila se hubiera llenado de agua—. Que lo sepas.

Ella se limitó a encogerse. Levantó los hombros, hundió la barbilla y no dijo nada, pero otras se apresuraron a defenderla.

—Di que no, que has hecho muy bien.

—Muy requetebién, Aurora.

—A ver por qué vamos a tener que pagar por lo que no hemos hecho.

—¿Por qué? —Magdalena intervino desde su pila—. ¡Pues porque todas habéis comido! ¿O no?

—Eso no tiene nada que ver...

—Una cosa es que encontremos migas en los manteles, y otra haber escrito una nota...

—Fue culpa vuestra, de ella y de vosotras, que nos obligasteis...

—Sois todas unas cochinas —Taña las fulminó, una por una, antes de volver a su pila—. Unas cochinas asquerosas y unas cobardes de mierda.

Isabel miró a sus compañeras como si se hubieran convertido en una colección de figuras planas, atrapadas en un cuadro antiguo y sombrío. El lavadero le pareció de pronto tan extraño como un decorado, el escenario de una fotografía realizada en una penumbra tan compacta que el negro apenas se distinguía del gris y este ni siquiera era un color, apenas una masa opaca, sin matices ni poder para reflejar la luz. Se volvió hacia las ventanas, comprobó que seguía luciendo el sol y temió que algo se hubiera estropeado para siempre en su cabeza, porque no era capaz de distinguir los colores que sus ojos veían, aunque supiera que los estaba viendo. El miedo le impedía moverse, levantar los brazos, abrir el grifo, coger el mantel, meterlo en la pila. Nunca, ni siquiera en los peores bombardeos, había tenido tanto miedo como el que pasó aquella mañana, en aquel cuarto de hora tan largo como la última noche de un condenado a muerte. Sin embargo, el regreso de la hermana Raimunda lo trastocó todo para enseñarle que el miedo no era lo mismo que el terror. En un instante, se encontró frotando la tela bajo el grifo sin haber sido consciente de ordenar a sus manos que lo hicieran, y mientras sus ojos se llenaban de lágrimas, se sintió dispuesta a hacer cualquier cosa, a rogar, a arrastrarse, a ponerse de rodillas, lo que fuera con tal de evitar un castigo que ni siquiera imaginaba, como no sabía por qué sentía aquella urgente, irresistible necesidad de humillarse.

—Bueno, pues... —pero Raimunda se dirigió a ellas en un tono misteriosamente pacífico—. Si no les da vergüenza mendigar, si valen ustedes tan poco que están dispuestas a renunciar a su dignidad por pura glotonería, no tengo inconveniente en que aprovechen las sobras de otras personas. Pueden guardar ustedes lo que encuentren y se lo toman con el caldo. Eso sí, lo que no voy a tolerar son distracciones.

Aquellas palabras instalaron en el lavadero un silencio tan compacto que durante el resto de la mañana sólo se oyó el ruido del agua corriendo, el rítmico chasquido de los dedos que frotaban la tela y el llanto de Isabel, que no sabía por qué caían las lágrimas de sus ojos, ni la manera de detenerlas.

—Ya puede usted llorar, ya... —le recriminó en voz alta la hermana Raimunda cuando salió al recreo con las demás.

En apariencia, no ocurrió nada más. Sin embargo, desde aquella mañana, Isabel, Ana y Magdalena, compartieron el estigma de Taña, aunque la reprobación de las monjas les dolió menos que el vacío de sus compañeras, la invisible muralla de aire que ninguna se atrevía a traspasar, como si estuvieran infectadas por alguna enfermedad grave y contagiosa. Durante algunos meses, hasta que el paso del tiempo difuminó los orígenes de su desgracia sin llegar a borrar nunca sus efectos, las cuatro estuvieron siempre solas, sin más apoyo que el que podían brindarse mutuamente. Eso habría sido bastante si no hubieran tenido catorce años y muy mala suerte. Tan mala que la reacción de las monjas, su astuta manera de darle la vuelta a la realidad para ponerla a trabajar a su favor, bastó para convertir su única victoria en un fracaso, sin que llegaran a comprender cómo lo habían logrado.

—Nos lo ha contado la hermana Gracia. De verdad, Isabel, no sé cómo has podido hacer una cosa así, pedir pan duro, como si fueras una pordiosera mendigando en la puerta de una iglesia.

—Porque tenía hambre, Pilarín —cuando se decidió a decir la verdad, no sirvió de nada—. Todas teníamos hambre.

—Porque sois unas glotonas, querrás decir. Pues la gula es un pecado muy gordo, ¿sabes? La hermana Gracia dice que tenemos que rezar por vosotras, y a mí me da vergüenza, porque todas saben que eres mi hermana.

Eso fue lo peor hasta que llegó el frío. Cuando les tocaba lavar, todas se les adelantaban, las empujaban, las apartaban. Llegaban siempre las últimas y ni siquiera se acordaban del origen del pan que las más afortunadas podrían mojar en el caldo. Pero en la frontera del invierno, su situación cambió.

Un lunes de noviembre, feo y frío, lluvioso, una novicia entró en la sala de plancha cuando faltaba poco para que terminara su jornada. La hermana Raimunda y ella se apartaron a cuchichear en una esquina y el fruto de su conversación fue un grito que todas las niñas conocían muy bien.

—¡Sánchez!

Montaña levantó la vista, miró a sus compañeras, a la monja después.

—Pero si no he hecho nada, hermana.

—No es eso. Vaya al dormitorio, póngase su ropa y recoja sus cosas. Su madre ha salido de la cárcel y ha venido a buscarla.

Desde que llegaron a Bilbao, siete meses antes, nunca habían escuchado esas palabras que flotaron en el aire como un ensalmo, la contraseña de un milagro arraigado en un pasado tan remoto que apenas lo reconocieron. Parecía que hubieran olvidado que existían las madres, que podían salir de las cárceles, que no habían dejado de pensar en sus hijas y tenían el poder de rescatarlas de los lavaderos, del tendedero, de las tablas de planchar. Montaña se quedó muda, tan paralizada como las demás, y no fue capaz de ponerse en marcha hasta que la monja empezó a dar palmadas.

—¡Vamos! ¿O es que quiere usted quedarse aquí?

—No —entonces sus ojos relucieron, su cuerpo se estiró y se estiró su cuello, la barbilla tan alta como el primer día—. No quiero.

Isabel, Ana y Magdalena se apiñaron a su alrededor para despedirla en una confusa amalgama de abrazos y palabras, qué bien, qué suerte, qué envidia, que culminó en otra nerviosa serie de palmadas. La afortunada no dijo que las iba a echar de menos porque las cuatro sabían que no era verdad, pero cuando salió del cuarto de la plancha, lloraba tanto como las que se habían quedado dentro. Un cuarto de hora después, una de las que trabajaban junto a la ventana dio la voz de aviso, ya se va, y todas, amigas y enemigas, corrieron hacia los cristales para verla partir. Taña avanzaba hacia la verja abrazada a una mujer menuda y flaca, que tenía el pelo gris y hasta de espaldas parecía demasiado mayor para tener una hija de catorce años. Antes de salir a la calle se volvió a mirarlas, levantó el brazo derecho en el aire, agitó la mano para despedirse y sonrió. Aquella noche, volvió a florecer el llanto en el dormitorio.

—Me alegro mucho por ella —le susurró Isabel a Ana al día siguiente, en la cola del desayuno—. Porque era de las que peor estaban, la verdad.

—Sí —pero después, Ana se quedó mirando sus heridas—. A ver si tú también tuvieras suerte.

El frío había acelerado el proceso de descomposición de su piel, reforzando el cerco de la carne viva y muerta que se asomaba al exterior por la frontera de la sangre, del pus, pero había aportado al mismo tiempo una solución. El día que Taña se marchó, Isabel ya había descubierto que el único remedio eficaz para aliviar el dolor era sumergir las manos en el agua de la pila, y cuando su grupo volvió a lavar, no salió ninguna mañana a tomar el caldo. El lunes, el martes, el miércoles, la hermana Raimunda la miró en silencio y no hizo preguntas, pero el jueves, a la hora del recreo, la madre Carmen se fijó en la espuma sonrosada que ninguna otra monja parecía haber visto hasta entonces.

—Por aquí —y la guió fuera de aquella habitación con una voz que parecía desfallecer en cada sílaba—. Sígame, por favor.

Mientras seguía la estela de un velo negro, aquel hábito que flotaba sobre el suelo como si los pies que ocultaba fueran dos alas imposibles, horizontales, la niña experimentó una emoción extraña, hecha a un tiempo de temor y de fascinación. Los movimientos de la madre Carmen, que caminaba erguida, con un aplomo que agitaba los pliegues de su ropa como las olas de un mar nocturno, desprendían delicadeza, una elegancia que no estaba al alcance de la hermana Raimunda. Cuando aún no sabía si aquella mujer que la precedía por corredores que nunca había pisado iba a salvarla, o a condenarla, Isabel la admiró como si perteneciera a una especie distinta, una monja guapa, una chica joven, un hada de ropas oscuras, con babero blanco y anillo de oro en lugar de varita mágica. Sin embargo, ya conocía el lugar al que la condujo por un camino más corto que el que habría sabido tomar sola.

La enfermería, grande y luminosa, estaba dividida en dos mitades. A un lado estaba el consultorio, una camilla y muchas plantas, carteles con hileras de letras de diversos tamaños alternando en las paredes con dibujos de partes del cuerpo, sobre unos armarios metálicos cuyas puertas de cristal dejaban ver las medicinas que contenían. Al otro lado de unas cortinas que en aquel momento estaban abiertas, seis camas se miraban de frente, tres a tres, como si quisieran competir en el primor con el que estaban hechas. No encontraron a ninguna paciente, sólo a la hermana enfermera, una monja mayor, con un filo de cabello gris en el borde de la toca, sentada tras la mesa.

—Buenos días, hermana Begoña —la madre Carmen avanzó hacia ella con decisión, y al ver que Isabel no la había seguido, retrocedió unos pasos para cogerla del codo y acercarla a la mesa—. Aquí le traigo a esta niña, a ver qué puede hacer usted por sus manos —la miró y vio que las había escondido en las axilas—. Enséñeselas, no tenga miedo.

Isabel cerró los ojos y pensó en la hermana Gracia, en el argumento que encontraría antes o después para pedirle a las pequeñas que rezaran por ella, en la mirada de decepción con la que Pilarín le reprocharía que fuera tan débil, tan ingrata, tan quejica, y eso le asustó más que el mismo miedo. Si hubiera podido, habría salido corriendo y habría vuelto al lavadero para esperar a las demás con las manos dentro de la pila, pero no podía, así que respiró hondo, abrió los ojos y, sin apartarlos de la hermana Begoña, estiró las manos.

—¡Madre de Dios Bendito! —así asistió, por segunda vez en una sola mañana, al prodigio del terror reflejado en los ojos de una monja—. ¡Señor mío Jesucristo, socórrenos!

Mientras buscaba las gafas, las manos le temblaban. Cuando las encontró, la cogió por las muñecas para mirar sus heridas de cerca y estudiarlas con una atención ecuánime, profesional, que no logró devolver el color a su rostro.

—¿Pero desde cuándo las tiene usted así?

—Pues... —Isabel miró a la madre Carmen, y ella asintió con la cabeza—. Desde este verano, pero ahora, con el frío, se me han puesto peor.

—Y le duelen una barbaridad —la enfermera no preguntaba, afirmaba, pero ella asintió de todos modos—. ¿Y cómo no ha venido usted antes?

Isabel se sonrojó, se encogió de hombros, volvió a decir la verdad.

—No sé... Es que si las meto en el agua de la pila, como está tan fría, se me duermen y no las siento.

—Claro —la hermana Begoña se levantó, fue a buscar una silla, la acercó a Isabel sin dejar de negar con la cabeza—. Pero aunque usted crea que el agua la alivia, en realidad empeora sus heridas. Siéntese, por favor.

Dio la espalda a su paciente para abrir los armarios, y fue poniendo encima de la mesa un tubo de pomada, un frasco de yodo, algodones, gasas, vendas, y por fin, dos caramelos de azúcar quemada.

—Tome —le dio uno después de sentarse a su lado—. Cómaselo. Está muy bueno y le ayudará a aguantar, porque... Tengo que desinfectarle las heridas y le va a doler, pero no hay otra forma de curarla.

Nunca había experimentado un dolor comparable al que sintió mientras aquella mujer se afanaba sobre su diestra con un algodón empapado en yodo que quemaba igual que un soplete, pero se mordió los labios como si quisiera arrancárselos para no quejarse, y la pomada espesa, refrescante, con la que le embadurnó la mano antes de vendársela, le sentó mejor que el agua helada.

—Es usted muy buena paciente —la hermana Begoña sonrió antes de ofrecerle el otro caramelo—. Tome, para la otra.

La perspectiva de la venda y la pomada resultó más eficaz que el dulce para ayudarla a soportar la cura, y aunque volvió a morderse los labios, su serenidad animó a la madre Carmen a hacer preguntas.

—¿Y cómo ha podido pasar esto, hermana? ¿Es una alergia, un rechazo a...? —antes de que pudiera encontrar otra palabra, Begoña empezó a negar con la cabeza.

—No tiene por qué —respondió en voz baja—. La piel de esta niña es más sensible que la de sus compañeras, pero no es la primera vez que pasa... Ni será la última.

La madre Carmen levantó las cejas, se apretó una mano con la otra e Isabel volvió a detectar miedo en el desmayo de su voz.

—¿Por qué?

La enfermera no contestó enseguida, y movió la cabeza de un lado a otro antes de responder.

—Pues porque lavan con sosa, madre. Lo llaman savorina pero es pura sosa, y la sosa es cáustica, corrosiva, se lo come todo, las manchas y...

—Ya, ya —la madre Carmen la interrumpió mientras se tapaba los ojos con las manos—. ¿Y por qué no usan jabón, como todo el mundo?

—¿Usted qué cree? —la hermana Begoña miró un momento hacia sus ojos tapados, volvió al trabajo—. El jabón es muy caro. La sosa, muy barata —y en el mismo tono neutro, objetivo, añadió algo más—. Algún día tendremos que pagar por lo que estamos haciendo con estas niñas.

332

—Y si no, ya nos castigará Dios.

De todo lo que ocurrió aquella mañana, nada le inspiró tanto miedo a Isabel como aquellas dos frases que sonaban a pecado, que tenían que ser pecado aunque a las mujeres que las pronunciaron no se les cayeran Jesús ni la Virgen de los labios. Las van a castigar pero no va a ser Dios, se dijo. Las van a castigar y yo tendré la culpa, como pasó con la nota de los manteles, es todo culpa mía, culpa de la familia donde me he criado, del lugar de donde vengo, el mundo equivocado que me ha enseñado a hacerlo todo mal, a confiar en un marica con los ojos pintados, a proteger a un hermano al que busca la policía, a aceptar que mi madrastra esté en la cárcel, a llorar por mi padre sin preguntarme por qué le fusilaron, y todo eso es pecado, la Palmera se acuesta con hombres y vive en pecado mortal, Toñito y Eladia también, porque no están casados, y yo me he empeñado en quererles, en ponerme de su parte sin pararme a pensar en lo que hacen, sin comprender que aunque ellos quieran ser buenos, aunque lo sean para mí, lo que hacen es pecado y además no es real, eso es lo peor, que el tablao y la cárcel no tienen nada que ver con la vida de la gente normal, por eso meto la pata, porque soy tonta y no aprendo a hacer las cosas bien, por mi culpa las van a castigar y no se lo merecen.

Isabel nunca había pensado así, pero en aquel momento, ni siquiera se asombró de lo que estaba pensando. Tampoco se le ocurrió que la hermana Gracia se sentiría muy satisfecha de su pensamiento. Los árboles que no se riegan, que crecen en una tierra seca y pedregosa que nadie abona, se secan sin querer, sin darse cuenta. Ella no llegó tan lejos porque no era capaz de formular con exactitud lo que sabía, pero había aprendido que en la realidad de Zabalbide, la única auténtica para ella, el bien y el mal se regían por una sola ley. Portarse bien era no preguntar, no quejarse, no hacer ni decir nada que alterara la infinita monotonía de una secuencia de días rigurosamente iguales entre sí. Esa normalidad era el propósito de todas las palmadas de la hermana Raimunda, y aquella mañana ella había infringido sus reglas, porque tendría que estar en el lavadero y no en la enfermería, exponiendo a la madre Carmen, a la hermana Begoña, a un castigo que sería sólo culpa suya.

Estuvo a punto de pedirles perdón por ser tan débil, tan inútil, por tener la piel demasiado frágil, pero las miró y las encontró muy tranquilas. Parecían disgustadas, asustadas y hasta tristes, pero seguras de sus acciones, y era un error, estaban cometiendo un error aunque no encontró la forma de prevenirlas. Mientras tanto, la enfermera terminó de vendarle la mano izquierda.

—Muy bien, ahora escúcheme con atención. Usted no puede volver a lavar hasta que tenga las manos curadas. Tampoco puede tender, porque la ropa mojada le empaparía los vendajes. Como mucho, le doy permiso para planchar, pero todas las mañanas, cuando sus compañeras vayan a sus tareas, usted se viene a verme a mí, ¿entendido? Yo le pondré desinfectante, pomada, y le cambiaré las vendas, pero no se asuste. Le prometo que nunca volverá a dolerle tanto como hoy, y además tengo muchos caramelos —sonrió antes de volverse hacia la madre Carmen—. Habría que avisar...

—Yo me encargo —esta vez no necesitaron palabras peligrosas para ponerse de acuerdo—. Gracias por todo, hermana. Venga usted conmigo, Isabel.

Cuando salieron al pasillo, la niña ya no sintió la necesidad de andar detrás de la monja. Se puso a su altura y hasta se atrevió a preguntar.

—¿Adónde vamos?

—Al despacho de la superiora —su protegida sintió que el corazón le trepaba hasta la garganta—. Tenemos que contarle...

—No, no, no hace falta —y se apresuró a interrumpirla—. He pensado que si me pongo unos guantes de goma...

—¡Isabel! ¿No ha oído a la hermana Begoña? —la niña se limitó a asentir con la cabeza y la mujer extendió una mano hacia ella, aunque no llegó a tocarla—. ¿Pero por qué está usted tan asustada? No tenga miedo —después la cogió de la mano con mucho cuidado, como si fuera una niña pequeña—. No ha hecho usted nada malo. No tiene nada que temer.

Y sin embargo, antes de tocar con los nudillos en la puerta del despacho tomó aire, se estiró el hábito, apretó los puños.

—¡Adelante! —y abrió la puerta con un gesto sombrío, en el que la incertidumbre se precipitaba hacia la preocupación.

—Buenos días, reverenda madre.

Isabel dio un paso hacia atrás para buscar la protección del velo negro. Así, viendo a la superiora sólo con un ojo, de refilón, escuchó las explicaciones de su protectora, el tono respetuoso con el que se limitó a enunciar el número y la naturaleza de sus heridas, guardándose mucho de mencionar el nombre del material que integraba el detergente y del castigo que Dios, o los hombres, les impondrían antes o después por su conducta.

—Venga usted aquí —cuando dejó de hablar, la superiora reclamó a Isabel—. Vamos a ver esas heridas.

La niña se acercó sin decir nada y siguió callada mientras la reverenda madre deshacía el vendaje de su mano derecha, apartaba la pomada para examinar la piel, volvía a extenderla, y a vendarla, y a sujetar la gasa con un nudo, antes de emitir un veredicto que la enferma no supo interpretar.

—En fin, más sufrió Nuestro Señor Jesucristo en la cruz, y nadie le escuchó quejarse.

—Con todo el respeto, reverenda madre —la madre Carmen intervino con suavidad—, ella tampoco se ha quejado. He sido yo quien la ha llevado a la enfermería, y hace un momento me ha dicho que estaba dispuesta a seguir lavando con guantes de goma.

La superiora levantó los ojos para mirarla, pero no dijo nada. Su subordinada guardó silencio mientras la veía inclinarse sobre el libro de cuentas en el que estaba ocupada cuando llegaron. Sólo después de hacer un par de anotaciones, levantó la cabeza.

—De acuerdo —concedió, dirigiéndose a la monja como si la niña fuera invisible—. Hable usted con Raimunda, y que no se moje las manos hasta que Begoña le dé el alta.

Aquella semana, Isabel no volvió a trabajar. La sonrisa que la madre Carmen le dirigió al salir de aquel despacho, y que pareció revolotear entre los pliegues de su hábito para hacer su paso más alegre, aún más ligero, se extinguió en la puerta del lavadero a favor de un gesto de autoridad al que una repentina lentitud de movimientos, los pies flotando de nuevo sobre las baldosas, prestó un aspecto imponente, casi majestuoso.

—Bueno —la hermana Raimunda, mansa como un corderito, se limitó a asentir con la cabeza a todas las consideraciones de una mujer que, Isabel lo comprendió sólo entonces, no era exactamente su igual—. Como usted diga.

—Pues me la llevo a la capilla, para que me ayude con las flores. Mañana y pasado ya le buscaré algo que hacer, no crea que la voy a tener ociosa.

Aquella mañana, Isabel Perales aprendió muchas cosas. La primera, que la madre Carmen era de Bilbao.

—Del mismo Bilbao —precisó con una sonrisa.

La segunda, que era un poco mentirosa, porque mientras trajinaba con los jarrones de la capilla, tirando las flores secas a la basura, cambiando el agua y combinando rosas y claveles frescos, la obligó a sentarse en un escalón y no la dejó hacer nada más que preguntas. Así, Isabel se enteró de que la alianza que llevaba en la mano derecha era un símbolo de su matrimonio con Dios, y que el anillo de las hermanas representaba lo mismo, aunque era de plata porque sus familias eran humildes y no habían podido aportar ninguna dote al entrar en el convento.

—La dote —la madre Carmen le explicó también esa palabra— es dinero, que se usa para las necesidades del convento, las obras de caridad que sostenemos, el bienestar de la comunidad...

Dinero, dijo Isabel para sí misma, dinero, y volvió a repasar esas tres sílabas varias veces, hasta que consiguió aceptar su significado. Nunca habría imaginado que también allí, entre las esposas de Dios, hubiera ricas y pobres, pero la confidencia de la madre la ayudó a despejar algunos enigmas, y el menos importante fue la longitud del velo, el precio del metal que brillaba en los anillos y los broches. Sólo entonces se dio cuenta de que las monjas que trabajaban de verdad, como Raimunda, Begoña o Gracia, eran siempre hermanas. Ninguna madre daba clase a las pequeñas ni tutelaba el trabajo de las mayores, ninguna trabajaba en la cocina ni servía la mesa, y la jefa de todas ellas era una madre, no una hermana. En el fondo, aquel lugar se parecía mucho más al mundo exterior de lo que sus habitantes pretendían, y aquella conclusión estimuló la curiosidad de Isabel.

—¿Y su trabajo es cambiar las flores todos los días?

—Todos los días no, sólo dos veces a la semana. Además, toco el órgano y dirijo el coro de las pequeñas —metió la mano derecha debajo de la manga izquierda y sacó a la luz un reloj de pulsera dorado, pequeño y bonito—. Hoy ya no nos da tiempo, pero mañana tengo que ensayar. Si quiere ayudarme, puedo enseñarle a pasar las partituras.

—Sí, por favor —la cara de la niña se iluminó, y la mujer volvió a sonreír al comprobarlo—. Me encantaría.

La mañana del viernes, y la del sábado, las pasaron juntas en el coro de la capilla. Después del desayuno, la madre Carmen fue a buscarla y la acompañó a la enfermería, pero a media mañana, en lugar de llevarla a tomar el caldo templado e insípido de todos los días, sacó dos naranjas de sus bolsillos y las peló con una navajita. Isabel no había probado la fruta desde que llegó a Zabalbide, pero aunque se comió la suya muy despacio, cerrando los ojos en cada gajo para concentrarse mejor en su sabor, aquel regalo la hizo menos feliz que el simple paso de las horas en la serena intimidad del coro, la luz del pálido sol de invierno arrancando de las vidrieras reflejos tenues, tímidos, que se apagaban al paso de alguna nube para dejarlas a solas con las pequeñas llamas de las velas encendidas, la música de Bach y la voz de la madre entonando un *Ave María* hermoso e insólito, que trazaba una melodía distinta a la que producían las teclas para infiltrar en los ojos de la niña lágrimas placenteras, también hermosas, también insólitas, pero sobre todo distintas a las que había llorado desde que llegó a aquel lugar.

—Es precioso —dijo al final, estremecida aún por aquella emoción—. Mucho más bonito que el que cantan siempre.

—Sí, a mí también me gusta más, pero la reverenda madre es muy conservadora y prefiere el de Schubert —su sonrisa se deshizo despacio—. No entiende mucho de música, ¿sabe?, pero es una mujer valiosa, desde luego, muy preparada, inteligente y capaz, aunque es posible que a ustedes les parezca demasiado severa, porque... ¿Le han contado que este edificio, durante la guerra, fue una cárcel? —la niña negó con la cabeza y la madre apartó la vista de sus ojos para fijarlos en las teclas—. Pues lo fue, y los rojos fusilaron a un hermano suyo, que era jesuita, en el mismo patio al que salen las pequeñas por las tardes, por eso... Su madre enfermó al conocer la noticia, ella dice que murió del disgusto. La verdad es que su familia sufrió mucho.

—Lo siento.

—¿Por qué? —la madre Carmen volvió a sonreír, aunque no consiguió parecer alegre—. No es culpa suya.

—Bueno, pero como mi padre era rojo, y mi hermano también, pues...

—Eso no significa nada, Isabel. Mi tata, la mujer que me crió, también era roja, y era muy buena. De pequeña, yo no lo sabía, pero después de enterarme, la he seguido queriendo igual. Y además, no es justo que los hijos paguen por las culpas de sus padres.

Las dos se miraron sin decir nada, durante un instante que se les hizo tan largo como el silencio de dos amantes, dos enemigos que se midieran con los ojos después de empuñar los sables con los que iban a batirse en duelo.

—Perdóneme —la adulta se retiró primero—. No debería decirle estas cosas.

—No se preocupe, madre —pero la niña ya llevaba siete meses viviendo en aquel lugar, y por eso interpretó a la perfección el verdadero significado de aquel bucle equívoco, sinuoso, que certificó que aquella mujer era, al fin y al cabo, una monja, una persona incapaz de hablar en línea recta, de llamar a las cosas por su nombre—. Yo no se lo voy a contar a nadie.

—Voy a tocar el *Ave verum corpus* de Mozart —y como si pretendiera confirmar su condición, volvió a encarar el teclado sin comentar la promesa de Isabel—. A ver qué le parece...

Nunca volverían a estar juntas y solas durante tanto tiempo como el que disfrutaron aquellas dos mañanas en las que la niña aprendió a apreciar al mismo tiempo la emoción de la música y la compañía de la mujer que habitaba en una túnica negra que parecía flotar sin ayuda de unos pies humanos. Saber que esos pies existían, como existía el cuerpo al que pertenecían, y que pertenecía a su vez a una persona real, con un nombre y un pasado, una personalidad y una historia, la impresionó más que el *Ave María* de Gounod. Nunca se le había ocurrido pensar en el color del pelo de la hermana Raimunda, en que a la fuerza habría tenido un padre y una madre, en la clase de niña que habría sido de pequeña. Su guardiana siempre había sido para ella, ante todo, una autoridad temible, y después una monja, ni siquiera una mujer, sólo una monja, como si hubiera nacido ya con hábitos y con toca, ropajes huecos que no ocultaban nada porque nada podía latir en su interior. Llevaba muchos meses conviviendo con la hermana Raimunda y no sabía nada de su vida, dónde había nacido, cuántos años tenía. Ni siquiera estaba muy segura del tono exacto de sus ojos, de sus dientes, y no porque se hubiera acostumbrado a rehuir su mirada o porque apenas la hubiera visto sonreír, sino porque en ella los ojos, la piel, los labios no importaban.

En sólo dos mañanas, Isabel aprendió que la madre Carmen tenía los ojos entre castaños y verdes, el pelo rubio oscuro, los dientes blancos, las paletas muy grandes y las manos tan abiertas de tocar el piano que, cuando extendía los dedos, el pulgar y el meñique trazaban una línea recta, perpendicular al brazo. Tenía, además, veintinueve años, seis hermanos, cuatro de ellos varones, y un tía monja que era la superiora del convento de Málaga y quien más la había apoyado cuando decidió hacerse religiosa.

—A mis padres no les pareció mal, pero yo creo que habrían preferido que siguiera estudiando música, porque como empecé a los siete años...

—¿Y nunca pensó en casarse? —cuando terminó de decirlo, Isabel se puso colorada y no entendió cómo se había atrevido a llegar tan lejos—. Perdóneme, madre.

—No —ella se echó a reír—. No hay nada que perdonar, y tampoco pensé nunca en casarme. Y eso que tuve bastantes pretendientes, no crea.

—Pero no le gustó ninguno.

—Pues... No es eso —se quedó pensando—. O sí, no lo sé. El caso es que sentía una vocación muy fuerte y los chicos nunca me llamaron mucho la atención —hizo una pausa para mirarla—. ¿A usted sí?

—Yo nunca he tenido novio, pero... —no supo por qué no había querido decir la verdad, pero intentó enmendarlo a tiempo—. Pintarme, y ponerme tacones, y eso... Sí me gusta.

—¡Ah! Es usted presumidilla, ¿eh? —al ver el efecto que sus palabras provocaban en la niña, la madre se inclinó hacia ella, rozó su hombro con los dedos—. ¡Pero no se ponga usted así, mujer!

—Es que me acabo de acordar de que ser presumida es pecado —Isabel la miró y ya no estuvo tan segura—, ¿o no?

—Bueno, es un pecadito así de pequeñito —levantó la mano derecha en el aire, la punta del dedo índice rozando casi el pulgar—. Ojalá todos los que tuviéramos que confesar fueran como ese.

Aquella conversación fue la última de la mañana del viernes. Después, la madre Carmen miró el reloj y dio un grito de alarma. Si no corremos, vamos a llegar tarde, dijo, así que echaron una carrera y se rieron como dos tontas mientras corrían, la monja levantándose la túnica para dejar ver los pies corrientes de la mujer que era. Por la tarde, Isabel se quedó en el dormitorio como el día anterior, pero a la mañana siguiente, en misa, reconoció la voz que entonaba el *Ave María* de Schubert y la sintió como algo propio.

—¿Qué te pasa en las manos? —le preguntó Pilarín en el recreo.

—¿No te lo ha contado la hermana Gracia? —Isabel le devolvió la pregunta envuelta en una ironía que la pequeña no captó.

—No. ¿Por qué?

—No sé, como os lo cuenta todo, pues... ¿Te acuerdas de

aquellas heridas que me salieron de lavar? —Pilarín asintió con la cabeza—. Se me pusieron peor y la madre Carmen me llevó a la enfermería. La hermana Begoña me las curó y por eso las llevo vendadas, para que se me pongan bien.

—La hermana Begoña es muy buena, ¿verdad? —su cara se iluminó—. Siempre que vamos a verla nos da unos caramelos muy ricos...

Al final del recreo, cuando su hermana estaba ya jugando a la comba con sus amigas, la madre Carmen cruzó el jardín con una sonrisa luminosa, el viento inflando sus hábitos como el velamen de un barco, y su protegida se levantó al presentir que venía a verla.

—¿Cómo está usted, Isabel?

La mañana anterior, las dos a solas en su refugio, mientras la luz jugaba con las vidrieras y la cera se derretía lentamente, le había preguntado por qué las monjas siempre las trataban de usted y no de tú, como sus verdaderas madres y hermanas, y se había asombrado al comprobar que aquella mujer, con la que podía hablar de casi todo, se ruborizaba ante una cuestión tan simple. Porque es mejor, respondió, tenga en cuenta que nosotras no somos sus verdaderas familias, y el usted implica respeto, hacia ustedes y hacia nosotras mismas... Isabel se había quedado callada, masticando una respuesta que no entendía, cuando fue la madre quien preguntó. ¿A usted le gustaría más que la tratara de tú? Sí, dijo ella, sería más natural, porque ustedes son mayores y nosotras pequeñas, y las personas mayores siempre tutean a los niños, aunque no los conozcan. Ya, la madre Carmen frunció los labios y sus ojos brillaron un poco más que de costumbre, pero es mejor que yo la trate de usted, créame. ¿Mejor para quién? Mejor para las dos.

—Estoy muy bien, madre —Isabel recordó estas palabras al encontrarla un poco más rígida, más envarada, en el recreo del domingo—, las manos me duelen cada día un poco menos. ¿Y usted?

—Muy contenta de oír eso. Mañana vuelve al trabajo, ¿no?

—Sí, esta semana plancho con otro grupo y la semana que viene, con mis compañeras.

La madre Carmen asintió con la cabeza, como si no le estuviera contando nada nuevo.

—Bueno, pues mañana, después del desayuno, iré a buscarla al comedor para acompañarla a la enfermería —y antes de que la niña pudiera interrumpirla, levantó una mano en el aire para añadir algo más—. La hermana Raimunda ya lo sabe, acabo de hablar con ella, no se preocupe.

En aquel colegio donde casi nunca pasaba nada bueno y cada cosa tenía un precio, Isabel descubrió enseguida que la amistad de la madre Carmen iba a costarle la enemistad de su guardiana. Raimunda no le había perdonado la insolencia del pan duro, pero tampoco había sido tan exigente con ella como cuando volvió a tenerla a su cargo. Antes, Isabel había planchado durante una semana entera bajo la inofensiva tutela de la hermana Resurrección, una anciana que se pasaba las horas dormitando en una silla, y ese paréntesis hizo aún más evidente una hostilidad que su tutora no se molestó en disimular.

—Está usted muy señorita últimamente, ¿no?

Con esa frase le devolvía el mantel que acababa de planchar, censuraba en voz alta el aspecto del cuello de una camisa o trazaba arrugas invisibles en la sábana que estaba sobre la tabla, antes de señalarla con el dedo para estrellarlo tres veces contra su hombro, marcando el ritmo de una amenaza que se hizo tan frecuente como una letanía cotidiana.

—Hijita, hijita, hijita —Isabel resistía la presión del dedo que la empujaba con la mirada baja y la imaginación ausente—. No olvide que de su comportamiento depende el porvenir de su madrastra.

Pero aquella frase, que había hecho llorar a Taña muchas noches, ya no le hacía daño, porque sabía que la madre Carmen mandaba más que la hermana Raimunda, y al escucharla podía volver al coro, a los preludios de Bach, aquella emoción tibia y fresca a la vez, el olor de las flores, de las velas, un mundo privado donde aquella monja odiosa no podía entrar. Por eso no protestaba. Aceptaba el mantel, volvía a desdoblar el cuello de la camisa, se afanaba con la plancha sobre unas arrugas que no existían, y la voz de la madre se apoderaba de su memoria para llenar de música cada hueco y cada ángulo, cada relieve, cada resquicio de su cabeza. A veces, mientras Raimunda la miraba como si recelara de su mansedumbre, la niña dudaba de haber vivido en realidad esas horas dulces y apacibles, que parecían hechas de una materia distinta al monótono tiempo de sus días y sus noches. Pero la madre Carmen nunca la abandonó, y aunque la hermana Begoña fue espaciando la frecuencia de las curas, jamás faltó a una cita. Entonces, al salir del comedor, le bastaba mirarla para comprender que todo lo que recordaba era bueno y auténtico, bueno y real.

—¿Pero otra vez aquí, madre? —tanto que no entendía por qué a Raimunda le molestaba tanto que fuera a buscarla—. ¿No le parece a usted que esta niña ya es bastante mayorcita como para ir sola a la enfermería?

—Sí —aunque su interlocutora replicaba con un aplomo que la elevaba muy por encima del nivel de su hábito volador—. Pero yo prefiero estar presente en las curas, para que la hermana Begoña me ponga al tanto de sus progresos.

—Qué considerada —Raimunda sonreía.

—Pues sí, ya ve —y Carmen correspondía con una sonrisa igual de falsa—. Pero como usted no tiene tiempo para preocuparse de la salud de sus alumnas, alguien tendrá que hacerlo. Al fin y al cabo, el Ministerio de Justicia nos las ha confiado para que cuidemos de ellas, ¿no le parece?

La primera vez que Isabel asistió a aquel lisonjero intercambio de insultos, no le dio importancia. La hermana Begoña, en cambio, concedió bastante al estado de sus manos, y contrarió las expectativas de su tutora dictaminando que de ninguna manera podría volver a lavar antes de un mes.

—De hecho, ni siquiera debería usted planchar —añadió—, porque el esfuerzo de empuñar el mango y apretar está retrasando su recuperación. Se le han vuelto a abrir las heridas —levantó las cejas para mirar a la madre Carmen—. Habría que encontrar otra tarea para esta niña. Dígale a Raimunda...

—No —pero su interlocutora fue más rápida—. Creo que será mejor que le haga usted una visita. Estoy segura de que concederá a su opinión más crédito que a la mía, porque además se me ha ocurrido... —entonces se volvió hacia Isabel—. ¿Quiere salir un momento y esperarme en el pasillo, por favor?

Se reunió con ella unos minutos después y no le contó nada de lo que había tratado con la enfermera. La niña tampoco se atrevió a preguntar por qué estaba tan contenta, pero se dio cuenta de que su sonrisa sólo se apagaba en el umbral del cuarto de la plancha, que no quiso traspasar. Isabel ocupó su puesto pero apenas tuvo tiempo de planchar una sábana. No había llegado al embozo de la segunda cuando Begoña apareció en la puerta y Raimunda fue a su encuentro para sostener una brevísima conversación.

—No se moleste, Isabel, no vaya usted a cansarse —al quedarse de nuevo a solas con sus pupilas, la hermana fue hacia ella, agarró la tela con las dos manos y tiró con tanta fuerza que la sábana pareció volar antes de arrugarse a sus pies—. La madre Carmen la espera en la capilla. Por lo visto, lo único conveniente para su salud es pasarle las partituras.

Isabel logró mantener la serenidad el tiempo imprescindible para salir andando de aquella sala. Luego bajó las escaleras como si le hubieran nacido alas en los pies, cruzó el jardín en un instante, trotó entre los bancos hasta el recodo por el que se subía al coro y salvó los peldaños de tres en tres. Cuando entró en la capilla, la madre Carmen estaba tocando, pero al llegar arriba la encontró de pie, sonriendo junto al teclado, y no se lo pensó.

—¿Qué hace? —la monja intentó retroceder cuando la niña se lanzó sobre ella para abrazarla—. ¿Está usted loca? —pero no tenía espacio a su espalda e Isabel, su cabeza apretada contra la toca porque eran casi igual de altas, tampoco aflojó la presión—. No me abrace usted así, por favor...

—Es que estoy muy contenta, madre.

En la nave sonaron voces, ruidos de pasos y palmadas mientras la monja usaba las dos manos para apartarla de su cuerpo.

—Compórtese, Isabel, por Dios se lo pido —ella, que no la había soltado porque no había llegado a detectar auténtico temor en su voz, se apartó inmediatamente y escuchó algo más—. Hoy no vamos a estar solas.

Un instante después, la hermana Gracia hizo su aparición a la cabeza de una fila de niñas entre las que estaba Pilarín, y su irrupción bastó para que Isabel bajara la cabeza, cruzando las dos manos sobre la falda del uniforme. Después, miró a su hermana, sonrió, y a partir de ese momento, su relación con la organista giró exclusivamente alrededor de las partituras seleccionadas para la misa del Gallo. Mientras la adulta corregía la entonación del coro y escuchaba cantar a sus integrantes en solitario para distribuirlas según el registro de sus voces, ni siquiera la miró. De vez en cuando, levantaba la barbilla en su dirección para indicarle que pasara la página, pero aunque parecía ignorarla, la niña se dio cuenta de que estaba pendiente de ella.

—¡Bravo! Cantan ustedes como los ángeles —aunque sólo sonriera a las pequeñas—. Ahora, vamos a ensayar otra pieza para el Ofertorio, de Haydn —aunque no la mirara ni cuando se dirigía a ella—. Búsquela, por favor, Isabel, es la única que tiene las tapas amarillas.

La primera mañana en que estuvieron a solas en el coro, le había pedido uno de aquellos incomprensibles cuadernos por su nombre e Isabel se había avergonzado al confesar que no sabía leer. Por eso, para que no volviera a sonrojarse, sólo le daba pistas que pudiera interpretar y cuando no era posible, se levantaba del taburete para acercarse ella misma al armario.

—Déjeme un momento, porque al llegar, he buscado *Adeste fideles* pero no sé dónde la pondría ayer... —y buscaba en el lugar equivocado para hacer tiempo, antes de encontrarla—. ¡Ah! Aquí está. ¡Qué cabeza tengo!

Isabel asistía a aquella pantomima en silencio y a sabiendas de que era inútil, porque Pilarín habría informado ya a todas sus compañeras de que su hermana mayor no sabía leer, pero la agradecía igual. También agradeció que, al terminar, le pidiera que se quedara para ayudarla a recoger, porque creyó que era otra treta para desmentir su analfabetismo. Pero se equivocó.

—Le he pedido que se quede porque tengo curiosidad por saber... —cruzaban ya el jardín, una junto a la otra, al paso lento que la madre marcaba—. Dígame una cosa, y por favor, sea sincera conmigo. Antes, cuando me ha abrazado... —hizo una pausa y dejó de mirarla para fijar los ojos en el horizonte—. ¿Se alegraba usted de verme o de dejar de planchar?

—De todo —Isabel contestó enseguida—. De las dos cosas, pero sobre todo de volver al coro y de estar con usted, oyéndola tocar.

—Ya, pero... Si en vez de ser yo, en el coro hubiera estado otra madre que tocara el órgano mejor —y desdeñó el horizonte para volver a mirarla—. ¿Se habría alegrado usted igual?

—Pues... —la niña necesitó mucho más tiempo para meditar una segunda respuesta—. Es que desde el principio sabía que no era otra, sabía que era usted, porque usted es la única que toca el órgano y la hermana Raimunda me ha dicho que tenía que venir a pasar las partituras, así que...

—Es decir, que se ha alegrado usted de verme.

—Claro, madre —se quedo mirándola y no fue capaz de descifrar su expresión concentrada, casi ausente—. Es que... Perdone, pero no entiendo muy bien lo que quiere decir.

—No importa —la monja volvió a sonreír, a parecerse a sí misma—. Yo también estoy muy contenta de tenerla de ayudante, Isabel.

Durante la última semana de 1941 y la primera de 1942, Isabel Perales García no lavó, no tendió, no planchó. Tampoco se separó de la madre Carmen, porque en la frontera de la Navidad, los ensayos las mantuvieron ocupadas todos los días, mañana y tarde. Mientras se esforzaba por retener en su memoria el tamaño y el aspecto de unos signos que no entendía, hasta que logró identificar las partituras por su portada como si pudiera leer sus títulos, la niña fue al mismo tiempo muy feliz y muy desgraciada. La ausencia de trabajo, en sí misma una gozosa liberación, le deparaba un placer menor, secundario en relación con la alegría de la música. El órgano respiraba como un animal cansado y venerable hasta que los dedos de la madre, tan fuertes, tan ágiles, tan delicados, empezaban a moverse sobre las teclas para acariciarlo a veces muy despacio, luego más deprisa, haciéndole cosquillas que parecían alzarlo del suelo, animarlo a bailar y elevarlo hasta el techo mientras su intérprete se levantaba del asiento para derramarse entera sobre él. Isabel asistía en silencio a aquel prodigio, el misterio de los tubos que aspiraban aire y devolvían música, un mullido lecho de armonía sobre el que se acostaba una voz humana, una voz bella, sabia, capaz de conmover, de conmoverse, y sobre todo poderosa, experta en la dicha de expresar la felicidad y la tristeza como ella nunca habría sabido hacerlo con las palabras del único lenguaje que conocía. A caballo entre 1941 y 1942, Isabel descubrió una vocación imposible, un camino que la llamaba y la rechazaba con la misma impetuosa determinación, para curar las heridas de sus manos a costa de abrir otras en su espíritu, en su conciencia, la experiencia de un destino que, a los catorce años, ya la había condenado sin remedio a vivir lejos de la música.

Sabía que no le convenía, pero en algunos momentos, después de pasar la página, cerraba los ojos para dejarse llevar por la fantasía y trazar carambolas imposibles que la desembarcaban en otra piel, otra vida donde no sólo sabía leer los títulos de las partituras, sino también los signos que se atropellaban sobre los pentagramas. Deseaba tanto aquel conocimiento que una mañana se encontró pensando en hacerse monja y entregarse por completo a cambio de una oportunidad de aprender. Sabía que su vida valía tan poco que nadie pagaría por ella un precio tan alto, que si entraba en un convento, analfabeta y pobre como era, nadie se tomaría el trabajo de educarla, pero creía que soñar no le hacía daño y aceptar la realidad, en cambio, era muy doloroso para ella. La realidad eran sus manos deformadas, los dedos rojizos e inflamados, las yemas torpes que nunca acertarían a pulsar una tecla. La realidad seguía siendo el dormitorio, el comedor, la fila del baño, la de la capilla, la hostilidad que la hermana Raimunda había contagiado a algunas de sus compañeras para que flotara como una invisible amenaza sobre las pocas que seguían hablando con ella. La realidad eran las monjas de las que la madre Carmen no podía apartarla, los lugares de donde estaba ausente, las desgracias que no le podía ahorrar.

—Yo la quiero muchísimo, madre.

—Ande, ande, Isabel —su protectora negaba con la cabeza, sonreía, y nunca contestaba que también la quería.

Pero ella se sentía querida, escogida entre todas, y eso también la hacía feliz y desgraciada, porque el cariño de la monja le calentaba el corazón, pero aunque no sabía descifrar la naturaleza de los indicios que detectaba, intuía que podía llegar a ser peligroso para las dos.

—Vas a volver a lavar, ¿verdad? —Pilarín le dio una pista consistente en el recreo de la mañana de Navidad.

—No —pero no supo interpretarla—. No creo que me deje la hermana Begoña. Todavía voy a la enfermería un día sí y otro no.

—Pues anoche, después de misa, la madre Gracia iba diciendo, ¡esa vuelve a lavar!, vamos que si vuelve a lavar, ¡como que yo me llamo Gracia! —y entornó los ojos para dirigirle una mirada recelosa—. ¿Qué has hecho, Isabel?

—¿Yo? —y aunque estaba segura de su inocencia, se paró un momento a pensarlo—. Nada.

—Algo has tenido que hacer —insistió la niña—, porque la hermana, que es buenísima y nunca se enfada, estaba enfadadísima contigo...

En Nochebuena, habían cenado una sopa con fideos y una carne asada llena de nervios, pero carne al fin y al cabo, la primera que masticaban en aquel comedor. Después, las monjas pusieron en las mesas unos platos con unos cuadraditos muy pequeños de turrón de Alicante y de Jijona, pero la hermana Raimunda les prohibió tocarlo hasta que la superiora hizo una aparición espectacular, en el centro de un grupo de sacerdotes entre quienes sólo reconocieron al padre Benedicto, que las confesaba cada semana y, por el solideo y la faja púrpura, al obispo de Bilbao, a quien todas saludaron con la genuflexión que les habían enseñado.

—Ilustrísima... —musitaban las monjas a su paso, inclinándose para besar su anillo—. Qué honor... Feliz Navidad...

Isabel ya estaba avisada de aquella visita, porque unos días antes, la madre Carmen se la había anunciado a las niñas del coro. No quiero que os pongáis nerviosas, pero tenéis que concentraros mucho, ¿de acuerdo? Tenemos que cantar muy bien, porque el señor obispo va a venir a oficiar la misa del Gallo, y vamos a agradecerle este honor tan grande con una actuación que no pueda olvidar nunca... Las niñas prometieron dar lo mejor de sí mismas y cumplieron su promesa. Isabel, que al llegar a la capilla se había dado cuenta de que la madre estaba muy nerviosa, apretó los puños en todos los pasajes donde solían equivocarse, pero aquella noche no cometieron errores, ninguna cantante entró antes ni después de tiempo, ninguna voz desafinó, y después de la misa, cuando la hermana Gracia repartió panderetas, zambombas y sonajas, para que se acompañaran en los tres últimos villancicos populares, la madre se levantó a dirigir el coro con el júbilo pintado en la cara.

—Que no se mueva nadie —poco antes de terminar, una monja subió corriendo las escaleras—. Su Ilustrísima quiere venir a felicitarlas —se paró a tomar aire y miró a la responsable de aquel éxito—. Enhorabuena, madre.

Isa se quedó a un lado, porque no formaba parte del coro, pero después de saludar a las niñas de la primera fila, el obispo de Bilbao, escoltado siempre por la madre superiora, se acercó también a ella y le dio a besar su anillo antes de reunirse con su hija Carmen. Y estuvo tan entusiasta, tan simpático y cariñoso, que cuando se marchó, después de bendecirlas a todas, ella dio unos saltitos en el suelo, levantando los brazos en el aire antes de acercarse a las cantantes para estrecharlas entre ellos y sembrar de besos sus cabezas.

—Muchas gracias, ha sido maravilloso —las niñas de las filas superiores bajaron, la rodearon, y ella tuvo besos, abrazos para todas—. Han cantado como nunca. Este ha sido el mejor regalo de Navidad que me han hecho en mi vida.

Isabel sonrió al contemplar aquella escena, y su mirada se cruzó con la de la hermana Gracia, que miraba a sus niñas con un gesto idéntico. Hasta que la madre Carmen, con la misma espontaneidad que había derrochado con las demás, se volvió hacia ella, y sin soltar a las pequeñas que seguían aferradas a su hábito, le acercó la cabeza.

—Gracias también a usted, Isabel —entonces la besó en la mejilla—. Y Feliz Navidad.

—Feliz Navidad, madre.

Ella le devolvió el beso sin rozarla siquiera con los dedos, pero cuando apartó la cabeza, la asaltaron los ojos de la hermana Gracia, extrañamente fruncidos y dilatados en un solo gesto. Isabel asistió a la súbita metamorfosis de una mirada capaz de viajar desde la incredulidad hasta la cólera en un instante, pero no logró establecer su origen ni antes ni después de escuchar la profecía de Pilarín. La madre Carmen nunca la había besado antes de aquella noche, pero el contacto de aquellos labios sobre su piel en la víspera de Navidad, la noche en la que todo el mundo estaría besando o habría besado ya a las personas que tenía más cerca, había sido tan inocente, tan liviano, que no pudo creer que escandalizara a nadie.

El día siguiente pareció darle la razón, porque después de la misa del Gallo, prosiguieron los ensayos de las piezas destinadas a celebrar la misa de Año Nuevo, después la de Epifanía. El 7 de enero, sin embargo, sólo necesitó oír una palabra para comprender que era Pilarín la que había acertado.

—¡Perales!

Raimunda dejó de llamarla por su nombre, y sólo entonces descifró aquella mirada de la hermana Gracia.

—¡Al lavadero con las demás, vamos!

Porque aquella mirada era la guerra.

—Pero, hermana... Yo... La hermana Begoña me dijo...

Y no habría cuartel.

—¡Nada! —su tutora sonrió y levantó el brazo en el aire con el dedo extendido hacia el lavadero—. La hermana Begoña nada, porque la reverenda madre por fin ha comprendido que ya es hora de acabar con las pamplinas.

Así, Isabel Perales García volvió a sumergir sus manos deformadas, los dedos hinchados, los dorsos llenos de costras, en el agua helada de la pila, volvió a frotar con savorina las sábanas y los manteles, volvió a sentir dolor, y a teñir la espuma de rosa.

—Tome —por la tarde, la hermana Raimunda le dio un tubo de pomada y unas vendas—. Puede vendarse las manos todas las tardes y mantenerlas vendadas hasta la mañana siguiente. Con eso será más que suficiente.

No lo fue, pero durante algún tiempo, el que la sosa tardó en romper de nuevo su piel para hacer aflorar por viejos y nuevos agujeros su carne viva, muerta, el regreso al trabajo le dolió menos que la injusticia, las sonrisas de Raimunda, los comentarios de algunas compañeras que la llamaban señorita entre pedorreta y pedorreta, como si todo el colegio tuviera motivos para celebrar su desgracia. Esa semana no vio a la madre Carmen, y su ausencia se clavó como un alfiler puntiagudo y maligno en cada una de las heridas de su cuerpo, de su espíritu, para aumentar el daño y ahuyentar la esperanza. En el recreo del domingo, sin embargo, la madre fue a buscarla con su paso aéreo, tan delicado y elegante como en los buenos tiempos.

—Voy a vigilar a la clase de San Francisco Javier —y sonrió igual que antes—. ¿Quiere usted venir conmigo?

Aquella mañana, antes de oír misa, se había confesado con el padre Benedicto como todos los domingos, y como todos los domingos había tenido que inventarse los pecados, me acuso de que he sido envidiosa, de que he sido orgullosa, de que he obedecido a la hermana a regañadientes, de que he discutido con mis compañeras...

—¿Y ya está? —le había preguntado el sacerdote al final—. ¿No tiene ningún pecado más que confesar?

La niña se detuvo un instante, no tanto para simular que estaba haciendo memoria como porque su confesor no había vuelto a hacerle aquella pregunta desde la primera vez que la escuchó.

—No, padre —los ojos que la taladraban a través de la celosía la animaron a insistir—. De verdad que no.

El sacerdote hizo una pausa, como si necesitara tomar fuerzas antes de volver a preguntar.

—¿No ha pecado usted contra la pureza?

—¿Contra la pureza? Se refiere a... —y se detuvo para escoger bien las palabras—. ¿A pensar en chicos, y en casarse, y todo eso?

—¿Ha pensado usted en chicos?

—Pues sí, padre, he pensado, pero... Tampoco he hecho nada malo, sólo pensar, yo... Desde que llegué aquí no he visto a ninguno, y por eso, de vez en cuando, me acuerdo de uno de mi barrio, que me gustaba mucho, la verdad, pero no sé ni dónde está, ni...

—Está bien, está bien —el confesor la interrumpió en un tono pacífico, levantando la mano en el aire para hacerla callar—. Si lo único que hace es pensar en ese chico, mientras sólo sea en casarse con él, no ha pecado. Réceme usted tres padrenuestros y tres avemarías y no vuelva a pecar.

La penitencia, idéntica a la que recibía semana tras semana a cambio de los pecados que se inventaba cada domingo, le pareció muy poca para tanto interés, pero aún le extrañó más la pregunta que le hizo la madre Carmen, sin mirarla en ningún momento, mientras la acompañaba a la zona del jardín donde jugaban las pequeñas.

—Esta mañana ha confesado usted, ¿verdad? —ella afirmó con la cabeza y la madre sonrió—. Yo también.

Después de que las niñas del coro se arremolinaran alrededor de sus hábitos para saludarla, las dos se sentaron en un banco. Entonces, la madre cruzó los brazos bajo la túnica, como solían hacer todas las monjas cuando vigilaban las tareas o los juegos de sus alumnas, y le dijo algo más, sin dejar de sonreír ni de mirar hacia el jardín.

—Cruce usted los brazos y acérqueme su mano izquierda... —la niña obedeció, deslizándola bajo el codo contrario—. Así...

La madre Carmen guió su propia mano zurda a través de una abertura que los pliegues ocultaban, y tomó los dedos vendados de Isabel entre los suyos.

—¿Le duelen las manos?

—No, todavía... —no se me han vuelto a abrir las heridas, iba a decir, pero no llegó tan lejos—. No, no me duelen.

—Lo siento mucho, Isabel —y seguía mirando, sonriendo a las pequeñas, mientras hablaba sin gesticular, moviendo apenas los labios—. Ha sido culpa mía. No debería haberla besado en el coro, pero el concierto había salido tan bien, estaba tan contenta...

352

—Pero... —la niña se inclinó hacia ella, atónita—. ¿Es por eso?

—No me mire —y como si quisiera dar ejemplo, la madre Carmen se volvió hacia la derecha, dándole la espalda sin soltarle la mano—. Mire usted a su hermana. Sí, ha sido por eso.

—Pero, madre, si no hicimos nada malo... —Pilarín la vio, movió el brazo en el aire para saludarla y ella correspondió con su mano libre—. Era Nochebuena, ¿no? Tanto hablar de la paz y del amor, y luego...

—La gente es muy malpensada. Hay personas envidiosas, rencorosas, hasta entre las que han consagrado su vida a Dios. Debemos compadecerlas y rezar por ellas, pero, de todas formas... —entonces sí la miró, le dirigió una mirada intensa, fugaz, la única que acompañó al contacto de su mano mientras las dos estuvieron sentadas en aquel banco—. Nadie va a conseguir que yo deje de preocuparme por usted. No lo olvide usted nunca, Isabel.

Durante más de dos meses, aquella promesa se limitó a miradas y sonrisas disimuladas en el pasillo o en la capilla, aunque en el recreo de los domingos, el único momento en el que podían estar juntas, la madre sólo sonreía a otras niñas y no la miraba jamás. Isabel no acababa de entender lo que estaba pasando, pero aprendió a respetar las nuevas normas muy deprisa, porque se dio cuenta de que la monja no estaba pagando ningún precio por el supuesto error que habían cometido juntas. El castigo había recaído exclusivamente en ella, y por las noches se dormía meciéndose en el amor de la música, la alegría de la luz que jugaba con los cristales de colores y las velas encendidas, pero al oír las palmadas con las que la hermana Raimunda inauguraba cada mañana, se sentía tan desgraciada que se arrepentía de haberse entregado sin condiciones a aquella felicidad efímera. No ha merecido la pena, pensaba, y se sentía ingrata, traidora, todavía peor. Aunque algunas de sus compañeras desafiaban las amenazas de la hermana Raimunda para acercarse a ella de vez en cuando, Ana y Magdalena siempre, se convirtió en una chica triste, aislada y solitaria, que se recluía en sí misma por su propia voluntad antes de que las demás tuvieran la oportunidad de apartarla. Aquel proceso, que la hundió por dentro, se manifestó también por fuera. Estaba demasiado triste para darse cuenta, pero su aspecto llegó a ser tan alarmante que la madre Carmen decidió arriesgarse por segunda vez.

—Voy a vigilar a la clase de San Francisco Javier —y el segundo domingo de marzo fue de nuevo a buscarla—. ¿Quiere usted venir conmigo?

Aquella vez no le hicieron falta instrucciones, pero al cruzar los brazos para coger la mano de la madre, encontró algo más.

—Feliz cumpleaños, Isabel —era un paquete alargado, crujiente—. Hace quince días fui a comer a casa de mis padres y le compré unos bombones. Guárdelos y cómaselos usted sola, poco a poco, que buena falta le hacen.

Ella aprovechó los pliegues del hábito para guardárselos en un bolsillo, y abrió el paquete para sacar uno y metérselo en la boca con ansiedad, mientras su protectora miraba en todas direcciones menos en la suya.

—Gracias, madre —el sabor del chocolate que se fundía lentamente en su paladar le inspiró unas extrañas ganas de llorar—. Están buenísimos.

—Me alegro de que le gusten —y mientras volvía a apretar sus dedos, la guió por un camino inesperado—. He estado hablando con la hermana Begoña y ella sospecha... Dígame una cosa, Isabel, ¿usted tiene la regla?

—¿Yo? —el bombón que se estaba comiendo le amargó en la boca—. Sí, desde los once años.

—Claro, pero yo digo ahora, este mes, el mes pasado... Contésteme sin miedo, por favor.

La niña miró a la monja, calculó sus posibilidades, decidió que no tenía más opción que decir la verdad, y las lágrimas que no habían nacido del sabor del chocolate, brotaron a destiempo de sus ojos.

—No, madre —al escucharlo, se asustó—. Hace dos meses que no me viene, pero le juro que no he hecho nada malo, no estoy embarazada, tiene que creerlo, no estoy...

—Claro que no —siguió mirando a las pequeñas, pero negó con la cabeza y una sonrisa triste—. Claro que no está embarazada, pobre hija mía, eso ya lo sé... Lo que está usted es anémica, y por eso no le viene la regla.

Isabel celebró tanto que la madre Carmen creyera en su inocencia, que ni siquiera se paró a analizar aquel diagnóstico. A la monja, sin embargo, parecía preocuparle mucho más.

—Está usted enferma y aquí va a ponerse cada vez peor, así que voy a pedirle un favor a la reverenda madre. El próximo domingo es el cumpleaños de mi abuela y toda la familia se va a reunir para celebrarlo. Yo no pensaba asistir, porque no suelo ir a verlos más que dos o tres veces al año y la última fue hace muy poco, pero si me da permiso, la llevaré conmigo. Tengo dos hermanos médicos. Ellos nos dirán qué debemos hacer para que se recupere. Mis padres contribuyen con mucha generosidad al sostenimiento de la congregación. Tengo esperanzas de que mi plan tenga éxito pero, por si acaso, no lo comente usted con nadie.

Durante la semana siguiente, Isabel Perales García experimentó un nuevo y misterioso fenómeno. El edificio donde vivía, con sus gruesos muros de ladrillo rojo, inerte, no podía cambiar, reaccionar al frío o al calor, respirar como un ser vivo, y sin embargo, eso fue lo que ella percibió, y que los pasillos se ensanchaban, y los techos se elevaban, y las ventanas se agrandaban para dejar pasar más luz, y más intensa. Tengo esperanzas, había dicho la madre Carmen, y el dormitorio, la capilla, el comedor y el patio parecían susurrarlo sólo para ella, ten esperanza. Su salud, esa debilidad que transparentaba sus huesos bajo el uniforme, que le pesaba en los pies y le descarnaba las manos, le daba lo mismo, pero le hacía tanta ilusión salir a la calle, volver a ver coches, tiendas, muchachos, que se mareaba sólo de pensarlo, sólo de pensar en sentarse a una mesa y comer pan, carne, y hasta un trozo de tarta de postre, porque aunque la abuela de la madre fuera muy mayor, seguro que había tarta de postre. Acababa de cumplir quince años, pero se embobó como una cría anticipando, minuto a minuto, la dicha que le aguardaba. Y cuando aquel domingo llegó al fin, se esmeró en lavarse muy bien, se peinó con los dedos, sacudió el uniforme y procuró eliminar las manchas más visibles antes de ponérselo. Quería causar buena impresión, pero Pilarín no apreció el fruto de sus esfuerzos al reunirse con ella en el recreo.

—Esta semana, la hermana Gracia nos ha hablado de las amistades particulares, que son malísimas.

—¡Ah! —Isabel, pendiente de la llegada de la madre Carmen, apenas prestó atención—. ¿Sí?

—Sí. ¿A vosotras no os han hablado de eso en clase?

—Nosotras no damos clase, Pilarín —sólo entonces la miró, para comprobar que era ella la que se desentendía de lo que estaba oyendo—. Nosotras sólo lavamos, tendemos y planchamos, ya lo sabes.

—Bueno, pues las amistades particulares son cuando una madre, por ejemplo, quiere mucho a una niña, pero mucho mucho, más que a las otras, y sólo se ocupa de ella. La hermana Gracia dice que es muy grave, como un pecado, porque ellas tienen que querer a todas igual, como las madres de verdad, y por eso... ¿Qué te pasa, Isabel? Te has puesto blanca de repente.

La madre Carmen cruzaba el jardín con la cara pálida como el papel, y al verla detenerse a mitad de camino, agacharse, fingir que le molestaba una sandalia, mirarla y negar con la cabeza, Isabel supo por qué. El cielo se había hecho pedazos, pero esta vez, los cascotes lloverían sobre las dos.

A partir de aquel día, y durante tres semanas seguidas, la monja estuvo confinada en su celda, haciendo ejercicios espirituales en soledad. Después, apenas se acercó a Isabel, y aunque seguía mirándola de lejos, no volvió a sonreír. La niña creyó que la había olvidado, y sin embargo, no tardó mucho en encontrar una ocasión definitiva para cumplir su promesa.

—¡Chicas, son patatas!

El día que se las encontraron en el plato después de once meses y medio de caldo de berza, las miraron con una aprensión limítrofe con el temor, como si les diera miedo comérselas. Un instante después, todas las habían devorado ya, masticando al mismo ritmo. Estaban sosas, insípidas, y ninguna recordó haber probado jamás algo mejor.

—¡Chicas, hay arroz!

El tercer día hubo macarrones, y después más patatas, y fideos con salchichas, y ninguna logró encontrar una explicación para aquel milagro, que la semana siguiente se duplicaría para florecer también en la cena.

—No pregunten tanto y a comérselo todo, vamos —la hermana Raimunda sonreía, pero no soltaba prenda—. ¿O es que no están ustedes contentas?

El primer domingo de mayo, les entregaron además uniformes nuevos, ordenándoles que guardaran los viejos hasta que les hicieran falta, pero sin explicarles para qué podrían necesitarlos. Con todo, ninguna novedad resultó tan relevante para Isabel como la sonrisa que Raimunda le dirigió el miércoles, después del desayuno.

—Me he dado cuenta de que las manos se le han vuelto a poner muy mal, ¿verdad? —ella se limitó a asentir con la cabeza y la hermana sonrió de nuevo—. Creo que es mejor que hoy se quede en el dormitorio, descansando. La hermana Estíbaliz la acompañará.

Antes de que tuviera tiempo de preguntar, una novicia a la que nunca había visto le pidió que la siguiera, la devolvió al dormitorio y le recomendó que se quedara allí, muy tranquilita, añadió, hasta que fueran a buscarla. Después se marchó y sólo entonces ocurrió algo importante de verdad.

—¡Hermana Estíbaliz! —al escuchar el ruido del cerrojo, Isabel fue hacia la puerta, intentó abrirla, no lo consiguió—. ¡Hermana Estíbaliz! —y la monja, que a la fuerza tenía que estar oyendo sus gritos, tampoco quiso volver sobre sus pasos—. ¡Hermana Estíbaliz!

Qué raro, pensó, pero no se asustó. No le daba miedo estar sola, ni encerrada en aquella habitación donde no podía pasarle nada malo, aunque le inquietaba no saber, no comprender las razones de su encierro. Se asomó a la ventana y vio el patio vacío, los dormitorios del pabellón frontero, el cielo casi azul bajo la gasa de unas nubes que se deshilachaban lentamente. Fue hacia su cama, se tendió en ella con mucho cuidado para no tener que volver a hacerla, y repasó los acontecimientos de aquella mañana, las palmadas de la hermana Raimunda, la fila del baño, las escaleras, la misa, el desayuno, aquel pistolín del que todas se comían la mitad desde que la semana anterior empezaron a darles pan también para comer, para cenar. No encontró ningún detalle especial, y pasó el tiempo sin que pasara nada más, hasta que se quedó dormida sin darse cuenta. El calor del sol ya había disuelto la amenaza de las nubes cuando creyó oír su nombre en sueños.

—Isabel... —y en el sueño, una mano la zarandeaba con suavidad—. Isabel... —pero con la insistencia suficiente para animarla a abrir los ojos—. Isabel, despiértese, por favor...

Al despegar los párpados, vio a la madre Carmen inclinada sobre ella.

—Gracias a Dios —murmuró cuando la vio incorporarse.

—Pero... —Isabel no supo escoger entre el temor y el asombro—. ¿Qué hace usted aquí, madre?

—Tiene que ir usted inmediatamente al salón de la madre fundadora, ¿me oye? Traiga aquí esas manos... —y le quitó las vendas sin dejar de darle instrucciones—. La han encerrado aquí porque hoy vienen las señoritas del Ministerio de Justicia a interesarse por ustedes, y no quieren que la vean. Pero usted tiene que verlas, explicarles que está enferma, enseñarles sus heridas...

—Pero, madre... —el miedo y el asombro se aliaron para hacerla temblar, pero su interlocutora la interrumpió antes de que acertara a elegir entre los dos.

—Calle y escúcheme, no tenemos tiempo que perder —para demostrarlo, le puso una mano en la espalda y la empujó hacia la puerta mientras seguía hablando—. No baje usted por las escaleras de siempre, ¿me oye?, sino por las que están al fondo del pasillo. Salga al jardín por el portillo de metal que hay a la derecha, antes de llegar a la cocina. Las cristaleras del salón se abren igual por dentro que por fuera. Péguese usted a la pared del pabellón, para que no la vean llegar, entre y cuéntele a esas señoras lo que le pasa. ¡Vamos!

Cuando salieron al pasillo, la madre cerró la puerta con mucho cuidado y no echó el cerrojo. Luego la cogió de las manos, la miró a los ojos y le dejó ver que ella era la más asustada de las dos.

—La reverenda madre va a adivinar que he sido yo pero, por favor, Isabel, no me venda. Cuando le pregunten, diga que usted sólo ha oído que llamaban a la puerta, que la ha encontrado abierta y que ha ido a buscar a las demás. Y luego... —apretó un poco más las manos de la niña entre las suyas, sin hacerle daño—. Esto no les va a gustar, así que... Es probable que dentro de unos días la reverenda madre la llame para interrogarla sobre mí, sobre mi relación con usted. Si eso ocurre, diga la verdad, Isabel. Es muy fácil, ¿verdad? Lo único que tiene que hacer usted es decir la verdad.

—Pero, madre, yo no puedo...

—Sí puede, claro que puede. Tiene que hacerlo por usted, por su salud, y por mí, porque yo nunca me perdonaría... —negó con la cabeza, y sus palabras se hicieron más enérgicas—. Hágalo por mí, y que la Virgen nos proteja.

Se marchó sin volver la cabeza, flotando a toda prisa sobre las baldosas, e Isabel la vio desaparecer sin moverse del lugar donde la había dejado. Pero las manos le dolían, sus heridas escocían al contacto con el aire, y ellas decidieron. Isabel Perales García bajó corriendo por las escaleras de servicio, cruzó el jardín, avanzó pegada a los muros, llegó hasta las cristaleras y se paró a tomar aire. Lo demás fue fácil, tanto como abrir una puerta y entrar en un salón donde un centenar de ojos se posaron en ella al mismo tiempo.

—Buenos días —dijo en voz alta, pensando en la madre Carmen—. Siento llegar tarde.

Su aparición marcó un antes y un después en su vida, en la vida de las niñas de Zabalbide. ¿Cómo te llamas?, le dijo una mujer joven, con camisa azul y falda gris, ¿qué tienes en las manos? La madre superiora, que se había tapado la cara con las suyas para no verla entrar, volcó sobre ella una mirada más soberbia que furiosa, pero Isabel habló y, tras ella, hablaron las demás, y lo contaron todo. Que hacía un año que no se bañaban. Que hasta hacía dos semanas sólo habían comido caldo de berza. Que no habían llegado a coger un lápiz. Que trabajaban todos los días menos los domingos. Que el detergente que usaban para lavar era sosa y no jabón. Que pasaban tanta hambre, que muchas habían dejado de tener la regla.

—No quiero hablar contigo, Isabel. Te has vuelto muy mala, peor que Montaña, la hermana Gracia dice que le has hecho muchísimo daño a la congregación.

—Lo único que hice fue enseñar las manos, Pilarín.

—Pues no deberías, porque si tienes una enfermedad, la culpa no es de las madres, sino tuya, de eso que te pasa. Y ahora las señoritas se han enfadado, y tú te la has cargado. ¿Sabes lo que dijo la hermana Gracia ayer, delante de todas? —y ahuecó la voz mientras la señalaba con el dedo—. Esa tal Isabel Perales que se vaya preparando...

Pero ella ya estaba preparada. Ese fue el último favor que le hizo la madre Carmen antes de desaparecer. Mientras las alumnas de San Ignacio de Loyola celebraban la revolución que les depararía un baño semanal, aunque tuvieran que meterse en la bañera con el camisón puesto, y un cuarto de pistolín suplementario en la comida y en la cena, Isabel esperaba. Cuando las demás comprendieron que las señoritas del ministerio no se habían enfadado tanto como parecía, y se resignaron a ponerse sus viejos uniformes, a volver a la dieta de caldo de berza, aligerada muy pronto de una ración suplementaria de pan que no llegó al mes de julio, y a pelearse por las migas de los manteles, ella ya había acudido tres veces al despacho de la reverenda madre.

—Escúcheme bien, Isabel, y recuerde que mentir es un pecado muy grave. Si lo hace, irá derecha al infierno, así que no me mienta, porque se me está acabando la paciencia. ¿La madre Carmen la besó alguna vez?

—Sólo una vez, reverenda madre, en la mejilla, después de la misa del Gallo, ya se lo dije ayer...

—Pero la tocaba, ¿no es cierto?

—Pues sí, alguna vez me ha tocado.

—¿Dónde?

—Pues en un brazo, o en la espalda, una vez aquí, en su despacho, para que me acercara a usted...

—Reverenda madre... —hasta que el padre Benedicto se cansó.

—No me refiero a eso y usted lo sabe, no sea mentirosa, hablo de caricias, de tocamientos de otro tipo. Dígame la verdad.

—¡Pero si se la estoy diciendo! Nunca me acarició. Me cogía del brazo a veces, para llevarme a un sitio o a otro, como a las demás niñas.

—Reverenda madre, por favor... —el sacerdote insistió por segunda vez.

—Pero la abrazaba, ¿verdad? Cuando estaban ustedes solas, en el coro.

—No, no me abrazaba. Una vez intenté abrazarla yo, y no me dejó.

—¿Por qué me miente usted, Isabel? ¿Es que de verdad cree...?

—¡Reverenda madre, ya está bien! —el padre Benedicto dejó de hablar para empezar a chillar, mientras se levantaba de la silla para interponerse entre la fiscal y la acusada—. Está clarísimo que esta niña no tiene ni idea de lo que está usted diciendo. Si sigue haciéndole usted esa clase de preguntas, va a aprender aquí lo que no sabía al entrar.

Eso no era del todo cierto, y sin embargo, lo que sabía serenó la conciencia de la niña con la certeza de estar diciendo la verdad. Porque ella conocía los besos, los abrazos a los que se refería la madre superiora, los había visto una vez, en otoño del año anterior. En noviembre había llovido tanto que subieron a tender al primer piso del campanario todos los días. A la hora del recreo, una de las externas apareció por allí, y una chica alta y rubia, bastante guapa, la acompañó al segundo piso, en vez de bajar a tomar el caldo. Después del recreo, Isabel la vio tirar una monda de plátano, y así se enteró de que en Zaballbide existía un ritual que ella desconocía. Se llamaba «comunicar con las externas» y consistía en acompañar a una chica al piso de arriba, y hacer lo que ella quisiera a cambio de comida.

—¿Y yo puedo hacerlo? —le preguntó, después de oír que algunas no sólo daban plátanos, sino hasta bocadillos de jamón.

—Pshhh... No sé, porque... —dio un paso hacia atrás y la miró de arriba abajo—. Maja sí que eres, pero con esas manos de leprosa que tienes...

La mañana siguiente, antes de que ninguna externa tuviera tiempo para reclamarla, subió las escaleras sin hacer ruido y se asomó al segundo piso para contemplar un amasijo de piernas desnudas, de manos ansiosas y botones desabrochados, de pechos al aire y besos en la boca. Se asustó tanto que bajó corriendo y nunca volvió a subir, pero tampoco olvidó lo que había visto. Por eso, aunque ocultó a la superiora que la madre Carmen la cogía de la mano de vez en cuando mientras vigilaba el recreo de las pequeñas, salió del despacho con la conciencia muy tranquila. Lo que pasaba en el campanario no tenía nada que ver con el coro de la capilla, con el amor de la música y los reflejos que la luz del sol arrancaba de los cristales de colores. Eso era todo lo que sabía, y aunque el infierno no le daba miedo, le bastaba para estar segura de que no había mentido.

Sólo volvió a ver a la madre Carmen una vez, el primer domingo de junio. Antes la escuchó. Al reconocer las primeras notas del preludio en Do mayor de Bach, adivinó que el órgano sonaba para ella, que su intérprete se estaba despidiendo, y al escuchar su voz, entonando el *Ave María* más raro, más hermoso, lloró de pena y de emoción, por la pérdida de aquella belleza que le ensanchaba el corazón, por la nostalgia del cariño de su amiga. Mientras las lágrimas caían de sus ojos mansamente, sin hacer ruido, volvió a sentir la tentación de preguntarse qué había pasado, qué había hecho ella para merecer aquel torrente de calamidades, el castigo implacable de su cuerpo y de su espíritu que le arrebataba al fin lo único bueno que había en su vida. Pero no se rebeló, ya no podía. Un año en Zabalbide había desterrado de su ánimo la memoria de la rebelión, el sentido de la justicia y hasta el impulso de la rabia, para dejarla a solas con el deber de la penitencia. Mientras la madre Carmen cantaba el *Ave María* de Gounod, Isabel Perales García no se preguntó por qué la arrancaban de su vida. Se limitó a sentirse culpable. Esa era la única educación que había recibido desde que llegó a aquel lugar.

—He venido a verla, Isabel, porque... —fue a buscarla en el recreo y ella distinguió todas y cada una de sus pisadas, el peso de su cuerpo cayendo sobre el suelo en cada pie—. Mañana me voy a Málaga, y me gustaría despedirme de usted. ¿Se atreve a dar un paseo conmigo?

—Claro que sí, madre.

Echaron a andar despacio, entre los parterres, a la vista de todas, tan separadas que el vuelo del hábito no llegaba a rozarla.

—Es por mi culpa, ¿verdad? Lo siento mucho, madre.

—No, Isabel, por favor, no diga eso. No es culpa suya, sino de la madre superiora, de las hermanas que le calientan la cabeza y de sus propios errores. Usted no tiene la culpa de estar enferma. Ellas son culpables de no cuidarla y yo no me arrepiento de nada. Aunque me echen, aunque me castiguen, volvería a hacerlo hoy mismo, lo haría todas las veces que...

Interrumpió una frase que no llegó a terminar para dejar pasar a un grupo de niñas que se cruzaron con ellas, y después giró a la izquierda, para tomar el sendero que llevaba al huerto.

—Mi tren sale mañana a mediodía. A las once me marcharé de aquí. Si usted quiere que nos despidamos, pida permiso para ir al servicio, súbase en el retrete y abra la ventana. Cuando llegué a la mitad del camino, me pararé un momento y la miraré. Así nos despediremos, ¿de acuerdo?

En el huerto no había nadie trabajando, pero la madre se aseguró de que nadie podía verlas antes de detenerse.

—Pero antes quiero que me prometa dos cosas, Isabel —se acercó a ella, la cogió de las muñecas, la miró a los ojos—. Prométame que va a cuidarse usted las manos —y mientras su interlocutora asentía con la cabeza, su voz se quebró—, y que no me olvidará.

—Eso nunca, madre —por primera, última vez, Isabel giró las manos para apretar las de aquella mujer entre sus dedos—. Yo la quiero mucho, ya lo sabe.

—Yo también te quiero mucho —y por primera, última vez, la madre Carmen la tuteó—. Te quiero tanto que me importas más que yo misma.

Cuando el silencio que sucedió a sus palabras se hizo caliente, espeso como una nube cargada de agua, rodeó con los dedos la cara de Isabel para acercarla a la suya muy despacio y posar un instante los labios sobre sus labios. Luego movió su cabeza hacia abajo a toda prisa, la besó en la frente y se marchó, levantándose el hábito con las manos para correr con sus pies humanos, de mujer corriente.

Aquella semana, a las niñas de la hermana Raimunda les tocaba lavar. Cuando el reloj del lavadero marcó las once, una de ellas pidió permiso para ir al retrete, se subió encima de la tapa, abrió la ventana y esperó. La madre Carmen apareció enseguida, avanzó un paso, luego otro, se detuvo a mitad del camino, y el bastidor de madera encuadró su rostro, desencajado y pálido, como el marco de un retrato.

Isabel Perales García lloró aquella noche un llanto diferente a todos los que conocía.

Cuando la encargada me anunció que una monja estaba esperándome en la puerta del obrador, no había olvidado que Dios aprieta y además ahoga, pero creía que la máxima favorita de la Palmera había caducado ya.

—¿Es usted Manolita Perales? —porque ni siquiera Dios podía tener tanta fuerza en los dedos como para seguir apretando y ahogándome a la vez.

Nunca había visto a aquella mujer que me miraba como si estuviera a punto de traicionar un secreto gravísimo. Sus ojos parecían pájaros inquietos, incapaces de encontrar un lugar donde posarse. Sus labios temblaban tanto que ni siquiera me fijé en el hábito, en el broche prendido sobre su pecho.

—Sí, soy yo, pero ¿cómo...? —no me dejó pasar de ahí.

—Verá, yo me llamo Carmen, mi apellido no importa, y hasta ahora he estado en el colegio de Zabalbide, en Bilbao, donde viven sus hermanas... —sus ojos volvieron a danzar, a moverse en todas direcciones hasta que tropezaron con la silueta de un taxi que tenía el motor en marcha—. Me han destinado a Málaga, tengo que coger un tren enseguida, y... —por fin me miró, me cogió de las manos, las apretó con fuerza entre las suyas—. No le traigo buenas noticias. Su hermana Isabel está muy mal, muy enferma. Tiene que hacer usted algo por ella. Vaya a verla, hable con las señoritas del ministerio, lo que sea, pero sáquela de allí, Manolita, tiene usted que sacarla de allí porque se ha quedado sola. Yo la quiero mucho, yo cuidaba de ella, pero ahora, nadie...

—Pero... —sus palabras no me asustaron tanto como las lágrimas que se asomaron a sus ojos—. No la entiendo. ¿Qué es lo que tiene Isa? ¿Qué la pasa?

—Tengo que irme, de verdad, no puedo esperar más. Vaya usted, Manolita, sálvela, pero no le diga a nadie que he venido a verla, eso sobre todo, por lo que más quiera se lo pido... —entonces comprendí que tenía miedo, que era miedo lo que le impedía mirarme, estarse quieta, terminar las frases que empezaba—. No me venda, por Dios, no me venda.

—Pero espere un momento... —alargué una mano para cogerla del brazo y su manga se escurrió entre mis dedos—. Espere, por favor...

Mientras corría hacia el taxi, no dejó de negar con la cabeza. Tampoco se volvió hacia mí. Abrió la puerta, se acomodó en el asiento trasero, se marchó, y sólo en ese momento me di cuenta de que aquel día, 9 de junio de 1942, era martes.

Los martes me levantaba de la cama con la sensación de que nunca me había tocado vivir en un año peor que aquel. Tenía que obligarme a recordar 1939, la derrota, el hambre, el desahucio, la orfandad, para lograr vestirme, desayunar, despertar a los mellizos, arreglarlos, dejarlos con la vecina e irme a trabajar. Esa rutina no bastaba para arrancarme de la boca el sabor amargo de los peores lunes de mi vida, ni rellenaba el pavoroso hueco que devoraba lo que quedaba de mí al triturar, semana tras semana, la dulce memoria de un amor que había durado exactamente cinco minutos. No había tenido más, y era tan poco que ni siquiera yo entendía que doliera tanto. Pero la incomprensión no afectaba al dolor. Los martes habían llegado a ser tan crueles que al encontrarme con aquella monja en la puerta del obrador, tardé demasiado tiempo en recordar que, para una chica como yo, las visitas inesperadas nunca traían nada bueno.

—¡Rita! —porque así, con una visita que no esperaba, había empezado todo a venirse abajo un año antes—. ¿Pero qué haces tú aquí?

Tenía mala cara. Mientras mis compañeras me decían adiós, ella permaneció quieta y en silencio, apoyada en el tronco de un árbol, mirándome sin abrir los labios para dejarme a solas con el misterio de sus ojos egipcios. Otras veces había visto en ellos el resplandor de una hoja de acero capaz de afilarse a sí misma para estallar en un millón de chispas de odio limpio, pero el velo turbio que los ensuciaba aquella tarde me asustó mucho más. Por eso no me atreví a seguir preguntando.

—Los han fusilado —ella me respondió de todas formas—. Esta mañana.

—¿Fusilado? —esa palabra desordenó el ritmo de mi corazón, que se aceleró como si pretendiera romperme las venas con mi propia sangre—. ¿A quiénes?

Fue diciendo nombres y apellidos, hasta trece, y yo los fui traduciendo, identificándolos con cuerpos, rostros conocidos a través de una alambrada, algunas palabras, ¡ohhh, mira a los tortolitos!, sonrisas, frases de ánimo y dedos estirados para tocar en el aire a doce mujeres que sonreían a su vez, mientras excavaban en el inagotable yacimiento de sus fortificaciones. Los reconocí también por ellas. Habían matado al hijo de Emilia. Habían matado al hermano de Reme. Habían matado al hermano de Amelia. Habían matado al hermano de María. Habían matado al marido de otra María. Habían matado al marido de Pepa, y al de Juani, que nunca más volvería a cerrar las manos para abrazarme a distancia, gracias, Manolita, desde el otro lado del pasillo.

—¿Tienes dinero? —fue todo lo que acerté a decir después.

—Algo, pero... ¿Para qué lo quieres?

—Vamos a ir a verlas, ¿no? —me sorprendió el tono de mi voz, tan apacible como una nube blanca que ignorara la tormenta que germinaba en su interior—, y habrá que llevar caramelos, aunque sea, para los niños. Entra tú a comprarlos, porque seguro que te los dejan más baratos. Luego hacemos cuentas, porque además...Yo...

Me voy a echar a llorar. Llegué a formar esa frase en mi cabeza, llegué a enviarla hasta mis labios, pero ellos, más sensatos que mis ojos, no quisieron pronunciarla. Hasta ese momento había estado bien, serena, porque mientras escuchaba nombres y apellidos corrientes, conocidos, Rita Velázquez Martín era sólo ella, y yo no era más que yo, Manolita Perales García. Pero cuando la lista terminó, volví a sentir que las dos formábamos parte de algo mucho más grande que nosotras, como si la cola de Porlier no fuera una larga fila de mujeres solas, sino una sola mujer y a la vez la madre, la hija, la hermana, la mujer de todos. Por eso necesitaba llorar, por la fila, por los muros, por el locutorio, por los hombres que se amontonaban contra una reja y por las mujeres que se apretaban contra la reja de enfrente, por el amor de todos los condenados dentro y fuera de Porlier. No lo hice. Mantuve las lágrimas a raya en el borde de mis párpados como si presintiera que me harían falta después.

—Sólo he podido comprar tres bolsas, están carísimos —cuando Rita salió de la tienda, me di cuenta de que a ella también se le habían aflojado los ojos, y de que también había sabido apretarlos—. ¿Cuántos niños serán? Vamos a tener que repartirlos.

El 3 de julio de 1941 hacía mucho calor. El sol incendiaba el asfalto como si fuera la parrilla de una inmensa cocina que reservara su temperatura suprema, más concentrada, para el horno que se extendía bajo la tierra. El metro parecía la antesala del infierno, pero aunque veía la cara de Rita empapada en sudor, aunque notaba las gotas que corrían por la mía, sólo sentí calor en la primera estación de aquel viaje, mientras negociaba con la hermana de Margarita para que se ocupara de los mellizos. Lo demás duró hasta que se hizo de noche, y fue lo de siempre.

—Lo siento muchísimo, Emilia —abrazar a una mujer destrozada—. Ya lo sabes.

—Gracias, Manolita —recibir la desmayada respuesta de sus brazos—. Y gracias por venir.

Así una vez, y otra, y otra más, sentir el fuego de las aceras en las plantas de los pies, bajar escaleras y recorrer pasillos, apretarme contra Rita para que ella se apretara contra mí en vagones abarrotados de gente, y reemprender la marcha, avanzar por nuevos pasillos, subir nuevas escaleras, devolver a las suelas de nuestros zapatos la memoria del fuego que hervía sobre otros adoquines, siempre igual, siempre lo mismo.

—Lo siento muchísimo, Reme, ya lo sabes.

—Gracias, Manolita. Y gracias por venir.

Las cinco y media, un piso pequeño, con pocos muebles, las seis y cuarto, una buhardilla casi vacía con la cama sin hacer, las siete y diez, una casa baja con flores secas en todas las macetas, las ocho en punto, una habitación subarrendada en un piso de alquiler, las nueve menos veinte, un chiscón sombrío cerca de la glorieta de Embajadores, las nueve y cuarto, y el calor no cedía, el frío tampoco.

—Lo siento muchísimo, María, ya lo sabes.

—Gracias, Manolita. Y gracias por venir.

Y en todas las casas, mujeres medio muertas, tan pálidas como si ya hubieran empezado a morirse, tan flacas como si el dolor las estuviera consumiendo, tan perdidas en su propia habitación como si ya no supieran quiénes eran, dónde vivían, cuál era su nombre, su sitio en aquella ciudad negra de lutos, sorda por el interminable estrépito de los pelotones, ciega de tanto cerrar los ojos a los fusilamientos de cada madrugada, hedionda de cadáveres a medio pudrir, y más mujeres, más madres, más niños mirándolo todo, y los caramelos que tenían en las manos, con unos ojos enormes de miedo y de sorpresa que presentían ya el resto de sus vidas.

—Lo siento muchísimo, Amelia, ya lo sabes.

—Gracias, Manolita. Y gracias por venir.

Ellos también estaban allí, cada uno en su casa, mirándonos desde las fotografías, sus rostros sonrientes de hombres jóvenes enmarcados con cuidado o apoyados en la superficie de los muebles, en las repisas, en los marcos de las ventanas, también entre las manos de sus mujeres, que los miraban como si no pudieran creer que jamás volverían a verlos detrás de una alambrada, que ellos tampoco verían crecer a sus hijos, que no llegarían a cumplir veinticinco, treinta, treinta y cinco años, mientras musitaban la despedida más feroz, me lo han matado, míralo, qué joven era y me lo han matado, para resucitar esas mismas palabras en mis labios secos, para hacerme sentir que, con cada cuerpo que se desplomaba ante una tapia de ladrillos rojos, volvían a matarlos a todos, a matarnos con ellos, a quitarnos a todas un pedazo de vida en cada ausencia.

—Lo siento muchísimo, María, ya lo sabes.

—Gracias, Manolita. Y gracias por venir.

Quedaban sus palabras, adiós, que tengáis suerte, adiós, te quiero más que nunca, adiós, me voy con la alegría de haberte conocido, adiós, habla a mis hijos de mí, de las ideas por las que voy a morir, adiós, busca a un buen hombre, cásate con él y sé feliz, pero no me olvides, adiós, mi amor, cuánto te he querido y qué poco tiempo hemos tenido para estar juntos, adiós, hijos míos, sed muy buenos y ayudad mucho a vuestra madre, adiós, cariño, adiós, vida mía, adiós, adiós, adiós, y todas las despedidas eran parecidas, pero todas distintas, distintas las mujeres que no podían terminar de leer en voz alta el papel que temblaba entre sus manos, idéntico el hueco que cada nueva carta abría en mi cuerpo agujereado, incapaz de abrigar tantos adioses.

—Pepa... —hasta que llegué a la casa de José Suárez, que nunca volvería a llamarme tortolita, y ni siquiera fui capaz de darle el pésame a su mujer—. Pepa... —sólo abrazarla, refugiarme en el hueco de sus brazos—. Pepa...

—Manolita —ella estaba más serena que yo—. Gracias —tanto, que cogió mi cabeza entre sus manos para mirarme a los ojos—. Por todo.

—Pepa... Lo siento, lo siento, lo siento...

Allí, con los ojos hinchados, Martina hacía la misma cuenta a la que me había entregado yo toda la tarde, contando una por una las diecisiete noches que el marido de Pepa había sobrevivido a su último abrazo, los diecisiete días que habían pasado desde el 16 de junio, cuando mi segunda boda con Silverio no se celebró. Por eso, después de abrazar a la viuda, la abracé a ella.

—Menos mal que las dejamos pasar... —murmuró en mi oído, mientras me devolvía el abrazo—. Es que sólo de pensar que hubiéramos entrado nosotras, me pongo mala, en serio... ¿Habéis ido a ver a Juani?

—No. Vamos ahora.

—Voy con vosotras.

Aquella fue la última estación de nuestro vía crucis, el último jalón de la amarga y amorosa penitencia que mi padre, el de Rita, nos habían dejado en herencia después de morir como presos de Porlier.

—Tú te llamas Alexis —y para ponérnoslo más difícil todavía, aquel niño se nos quedó mirando con los ojos del suyo, azules, transparentes como dos gotas de agua limpia—. ¿A que sí?

Tenía tres años y no entendía lo que pasaba en su casa aquella tarde. Por eso vino corriendo a nuestro encuentro, comprobó que no éramos más que otras tres desconocidas y retrocedió hasta quedarse apoyado en la pared.

—¿Quieres caramelos, Alexis? —mientras nos estudiaba con los hombros encogidos, los ojos entornados en una curiosidad recelosa, Rita avanzó hacia él—. Toma, para ti.

El niño se acercó, los miró, giró la cabeza para consultar a su madre, y al seguir su mirada, vi a Juani, derrumbada sobre una silla.

—¡Qué suerte tenemos contigo, Manolita! —asintió con la cabeza para que su hijo limpiara la mano de Rita en un instante, y sonrió—. Siempre llegas a tiempo de traernos algún dulce.

Salvé en unas pocas zancadas la distancia que nos separaba, me dejé caer en el suelo, apoyé la cabeza en su regazo y sollocé con más energía que la mujer que me acarició la cabeza, abrió los brazos, acogió a Rita y a Martina entre ellos, y fue la más fuerte de todas.

—He tenido mucha suerte —dijo para nosotras y para sí misma—. Le he querido mucho, y él me ha querido mucho a mí.

Aquella mañana habían matado a su marido, al que había amado tanto, que la había amado tanto. Unos hombres armados habían ido a buscarle, le habían sacado de la celda con las manos atadas, le habían obligado a subir a un camión a punta de pistola, le habían dado la oportunidad de escuchar un motor, de sentir el viento en la cara, de mirar su ciudad por última vez, y no se habían dado cuenta de que se iba moviendo para tapar a sus compañeros mientras tiraban a la calle unos pequeños rollos de papel, las últimas cartas que sus carceleros se habían negado a echar al correo después de que no hubieran querido darles la satisfacción de confesarse. Mientras tanto, desde una esquina, una mujer veía pasar los camiones sin llamar la atención, esperando la ocasión de salir de su escondite para recoger los papeles del suelo y buscar la manera de hacerlos llegar a sus destinatarios. Ese postrero acto de amor, de solidaridad de una desconocida, acompañaba al marido de Juani cuando bajó del camión para dirigirse por su propio pie hasta una tapia de ladrillo rojo, barro cocido, acribillado de huecos pequeños y redondos como cicatrices de viruela, los agujeros de las balas que se habían incrustado en el muro después de acabar con la vida de muchos otros hombres, de muchas mujeres. Allí, en el último escenario de su vida, habría mirado a sus compañeros, los habría recordado tal y como eran cuando los conoció, se habría fijado quizás, por última vez, en los detalles que los hacían únicos, la estatura, el perfil, la expresión, el color de los ojos, la forma de la cabeza, un lunar, un remolino en el pelo, antes de despedirse de ellos con gestos o con palabras. Habría sostenido después la mirada de sus asesinos, se habría fijado quizás en otros detalles, un uniforme flamante, un pantalón arrugado, la forma de un bigote, otro lunar, otro remolino, el temblor de unos brazos que sostenían un fusil. Y después el final, el instante en el que había acabado todo, carguen, apunten, fuego, y trece cuerpos desplomándose a la vez en la tierra del cementerio del Este, veintiséis ojos cerrados para siempre, veintiséis brazos y piernas inmóviles, trece gargantas mudas y todavía calientes en la temperatura de sus últimos gritos, vivas a la República que volvía a morir cada mañana en las voces de sus hijos.

Eso era lo que había pasado y era insoportable. No se podía pensar, no se podía creer, no se podía aceptar y seguir viviendo como si tal cosa, pero no nos quedaba más remedio que hacerlo, teníamos que seguir viviendo, levantarnos con el amanecer como si la víspera no hubiera pasado nada, y Juani lo sabía porque llevaba mucho tiempo esperando a que amaneciera el día siguiente. Sus palabras obraron el prodigio de equilibrar la temperatura de mi cuerpo, de deshacer el hielo que congelaba el centro de mis huesos para devolverme al bochorno de la noche que la breve memoria de su amor había rematado con un epitafio hermoso, cruel. Después nos abrazó, nos besó en las mejillas y nos mandó a dormir con un argumento que no admitía discusiones.

—Os agradezco muchísimo que hayáis venido, pero tenéis que marcharos ya —aquella despedida nos acompañaría hasta la calle como una bendición—. Es muy tarde, y mañana todas tenemos que madrugar.

Apretamos el paso para llegar al metro antes de que lo cerraran, y ninguna dijo nada hasta que me arranqué yo, en un vagón medio vacío.

—¿Vas a ir mañana a Porlier, Martina? —sabía que iba a decirme que sí—. Apúntame para el libro del domingo, ¿quieres?

—Claro, pero tú... El domingo trabajas, ¿no?

—Ya, pero ese día hay dos turnos y el segundo empieza a las cuatro y media. Si consigo escaparme un poco antes... —me paré a calcular las posibilidades de que eso sucediera y negué con la cabeza—. Y si no, da igual. Aunque sólo pueda quedarme diez minutos, quiero verle.

En cada una de las casas donde había estado, en cada una de las palabras que había pronunciado, mientras sentía que mi pecho encogía al mismo ritmo en que crecía mi corazón, oprimiendo mis pulmones para ahogarme un poco más en cada bocanada del aire que respiraba, había pensado en Silverio, más preso, más aislado que nunca en la asfixiante muchedumbre de Porlier, doblemente condenado a celebrar un duelo solitario y sin abrazos, a masticar una tristeza que apenas podría compartir con otros hombres tan solos, tan abandonados como él a su soledad. Mientras abrazaba a todas esas mujeres que no volverían a acompañarme en la cola de la cárcel, había ido tachando otros tantos cuerpos que ya no encontraría detrás de la alambrada. Y no quería volver a ver a Silverio entre tanto hueco. Antes necesitaba compartir mi duelo con él.

Sabía que el lunes los echaría de menos, porque todos los lunes los había visto allí, escoltándole como un coro zumbón y risueño, tan dispuestos a disfrutar de nuestro noviazgo como las mujeres que celebraban en la calle lo deprisa que me estaba espabilando. A veces, mientras escuchaba sus bromas, sus chistes, me parecía mentira que me miraran desde detrás de una reja, que otra muralla de alambre separara mis ojos de los suyos, que no estuviéramos todos en una esquina de la Gran Vía a las seis de la mañana, paladeando la despedida de una noche de juerga. A veces, mientras veía cómo miraban a su camarada, con esa tierna nostalgia que los enamoramientos ajenos despiertan en la memoria de quienes los han probado alguna vez, me costaba trabajo aceptar que conocieran la verdadera naturaleza de aquel amor ficticio, la amorosa impostura que contribuía a interrumpir la monotonía de los días que cada amanecer restaba a su calendario. A veces, mientras el sonrojo no me impedía reírme con ellos, se me olvidaba que su vida era más horrible que la mía, más horrible que la de Silverio, demasiado horrible para no ceder a la tentación de creer que el calor, la ilusión y el futuro seguirían existiendo sin ellos. El lunes iba a echar de menos también eso, su ausencia iba a dolerme tanto que el domingo mentí en el trabajo, me inventé que tenía a los mellizos en la cama con fiebre, que la vecina que me los cuidaba no podía esperar. Así conseguí que mi jefa me regalara un cuarto de hora para correr, y lo demás, abrirme paso entre la muchedumbre de mujeres de pueblo que aprovechaban los domingos para visitar a sus presos, fue fácil. Pero aunque el destino hubiera hecho de mí una experta del lugar más odioso de Madrid, ninguna experiencia me había preparado para soportar lo que me esperaba.

—Manolita... —para sonreír a un chico que había envejecido una década en dos o tres días—. Qué bien que seas tú.

—¿Y quién más podría ser? Tenía ganas de verte después... —ni siquiera pude acabar la frase—. ¿Cómo estás?

—Pues... —él tampoco logró acabar la suya.

Se limitó a hacer un gesto ambiguo con los labios pero su silencio habló, y lo hizo tan bien, tan claro, que mientras le miraba no percibí ninguna ausencia. No conocía ni siquiera de vista a los hombres que le rodeaban, pero sentí a su alrededor trece presencias remotas y próximas, familiares y ajenas, equitativamente amables y terribles. Sus viejos camaradas ya no estaban con él, pero sus muertes le hacían compañía. La muerte había ocupado el lugar de sus víctimas para asediarle, para codiciarle, para atormentarle con doce recuerdos y un presentimiento. Y la muerte de José no sabía decir ¡ohhh, mira a los tortolitos!, la muerte de Pedrito no se ofrecía a sustituirle si se echaba para atrás, la muerte de Guillermo no sabía silbar, la muerte de Rai no se reía, la muerte de Godo no empujaba sus gafas sobre su nariz, la muerte de Mingo no estaba más guapa al sonreír, la muerte de Eugenio no tenía los ojos azules, la muerte de Manolo no hablaba con acento de Jaén, parecido pero distinto al de la muerte de Daniel, que era de Cádiz, pero todas estaban allí, con él, conmigo, con la muerte de Eladio, que no arrastraba las palabras al hablar, con la de Fede, que no había conocido a mi padre siendo oficial de la Guardia de Asalto, con la de Germán, que no hablaba todo el tiempo de sus hijos, con la de Fernando, dos veces madrileña en veintinueve años. Podía respirar sus muertes en el aire del pasillo que nos separaba. Podía ver su sombra como un halo siniestro sobre el prematuro cadáver de Silverio. Podía escucharla, podía olerla, podía tocarla, pero no podía nada contra la muerte.

Empujé la verja como si pretendiera derribarla, agradecí el dolor que las intersecciones del alambre provocaron en las uniones de mis dedos, miré a Silverio y él agachó la barbilla, dejó de mirarme. Durante un instante sólo vi su pelo castaño, sus piernas abiertas, las garras de sus manos sujetándose en la alambrada. Después, su tronco empezó a agitarse, a moverse arriba y abajo siguiendo el ritmo que marcaba su cabeza, y me asusté. No supe interpretar lo que estaba viendo. Cuando lo conseguí, dejé de verle bien.

—Perdóname —después de un rato volvió a mirarme, y fue él quien se asustó—. Lo siento mucho, Manolita, perdóname... Desde que los sacaron de la celda no había podido llorar, no he soltado ni una lágrima, te lo juro. Y ahora que estás tú aquí, con lo que me alegro siempre de verte...

—No —le llevé la contraria con una voz pastosa, tan gutural como la que acababa de oír—. Yo sí que soy imbécil. Vengo aquí, y en lugar de animarte...

—No, por favor —se limpió la cara con las manos y fue

como si se llevara en los dedos, junto con los restos de sus lágrimas, los años de más con los que le había encontrado aquella tarde—. Tú no dejes de venir a verme.

—Claro que no —el timbre marcó el final de la visita—. Mañana vuelvo.

Cuando salí a la calle, no me hizo falta averiguar cuál de las dos Manolitas se había agarrado a la alambrada del locutorio, cuál de nosotras dos se había echado a llorar para acompañar a Silverio, cuál estaba más satisfecha de haber pagado una peseta aquella tarde. No me paré a hacerme esa clase de preguntas porque mientras caminaba hacia el metro sentí una misteriosa presión sobre los hombros, una gravedad de la que carecían en el camino de ida. Ya no sabía ponerle un nombre a lo que había entre Silverio y yo, pero me di cuenta de que, a partir de aquella tarde, fuéramos lo que fuéramos, nunca volveríamos a ser dos, nunca más él y yo. Aquella tarde, la muerte se había instalado entre nosotros y ya no nos abandonaría. A partir del día siguiente, en el locutorio de Porlier siempre seríamos tres, Silverio, su muerte y yo, pero los dos teníamos que seguir viviendo, no nos quedaba más remedio que vivir, levantarnos a la mañana siguiente como si tal cosa, y eso hicimos.

Nunca dejamos de dolernos por los ausentes, pero el verano fue largo, cálido y tranquilo. Las ejecuciones no cesaron, pero tampoco volvieron a tocarnos tan de cerca, y un día pudimos volver a hablar de ellos, recordar palabras, bromas, gestos. Silverio empezó a decir ¡ohhh! cada vez que me daba las gracias por un paquete, yo le respondía de la misma manera, ¡ohhh!, cuando me decía que estaba muy guapa, y a su alrededor, otros hombres sonreían al mirarnos. Con él y con Tasio estaban ahora Manolo Prieto, al que le habían caído treinta años en la misma sentencia que condenó a muerte a los fusilados de julio, un chaval de Legazpi que se llamaba Jesús, y Boni, que tenía pocas visitas porque era de Pontevedra. Para todos ellos, yo siempre fui la novia de Silverio. La de Jesús, que se llamaba Conchita y era de un pueblo de Ávila, menuda, pero muy dispuesta, me lo confirmó una mañana de agosto.

—Tu novio está un poco pachucho —se colgó de mi brazo cuando ya estábamos en el pasillo—. Igual no puede bajar pero no te asustes, vómitos y diarrea, lo de siempre, creo que ni siquiera le han llevado a la enfermería...

Las magdalenas habían salido del horno deformadas, con unos bultos que parecían grumos y eran sólo burbujas de aire, pero tan feas que Meli no se animó a ponerlas a la venta. Ha sido la levadura, sentenció Juanita, o mejor dicho, esos polvos que a saber qué serían... Sabían bien, de todas formas. Sabían tan bien que sólo me comí los restos que dejaron los mellizos y empaqueté las demás para llevarlas a Porlier. Y cuando Conchita me pidió que no me asustara, me asusté tanto que ni siquiera me acordé de que mis hermanos se habían levantado sanos como dos manzanas.

—¡Silverio! —así le encontré también a él—. ¿Pero tú no estabas malo?

—Ayer —volvió a sonreír—. Ayer me puse a parir, pero hoy estoy bien. Me comí tus magdalenas demasiado deprisa, ¿sabes? Daniel, que era médico, siempre decía que nuestro aparato digestivo ya no tolera grandes dosis de ningún alimento, por bueno que sea, y el pobre tenía razón. Hoy me he comido muy despacito la que me quedaba y me ha sentado de puta madre...

Aparte del hambre y sus consecuencias, el tema de conversación más popular dentro y fuera de la cárcel, intercambiábamos pequeñas noticias. Él me contaba que Boni estaba muy contento porque le había escrito su novia, que parecía que las pepas habían aflojado últimamente en las Salesas, que al marido de Teodora lo habían trasladado al Dueso, que la Minerva del taller penitenciario se había vuelto a estropear... Yo le contaba que la maestra seguía quejándose de que Juanito era un trasto, que había recibido carta de Bilbao, que el domingo anterior, el señor Felipe había subido el precio de Don Nicanor tocando el tambor y lo había vuelto a bajar al ver que no vendía ni uno, que había estado a punto de traerle un buen pedazo de unos bizcochos que se habían hundido en el horno, pero que al final, la tonta de Aurelia había sugerido que los desmenuzáramos para hacer borrachos... Nos conocíamos tan poco que si nos hubiéramos encontrado en otro lugar, aquellas conversaciones nos habrían matado de aburrimiento, pero en Porlier todo era distinto y yo me divertí, los dos nos divertimos tanto durante los lunes de aquel verano, que septiembre llegó sin que nos diéramos cuenta.

—Que dice tu hermano que dónde te metes.

El día 2, martes, al volver del trabajo, me encontré a la Palmera en el portal. Hacía algún tiempo que no le veía. Desde que las vacaciones del cura de la cárcel paralizaron las bodas, iba al tablao sólo de vez en cuando, porque necesitaba el poco dinero que podía ahorrar para hacer paquetes y apuntarme al libro. La hermana de Margarita no me perdonaba un céntimo de lo que costaban las visitas nocturnas, y creía que mi hermano lo sabía. Por eso, aunque me alegré mucho de ver a su amigo, no entendí lo que me dijo.

—Pues... Aquí estoy, ¿no me ves?

—Mujer, me refiero a que ya estamos en septiembre —hizo una pausa, como si pretendiera animarme a terminar su razonamiento, pero yo asentí con la cabeza y no fui más allá—. No sé si te acuerdas de que te casas el día 15.

—Claro que me acuerdo.

—Pues eso, que deberías volver a ir a la cárcel, ¿no? Dejarte ver por allí, dedicarte a hablar de ese chico con las demás, en fin, esas cosas, porque...

Cuando hizo esa pausa, sonreí. No quería, pero tampoco conseguí que mis labios obedecieran, ni apagar el incendio que se hizo fuerte en mis mejillas.

—Has seguido yendo a Porlier, ¿verdad?

Habría preferido no darle la razón tan deprisa, pero la insubordinación de mis labios culminó en una risa tonta que no logré ocultar bajando la cabeza.

—¡Has ido todos los lunes, como si lo viera! —y la risa tonta regresó, más risa, más tonta todavía mientras mis ojos estudiaban mis zapatos como si no los conocieran—. Todos, sin faltar uno, y no has dicho ni mu... ¡Si serás perra!

Antes de levantar la barbilla oí un ritmo singular, el armónico redoble de dos pares de dedos que entrechocaban sus yemas para producir música. Enseguida, como si los pitos no fueran suficientes, el redoble de unos tacones terminó de convertir el cuerpo de la Palmera en un definitivo instrumento de percusión, destinado a acompañar el improvisado canturreo de su voz fea, pero bien entonada.

—¡Lo sabía, lo sabía, lo sabía! —y remató su letanía con una palmada—. ¡Te lo dije, te lo dije, te lo dije! ¡Ay, madre mía, ay, madre mía, qué rabia me da, llevar siempre razón!

—Estate quieto, Palmera, por favor —inmovilicé sus brazos con los míos mientras me reía a carcajadas—. Por favor...

Él se dejó sujetar y me miró sin disimular que estaba muy contento.

—Así que, al final, te gusta y todo —concluyó.

—Bueno, verás, no es exactamente así.

—No poco —volví a reírme, pero negué con la cabeza al mismo tiempo.

—Que no, Palmera, de verdad, es que... —me detuve a buscar unas palabras que no iba a encontrar—. No sé, no puedo explicarlo. En realidad, creo que no me gusta, y sin embargo... Lo que me pasa es muy complicado.

—Siempre es muy complicado, preciosa.

Su mirada, sin dejar de ser risueña, adquirió una luz distinta, casi paternal mientras me abrazaba. Sin embargo, cuando volví a mirarle me di cuenta de que todo estaba a punto de cambiar otra vez.

—Tengo que acordarme de pedirle a las chicas algo de ropa interior —hasta ahí llegó la misteriosa solemnidad de aquel abrazo—. ¿De qué color la quieres?

—Ni se te ocurra —me asusté tanto que ni se me ocurrió que pudiera estar tomándome el pelo—. Te lo digo en serio, Palmera, no pienso ponérmela.

—Ya veremos...

El día de la boda, cuando vino a peinarme, descubrí que lo de la ropa interior era una broma, pero todo lo demás iba en serio. Tanto, que la gravedad del asunto me impedía conciliar el sueño por las noches, aunque hasta mi insomnio era complicado, difícil de explicar. Cuando cerraba los ojos, veía al funcionario de los ojos amarillos, las cucarachas trepando por las paredes, Silverio tartamudeando con los brazos sobre la cabeza, y la memoria de nuestro primer encuentro se contagiaba del color, la temperatura de las pesadillas. Pero antes o después también recordaba su lengua dentro de mi boca, y si lograba aislarla de todo lo demás, aquel apéndice grueso y húmedo, caliente, desagradable, me calmaba como una droga interior y benéfica, capaz de deslizarme en un sueño tan profundo que, al despertar, me acordaba de todo menos de las multicopistas.

—Déjame ver el plano —el domingo por la tarde, Rita vino a verme y me di cuenta de que hasta ella las tenía más presentes que yo—. Si se ha estropeado, tendré que hacerte uno nuevo.

La guié hasta mi cuarto, abrí el armario, aparté las perchas y dejé a la vista una pila de libros colocados en una esquina. Los fui levantando con cuidado, *Trafalgar*, *La corte de Carlos IV*, *El 19 de marzo y el 2 de mayo*, *Bailén*, *Napoleón en Chamartín*, *Zaragoza*, *Gerona*, *Cádiz* y, por último, *Juan Martín el Empecinado*. Debajo estaba *La batalla de los Arapiles*, y en su interior, muy estirado, el plano que me había sacado del moño dos meses antes.

—¡Ah, no, pues está muy bien! —lo acercó a la ventana, lo miró al trasluz y aprobó el trabajo de don Benito con un gesto de admiración—. Perfecto. ¿Quieres que te lo doble otra vez?

Cuando repasó con los dedos el último pliegue, levantó en el aire un fuelle tan delgado, tan regular como el primero, y me miró.

—Bueno, y lo demás... —su rostro se transformó en el de una niña gamberra en el instante decisivo de una travesura—. Ya me lo contarás.

—¡Pero qué demás ni qué demás! —protesté, moviendo las manos en el aire como si pudiera desbaratar a la vez sus sospechas y mi confusión—. ¡Otra, igual que la Palmera! Yo no sé qué mosca os ha picado, la verdad...

Pero lo sabía, por supuesto que lo sabía, porque sólo de pensarlo sentía que me picaba todo el cuerpo, como si un millón de hormigas invisibles se lo repartieran sin dejar un hueco libre. Dedicaba cada instante a calcular qué sucedería cuando Silverio y yo pudiéramos volver a tocarnos, cómo reaccionaría él, como reaccionaría yo, y la hipótesis que debería haberme tranquilizado más, que se comportara de acuerdo con el verdadero objetivo de nuestro encuentro, era la que menos me gustaba. Entonces decidía que eso no podía pasar, que era imposible, y volvía a pensar, a analizar cada movimiento como un jugador de ajedrez que se jugara la vida en su próxima partida. Pero yo no sabía jugar al ajedrez. La cárcel no era un tablero, mi vida no era un juego y no controlaba, ni remotamente, mis propios peones.

—Oye, Palmera, que he estado pensando... —él, absorto en su trabajo, ni siquiera levantó la vista para mirarme—. ¿Tiene que ser un moño? —el cepillo se detuvo—. ¿No puedes esconderme el papel en el pelo y dejarme los rizos sueltos por detrás? —y por fin vi sus ojos burlones en el espejo.

—¡Ay madre mía, ay, madre mía...!

—Que no, que si te vas a poner a bailar otra vez, lo dejamos.

Tardó casi una hora, pero al final logró esconder el plano en una especie de diadema trasera de pelo que sujetó con un arsenal de horquillas, sin llegar a recogerme los rizos. Cuando volví a mirarme en el espejo, a solas, me encontré muy guapa y muy culpable. Tenía miedo de que mi arrebato de coquetería lo echara todo a perder, pero fui comprobando las horquillas con los dedos cada dos por tres y a las cuatro y media, cuando me reuní con Martina en la esquina de Torrijos con Padilla, ninguna se había movido de su sitio.

—Te sienta muy bien ese peinado, Manolita —dijo en voz alta, e inmediatamente después bajó la voz—, pero no te lo toques tanto, anda...

Tenía razón, pero su advertencia no me asustó. Estaba tan nerviosa, tan excitada y confundida a la vez por lo que podría pasar cuando volviera a encontrarme a solas con Silverio, que el registro, los funcionarios, el plano, la ruina que se abatiría sobre mí si alguien que no fuera él lo encontraba en mi cabeza, me inquietaban mucho menos que mi lengua, que la suya.

Sólo pensaba en eso cuando me enfrenté a una pareja de funcionarios a los que conocía de vista. El mayor tenía el pelo blanco, pinta de abuelito y muy mala leche, pero se marchó enseguida con el botín. El otro, unos treinta años, alto, delgado, con la cara muy chupada y una expresión espiritual, responsable de que en la cola le llamáramos el Seminarista, decidió empezar por mí.

Abrí los brazos, separé las piernas y pensé en lombrices, cientos, miles, millones de lombrices gordas y ciegas embutidas en su culo, mientras descubría a qué se refería Martina cuando hablaba de los que metían mano. Este debía de ser el campeón, porque después de palparme con mucho detenimiento por encima, metió los dedos por debajo de mi ropa y me acarició los muslos por delante, por detrás, por los lados, para deslizar después las yemas bajo las gomas de las bragas, las copas del sostén, y recorrer mi cintura, mis caderas, lentamente, sin levantar la cabeza. No me miraba, pero oí cómo iba alterándose el ritmo de su respiración, inspiraciones atropelladas que desembocaron en un jadeo que no se molestó en disimular. Yo seguía imaginando el tamaño de sus lombrices y, de vez en cuando, giraba la cabeza para sonreír a Martina y comprobar que ella también sonreía.

Hasta que el funcionario, tan serio, tan concentrado como siempre, se puso de pie. Creía que ya no le quedaba ningún rincón de mi cuerpo por tocar, pero metió las manos por debajo de mi blusa para seguir con los dedos los surcos que los tirantes del sostén habían impreso en mis hombros, y después siguió adelante para juntar sus dos manos en mi nuca. Sentí un escalofrío al pensar en lo cerca que sus manos estaban del plano, y él lo notó.

—¿Qué pasa? —entonces me habló, me miró a los ojos por primera vez, y al desviar la mirada, comprobé que los de Martina estaban cerrados, como si no quisiera ver lo que iba a pasar a continuación—. ¿Esto te gusta?

—No —tampoco me convenía parecer antipática—. Es que no lo esperaba.

Sus dedos bajaron hasta mis omóplatos, me amasaron un poco más la espalda y, por fin, se dieron por satisfechos. Su propietario me miró, esperó unos segundos, se fue hacia mi compañera y malinterpretó el suspiro con el que ella le recibió.

—Vamos, menos melindres que tú eres veterana...

Cuando terminó con ella y nos quedamos solas en el pasillo, a ninguna de las dos se nos había pasado el susto, pero el registro había sido tan exhaustivo que apenas tuvimos tiempo de abrazarnos antes de que se abriera la puerta del fondo. Me acordé de Juani, de Petra, pero las dos mujeres que nos dieron el relevo no venían de encontrarse con dos condenados a muerte y salieron andando por su propio pie, Asun muy pálida, con la mirada perdida, su hermana Julita más animosa y con una sonrisa en los labios.

—¡Suerte, chicas! —nos deseó al pasar por nuestro lado.

Hasta aquel momento, sabía que estaba muy nerviosa pero mucho menos segura de las razones de mi nerviosismo. Cuando vi a Silverio esperándome de pie, en la esquina situada justo debajo del ventanuco, lo comprendí todo y que aquello no iba a ser nada fácil.

Estaba tan limpio como la primera vez, su ropa un poco más gastada, pero todo lo demás era distinto. Tasio, que había tenido cuatro meses para enterarse de todo, se llevó a Martina a la esquina opuesta y ya no pude rescatar ni una sola palabra del sordo murmullo de sus labios, las bocas que se devoraron entre sí con una nueva y sigilosa cautela antes de que mis pies acertaran a ponerse en marcha. Avanzaron un paso, dos, tres, tropezaron con los pies de Silverio, y ninguno de los dos supo qué hacer después. Estábamos muy cerca, muy quietos, esperando a que pasara algo, y de repente me acordé de las multicopistas. Ahora tendría que decirle que tengo el plano metido en el pelo... Pero él me miraba con una intensidad confusa, desconcertante, donde la emoción y el nerviosismo, el recelo y el miedo a hacer el ridículo, se mezclaban en unas proporciones familiares, las mismas que contagiaban a mis manos, a mis labios, una rigidez que no sabía combatir. Las multicopistas, recordé de nuevo, pero no quería hablar de eso, y durante un minuto interminable le escuché respirar, me escuché respirar, los dos seguimos mirándonos, él no dijo nada, yo tampoco. Eso fue todo hasta que distinguí una sombra en movimiento, la cucaracha que escogió aquel momento para trepar por la pared justo detrás de su cabeza. Gracias a ella pude volver a pensar, y pensé en lombrices, en unos ojos tan amarillos como los dientes de un funcionario, en los dedos de otro trepando por debajo de mi ropa, en las manos de Jero el tonto tocándome las tetas desde que decidió que verlas ya no valía un pistolín. Esa era toda mi experiencia con los hombres, y era tan triste que cogí las manos de Silverio, las apreté un momento entre las mías, las solté para deslizar mis brazos alrededor de su cintura y le abracé, me pegué a él como si quisiera confundir su cuerpo con el mío, crear un monstruo de dos cabezas, fuerte, poderoso, capaz de expulsar de mi memoria los ojos de reptil de un chico tonto, otros sucios, amarillentos, el discreto jadeo del Seminarista. Así debuté en una armonía desconocida que se hizo más dulce, más profunda, mientras él recorría mi espalda con las manos, mientras me apretaba contra sí para que la fusión fuera completa, y mi cara se unió con su cara, su mano derecha se posó con delicadeza en mi sien izquierda, y en las yemas de sus dedos la cárcel se derrumbó, desapareció, saltó por los aires en un millón de serpentinas de colores, hasta que sentí su aliento en mi oreja y un bulto creciendo a toda velocidad contra mi vientre. Aún se estaba moviendo cuando me soltó como si mi cuerpo le quemara, para que aquel instante de paz nos precipitara en un nerviosismo mucho más intenso.

—Bu-bu-bu... —cerró los ojos, cerró los puños, pegó un pisotón en el suelo—. ¡Coño!

—En el pelo.

Le di la espalda, señalé el rollo donde la Palmera había escondido el plano y pude ver a Tasio empujando a Martina contra la pared, la doble mancha blanca y alargada de las piernas desnudas que ella había cruzado alrededor de la cintura de su novio, la frecuencia de las acometidas que sacudían al mismo

384

ritmo su cuerpo y su cabeza, pero aquella escena ya no me asustó, no me sorprendió el equilibrio de la mujer en vilo, no hallé en el hombre que la penetraba ni rastro de la brutalidad, la violencia de la primera vez.

—Está aquí dentro —y no veía lo que estaba ocurriendo debajo de sus ropas, pero tampoco me pareció desagradable mirarlos—. Tienes que quitarme las horquillas con cuidado. Así... Muy bien...

Cuando me di cuenta de que acababa de decir las mismas palabras que Martina susurraba en aquel momento, me puse colorada y me callé.

—¿Pu-pu-puedo qued-dármelas?

No entendí su pregunta hasta que me volví para ver su mano derecha abierta, llena de horquillas, el plano doblado en la otra.

— Pues... No son mías, pero supongo que sí. Lo que no sé es para que las quieres.

—Las ho-orquillas siempre vienen bien.

Se apartó de mí para estirar el fuelle de papel y mirarlo a la pobre luz de la ventana, y volví a acercarme a él, a rozar su brazo con mi brazo.

—Está muy bien —en el instante en que los dibujos de Rita acapararon su atención, dejó de tartamudear—. Es un plano estupendo —ni siquiera lo hizo cuando se volvió a mirarme y encontró mi cara tan cerca de la suya que mi nariz casi rozó su barbilla—. Y menos mal, porque nunca he visto una multicopista como esta.

Le dio la vuelta al papel y frunció las cejas para contemplar el reverso, como si sus imágenes le parecieran más extrañas todavía.

—A ver... —volvió a mirarme—. Cu-uéntame cómo son las máquinas, a qué se parecen, de qué material es cada pieza... Todo lo que recuerdes.

En aquel cuarto no había más luz que la que dejaba pasar la mugre del ventanuco, y aunque no hubiera querido, habría tenido que pegarme a él para aprovecharla. Mientras procuraba hacer un relato claro y ordenado del artefacto que había visto en la tintorería, nuestras cabezas de nuevo muy juntas, mi dedo índice recorriendo el plano, me di cuenta de que él movía su brazo derecho, e inmediatamente después me encontré con su mano encima del hombro. La dejó quieta un instante, como si me pidiera permiso, y yo respondí apoyándome en él sin dejar de hablar.

—No sé si te lo estoy explicando bien —su mano descendió un poco más.

—Sí —hasta que su brazo se apoyó sobre mis hombros—. Sigue...

—¿Por dónde iba? —entonces avancé mi mano izquierda hacia él—. ¡Ah, sí! El quinto rodillo no es de goma, o sea, no está recubierto por una goma, como los otros cuatro.

—¿No? —rodeé su cintura con mi brazo y él lo aprobó pegando su pierna a la mía—. ¿Es de metal?

—Sí —un instante después, cuando ya estábamos definitivamente enlazados, unos nudillos repiquetearon en la puerta.

—¡Cinco minutos!

—¿Cinco minutos? —no puede ser, me dije a mí misma, no podemos llevar aquí casi una hora, es imposible, imposible que sólo me queden cinco minutos...

Pero cuando miré hacia Silverio, ya no vi su cabeza. Me había soltado para agacharse y meterse el plano en una bota. Y ya no son cinco minutos, pensé mientras se levantaba, serán solamente cuatro y medio, cuatro incluso...

Sin pensar en lo que hacía, le empujé con suavidad para apoyarle en la pared y volví a abrazarle. Mi cuerpo decidió pegarse al suyo, mis brazos se elevaron hasta sus hombros, mis manos rodearon su cuello, pero fui yo quien le besé. Mi lengua entró en su boca, su lengua entró en la mía, y durante un instante, no existió nada más a nuestro alrededor, y no había existido nada antes, y no existiría nada después, sólo su boca, mi boca, aquel misterio sin principio ni final que conmovió al mundo de norte a sur, de este a oeste, y de dentro afuera, porque el universo entero cabía en mi boca, en su boca, en aquel beso que me estaba enseñando que yo era grande, que era única, una mujer afortunada, poderosa, dueña de una plenitud desconocida de la que apenas llegué a gozar, porque no podía haber pasado ni siquiera medio minuto, ni siquiera veinte segundos, cuando oí el cerrojo de la puerta.

—¡Venga! —para que la áspera voz de un funcionario me llevara la contraria—. Es la hora.

Sí, hombre, pensé, ni hablar, y agarré a Silverio todavía más fuerte, hundí mis dedos en su espalda como si pudiera perforarle, dejarle las yemas dentro, quedarme clavada para siempre en él, y escuché pasos, un quejido susurrado en la voz de Martina, pero no me moví, no le solté, no saqué mi lengua de su boca.

—Aguado, ya está bien —no hasta que aquel hombre me demostró quién era el más fuerte de los dos—. Como no vengas aquí ahora mismo, te pongo en la lista negra y no vuelves a casarte, así que tú verás.

Los brazos de Silverio me abandonaron, me abandonó su lengua y, como si quisiera compensarme por su deserción, su mano izquierda resbaló por mi cabeza para acariciarme la cara. La atrapé en el último momento y fui tras él, cogida de su mano, hasta la puerta. En el umbral, ninguno de los dos dijo nada. Él me miró, cerró los ojos, volvió a abrirlos, sonrió, y mientras el último de sus dedos se desprendía del último de los míos, sentí que se me estaba partiendo el corazón.

—No llores, mujer...

—¿Pero cómo no voy a llorar, Martina, cómo no voy a llorar?

Antes de que volviera a revivir aquel beso una y otra vez, antes de que aprendiera a contarlo y recontarlo con el mismo deleite con el que un viejo usurero cuenta y recuenta sus monedas, cada minuto que había perdido, cada duda, cada torpeza, cada vacilación se clavó en mi memoria como una espina larga y afilada, dolorosa, honda. Y aquella noche, cuando fui al tablao, Toñito se asustó tanto como si las estuviera viendo alrededor de mi cabeza.

—¿Qué ha pasado? —se levantó de un brinco y vino hacia mí—. ¡No me digas que se ha vuelto a joder!

—No —pero apenas logré oír mi propia voz—. Ha salido todo bien.

Le estaba diciendo la verdad. Todo había salido bien porque nada podría haber sido de otra manera, y sin embargo, aquella noche yo no podía pensar, sentir nada que no fuera mi propia insatisfacción, el sofocante torbellino de una ansiedad que me estaba robando el aliento.

—¿Entonces? —pero no tenía ganas de hablar de eso con mi hermano—. Pareces una muerta en vida, Manolita.

Una muerta en vida, recordé, igual que aquellas mujeres tan pálidas que me asustaban cuando las veía salir del locutorio, moviéndose como si alguien tirara de unos hilos sujetos a sus muñecas, a sus tobillos, para determinar a placer sus movimientos. Acababa de descubrir que era eso lo que sucedía, pero también que todas esas marionetas a las que yo compadecí, tenían más motivos para apiadarse de mí que yo para derramar mi piedad sobre ellas. Ahora, los míos también eran motivos para vivir, para probar otras muertes dulces y amargas, amargas y dulcísimas como la que me había partido por la mitad aquella tarde. Sólo habían pasado unas horas desde entonces, pero en ese plazo yo había muerto, había nacido, había recibido una herida mortal y mi muerte en vida era mía, sólo mía. No quería compartirla con nadie, así que carraspeé, me arreglé la ropa y dejé de decir la verdad.

—¿Sí? No sé, es que estoy muy cansada.

Informé a mi hermano de que Silverio ya tenía el plano, de que le había parecido muy bueno, de que me había hecho unas cuantas preguntas, de que había despejado casi todas sus dudas.

—¿Y cómo habéis quedado?

—Pues... —el caso era que no había pensado en eso—. Ha dicho que tiene que estudiarlo, claro, que ya me dirá algo... Iré a verle a la cárcel, todos los lunes, y supongo que... —deslicé aquella hipótesis con mucha cautela, como si no tuviera ningún interés en que algún día dejara de serlo—. Supongo que tendremos que casarnos otra vez.

—¿Sí? ¡Joder! Pues nos van a salir baratas, las putas multicopistas...

La Palmera me miró, sonrió para mí, para sí mismo, y comprendí que a él no le había engañado.

—Te acompaño abajo.

Me precedió en silencio hasta la puerta de artistas para recostarse sobre la hoja de metal. Después cruzó los brazos, me miró y volvió a sonreír..

—No es lo que te piensas, Palmera —me reí y tuve ganas de llorar en la misma fracción de segundo—. Sólo nos hemos besado en la boca, cinco minutos, sólo cinco minutos, al final...

—¿Y te parece poco? —negó con la cabeza, los ojos en blanco—. Mira, preciosa, más de uno lleva media vida enamorado de alguien a quien no va a besar en la boca nunca jamás.

Sus palabras me conmovieron porque las entendí, porque dentro de mí había brotado una nueva inteligencia que acertó a interpretarlas con una exactitud que estaba mucho más allá de las capacidades de la anterior. Nunca había pensado que la pasión de la Palmera por mi hermano fuera una historia de amor como otra cualquiera, ni que los besos en la boca fueran tan importantes para él. Antes de tener tiempo para avergonzarme de mi ignorancia, aquel descubrimiento me permitió avanzar un poco más, aunque él no me dejó llegar muy lejos.

—Pero yo no sé si estoy enamorada.

—Bueno, tú a lo mejor no, pero tu cara sí que lo sabe. Mírate en el espejo cuando llegues a casa, hazme caso...

Le hice caso, y en el espejo aprendí que tenía razón, y algo más. Al recordarme tal y como era la última vez que había entrado en el baño para estudiar el aspecto de mis rizos, aquella misma tarde, comprendí que la lengua de Silverio, aquel apéndice grueso y húmedo, caliente, desagradable, que había acaparado mis pensamientos durante todo el verano, había dejado de ser un misterio para convertirse en un enigma mayor, un gancho atravesado en mi paladar, como un anzuelo que no podía tragar pero tampoco sabía expulsar de mi boca. Había dedicado tantas horas a pensar en su lengua que me parecía mentira que ya no fuera suficiente, y sin embargo, había dejado de serlo. Eso era lo que sentía, y que cinco minutos no bastaban, que nunca bastarían, aunque no era capaz de pasar de ahí.

No sólo no sabía lo que quería, sino que me daba miedo

pensarlo, pero sabía que quería más. Aquella noche descubrí la verdadera naturaleza de la ambición, desear lo que se teme, temer lo que desea, y desear más, temer más, siempre más, como un hambriento que nunca quisiera encontrar un alimento capaz de saciar su hambre. Era muy raro, era terrible, incluso terrorífico, pero eso era exactamente lo que me pasaba, lo que me pasó hasta que caí dormida de puro agotamiento, sin haber encontrado una salida que me permitiera escapar del laberinto por el que arrastraba los risueños grilletes de una placentera contradicción.

Al día siguiente, contra todos mis pronósticos, me desperté de muy buen humor. A la luz del sol, Silverio caminó a mi lado, su brazo sobre mis hombros, nuestras cabezas tan juntas como si cada minuto pudiera multiplicarse por cinco para proyectarse en un futuro infinito. Aquella euforia, tan incomprensible como la angustia que la había precedido, atravesó toda la semana para acompañarme a Porlier, y le miró con mis ojos a través de la alambrada.

—Hola —él me saludó primero.

—Hola —le respondí.

Me quedé atascada en esas dos sílabas pero ya no me importó, ni siquiera me puse nerviosa. El silencio me hizo compañía mientras me fijaba en la forma de sus manos, en la longitud de sus dedos, de sus brazos, en el desorden de su pelo castaño. Qué feo es, pensé de pronto, y me eché a reír.

—Cuéntame el chiste —cuando me imitó, me sentí tan ligera como si pudiera volar sobre la verja.

—No, es sólo que... Parezco tonta. ¿Te puedes creer que no se me ocurre nada que decir?

—Sí, me lo puedo creer.

—Ya, pero, a estas alturas... ¡Menuda tontería!

Y no era cierto que no tuviera nada que decirle, pero preferí dejarlo para el final.

—La semana que viene no voy a poder venir porque... Pasado mañana es la Merced, y voy a llevar a mis hermanos a Segovia, a ver a mi madrastra, sabes, ¿no? —asintió con la cabeza—. He pedido el día libre, y como van a faltar dos chicas más, la encargada ha decidido que el lunes hagamos limpieza general para recuperarlo, así que...

—No importa —sonrió.

—Sí que importa, claro que importa, pero... Tú estudia mucho, Silverio —recordé la coletilla que padre solía añadir cuando hablaba con Toñito y me dio la risa—, estudia mucho y te convertirás en un hombre de provecho.

—Lo haré —me prometió, cuando la risa se lo consintió—. Dentro de quince días, igual puedo decirte algo.

Si las reglas de la fiesta de la Merced hubieran sido distintas, ni siquiera se me habría pasado por la cabeza ir a Segovia. Si ese día hubiera podido entrar en Porlier, volver a tocar, a besar a Silverio, no me habría movido de Madrid por muy culpable que me hubiera sentido después. Pero el 24 de septiembre las cárceles sólo se abrían para que los presos vieran a sus hijos pequeños, los que no podían entrar en los locutorios, así que me levanté de noche, hice un paquete para María Pilar, unos bocadillos para el camino, desperté a mis hermanos, los vestí con la ropa más nueva que tenían, y me subí con ellos a un autobús cuando aún no había amanecido. Aquella línea era la más barata y el coche iba hasta los topes, pero varios desconocidos se ofrecieron a cambiarse de sitio para que nos sentáramos juntos en la última fila. Los dos se pelearon un rato por mi regazo y ganó Juanito, como siempre, pero Pablo se acopló en mi hombro y se quedó dormido al mismo tiempo.

Cuando entramos en Segovia, les desperté para peinarles y arreglarles la ropa. Luego, en la puerta de una cárcel como todas, les pedí que se portaran bien, que fueran muy cariñosos con mamá y que ni se les ocurriera llorar. Hoy es un día de fiesta, les recordé, mientras les cogía de la mano para adentrarme en un lugar del que no esperaba emoción alguna. Y sin embargo, cuando distinguí la silueta de María Pilar en el patio, apreté sus dedos entre los míos y me alegré de que no tuvieran que enfrentarse a solas con ella.

—Estoy muy mal, hija —al escucharla, me di cuenta de que hacía muchos años que no me llamaba así—. ¿Me has traído calcetines?

—Sí, pero sólo un par, porque como todavía no es temporada, están muy caros. Cuando bajen un poco, le mandaré otro.

—No te olvides, porque aquí nos vamos a morir de frío dentro de nada.

La María Pilar que yo conocía se habría precipitado a abrir el paquete después de saludar a sus hijos por encima, pero la que encontré los apretó contra sí, los besó muchas veces, me incluyó en su abrazo, y me agradeció las cuatro cosas que le había llevado aunque la mayoría, ropa interior y de abrigo, ya eran suyas. Estaba muy delgada, pálida y enfermiza, pero sobre todo abandonada. En Ventas siempre la había visto peinada como de costumbre, con el pelo cardado sobre la frente, el resto recogido en un moño, pero ahora no sólo llevaba el pelo corto, sino mal cortado, y caminaba arrastrando los pies, la mirada baja, los hombros encorvados y el pecho, que antaño proyectaba hacia delante como el mascarón de proa de su cuerpo, hundido entre los brazos.

—Pero... —yo la miraba y no me lo creía—. ¿Cómo es que no tiene usted un buen destino? Yo pensaba que en la enfermería, en el comedor...

—¡Qué va! Aquí todo es muy difícil, hija. Yo me porto bien, eso sí, las señoritas lo saben, ayudo en lo que puedo, pero... —me miró, y el desamparo que temblaba en su mirada precipitó en mí una catarata de sentimientos, lástima, afecto, solidaridad, que nunca había sentido hacia ella—. Los destinos buenos son para las que se convierten, y yo no tengo suerte. El cura de aquí no me quiere. Y mira que voy a la catequesis, a la capilla, que me confieso y rezo mucho, estoy todo el santo día santiguándome, pero ni por esas. Yo no soy nadie. No soy de buena familia, ni maestra, ni universitaria, ni dirigente política... Esas son las que le gustan, ¿sabes?, esas, aunque la mayoría sean más rojas que los pimientos morrones. Parece mentira, pero a ellas sí las persigue y les hace la rosca que no veas, a ver si las convence, pero ¿yo...? Pa chasco. A mí, por mucho que comulgue, me da una estampita de vez en cuando, y a otra cosa. Se ve que mi conversión no le interesa.

Cuatro años después de que el hijo del marqués de Hoyos la fulminara en la biblioteca de su palacio, el capellán del penal de Segovia había vuelto a ponerla en su sitio. Se lo merecía, pero no lo celebré. Por la tarde, cuando los mellizos se fueron a jugar con otros niños y pudimos hablar a solas, ya había descubierto las dimensiones de su escarmiento.

Lo había dicho ella misma, María Pilar no era nadie. Nunca lo había sido, porque su vida entera había consistido en una pura sucesión de fraudes, de gran señora de pacotilla a revolucionaria de pega, de arrepentida tramposa a falsa beata, siempre igual, todo mentira. En Segovia, los decorados se habían derrumbado para arruinar en su caída todos los disfraces, la bisutería barata de sus gestos y sus palabras, la pobre aritmética de su astucia, y estaba sola, completamente sola, al margen de un tumulto de mujeres que no esperaban nada de ella ni estaban dispuestas a mover un dedo a su favor.

—¡Manolita! ¿Qué haces por aquí?

Desde que llegué a la cárcel, había abrazado y besado a varias conocidas de la cola de Ventas, de la de Porlier, presas y visitantes que se las arreglaron para alegrarse de verme sin mirarla siquiera.

—No sé cómo te tratas con esas desgraciadas... —murmuraba ella después, para pagar su desprecio con desprecio.

Pero de vez en cuando se las quedaba mirando, aunque sólo fuera porque era agradable verlas, grupos de mujeres posando ante una cámara con la misma alegría con la que disfrutarían de una merienda campestre, rodeadas de niños, caminando del brazo por el patio, hablando, sonriendo, distrayéndose mutuamente para ayudarse a soportar el calor, como pronto se apiñarían para combatir el frío del invierno. Eran presas políticas, la hez de la hez, y sin embargo tenían mucho mejor aspecto, mejor humor que las comunes, mujeres sin brillo que paseaban solas o se apoyaban en una tapia, a la sombra, para ver pasear a las demás.

—Anda, ven, que voy a presentarte a mis hijos...

Cuando volvimos a montarnos en el autobús, recordé sobre todo la indiferencia con la que nos había mirado aquella presa reseca, que había llegado desde el pueblo de La Mancha donde había intentado asesinar a su suegro. Su expresión me acompañó hasta Madrid, porque en ninguna cárcel había llegado a ver tanto asco por la vida. Ella y una envenenadora valenciana, bronca y malhablada, pero mucho más simpática, eran lo más parecido a dos amigas que María Pilar tenía en Segovia, y las únicas que posaron con nosotros ante la cámara de la funcionaria que se encargaba de las fotos.

—Bueno, pues... —cuando mi madrastra se despidió de mí, tenía los ojos llenos de lágrimas—. Menos mal que las niñas están bien.

—Sí, no se preocupe —y jamás lo habría creído, pero logró contagiarme su tristeza—. Cuídese usted mucho, y mucha suerte.

A la vuelta, los asientos me parecieron más incómodos, el autobús más viejo, más sucio que a la ida. Olía a goma recalentada, a sudor, a restos fermentados de comida, y en el silencio compacto de los adultos, el lloriqueo de un solo niño bastaba para desencadenar un estruendoso concierto de sollozos. Cada pasajero llevaba la sombra de la cárcel cosida a sus ropas y una jaula de metal alrededor del pecho, el efecto de un dolor propio y ajeno que no cedió mientras el autobús avanzaba despacio por los arrabales de la ciudad. Poco después de que los últimos edificios desaparecieran, la carretera de nuevo una cinta que dividía la inmensidad del campo en dos mitades, todos empezamos a respirar mejor. Y cuando el autobús entró en Madrid, el cansancio era ya la consecuencia más perceptible del día de la Merced de 1941.

El lunes siguiente salí del obrador más tarde que cualquier otro día, y el martes me costó mucho trabajo levantarme de la cama. El tiempo pareció estirarse, detenerse más de la cuenta en cada segundo, cada minuto de aquella semana sin visitas al lugar más odioso de Madrid, y me desesperé de su morosidad, el ritmo lento que convertía todos los relojes en cuentagotas, sin sospechar que estaban tomando impulso, que muy pronto, su velocidad se multiplicaría por una cifra frenética para convertir cada nueva hoja del calendario en un enemigo feroz.

—Tenía ganas de verte, Manolita —pero el 6 de octubre, mientras Silverio me sonreía desde la alambrada, tuve la impresión de que todo estaba a punto de cambiar para mejor—. ¿Qué tal?

—Bien, el viaje fue pesadísimo, pero los niños estaban muy contentos y al final, me alegré de haber ido con ellos, ¿sabes? Aunque la semana pasada te eché mucho de menos.

—Yo también, porque además... —hizo una pausa, sonrió, y su sonrisa desembocó en una carcajada breve, pero firme, que aún flotaba en sus labios cuando volvió a hablar en el tono ambiguo que aquel recinto imponía a nuestras conversaciones—. Tengo que hacerte una pregunta, pero no hace falta que me contestes ahora, si no quieres.

Adiviné lo que iba a decir, y me puse tan nerviosa como si entre él y yo nunca hubiera habido un par de multicopistas que nadie sabía arrancar.

—Lo intentaré —también intenté ponerme seria, pero no lo conseguí—. ¿Qué es?

Él ladeó la cabeza, entornó los ojos, y me miró con aquella expresión que unos meses antes había interpretado como un recuerdo de sus antiguos enamoramientos y ya no sabía cómo definir.

—¿Quieres casarte conmigo?

En ese momento, en un locutorio tan abarrotado como todos los lunes, se hizo el silencio a ambos lados de las alambradas.

—¿Estás seguro?

—Sí —asintió con la cabeza sin dejar de sonreír—. Segurísimo.

—Entonces, sí quiero.

Mis palabras provocaron una ovación estruendosa, compacta, salpicada de ¡bravos! y enhorabuenas que animaron a Silverio a inclinar la cabeza para saludar, mientras una catarata de palmadas llovía sobre su espalda.

—Qué bien —dijo después—. Cómo me alegro de que quieras.

—Sí, voy a pedir la vez... A ver si tenemos suerte y puede ser pronto.

—Cuanto antes, mejor.

Metí los dedos en la alambrada, los extendí hacia él, y le miré mientras buscaba una manera airosa de ordenar el doble sentido de nuestra conversación en una jerarquía capaz de deshacer cualquier equívoco.

—Oye, Silverio, que más me alegro yo... Por todo.

Él volvió a asentir con la cabeza y no dijo nada, pero mientras el sonido del timbre marcaba el final de la visita, me dirigió una mirada elocuente, más brillante que las palabras, tan poderosa que me devolvió la sensación de plenitud en la que su boca me había precipitado unas semanas antes. Cuando salí a la calle, me sentía tan ligera como si flotara, tan brillante como si un enjambre de libélulas coronara mi cabeza, tan hermosa como nunca había sido. Cuando salí a la calle, estaba pisando la cima del tobogán, la cota más alta de una pendiente que ya sólo se dejaría bajar, la frontera tras la que una realidad cada día un poco más terca, más obstinada, empezaría a plegarse sobre sí misma como un plano dibujado a tinta china entre los dedos de Rita, para marcar una línea que haría lo fácil difícil, y lo difícil imposible, aunque una semana después, cuando volví a verle, no sospechaba que tuviéramos más de un disgusto que compartir.

—El 17 de noviembre —le anuncié, tan absorta en el significado de aquella fecha que ni siquiera me detuve a interpretar la expresión de su rostro—. No he podido conseguir otra cosa.

Y no había sido porque no lo hubiera intentado. El lunes anterior, al salir a la calle, di una vuelta completa al edificio, pero ninguno de los funcionarios a los que había visto en mis bodas anteriores estaba en la puerta principal, ni en la del locutorio, ni en el mostrador de los paquetes. No podía saber cuáles, cuántos eran cómplices del cura, y dirigirme a otro me pareció peligroso, pero por la tarde dejé a los mellizos con Margarita y volví a Porlier. No podía entrar, porque la excursión a Segovia me había obligado a pedir dinero prestado y, después de devolverlo, me había quedado sin blanca, pero esperaba que quizás Julita, o Asun, o Martina, estuvieran apuntadas al libro aquella tarde. No las vi, ni reconocí a los hombres que cobraban la peseta, así que por la noche me resigné a pagarle unos céntimos a Mari para ir a hablar con Toñito. Menos de cuarenta y ocho horas después, Jacinta pasó por mi casa para comunicarme una fecha que me negué a aceptar.

—Mira, Manolita, ya llevamos cinco meses con esto, ¿sabes?, cinco meses, que se dice pronto... —pero el lunes siguiente, Julita vino a mi encuentro en la cola para imponérmela sin contemplaciones—. Nos hemos gastado un montón de dinero, y ¿qué quieres que te diga? No tenemos ninguna garantía de que las máquinas vayan a funcionar —intenté interrumpirla y levantó la mano para impedírmelo—. No digo que tu novio no esté haciendo todo lo que puede, no es eso. Lo que le hemos pedido es muy difícil, lo sabemos, pero muchos camaradas lo están pasando muy mal, somos responsables de cada céntimo que gastamos y tus bodas nos salen muy caras, así que... Esta vez no vamos a comprar turnos. Esperar veinte días más o menos, nos da lo mismo.

—Ya, pero... —Julita me miró y me mordí la lengua a tiempo.

En las letras de las coplas y los argumentos de las películas, en los cuentos de mi madre y en las novelas de Galdós, había aprendido que el amor hace mejores a las personas. En aquel momento, sentí que yo era una monstruosa excepción a aquella regla, quizás porque nadie la había formulado en un lugar tan perverso como Porlier. La miseria engendra miseria, la pobreza, avaricia, la desgracia, indiferencia, y el amor, mi única riqueza, iba a hacerme peor, egoísta, mezquina, codiciosa. Porque si renuncié a increpar a Julita, si me guardé para mí las palabras que treparon por mi garganta mientras fingía atender a sus argumentos, no fue porque me avergonzara de estar pensándolas, sino porque no se me ocurría otro sitio de donde sacar las trescientas pesetas que iba a costar mi definitiva boda con Silverio.

—Bueno, pues el 17 de noviembre —anda y que te den, rica—. Qué se le va a hacer...

Le di la espalda y enfilé el pasillo pisando con tanta energía como si cada baldosín tuviera su cara estampada en el centro. Estaba demasiado furiosa como para escurrirme entre los huecos sin molestar a nadie, y me abrí paso hasta la verja a codazo limpio. Cuando me agarré a ella, ni siquiera me pregunté por qué Silverio estaba más pálido, más serio que de costumbre.

—El 17 de noviembre... —repitió, y me extrañó que se quedara absorto, como pasmado en aquella fecha, sin celebrarla, sin protestar—. A ver si llego.

A ver si llego, repetí para mis adentros, y en esas cuatro palabras todo cesó, la furia, el disgusto, la impaciencia, lo mejor y lo peor. A ver si llego. Eso bastó para que un viejo conocido se apoderara de mí en un instante.

—¿Y por qué no vas a llegar?

Ya lo había invadido todo. Hablaba con mi boca, veía con mis ojos, oía con mis oídos, había rellenado hasta el último hueco de mi cuerpo y Silverio me miraba como si lo hubiera visto crecer, extenderse sobre mi piel, aflorar entre mis párpados para certificar que me había suplantado por completo. Yo ya no era yo. Yo era sólo miedo, y él se había dado cuenta. Por eso se esforzó en sonreír y apenas logró engordarlo un poco más, porque en su insaciable avidez, mi miedo supo alimentarse también de esa sonrisa.

—El viernes me comunicaron que ya hay fecha para mi consejo de guerra —su voz, la de un hombre sereno, aún resistía—. El 16 de octubre. O sea, el jueves que viene.

—¿El 16 de octubre...? —yo, en cambio, estaba tan nerviosa que tuve que pararme a pensar de qué me sonaba ese día—. ¡Pero si es mi cumpleaños!

—¿Tu cumpleaños? —aquella coincidencia iluminó sus ojos—. Entonces no puede pasarme nada malo.

—No, seguro que no, ya verás como no, porque...

No pude pasar de ahí. Mi memoria escogió la frase favorita de la Palmera para instalarla en mi cabeza y dejarme sin palabras, pero aunque Silverio también sabía que Dios aprieta y además ahoga, encontró una manera de torear a la muerte sin citarla.

—Si todo va bien, me mandarán a un penal, lejos de Madrid.

—Ya, pero tardarán...

Y en ese momento, sin que yo llegara siquiera a darme cuenta, mi voluntad venció a mi memoria, desterró al miedo, me secó las manos, me dio un pico, me explicó para qué servía y me enseñó a excavar en una mina de hierro cuya existencia había ignorado hasta entonces.

—Siempre tardan dos o tres meses, y lo importante ahora... —le miré, cerré los ojos, volví a abrirlos.

—¿Es el 17 de noviembre?

—Sí —sonreí—. Lo único importante es el 17 de noviembre.

Cuando nos pusimos de acuerdo en ese punto, faltaban casi diez minutos para el final de la visita, y los gastamos en las mismas bobadas que nos habríamos contado cualquier otro lunes, como si los dos no estuviéramos pensando en lo mismo, el frío de la madrugada, una tapia de ladrillo rojo, un pelotón de soldados ateridos en posición de firmes, una voz de mando y carguen, apunten, fuego. Los dos sabíamos que, pasara lo que pasara a partir de aquel, ningún lunes sería como los que habíamos vivido antes, porque cada uno tendría su propia marca, su exacta proporción de miedo y de esperanza, de verdadera desesperación y fortaleza fingida. Al salir del locutorio, comprobé que aquel proceso había comenzado ya. Aunque podría haber utilizado la noticia que acababa de recibir para retomar con ventaja la discusión que habíamos sostenido antes de entrar, me despedí de Julita moviendo una mano en el aire.

Si le condenan a muerte, ya habrá tiempo para hablar, pensé.

Y sólo de pensarlo, me vine abajo.

Allí, abajo, en un punto cardinal inexistente, tan hondo como un pozo oscuro recubierto de caracoles ciegos, permanecí durante tres días y tres noches. Iba a trabajar, hacía la compra, la comida, limpiaba la casa, besaba a mis hermanos, obligaba a Juanito a repetir los deberes y no veía la luz, no respiraba el aire que entraba por las ventanas, no subía ninguna escalera por más que impulsara a mis piernas para elevar mis pies, peldaño tras peldaño. Sólo sabía caer, ir hacia abajo, y desde allí pensaba, porque no quería pensar pero mi cabeza no se estaba quieta, y el mediocre fruto de mi pensamiento no me aliviaba ni me dejaba en paz, pero tampoco consentía en soltarme.

Pensaba, y pensar era sentir los dientes de un perro rabioso clavados en el núcleo del cerebro, detrás de mis ojos, de mis oídos, mordiendo, hiriendo, agitándolo todo para obligarme a sumar y restar cifras absurdas, como si la crueldad, la clemencia, fueran números exactos, dóciles y moldeables, sujetos a las reglas de un destino racional, un destino que desde luego no era el mío. No le van a matar, pensaba, no le van a matar, y no quería pensarlo, es demasiado joven, pero habían matado a otros igual de jóvenes, es demasiado inocente, pero habían matado a otros tan inocentes, no ha asesinado a nadie, no ha robado a nadie, no ha hecho más que imprimir unas octavillas, sólo eso, palabras, tinta y papel, pero también habían matado a otros por sus palabras. No quería pensar, pero pensaba, no podía evitarlo porque un perro rabioso se había fabricado un hogar en mi cabeza y también sabía hablar, incordiarme en el tono de falsa cordialidad de las peores buenas amigas, vamos a ver, Manolita, y si le matan, ¿qué?, si tú no eres su novia de verdad, no significas nada para él, total, cinco minutos en un cuarto cochambroso, ¿y por eso, por un beso, vas a ponerte así? Durante tres días y tres noches escuché aquella voz, tú no estás enamorada de él, Manolita, reconócelo, si ni siquiera te gusta, de lo que te has enamorado es de la idea de estar enamorada, nada más, ¿y sabes por qué?, porque no tienes nada, ni otra cosa que hacer que ir a Porlier los lunes, de eso te has enamorado, de la alambrada, de los paquetes, de Silverio no, así que, si le matan, ¿qué vas a perder?, una boca que no es una boca, una lengua que no es una lengua, una boda que nunca será una boda, sólo una fantasía ridícula, tontorrona, de la chica ridícula y tontorrona que tú eres... Esas palabras que nadie decía sonaban en mi cabeza para hundirme más que el pensamiento y empujarme hacia abajo, siempre abajo, un poco más abajo todavía, hasta sumergirme en una profundidad insaciable, una garganta que se hacía más y más profunda sin detenerse jamás ni terminar de engullirme, sin concederme siquiera el consuelo de gritar una verdad de la que tal vez, si mataban a Silverio, nunca llegaría a estar segura del todo.

Eso fue para mí venirme abajo, tocar un suelo ficticio, porque sabía que no era el último, que había más, un abajo más hondo, más oscuro, el verdadero abajo, un doble fondo definitivo que me llamaba por las noches mientras daba vueltas en la cama sin poder dormir, hasta que me quedaba dormida para soñar con el color de la piel de los cadáveres. Y allí estuve, abajo, donde el amor no podía nada contra la muerte, donde nunca amanecía y no se ponía el sol, donde no existían las horas ni los colores porque la vida era una posibilidad dudosa, un pez sin ojos, un musgo inerte, hasta que cumplí diecinueve años, y todavía veinte minutos más.

—¡Manolita! —hasta que a las dos y cuarto de la tarde del 16 de octubre, Aurelia colgó el teléfono que había en el obrador—. Era la señorita Rita, la sobrina de doña María Luisa, que ha llamado para felicitarte por tu cumpleaños. Ha insistido mucho en que te diga la palabra felicidades, con todas las letras, así que... ¿Pero qué te pasa, muchacha?

—Nada.

Había empezado a subir, subía, seguía subiendo, y ya veía la luz, las nubes recortándose en la boca del pozo, y subía más, y podía respirar, escuchar cómo cantaban los pájaros, recordar la cara de aquel amigo de mi hermano que nunca me había gustado, recordar los ojos que podrían seguir mirándome, la boca que podría volver a besarme, y subía, seguía subiendo, y sabía por qué, pero no por qué lloraba.

—Si estoy muy contenta...

Todas mis compañeras dejaron lo que estaban haciendo, se acercaron a mí, en algunos de sus rostros vi un gesto de extrañeza, en otros un ceño de auténtica preocupación, y seguí subiendo, llorando, sonriendo, mientras terminaba de fregar una cacerola con tanto brío como si mi vida dependiera de su limpieza.

—De verdad que estoy muy contenta...

El lunes, antes de entrar en casa, había llamado a Rita desde el teléfono de una cafetería. Había esperado un rato para asegurarme de que estaría tranquila cuando le diera la noticia, y hasta que pronuncié la palabra «consejo», todo fue bien. Después, mientras ni siquiera yo podía distinguir lo que quería decir en la pastosa amalgama de sonidos que brotaban de mi boca, ella me pidió que me fuera a casa y la esperara allí.

—¿Vas a ir a las Salesas?

—No puedo —y ya logré escucharme con claridad—. Hace menos de un mes, pedí un día libre para ir a Segovia, y no me atrevo...

—Voy yo, y así le conozco —sonrió de una manera que me hizo sonreír—. Por la tarde, voy a buscarte y te cuento, porque todo va a salir bien, ya lo verás.

El día de mi cumpleaños me estaba esperando en el mismo árbol donde la había encontrado el 3 de julio, pero su visita no me sorprendió. Por eso, todo en ella, su cuerpo relajado, apoyado en el tronco, el brillo de sus ojos, los dedos que levantó en el aire para marcar la V de la victoria, fue el mejor regalo que podría haber recibido aquel día.

—Tengo dos noticias, una buena y una buenísima. ¿Por cuál empiezo?

—Por la buenísima —le pedí, mientras la cogía del brazo para caminar por una acera que de repente era más ancha, más confortable y soleada que nunca—. Dime que no lo van a matar.

—No lo van a matar —la miré y las dos nos echamos a reír al mismo tiempo—. Era lo que pedía el fiscal, pero sin demasiado énfasis, no creas, así que el juez ha rebajado la pena.

—¡Uf! —inspiré, y al soltar el aire, fue como si acabara de respirar por primera vez—. Ahora, dime la buena.

Sabía que no lo habían absuelto, que era imposible. Tampoco habían podido caerle solamente dos años, pero cuando Rita me anunció que había una segunda noticia, y que era buena, el número doce se dibujó de improviso ante mis ojos. Sin embargo, al mirarla, me di cuenta de que no había acertado.

—La buena es que no es feo, Manolita —y de que me aguardaba una cifra mucho peor—. Eres una exagerada, de verdad. No es que me haya parecido guapo, porque guapo no es, pero tampoco...

—¿Cuántos años le han caído? —treinta, me respondí.

—A mí me ha parecido hasta interesante, en serio, y te voy a decir una cosa, si tuviera la nariz más pequeña, resultaría más vulgar, menos atractivo, que no es que parezca un galán de cine pero, mujer, en conjunto...

—¿Cuántos años le han caído, Rita? —se detuvo, me miró y volví a responder por las dos, esta vez en voz alta—. Treinta, ¿verdad?

—Pues sí, treinta —y me apretó el brazo, como si temiera que aquel número me desequilibrara—. Pero eso ya lo sabíamos, ¿o no? Ni que fueras novata, Manolita, si se libran de la pepa, les caen treinta años, siempre es así, pero eso es lo de menos...

—Treinta años por imprimir unas octavillas, ¿te das cuenta? Treinta años —y sentí que me hundía en aquella cifra, que aquellos números tenían manos, que las usaban para empujarme en un nuevo abismo helado y pantanoso, porque ya conocía la naturaleza de la ambición, y frente a la muerte, treinta años no eran nada, una broma, pero ante la certeza de la vida, eran treinta veces un año, doce meses multiplicados por treinta, una catástrofe incomparable—. Cuando salga de la cárcel, tendrá... Cincuenta y cuatro.

—No.

Cuando estaba a punto de venirme abajo otra vez, Rita negó con la cabeza, me guió hasta un banco, se sentó a mi lado y no me soltó.

—Mírame, eso lo primero —la obedecí y apretó mis manos con las suyas—. Muy bien, pues no dejes de mirarme porque voy a contarte la verdad. A Silverio no le han juzgado por imprimir unas octavillas, sino por atentar gravemente contra la seguridad del Estado. ¿Que es una locura? Pues sí, pero eso es lo que hay, esos eran los cargos, y por eso mismo, hace dos años, fusilaron de una tacada a cincuenta y cuatro militantes de la JSU que ni siquiera tenían una imprenta. Así que ya puedes estar contenta —me miró, y sólo cambió de tono cuando me vio asentir con la cabeza—. Esto no va a durar siempre, Manolita. Franco no va a durar siempre, los americanos entrarán en la guerra antes o después, y cuando los aliados vuelvan a ganar, cuando comprendan lo que nos han hecho y nos ayuden por fin, ni mi padre ni el tuyo estarán aquí. Los muertos no van a ver el final de este horror, ¿me oyes? Pero tu novio sí, porque tu novio va a vivir, y eso es lo único que importa.

Tenía razón. Tenía razón aunque no la tuviera, porque ninguna de las dos éramos novatas, las dos igual de expertas en el horror, en la cola de Porlier, en el depósito de cadáveres del cementerio del Este. Tenía razón porque las dos estábamos vivas, porque habíamos aprendido a sobrevivir a la muerte, a levantarnos a la mañana siguiente como si tal cosa, a explotar los pocos recursos que estaban a nuestro alcance para sonreír, para divertirnos, para fabricar esperanza donde no la había, ¿y por qué me has traído pescadilla, Julita, si sabes que no me gusta? Esa era nuestra especialidad, eso lo hacíamos mejor que nadie, Rita lo hizo mejor que yo aquella tarde, mientras enunciaba en orden, uno por uno, todos los puntos del protocolo de las verdades inútiles, las mentiras útiles a las que nos agarrábamos para seguir de pie, y hasta logró que le brillaran los ojos mientras hablaba, no van a poder mantener a tanta gente presa durante mucho más tiempo, como si de verdad creyera que lo que estaba pasando en España tenía sentido, ¿tú sabes el dineral que debe estar costándoles?, como si la lógica desempeñara algún papel en los absurdos acontecimientos que padecíamos, ¿y la economía, qué?, como si las lecciones que tenía que memorizar para aprobar segundo de bachiller a fin de curso sirvieran para explicar la única realidad que existía para nosotras, ¿el país arruinado, las fábricas destruidas, los campos sin cultivar, y centenares de miles de hombres encerrados, perdiendo el tiempo, mano sobre mano, en los patios de las cárceles?, como si de verdad creyera que iban a consentir que se matriculara en la universidad el curso siguiente, eso no puede ser, Manolita, piénsalo un poco, es que no puede ser, esto se va a acabar, tiene que acabarse, y más pronto que tarde, hazme caso...

Le hice caso, como ella me había hecho caso a mí otras veces, siempre que le había hecho falta. Le hice caso porque lo contrario era morirse a medias, renunciar a la vida, entregarse a la muerte, y yo quería vivir.

—Ya te has enterado, ¿no? —porque Silverio quería vivir.

—Claro —porque la vida coloreaba su piel, relucía en sus ojos, se erguía en sus hombros, se aferraba a la verja con sus manos cuando volví a verle—. Mandé a una espía a las Salesas, ¿qué te crees?

—Qué miedo pasé, Manolita —se echó a reír y me asusté al calcular cómo habría sido aquel momento si el fiscal se hubiera salido con la suya—. ¡Qué miedo! Cuando el juez empezó a dictar sentencia, creí que se me paraba el corazón. No te lo puedes imaginar.

—No —por eso, porque ya no lograría parar su corazón, ni el mío, esa muerte burlada desató un violento escalofrío en mi nuca, un golpe de hielo para despedirse—. Pero yo también he pasado mucho, de verdad. Me daba tanto miedo que te mataran, ahora, cuando apenas nos conocemos, cuando casi no hemos podido estar juntos, tenía tanto, tanto miedo... —y sin embargo él estaba a salvo, sonreía, pude colgar mi sonrisa de la suya como me habría colgado de su cuello si hubiera podido—. Y aquí estás, Silverio, aquí estás, y yo... Yo estoy tan contenta que hasta tengo ganas de gritar.

—Pues grita.

—¿Sí?

—Claro —se echó a reír—. Yo grito contigo.

Y gritamos los dos a la vez, ¡ahhhh!, gritamos y nos reímos los dos a la vez, sacudiendo las alambradas como dos monos furiosos en un zoológico hasta que un funcionario nos mandó callar, para que todas las mujeres que me habían dado la enhorabuena en la puerta nos miraran con una sola sonrisa. Sin embargo, al salir del locutorio me enteré de que no todos los procesados del 16 de octubre habían corrido la misma suerte. Los expedientes múltiples habían arrojado varias penas de muerte, y entre los condenados estaba el novio de una chica a la que vi andando muy despacio, entre dos mujeres que la sujetaron por los brazos hasta que consiguieron sentarla en un banco.

—Enhorabuena, Manolita, me alegro muchísimo, de verdad —no dejé de mirarla mientras abrazaba a Julita como si no hubiéramos discutido una semana antes—. Ya no te parecerá tan mal el 17 de noviembre, ¿verdad?

—Pues no —volví a tener ganas de gritar, pero me limité a sonreír—, ya no... —y la abracé un poco más fuerte.

Porque Silverio estaba vivo, porque iba a seguir viviendo más allá de la perseverante lentitud de los relojes, porque todo lo que tenía que hacer era esperar, dejar que los días pasaran sin rechistar, sin protestar, y no quejarme de nada nunca, nunca más. Eso creía.

Octubre se resistió a desaparecer en la frontera de su sucesor, pero noviembre llegó al fin, la fiesta de los difuntos cayó en sábado, el 5 en miércoles, un día soso, vulgar, sin ninguna seña especial. Tampoco la esperaba del día 6, cuando fui a Porlier después de trabajar para dejar un paquete con queso, membrillo, tabaco, un puñado de higos secos y otro de caramelos desteñidos, que sabían bien aunque el colorante no había dibujado en su superficie las rayas verdes que se esperaban de él. Me equivoqué, porque antes de llegar a la cárcel, me di cuenta de que había pasado algo.

No fue más que eso, una corazonada, un presentimiento, la cáscara imprecisa de una sensación, sólo algo, pero algo desde luego malo. Al ponerme en la cola lo respiré en el aire y en el gesto grave de algunas mujeres calladas, entre las que apenas dos o tres se animaron a saludarme con un gesto, sin pronunciar mi nombre. Su silencio no significaba nada en sí mismo, porque no conocía su origen. Otros días me habían asaltado otros silencios, y yo había acatado su voluntad con los labios cerrados, esperando a que una voz conocida susurrara en mi oído una mala noticia, un traslado inesperado, una ejecución masiva, un asalto de la muerte en cualquiera de sus variadas, casi infinitas formas. Aquella tarde, sin embargo, fue distinto. Aquella tarde no me enteré de nada, pero las que siempre lo sabían todo, las que nunca callaban, las que más se movían, avanzaban despacio, con la vista en el suelo, poniendo tanto cuidado en no rozar a las que tenían delante como en esquivar a las que andaban detrás, como si no quisieran contaminarse o contagiar su desconfianza. El 6 de noviembre, jueves, a media tarde, en la cola de Porlier nadie conocía a nadie, y nunca había pasado algo parecido.

—Nombre —antes de llegar al mostrador, me fijé en un rostro remotamente familiar, porque yo había visto ya en alguna parte a aquella chica rubia y delgada, con la nariz muy chata, que estaba apoyada en el quicio de la puerta.

—Silverio Aguado Guzmán —o quizás no, quizás estaba equivocada, porque no fui capaz de recordar de dónde, de qué la conocía.

No tardé ni dos minutos en dejar el paquete, pero cuando volví a salir, ya no la vi. Eso me sorprendió menos que la estampa de una acera desierta, despoblada de los corrillos que solían formarse todas las tardes. Las mujeres que me habían precedido se habían marchado corriendo, como si no tuvieran ni un segundo que perder, y apenas llegué a distinguir alguna silueta presurosa camino del metro. Sin embargo, antes de llegar a la boca de Lista, mientras esperaba a que se pararan los coches para cruzar la calle, aquella desconocida apareció a mi lado como si no viniera de ninguna parte.

—Manolita... —cuando la oí decir mi nombre me asusté, y ella correspondió a mi respingo con un gesto de extrañeza—. ¿Pero no te acuerdas de mí? Soy Chata, la prima de los Garbanzos...

—¡Ah, sí, claro!

Los Garbanzos eran los dueños del ultramarinos de la calle General Lacy donde trabajaba el Orejas, y Chata, cuyo verdadero nombre nunca llegué a saber, había venido alguna vez con él a las reuniones que Toñito celebraba en casa. Eso, y nada más que eso, era lo que estaba claro.

—Perdóname —añadí de todas formas, porque no tenía motivos para la descortesía—. No te había reconocido.

—Sí, ha pasado mucho tiempo, pero yo quería hablar contigo porque... —se abrió el tráfico y me cogió del brazo, para retenerme y ceder el paso al resto de los transeúntes—. ¿Tú sabes algo?

—¿Yo? —en ese momento, instintivamente, dejé de mirarla a los ojos—. ¿De qué?

—De lo de la calle Santa Engracia, lo de ayer... —negué con la cabeza sin abrir la boca y se pegó más a mí, acercó sus labios a mi oído, bajó la voz—. Ha habido una caída, eso sí lo sabes, ¿no?

Me aparté un poco de ella antes de volver a mirarla, y ya no necesité que el instinto decidiera por mí.

—No —me bastó con la verdad—, yo no sé nada.

—Pues ha sido muy gorda. Fueron a detener a uno, que le llaman el Valenciano, y estaba en casa cuando llegaron. Cuando vio los coches de policía parados en la acera, no se le ocurrió nada mejor que tirar la maleta donde tenía todos los papeles por una ventana que daba a un patio interior —hizo una pausa para mirarme, pero no debió de apreciar nada interesante en mi cara—. Al caer, hizo tanto ruido que los policías que subían por la escalera creyeron que era una bomba, fueron a mirar, y... Lo cogieron todo, direcciones, nombres, actas de reuniones, correspondencia... —suspiró y movió la cabeza con un gesto de desánimo—. Te lo puedes figurar.

Si hubiera sido cualquier chica de la cola de Porlier o alguna conocida de la de Ventas, cualquiera a la que yo hubiera podido situar con certeza en mi bando desde que la paz trajo consigo esa guerra que libraba a diario, habría sido más expresiva, más confiada.

—Y si ya lo sabes todo... —pero me limité a dejar claro que no entendía los motivos de aquella aparición—. ¿Por qué vienes a preguntarme a mí?

—Porque no sabemos dónde se ha parado —me respondió sin titubear—. No sabemos si ha habido más detenciones, a qué riesgo nos exponemos, ni...

—Pues yo no sabía nada —la interrumpí—. Y ahora sólo sé lo que tú me estás contando.

—Bueno, pero si te enteras de algo... Yo sigo viviendo en casa de mis tíos, encima de la tienda, sabes, ¿no?

Asentí con la cabeza y nos despedimos sin más palabras. Después repasé lo que sabía y lo que acababa de aprender hasta que concluí que la suma de mis conocimientos podía significar mucho o nada en absoluto. El chico al que había conocido en la trastienda de la tintorería hablaba con acento valenciano, pero no tenía por qué ser el único comunista de Valencia que trabajara clandestinamente en Madrid. Fuera él, o no, el detenido, una caída justificaba el aire turbio que había respirado en la cola de los paquetes, pero no tanto la visita de Chata. Si ella estaba dentro, habría sido más lógico que se dirigiera a sus camaradas, gente conocida, que le inspirara confianza en el frenesí que siempre desataba cualquier detención, cuando el derrumbamiento de un simple soldado de plomo podía acarrear la ruina de un ejército entero.

Pero por otra parte, pensé a continuación, a mí ya me conocía mucha gente. Si se había desencadenado una catarata de detenciones, era casi imposible que no hubiera implicado a alguna familia vinculada al ritual de los paquetes y el locutorio. Partiendo de eso, y de que Chata me conocía, Juani, María, Amelia, incluso Julita, podrían haberla enviado a investigar a Porlier. En ese caso, debería haber pronunciado algún nombre como garantía, pero quizás estaba demasiado nerviosa, quizás lo había olvidado, quizás había decidido que no hacía falta. Eso daba igual porque yo no le había contado nada. La cuestión era qué iba a hacer con lo que ella me había contado a mí, y a eso le estuve dando vueltas toda la tarde, mientras ponía a los mellizos a hacer los deberes, mientras bajaba a hacer recados y volvía a subir, mientras hacía la cena. Porque, como había habido una caída, debería ir al tablao a avisar a mi hermano, pero, como había habido una caída, si en la calle había policías de paisano esperando a ver qué podían pescar en el río revuelto del pánico incontrolado, el remedio acabaría siendo peor que la enfermedad.

Cuando serví la sopa, me pregunté si no debería temer más por mí que por Toñito, que al fin y al cabo estaba desaparecido desde marzo de 1939. Ya había decidido que aquella no era noche para hacer visitas. Además, Jacinta era comunista, su marido tenía contacto con la dirección, ellos ya habrían informado a mi hermano más y mejor de lo que podría hacerlo yo. Todo eso era verdad, pero no me tranquilizó, y cuando logré cerrar los ojos, después de pasar muchas horas en blanco, esperando a que alguien llamara a mi puerta, ya estaba empezando a clarear.

Sin embargo, al día siguiente no me pasó nada peor que irme a trabajar muerta de sueño. Aunque el corazón me trepó hasta la boca media docena de veces, las mismas que sonó el teléfono del obrador, Rita no me llamó, no vino a buscarme, y tampoco encontré a la Palmera en la calle Villanueva, ni en la puerta de mi casa. No hubo visitas inesperadas aquel día, tampoco el sábado, y el domingo, cuando volví a la cola de los paquetes después del trabajo, las recetas y los remedios caseros, las direcciones de médicos que no cobraban y tiendas donde el arroz o el aceite estaban más baratos, habían vuelto a florecer en un barullo de conversaciones cuyas interlocutoras volvieron a acordarse de mi nombre y de preguntarme cómo estaba. La caída se ha parado a tiempo, leí en sus ojos, en sus sonrisas, la caída se ha parado a tiempo, escuché en sus palabras y en sus pausas, la caída se ha parado a tiempo, susurró en mi oído una voz conocida. Eso no significaba que no hubiera caído más gente, sino que había sido poca, poco relevante, pero con eso me bastó, nos bastó a todas aquel día. Mientras volvía a casa, tan contenta, no pensé en lo que habrían tenido que soportar los detenidos que no habían abierto la boca. Tampoco que entre las víctimas de una caída pudiera haber algo más que personas.

—¡Juani! —por eso no supe interpretar la inesperada aparición de la viuda de Mesón en la puerta del locutorio el lunes, 10 de noviembre, cuando esperaba a Julita—. Me alegro mucho de verte. ¿Qué haces por aquí?

Aquella mañana me había levantado de tan buen humor que, después de llevar a mis hermanos al colegio, me senté delante del espejo con dos docenas de horquillas, para intentar repetir en mi pelo la proeza que la Palmera había logrado dos meses antes. Lo mejor que conseguí se parecía más a un churro que a una diadema, pero fue suficiente. Cualquier recurso para liberar mis rizos y despejarme la cara representaba, más que un peinado, una zancada hacia la meta, el último obstáculo de una carrera a campo través, el destino final de un viaje que iba a culminar en una estación más feliz que la prevista en el precio del billete. Aquella convicción me arropó camino de Porlier, hizo mis pasos más veloces, más precisos, me llevó en volandas hasta la alambrada y brilló en mis ojos cuando Silverio me dijo que estaba muy guapa con el pelo así. Por eso, en los veinte minutos que duró aquella visita, apenas hablamos. Nos miramos, sonreímos, nos reímos, y eso, la premonición de un abrazo más poderoso que las palabras, fue suficiente.

—Verás, Manolita...

Juani me cogió del brazo para llevarme en la dirección contraria a la que tomaba todos los días y no me pregunté por qué lo hacía, como había renunciado a preguntarme sobre lo que iba a hacer una semana después. La súbita irrupción de la muerte en mi vida, en la de Silverio, había consumido el tiempo de la torpeza, de los tartamudeos y la confusión. Su derrota había puesto mi vida en mis manos, y sólo podía hacer una cosa con ella, vivirla. Eso era lo único que me interesaba, las únicas palabras que sonaban en mi cabeza mientras oía las que pronunciaba Juani sin escucharlas.

—No te puedes imaginar cuánto lo siento. Cuando empezamos con esto, no se nos ocurrió que todo pudiera acabar siendo verdad, nunca se nos ocurre, y cuando pasa... Ese es el riesgo del trabajo clandestino, que las herramientas son personas, con sus necesidades y sus debilidades, con sus sentimientos, y... Y que encima seas tú, Manolita, que te haya tocado a ti después de lo que hiciste por mí, me da tanta rabia, es tan injusto que... A mí me encantaría...

En ese momento se calló, y su silencio la explicó mejor que las palabras que lo habían precedido.

—No te entiendo, Juani —pero no era verdad—. ¿Me has traído el dinero? —me miró, cerró los ojos, volvió a mirarme y no dijo nada—. El dinero de la boda... ¿Me lo has traído? —negó con la cabeza, muy despacio—. ¿Y por qué?

Cerró otra vez los ojos, tomó aire y lo dijo de un tirón.

—Porque no va a haber boda, Manolita.

Entonces me reí. No sabía por qué, pero eso fue todo lo que pude hacer, abrir la boca para dejar escapar una carcajada ahogada, deforme, que murió antes de madurar, sin llegar a sonar como una verdadera carcajada.

—¿Qué?

No me contestó. Avanzó hacia mí, me pasó un brazo por los hombros y me obligó a arrancar, a caminar deprisa mientras hablaba al mismo ritmo, a una velocidad insoportable para mis oídos.

—La policía tiene las multicopistas. La dirección de la tintorería estaba en la maleta que Sendín tiró por la ventana, y cuando fueron a por Ceferino, las encontraron en la trastienda y se las llevaron, se lo han llevado todo. La caída no ha sido más grave porque la mayoría de las direcciones está en clave. Las estafetas aparecen como lecherías, las casas de camaradas como tabernas, y eso están buscando, lugares que no existen, pero cuando se cansen de dar paseos en vano, de preguntar a la gente equivocada, le darán otra vuelta a los detenidos, los torturarán hasta que no puedan más, y no podemos saber lo que pasará a partir de ahí, quién aguantará, quién no, qué confesará. Esto puede acabar en un desastre, tenemos que estar preparados para lo peor...

Juani hablaba, y hablaba, y yo la oía muy lejos, como el eco de una radio mal sintonizada en un edificio remoto, la oía y me preguntaba qué significaba lo que decía, por qué me lo estaba contando a mí, si a mí no me importaba, si lo único que yo necesitaba eran doscientas pesetas, un cartón de tabaco y un kilo de pasteles para casarme con Silverio. Por eso caminaba a su lado, por eso estaba callada, tranquila, no porque estuviera resignada, reconciliada con mi suerte, sino porque no la entendía, porque no quería entenderla, porque mis oídos y mi razón se habían declarado en rebeldía, y yo me había alzado con ellos contra unas palabras que no quería escuchar porque no eran para mí. Yo no tenía nada que ver con eso, el pobre Ceferino, las máquinas que guardaba en la trastienda, la policía, ¿y a mí qué?, me preguntaba, si yo no sé nada ni quiero saber nada, yo era la señorita Conmigo No Contéis y vivía tan tranquila hasta que me metisteis en esto, vosotros me metisteis y vosotros me vais a sacar, yo sólo quiero doscientas pesetas, un cartón de tabaco, un kilo de pasteles, ¿qué es eso para vosotros?, te lo voy a decir, nada, para vosotros no es nada, así que dámelo y cállate de una vez.

—Yo tengo que casarme con Silverio el lunes que viene, Juani —el tono de mi voz, neutro, sereno, subrayó la ineluctable naturaleza de mi afirmación—. Me da igual lo que haya pasado. Yo tengo que casarme con él, ¿comprendes? Yo, sin ser de los vuestros, he hecho mucho por vosotros. Me he arriesgado mucho, me he esforzado mucho, y ahora no podéis dejarme en la estacada, no podéis... —la miré y me di cuenta de que lo estaba pasando mal, pero no me quedaba ni un gramo de compasión que compartir—. Yo no tengo dinero, vosotros sí, y esto sólo va a pasar una vez, sólo una vez, porque luego lo mandarán a un penal y ya no volveré a pediros nada, te lo juro por lo que más quieras, que no os pediré nada nunca, nunca más —en mi voz temblaba un hilo que se hacía cada vez más tenso, más delgado, tan frágil como una hebra de cristal—, y os lo pagaré, haré lo que me pidáis sin rechistar, estoy dispuesta a lo que sea, cualquier cosa, tú dame doscientas pesetas...

—Escúchame, Manolita —Juani se paró, me cogió por los hombros, me apoyó en la fachada de un edificio, rodeó mi cara con sus manos—. Nosotros ya no tenemos dinero. Se lo han llevado todo y no podemos pagar esa boda, te estoy diciendo la verdad. A mí me encantaría, te lo juro, porque tienes razón, tú has hecho mucho y yo te lo agradezco en el alma, pero no puedo hacer nada por ti, porque ya no hay nada. No son sólo las multicopistas, es que no nos queda un céntimo. ¿Lo entiendes? Dime que lo entiendes, por favor...

En ese instante lo entendí. En ese instante, todas las palabras que había pronunciado desde que la encontré en la puerta de la cárcel tomaron impulso para derramarse sobre mi cabeza como la ladera de una montaña, y se volvieron piedras, rocas afiladas, aristas duras y capaces de herir, de clavarse en mi carne, de hacerme daño. En ese instante, tan cerca del 17 de noviembre, entendí la verdad y que el 17 de noviembre no iba a pasar nada. Nada.

—No sabes cuánto lo siento... —alargó los dedos con la intención de recoger un mechón de pelo que se me había soltado, y le di un manotazo a tiempo para impedirlo.

—¡Déjame! —aquel hilo tenso, vacilante, la última frontera entre la esperanza y la desesperación, se rompió en aquel momento.

—Manolita, por favor...

—¡Que me dejes! —una fuerza desconocida se apoderó de mis manos, y al empujarla estuve a punto de tirarla al suelo—. Déjame, lárgate, no quiero volver a verte, ¿me oyes?, no vuelvas a dirigirme la palabra, no te acerques a mí... —la miré, vi su rostro desencajado, los ojos brillantes, y decidí que no, que por ahí sí que no, que no quería su solidaridad, ni su gratitud, ni su afecto, sólo palabras para maldecirla, para maldecir a mi hermano y el día en que se me ocurrió hacerle caso—. ¡Vete! Déjame sola, déjame en paz...

Ella no se movió, pero la furia que me había suplantado se puso en marcha. Eché a andar sin saber adónde iba y anduve sola durante mucho tiempo, recorrí calles conocidas que no logré reconocer, volví sobre mis pasos una y otra vez para perderme en un laberinto de aceras que en algún momento desembocó en Recoletos, y se había nublado, pero no me di cuenta, y empezó a llover, pero yo seguí andando, apretando en la mano un puñado de horquillas que nunca supe cuándo ni por qué me había quitado, mientras sentía que una fuerza desconocida tiraba de mí, que un poder oscuro guiaba mis pasos por un rumbo torcido, perverso y sin sentido, como si un gigantesco imán se moviera debajo de la tierra para atraerme, para aturdirme y confundir mis pasos, hasta que llegué a casa, y me tumbé en la cama, y quise morirme ya, de una vez.

El amor hace mejores a las personas. Eso había leído, eso me habían contado, eso afirmaban ciertas teorías formuladas muy lejos de Porlier. Lo que hizo conmigo fue distinto, porque cuando estaba empezando a despegar del suelo, me aplastó contra él y ya no fui capaz de levantarme.

—Habrían funcionado, ¿sabes? —Silverio, que estaba preso, que iba a seguir estándolo, que tenía una condena a treinta años por delante, encajó el golpe mucho mejor que yo—. Estoy seguro de que habrían funcionado.

—Nos vamos a casar, Silverio, te lo prometo —hasta que me miró como si nunca antes hubiera estado enamorado de nadie—. No sé cómo, no sé de dónde voy a sacar el dinero ni cómo me las voy a arreglar, pero te prometo que tú y yo vamos a casarnos...

Hasta que el 9 de enero de 1942, el Seminarista no me preguntó ningún nombre cuando llegué al mostrador.

—Ya no está aquí —y negó con la cabeza para subrayarlo—. Lo han trasladado esta mañana.

—Lo han trasladado... —aquella noticia me aturdió tanto que empujé el paquete hacia él de todas formas—. ¿Adónde?

—El Ministerio de Justicia informará por correo a los familiares —volvió a empujar el paquete hacia mí—. ¡Siguiente!

—Ni hablar —aferré el paquete como si fuera un escudo y no me moví—. Soy su mujer, usted sabe que me casé con él. Dígame dónde está.

—No lo sé —me di cuenta de que estaba diciendo la verdad—. No puedo decírtelo porque a nosotros no nos dan esa información.

Recogí el paquete, seis pitillos, una docena de castañas asadas, un trozo de membrillo, cuatro galletas, y salí a la calle andando muy despacio. Todo había terminado y cualquier mujer más sensata que yo, la que yo misma había sido antes de casarme con Silverio, lo habría celebrado. Mi última visita a Porlier había puesto fin a un calvario que había durado casi dos meses, pero yo había dejado de ser sensata, y me sentí estafada, desahuciada, vacía, como si al privarme de una estéril, agotadora peregrinación de fracasos y promesas incumplidas, acabaran de robarme todo lo que tenía.

—¿Tú sabes quién podría estar interesada en comprarme el turno para casarse esta tarde, a las cinco? —como si mi única posesión fuera aquel martirio al que me entregué por mi propia voluntad en la misma mañana de mi boda, cuando llegué a la cárcel con tiempo de sobra para recorrer la cola varias veces, dirigiéndome a conocidas y desconocidas en el mismo tono con el mismo empeño—. ¿Te has acordado de alguien? —para que todas negaran por igual con la cabeza—. ¿Se te ha ocurrido alguien? —para que repitieran aquel movimiento una y otra vez—. ¿Y a ti? ¿Tú sabes quién podría...?

—Que no, Manolita, que no.

Después, le prometí a Silverio que nos casaríamos, que conseguiría el dinero a cualquier precio, que lo reuniría costara lo que costase. Su sonrisa me puso tan triste que estuve a punto de quedarme en casa, pero al final acudí a mi cita con Martina porque no la había visto por la mañana y quería explicarle lo que había pasado, preguntarle qué podríamos hacer. Estaba segura de que alguien la habría avisado a tiempo para que no viniera, pero fue tan puntual como siempre y su aparición no sólo bastó para ahorrarme explicaciones. También me enseñó cómo iban a ser las cosas a partir de aquel día.

Mi madrina había tenido la suerte que yo había perseguido en vano durante toda la mañana, y venía charlando con una mujer recién peinada, muy maquillada y vestida de punta en blanco, un traje rojo, ceñido, tan extravagante como el que la Palmera me obligó a ponerme la primera vez, asomando bajo un chaquetón negro. Aquel detalle fulminó la poca serenidad que me quedaba.

—¿Qué significa esto, Martina? —al verme intentó retroceder, pero no llegó a tiempo.

—¿Qué significa qué? —porque ya la había agarrado por los brazos y los apretaba, los apreté como si quisiera desgajárselos del cuerpo—. Me estás haciendo daño...

—El turno era mío, Martina, era mío, ella no puede aprovecharlo así, sin más, tenéis que pagármelo, tenéis...

—¡Pero qué dices! —se sacudió con tanta fuerza que me hizo trastabillar—. ¿Te has vuelto loca o qué? Tú no puedes entrar, no tienes dinero, ¿qué quieres que haga? Yo lo siento mucho por ti, chica, te juro que lo siento, pero no voy a renunciar, ya lo hice una vez, acuérdate, tú lo sabes, entonces había motivos y ahora no los hay... —al recordarlos, me miró como si se avergonzara de la escena que estábamos representando en plena calle, se acercó a mí, cambió de tono—. No me mires así, Manolita, yo no tengo la culpa de lo que ha pasado y tú no ganas nada con que las dos nos quedemos fuera. Ponte en mi lugar, mujer, ¿qué habrías hecho tú?

Habría sido mejor que yo también me hubiera avergonzado. Habría sido mejor que me hubiera asustado del carácter ruin, casi obsceno, de aquella áspera disputa por sexo y por dinero, que hubiera recordado a tiempo un cuartucho inmundo, lleno de cucarachas, y los registros de los funcionarios, las lágrimas de Juani, un huevo de chocolate, el último deseo de dos hombres enamorados, condenados a morir. Tenía muchos motivos para avergonzarme, y el principal era proteger mi amor, mantenerlo a salvo de aquella bronca de insultos y empujones, sólo por eso ya habría sido mejor, pero fue peor, porque en aquel momento era tan pobre, tan desgraciada, que en mis manos vacías no había espacio para mi dignidad, ni para la dignidad de nadie.

—Esto no es así, ¿sabes?, no es así... —por eso no quise ponerme en el lugar de Martina, no quise ser comprensiva, razonable, no me dio la gana de aceptar que el 17 de noviembre se quedara en eso, otra boda, otra novia, y yo sola, en la puerta—. Los turnos cuestan dinero, esa es la regla.

—¿Ah, sí? ¿Y quién lo dice? —fue la otra mujer quien me lo preguntó—. ¿Dónde está escrito eso? —no supe responder pero fui hacia ella, la empujé, intenté agarrarla del pelo y esquivó mi mano a tiempo—. ¿Pero qué haces?

—¡Tú eres una sinvergüenza y no vas a entrar ahí!, ¿me oyes? —Martina corrió hacia mí, me sujetó por los codos, intenté zafarme y me abrazó por detrás—. Y tú eres todavía peor, una puta traidora, así que suéltame... ¡Que me sueltes, hostia! —no lo hizo y seguí chillando, pataleando como las borrachas de mi barrio, todas esas mujeres solas, desesperadas, que buscaban bronca cada noche por la calle—. ¡Que no vas a entrar! ¡Que no! No te vas a aprovechar...

—¡Ya está bien, Manolita!

Martina me apretó más fuerte, se dio la vuelta sin soltarme para apartarme de su nueva socia, y de repente sentí que me había quedado sin fuerzas, que estaba sola y era pequeña, que tenía frío y un cansancio tan profundo que me llegaba hasta los huesos. La batalla había acabado y yo había perdido. Cuando mi sustituta pasó por mi lado, arreglándose el moño, lo sabía tan bien como yo.

—¡Tú estás chalada, chica! —al oírla, me di cuenta de que no la conocía de nada y por eso decidí ahorrarle mi último cartucho.

—Esta me la pagas, Martina —la novia de Tasio volvió a mirarme con pena y con vergüenza, como si no me creyera capaz de decir lo que estaba diciendo, de hacer lo que estaba haciendo—. Te juro que me la pagas —hasta que algo en mi cara, en mi voz, en los dedos cruzados que llevé hasta mis labios para besarlos, consiguió asustarla.

Fue una satisfacción tonta, efímera, porque un instante después, un funcionario abrió la puerta, las dos entraron sin volver la cabeza, y yo me marché a mi casa arrastrando los pies.

—Vamos a casarnos, Silverio, te lo prometo. Estoy apuntada para el 15 de diciembre, ¿sabes?

Seguí yendo a la cárcel todos los lunes, seguí agarrándome a la verja, seguí formulando promesas que no iba a poder cumplir, y seguí dando vergüenza, cada vez más vergüenza, a mí misma y a las demás, todas esas mujeres que habían sido mis amigas, mis hermanas, hasta que empezaron a mirarme de otra manera, como a un problema, un estorbo, un misterio aburrido, desagradable, mientras cabeceaban al principio con lástima, luego con indiferencia, al final con un gesto de fastidio, porque se habían hartado de mí, de escucharme, de decirme que no, de murmurar entre ellas, hay que ver, con lo maja que era esta chica, parece mentira lo loca que se está volviendo.

—Necesito trescientas pesetas, Rita, préstame trescientas pesetas, y...

—¡Trescientas pesetas! ¿Y de dónde quieres que las saque?

Lo intenté todo, quemé todos mis recursos, hice cálculos y más cálculos, vendí a mis compañeras los bollos estropeados que me tocaron en suerte, volví a robar comida en las tiendas de mi barrio, maquiné los planes más enloquecidos, y regresé cada lunes a Porlier como una cautiva enamorada de sus cadenas, para prometerle a Silverio que nos casaríamos, que lo arreglaría, que sacaría el dinero de debajo de las piedras, pero las piedras no daban dinero, y el tiempo pasaba, y no pasaba nada más que el tiempo.

—Necesito trescientas pesetas, Palmera, préstamelas y...

—¿Pero tú sabes lo que me estás pidiendo, preciosa?

Estaba apuntada para el 15 de diciembre, y el 15 de diciembre llegó y no había conseguido ni veinte duros.

—No pasa nada, Manolita, no te angusties, yo sé que es muy difícil...

—Que no, Silverio, que no —y le miraba, sonreía, lograba hacerle sonreír—. Tú y yo nos vamos a casar, eso seguro.

—Ojalá —él ladeaba la cabeza, entornaba los ojos y volvía a mirarme para que cada centímetro de mi alambrada, de la suya, me hiciera daño.

—Ya verás como sí...

Rita me prestó lo que pudo, la Palmera seis duros más, y busqué otros trabajos para los lunes, casas, escaleras, cristales para limpiar, pero lo poco que encontré apenas me consintió sumar algunas monedas a un ritmo que nunca sería suficiente. Volví a apuntarme para el segundo lunes de 1942 y el tiempo siguió pasando sin pausa y sin piedad, acortando día a día el plazo de mi futuro con la insensible crueldad que abre una herida mortal en cada hoja del calendario de los condenados.

—Necesito doscientas pesetas, Toñito, dámelas, puedes pedírselas a Eladia, seguro que para ella no es tan difícil, tú me metiste en esto, acuérdate, yo nunca te he pedido nada, pero necesito doscientas pesetas, sólo una vez, antes del 12 de enero, por favor, préstamelas y...

Mi hermano ni siquiera se molestaba en contestarme. Se limitaba a negar con la cabeza, muy despacio, porque desde la caída ya no era el mismo y todo le asustaba, un ruido, una voz desconocida, unos pasos familiares en la escalera. Yo me daba cuenta, y a veces, un resquicio de la mujer que había sido antes de que el amor me hiciera peor, se avergonzaba también de mi insistencia, esa obsesión que me impedía acercarme a él, abrazarle, darle ánimos, ayudarle a soportar una amenaza mucho más grave que las doscientas pesetas que me atormentaban. Toñito se había vuelto tan taciturno que ni siquiera llegó a decirme que no. Por eso, y porque me estaba volviendo loca, el día de Reyes, cuando salí de trabajar con la nariz saturada del azahar de los roscones, estuve a punto de chillar de alegría al encontrarme a la Palmera en la puerta del obrador.

—¿Tú sabes algo del requesón, Manolita? —antes de comprender el sentido de aquella pregunta, ya me había dado cuenta de que Eladia estaba a su lado, de que llevaba todo el día llorando, de que no habían venido a traerme el dinero—. ¿Le has visto, te ha llamado, ha venido...?

Dios aprieta, y además ahoga. La noche anterior, de madrugada, mi hermano se había levantado de la cama, se había vestido, se había afeitado y había dejado una carta para Eladia antes de marcharse. La Nochevieja había traído consigo, junto con el Año Nuevo, el desastre que me había anunciado Juani, y no quería que nadie corriera riesgos por su culpa. Aquella noche anduve buscándole, pero no le encontré. Cuando el Seminarista rechazó mi paquete en el mostrador de Porlier, la desaparición de Antonio ya me había devuelto a un mundo donde existían problemas más graves que los míos. A partir de aquel día, no dejaron de adelgazar, fueron haciéndose cada vez más pálidos, más frágiles, hasta que se desvanecieron en el aire. Así llegó un momento en el que ni siquiera eché de menos su recuerdo.

A primeros de marzo, Silverio me escribió desde el penal de El Puerto de Santa María una carta breve, pero cariñosa, en la que se disculpaba por no haber podido escribirme antes, me daba las gracias por todo lo que había hecho por él, y me aseguraba que se acordaba mucho de mí. Fue la única noticia suya que recibí, porque le contesté enseguida pero no tuve respuesta. En mayo, le escribí otra vez, y a las dos semanas me devolvieron mi primera carta, estampillada con un sello donde el destinatario constaba como desconocido/trasladado. Entonces, la realidad, aquel territorio exacto, objetivo, donde lo único que me había vinculado con el Manitas eran dos multicopistas que nadie sabía poner en marcha, me cayó encima como la losa de mi propia tumba. Mientras me preguntaba qué hacer, adónde dirigirme, me respondí que todo lo que tenía para encontrarle eran unas cuantas palabras tontas gritadas a través de una alambrada, la torpe escenificación de un noviazgo ambiguo que para él, quizás, nunca habría dejado de ser un simulacro. Silverio se había dejado querer porque su vida era horrible, eso lo sabía, pero más allá de esa certeza no podía estar segura de nada, ni siquiera descartar que tuviera otra novia, una verdadera, escogida entre todas, que tal vez viviera lejos o estuviera presa, otra mujer a la que seguramente habría escrito antes que a mí.

Cuando llegué al final de aquel camino, toda la vergüenza que no había sentido mientras me peleaba con Martina en plena calle, mientras mendigaba en la cola de la cárcel, mientras me convertía en una pesadilla para la gente que más me quería, se apoderó de mí como una enfermedad. Durante algunos días sólo padecí eso, vergüenza, un calor infernal, un color bochornoso, una fiebre altísima que me paralizaba en cualquier momento, en cualquier lugar, para devolverme al recuerdo de un cuarto sucio y oscuro, aquella pestilencia en la que había estado a punto de entregarme sin condiciones a un desconocido. Cada vez que lo pensaba, un río de metal derretido reemplazaba a la sangre para pesarme en las venas, y me sentía marcada, tan expuesta a las miradas de los desconocidos que andaban por la calle como si estuviera desnuda, como si todos aquellos hombres y mujeres pudieran verme por dentro, escandalizarse de lo que veían, apiadarse o reírse de mí.

La obsesión me dejó en herencia aquel vértigo, luego nada. El 9 de junio de 1942, martes, por fin me había librado del edificio más odioso de Madrid y en su lugar no había nada. Sólo un hueco, un vacío tan grande que ni siquiera me asusté ante una visita inesperada.

—Verá, yo me llamo Carmen, mi apellido no importa, y hasta ahora he estado en el colegio de Zabalbide, en Bilbao, donde viven sus hermanas...

Cuando el taxi que la esperaba con el motor en marcha se llevó a aquella monja, me quedé plantada en una acera de la calle Villanueva, mirando cómo agitaba la brisa las hojas de los árboles. En aquel momento, habría dado cualquier cosa por ser uno de ellos.

—Su hermana Isabel está muy mal, muy enferma. Tiene que hacer usted algo por ella. Vaya a verla, hable con las señoritas del Ministerio, lo que sea, pero sáquela de allí, Manolita, tiene usted que sacarla de allí...

Porque Dios no se toma la molestia de apretar, de ahogar a los árboles con sus propias manos. Pero conmigo no había terminado todavía.

Roberto el Orejas no se sintió a salvo hasta que consiguió meter a su amigo Antonio Perales en la cárcel. Esa noche durmió de un tirón y no tuvo pesadillas.

Cuando lo bajaron a la sala no sabía en qué hora vivía, si era de día o de noche, porque la ventana de su calabozo estaba tapiada con ladrillos, la argamasa fresca todavía, la bombilla siempre apagada. A cambio, en el sótano, una hilera de lámparas recorría todo el techo y su luz excesiva, demasiado potente, le deslumbró. Cerró los ojos antes de que lo tiraran al suelo, pero no los echó de menos para adivinar que lo estaban esposando a una barra de metal. Tampoco volvió a abrirlos hasta que se marcharon los dos hombres que lo habían conducido hasta allí.

Sólo después levantó los párpados para descubrir que estaba en una habitación cuadrada, alicatada hasta el techo con azulejos blancos, corrientes, amueblada con dos mesas metálicas largas y desnudas. A su alrededor vio cinco sillas de madera de aspecto dispar, dos con asiento de anea, otras dos con brazos y ruedas, como sillones de oficina, la última extrañamente delicada, con patas finas, torneadas, y respaldo de rejilla, tumbada en el suelo. Las sillas eran el único elemento que desentonaba con el aspecto de aquel lugar, semejante en todo lo demás a la cámara de una carnicería. Para compensar esta discrepancia, a medio camino entre la mesa a una de cuyas patas le habían esposado y la que tenía enfrente, contempló una mancha marrón, sangre seca que oscurecía el barro rojizo de los baldosines del suelo excepto en tres puntos, tres minúsculos bultos blanquecinos de origen y condición desconocidos.

Mientras los miraba, rompió a sudar. En aquella sala hacía frío y el sudor le erizó los pelos de la nuca, le pegó la camisa al pecho hasta hacerle tiritar, pero no consiguió dejar de segregarlo ni apartar la vista de aquellos tres misteriosos pedacitos de algo, de alguien, que le llamaban como si le conocieran. Las patas de las mesas estaban ancladas al suelo con cemento, y desde la distancia a la que se encontraba no logró clasificarlos, decidir si eran trozos de dientes, astillas de huesos o algo más blando, grasa, sesos, partes en cualquier caso de un órgano humano que no se había roto sin ayuda, fragmentos de un ser vivo que no habían traspasado la barrera de la piel por su propia voluntad.

Enseguida descubrió que no estaba solo. Mientras distinguía otras manchas marrones, secas, y el rastro aún más temible de las que habían sido eliminadas con una bayeta y poco cuidado, dejando cercos rojizos, circulares, sobre los azulejos, oyó a su izquierda una tos cavernosa, cargada de flemas y algo más, una respiración sonora, sorda como el sonido de una flauta soplada al revés. Olió la sangre en la que culminó aquella ruidosa secuencia y volvió a temblar. Entonces oyó un suspiro, y a continuación, el eco apagado de una voz humana.

—¡Ay!

Eso fue todo lo que dijo aquella voz, ¡ay!, una queja profunda, inútil, casi póstuma, una sola sílaba, suficiente sin embargo para que el Orejas averiguara que su compañero de infortunio era un hombre, que aún estaba vivo, que no seguiría estándolo mucho tiempo. A pesar de eso, y sin ser aún muy consciente de lo que implicaba aquella conclusión, celebró que sus carceleros le hubieran esposado a la pata central del lado anterior de la mesa, de forma que el hombre amarrado a la pata izquierda del lado posterior no pudiera verle la cara. Era un detalle digno de agradecer porque, para su desgracia, en la primavera de 1939, al Orejas, en Madrid, le conocía mucha gente.

El primer día de abril, a media tarde, cuando vio entrar a su madre en la tienda de los Garbanzos rodeada de falangistas, sintió la tentación de preguntar por qué venían a buscarle, de defenderse diciendo que él no había hecho nada. Todos los detenidos preguntaban y afirmaban lo mismo, pero en su caso, eso significaba más y menos que en los demás, porque era tan cierto que, por no hacer, ni siquiera había ido al frente. En julio del 36, mientras sus amigos del barrio volvían de las cajas de reclutamiento cabreados como monas después de que no les hubieran dejado alistarse o les hubieran dado un destino en una oficina, se inventó que a él le habían declarado inútil porque tenía un soplo en el corazón. Ninguno puso en duda la autenticidad de su dolencia, y más tarde, cuando se fueron marchando a la guerra uno tras otro, todos se despidieron de él sin recelos ni reproches.

De pequeño había sido un niño canijo, de buena salud pero aspecto enfermizo, quizás porque su madre siempre había estado muy delicada. Todas las vecinas conocían sus padecimientos, las crisis nerviosas que desmenuzaba con tanto detalle como si paladeara un sabor exquisito en la explicación de los vahos de eucalipto, las friegas de alcohol y los reconstituyentes que le mandaba su médico, un hombre amable, paciente, que había renunciado a recetarle auténticas medicinas muchos años antes, al descubrir que, más allá de su obstinado empeño en estar enferma, a aquella buena señora no le pasaba nada en absoluto.

Su hijo Roberto, criado entre algodones, alimentado a base de consomés con yema y copitas de vino quinado, tan lejos de las corrientes de aire como de las frituras de los puestos de las verbenas, siempre la había creído, pero dejó de seguir sus consejos tan pronto como pudo. Ten cuidado, hijo, no hagas tonterías, ¿adónde vas?, no vuelvas tarde, abrígate bien, no bebas, que el vino de las tabernas es veneno, no fumes, no vayas a ponerte malo del pecho, no vayas con mujeres, que transmiten más enfermedades que los animales, cuidado con las amistades, con las malas influencias, que a tu edad pueden ser fatales, vuelve pronto, que hasta que no te oigo entrar no me quedo dormida y mañana quiero ir a misa de nueve... Él la besaba, la arropaba, le calentaba un vaso de leche, la abrazaba y volvía a besarla, sí, mamá, no, mamá, te lo prometo, mamá, no te preocupes, mamá, no lo olvidaré, mamá... Luego se iba a buscar a sus amigos y hacía lo mismo que ellos, beber, fumar, ir de taberna en taberna alardeando de las putas con las que se había acostado y hasta de las que nunca le habían visto la cara.

El 3 de abril de 1939, esposado a una mesa en el sótano de una comisaría, sin saber siquiera la fecha en que vivía, el Orejas repasó sus veintidós años de vida mientras miraba tres bultos blancos atrapados en un charco de sangre seca. No había dejado de sudar, ni de preguntarse si esos minúsculos pedacitos habrían pertenecido o no, hasta hacía poco, al cuerpo del hombre que había dicho ¡ay!, cuando concluyó que su única culpa había sido hacer siempre lo mismo que los demás.

El único niño al que su madre acompañaba cada mañana a la puerta del colegio, el único que llevaba la boca tapada con una bufanda hasta en abril, y tenía un pupitre reservado en una esquina resguardada del aire que entraba por la puerta y del que pudiera entrar por la ventana, y en el recreo sacaba de la cartera una manzana en lugar de un bocadillo, y en las rodillas no tenía rasguños, sino gasas fijadas con mucho más esparadrapo del necesario, pasó la infancia dividido entre el amor por su madre y el deseo de que un rayo indoloro la fulminara para llevársela lejos, a un lugar donde fuera más feliz y dejara de estar pendiente de él a todas horas. Su padre, del que había heredado los orejones que le mortificaban desde que tenía memoria, sabía vivir al margen de su mujer, pero no quiso, o no supo, transmitirle a tiempo esa sabiduría. Mientras fue un niño, Roberto nunca logró sacudirse el yugo de aquella pasión absoluta donde, más que el amor, parecía latir el oscuro propósito de invadir su vida, de vivirla en su nombre, de usurpar su destino.

¿Qué?, el padre, vagamente de izquierdas pero orgulloso de profesar un anticlericalismo tan feroz como el que se podía esperar de cualquier macho español en el primer tercio del siglo XX, lo estudiaba como a un bicho raro cuando lo veía salir los domingos por la puerta, a misa con la niña, ¿no? ¡Cállate, hombre del demonio!, mascullaba su mujer, apretando la mano de Roberto en la suya, y al salir al descansillo hacía el gesto de peinar con los dedos los cabellos que ella misma había arado y apelmazado con colonia un rato antes, tú no le hagas caso, hijo, que no es malo, pero se va a condenar... Él callaba, pero al llegar a la calle soltaba esa mano para caminar mirando al suelo, y rezaba para que ninguno de sus compañeros del colegio contemplara su deshonra. Ponía en esas oraciones mucha más devoción de la que le inspirarían después los ritos y los cánticos del templo, porque ir a misa no era de hombres, y por eso sus amigos se quedaban jugando en la calle mientras sus hermanas se ponían un velo en la cabeza para seguir a sus madres a la iglesia. Ir a misa no era de hombres, pero él fue a misa con su madre todos los domingos hasta que estrenó sus primeros pantalones largos. Cuando se plantó, tenía catorce años y aprendió algo sobre la naturaleza humana que nunca olvidaría. Su víctima lloriqueó un rato, se llevó una mano al pecho, anunció que iba a darle un ahogo, se encerró en el baño, salió después de un cuarto de hora con el velo puesto, se marchó sola a la iglesia, y nada más. Aquel domingo, el Orejas se fue a jugar al fútbol, volvió a casa con un siete en la rodilla derecha de sus pantalones nuevos, y fue casi feliz.

En los ocho años que habían pasado desde entonces, nunca había llegado a serlo por completo, porque siempre se había encontrado inferior a los demás, como si sintiera que le faltaba algo, que nunca llegaría a estar al mismo nivel que sus amigos por culpa de una carencia, una merma a la que no sabía poner nombre y que tampoco sabía remediar. Él no era guapo, como Antonio, nunca había sobresalido por su inteligencia, como Silverio, no había ganado todas las peleas a puñetazo limpio, como Puñales, ni hablaba tan bien como Julián. Él era el Orejas, ni más ni menos, y aparte del tamaño descomunal de aquellos apéndices que le daban sombra en verano, un chico sin demasiado interés, ni guapo, ni listo, ni fuerte, ni brillante. Por eso no discutía, jamás trataba de imponer su opinión y se sumaba siempre a la de la mayoría para no destacarse, para no desentonar.

Él sólo quería ser uno más, y desde fuera nadie habría dudado de que lo había conseguido. Por separado, cada uno de sus amigos lo trataba tan bien o tan mal como a los demás, y en grupo nunca habían dejado de contar con él, de incluirle en las diversiones de las mejores noches y en el aburrimiento de las tardes tontas. Sin embargo, nunca confió del todo en ellos. Nunca confiaría del todo en nadie y esa condición, inscrita en su naturaleza, se vio pronto reforzada por la experiencia, la suma de muchas pequeñas humillaciones cotidianas y su propia inseguridad, una falta de fe en sí mismo que le impulsaba a no entregarse a nada por completo, para privarle en consecuencia de cualquier certeza. Pero si nunca pudo estar seguro de que sus amigos le apreciaran de verdad, fue también porque no dejó de tener pequeñas cuentas pendientes con todos ellos, y cuando se miraba en el espejo, odiaba a Antonio, y cuando se perdía en una explicación, odiaba a Silverio, y cuando procuraba que nadie le viera resguardarse en una esquina, odiaba al Puñales, y cuando escuchaba hablar a Julián en la trastienda de la lechería, le odiaba también. Su odio no tenía que ver con las virtudes de sus amigos, sino con la imagen que le devolvía el espejo cada mañana. Él sólo quería ser uno más, pero nunca había logrado sentirse a la misma altura.

Eso no quería decir que no tuviera sus cualidades, porque las conocía perfectamente, y dominaba la mejor manera de explotarlas. Era tan astuto que nadie que le hubiera conocido en aquella época, habría llegado a pensarlo de él. Y aunque no era inteligente, sí era ingenioso, rápido y, sobre todo, malévolo. En las tabernas, entre hombres, ¡cuenta otra vez el de la recién casada y el monedero, Orejas!, a menudo sentía que el estruendoso éxito de sus chistes lo rebajaba, que lo relegaba al papel de bufón más acorde con su apodo. Pero a cambio, las chicas menos llamativas de su barrio, las que no podían aspirar a Antonio o al Puñales, lo encontraban muy gracioso porque, además, era un maestro del piropo, y mentía tan bien que sus destinatarias acababan creyendo cualquier elogio que hiciera de sus piernas, de su pelo, de su talle. Aún poseía una virtud más, una cualidad todavía en potencia que con el tiempo se desarrollaría para determinar su personalidad, su carácter, mejor que ninguna otra. Tenía la sangre tan fría como una culebra, y aunque siempre había seguido a los demás para que lo quisieran, para que lo aceptaran, nunca había dado un paso en falso.

El camino que le había llevado hasta aquel sótano podría parecerlo, pero no lo sería mientras estuviera a tiempo de sacarle provecho. La política nunca había significado nada para él. Se había afiliado a un partido poco antes de la guerra porque todos sus amigos lo habían hecho, y el único motivo de que hubiera ingresado en la JSU en vez de permanecer fiel a las enseñanzas de don Ramiro, como Julián, fue una consecuencia más de la estrategia, sumarse por principio a la opinión de la mayoría, que aplicaba a todas las cosas. Si su antiguo profesor hubiera conseguido mantener su influencia sobre el grupo hasta el final, en aquel sótano estaría detenido un dirigente juvenil de la CNT, que también sería él, y daría lo mismo. Durante los últimos años, había escuchado muchas palabras, las había retenido en su memoria, se había animado a dejarlas caer cuando la coyuntura de una conversación le parecía propicia, y a veces había atinado y otras no, pero también se había esforzado por almacenar sus errores para no repetirlos. Después, el curso de la guerra, el prestigio del Quinto Regimiento, la influencia creciente de los comunistas, le demostraron que había acertado. Y en la primavera de 1937, mientras sus antiguos responsables políticos estaban lejos, con un fusil entre las manos, el soplo que nunca había tenido su corazón le convirtió en el máximo dirigente de Antón Martín. Al probar el poder, descubrió cuánto le gustaba.

El 3 de abril de 1939, esposado a la pata de una mesa, se reprochó su debilidad, la satisfacción que había sentido al tomar posesión del único despacho de la sede, la vanidad que le desbordaba como una marea alta, creciente y placentera, cada vez que sus amigos aprovechaban un permiso para ir a verle, para plegarse a sus criterios con la disciplina propia de los militantes de base. En aquellas reuniones espontáneas se había sentido por primera vez seguro, hasta orgulloso de sí mismo, y mientras repetía las consignas que había aprendido en la sede central como si se le acabaran de ocurrir, se asombraba de que sus camaradas más antiguos y a quienes más envidiaba, al uno por guapo, al otro por listo, fuesen también tan crédulos, un par de ingenuos. Jamás había supuesto que engañarles fuera tan fácil. Tampoco que la evolución de la guerra pudiera llegar a hundirles tanto porque él, a despecho de su cargo y de las insignias que brillaban en su solapa, no compartió en ningún momento su convicción de que la derrota de la República acarrearía el fin del mundo donde habían vivido hasta entonces.

Eso sí que era una tontería, porque el mundo, por definición, no se acababa nunca. Al menos, no para él. Esa fue la principal enseñanza que extrajo de aquellos tres bultos pequeños, blancuzcos, forzosamente idénticos a otras tantas partículas de su propio cuerpo que, se prometió a sí mismo, no iban a salir al aire ni en aquella sala ni en ningún otro lugar, ni aquel día ni nunca jamás. No podía dejar de mirar aquel charco de sangre, no podía dejar de sudar, de temblar mientras el terror le ahuecaba las vísceras para hacerle consciente de todas y cada una de las moléculas que conformaban su piel, su carne, su rostro y su esqueleto. El Orejas no era valiente, pero nunca volvería a ser tan cobarde como en el instante en que aquellos pedazos de diente, de hueso, de grasa o de sesos, le inspiraron la decisión más importante de su vida. Más de veinte años después, sus subordinados aprenderían a no preguntar por qué el comisario guardaba siempre bajo llave, en su despacho, una bolsa de plasma y otra de palomitas de maíz para recrear el escenario que había decidido su destino. El único hombre que podría habérselo explicado llevaba muchos años muerto.

—Vamos a ver qué tenemos aquí... —por eso tampoco habría podido contarles el lamentable estado en el que encontró a aquel detenido pálido, sudoroso, que lloriqueaba como una doncella ultrajada y se cagó literalmente encima al verle aparecer—. ¿Otro valiente, dispuesto a morir como un héroe?

El Orejas estudió a aquel hombre, oficial de Caballería, unos treinta años, más alto que bajo, más apuesto que él, que marcaba el ritmo de sus pasos golpeando la caña de su bota derecha con una fusta, y estuvo a punto de responder. Ya había despegado los labios para declarar que no tenía la menor intención de convertirse en un héroe, cuando la luz helada que brillaba en los ojos de su interlocutor le devolvió la sensatez. Si el preso esposado al otro lado de la mesa le conocía, y sobrevivía, podría identificarle por la voz aunque nunca le hubiera visto la cara. Así que volvió a cerrar la boca y negó enérgicamente con la cabeza.

—¿Ah, no? —recibió en premio una sonrisa torcida—. No me digas que vas a ser un buen chico.

Movió la cabeza en sentido inverso, con tanta fuerza como si pretendiera descoyuntársela, y el militar fue hacia él, se agachó para mirarle de cerca con la misma curiosidad con la que se habría acercado a un perro callejero, le levantó la barbilla con la fusta.

—¿Estás dispuesto a hablar, a contarme todo lo que sabes? —el Orejas volvió a asentir, distinguió un reguero de manchas rojizas, oscuras, en la pernera de un pantalón color garbanzo, y olió la pestilencia de sus propios excrementos—. ¡Joder, qué asco!

Se estiró a toda prisa y retrocedió unos pasos con la cara contraída en una mueca. El Orejas temió que el accidente de sus intestinos lo echara todo a perder y retuvo el aliento hasta que le vio asentir lentamente con la cabeza.

—Necesitas intimidad, ¿no es eso? No quieres hablar aquí, por si las moscas... —se echó a reír, se acercó a la puerta—. ¡Tomé! —e inmediatamente entró un soldado que se cuadró antes de saludar—. Suelta a este pez gordo y llévalo a mi despacho.

El soldado se acuclilló al lado del Orejas, abrió la esposa que lo mantenía sujeto a la mesa y se la puso en la muñeca izquierda mientras aguantaba una náusea a duras penas. Su superior se dio cuenta.

—Llévalo primero a las duchas para que se quite la mierda de encima, anda, que no hay quien pare a su lado.

Y se marchó, pero no tan deprisa como para dejar de oír la voz de su otro prisionero, que aún tuvo fuerzas para llamar al Orejas por su nombre.

—Rata —el aludido giró la cabeza hacia el lado contrario porque identificó su voz, supo quién era—. Eso es lo que eres, una rata asquerosa.

El soldado lo empujó hasta el pasillo, cerró la puerta, y a pesar de todo lo que no creía, de lo que no sentía, del terror que le dominaba y de lo que estaba dispuesto a hacer, aquellas palabras posaron un sabor amargo en el paladar del Orejas. Lo superó muy pronto, cuando su guardián tiró al suelo, frente al cubículo donde se estaba duchando, unos pantalones de tela marrón.

—Mira a ver si te valen —le gritó a distancia—. Su dueño ya no los necesita.

Quizás había conocido también al propietario de aquellos pantalones que se ajustaron a su cuerpo como si estuvieran hechos a medida, pero eso ya no quiso pensarlo. Mientras seguía al soldado por un laberinto de corredores, se juró a sí mismo que nunca pensaría en los hombres, en las mujeres a quienes iba a entregar como en seres vivos, personas con las que había hablado, que le habían sonreído, a las que había visto riendo o llorando, abrazando a otras personas, besando a las que querían. Desde aquel momento, para él serían figuras planas, sin vida, como manchas en una fotografía, siluetas de cartón en un campo de tiro. Le resultó asombrosamente fácil conseguirlo, tanto como mirar al capitán a los ojos, aceptar un cigarrillo, acercarlo al mechero que le ofreció y pronunciar el primer nombre.

—Matilde Landa Vaz —inhaló el humo, lo expulsó y empezó a sentirse mejor, porque aunque no estaba muy seguro de que el uniforme que tenía delante representara la opinión de la mayoría, en esencia no estaba haciendo nada distinto de lo que había hecho siempre, ser uno más—. Era la secretaria general del Socorro Rojo Internacional, tenía el despacho en el hospital de Maudes. Creo que vive en el Viso, pero no sé la dirección. Ella es la encargada de organizar el Partido Comunista de Madrid en la clandestinidad.

—¿Y tú cómo sabes eso?

—Porque estuve en la reunión donde la nombraron.

En ese momento, el capitán se echó para atrás y volcó sobre su confidente una mirada peculiar, distinta de las que le había dirigido antes, en el sótano. Aquel día, el Orejas no supo interpretarla, descifrar el significado exacto de aquellos ojos claros, calibrar la llama pequeña, tenaz, que ardía detrás de una pared de hielo, un brillo despiadado que no acababa de encajar con un gesto que era una sonrisa y no lo era del todo.

—Muy bien —aquella expresión sobrevivió a sus palabras—. Pues te vas a volver al calabozo hasta que demos con ella. Luego, ya hablaremos.

El 4 de abril de 1939, Matilde Landa entró esposada por la misma puerta por la que el Orejas salió a la calle dos horas después. Lo primero que hizo fue ir a su casa, cubrir a su madre de besos, bañarse, ponerse unos pantalones propios y tirar a la basura los que le habían dado, envolviéndolos antes en un trapo que empujó hasta el fondo del cubo como si se estuviera desprendiendo de un cadáver, el cuerpo de su primer delito. Luego comió, se metió en la cama y durmió unas horas. Por la tarde, retomó el contacto con sus camaradas, y al día siguiente, volvió al trabajo, a su vida normal, una rutina que a partir de entonces y hasta el invierno de 1942 incluiría las citas con su controlador.

—¿Te he contado alguna vez el asco que me das, Orejas?

Carlos Vázquez Ariza había empezado a trabajar en la Inteligencia militar al principio de la guerra y nunca lo había dejado. Por eso, siempre que le citaba fuera del despacho iba de paisano, con trajes bien cortados, de excelente calidad, zapatos ingleses, sombreros y abrigos que afirmaban su superioridad sobre su confidente, el chico calzado con alpargatas que se cerraba con las manos una chaquetilla que apenas le defendía del viento mientras andaba a su lado. Durante algunos meses, Roberto sólo trató con él, y desde que descubrió lo que significaba la mirada con la que le recibía, le atormentó la certeza de haberle hecho regalos tan valiosos a aquel cabrón.

—¿Qué fue lo que dijo Isidro cuando te sacamos del sótano? —sus insultos no le herían—. Que eras una rata asquerosa, ¿no? —porque era peor que él—, y hay que ver, Orejas,

¡qué razón tenía! —pero le jodía que supiera tanto de su detención—. ¿Te he contado la historia de Isidro? —le jodía que se complaciera en evocarla en voz alta—. Un tío con dos cojones, esa es la verdad, eso lo reconozco... —y le jodía todavía más que la eludiera sólo para subrayar lo bien que recordaba los detalles que la habían rodeado—. Cincuenta y dos años, ¿te das cuenta?, con edad para ser tu padre, el mío y, lo que es más notable, el de su mujer, que estaba buena, pero lo que se dice buena, ¿eh?, treinta años, morena, con un par de tetas... —para recalcar que podría abandonar a Isidro para recordarle a él, con los pantalones cagados, en cualquier momento—. Flaca y todo, tenía un polvazo, así que cuando la vi me dije, ya está, ¿quién se arriesgaría a morir, pudiendo meterse en la cama con este guayabo todas las noches? —y a fuerza de oírlas, se sabía de memoria todas las palabras, las comas y los puntos, las preguntas retóricas que articulaban el discurso del capitán—. Pues no abrió la boca, fíjate, lo que son las cosas, y eso que lo tenía fácil, porque era el secretario general de no sé qué rama de la UGT desde antes de la guerra y podría haberme contado lo que le hubiera dado la gana, se lo habría dado todo por bueno, pero nada, no hubo manera —hasta que empezó a sospechar que Vázquez no hablaba sólo para joderle, sino también para joderse a sí mismo—. Con tipos como tú mi trabajo es fácil, pero con gente como él... Me cansé yo antes, mira lo que te digo —para recordarse que Isidro estaba muerto y él vivo—, llegó un día en el que ya no pude más, por eso sé tanto de su vida, porque intenté ganármelo por las buenas, le di de comer, le regalé tabaco, le ofrecí café y hablamos, me contó muchas cosas de su infancia, de sus ideas, de su trabajo, de su mujer, muchas cosas —para reprocharse que Isidro hubiera muerto y él siguiera vivo—, pero ni un nombre, ni una dirección, nada que me sirviera, por eso renuncié, porque ya éramos como amigos... Se lo pasé a otro equipo, y ellos lo intentaron todo, y tampoco le sacaron nada —para dolerse de que Isidro hubiera muerto y él siguiera vivo—. Y dos semanas después de que le hubiéramos dejado por imposible, cuando estaba ya en las últimas, le mandé recado con un soldado, pero siguió negándose, así que al final bajé yo a hablar con él —para expresar ese dolor, un sentimiento tan contradictorio que su confidente tardó en identificarlo, en el que se resistió a creer, y que sin embargo era auténtico—. Déjame ayudarte, Isidro, no hace falta que me cuentes nada, si me das permiso puedo hacer que te lleven a un hospital, que te pongan morfina... —porque a Vázquez Ariza le dolía de verdad el corazón por lo que había hecho con aquel preso—. ¿Y sabes lo que me dijo, Orejas? —por eso, al recordarlo, dejaba de mirarle para mirar al horizonte con ojos turbios—. ¿Sabes lo que me dijo? Pues me dijo, no cuentes conmigo para quedarte con la conciencia tranquila —y sonreía al mirarle de nuevo—. Eso me dijo —al volcar sobre él una mirada ardiente y congelada en la que cabía tanto desprecio como el que un solo hombre era capaz de reunir—, y luego me tendió la mano. Me tendió la mano, Orejas, yo se la di, me marché de allí y murió a los tres días... —la mirada de abrumadora superioridad con la que aquel ingrato engreído de mierda le pagaba lo que había hecho por él—. Isidro Rodríguez, se llamaba, y murió como un héroe, con dos cojones, qué quieres que te diga —como si tuviera derecho a tener conciencia, el muy hijo de puta—. Y yo... Pues aquí estoy, contigo y con el asco que me das, Orejas.

La última vez que se atrevió a hablarle así, en una tarde lluviosa de febrero de 1942, su confidente ya no era el Orejas, y él, por más que acabaran de ascenderle a comandante, nada más que un cabo suelto.

—¿Y tú qué haces aquí?

A aquellas alturas de la paz, del SIPM no quedaba ni rastro. En los despachos de la Brigada de Investigación Social, la policía política fundada el año anterior con estatuto de cuerpo civil, el antiguo soplón era un agente sin pasado, que trabajaba encubierto con varias identidades y ningún mote, a las órdenes directas del comisario. Su nuevo jefe era todo un señor, que sabía valorar su trabajo y no dejaba pasar la ocasión de mencionarle, jamás por su nombre, como a su agente más valioso, el as en la manga de una Brigada que le debía gran parte de sus éxitos. Los agentes de guardia le trataban de usted, y el secretario del comisario jefe se levantaba de la silla para abrirle la puerta cuando le veía aparecer con un traje de calidad excelente, acorde con el sombrero, el abrigo y los zapatos ingleses que calzaba. La tarde que escogió para ir a buscar a Vázquez Ariza, se esmeró tanto en su aspecto como si fuera a reunirse con la cúpula del ministerio, pero él, destinado ahora en el Servicio de Inteligencia del Ejército de Tierra, le miró igual que siempre, como a una mierda, cuando salió del ministerio para tropezárselo en la esquina de Alcalá.

—Tengo que enseñarle algo, mi comandante —él correspondió con la servil deferencia de otros tiempos—. Don Joaquín me ha pedido que venga a verle. Los dos opinamos que lo que tengo es más para usted que para él.

—¿Ah, sí? —el militar le miró, miró su reloj, volvió a mirarle y bostezó—. Bueno, si no tardamos mucho...

El Orejas contaba con que el desprecio que el militar sentía hacia él le impediría sospechar el carácter de la sorpresa que le tenía reservada. Los gatos no tienen miedo de los ratones, pensaba, y cuando su antiguo controlador le siguió sin hacer preguntas hasta un Citroën tan bien cuidado que ni siquiera parecía de segunda mano, se felicitó por su acierto. Carlos Vázquez Ariza no sabía en qué clase de hombre se había convertido el Orejas desde que constaba en la nómina de personal del Ministerio de Gobernación, y eso significaba que aquel hombre nuevo acababa de superar el único peligro que habría podido comprometer sus planes.

—¡Coño, Roberto! —por eso enfrió su sangre más que nunca—, sí que te van bien las cosas. Porque este coche no es de la Brigada, ¿verdad?

—No, mi comandante —contestó con humildad fingida—. Es mío.

—Ya —entonces, su acompañante le sonrió por primera vez—. Te diría que me alegro, no creas, pero la verdad es que si hemos hecho una guerra para que una rata como tú tenga su propio coche...

Tampoco comentó esas palabras, ni las que, antes de llegar al final de la calle Alcalá, le resultaron más familiares.

—Por cierto, ¿te he contado alguna vez el asco que me das, Orejas?

Mientras el comandante se desahogaba, él se limitó a conducir en silencio por la carretera de Barcelona hasta el desvío de Coslada, para tomar enseguida otro que conducía, por un camino oblicuo y apenas transitado, hasta el antiguo aeródromo de Alcalá de Henares. Había hecho el mismo recorrido unos días antes, buscando un lugar, y lo encontró en las ruinas de una caseta que no había vuelto a usarse desde que un bombardeo trituró la pista principal. Desde entonces, nadie pasaba por allí. La carretera estaba tan deteriorada, el asfalto rajado y florecido de matojos, que estuvo a punto de desecharla por miedo a provocar una avería, pero Vázquez Ariza se lo puso tan fácil que ni él ni los bajos de su vehículo llegaron a correr riesgo alguno.

—¡Joder, chaval! ¿Adónde me llevas, a Cuenca? —y él mismo se echó a reír de su ocurrencia.

—No, mi comandante. Ya falta poco.

—¿Sí? Pues para un momento, anda, que me estoy meando.

Cuando pronunció aquellas palabras, estaban en medio del campo y de una recta llana, larguísima, flanqueada por unos pocos árboles que no obstaculizaban la visión del horizonte en ningún punto. El Orejas lo comprobó mientras se detenía a su derecha para complacer al comandante. Al quedarse solo en el coche, volvió a mirar por el parabrisas, por el retrovisor, y no vio absolutamente nada, absolutamente a nadie.

—Voy a estirar las piernas yo también —anunció en voz alta, antes de rodear el coche por delante, de puntillas, para acercarse sin hacer ruido al hombre que orinaba en el arcén.

Todo lo demás pasó muy deprisa y fue limpio, sencillo, casi impecable. Cuando se situó detrás del comandante, ya tenía la pistola en la mano. Quitó el seguro, estiró el brazo, apoyó el cañón del arma en la nuca de su víctima y mientras afianzaba el dedo en el gatillo, Vázquez Ariza giró la cabeza para mirarle por última vez. Su asesino sostuvo su mirada durante un instante, y durante ese instante fue consciente de la pasividad de un hombre a quien el miedo, el asombro, quizás su propia voluntad, habían incapacitado para defenderse. El comandante le miró con una serenidad que el Orejas nunca había visto en unos ojos claros y repentinamente desprovistos de pasión. Como si lo supiera. Como si le reconociera. Como si nunca hubiera esperado de él otra cosa que la muerte. Así le miraba cuando un disparo atronó en medio de ninguna parte. Luego, el pistolero se agachó junto al cadáver, lo cacheó, se sorprendió al descubrir que iba armado, se quedó con su automática y le pegó una patada para hacerlo rodar por el terraplén.

—¿Te he contado alguna vez el asco que me das, Orejas? —repitió para nadie, con un soniquete burlón.

Se arregló la ropa, respiró hondo, se metió en el coche y esperó a que sus manos dejaran de temblar. Entonces arrancó el motor y se volvió a Madrid.

Carlos Vázquez Ariza fue el único hombre al que el Orejas asesinó a sangre fría, con sus propias manos. Antes y después, provocó directa o indirectamente la muerte de muchas personas, decenas, tal vez centenares, pero siempre puso mucho cuidado en que la sangre no le salpicara. Él los seleccionaba, los sentenciaba, determinaba la frecuencia y la intensidad de las torturas a las que eran sometidos, escogía el momento y daba la orden, pero siempre tuvo cerca a alguien más tonto, más incauto o más fanático para hacer el trabajo sucio. Sin embargo, aquel crimen fue sólo suyo, le pertenecía tanto como su propio nombre, porque el cuerpo que un pastor encontró por azar, cuatro días después de aquella excursión al campo, no era sólo el cadáver de un oficial de Inteligencia del Ejército de Tierra. Con el comandante había expirado al mismo tiempo la traición del Orejas, y él mismo se encargó de enterrarla.

—Qué pena, ¿verdad, Roberto? —cuando salieron juntos del funeral, después de darle el pésame a la viuda, el comisario estaba muy afectado—. Un hombre tan joven, con dos hijos pequeños... Me pregunto cuándo dejaremos de padecer las consecuencias de aquella guerra terrible.

Esa era la versión más extendida en los sótanos de la Puerta del Sol, que Vázquez Ariza había sido víctima de un crimen político, la venganza de un justiciero solitario que habría actuado por un impulso individual, porque ninguna organización había reivindicado el atentado. Pero era una hipótesis débil, basada en la ausencia absoluta de indicios hasta que el Orejas frunció las cejas en una mueca escéptica que no pasó desapercibida para su superior.

—Pues sí, pero el caso es que... —sólo cuando estuvo seguro de haber atraído su atención, se atrevió a ir más allá—. Usted sabe que yo apreciaba mucho al comandante. Nunca podré agradecerle bastante que después de la guerra confiara en mí. Sin su ayuda, nunca habría llegado a entrar en el Cuerpo, usted lo sabe, pero... —y ahí se detuvo.

—Pero ¿qué? —hasta que el comisario entró por el aro.

—Pero ¿su muerte no le parece demasiado rara, señor? ¿Qué hacía el comandante en medio del campo, desarmado y en secreto, sin haber avisado a nadie en su oficina ni en su casa? Ninguna investigación justificaba su presencia en aquel lugar fuera de su horario de trabajo y por otra parte... ¿Cómo llegó hasta allí? ¿Quién le llevó, y por qué fue con él, y para qué? —hizo una pausa, bajó la voz y repitió la última pregunta—. Sobre todo, ¿para qué?

—No estarás sugiriendo... —su jefe se paró en mitad de la acera para mirarle con una luz de inteligencia en los ojos—. No estarás sugiriendo que Vázquez era maricón, ¿verdad?

—Yo no sugiero nada, don Joaquín, pero... Para meterse en la cama con una mujer, no le habría hecho falta irse tan lejos, ¿verdad, usted?

—Verdad, Roberto —y asintió lentamente con la cabeza—, verdad.

Lo que no reveló nunca, ni a su superior ni a nadie, fue el acontecimiento que decidió la fecha de aquel asesinato.

—¡Jo, qué fastidio! —el día de Reyes de 1942, a las nueve de la mañana, Paquita esbozó un mohín de disgusto al oír el timbre de la puerta—. ¿A quién se le ocurre, precisamente hoy? —y se volvió hacia su marido—. ¿Voy yo?

El Orejas respondió sin dejar de estudiar el roscón, cuchillo en mano.

—Sí, ve tú, anda...

No le gustaba que su mujer abriera la puerta cuando él estaba en casa, pero aquel día, a aquella hora, sólo podía ser la vecina del segundo, aprovechando para gorronear un poco de leche con la excusa de que las tiendas estaban cerradas. Otro día iba a poner en su sitio a esa aprovechada, se dijo, aquel no, porque estaba demasiado concentrado en el problema de partir el roscón de manera que la sorpresa le tocara a su mujer sin provocar los celos de su madre, que estaba a su lado, vigilándole de cerca. Sin embargo, cuando aún no había terminado de analizar todos los bultos que accidentaban aquella azucarada superficie, escuchó una voz que no esperaba.

—Buenos días, prima —y se puso tan nervioso que ni siquiera soltó el cuchillo—. ¿Está tu marido en casa? Tengo que darle un recado.

—Claro, ahora mismo le aviso.

No hizo falta, porque al darse la vuelta se encontró con él, y la sangre huyó de sus mejillas mientras se sujetaba el pecho con una mano.

—¡Ay, qué susto! —sólo al escucharla, Roberto se dio cuenta de que todavía llevaba el cuchillo en la suya—. ¿Pero qué haces con eso?

—Nada, cielo —y le dio la vuelta, para ofrecérselo por el mango—. Ten, llévatelo, no me he dado ni cuenta... Vuelve al comedor, ¿quieres? —la enlazó por la cintura y la besó en la mejilla—. Yo voy ahora mismo, te lo prometo.

—Eso, a ver si abrimos los regalos de una vez.

La siguió con la vista, y sólo se concentró en la intrusa cuando estuvo seguro de que Paquita no podía oírle.

—Mira, Chata —dio un paso hacia ella para asegurarse de que oía bien la amenaza envuelta en el murmullo de su voz—. Te he dicho muchas veces...

—Que esta casa es sagrada —prosiguió ella en el mismo volumen—, que no se me ocurra venir aquí, que como Paquita se entere de lo nuestro, me matas, que aunque te sigas acostando conmigo, adoras a tu mujer... —la última coletilla era suya, pero todo lo demás coincidía, punto por punto, con lo que su

anfitrión había estado a punto de decirle—. N[...]
no he venido por eso.

El Orejas dio un paso hacia atrás, la miró, l[...]

—He venido a darte la enhorabuena, Rob[...]
do los Reyes Magos, ¿sabes? Y este año, adem[...]
un poquito gilipollas, porque con lo malo que [...]
traído un regalo que no veas... —él volvió a levantar las cejas,
ella sonrió sin ganas—. Antonio Perales está en la trastienda.
Me lo he encontrado en la calle cuando salía a recoger el roscón, y lo he metido allí. Te está esperando. Quiere hablar contigo.

—¡Antonio! —y repitió ese nombre mientras el júbilo, la
preocupación y el nerviosismo se mezclaban en su interior como
un cóctel peligroso, demasiado cargado—. Por fin...

—Pues sí, por fin —Chata le dirigió una sonrisa auténtica, cargada de auténtico sarcasmo—. Yo ya me voy. De nada,
¿eh?

¡Oh, Dios mío, y ahora, encima, esto!, pronosticó para sí
mismo mientras daba un paso hacia ella, la agarraba por el culo
y la besaba en el cuello con la mecánica precisión de un autómata.

—Gracias, Chata, gracias —mientras lo único que necesitaba era quedarse solo, con la cabeza libre para pensar—. Te
recompensaré, no creas que no...

—¿Con una ración de gambas?

Y por la manera en que le miró antes de cerrar la puerta, el
Orejas adivinó que iba a tener que estirarse.

Chata y él eran amantes desde que ella se ofreció, una tarde
de otoño de 1938. Las sirenas ya habían empezado a sonar, los
camaradas que había en la sede a precipitarse hacia el sótano,
cuando entró en su despacho, corrió el pestillo de la puerta, se
sentó en su mesa, abrió las piernas, empezó a acariciarse la cara
interior de los muslos y le dijo que las bombas la ponían cachonda. Él se arriesgó y no se arrepintió.

Para eso, Chata era única. Tenía mucha imaginación, siempre estaba dispuesta, y ni siquiera en un burdel era fácil encontrar una chica tan impúdica y lasciva como ella. Pero disfrutar

...as cualidades era una cosa y casarse con aquel putón, so-
...e todo en la nueva España, donde lo que se esperaba de un
hombre de verdad era que ofreciera su brazo a una señora discreta y piadosa para ir a misa los domingos, otra muy distinta.
El tiempo había cambiado mucho, y por más que rezongara, por
muy amargo que fuera el veneno que destilaba al reprocharle
que se hubiera casado con Paquita sólo por interés, Chata lo
sabía tan bien como él. Tampoco tenía derecho a quejarse, porque la relación de su amante con Vázquez Ariza le había evita-
do una detención, un consejo de guerra, muchos años de cárcel. Los dos viajaban en el mismo barco desde el principio y lo
que no había hecho un cura, unirlos para siempre, lo había
logrado una traición compartida. La lealtad de aquella mujer
no le inquietaba, pero temía que su despecho hiciera saltar su
matrimonio por los aires y eso significaba que en una semana,
diez días a lo sumo, tendría que inventarse un viaje. Porque lo
único que aplacaba a Chata, por muy puta que fuera, era dormir con él una noche entera.

—¡Qué coñazo de mujeres! —murmuró en el recibidor,
mientras la suya le reclamaba—. Nunca mejor dicho.

Al volver al comedor estaba tan nervioso que cortó el roscón sin mirar por dónde, y la sorpresa le tocó a él.

—¡Vaya! —Paquita disimuló a duras penas su decepción—.
Qué suerte...

—Sí —su madre estuvo de acuerdo—, porque es un conejito rosa muy mono, parece de porcelana, ¿no?

—Venga, vamos a abrir los regalos y rapidito, que luego tengo que salir —se metió la sorpresa en el bolsillo, fue hasta la
cómoda a buscar sus paquetes, y celebró haberse negado a instalar un teléfono en su casa—. Chata ha venido a decirme que
acaban de llamar del ministerio.

—¿Y por qué? —preguntó su mujer.

—¡Ah! Pues no lo sé, esas cosas no se le dicen al primero
que contesta, como comprenderás...

Había conseguido para ella un mantón de Manila negro bor-
dado en colores, carísimo, por el que sólo había pagado diez
duros, la propina que le dio al agente que se lo agenció en el

442

registro de una tienda de la Plaza Mayor, pero para que fuera abriendo boca, deslizó en su mano, junto con la caja, el conejito que había encontrado en su trozo de roscón.

—¡Roberto, es precioso!

—No me extraña que hayan llamado, si es que está la cosa muy mal —añadió, como hablando consigo mismo, mientras Paquita se levantaba con el mantón sobre los hombros para ir a mirarse en el espejo—. Con esta sequía del demonio, dentro de poco me va a tocar un viajecito, y si no, al tiempo...

A su madre, que nunca había sospechado que su hijo no estuviera empleado por las mañanas en el Ministerio de Agricultura, también le gustó mucho su regalo, un conjunto de camisón y bata que había comprado, para variar, en la liquidación de una mercería del barrio. A cambio, recibió una corbata, un frasco de colonia, una camisa y un chaleco de punto tejido a mano. Se lo puso todo encima, para tenerlas contentas, y vestido de limpio, muy perfumado, se echó a la calle bajando los escalones de dos en dos.

—¡Quita, niño...! —sólo cuando el hijo pequeño de la gorrona del segundo estuvo a punto de atropellarle con el camión que le habían traído los Reyes, comprendió que no podía asistir a aquella cita sin pararse a pensar primero en lo que iba a hacer, y sobre todo, en lo que iba a decir.

La ansiedad que le había hecho tropezar con aquel juguete era el fruto de una larga carrera. La clave de los éxitos que iban camino de consagrarle como un héroe legendario en la Brigada se anclaba en su propio pasado, el interruptor que le permitía transformarse, darse la vuelta a sí mismo igual que a un guante cuando le venía bien. Pero mientras por las calles de Madrid siguiera andando gente que lo hubiera conocido antes de 1939, el Orejas estaba en peligro. Todas las misas que se había tragado, toda la respetabilidad en la que había logrado envolverse y, en suma, su nueva identidad, se vendrían abajo en el instante en que cualquier detenido se le despistara y hablara más de la cuenta. Sus jefes le habían protegido, y le seguían protegiendo, porque no les convenía prescindir de las ventajas que arrojaba su detestable trayectoria, pero entre sus compañeros todavía abundaban los excombatientes que exhibían las heridas de guerra con más orgullo que las condecoraciones, los falangistas que llevaban la cuenta de los rojos a los que habían liquidado con sus propias manos, los fanáticos religiosos, los tradicionalistas fanáticos y los fanáticos a secas. Él estaba seguro de que la mitad de las hazañas que contaban eran mentira, pero su espíritu seguía siendo tan auténtico que si uno solo llegaba a enterarse de que el niño bonito del director general había sido responsable de un radio de la JSU durante la última etapa de la guerra, ni siquiera el ministro se arriesgaría a mover un dedo por él.

—Tú ya lo sabes, ¿no? —le había advertido don Joaquín al poco tiempo de tenerlo bajo su mando—. Cuidado con los de dentro. Para ti son más peligrosos que los de fuera, que ya es decir...

El Orejas trabajaba solo, en la calle, y por las tardes se ponía un mandil para echar una mano en la tienda de su suegro. Todas sus precauciones eran pocas, pero no impedían que se mezclara con sus colegas en ciertas ocasiones. Siempre que había una redada importante, le mandaban llamar para que dirigiera los interrogatorios, y él aprovechaba su aureola de especialista para imponer sus propias condiciones. Aunque tenía unos ojos castaños de lo más vulgares, los cubría con unas gafas de sol muy oscuras con la excusa de que los focos le producían jaquecas, y no consentía que nadie le acompañara en su primera entrevista con un detenido.

—Es una cuestión de procedimiento. Prefiero clasificar al sujeto sin interferencias.

Sin embargo, cuando comprobaba que nunca había visto al sujeto en cuestión, le gustaba tener espectadores. Después de lo que denominaba pomposamente «una primera toma de contacto», invitaba a dos o tres agentes a unirse a él para apabullarles con su exhaustivo conocimiento del enemigo. Dominaba todas las palabras, los conceptos, las claves del lenguaje de los marxistas clandestinos, hasta el punto de que a menudo los prisioneros le preguntaban dónde había aprendido tanto.

—¿Nunca has oído hablar de la Quinta Columna? —él les devolvía la pregunta sin volverse a mirar el efecto que provocaban estas heroicas palabras en sus colegas—. Os teníamos infiltrados de arriba abajo, tonto del culo.

Así logró que los rumores que circulaban sobre él le favorecieran, sin extenderse nunca en explicaciones que pudieran desentonar con los recuerdos de los quintacolumnistas genuinos, aunque el número de quienes se adornaban con aquel adjetivo multiplicara por varias cifras el de los efectivos que había llegado a tener la Quinta Columna en su mejor momento. Por lo demás, le gustaba contar que estudiaba mucho, y era verdad. Ningún agente solicitaba a los archivos tanta documentación, ni recibía tantos paquetes desde el Consulado de España en Toulouse. Cuando llegaba alguno, ni siquiera iba a casa a comer. Encerrado en el viejo piso de sus padres, devoraba los informes que la diplomacia española, la Inteligencia alemana y la vichysta habían elaborado sobre los comunistas españoles exiliados en Francia, miraba las fotos hasta que le dolían los ojos y volvía a mirarlas con lupa. Buscaba una pista, un indicio, la huella de un hombre al que nunca encontró.

Buscaba a Antonio Perales García, alias Antonio el Guapo, la última pieza que le faltaba para descansar. Estaba muy pendiente de las andanzas de sus viejos camaradas, esos que se habrían partido de risa si alguno de sus colegas les hubiera contado las hazañas de don Roberto en la Quinta Columna. Había ido anotando en un cuaderno las fechas de sus detenciones, las de sus Consejos de Guerra, las penas que les habían caído, los penales a los que habían sido trasladados, las brigadas de trabajadores a las que estaban adscritos. Actualizaba esta información periódicamente, para no perder el norte si algún día se veía obligado a atravesar, en dirección contraria, el campo de minas que sus amigos de toda la vida representaban para él, pero tanto trabajo, tantas horas de estudio, tantas noches en vela, no servirían de nada mientras Antonio anduviera suelto por Madrid. Porque aunque lo buscó hasta en Canarias, habría apostado uno de sus brazos a que el mayor de los Perales nunca había llegado a salir del distrito Centro. Si se lo había tragado la tierra, era la misma que los dos habían pisado juntos tantas veces.

Lo único que sabía con certeza era que se había escondido para escapar de los casadistas, y que después de la primera semana de marzo de 1939, no había sido detenido ni había aparecido su cadáver. A partir de ahí, todo eran hipótesis, algunas felices pero improbables, que alguien lo hubiera quitado de en medio y lo hubiera enterrado muy bien, que hubiera cruzado la frontera y no se lo hubiera comunicado a su familia, que hubiera logrado hacerse con documentos falsos y estuviera viviendo bajo otro nombre, en otra provincia. Pero sabía de sobra que, en aquellos tiempos, ciertos cadáveres tenían la mala costumbre de aflorar, conseguir documentos falsos resultaba imposible para quien no fuera un miembro activo de una organización clandestina, y era más difícil engañar a los Comités Locales que a algunos de sus compañeros uniformados. La Brigada de Investigación Social sabía todo lo que sucedía en España, y según sus archivos, Antonio Perales García no sólo no había muerto. Ni siquiera había llegado a nacer.

—Estás en Madrid —el Orejas lo afirmaba entre dientes, en el salón de la casa de sus padres—. Estás aquí, aquí, pero ¿dónde?

¿Dónde se había escondido Antoñito? ¿Quién le protegía, quién le alimentaba, quién le cuidaba? Él le conocía desde que eran niños. Conocía a su familia, a sus amigos, a sus amantes y hasta a su enamorado flamenco, aquel maricón que se habría llevado lo suyo hacía ya tiempo si la diosa con la que compartía casa no odiara al desaparecido más que nadie en este mundo.

—¿Y cómo fue? —decidió empezar por ella, para que Eladia le respondiera con una mirada cargada de sorna—. ¿Te hiciste daño?

—¿Yo? —el Orejas no fue capaz de adivinar por dónde iba—. ¿Cuándo?

—Cuando te diste el golpe ese del que te has quedado medio lelo —y se echó a reír—. ¡Vamos, no me jodas! Anda, que si llegara a saber dónde está ese cabrón, no le habría ajustado yo misma las cuentas...

La bailaora suspiró, se puso en jarras, echó el pecho hacia delante y se dejó admirar como si estuviera posando para un pintor. Mientras acataba sumisamente su voluntad, Roberto se preguntó una vez más qué habría pasado durante aquellas horas de las que Antonio nunca quiso hablar con nadie, aquella noche en la que se metió en su cama como un amante para levantarse como un enemigo.

—Bueno, pero tampoco querrás que lo detengan, ¿no?

—Mira, Orejas, déjame —y movió la pierna derecha para que los volantes se arremolinaran alrededor de sus pies—, que no tengo el coño para ruidos.

Se dio la vuelta y se marchó taconeando, contoneando aquel culo imperial que una vez fue de Antonio Perales, luego de nadie, y algún día, a poco que te descuides... Pero la fantasía de llegar a tener a Eladia encerrada en un puño no le consoló, y siguió buscando a su único amante conocido, machacando las aceras de su viejo barrio, preguntando y volviendo a preguntar a todas las personas con las que le habían visto alguna vez para obtener de todas el mismo resultado. Ninguno.

Al principio, había creído que no sería difícil. La primera vez que fue a su casa a interesarse por él, Manolita le pareció sospechosa, pero la siguió a distancia durante meses hasta que, poco antes de Navidad, se resignó a aceptar que la hostilidad de aquella tonta no tenía que ver con el deseo de proteger a su hermano, sino con el despecho de haber visto frustradas sus ilusiones. Manolita era una de sus clásicas, esas chicas del montón con las que se consolaba de que Eladia ni siquiera le viera cuando se cruzaba con él por la calle. Desde entonces no esperaba nada de ella pero, contra todos sus pronósticos, Manolita fue la clave que confirmó sus hipótesis.

—Qué raro...

Al margen de su acceso ilimitado a los archivos de la Brigada, el Orejas le daba una propina a un funcionario de Porlier a cambio de información sobre las visitas que recibían determinados reclusos. Durante más de dos años, ningún nombre le llamó la atención en aquella lista, pero en mayo de 1941, cuando encontró el de Manolita emparejado con el de Silverio, le extrañó tanto que mandó enseguida a Chata a curiosear por el barrio.

—Pues que son novios —y el fruto de sus pesquisas le extrañó aún más.

—¿Novios? —se la quedó mirando como si nunca hubiera oído esa palabra—. ¡Hala, vete! ¿Quién te ha dicho eso?

—Todo el mundo. La señora Luisa, la hermana de Puñales...

—¡Que no! —insistió, negando con la cabeza—. Ni de coña. ¿Silverio y Manolita novios? ¿De qué?

—Porque tú lo digas —su incredulidad logró picar a su amante.

—Pues sí, porque lo digo yo, que los conozco como si los hubiera parido.

En aquel momento su cerebro se disparó, y siguió funcionando a una velocidad muy superior a la que sus labios eran capaces de procesar con palabras. Silverio y Manolita no podían ser novios, de eso estaba tan seguro como de que algún día iba a morir. Los había visto juntos un millón de veces y nunca, jamás, había detectado la menor atracción entre ellos. A Manolita le gustaba él, y a Silverio sólo las revolucionarias, las mujeres con las que podía hablar de política hasta en la cama. De esas, antes y durante la guerra, le había conocido varias, unas más monas, otras menos, la escocesa con un polvo, pero cada una de su padre y de su madre. Sin embargo, todas eran el tipo de Silverio porque compartían la pasión que convertía a aquel chico tartamudo y desgarbado en un hombre maduro, no sólo inteligente, sino también brillante, que las atraía sin tener que esforzarse en seducirlas, porque a propósito no habría sabido. Por eso, su noviazgo con la señorita Conmigo No Contéis le pareció sencillamente imposible.

—A no ser... —Chata miraba sus cejas fruncidas, su boca abierta por el esfuerzo de agarrar el cabo de una idea que jugaba con él, tentándole sin dejarse atrapar—. A no ser... Pero eso sería como matar moscas... —cuando lo consiguió, estrelló los dos puños sobre la mesa, con tanta fuerza que se hizo daño—. ¡Estás aquí, cabrón, estás aquí!

Enunció en voz alta la única teoría que le parecía compatible con aquella noticia, y Chata le miró como si se hubiera chalado. Sin embargo, mientras la repetía en voz alta, el Orejas terminó de convencerse de que Antonio andaba detrás de aquel noviazgo, de que había sido él quien había enviado a su hermana a la cárcel para contactar con el Manitas por alguna razón.

—¿Con un preso? —su amante puso los ojos en blanco—. ¿Y qué podría hacer un preso por él? Ese hombre te está volviendo loco, Roberto...

—Que no, que no, ya verás como tengo razón.

Y tres semanas después, cuando le enseñó el nombre de Manolita Perales García en la lista de las novias del 19 de mayo, hasta Chata reconoció que la hermana de Antonio no encajaba con el tipo de chica que entra en una cárcel para acostarse con un preso, y menos con tantas prisas.

—Vamos —murmuró muy bajito—, que así, ni servidora...

—¿Lo ves? Porque están tramando algo —resumió el Orejas por los dos—. Va a entrar a verle porque se traen algo entre manos, pero ¿qué puede ser?

Desde que se había casado con la Garbanza, sin más invitados que su madre, para irse a vivir muy lejos de la glorieta de Atocha, el Orejas no alternaba en su antiguo barrio. Estaba casi seguro de que para Manolita seguía siendo soltero, y por eso, el lunes siguiente se arriesgó a ir a la cárcel, tonteó un rato con ella, asistió a una desconcertante sesión de arrumacos y hasta encajó una negativa de la última mujer por la que esperaba ser rechazado. Él no se fiaba de nada, de nadie, pero había visto a una pareja de enamorados con sus propios ojos, había escuchado sus palabras con sus propios oídos, y ya no sabía qué pensar. A cambio, desarrolló una aversión desproporcionada hacia aquella chica que le fastidiaba tanto como una china en un zapato, y ya había empezado a planear la mejor manera de ocuparse de ella cuando, el 5 de noviembre de 1941, una maleta voló por una ventana para aterrizar en el patio interior de un edificio de la calle Santa Engracia.

Su contenido no sólo desencadenó una caída monumental. También sirvió para desactivar el enigma de aquel amor imposible que estaba a punto de convertirse en otro callejón sin salida, una vía muerta tan irritante como la desaparición de Antonio el Guapo. Durante las últimas semanas de 1941, el Orejas se entregó a un trabajo febril, tan fecundo que al hallar en el inventario de un registro la descripción de dos multicopistas de un modelo insólito, tan limpias y flamantes como si nunca hubieran sido usadas, averiguó el motivo de las misteriosas bodas de Manolita sin necesidad de torturar a nadie. Y ya estaba pensando en mandarla detener y buscarle un novio más contundente, menos intelectual, entre sus muchachos de los sótanos de Sol, cuando su sangre de culebra le recordó a tiempo que ella nunca había sido un objetivo, sino un camino para llegar hasta el único hombre que le interesaba. Esa certeza le impulsó a esperar, a intervenir en todos los interrogatorios sin hacer preguntas directas. Confiaba en que la fruta madura cayera sola del árbol, pero aunque obtuvo una cosecha espectacular de vivos y de muertos, ni él ni nadie logró que el máximo responsable político de todos ellos abriera la boca.

—¿Y este? —antes de ver aquel amasijo de carne sanguinolenta atado a una silla, estaba seguro de que ya lo había visto todo—. ¿Cómo se llama?

—No lo sabemos —también creía que lo había escuchado todo, y volvió a equivocarse—. No ha querido decirnos ni siquiera su nombre.

—Dejadme un momento a solas con él.

Fue de verdad un momento. El Orejas no necesitó ni cinco minutos para llegar a dos conclusiones definitivas. La primera era que, a pesar del destrozo que le habían hecho en la cara, nunca había visto a aquel hombre. La segunda, lejos de suponer un fracaso, le depararía el éxito más incruento de su carrera.

—No va a hablar, señor.

—Hombre, Roberto, no me digas eso. Apretándole un poco...

—No tenemos margen para eso, don Joaquín. Si le apretamos un poco más, se muere con la boca cerrada. Pero tengo una idea para identificarlo.

Lo había pensado tantas veces que había llegado incluso

a redactar varios anuncios en los que se buscaba al destinatario de una herencia o se anunciaba la extrema gravedad de un accidentado, sólo para añadir una descripción. Si había renunciado a publicarlos era porque, en el mejor de los casos, sólo habrían servido para levantar la liebre. En el instante en que Antonio se enterara de que lo buscaban, cambiaría de escondite para inutilizar la declaración de cualquier vecino colaborador. Pero el caso del hombre destrozado y milagrosamente vivo al que tenían en el sótano, era distinto. Lo fue tanto que el aviso publicado por el *Abc* en su edición del 4 de enero de 1942 —«DIRECCIÓN GENERAL DE SEGURIDAD. Para identificar a un hospitalizado desconocido»— dio resultado antes de la hora de comer.

Él mismo acompañó a una aterrorizada señora al piso de la calle Felipe II donde seguía estando el equipaje del supuesto viajante de comercio al que ella conocía como Anselmo González Sánchez, tres maletas repletas de información, correspondencia, organigramas y esquemas que permitieron a los especialistas descifrar las claves que les traían locos desde noviembre. El botín resultó tan valioso que cuando hallaron una documentación que parecía auténtica e identificaba a su prisionero como Heriberto Quiñones González, archivaron aquel dato sin comprobarlo. En la declaración que el propio Quiñones se prestó a hacer el día 5, mencionó expresamente, una y otra vez, a un tal Jorge, insistiendo en que había sido el único militante con tareas de responsabilidad bajo sus órdenes. Las detenciones empezaron aquella misma tarde, y aunque nunca dieron con él, los agentes de la Brigada recibieron los Reyes por adelantado. Mientras sus Majestades recorrían la ciudad en sus carrozas, tirando caramelos a los niños, en los calabozos de la Puerta del Sol ya no cabía un alfiler. Y sin embargo, a la mañana siguiente, ningún madrileño agradeció su generosidad tanto como el Orejas.

—¡Antonio!

Antes de entrar en la trastienda, había escondido la corbata y el chaleco que acababa de estrenar, y si no había metido la cabeza debajo de un grifo para eliminar el aroma de la colonia, era porque le pareció más sospechoso aparecer con la cabeza chorreando en una mañana tan gélida como aquella. Mientras se despeinaba con los dedos para eliminar, al menos, los efectos de la brillantina, se advirtió a sí mismo que el error más pequeño podría echarlo todo a perder. El remedio parecía fácil. Después de haber imitado a los demás durante tantos años, lo único que tenía que hacer era imitarse a sí mismo, volver a comportarse como el Roberto de antes de la guerra. El único problema era que ya no se acordaba muy bien de aquel hombre.

Lo que había empezado siendo una simulación calculada, la teatral representación de su odio al marxismo, le había calado tan hondo que hacía tiempo que no se paraba a distinguir entre la ficción y la realidad. Cuando los suyos perdieron la guerra, no sintió que los traicionaba en la paz, sino que para él comenzaba una guerra distinta, en la que los franquistas actuaban como simples espectadores, observadores imparciales de la batalla que el Orejas libraba contra su pasado. Eso fue todo hasta que Vázquez Ariza empezó a tocarle los cojones con preguntitas retóricas. Hasta que empezó a sacar a colación cada dos por tres la heroica muerte de Isidro Rodríguez y su putísima madre. Hasta que decidió que el hijo de la suya no tenía ninguna necesidad de seguir aguantando que nadie le llamara rata asquerosa. Él no había empezado la guerra ni tenía la culpa de lo que había traído consigo. Él había sido una víctima y era un superviviente, ni más, ni menos. Había tenido la suerte de encontrar un buen empleo y cumplía con su deber, que consistía en acatar las órdenes que recibía, no en cuestionarlas. El destino le había hecho policía para demostrarle día a día que no habría podido encontrar un trabajo mejor, más adecuado a sus capacidades, y no había sido él, sino sus jefes, quienes habían decidido aplicar el terror para garantizar la seguridad del Estado que Franco había fundado sobre las humeantes cenizas de la democracia más progresista de Europa. Si algún día cambiaban las tornas, se prometía a sí mismo mientras se miraba en el espejo por las mañanas, serviría a un gobierno democrático con el mismo celo, la misma dedicación con la que ahora se dedicaba a cazar rojos, pero mientras su superior lo arreglara todo pidiéndole que apretara un poco, y otro poco, y todavía un poquito más, a los detenidos, la conciencia representaba un estorbo y la indeterminación ideológica, un obstáculo de primer orden para el ejercicio de su profesión. Torturar a la gente no era un trabajo fácil y él, demasiado cobarde para desempeñarlo por afición, tenía un estómago, como todo el mundo. Llegó un momento en el que tuvo que escoger entre odiar lo que había sido antes y abandonar la policía. Como su pasado no le causaba nada más que problemas, como ya lo odiaba en sí mismo, no tardó mucho en comprender que nada le convenía más que odiarlo en los demás.

Esta cadena de razonamientos no bastó para eliminar los tres bultos blancos en un charco de sangre seca que se repetían noche tras noche en sus pesadillas, pero mejoró la relación que tenía consigo mismo mientras estaba despierto gracias a la intervención de Paquita.

—¿Qué te pasa, Roberto, qué tienes? —porque sin ella nunca lo habría logrado—. ¿Has soñado con el demonio? A mí me pasa a veces, pero no te preocupes, porque mi confesor dice que no es pecado ni nada...

Eso era lo que Chata no entendía, lo que dejaba boquiabiertos a sus colegas cuando conocían a su mujer, lo que desconcertaba a sus conocidos e inspiró la advertencia de su suegro unos días antes de la boda.

—Mira, Roberto, te conozco desde que eras un crío y te tengo aprecio, ya lo sabes. Mientras has sido mi empleado, nunca hemos tenido problemas, pero... —le puso una mano en la nuca para obligarle a girar hacia él mientras le miraba a los ojos—. Mi hija siempre ha estado encaprichada contigo, ella sabrá por qué. Y comprendo que, tal y como están las cosas, a ti te conviene mucho casarte con ella, pero no me gusta un pelo, que lo sepas. Paquita es muy buena, pero muy inocente, de sobra la conoces. Tiene la maldad de una niña pequeña, y si hubiera podido, le habría arrancado esta boda de la cabeza, pero no ha habido manera. Si consiento, es porque no quiero verla sufrir, y por eso, voy a decirte una cosa muy en serio, ahora que estamos a tiempo... —al llegar a ese punto, le soltó la nuca sólo para ponerle las manos sobre los hombros y apretarle con más fuerza—. A mí también me conoces. Como le hagas daño a mi hija, acabo contigo, puedes estar seguro.

Cualquiera que no hubiera sido su padre, habría descrito a aquella chica en términos más crudos, más precisos también. Si Paquita era incapaz de hacerle daño a una mosca, no era por falta de maldad, sino porque no había llegado a madurar hasta el punto de concebir la crueldad, y ni siquiera distinguía el color gris entre el blanco y el negro. La mujercita que miraba el mundo con la boca abierta no tenía ningún signo físico que permitiera clasificarla a simple vista como una retrasada mental, y según los médicos no lo era. Sin embargo, su inteligencia era limitada, sus reflejos, muy lentos, y su rasgo más característico una ingenuidad extrema, universal, tan impropia de su edad como si su cerebro se hubiera detenido cuando cumplió ocho o nueve años. Paquita conocía el nombre, la función de las cosas, pero era incapaz de conectar las causas y los efectos, de anticipar el desarrollo lógico de los procesos, y no sentía la menor curiosidad por averiguar los principios que los regían. Vivía en un mundo plano, un dibujo donde los objetos y las personas sólo tenían dos dimensiones y todo sucedía porque sí. Tenía cuerpo de mujer y un rostro redondo, terso, que habría podido llegar a ser hermoso si el estupor que le producía cuanto la rodeaba no lo privara de expresión tan a menudo. Por eso, cuando se reía por cualquier bobada, se convertía en una mujer más guapa que Chata, la sobrina pobre que sus padres se habían traído del pueblo para criarla con la esperanza de que su compañía la estimulara. Pero aquel prodigio duraba poco, porque sólo Paquita sabía de qué se estaba riendo.

Cuando le prometió a su suegro que sería un buen marido, el Orejas no podía sospechar hasta qué punto aquella boda iba a moldear su destino. La adoración profunda, incondicional, con la que su novia le había premiado desde que era niña, representaba para él, más que otra cosa, un salvavidas arrojado desde un lujoso transatlántico hacia las negras aguas del océano de los desesperados. Los Garbanzos siempre habían militado con ardor, cada sexo a su manera, en la rama más radical del catolicismo. Los hombres eran ultramontanos violentos, más partidarios de defender la palabra de Dios con una escopeta que de cumplir con las devociones prescritas por la liturgia. Las mujeres compensaban sus faltas, porque durante toda la guerra habían tenido escondido en la trastienda al menos a un sacerdote, para no perderse una misa. Paquita, que por su naturaleza había sido siempre la más influenciable, se había criado como una flor de sacristía. La única luz que había logrado reflejar en su vida era la de los cirios de los templos, y las pocas proezas de su entendimiento habían girado alrededor de la catequesis. Aquella niña especial, a la que no dejaban despachar ni salir a la calle a comprar sola, porque no entendía los números y se hacía un lío con los precios de las cosas, había aprendido el catecismo de memoria para no olvidarlo jamás. Por eso, su predilección por aquel dependiente resultaba aún más misteriosa que su sentido del humor. Todos los que la conocían, sus padres y su confesor, sus amigas y su prima, sus hermanos, sus vecinos estaban convencidos por igual de que su destino sería entrar en un convento antes o después.

—¡Qué va! —pero ella empezó a llevarles la contraria a los diez años, cuando su cabeza apenas asomaba por encima del mostrador—. Yo, de mayor, voy a casarme con Roberto.

En aquella época se partían de risa al escucharla. Ocho años después ya no les hacía ninguna gracia, pero Paquita seguía repitiendo aquella frase a todas horas y con el mismo acento, la apabullante convicción que nunca había llegado a inspirarle ningún otro asunto de este mundo.

Él no se la tomaba en serio. Sólo era cinco años mayor que ella, pero la distancia que les separaba cuando la conoció era muy superior a la que esa diferencia de edad habría abierto entre un adolescente y una niña despierta. Paquita parecía siempre adormilada, pero era tan tenaz como si no comprendiera el concepto de la rendición, y Roberto se acostumbró a llevarla pegada a los talones como un perrito, una extraña mascota que le regalaba estampitas en lugar de lamerle la mano.

—Yo rezo mucho por ti, ¿sabes? —le decía cuando le veía

guardárselas en el bolsillo sin mirarlas—. Para que seas bueno y para que me quieras.

—Pero si yo te quiero mucho, tonta.

—No, así no. Yo quiero que tú me quieras... —y se callaba de pronto, como si acabara de hundirse en el abismo que mediaba entre lo que necesitaba y lo que era capaz de decir—. De verdad.

Cuando los franquistas entraron en Madrid, el Orejas no pensó en ella, sino en su padre, al ir a la tienda en busca de protección. Pero el patrón, que siempre le había apreciado por encima de sus diferencias políticas, no estaba en casa, y su mujer, tan aterrorizada como si los que estaban tomando la ciudad no fueran los suyos, tampoco se habría decidido a ampararle si Paquita no se hubiera abrazado a él para echarle el primer pulso de su vida.

—Si no dejas que se quede, me voy con él, mamá —y nadie había escuchado antes tanta firmeza en su voz—. Al fin y al cabo, es como de la familia, porque ahora que se ha acabado la guerra, sí que nos vamos a casar, te guste o no... —entonces se volvió a mirarle—. ¿A que sí, Roberto?

Aquel parlamento, tan largo y bien estructurado como si lo hubiera pronunciado otra persona, le dejó tan atónito que asintió sin pararse a pensar en lo que hacía. Paquita interpretó aquel cabezazo como una palabra de matrimonio, y como una aquiescencia expresa el silencio en el que su madre, tan estupefacta como su futuro yerno, lo contempló. Y ya no hubo argumento, amenaza ni recompensa capaz de convencerla de lo contrario, hasta el punto de que si Roberto acabó casándose con ella, no fue por el interés que le reprochaba Chata, sino porque la amorosa terquedad de Paquita le había abocado a elegir entre el riesgo de convivir con la desconfianza de sus padres, si la aceptaba, y el de atraerse su enemistad perpetua, si la desairaba. En sus circunstancias, este último peligro le pareció más grave, y sólo por eso la convirtió en su esposa ante Dios y ante los hombres.

Unos meses después, al mirar las fotografías que Paquita había repartido por todas las habitaciones, el Orejas sonreía a la preocupación de un hombre al que la camisa no le llegaba al cuerpo. Su gesto ofrecía un contrapunto casi cómico a la radiante expresión de felicidad con la que Paquita le había enseñado todos sus dientes a la cámara en la puerta de la iglesia. Después, mientras la besaba a petición de los asistentes, y la sacaba a bailar un vals, y guiaba su mano para partir la tarta, el Orejas no había dejado de preguntarse si su mujer tenía alguna idea de lo que se suponía que iba a pasar a continuación, y aunque no perdía las esperanzas de poder ahorrárselo, el empeño con el que ella le llevó la contraria cuando sugirió que lo mejor sería poner dos camas en el dormitorio, ah, no, ni hablar, ¡ni que fuéramos hermanos!, le hacía temerse lo peor. La noche de bodas le daba mucho más miedo que a su novia, aunque quizás algo menos que a su suegra, que a la mañana siguiente posó el dedo en el timbre como si un incendio estuviera devorando el edificio, con una rueda de churros en la mano y el pánico pintado en la cara.

—¡Pero, mamá, por Dios bendito! —su hija, risueña y despeinada, le dedicó una mirada de suficiencia para la que nada había preparado a la recién llegada—. Si no son ni las nueve... Pues empezamos bien.

La pobre señora se quedó parada en el recibidor, con los churros en la mano, mientras Paquita iba a hacer café, pero cuando su yerno intentó rescatarla, le retuvo por el brazo para hablarle en un murmullo.

—Perdona la indiscreción, hijo, pero ¿habéis...? —movió la mano libre en el aire, como si ni siquiera se atreviera a decir el verbo que estaba pensando.

—Sí —él respondió con mucha tranquilidad, mientras le quitaba de la otra el junco donde había transportado el desayuno.

—Pero... —la confusión la paralizó hasta el punto de que siguió con el brazo extendido, el dedo estirado como Cristóbal Colón—. Pero... Me refiero...

—Todo ha ido muy bien, de verdad —y la cogió del codo para acompañarla a la cocina—. No se preocupe.

El matrimonio hizo madurar a Paquita mucho más deprisa

que la catequesis, pero su progreso intelectual nunca se tradujo en lo que ocurría cuando estaba desnuda entre las sábanas. Acostarse con ella era como complacer a un animalillo ansioso, que carecía de sentido del pudor, y por tanto, de los límites, sin haber llegado a desarrollar en ningún grado el concepto de la perversión.

—Parece mentira —se quejaba su madre—, una pare una hija, la cría, la ve crecer, se va con el primero que llega... Y resulta que es otra persona.

Pero aunque Paquita, seguramente porque su marido la trataba como a una mujer y no como a una niña pequeña, aprendiera pronto a intervenir en una conversación superficial sin llamar la atención por su simpleza, aunque su manera de vestir, de peinarse, y su repentina afición al maquillaje, acentuaran hacia fuera aquella repentina madurez, por dentro seguía siendo igual de ingenua que antes de casarse. Por eso, su sexualidad básica, expeditiva y blanquísima, empezó a aburrir a su marido poco después de haberle tranquilizado. Al principio, al Orejas le asombraba la tranquilidad con la que su mujer se paseaba desnuda por la casa, la franqueza con la que pedía lo que le apetecía, la facilidad con la que se entregaba, sin jugar nunca a resistirse ni a aplazar el placer. Luego, cuando comprendió que no actuaba así por vicio, sino porque la elaboración del deseo sobrepasaba sus capacidades, follar con Paquita se convirtió para él en algo parecido a beberse un vaso de agua, una necesidad agradable en su momento, insípida antes y después. Echaba de menos la oscuridad, el vértigo e incluso la culpa, la conciencia de pecado que sólo podía encontrar fuera de casa, pero nunca desertó del lecho conyugal, porque una noche, sin darse mucha cuenta, se sorprendió a sí mismo con la certeza de que quería a su mujer.

Paquita era la única cosa limpia que había en su vida. Mucho antes de formular esta idea, obedeciendo todavía a un instinto sin forma, tomó la costumbre de sacudirse los pies en el felpudo antes de abrir la puerta, para ir derecho al baño, a lavarse las manos, cada vez que volvía de la Puerta del Sol o de alguna comisaría. Después iba a su encuentro, y sólo al besarla, sentía que estaba en casa. Ella le recibía siempre con alegría, y le introducía en su pequeño mundo de colorines para contarle las hazañas de su vida cotidiana. Él, sentado en su butaca, escuchaba que el gato de la vecina había vuelto a colarse en el tendedero, que había venido la costurera a traer el arreglo de sus pantalones, que había ido a tomar el aperitivo con Chata y les habían puesto unas aceitunas muy ricas, de Camporreal, ¿sabes?, pero aliñadas con aceite y unas pizquitas que parecían cominos, fíjate, ¿a qué es rarísimo?, pues no sabes lo buenas que estaban, yo no sé cómo las harán, me he comido un montón y ni siquiera me han sentado mal... Su mujer necesitaba diez minutos para contar cualquier bobada, pero él no malgastaba el tiempo mientras la escuchaba, porque aquella voz apagaba los gritos de los detenidos, amortiguaba el eco de sus cuerpos al chocar contra las paredes, desdibujaba las huellas del sufrimiento en sus rostros ensangrentados, y lo hacía todo más suave, más lento. La presencia de Paquita, aquella manera suya de sonreír al verle entrar y el cuidado que ponía en arreglarse para recibirle, proyectaba sobre él un efecto sedante, tan narcótico como si inyectara en su cabeza una espuma blanca, tibia, capaz de expandirse hasta acolchar su memoria para aislarla de las imágenes, las palabras que legítimamente le pertenecían. Ella, tan simple como era, poseía en su ignorancia una sabiduría que no habría estado al alcance de una mujer más lista. Porque cualquier otra habría sospechado, habría preguntado, habría descubierto antes o después con qué clase de hombre se había casado.

—No, cariño, no sueño con el demonio. Es que tengo pesadillas, porque... Me acuerdo de la guerra, de lo que me tocó ver, de lo que me obligaron a hacer, las cosas terribles que pasaban todos los días...

—¡Roberto! —Paquita se pegó a él, le abrazó con fuerza, acomodó la cabeza de su marido en su pecho como habría hecho con la del hijo que el cielo se resistía a enviarle—. Roberto, no te tortures, yo lo sé todo, lo sé, y sé que estás perdonado.

—Que sabes... —se revolvió entre sus brazos para mirarla

459

a los ojos, mientras una alarma injustificada se abría paso en su interior—. No te entiendo, Paquita, ¿qué sabes? No sé de qué me hablas.

Ella le devolvió la mirada con una sonrisa insólita, casi sagaz, una expresión de astucia que él no estaba acostumbrado a ver en aquel rostro.

—Yo le recé mucho por ti a la Paloma, Roberto, ¿qué te crees? Iba a rezarla todos los días, porque eras malo, yo lo sabía, pero le hablaba de ti a esa Virgen que es la más milagrosa para los madrileños, porque ya pueden decir lo que quieran pero te voy a decir una cosa muy en serio, el Cristo de Medinaceli, ¡fu!, para el gato. Yo nunca me he fiado de él, desde luego. ¡Con lo feo que es! Para mí, la Paloma es la que vale, tan guapa, tan preciosa, con esa cara tan triste pero... —entonces se calló, y una mirada mucho más frecuente reveló que acababa de perder el hilo—. ¿Por dónde iba?

—Por la Paloma, que es mucho más guapa que el Cristo de Medinaceli —recordó él, mientras se dejaba caer en la cama para reclinarse sobre su escote.

—¡Eso! —sonrió y le besó en el pelo—, la Paloma, que yo iba a verla y le hablaba de ti, le pedía que te volviera bueno, y tanto se lo pedí que sé que me escuchó, así que no temas, porque Ella sabe que te has vuelto bueno. Ella lo sabe todo, Roberto, y te ha perdonado. Estoy segura.

En aquel momento, le habría gustado contarle una parte de la verdad. No toda, que era un traidor, un torturador, un hombre despreciable, sino una parte, confesarle al menos que trabajaba en la Policía y no en el Ministerio de Agricultura, que su trabajo era muy duro, que le exigía hacer cosas feas, complicadas, difíciles de entender. Le habría gustado escuchar que no pasaba nada, que no debía preocuparse, que los buenos tenían que luchar contra los malos para que no volvieran a hacerle daño a la gente decente, como antes, cuando la República, que ellos eran los que tenían la culpa de todo, por ser ateos, y quemar iglesias, y despreciar a Dios, y que si ese era su trabajo, debía de estar orgulloso de hacerlo, como ella estaba orgullosa de él. Esa habría sido la respuesta de Paquita, pero no se pudo permitir el alivio de escucharla, porque su mujer era incapaz de guardar un secreto.

—¿Y por Chata? —le preguntó a cambio—. ¿Por ella no rezabas?

—No.

—¿Y por qué? Ella también era mala.

—Ya, pero quería casarse contigo. ¿Qué te crees, que soy tonta?

Entonces, su marido se dejó llevar por primera vez en mucho tiempo. La abrazó, la besó, le metió las manos por debajo del camisón, le dijo que sólo la quería a ella y se dio cuenta de que era verdad. Aquella noche, el Orejas habría dado cualquier cosa a cambio de que un milagro iluminara el entendimiento de su mujer, lo justo al menos para consentirle percibir la emoción que sentía al abrazarla. El milagro no se produjo y, tras un segundo de indecisión, ella abrió las piernas, le sujetó con las rodillas y empezó a mover sus caderas a una velocidad acelerada, mecánica, mientras jadeaba como un animal. Él cerró los ojos para no ver aquella cara de tonta de remate, tan distinta de la expresión ligeramente embobada que la inminencia del placer imprimía en los rostros de mujeres más inteligentes, pero se conmovió después ante la placidez de la niña pequeña que se quedó dormida entre sus brazos. A partir del día siguiente, aquella imagen estuvo a su disposición siempre que la necesitó. Así se fue convenciendo de que lo que hacía era imprescindible para proteger el redondo y sonrosado mundo donde habitaba Paquita. Su mujer merecía ser feliz, y él era el único que podía garantizar el plácido, inconsciente estado que encarnaba la única felicidad a la que aquella infeliz podía aspirar. No le hizo falta más para traicionar al hombre desarmado que, el día de Reyes de 1942, le abrió los brazos en la trastienda de su suegro.

—¡Roberto! —Antonio se levantó, fue hacia él, le dio un gran abrazo.

—¿Cómo estás, camarada? —era una pregunta retórica, porque no había más que verle para comprobar que estaba de puta madre, el muy cabrón—. No sé si decir que me alegro de verte. He pensado muchas veces en ti desde que acabó la guerra. Cada vez que caía uno de los nuestros, yo cruzaba los dedos y pensaba, ojalá se haya marchado muy lejos, ojalá haya tenido suerte...

—He tenido mucha suerte —sonrió para demostrarle que, además, seguía siendo igual de guapo—, pero no me he movido de aquí.

—¿No? —se obligó a devolverle la sonrisa mientras su intuición se felicitaba por su astucia desde el centro de sus tripas—. ¡Qué grande eres!

Se mordió la lengua para no preguntarle quién le había escondido, pero logró hacerse una idea sin correr el riesgo de demostrar curiosidad. Antonio rechazó, uno por uno, sus generosos ofrecimientos porque no tenía hambre, no tenía sed, no necesitaba dormir ni mudarse de ropa. La que traía estaba limpia, bien planchada, y a juzgar por el tamaño de las solapas, el corte de los pantalones, alguien la había comprado para él aquella misma temporada. El fugitivo no sólo no había perdido peso. Tenía la piel lustrosa, descansada y lisa, de las personas bien alimentadas, y antes de abandonar su escondite, había dormido en una cama y se había afeitado. Ni siquiera estaba pálido. Su rostro carecía del tono de cera derretida que identificaba a los que se habían escondido en un armario o un altillo, sin acercarse a las ventanas durante años. Él, sin duda, había vivido en una casa, casi con toda probabilidad un piso, pero se las había arreglado hasta para tomar el sol. Y para terminar de demostrarle hasta qué punto su estado era mejor que su situación, se permitió el lujo de invitarle a fumar, ofreciéndole una cajetilla de tabaco de importación mientras se sentaban a hablar más despacio.

—¿Y qué piensas hacer? —detrás de tanto mimo sólo podía haber una mujer—. Las cosas se han puesto muy mal, no sé si lo sabes, estamos peor que nunca, y...

—Sí, lo sé —Perales asintió con la cabeza—. Ha habido una caída a plazos, como si dijéramos, ¿no?, primero en noviembre y luego ahora. Estoy al corriente de todo porque... —hizo una pausa, le miró—. Bueno, el marido de una de las mujeres que me ayudaban falta de su casa desde hace dos días. Que yo sepa, no le han detenido y además, me fío de él, pero... No quiero que caiga nadie por mi culpa. Por eso me he marchado.

Él asintió con la cabeza, improvisando un gesto grave mientras sentía que ya no tenía que esforzarse en representar un papel, como si la aparición de aquel personaje del pasado hubiera bastado para devolverle el tono y el aspecto, el carácter de otro Roberto, aquel chico débil, acomplejado, inferior, que admiraba a Antonio y procuraba imitarle, esmerarse al contar los chistes que más gracia le hacían. Así, mientras bordaba una actuación memorable, comprendió que su camino había llegado a su fin, un límite más allá del cual no cabía ningún paso atrás, y por un momento, llegó a estar de acuerdo con Vázquez Ariza. A él también le dio asco el Orejas de antes, porque ya no entendía que un hombre tan temible, tan astuto, tan poderoso como él mismo había llegado a ser, pudiera haberse humillado tanto. Nunca odió su pasado como en aquel momento, mientras comprendía que tenía en las manos mucho más de lo que ambicionaba. La ruina de su viejo camarada no implicaba sólo tranquilidad, seguridad, la garantía de su éxito profesional y de la felicidad de Paquita, sino también una particular variedad de la venganza. Porque al cargarse a Antonio, no sólo iba a acabar con uno de los responsables del mezquino papel de bufón que había representado durante su juventud. Su víctima sería a la vez el instrumento que necesitaba para destruir al otro Orejas, para enterrar definitivamente la imagen más detestable de sí mismo.

—Ya, pero... Aquí no puedes quedarte. Mañana se abre la tienda, aunque puedo esconderte algunos días en casa de mis padres. Allí ya no vive nadie, ¿sabes? Mi padre aprovechó la guerra para largarse con una golfa y no hemos vuelto a saber de él, así que, cuando me casé, me llevé a mi madre a vivir conmigo y con mi mujer.

—¿Te has casado? —Antonio frunció el ceño, pero el Orejas tenía muy buena memoria.

—Sí, después del verano —hizo una pausa y sonrió, para

dar a su interlocutor la oportunidad de recordar que su aproximación a Manolita, en la cola de Porlier, había sucedido antes de que terminara la primavera—. Fue un noviazgo muy rápido. Nos conocíamos desde hacía tiempo, pero a ninguno de los dos se nos había ocurrido nunca pensar... En fin, ya sabes cómo son estas cosas. Pero estoy muy contento, porque esta ciudad se ha vuelto demasiado triste. Da pena andar por la calle, ver a la gente encogida, muerta de miedo, y la verdad, tener a alguien en casa, esperándote, pues...

—Ya —su protegido asintió con la cabeza—. Lo comprendo muy bien.

—Total, que es una suerte que hayas aparecido justo ahora, porque mi madre está empeñada en dejar de pagar el alquiler de su piso, y eso que no es nada, una miseria. Yo me resisto, porque me viene muy bien para esconder a gente, pero la verdad es que apenas llegamos a fin de mes, así que...

—No te preocupes, Orejas, sólo necesito unos días y que me eches una mano, eso sí. De momento, quiero irme a la sierra, y luego... Ya veremos —su interlocutor aprobó con la cabeza, porque eso era exactamente lo que esperaba oír—. Ayúdame a salir de Madrid y no te molestaré más.

—A ver qué puedo hacer. Después de la caída, todo se ha parado, pero a lo mejor tenemos suerte... —y negando aún con la cabeza, empezó a darle esperanzas—. Casi siempre hay algún grupo esperando para hacer ese viaje.

A las dos de la mañana del 12 de enero de 1942, la Guardia Civil dio el alto a un camión pequeño, cargado de leña, que circulaba por una carretera secundaria entre Cerceda y Becerril de la Sierra, a unos cincuenta kilómetros de Madrid. Al bajar la ventanilla, el conductor del vehículo comprobó que, a pesar de la hora, se trataba de un control rutinario. Un agente le dio las buenas noches, se interesó por su itinerario y le explicó que por allí no iba a llegar a La Granja. El pueblo de Navacerrada estaba aislado por la nieve, la general cortada un poco más arriba del cruce de Collado Mediano, pero iba a proponerle una ruta alternativa. Antes de que tuviera tiempo de empezar, el pánico se apoderó súbitamente de uno de los viajeros escondidos en la trasera, un hombre joven que apenas había abierto la boca desde que se subió al camión en Lavapiés junto con otros cuatro, Perales entre ellos. Ni él ni sus compañeros pudieron evitar que se abriera paso entre los troncos y echara a correr, y aunque oyeron varios tiros, tampoco se enteraron de que los guardias disparaban al aire, sin la menor intención de hacer blanco sobre el agente de la Brigada de Investigación Social que se tumbó en el suelo boca abajo y se dejó cubrir con una manta. Sólo después, sus colegas obligaron a bajar a punta de pistola a los cuatro subversivos restantes, entre los cuales sólo uno lo era en realidad.

—Vamos a tener suerte, don Joaquín —el Orejas había irrumpido en el despacho del comisario a media mañana del día 11, procurando parecer muy alterado—. Por lo nervioso que estaba el que me lo ha contado, yo creo que el Jorge ese, el segundo de Quiñones, quiere marcharse a la sierra. Pero no sé nada más. Mi contacto me ha dicho que es muy desconfiado. No sabe dónde vive y su comunicación con él puede romperse en cualquier momento. Por eso creo que lo mejor sería que nosotros mismos le facilitemos el viaje.

Aquella operación, perfecta, fue uno de los primeros ensayos del Orejas en un género profesional que le reportaría éxitos estruendosos a lo largo de su carrera. Maestro en infiltraciones en la primera etapa de su vida policial, con el tiempo y los ascensos se especializaría en la tarea de crear grupos subversivos que parecían surgir de la nada hasta que él mismo los publicitaba para desarticularlos cuando más le convenía.

—No sé, Roberto, lo que me estás proponiendo es muy irregular —el comisario había recelado tanto de aquel plan como si él también supiera que nunca había existido ningún Jorge, y que Quiñones se lo había inventado para proteger a sus camaradas—. Si nos llevamos un chasco y esto sale a la luz...

Para montar aquel simulacro de caída, su agente predilecto recurrió a dos colegas que le debían favores, el conductor y el que provocó el abrupto final del viaje. Sólo después convocó a tres desgraciados, escogidos entre una pequeña multitud de antiguos rojos dispuestos a vender a su madre con tal de salvar el pellejo, traidores de poca monta a los que había ido poniendo en libertad con la condición de que estuvieran disponibles cuando los necesitara.

—¿Y cómo se le ocurre que yo voy a permitir que esto salga a la luz, don Joaquín? —el Orejas esperó a que el comisario sonriera para devolverle la sonrisa—. Confíe en mí, y no se arrepentirá, se lo aseguro.

Ni siquiera los guardias civiles llegaron a saber toda la verdad sobre aquella farsa. Y de los cinco hombres que volvieron a Madrid en un furgón celular, dejando en la carretera a un muerto que se levantó en cuanto les vio marchar para irse a tomar un coñac con sus asesinos, menuda rasca, ¡casi me muero pero de frío, coño!, uno salió a la calle inmediatamente después de declarar. Aunque sólo había conducido el camión, fue él quien constó como autor de la detención de Antonio Perales García, que aquella misma noche se llevó la paliza de su vida por contar la verdad, que su nombre de guerra no era Jorge, que nunca había llegado a conocer en persona a Heriberto Quiñones, y que había estado escondido en la casa de unos conocidos desde el golpe de Casado. Cuando lo soltaron, estaba tan maltrecho que ni siquiera se preguntó adónde se habrían llevado a los tres camaradas que habían compartido calabozo con él antes de que lo bajaran al sótano.

—Mala suerte, don Joaquín.

A las ocho de la mañana, cuando él mismo puso fin al interrogatorio que había contemplado a través de un falso espejo, el nuevo Roberto le brindó una sonrisa al antiguo. Antonio el Guapo ya no lo era tanto, y esa certeza le consoló de que no hubiera denunciado a sus protectores, ni siquiera al hombre que se fue a informar a su superior con los ojos hinchados de no dormir, la camisa abierta y la corbata floja de los funcionarios incansables.

—Nada, un desgraciado... —hizo una pausa, como si necesitara consultar los papeles que traía—. Antonio Perales García, un dirigente juvenil de poca monta, comunista, eso sí, pero nada más. Ha estado escondido desde el 39, pero no ha detentado ninguna responsabilidad política desde entonces. Lo siento, don Joaquín.

Dobló los papeles para guardárselos en el bolsillo y negó con la cabeza, como si le abrumara la conciencia de su fracaso, mientras esperaba a que su superior masticara la información que acababa de oír.

—¡Ah! Pero, entonces... —el comisario cerró los ojos y se pellizcó el entrecejo para pensar mejor—. ¿Está en busca y captura?

—Sí, señor —respondió el Orejas con humildad, mientras sacaba otra vez los papeles—. Desde el 10 de marzo de 1939.

—En ese caso... Si no me equivoco, tenemos un reo de adhesión a la rebelión con dos o tres agravantes, ¿no? —su subordinado asintió con la cabeza—. Bueno, pues no está tan mal... —don Joaquín sonrió—. No está nada mal, Roberto, hemos salvado los muebles.

—Gracias, señor. Y ahora, si no le importa, voy a ver si duermo un rato.

A media tarde, salió de su casa bien vestido y mejor abrigado, con la bufanda encajada entre las solapas del abrigo sólo por complacer a Paquita, y se fue andando hasta el viejo piso de sus padres, donde se cambió de ropa. Al taxista que le llevó hasta la Puerta de Alcalá, debió extrañarle que aquel obrero que vestía unos pantalones de pana desgastados, un jersey tricotado a mano y una americana de mezclilla, se permitiera ese lujo, pero se guardó su extrañeza para sí y el Orejas le recompensó con una buena propina. Después, le bastó caminar un trecho para que aquel frío de todos los demonios le coloreara la nariz y convirtiera su boca en una máquina de vapor antes de llegar a la esquina de Serrano y Villanueva.

—Manolita... —mientras iba a su encuentro, frunció los labios en una mueca destinada a anunciarle que traía noticias y que no eran buenas.

Le estaba devolviendo la visita, porque el día 7, a media tarde, ella había ido a buscarle a la tienda para preguntarle si sabía algo de Antonio. Él contestó que no, pero le recomendó que no se preocupara. Tu hermano es muy listo, ya lo sabes, habrá sabido esconderse, si lo hubieran detenido, ya nos habríamos enterado...

—Los dos pensábamos que, cuanto menos supieras, mejor para ti —le confesó después de contárselo todo, primero que le había ayudado a huir, y después que el camión en el que se había marchado a la sierra había sido interceptado en un control rutinario de la Guardia Civil.

—¿Y cómo te has enterado? —le preguntó ella, simultaneando la desconfianza con el llanto que le estaba empapando la solapa de la americana.

—Porque el enlace que iba a recogerlos lo vio todo desde lejos, con unos prismáticos —le explicó con acento resignado, sin dejar de abrazarla—. Iban a subir a la Maliciosa andando, ya estaban muy cerca del sitio donde...

—¿Qué ha pasado? —una voz ronca y cargada de angustia irrumpió en aquella conversación sin anunciarse.

El Orejas giró la cabeza para comprobar que la Palmera estaba muy cerca de ellos, su cuerpo flaco tiritando de frío, un pañuelito rojo atado al cuello, y la boca desencajada de miedo.

—¿Qué ha pasado? —repitió, y cuando se lo contaron se tapó los ojos con las manos mientras cabeceaba muy despacio, antes de pronunciar el último nombre que el Orejas esperaba oír—. ¡Pobre Eladia! Se me va a morir de pena. Primero, que se marchara sin despedirse, y ahora, esto, pobrecita mía...

—¿Eladia? —el Orejas mantuvo la compostura a duras penas—. Pero... No sabía...

Manolita asintió con la cabeza y él bajó la suya para esconder un asombro entreverado de satisfacción. Ya sólo quedaba un cabo suelto y lo resolvió en poco más de un mes, asesinando al comandante Vázquez Ariza en un paraje sin nombre del término municipal de Alcalá de Henares. Por la noche, cuando Paquita se ofreció a prepararle la tila a la que recurría para conciliar el sueño, le respondió que no hacía falta, y durante unos meses durmió de un tirón. No podía sospechar que su pasado, lejos de comprometer la felicidad de su mujer o su prestigio en la Brigada, estaría a punto de costarle la vida tres años después.

—Yo a ti te conozco, ¿comprendes?

Si hubiera podido elegir, nunca habría hecho un tercer viaje a Toulouse. La primera vez que cruzó clandestinamente la frontera, a finales de 1942, los riesgos eran ya considerables, pero mientras Francia fuera un país ocupado por los nazis, siempre podría contar con ellos para volver a España. Ese era el sentido de la misión para la que don Joaquín le había recomendado, infiltrarse en las filas del exilio republicano español por el doble interés del Régimen y sus aliados del Tercer Reich. El Servicio de Inteligencia alemán había sido alertado de los contactos de la organización fundada por De Gaulle con los grupos que hostigaban su retaguardia, y una de las pocas cosas que sabían era que en aquella incipiente resistencia había españoles hasta en la sopa.

—Tú lo viste antes que nosotros, Roberto —su jefe, tan elegante como de costumbre, aderezó con elogios aquella orden—. Todos recordamos los paquetes que pedías a Toulouse, tu interés por conectar la subversión local con el exilio. Conoces ese tema mejor que nadie y ha llegado el momento de que saques partido de tu experiencia...

Nunca le gustó aquel plan, y sin embargo, aun tuvo que agradecer a su jefe la ambigua delicadeza con la que se refirió a «su experiencia» en una reunión donde nadie más conocía la exacta amplitud de aquel término. No le gustaba porque, precisamente, conocía muy bien aquel tema, y mientras buscaba a Antonio Perales en Francia, se había tropezado con demasiadas caras, demasiados nombres conocidos. El exilio republicano era un campo minado para las infiltraciones, porque la avalancha de refugiados de 1939, que había sobrepasado a los servicios de información del último gobierno democrático francés, seguía siendo excesiva para los ocupantes, que no conocían con exactitud la identidad, la filiación política y el paradero de los más peligrosos. Pero aunque intentó explicárselo muchas veces, don Joaquín nunca quiso tener en cuenta sus advertencias.

—Vamos, Roberto, un hombre como tú, con dos cojones... —hizo una pausa para dirigirle una sonrisa en la que el Orejas no fue capaz de distinguir la amabilidad de la ironía—. Si lo has hecho aquí, ¿cómo no vas a hacerlo allí? Te voy a dar un consejo. No me decepciones. Te aseguro que no te conviene.

Esa última frase restó importancia al concepto que su jefe pudiera tener de su coraje, para convencerle de que no tenía más remedio que irse a Francia para que el comisario ascendiera en el escalafón del ministerio.

—¿Y qué quieres que haga, Paquita? Tengo que ir a ver esas cosechadoras, el director general se ha empeñado y...

—¿En medio de la guerra?

—Pues sí, en medio de la guerra. ¿Qué te crees, que los franceses son como nosotros? Ellos siembran y recogen igual, con guerra o sin ella.

En noviembre de 1942, el Orejas cruzó los Pirineos a pie para integrarse en la Organización Todt, que empleaba a presos trabajadores bajo mando alemán. Los nazis le proveyeron de una identidad falsa antes de destinarle a una compañía que fortificaba la costa Atlántica, cerca de Brest. Allí se infiltró en una célula de la red Penélope, cuyos miembros se dedicaban a sabotear por las noches el trabajo que habían hecho por la mañana. Denunciarlos resultó fácil, escapar no tanto, porque se vio obligado a participar en un sabotaje de la red eléctrica que precipitó una chapuza de emboscada. Aquellos hombres llevaban más de seis meses actuando juntos y se dieron cuenta de que el traidor había sido él antes de que los alemanes acabaran con ellos. Si el Orejas hubiera obedecido las órdenes de sus superiores, aquella noche habría sido un muerto español más, pero siempre llevó encima la pistola de Vázquez Ariza, y gracias a ella salió vivo de aquel claro. Su cobertura, además, quedó intacta, porque volvió a su campamento como un héroe, el único superviviente de una noche nefasta. Esa era la clase de valentía que le sobraba, y en su puesto permaneció durante otra semana, hasta que el jefe del campo fingió trasladarle para meterle en un tren que le depositó en la estación del Norte el 24 de diciembre a media tarde, a tiempo para cenar pavo relleno y turrón.

—¡Roberto! —a Paquita le encantó la imagen de la Virgen de Lourdes que le trajo de regalo—. Es preciosa. Voy a ponerla en la cómoda con la estampa de la Paloma, no te digo más...

El día 26, por la mañana, don Joaquín le colocó una condecoración en el pecho y un sobre en el bolsillo. Te has ganado unos buenos Reyes, añadió con una sonrisa, y él se lo agradeció de corazón porque aún no se había enterado de que el comisario reservaba para sí mismo una condecoración alemana con una recompensa mensual pagada en marcos.

A pesar de ese detalle, su viaje al sur de Francia habría resultado un buen negocio si no hubiera sido porque, a principios de 1944, le tocó cruzar los Pirineos por segunda vez. Casi un año después de su derrota en Stalingrado, los alemanes estaban mucho más preocupados por la Resistencia francesa de lo que su embajada en Madrid admitía en público. En la misma proporción, el régimen franquista había dejado de mirar con aprensión el papel que sus enemigos de 1936 desempeñaban en los movimientos antifascistas de Europa occidental, para empezar a contemplarlo con auténtico terror.

—Y no me dirás que no es misión para un civil —don Joaquín se anticipó a cualquier excusa cuando salieron de la reunión en la que le había obligado a presentarse voluntario para infiltrarse en la dirección comunista de Toulouse—, porque ya no se trata de la guerra. Es pura política, lo tuyo, Roberto.

Él le miró, comprendió que no tenía nada que hacer, aparte del equipaje, y se ahorró las palabras que iba a necesitar en casa.

—No me llores, Paquita, no me llores que más lo siento yo.

—Pero si ya fuiste a comprar...

—Cosechadoras, cariño —y la abrazó para mecerla como a un bebé—. Compré cosechadoras, y esta vez voy a mirar trilladoras mecánicas. Ya verás qué regalo más bonito te voy a traer...

Su segunda estancia en la Francia ocupada fue mucho más confortable, más infructuosa también. Arropado por una excelente cobertura, su fuga del campo al que había sido trasladado como único superviviente de Penélope, no tardó en tomar contacto con algunos comunistas españoles, pero no logró identificar a ningún miembro de la cúpula de su partido. Mientras él los buscaba en Toulouse, Jesús Monzón estaba en Madrid, y Carmen de Pedro, con Manuel Azcárate, en Ginebra. Sin esa información, que sólo conocería años después, el Orejas fue incapaz de descubrir cómo, por qué, quién sostenía una organización que parecía funcionar sola. Y después de romperse la cabeza durante semanas, optó por una interpretación tan genuinamente española que empezó por descartar los méritos de sus compatriotas.

Él conocía bien el percal y se acordaba de la guerra, la improvisación, el caos, las luchas intestinas, el furibundo individualismo sobre el que el nuevo régimen había fundado su espuria legitimidad. El Caudillo sabe que a los españoles no se nos puede dejar solos. Esa frase, uno de los pilares del somero pensamiento político de don Joaquín, le inspiró un análisis muy conveniente para sus intereses. Al regresar a Madrid, elaboró un informe en el que situaba a los resistentes españoles bajo mando francés o aliado, una tropa dispersa de voluntarios sin dirección política unificada. Eso era todo lo que él había logrado averiguar, y por eso, sus conclusiones minimizaban los riesgos de una acción armada en el interior, haciendo hincapié en el bajo nivel político de los pocos militantes con quienes se había visto en Toulouse. El instinto le decía que se estaba equivocando, que alguien tenía que estar dando órdenes desde alguna parte, pero reconocerlo habría sido lo mismo que aceptar su fracaso. Decidió arriesgarse, y don Joaquín quedó muy satisfecho con aquel documento que le permitió tranquilizar a sus superiores sólo para hundirle seis meses después.

—Mira, Paquita, ven conmigo al dormitorio —mientras lo decía, cogió a su mujer de la mano en la que no aferraba otra imagen de la Virgen de Lourdes que le había decepcionado un poco por su color blanquecino, feo, levemente verdoso—. No, no enciendas la luz. Mírala ahora.

—Anda... ¡Si brilla! Roberto, me encanta...

Pero aquella figurita fosforescente, tan eficaz en la restauración de su armonía doméstica, no logró salvarle del error más grave de su carrera.

El 19 de octubre de 1944, mientras su jefe seguía repitiendo por pasillos y despachos que no había nada que temer, un ejército de cuatro mil hombres, excombatientes republicanos procedentes de la Resistencia francesa, invadió España para ocupar el valle de Arán sin la menor dificultad. Su retirada, que tuvo lugar nueve días más tarde, no fue mérito del Ejército franquista, sino de la indiferente pasividad de los aliados, que en lugar de intervenir, como pretendían los invasores, siguieron silbando mientras miraban hacia otro lado que ya debían conocer tan bien como la palma de su mano, porque desde 1936 no habían hecho otra cosa. Eso no evitó que rodaran cabezas en cuatro ministerios, otras tantas embajadas e incontables despachos civiles y militares.

—Me están jodiendo, Roberto, me están jodiendo, y es todo culpa tuya —en aquella tesitura, la proverbial delicadeza de su jefe se esfumó tan deprisa como su elegancia—. ¿Para qué te mandé a Toulouse hace seis meses?

—Don Joaquín, yo...

—¡Quita de ahí, joder, que todavía te abro la crisma de una hostia! Si me lo tengo bien merecido por proteger a un traidor como tú, rata asquerosa...

La invasión de Arán forzó el tercer viaje del Orejas a Toulouse, pero sólo después de propiciar un encuentro inesperado en los primeros días de 1945.

—Cuánto tiempo, señor... ¿Cómo está?

Alfonso Garrido había cambiado mucho desde la época en la que se comía a Eladia con los ojos cada noche. Cuando el Orejas volvió a verlo en una sala de reuniones del Ministerio de Gobernación, lucía insignias de teniente coronel y una fama legendaria. Él había sido el único mando, civil o militar, destinado en la provincia de Lérida en otoño del año anterior, que no había sido cesado ni degradado después de la invasión. Mientras los demás permanecían anonadados, paralizados por la sorpresa y con un pie en el coche que habían preparado para salir pitando, el entonces comandante Garrido había cruzado las líneas enemigas disfrazado de civil para llevar armas a Can Fanés, una masía próxima a Bosost que funcionaba como centro neurálgico del Somatén del valle. La operación había tenido éxito, pese a que los rojos atacaron la masía antes de que las armas llegaran a distribuirse. El hijo del masovero había sido secuestrado aquella misma mañana por un comando de hombres armados, y no estaba muy claro si había cantado él solo o si sus raptores habían contemplado la entrega por casualidad, pero, en cualquier caso, Garrido había seguido dando ejemplo. Después de salir ileso del asalto a la masía, permaneció tras las líneas enemigas hasta que el ejército de la UNE se retiró, y fue el primero en entrar en Bosost para recabar información de primera mano de los vecinos del pueblo. Su actuación le había valido una medalla, un ascenso y la soberbia con la que se dirigió a aquel policía que se atrevió a reconocerle en público después de haberla cagado.

—¿Nos conocemos? —le miró como a un microbio desde la inmensidad de su estatura.

—Bueno, nunca nos han presentado, pero... —en ese instante, el Orejas se dio cuenta de que el héroe de la temporada sabía perfectamente quién era y dónde se habían visto antes—. Usted frecuentaba un tablao...

—¿Yo? No sé de qué me habla.

—Perdone, señor —se excusó en un murmullo—. He debido equivocarme.

Garrido aceptó sus disculpas antes de sentarse a su lado y mostrarle el retrato de una mujer alta, morena, con buen cuerpo, pensó el Orejas.

—Esta mujer se llama Inés Ruiz Maldonado. Madrileña, veintiocho años, era la cocinera del cuartel general, y esta... —puso sobre la mesa otra foto de una chica más joven, de cara redonda, expresión dulce y el pelo rizado en bucles diminutos—, Montserrat Abós Serra, veintitrés años, nacida en Bosost, era su ayudante y su compañera. Las dos cruzaron la frontera con el Ejército Rojo y ahora viven en Toulouse. Son las queridas de dos comandantes de la guerrilla... —sacó otra foto en la que la mujer llamada Inés posaba con cinco hombres más, uno mayor, tocado con una extraña boina, tres con uniforme militar de campaña y el quinto con una casaca azul marino, con botones dorados, que parecía de gala—, este —señaló al primero que estaba de pie, por la izquierda—, y este —después al que estaba acuclillado a la derecha, en primer término—. Sus nombres de guerra son Galán y el Zurdo. Los demás también son oficiales, pero no hemos logrado identificarlos. Creemos que esta foto se hizo y se reveló en Bosost, durante la invasión. La encontramos en la guerrera de un prisionero al que hubo que aplicarle la ley de fugas porque intentó escapar.

—Muy bien, pero... —el Orejas miró a Garrido, a don Joaquín, a los hombres que los rodeaban—. Y yo, ¿qué tengo que hacer?

—Inés Ruiz Maldonado trabaja en un local que se llama Taberna Española, en la rue Saint-Bernard, junto con otras mujeres comunistas. Los mandos de la UNE van a comer allí casi todos los días. Lo que esperamos de usted es que los identifique, a ser posible con fotografías, que averigüe quiénes están allí, quiénes se han quedado en España y, sobre todo, quiénes están preparándose para trabajar clandestinamente en el interior.

El Orejas no se atrevió a preguntar si el ministerio estaría dispuesto a pagar misas por su alma, y aquella noche no sólo no se esforzó por tranquilizar a Paquita, sino que le habló en un tono al que no estaba acostumbrada.

—¡Que me dejes en paz, coño! —hasta su madre se asustó al oírle—. Me tengo que ir porque me tengo que ir, y punto. Estoy hasta los cojones de preguntas y de lagrimitas...

Dos días después, sin embargo, le pidió que le acompañara a la estación y estuvo muy cariñoso, porque no sabía si volvería a verla. La misión que iba a cumplir le daba más miedo que el charco de sangre seca que decidió su destino, porque en Toulouse iba a estar más vendido de lo que nunca había llegado a estar en el sótano de la Puerta del Sol.

Desde que el fin de los combates en el sur de Francia hizo posible que los exiliados se reunieran con sus familias, en Toulouse vivían miles de republicanos españoles. A principios del 44, con todos los jóvenes movilizados, ya había tenido más encuentros de los que le habrían gustado, pero la clandestinidad propiciaba citas breves, discretas, a las que casi nunca se presentaba más de una persona. Un año más tarde, el panorama era muy distinto. En una legalidad aliñada con la euforia por la inminente victoria aliada, le resultaría casi imposible evitar que quienes le habían conocido siempre como Roberto el Orejas, coincidieran con quienes le conocieron en 1942 como Pedro López Ballesta, natural de Valladolid, con domicilio en Valencia. Su misión consistía en frecuentar una taberna a la que acudían todos por igual, y no podría elegir la situación en la que le tocaría improvisar una explicación tan sospechosa, que había adoptado la identidad de un muerto antes de ir a Brest, que pocos la aceptarían con facilidad. Hasta ese momento, sus antiguos camaradas habían desenmascarado a todos los agentes del gobierno de Madrid, y él no tenía por qué seguir siendo una excepción. A partir de ahí, sólo tendría dos opciones, huir o morir, y la primera le parecía más improbable que la segunda.

Mientras cruzaba la frontera a pie, el Orejas se reprochó la ingenuidad que le había llevado a clasificar a Antonio Perales como el último factor capaz de perturbar su nueva vida. Unos días antes de que don Joaquín le comunicara que iba a darle una última oportunidad, se había enterado de que el fracaso de la invasión de Arán había desatado una cruenta reacción en los tribunales. Los consejos de guerra, paralizados durante el último año por miedo a las reacciones exteriores y al curso de la guerra mundial, se habían reemprendido con renovado brío y un altísimo porcentaje de penas capitales. No podía faltar mucho para que Perales afrontara la suya, pero cuando lo ejecutaran, él quizás ya estaría muerto. La bala que le habría matado habría salido del arma de un comunista español, que vengaría la muerte de Antonio sin saberlo. Esa hipótesis encerraba una extraña lógica, un rizo perfecto, tan redondo que se le helaba la nuca sólo de pensarlo.

Desde que puso un pie en Toulouse fue extremadamente cauto, tan consciente de que estaba en territorio enemigo que avanzó paso a paso, tanteando cada baldosa como si las aceras estuvieran minadas. Localizó la taberna al día siguiente de llegar, pero tardó más de dos semanas en traspasar sus puertas.

Había buscado alojamiento en un barrio muy alejado de Saint-Bernard, un vecindario donde apenas había españoles, y antes de hacer amigos entre los exiliados, vigiló la puerta durante días. Así localizó a unos cuantos conocidos, y los siguió para averiguar su situación, sus domicilios, sus horarios de trabajo. Luego, en una mañana lluviosa de mediados de febrero, Tirso le reconoció mientras caminaba por una calle alejada del centro y le cayó por la espalda de improviso, sin darle la oportunidad de verle venir.

—¡Pedro! —habían estado juntos en Brest y el Orejas no pudo desmentirle—. ¿Qué haces por aquí? Pero dame un abrazo, hombre...

Su camarada de la Todt, un comunista gallego muy simpático, escogió por él la identidad que usaría desde aquel momento. A cambio, le introdujo por su propia iniciativa en la Taberna Española para presentarle a las mujeres que trabajaban allí y a algunos hombres, uno muy moreno, de aspecto agitanado, que era de Tordesillas, paisano tuyo, le dijo, otro catalán, más bajito, que era el marido de Amparo, la mujer que regentaba la barra, y algunos más, ninguno peligroso para el dependiente de los Garbanzos. Identificó sin dificultad a Inés Ruiz Maldonado y a Montserrat Abós Serra, ambas igual de embarazadas. La aranesa iba acompañada con frecuencia por el hombre apodado el Zurdo, pero la cocinera parecía estar sola, como otra amiga suya llamada Angelita, que iba de vez en cuando a echar una mano empujando el cochecito de un bebé recién nacido. Retuvo todos esos datos en la memoria mientras procuraba hablar poco, hacerse el simpático sin parecer empalagoso, esperar el momento de posar en una fotografía de grupo, como las que decoraban las paredes del local. Entonces pediría una copia y, con ella en el bolsillo, desaparecería sin dejar rastro. Ese era su plan, y salió bien hasta que un día, de pronto, apareció como caído del cielo un hombre alto, con unas gafas muy sucias y el pelo rizado, al que nunca había visto en Toulouse, pero sí antes, en la sede de Antón Martín y muchas veces, porque había tonteado con una amiga de Chata al principio de la guerra.

—Yo a ti te conozco, ¿comprendes? —llegó con Angelita, y al verle fue derecho hacia él—. Nunca podría olvidar esas orejas.

—Claro, Sebas... —el Orejas aparentó una alegría que le ayudó a disimular su nerviosismo—. ¡Qué sorpresa! —y se precipitó a abrazarle mientras temblaba como una hoja—. ¿Cómo estás? Nunca te había visto por aquí.

—Bueno, es que... —se encogió de hombros sin dejar de sonreír—. He estado ocupado, ¿comprendes? Acabo de volver. ¿Y tú?

—Yo... Yo ahora vivo aquí, y...

Todavía no había pasado nada. Estaban solos, en la barra, y ningún parroquiano mostraba interés en unirse a ellos, nadie parecía prestar atención a lo que hablaban. Todavía no había pasado nada, pero el Orejas sintió en la nuca el cañón de una pistola imaginaria y se metió él solo en su propia trampa.

—Es que tengo un amigo, Tirso, con el que estuve en Brest, y...

—Tirso, claro, le conozco —aquel hombre al que llamaban Comprendes asintió con la cabeza y una expresión risueña—. Vino con nosotros a Arán, ¿comprendes? Estuvo con el Gitano en Las Bordas, allí se lió una buena.

Mientras el cerco se cerraba a su alrededor, el impostor comprendió que aún tenía una oportunidad. Si lograba salir vivo de aquel local, y mientras llevara encima la documentación de Pedro López Ballesta, les resultaría muy difícil encontrarle. Tenía a su favor un cuarto de hora, y una sangre tan fría como la de una culebra.

—Sí, lo he oído, os habéis hecho muy famosos, ¿sabes? Déjame que te invite a una copa, para celebrarlo, aunque... —miró el reloj, frunció el ceño, volvió a sonreír—. Voy a salir un momento a buscar a Tirso. Había quedado con él en la plaza, para ir a dar una vuelta, pero mejor le traigo y seguimos hablando de los viejos tiempos.

—Claro, hombre, yo te espero aquí, ¿comprendes?

Era verdad que había quedado con Tirso, pero la cita, fijada para quince minutos después, era en el mismo local que aban-

478

donó a toda prisa. Tenía poco dinero pero menos tiempo, así que paró un taxi, liquidó la cuenta de la pensión sin discutir, cogió la maleta que dejaba preparada todas las mañanas y fue corriendo hasta la parada de autobuses más cercana. En la estación compró un billete para el primer tren que partiera en una dirección inesperada, opuesta a la frontera. Le depositó en Nantes, donde emprendió un penosísimo viaje de regreso que hizo en parte a pie, otras veces en camiones o carros cuyos conductores se ofrecieron a llevarle durante un trecho, y cuando estaba ya tan lejos de Toulouse como para sentirse algo más seguro, en varios autobuses baratos, trayectos cortos que fue combinando, nunca en línea recta, hasta llegar a la dirección de Perpiñán donde debía contactar con el hombre que le ayudaría a cruzar la frontera en dirección contraria.

Cuando llegó a Madrid, a finales de marzo de 1945, había perdido tanto peso que las orejas se le veían más que nunca. Había ganado a cambio una bronquitis que no le consentía decir tres palabras seguidas sin toser, pero el empeoramiento de su salud no fue la novedad más preocupante. Don Joaquín había sido destinado a una oscura comisaría de provincias y aún no se había designado a su sucesor. El inspector que estaba al mando recogió su informe y le autorizó a quedarse en casa hasta que se encontrara mejor, después de advertirle que el encargado de evaluar su misión sería el teniente coronel Garrido. El Orejas se marchó de su despacho temiendo lo peor, y comprobó enseguida que había acertado. Aquella misma tarde, Paquita le dio un recado que Chata acababa de traer, y ni siquiera rechistó cuando le vio vestirse para acudir a una cita a pesar de que le había subido la fiebre.

—Esto es una mierda —Alfonso Garrido le había citado en un reservado de Embassy, y tiró su informe sobre una primorosa bandejita de pastas de té—. Fotos de mujeres embarazadas, ¡qué tierno!, siluetas borrosas andando por la calle y un montón de descripciones de hombres de estatura mediana, de ojos castaños, ni gordos ni delgados, algunos con gafas, otros no... Estupendo. ¿A usted le parece que con esto vamos a llegar muy lejos?

—En el informe consta que tuve que salir huyendo de Toulouse con riesgo de mi vida, señor, y en cuanto a las descripciones, cuando pueda revisar los archivos...

—¿Quién le adiestró a usted? —Garrido cruzó sus enormes manos sobre la mesa para dirigirle una sonrisa burlona—. Orejas, le llaman, ¿verdad?

No le quedó otro remedio que asentir a aquel apodo antes de responder.

—El comandante Vázquez Ariza.

—¿Y el comandante Vázquez Ariza no le explicó que cuando un agente la caga de forma tan estrepitosa como la cagó usted el año pasado, el interés de la Patria es más valioso que la propia vida?

El Orejas miró a aquel hombre y se dio cuenta de que, por alguna razón que no comprendía, aparentaba una cólera que no sentía en realidad.

—Lo siento, señor —sólo entonces se le ocurrió que un salón de té era una extraña elección para una reunión como aquella.

—Es la segunda vez que le mandamos a Francia para nada —también sabía que no estaba diciendo la verdad, porque unos días después podría identificar a muchos de los clientes de la Taberna Española de Toulouse en los ficheros fotográficos que el SIPM había recolectado tras el desmoronamiento del Ejército republicano, aunque tuvo el acierto de seguir callado—. Con esto y un dedo —lo levantó en el aire— podría hundirle ahora mismo.

En el silencio que se abrió a continuación, los dos se miraron a los ojos y el más débil empezó a ver una luz más allá de la oscuridad.

—Pero... —se atrevió a sugerir.

—Pero... —repitió su superior—. Tengo entendido que usted conserva algunas relaciones que hizo antes de la guerra, ¿no es cierto?

Al volver a casa, el Orejas se encontraba mucho mejor, tan recuperado que después de cenar, volvió a salir. No tardaré mucho, le advirtió a su mujer. Y no lo hizo.

—Mira, Orejas, déjame tranquila —el maquillaje aún no había logrado devolver la normalidad a sus ojos, tan hinchados como si le acabaran de anunciar que iban a fusilar a Antonio, aunque tenía que saberlo desde hacía más de diez días— que no tengo el coño...

—Escúchame un momento, Eladia, porque lo que te voy a contar no es ruido —se sentó a su lado, la cogió de las manos, se las apretó—. Lo que voy a contarte es música.

Roberto el Orejas no se sintió a salvo desde el final de la guerra hasta el invierno de 1942, cuando logró meter en la cárcel a Antonio Perales García. Tres años más tarde, le libró de la muerte por la misma razón. Sólo a partir de entonces, su pasado dejó de representar para él una amenaza.

Cuando el monaguillo tocó la campana, comprendí por qué casi todos los fieles llevaban un periódico debajo del brazo. Mientras los más diligentes se arrodillaban a mi alrededor, miré al suelo, después a mis piernas.

—Madre mía...

Nadie me había advertido que la misa sería al aire libre, en una explanada repleta de guijarros, pedacitos de argamasa dispuestos a clavarse en las rodillas de los incautos que se presentaran sin el *Abc* de la víspera. Yo creía que con llevar un velo en la cabeza sería suficiente, y me había puesto mi único par de medias buenas, de cristal, con unos zapatos de tacón que ya no podría devolver a Rita en el estado en el que me los había prestado. Al bajar del autobús una piedra le había hecho una herida muy fea al tacón derecho, pero ni siquiera entonces se me ocurrió que precisamente allí, donde estaban construyendo una iglesia, las misas de los domingos se celebraran a la intemperie, en medio de las obras.

—¿Pero tu marido no está en Cuelgamuros? —Alicia, una amiga de Teodora con la que había vuelto a coincidir en la cola de Yeserías, se me quedó mirando muy sorprendida, mientras le contaba cómo había vuelto Isa de Bilbao—. Habla con él, mujer. Allí dejan estar a las familias, y seguro que tu hermana, con el sol y el aire de la sierra...

En el invierno de 1944, iba todos los lunes a la cárcel de Yeserías a ver a Toñito, que llevaba más de dos años en prisión preventiva. Eladia se ocupaba de todo lo demás. Visitaba a su novio de martes a domingo y le llevaba un paquete cada tarde, pero mi día libre le daba la oportunidad de ir a la peluquería y hacerse la manicura para cumplir con su rutina semanal de estrella del espectáculo.

El día que me enteré del paradero de Silverio no estaba sola. La Palmera, que no quería sentirse de más en una entrevista de enamorados, me acompañaba todos los lunes desde el verano anterior. Antes, sólo podía venir cuando estaba de guardia un funcionario que cobraba por el despiste de dejarle visitar a un preso con el que no tenía parentesco, pero una mañana de agosto del 43, fuimos juntos a apuntarnos y nos encontramos con dos novedades. La primera era que su contacto había sido trasladado. La segunda, que a partir de entonces, le bastaría con presentar su documentación para solicitar la visita.

Al principio, creí que deberíamos agradecer estas facilidades a un director más generoso que los demás, pero en la cola de Yeserías se sabía todo tan deprisa como en la de Porlier, y enseguida me enteré de que el reglamento se estaba relajando en todas las prisiones. La causa inmediata era el nombramiento de un director general partidario de abrir la mano y no sólo por motivos humanitarios. El razonamiento al que Rita había recurrido para consolarme en otoño del año anterior, ¿tú sabes el dineral que debe estar costándoles tener a tanta gente presa durante tanto tiempo?, tenía más fundamento del que yo había querido otorgarle, pero ni siquiera esos números resultaron tan decisivos como la causa remota. En el verano de 1943, el repliegue de los ejércitos del Eje competía eficazmente con el hambre y sus efectos en todas las conversaciones, dentro, fuera y, sobre todo, en la cola de la cárcel.

—Los nuestros han bombardeado Gelsenkirchen —susurraba con aire de superioridad alguna que había podido oír una radio clandestina, o leer los boletines que la embajada británica hacía circular discretamente por Madrid.

—¿Y eso qué es?

—¿Pues qué va a ser con ese nombre, mujer? —terciaba otra—. ¡Alemania! —y se volvía muy ufana hacia la enterada—. ¿Verdad, tú?

Ninguna de nosotras tenía ni la más remota idea de dónde

estaba Gelsenkirchen, no sabíamos si era una ciudad grande o una aldea minúscula, si estaba cerca de una montaña o tenía río, pero nos aprendíamos su nombre para volcarlo enseguida en otros oídos cuyas dueñas se apresuraban a repetirlo después, cada vez más deformado, más irreconocible pero igual de valioso, como si los aliados fueran de verdad los nuestros, como si cada bomba que hubiera caído sobre aquella palabra impronunciable fuera un regalo, una sonrisa, un grito de aliento para las mujeres que hacían cola ante las puertas de una cárcel de Madrid.

—¿Sabéis una cosa? Los nuestros han bombardeado Gilkensirken.

—Mira esta... Eso fue ayer, a ver si te informas mejor.

Italia estaba tan cerca que la invasión de Sicilia nos impresionó mucho más, pero prestábamos atención a todos los frentes y celebrábamos con idéntico entusiasmo los bombardeos de Ploesti y las revueltas en Rangún, la ofensiva soviética sobre el Donetz y el desembarco norteamericano en las islas Salomón. No sabíamos de lo que hablábamos, pero lo sabíamos, porque los aliados avanzaban, avanzaban, avanzaban. Nuestra noción geográfica de Rumanía se limitaba a que estaba a la derecha, detrás de Alemania y delante de Rusia, poco más o menos. Eso era mucho en comparación con lo que sabíamos de otro país, Birmania, que habríamos sido incapaces de situar en un globo terráqueo. Del Donetz, sólo habíamos averiguado que estaba en la Unión Soviética, de las Salomón, ni siquiera el océano que las rodeaba, pero todos esos lugares, marcados con banderitas rojas en el fabuloso atlas de nuestra memoria, nos pertenecían como contraseñas de un idioma propio, un lenguaje secreto que recorría la cola de boca en boca, con la misma alegría con la que circulaban las direcciones donde podía encontrarse bacalao barato. Parecían sólo palabras, pero representaban mucho más que un contrapeso de las mentiras que la prensa franquista publicaba todos los días. Eran las miguitas de pan que trazaban el camino hacia el final del horror y algo más, la frontera entre la vida y la muerte de los hombres encerrados más allá de los muros ante los que sus mujeres, sus madres, sus hermanas, intercambiábamos nombres extranjeros, poderosos como los hechizos de un brujo remoto. España no se juega nada en esta guerra, publicaban todos los diarios desde que los soviéticos pararon a Alemania. Nadie que nos hubiera visto en Yeserías el 26 de julio de 1943 habría podido creerlo.

—¿Os habéis enterado?

Brígida, limpiadora de la embajada de Estados Unidos y tan pendiente de las ofensivas aliadas que en la cola la llamábamos «el altavoz del frente», llegó aquella mañana muy excitada, con los ojos brillantes, las mejillas tan arreboladas como si tuviera fiebre.

—¡Pues atentas, que esta es gorda! —aquella advertencia bastó para que nos arremolináramos a su alrededor—. ¡Ayer detuvieron a Mussolini!

—¿Qué dices?

—Lo que oyes. Sus propios generales se han levantado contra él. Italia se ha rendido y el nuevo gobierno lo ha metido en la cárcel y todo.

—¿En la cárcel? —Valeriana, que tenía un hijo allí y otro en Ocaña, se tapó el escote con las dos manos, como si temiera que su corazón, tan acostumbrado a sobreponerse a las desgracias, ya no fuera capaz de soportar una buena noticia—. ¿De verdad?

—Por mis niños —la mensajera cruzó el dedo pulgar con el índice de su mano derecha, se lo llevó a los labios y lo besó.

Durante un instante, no pasó nada. Ninguna se atrevió a hablar, ni siquiera a mirar a las demás. Todas nos quedamos quietas, inmóviles como estatuas de sal, atentas a los silenciosos engranajes de nuestro cerebro mientras intentábamos procesar el sentido de aquella enormidad, creer en lo increíble, aceptar que, al fin, aquella victoria era nuestra, porque Mussolini no era Gelsenkirchen, no era Ploesti ni Rangún, no era el Donetz, ni las islas Salomón. Mussolini había sido la guerra de España, setenta mil soldados luchando al lado de Franco, tomando Málaga, cañoneando desde el mar a los refugiados que intentaban llegar andando a Almería, bombardeando Valencia desde su base de Mallorca, ocupando Alicante mientras miles de republicanos esperaban en el puerto los barcos que Inglaterra y Francia nunca enviaron para evacuarlos, todo eso había sido Mussolini, nuestro enemigo. Era demasiado grande, demasiado bueno para unas mujeres que llevábamos cinco años peregrinando de cárcel en cárcel, presas nosotras también como moscas en una tela de araña. Estábamos tan acostumbradas a nuestro cautiverio que al principio no hicimos nada, mirarnos por dentro solamente, despedirnos de nuestra tristeza como de una amiga indeseable pero constante, abrir un hueco en nuestro interior para otros huéspedes, la paz, la esperanza, la alegría, tan remotos que habíamos olvidado hasta sus nombres. Quizás por eso, porque ya no creíamos en nuestra suerte, Valeriana empezó a llorar.

—¿Pero os dais cuenta de lo que significa esto? —Brígida fue hacia ella, la abrazó, volvió a decirlo a gritos—. ¡Han detenido a Mussolini!

Alguien estrelló las palmas de sus manos, y de repente, todas estábamos aplaudiendo a la vez. En la cabeza de la cola estalló una ovación clamorosa, tan ferviente y unánime que llamó la atención de las rezagadas para invadir la acera en un instante, con tal estrépito de gritos y de palmas que un funcionario cubierto con una bata blanca cometió el error de abrir una ventana del segundo piso y asomarse a ver qué pasaba.

—¡Es la enfermería, chicas! —gritó una que se dio cuenta, y a continuación, con todas sus fuerzas, para que la noticia traspasara también los muros de la cárcel—. ¡Han detenido a Mussolini! ¡Italia se ha rendido!

—¿Qué? —mientras la ventana se cerraba a toda prisa, un hombre cruzó la calle, se acercó a nosotras—. ¿Qué estáis diciendo?

—¡Han detenido a Mussolini! —a él también se lo contamos a gritos—. ¡Italia se ha rendido! —y nos reíamos, nos abrazábamos, lo repetíamos una y otra vez mientras las lágrimas se asomaban a nuestros ojos, y nuestros ojos sonreían como nuestros labios, y una emoción nueva, antigua, olvidada y recobrada, nos quemaba la garganta—. ¡Han metido a Mussolini en la cárcel!

Hicimos mucho ruido en muy poco tiempo, pero fue suficiente para que otros desconocidos se acercaran a nosotras con los ojos brillantes, los puños apretados, ¿de verdad han detenido a Mussolini?, ¡de verdad! Entonces nos abrazaban, les abrazábamos, hombres y mujeres a los que nunca habíamos visto, a los que no volveríamos a ver, pero que se rieron y gritaron con nosotras mientras otros nos miraban con el ceño fruncido desde la acera de enfrente. Quizás fue a ellos a quienes se dirigió la mujer que se atrevió a decir en voz alta lo que pensábamos las demás.

—¡Mussolini ya está preso y vosotros vais detrás! —y mientras se multiplicaban los gritos, los aplausos, un funcionario que lo había visto todo desde la puerta hizo el amago de correr hacia nosotras.

—¿Quién ha dicho eso? —pero éramos tantas que no llegó a dar más de dos pasos—. A ver, ¿quién ha sido la valiente?

No esperaba que nadie contestara, pero aún esperaba menos el coro de voces masculinas que empezó a tronar por encima de nuestras cabezas, *Guadalajara no es Abisinia,* desde la ventana de la enfermería, *porque los rojos tiramos bombas de piña,* abierta de par en par después de que el enfermero, asustado, hubiera ido a dar la voz de alarma, *menos fascismo, y más valor,* y no les veíamos la cara porque tuvieron la precaución de no asomarse, *que hubo italiano que corrió hasta Badajoz,* pero escuchamos sus voces y les aplaudimos antes de cantar con ellos, *Guadalajara no es Abisinia...*

Como sólo nos sabíamos el principio, no pasamos de ahí, pero tampoco pudimos repetirlo más de tres veces antes de que salieran los guardias.

—Se han suspendido todas las visitas. O se van ustedes por las buenas o las echamos nosotros por las malas. ¿Me han oído?

Fue por las malas, pero el insólito detalle de que nos hubieran dado a escoger entre el silencio y las porras bastó para persuadirnos de que, dijeran lo que dijeran los periódicos al día siguiente, estaban tan afectados como nosotras. Por eso, aunque nos disolvieron a golpes, no se atrevieron a detener a nadie. Yo me marché a casa con un porrazo en el hombro, pero no me dolió, porque antes de salir corriendo tuve tiempo de oír a lo lejos un eco atronador, cientos, quizás miles de hombres que gritaban como uno solo que Guadalajara no era Abisinia desde la cárcel de Yeserías.

En noviembre de 1944, cuando ya nadie dudaba del triunfo aliado, se reanudaron los consejos de guerra que habían estado parados más de un año. En febrero de 1945, cuando los aliados tocaban la victoria con la punta de los dedos, fusilaron al hijo de Valeriana. Entonces, los abrazos y los besos, los gritos y el estribillo que me habían hecho tan feliz el 26 de julio de 1943, me dolieron como una herida emponzoñada, que rezumaba un veneno para el que no existía ningún antídoto. Aquella amargura se incrustó en mí como un destino, una condena perpetua, larga como mi vida. Nunca volví a cantar aquella canción porque Guadalajara no era Abisinia, España no era Italia, ni Japón, ni siquiera Alemania. Jamás lo sería. Y sin embargo, antes de que las potencias democráticas consagraran la excepción española de un silogismo universal, comportándose como amigos del amigo de sus enemigos, vivimos un tiempo para creer, un tiempo para esperar un final que ya no podría ser completamente feliz, pero sí mucho menos triste. Franco no va a durar siempre, recordé, y cuando los aliados vuelvan a ganar, cuando comprendan lo que nos han hecho, ni mi padre ni el tuyo estarán aquí... Durante un año y medio, estuve convencida de que Rita llevaba razón también en eso. Y aunque la cola de Yeserías no se volvió a amotinar, aunque suspendieron las visitas durante tres días, y al cuarto enviaron guardias armados a patrullar la acera, cuando volví a ver a mi hermano me enteré de que ni siquiera habían castigado a los presos. En Porlier, entre 1939 y 1941, eso nunca habría podido ocurrir. La incertidumbre en la que los franquistas se asfixiaban se haría aún más evidente para mí unos meses más tarde, cuando el segundo domingo de enero de 1944 acabó con la maldición de las visitas inesperadas.

—¡Niños!

Mientras subía por las escaleras, el volumen de aquel estrépito había ido creciendo, planta a planta, hasta que pude distinguir tras la puerta la voz de un hombre que parecía jugar con mis hermanos. Faltaba poco para que los mellizos cumplieran nueve años. Ya eran lo bastante mayores como para volverse solos a casa los domingos, después de comer en la de Margarita, y no me importaba que trajeran amigos, pero les había insistido muchas veces en que no le abrieran la puerta a ningún desconocido. Por eso me asusté, pero cuando entré en casa y descubrí quién era el hombre que jugaba a las canicas con ellos, me asusté mucho más.

—¡Tasio! —se volvió a mirarme, sonrió y se levantó de un brinco—. Pero ¿qué...? —hay que cerrar las contraventanas, echar el cerrojo de la puerta, preparar un escondite para una emergencia y dejar de armar escándalo, sobre todo eso—. ¿Os queréis callar de una vez? —me puse tan nerviosa que mis hermanos me hicieron caso, y sólo después le abrí los brazos a mi padrino—. Me alegro mucho de verte. ¿Cómo estás?

—Muy bien —me besó en las mejillas y volvió a sonreír—. En la calle.

—Ya lo veo —bajé la voz hasta el volumen de un murmullo—. ¿Cuándo te has escapado?

Se echó a reír, miró a los mellizos y ellos también se rieron.

—No me he escapado, Manolita. Me han soltado.

—¿Qué te han...? —aquello era lo más extraordinario que había oído en mucho tiempo—. ¿En serio?

—En serio. Me juzgaron unos meses después que a Silverio, y sólo me echaron seis años porque tuve mucha suerte, ¿sabes? Como en el 36 vivía en zona republicana, me reclutaron con los de mi quinta. Me afilié al Partido en el ejército, pero el comisario de mi división quemó todos los archivos y sólo estaba lo del comité de huelga de mi pueblo, así que... —resopló, como si fuera una historia demasiado vulgar para contarla—. He estado dos años en Fuencarral, haciendo la vía Madrid-Burgos. Redimíamos dos días de condena por uno de trabajo, y como estuve tres años en preventiva, me he chupado casi uno de más, pero esta mañana, por fin, me han soltado.

—¡Qué bien, Tasio! —volví a abrazarle, y abracé con él algo más que el cuerpo fibroso de un hombre que ya no parecía un preso, una camisa blanca, unos pantalones grises, los músculos de los brazos marcados bajo la piel, la cara curtida por el trabajo al aire libre—. No sabes cuánto me alegro —porque abrazar a Tasio, aquella tarde, fue como abrir una puerta por la que Silverio podría volver a entrar en mi vida.

En los dos últimos años no había dejado de pensar en él, pero a aquellas alturas ya no sabía distinguir entre su recuerdo y otros frutos de mi imaginación. Nuestro noviazgo había sido tan extraño, la distancia después tan implacable, que el paso de los días se había apresurado a desterrarle antes de tiempo a una remota región de mi memoria, el almacén de recuerdos dudosos donde guardaba el olor de mi madre y el de la tierra recién regada de la huerta de Villaverde, aromas ficticios, tan desprovistos ya de existencia real como la imagen de Toñito andando por la calle o el uniforme de mi padre colgado en una percha. La cara de Silverio detrás de una alambrada era sólo un trasto más en aquel desván cerrado, abandonado al musgo polvoriento del exilio, y a veces, cuando recordaba los meses en los que mi vida entera había girado a su alrededor, ya ni siquiera sentía vergüenza, sólo estupor. Veía la cola de Porlier, a Rita y a su madre, a Juani y a Pepa, a sus maridos, a mi padre, a Hoyos, el edificio, el locutorio, las aceras, y no dudaba de que aquel lugar existía, como habían existido las personas que lo poblaban en mi memoria. No dudaba de que yo había estado allí, pero el recuerdo de Silverio era distinto, más pálido y de contornos desvaídos, casi gaseosos, una presencia que parecía más soñada que vivida y envolvía cuanto tocaba en una bruma fantasmal de sombras huecas, el espejismo heredado de la chica ridícula y tontorrona que fui una vez, una pobre fantasía que se venía abajo al contacto con mis dedos de mujer hecha y derecha. Hasta que Tasio pronunció su nombre. Cuando volví a escuchar aquel nombre en aquella voz, el color volvió de pronto a las mejillas de Silverio, las palabras volvieron a sus labios, el volumen a su cuerpo, y si hubiera cerrado los ojos, habría sentido que él también estaba allí, con Tasio y conmigo. Los mantuve bien abiertos pero no pude evitar que mi voz temblara.

—¿Y cómo has venido aquí?

—Es que no he encontrado a Martina.

El destacamento de Fuencarral estaba dividido en dos secciones, que se turnaban para recibir visitas los domingos en el recinto vallado que rodeaba las obras. La semana anterior, Martina había ido a verle y le había contado que su patrón seguía en la cama, con una neumonía muy puñetera. Ella no creía que fuera la última, y sin embargo, aquella mañana, cuando una furgoneta de la empresa le acercó hasta Madrid, Tasio se encontró la puerta cerrada a cal y canto. Una vecina le contó que el cura había muerto el martes anterior, que no sabía nada de la chica que vivía con él. Y Martina no había podido avisarle por carta porque no sabía escribir.

—Pero no se lo cuentes a nadie, por favor, que le da mucha vergüenza.

Necesitaba encontrarla cuanto antes, porque sólo podía pasar una noche en Madrid. A las cuatro de la tarde del día siguiente, tenía que coger un tren para presentarse ante el Comité Local de su pueblo, Tresviso, en el valle de Liébana, antes de veinticuatro horas a contar desde su llegada a Santander. Habían restado el precio de su billete del simulacro de jornal que le habían pagado en los dos últimos años y le habían recomendado que no hiciera tonterías, porque cualquier incumplimiento de estas condiciones le convertiría en prófugo. Mientras bajábamos las escaleras para ir a llamar por teléfono, tuve un mal presentimiento, pero no le pregunté qué clase de libertad era esa que no le dejaba vivir donde y como él quisiera, porque estaba muy contento y no quería echar su alegría a perder.

Rita tenía apuntado el número de una vecina de Julita que tenía teléfono, y resultó que Asun conocía a la cuñada de un primo de Martina que trabajaba en una taberna de la Cava Baja. Él nos envió a la calle Segovia, y fuimos hasta allí dando un paseo. A mitad de camino, me di cuenta de que, después de haberme contado tantas cosas, aún me debía una respuesta.

—Todavía no me has dicho cómo se te ha ocurrido venir a mi casa.

—¡Ah! Eso... —sonrió—. Bueno, pues... ¿Te acuerdas del

día que nos conocimos? —asentí con la cabeza, porque aquella misma tarde, al salir de trabajar, no habría estado muy segura, pero en aquel momento no lo dudé—. Tú estuviste un rato hablando con Silverio, le contaste que te habían echado de tu casa, que te habías mudado a un edificio en ruinas. Él te preguntó dónde estaba, tú se lo dijiste... Y yo me enteré.

—¿En serio? —me eché a reír—. Con el trajín que os traíais, ¿estabas pendiente de lo que hablábamos?

—No pude evitarlo —se encogió de hombros y rió él también—. Habría preferido que os callarais, pero como no os dio la gana, los cuatro en aquel cuarto tan pequeño, vosotros dos hablando sin parar... Tu dirección era muy fácil de recordar, calle de las Aguas número 7, y además...

Se paró, se volvió para mirarme de frente y se puso casi serio.

—Si yo me hubiera escapado —hizo una pausa para ponerse serio del todo—, ¿tú me habrías escondido?

—Pues claro, hombre —le respondí en un tono mucho menos solemne—. ¡Qué cosas tienes!

—Lo sabía —y volvió a sonreír—. Por eso nunca he olvidado tu dirección.

Un año y pico más tarde, cuando volvía del mercado, me encontré en el portal con un desconocido. Treinta años, más bien alto, atlético y muy tieso, era un hombre atractivo, pero no me fijé en él por eso. Por el estilo de su ropa, modesta pero con pretensiones, y la cartera que llevaba en la mano, parecía un representante de comercio, y a nadie se le habría ocurrido entrar a vender nada en una casa como la mía, con la fachada apuntalada y un aviso de demolición clavado en la puerta. A mí tampoco se me ocurrió qué podría estar haciendo allí, pero le saludé de todas formas. Él correspondió con un acento del norte y se ofreció a subir mi cesta por la escalera. Cuando llegamos hasta mi puerta, le di las gracias, le pregunté adónde iba y me miró como si no supiera por dónde empezar.

—Yo... No se llamará usted Manolita, ¿verdad?

—Sí —la expresión de su cara, tan cautelosa como si mi nombre fuera un secreto de Estado, me hizo reír—. ¿Cómo lo sabe?

—Pues, el caso es que... Yo vengo de parte de un amigo suyo que se llama Anastasio.

—¿Anastasio? —fruncí el ceño, porque no recordaba a nadie con ese nombre—. ¿De dónde es?

—De un pueblo de Santander que...

—¡Claro, Tasio! —y me alegré muchísimo de saber de él—. ¿Cómo está?

—Bien —el desconocido sonrió, aliviado.

Nunca supe cómo se llamaba. Él no me lo dijo y yo no se lo pregunté. No necesitaba esconderse, ni siquiera un lugar donde dormir, sólo un contacto con la dirección del Partido en Madrid, una tarea tan fácil para mí como acercarme al tablao para hablar con Jacinta. Podría haberle citado con ella para el día siguiente, pero preferí que la Palmera actuara como intermediario, porque su sombrero cordobés, sus aspavientos y la raya negra que había vuelto a pintarse debajo de los ojos antes de actuar, llamaban tanto la atención que garantizaban la seguridad de cualquier encuentro. Después de repetir la hora, el nombre y la dirección de La Faena, para asegurarse de que los había memorizado bien, me regañó por haberle dejado pasar sin darle ocasión de mencionar el huevo de chocolate que le regalé a Juani el día de mi segunda boda frustrada, la contraseña de la que debería haber dependido mi seguridad, y la suya. No le puedes abrir la puerta a los desconocidos, insistió, como si de repente él fuera yo, y yo mi hermano Juanito. Pero tú no eres un desconocido, le dije, tú eres amigo de Tasio... No consiguió asustarme hasta que me contó que lo había conocido en el monte. Eso sí me preocupó, porque significaba que las cosas no le habían ido como él quería.

—¡Tasio! —el día que su novio penetró por su propio pie en la sutil trampa de su libertad, Martina nos vio llegar desde el balcón y se despeñó escaleras abajo para llegar a tiempo de atraerle hasta la protectora oscuridad del portal.

Yo me quedé en la acera, y mientras veía las sombras de sus cuerpos abrazados, sus cabezas devorándose mutuamente con tanto apetito como si volviéramos a estar en el cuartucho de las bodas de Porlier, tuve la impresión de que ella había cambiado tanto como él. Cuando el eco de unos pasos en la escalera les obligó a soltarse tan deprisa como se habían juntado, me fijé en que su cintura había desaparecido igual que si la hubieran borrado con una goma para volver a dibujarla unos centímetros más allá de donde había estado siempre. Estaba embarazada de cuatro meses, de las vías de Fuencarral, le gustaba decir a ella, pero en su cara redonda ya había nacido una expresión dulce, ruborosa, un candor infantil que no había visto antes.

—Enhorabuena, Martina.

Aunque había seguido viéndola en la cola y en el locutorio de Porlier, no habíamos vuelto a hablar desde el día que nos peleamos en la puerta de la cárcel. Habría preferido que no lo mencionara, pero después de abrazarme, antes de desligar sus brazos de los míos, me miró y negó con la cabeza.

—Manolita, yo...

—No me lo recuerdes —y cerré los ojos, como si al privarlos de su imagen, pudiera arrancar aquel recuerdo de mi memoria.

A partir de aquel abrazo, todo fue tan fácil como si aquella bronca nunca se hubiera producido. La visita de Tasio no sólo trajo de vuelta a Silverio. También me devolvió a Martina, aunque la alegría del reencuentro se transformaría pronto en una angustia de una especie desconocida para nosotras. Aquel día no podíamos saberlo, y ella tampoco tardó en sobreponerse al disgusto de perder a su novio sólo unas horas después de haberlo recuperado, porque los dos contaban con que Tasio tendría que volver a Tresviso al salir de la cárcel. Sus padres eran mayores y estaban solos. No les quedaban más hijos que pudieran cultivar la tierra, ocuparse de la casa, de los animales. Martina no había visto más pollos en su vida que los que colgaban de un gancho en los puestos del mercado, pero estaba dispuesta a marcharse con él, a irse a vivir a su pueblo antes de que naciera el niño para convertirse en la perfecta montañesa.

—No veas lo guapa que voy a estar con zuecos...

Tasio se partía de risa al escucharla, y yo me reía también, los tres nos reímos mucho aquella tarde mientras ella hacía planes para un futuro feliz y campestre, parándose cada dos por tres a preguntarle a su novio cómo se llamaba el chisme que se usaba para revolver la paja, y ese otro chisme que se usaba para dar de comer a los caballos, y aquel que se enganchaba a una mula para remover la tierra, y todo le parecía fácil, todo divertido, saludable, sorprendente, todo maravilloso porque a Tasio se le caía la baba al oírla, y a ella se le caía la baba al mirarle, y con eso tenían bastante.

—Oye, Manolita —al salir del café hasta el que nos había empujado el frío agazapado tras un sol engañoso, me pidió un favor—. Como mi hermana es como es... ¿Podemos quedarnos esta noche en tu casa?

—Claro... Pero si esperáis a que se duerman los mellizos, eso sí.

Antes de subir, Tasio compró la cena, una empanada de bonito, otra de carne y una frasca de vino, en una taberna gallega de la Carrera de San Francisco. Con tanta novedad, los niños estuvieron despiertos más tiempo de la cuenta, y como Martina sólo bebió agua, Tasio y yo liquidamos el vino mano a mano, hasta que sentí que me daba vueltas la cabeza. Sin embargo, ni su novio ni yo llegamos a estar en ningún momento tan borrachos como ella.

—Y me tendré que llevar la canastilla entera, claro, porque en esa aldea tuya no venderán nada más que zuecos, y tendremos que buscar un médico, ¿no?, una comadrona por lo menos —iba llevando la cuenta de todo lo que tenía que hacer hasta que se quedó sin dedos en las dos manos—. No sé cómo me las voy a apañar porque, hay que ver, ¡qué difícil es hacerse de pueblo!

Según la clasificación de Rita, Martina era cualquier cosa menos una novata. Pero toda la veteranía que había acumulado durante cinco años, en las puertas de una cárcel y de un destacamento penal, no bastó para ayudarla a imaginar hasta qué punto llegaría a quedarse corta su última exclamación.

—Yo cojo al niño y me voy a verle, mira lo que te digo.

—No vayas, Martina, por favor. Espera un poco, mujer...

Cuando fui a conocer a su hijo recién nacido, mi madrina

todavía vivía en la calle Segovia. En julio de 1944, Tasio le había escrito muchas cartas que parecían una sola, porque en todas le decía lo mismo y que no fuera, que no se le ocurriera moverse de Madrid hasta que él se lo dijera.

—Este se ha echado otra novia y no quiere saber nada de mí, ni de su hijo —a mediados de octubre, ya no lo dudaba—, y si no... A ver por qué ha dejado de escribir.

En marzo de 1945, aquel desconocido me explicó por qué Tasio había enviado su última carta en agosto del año anterior, pero no pude correr a contárselo a su novia. A aquellas alturas, Martina debía saber de sobra que se había convertido en un guerrillero de la Brigada Machado, porque se había plantado en Tresviso con su hijo poco antes de Navidad. Después, perdí el contacto con ella durante años. Cuando volvió a Madrid, yo ya no vivía en la ciudad, y aunque venía de vez en cuando a ver a mi familia, nunca nos encontramos, nadie me dio noticias suyas. Temí que nunca volvería a verla, pero en el invierno de 1951 me dio la vez en una carnicería de la Corredera Baja. Habíamos vuelto a ser vecinas, así que nos sentamos en la mesa de un café a contarnos nuestras vidas, y al mirarla en el espejo de la juventud que habíamos compartido, aquel tiempo rebosante de horror y de esperanza, la suya me dolió tanto que hasta me sentí culpable de haber tenido, al cabo, más suerte que ella. Por eso renuncié a enumerar las pequeñas conquistas de mi vida reciente con una sola excepción.

—¿Y Silverio?

Esa misma pregunta puso mi vida boca abajo una tarde de enero de 1944, cuando Martina estaba a punto de sentirse la mujer más feliz del mundo, y yo estrenaba la libertad de Tasio andando con él por la calle Segovia.

—¿Y Silverio? ¿Qué sabes de él?

—Nada.

—¿Nada? —mi respuesta le asombró tanto que se paró en seco y se volvió a mirarme con los ojos muy abiertos—. ¿Y eso?

—Pues... Me escribió una carta desde el penal de El Puerto cuando llevaba allí un par de meses, yo le contesté, y... No he sabido nada más. Le escribí otra vez y enseguida me devolvieron mi primera carta, con un sello que decía que el destinatario era desconocido o que le habían trasladado, y... —me paré un momento a pensar, aunque sabía que, por mucho que buscara, no iba a encontrar nada que añadir—. Pues eso, que no he vuelto a saber de él.

Su camarada negó con la cabeza mientras reemprendía el paso muy despacio, como si me invitara a preguntar algo evidente.

—¿Te parece raro?

—Raro no —hizo una pausa para subrayar su extrañeza—. Rarísimo.

Entonces su novia gritó su nombre desde el balcón y no me atreví a hacer más preguntas. Pero el asombro de Tasio, la alegría de su reencuentro con Martina, la avidez de ella, la de él, aquella amorosa representación de canibalismo que me devolvió a la luz de un cuarto sucio y lleno de cucarachas, me afectó mucho más que la primera vez. Al otro lado del escándalo y de la envidia, del sofoco, del pudor y hasta de mis antiguas fantasías de chica ridícula y tontorrona, sus abrazos me mortificaron como esas heridas viejas, amortiguadas, latentes, que se despiertan con los cambios de tiempo para resucitar un dolor nuevo e intacto bajo la trampa de sus sonrosadas cicatrices. Por eso bebí tanto vino aquella noche. Pretendía armarme de valor o perderlo por completo, atontarme o invocar una sabiduría que me permitiera hacer las preguntas más audaces, delegar en el vaso que vaciaba y rellenaba sin pausa la decisión de saber o no saber, de seguir descansando en el hueco de una vida plana, sin colores, o complicármela con la prolongación de la agridulce penitencia que me había abandonado dos años antes como un amante traidor. Sólo logré que me diera vueltas la cabeza, pero Tasio tenía la suya en su sitio y no se había olvidado de su camarada.

—Mira, Manolita, lo he estado pensando, y... —antes de revelar el fruto de su pensamiento, repartió el poco vino que quedaba entre su vaso y el mío—. Si Silverio no está en El Puerto, estará en un destacamento, vete tú a saber dónde. Es imposible que lo trasladaran a otra cárcel en tan poco tiempo. Seguramente fueron a buscarle y le ofrecieron un destino para redimir pena. Lo normal es que los presos se presenten voluntarios y que ellos se piensen durante semanas, incluso meses, si les conceden la redención o no, pero tampoco son tontos. Saben muy bien a quién tienen encerrado, y en Porlier, Silverio se hizo famoso porque lo arreglaba todo, mecanismos, tuberías y máquinas en general, el director le pedía favores cada dos por tres, así que... Él debe creer que no le contestaste, y como es tan tímido... Bueno, ya le conoces. A lo mejor un funcionario le juró por su madre que le reenviaría el correo, y después, cuando le arregló el reloj... Menudos son, esos cabrones.

—Pero... —volví a posar en la mesa un vaso definitivamente vacío, y noté la lengua menos pastosa que el cerebro—. Yo... ¿Y cómo...?

—En el Ministerio de Justicia tienen que saber dónde está. De entrada, no querrán decírtelo, pero si te buscas un enchufe o te pones muy pesada...

—No, si yo... —en ese instante, la cara de la señorita Marisa se apoderó de mi memoria sin pedir permiso, y me concedió la sobriedad suficiente para decir una frase de un tirón—. Conozco a una mujer allí, pero lo que no... ¿Y si Silverio no quiere? Igual no le interesó, o se ha echado otra novia, o...

Antes de replicar, Tasio se me quedó mirando como si nada de lo que había visto u oído aquel día le hubiera sorprendido tanto.

—Claro —y se echó a reír—. Eso es lo que más abunda en los destacamentos, las novias... —hasta que se puso serio—. Otra cosa es lo que quieras tú.

Después, Martina observó en voz alta que hacía un buen rato que no se oía a los mellizos. Cuando me levanté para ir a su cuarto a echar un vistazo, la borrachera se me había bajado a los pies. Ahora eran ellos los que daban vueltas, como si el vino les hubiera arrebatado la experiencia de la línea recta a favor de unas curvas culpables de que mi cuerpo se tambaleara a un lado y al otro en cada paso, y así avancé, tropezando con los muebles, con las paredes, mi cabeza, a cambio, tan despejada como si Tasio, en lugar de hablar, hubiera soplado a su través. Al comprobar que los niños se habían dormido, me alegré de poder mandarlo con su novia a mi cuarto para quedarme sola en el comedor. Antes de que empezaran a desnudarse, saqué un colchón de la habitación pero no me hice la cama, ni siquiera fregué los vasos sucios. Me senté en la silla en la que había cenado, apoyé un codo en la mesa, la cara en la palma de la mano, y me concentré en averiguar qué quería yo. Un segundo después, los muelles del somier empezaron a hacer ruido.

Aquella noche, los amantes apenas durmieron, y yo no mantuve los ojos cerrados mucho más tiempo que ellos. La aparición de Tasio, su reencuentro con Martina, el vino que había bebido, el risueño estrépito de aquel deseo ajeno y familiar, envolvieron la penumbra de mi vigilia en un resplandor benéfico, dorado, cálido. Durante horas, escuché una extraña sinfonía de acordes dispares, notas metálicas, agudas, interrumpiendo el rumor sordo de los besos, las palabras susurradas entre las sábanas, el eco de los cuerpos que chocaban entre sí. En el completo silencio de la madrugada, aquella melodía tenue, delicada y violenta a la vez, llegó hasta mis oídos con una nitidez que sus autores no pretendían. Tampoco pretendía yo sonreír al escucharla, pero mis labios se curvaron solos, como si quisieran participar a distancia de aquella misteriosa felicidad ajena que parecía encerrar un mensaje en clave, una promesa que llevaba mi nombre y mis apellidos. Ya estaba empezando a amanecer cuando mis ojos sucumbieron al arrullo de aquella canción sin música, el ritmo sin ritmo que me mecía como una rítmica y amorosa letanía. Así me quedé dormida, y al rato, me desperté tan contenta como si yo también regresara de una noche de amor. Aún no había decidido qué era lo que quería, pero al abrir los ojos, volví a ver la cara de la señorita Marisa con tanta claridad como si alguien la hubiera pintado en la pared.

—Ayúdeme, por favor, tiene que ayudarme... Mi hermana es menor de edad, tiene quince años y está enferma, de verdad, se lo juro por lo que más quiera, está muy débil y nadie se ocu-

502

pa de ella, lo único que quiero es traerla a casa para cuidarla, sólo eso, yo...

Aquella mujer, la única persona que quiso escucharme en un edificio enorme y lleno de gente, miró hacia los lados, dio un paso hacia mí, me puso las manos sobre los hombros.

—Tranquilízate, por favor —y aquel día, en aquel lugar, esas palabras sonaron como un compromiso—. Veré qué se puede hacer, pero no te hagas ilusiones —negó con la cabeza y volvió a mirarme—. La ley es la ley.

El 22 de junio de 1942 hice de noche el mismo viaje que mis hermanas habían hecho de día poco más de un año antes. Cuando llegué a Bilbao, faltaba poco para las siete de la mañana y apenas había dormido, pero no tenía sueño. El cansancio físico era lo de menos. La visita de la madre Carmen había resucitado uno mucho peor, la incertidumbre de los malos tiempos, un tobogán infinito de esperanzas vanas y presentimientos sombríos por el que no se podía hacer otra cosa que volver a subir después de haber bajado, sin descansar jamás, sin llegar nunca a parte alguna. Para mi desgracia, había aprendido de memoria esa lección y sabía que sus efectos no sólo eran devastadores, sino que a menudo representaban una tortura más cruel que la verdad. Es peor pensarlo que pasarlo, decían algunas mujeres en la cola de Porlier. Otras sólo podían repetir aquel refrán al revés, y sin embargo, con independencia del desenlace de cada expediente, la conciencia de no ser nadie, de no tener derecho a obtener respuestas, de carecer incluso del derecho a formular preguntas, constituía en sí misma una condena, la pena que cumplíamos quienes no habíamos sido juzgadas por un tribunal, las reclusas que vivíamos fuera de los muros de las cárceles. Por eso, antes de perderme en los laberintos del Ministerio de Justicia, pensé muy bien en lo que iba a hacer.

Yo no conocía de nada a aquella monja, y no podía saber si me había contado toda la verdad, sólo una parte o un cuento chino. Mientras una mula vieja, exhausta, empezaba a tirar de la noria dentro de mi cabeza, intenté separar las dudas de las certezas, y comprendí enseguida que carecía de estas últimas. Sólo podía manejar intuiciones, hipótesis formuladas con tan pocos datos que ni siquiera merecían ese nombre. Me parecía extraño que, sin contar con el dinero que le habría costado el taxi, aquella mujer hubiera venido a verme sin motivos, pero quizás tuviera los suyos para hablar mal de su convento. Quizás pretendía perjudicar a sus superioras, utilizarme contra ellas, aunque el miedo que había visto temblar en sus ojos, en sus manos, era auténtico, o al menos, así lo había percibido yo. Aparte de la impresión que me había causado, sólo disponía de las cartas, muy sosas y no demasiado largas, que Isa me escribía todos los meses, una cuartilla y media en la que siempre me contaba lo mismo, que Pilarín y ella estaban bien de salud, que esperaban que nosotros también, que comían todo lo que les ponían en el plato, que eran muy aplicadas, que se portaban como era debido y que no las regañaban. Cuando la madre Carmen me ofreció su versión, saqué todos aquellos sobres de un cajón, los ordené por fechas, estudié su contenido y descubrí, una por una, todas las cosas que había pasado por alto al recibirlas.

En las primeras cartas que me envió, mi hermana había hecho constar expresamente que no era ella quien escribía. Una niña llamada Ana lo hacía en su nombre porque todavía no había aprendido a dominar el lápiz. Más adelante, esa aclaración se esfumó para no volver a aparecer nunca más y yo, absorta en la rutina de aquella fantasía tan parecida al amor, que había ido creciendo de lunes en lunes a lo largo del verano de 1941, había dado por descontado que la primera persona era auténtica. Un año más tarde, me di cuenta de que en todas las cartas la letra era idéntica, la misma caligrafía, los mismos vicios, las mismas líneas torcidas hacia abajo en la última y en la primera. Eso significaba que, después de un año entero en Zabalbide, mi hermana ni siquiera había aprendido a escribir. No era un buen indicio, pero todavía encontré uno peor. Aunque no lo recordaba cuando la tuve delante, porque en su momento no había prestado atención a lo que me pareció un detalle ñoño, trivial, lo cierto era que una madre llamada Carmen aparecía en todas las cartas fechadas en 1942, y las alusiones al cariño que le inspiraba, «la madre Carmen es muy buena», «la madre Carmen sabe tocar el órgano», «ayudo en la iglesia a la madre Carmen con las partituras», «la madre Carmen me deja vigilar con ella el recreo de las pequeñas», «la madre Carmen me va a llevar a comer a casa de sus padres», «no quiero a ninguna monja tanto como a la madre Carmen», eran las únicas frases que no parecían copiadas del modelo del que provenían todas las demás. Era improbable que en un convento español sólo hubiera una monja llamada Carmen, pero ese detalle inclinó la balanza a favor de la mujer aterrorizada que me había obligado a prometer que no la vendería. Tuve esa promesa muy presente cuando volví a atravesar el umbral del edificio de la calle Ayala al que fui con mis hermanas para recoger sus billetes.

La monja que me recibió, toca corta y anillo de plata, no sólo no quiso decirme nada, sino que fue a buscar inmediatamente a una interlocutora de rango superior, una mujer mayor, ataviada en todo como la que me había visitado unos días antes.

—No —me miró como si mis intenciones se transparentaran bajo la inocencia de mi pregunta—. En ese colegio hay muchísimas niñas. Si las dejáramos contestar al teléfono, sería un caos.

—Claro, claro —asentí con la cabeza y la sonrisa más mansa que pude improvisar—. Lo comprendo muy bien. ¿Y visitas, pueden recibir?

—¿A qué se refiere? —era tan evidente a qué me refería, que no hallé justificación para su ceño fruncido—. ¿Visitas de familiares?

—Sí —no dijo nada y avancé algo más—. Mías, por ejemplo.

—Por supuesto, si usted va a verlas... Las niñas no están presas, ¿sabe?

—Ya me lo imagino —volví a sonreír con el ánimo dividido entre el alivio que me había procurado la primera parte de su respuesta y la alarma que había sembrado en él la segunda—. Muchísimas gracias, ya no las molesto más.

Con esa información tenía de sobra y ningún motivo para permanecer en aquel lugar, pero mi interlocutora me detuvo antes de que llegara a la puerta.

—Espere un momento, por favor... Supongo que no le importará que sea yo quien le haga una pregunta —puso mucho cuidado en sonreírme mientras su voz adquiría un acento impostado, meloso, que pringaba el aire en cada palabra—. No la quiero entretener, será sólo un momentito.

—Faltaría más —parecía muy tranquila, pero se frotaba las manos entre sí como si le picaran—. ¿Qué quiere usted saber?

—¡Oh! Nada importante, sólo que, me estaba preguntando... —aprovechó la pausa para echarle otra cucharada de azúcar a su voz—. ¿A qué viene tanto interés por sus hermanas, a estas alturas? ¿Está usted inquieta por alguna razón? Eso me preocupa, porque ya llevan con nosotras más de un año y usted, que yo sepa, nunca había venido a preguntar por ellas.

—Claro, pero usted misma lo ha dicho, ha pasado ya un año, ¿no? Yo sé que están bien, porque me escriben todos los meses, pero las echo mucho de menos. No es más que eso, que las quiero mucho. ¿Tiene usted hermanas?

—¡Oh, sí! Muchísimas —e hizo un movimiento con la mano derecha, para englobar en él el edificio donde estábamos—. Y también las quiero a todas.

—Entonces, estoy segura de que me comprenderá.

Si hubiera podido, me habría ido derecha a la estación del Norte para montarme en el primer tren que saliera hacia Bilbao. Estaba tan asustada que fui hasta allí de todas formas para preguntar por los horarios, el precio de los billetes de tercera, y ni siquiera al descubrir que eran más baratos de lo que calculaba, logré tranquilizarme. Me sentía tan responsable del destino de las niñas como si la decisión de enviarlas a aquel colegio la hubiera tomado yo, y me daba cuenta de que no pensaba más que disparates, pero un disparate había sido la visita de la monja que me puso sobre aviso, un disparate el recelo de otra a la que había puesto sobre aviso yo, y ninguno tan grande como la posibilidad de que una niña interna en aquel colegio pudiera enfermar sin que nadie se ocupara de ella.

—Eso es imposible —sentenció Toñito, cuando fui a Yeserías desde la estación—. Ya verás como no es nada.

—No puede ser —repitió la Palmera, mientras me ponía

en la mano los dos duros que me faltaban para completar el precio del billete—. Te habrían avisado las propias monjas, mujer.

—No correrían ese riesgo, Manolita, piénsalo un poco —Rita movió la cabeza al escucharme—. Isa es menor de edad y no está sola, tiene una familia dispuesta a cuidarla. ¿Para qué iban a complicarse la vida sin necesidad?

—Me parece una exageración —Meli estuvo de acuerdo cuando le advertí por qué llegaría el martes a trabajar con un poco de retraso—. Tu hermana no puede tener nada grave. Vas a tirar el dinero por una tontería.

—¡Qué hijas de puta! —para mi sorpresa, Eladia fue la única que me apoyó, fundando su postura en el razonamiento estrictamente inverso al que había inspirado la opinión de los demás—. Si hacen lo que hacen con los adultos... ¡Qué no harán con los niños, que no pueden defenderse!

—Mira que eres bruta, Eladia —le reprochó la Palmera, y sin embargo, aunque no me atreví a decirlo en voz alta, una oscura intuición me susurró que era ella quien tenía razón.

En cualquier caso, pasara lo que pasara, peor era pensarlo. Por eso, durante una semana, las palabras de la madre Carmen, vaya a verla, hable con las señoritas del ministerio, lo que sea, pero sáquela de allí, salve usted a su hermana, me golpearon el cerebro como si cada sílaba fuera un martillo. En el último tramo del viaje, mientras el frío de la madrugada y la proximidad del Cantábrico me hacían tiritar dentro del liviano vestido con el que había subido al tren en un sofocante atardecer madrileño, aquel rumor llegó a hacerse tan ensordecedor que el estrépito de la locomotora no parecía tener otro objeto que marcar el ritmo de aquellas palabras, salve usted a su hermana, sálvela, salve usted a su hermana, sálvela... Al poner los pies en el andén, le pregunté a un ferroviario si conocía un colegio llamado Zabalbide y sonrió antes de explicarme cómo llegar. Si se pierde, pregunte a cualquiera que ande por la calle, añadió al final. Aquí en Bilbao, lo conoce todo el mundo.

Ese detalle me tranquilizó sin que supiera explicarme muy bien por qué, como si la fama de un edificio garantizara la normalidad de lo que sucediera en su interior. El aspecto de aquella mole de cuatro pisos de ladrillo rojo me produjo en cambio una inquietud instantánea. Por fuera, Zabalbide se parecía a Porlier, y Porlier también había sido colegio antes que cárcel, pero enseguida distinguí sobre la tapia las copas de unos árboles que revelaban la presencia de un jardín, ropa tendida en la azotea, ventanas abiertas y sin barrotes tras las que se intuía el rectángulo oscuro de las pizarras, indicios indudables de una previsible realidad que me indujo a preguntarme qué hacía yo en el centro de Bilbao, a las ocho de la mañana de un lunes del mes de junio. En ese momento, oí un coro de niñas que debía provenir de la capilla, y si Madrid no hubiera estado tan lejos, si no hubiera llevado en el bolso un billete de vuelta para un tren que no saldría hasta las ocho de la tarde, me habría dado la vuelta enseguida. Como no podía, entré en el café más cercano y me senté en uno de los taburetes de la barra.

—Buenos días —el local estaba abarrotado, y el hombre que atendía detrás del mostrador tardó un rato en fijarse en mí—. ¿Me pone un café con leche y media tostada, por favor?

Desayuné despacio, porque me sobraba tiempo. No me parecía adecuado presentarme en el colegio tan temprano, y hojeé un periódico que alguien había olvidado para entretenerme, mientras el café se iba vaciando. Cuando encontré las ocho diferencias que distinguían dos viñetas idénticas a simple vista, eran las nueve menos veinte, se habían desocupado casi todos los taburetes, y el dueño del café se entretuvo en darme conversación.

—Usted no es de por aquí, ¿verdad?

—No, soy de Madrid...

Mientras le contaba que había aprovechado el día que tenía libre en el trabajo para escaparme a ver a mis hermanas, que las niñas llevaban más de un año internas en Zabalbide, que iba a volverme aquella misma tarde, y que sí, que tenía razón, que a mí también me resultaba imposible pegar ojo en un vagón de tren, me di cuenta de que la chica que estaba fregando en la pila volvía la cabeza de vez en cuando, para dirigirme miradas de advertencia, fugaces y cómplices, a espaldas de su patrón.

—¡Qué suerte para sus hermanas! —iba diciendo él, mientras tanto—. Esas mujeres son de lo que no hay. Y no crea que se dedican sólo a la beneficencia, qué va. Zabalbide es uno de los mejores colegios de por aquí, tiene un montón de alumnas de pago, y fíjese, ellas acogen a otras niñas pobres para darles la misma educación, así que... —unas señoras llamaron su atención desde una mesa del fondo—. ¡Voy!

En ese instante, la friegaplatos se volvió hacia mí, pero no se acercó hasta que su jefe salió de la barra.

—No se fíe de lo que le ha contado —me dijo en un susurro—. Mi padre trabaja de camarero en el Arriaga, ¿sabe?

Se me quedó mirando como si estuviera segura de que esa revelación bastaría para justificarla, y al comprobar que no la había entendido, echó un vistazo al hombre que apuntaba un pedido en su libreta.

—Vaya usted a verlas. Vaya usted.

Aquella breve conversación pulverizó todas las reglas de la cortesía. Dejé el precio de mi desayuno sobre la barra, me despedí del dueño del café sin perder tiempo, crucé la calle y llamé al timbre cuando faltaban más de cinco minutos para las nueve. La hermana portera no se hizo esperar, pero al escuchar el motivo de mi visita, me miró de arriba abajo con mucha parsimonia.

—¿Cómo se llaman sus hermanas? —al escuchar sus nombres asintió con la cabeza como si estuviera esperándome—. Venga conmigo, por favor.

Me precedió a través de un recibidor inmenso, pero en el pasillo que embocamos a continuación, se retrasó para emparejarse conmigo.

—¿Y cómo se le ha ocurrido a usted venir hasta aquí desde tan lejos?

—He aprovechado el billete de una compañera de trabajo que es de Baracaldo, ¿sabe? —ya tenía preparada esa respuesta—. Ella iba a venir a ver a su familia, pero se encontró mal en el último momento, y pensé que era una lástima desperdiciar la plaza.

—Claro que sí —asintió ella mientras desembocábamos en los soportales de un claustro dispuesto alrededor de un pequeño jardín—. Siéntese en el banco, por favor, y espere un momento. Su hermana está en clase. Voy a buscarla.

¿Cómo que mi hermana?, dije para mí, yo no tengo aquí una hermana, tengo dos... Ella me miró como si me hubiera adivinado el pensamiento pero no añadió nada y se fue caminando muy deprisa, sus pies ocultos bajo el borde de un hábito que parecía flotar solo sobre las baldosas.

Estuve sentada en aquel banco casi un cuarto de hora, escuchando a lo lejos un rosario de voces que iban repitiendo las tablas de multiplicar, mientras mi espíritu se dividía entre la inquietud que había viajado conmigo y la paz que parecía emanar de aquel lugar, el efecto casi sedante de las arquerías, el verde brillante de los parterres, el rumor del agua que brotaba sin pausa en la pequeña fuente que ocupaba el centro del patio. Lo que veía y lo que escuchaba integraban una imagen casi perfecta de la placidez monótona, narcótica, de la vida en un convento, pero esa estampa no bastó para serenar mi corazón, que latía un poco más rápido en cada segundo, como si tuviera sus propias razones para desconfiar de mis ojos, de mis oídos. Hasta que por una arquería situada a mi derecha entró una niña de diez años, vestida con un uniforme azul de cuello blanco, el pelo oscuro y dispuesto en dos trenzas impecables, tan delgada como siempre pero más alta de lo que recordaba.

—¡Pilarín!

Me emocionó tanto verla que me levanté de un brinco, hice ademán de echar a correr y me paré en seco, no tanto porque mi hermana avanzara hacia mí escoltada por dos monjas, sino porque vi que no aceleraba el paso al descubrirme. Andaba sin descomponerse, como una señorita, aunque su sonrisa fue creciendo a medida que se acercaba.

—¡Pilarín! —repetí mientras abría los brazos y la estrechaba con fuerza, pegando mi cabeza a la suya para aspirar su olor, devolviéndole sus besos uno por uno—. ¡Pero qué guapa y qué mayor estás! —y volví a abrazarla, a besarla, mientras mi preocupación por Isa competía con la felicidad de encontrarla tan bien—. ¡Me alegro tanto de verte!

—Yo también, Manolita —y en ese momento, cuando menos lo esperaba, hizo un puchero—. Yo también, yo también...

—Vamos, Pilar, ¿qué habíamos dicho antes? —la monja a la que aún no conocía se inclinó sobre ella, la cogió de un brazo para separarla suavemente de mí, me sonrió—. Yo soy la hermana Gracia, la tutora de su hermana. Encantada de conocerla.

—Lo mismo digo —estreché la mano que me ofrecía mientras le devolvía la sonrisa—. Perdóneme, pero hace tanto tiempo que...

—Claro, claro —volvió a sonreír mientras rodeaba a la niña con el otro brazo—. Es muy natural, no se preocupe. Lo importante es que estoy muy contenta con Pilar, ¿sabe? Es una alumna muy buena, muy cariñosa... —se volvió a mirarla y mi hermana sonrió mientras se sonrojaba de puro placer—. Con ella da gusto, la verdad. Por eso, hemos hecho una excepción. En teoría, las niñas no pueden recibir visitas en horario lectivo, pero ya que ha venido usted desde tan lejos... —soltó un momento a su alumna para mirar el reloj—. A las diez, hay un cambio de clase. Las dejo solas hasta entonces, ¿de acuerdo? Luego tenemos matemáticas, que se nos están dando un poco regular...

—Es que son muy difíciles —protestó Pilarín, la voz risueña todavía.

—Pues a las diez se la devuelvo —eran las nueve y cuarto—. Muchísimas gracias por todo.

—No hay de qué —la hermana Gracia volvió a darme la mano para despedirse—. ¿Por qué no le enseñas el jardín a Manolita, Pilar? Es muy bonito, y allí estaréis mejor que aquí...

Era verdad que el jardín era bonito, con sus árboles altos, frondosos, y sus parterres bien cuidados, rodeados por caminos de grava que describían curvas graciosas e inútiles. Pilarín me lo enseñó todo, la capilla, la huerta, el patio de las pequeñas, mientras me explicaba su vida en el colegio con tal entusiasmo que me convencí de que, al margen de lo que le hubiera pasado a Isabel, ella estaba bien, fuerte, sana y, sobre todo, contenta. Le pregunté cómo llevaba los estudios y me respondió con detalle, analizando las asignaturas una por una, muy orgullosa de los sobresalientes que le habían puesto en Lengua y en Religión. Sin embargo, en la misma medida en que la información sobre sí misma se agotaba, su alegría se fue apagando lentamente, como si ella también supiera lo que iba a preguntarle antes o después.

—¿Y cómo está Isa, Pilarín? —no tenía sentido hacerla esperar—. ¿Por qué no la han traído a ella también?

—Es que... —dejó de mirarme para concentrarse en las yemas de sus dedos, que enrollaron el borde de la falda para desenrollarlo después un par de veces, durante el tiempo que tardó en encontrar las palabras que estaba buscando—. Isa ya no vive aquí. La semana pasada o... No, hace un poco más, pues, se marchó a otro sitio.

—¿A otro sitio? —la cogí de los hombros y la giré en el banco, para obligarla a mirarme—. ¿Adónde?

—No lo sé —y volvió a su falda—. No me lo explicaron bien, a un sitio para niñas mayores.

—¿Otro colegio?

—Sí —Pilarín me miró, me sonrió—. Eso será —y se levantó tan deprisa como si la madera del asiento la quemara—. Ven, voy a enseñarte el gallinero...

Echó a correr y yo la seguí más despacio, abrigando un mal presentimiento que guardé para mí cuando llegué hasta las jaulas ante las que Pilarín, pitas, pitas, pitas, frotaba los dedos a toda velocidad, no tanto para llamar la atención de las gallinas como para alejar la mía. La cogí en brazos, volví a abrazarla, a besarla como al principio, mientras recordaba los argumentos de Rita, aquel discurso eficaz, brillante como todos los suyos y como todos equivocado, piénsalo bien, mujer, por muy mal que estén las cosas, España sigue siendo un país civilizado, ¿o no? Tu hermana es menor de edad, está bajo la tutela del Estado, su tutora legal autorizó su traslado a Bilbao, no pueden modificar su situación sin notificároslo antes a vosotros, eso contravendría el propio decreto que os permitió mandarla a ese colegio, el Estado no puede quedar tan mal, si lo piensas, verás como tengo razón... Cuando me soltó aquel espléndido chorro de razones, no quise recordarle que, a pesar de su expediente, ese mismo Estado no le había consentido matricularse en la universidad, ni que todo lo que los hermanos de su padre habían conseguido para ella fue que la dejaran hacer Magisterio como si le estuvieran haciendo un favor. Cuando dejé en el suelo a Pilarín, tampoco quise añadir nada. No habría logrado más que angustiarla, y no quería, así que le di la mano para volver al jardín.

—¡Atiza! —y fue ella la que habló cuando distinguió a lo lejos a una monja alta y muy tiesa, que nos esperaba junto a la portera—. La madre superiora. Igual le ha sentado mal que fuéramos al gallinero...

—No, ya verás como no —apreté su mano en la mía al comprender que aquella mujer me estaba esperando a mí.

—Buenos días —me tendió la suya antes de confirmarlo—. La estaba esperando porque tengo que hablar un momento con usted. Si no le importa seguirme a mi despacho... Allí estaremos más tranquilas.

Faltaban todavía unos minutos para las diez, pero no intenté retener a Pilarín. Me despedí de ella muy deprisa para no descomponerme, pero cuando nos separamos, las lágrimas que habían aflorado a mis ojos apenas me consintieron ver las que se habían apoderado de los suyos.

—Adiós, cariño —me limpié la cara, sonreí, la besé por última vez—. Hasta pronto.

Mi hermana no dijo nada y se fue llorando sin hacer ruido. Mientras se alejaba de mí, me sentí culpable por haber interrumpido la plácida normalidad de su vida de niña feliz, pero no pude detenerme mucho tiempo en aquella consoladora culpabilidad. La madre superiora, una mujer muy alta y de huesos anchos, que le prestaban una corpulencia imponente, casi majestuosa pese a su delgadez, avanzaba a grandes zancadas, dejando tras de sí la estela de un velo negro capaz de hincharse como la vela de un barco. Iba tan deprisa que la seguí por dos corredores y unas escaleras sin lograr alcanzarla en ningún momento, pero nunca se volvió para comprobar si andaba tras ella, como las personas acostumbradas a imponer su autoridad en cualquier circunstancia.

—Ya hemos llegado —sólo al detenerse para abrir una puerta cerrada con llave, volvió a mirarme—. Pase, por favor.

Su despacho se parecía a ella. Era una habitación grande y cuadrada, que habría sido luminosa si las pesadas cortinas que cubrían los ventanales de la pared del fondo no hubieran estado corridas hasta su mitad, dejando apenas paso a la luz que filtraban los espesos visillos. Estaba decorada con unos pocos muebles buenos, antiguos, de madera oscura y tan bien cuidada que la cera con la que habían sido lustrados impregnaba la estancia como un perfume. A un lado del escritorio, había dos sillas de respaldo labrado y asiento tapizado de terciopelo color granate. Me ofreció una antes de rodear la mesa, decorada con un crucifijo de bronce y una maceta de begonia que reventaba de pequeñas flores anaranjadas, para sentarse frente a mí en una butaca más alta y más grande que las sillas, como una reina en su trono, pensé.

—Antes de nada, si me lo permite, me gustaría preguntarle si ha venido usted a vernos por su propia iniciativa, o quizás...

Al dejar esa frase suspendida en el aire, echó hacia atrás la cabeza para poder mirarme con más perspectiva. Quería saber con quién se enfrentaba porque desconfiaba de mi insignificante aspecto de jovencita humilde y sin educación, la fachada que escondía todo lo que había aprendido en la cola de Porlier, la universidad a la que nadie habría podido negarme el ingreso. Hacía bien, y para demostrárselo, me limité a repetir su última palabra.

—¿Quizás? —y me incliné hacia delante.

—Quizás haya recibido usted algún mensaje, una carta, tal vez una llamada, de alguien que le haya aconsejado que venga a visitarnos.

—¿Yo? No, señora —negué con la cabeza para subrayarlo—. Yo sólo he aprovechado el billete que una compañera...

—Ya, ya —levantó una mano en el aire para indicarme que me podía ahorrar el resto de la historia—. Ya lo sé.

—Pues eso. Trabajo en el obrador de una confitería, ¿sabe usted?, gano muy poco dinero y tengo dos hermanos pequeños a mi cargo. Mi sueldo no da para alegrías, y mucho menos para billetes de tren.

Asintió despacio con la cabeza y me di cuenta de que no me había creído, pero tampoco insistió. Las dos nos miramos en silencio durante un instante. Después encogió los hombros, cruzó las manos sobre la mesa, fijó los ojos en ellas y resopló.

—Habrá sido una casualidad —levantó la cabeza enseguida, para mirarme tan bruscamente como si pretendiera pillarme en un renuncio, pero no lo logró—. ¿Desde el Patronato tampoco se han puesto en contacto con usted?

—No. ¿Por qué...?

—Isabel está bien, no se preocupe —después de cortar por lo sano, extendió las manos con las palmas abiertas para apaciguarme—, pero desde hace unos días no vive aquí. Su salud se había resentido en los últimos meses, nada grave, no tema, un poco de anemia, trastornos hormonales, propios de su edad. Estaba decaída, y... Ha tenido un problema en la piel, una extraña erupción que hizo necesario vendarle las manos. Por eso la hemos trasladado al domicilio de una familia de benefactores de nuestra orden, personas excelentes que la ayudarán a recuperarse en muy poco tiempo.

En ese momento cayeron las máscaras, se levantó el telón y lamenté más que nunca no ser otra cosa que lo que parecía.

—Pero... —Manolita Perales García—. Pero ustedes no pueden... —una chica sin estudios, sin recursos, sin ningún amigo influyente—. Isabel es menor de edad... —porque intenté reproducir el discurso de Rita y ni siquiera fui capaz de recordar sus argumentos en orden—. Se supone que España es un país civilizado.

—Ahora sí —la madre superiora pronunció aquellas dos palabras como si las clavara en un muro—. Ahora, España es un país civilizado.

—Pues yo quiero ver a mi hermana.

Aquella simple frase resultó mucho más elocuente, a juzgar por el efecto que produjo en un rostro que viajó en un instante desde el sonrojo de la soberbia hasta la palidez del desconcierto. Aunque procuraba parecer impasible, el color no era el único indicio de su nerviosismo. Uno de sus zapatos ensució el silencio en el que nos medíamos con los ojos al estrellarse rítmicamente contra el suelo, provocando un repiqueteo semejante al de una máquina de coser. Mientras tanto, alargó una mano hacia el teléfono, la posó en el auricular, la levantó enseguida.

—No sé si eso será posible... —pero volvió a mirar hacia el teléfono y cambió de opinión—. Espere fuera. Voy a intentarlo.

Era un edificio antiguo y bonito, muros grises con molduras de escayola color crema y balcones muy altos con balaustradas del mismo color, sus barrotes gruesos y retorcidos como las columnas doradas de los altares de iglesia. El portal, recubierto por un zócalo de piedra jaspeada de color rosa que medía más de un metro, era imponente. Quizás por eso, el portero me detuvo cuando apenas había tenido tiempo de subir tres o cuatro peldaños. La impertinencia con la que me ordenó que volviera a salir para entrar por la puerta de servicio resultó un golpe de suerte, porque cuando la dueña de la casa dio mi visita por concluida, pude apostarme detrás de un quiosco y vigilar la puerta que me interesaba sin que aquel hombre me viera.

En aquel momento ya sabía que Isa no se iba a morir, aunque el estado en que la encontré se acercaba más a la descripción de la madre Carmen que a la versión de la superiora. Había visto sus manos enrojecidas, blandas como si la piel antigua se hubiera disuelto para dejar a la vista la carne que se transparentaba bajo una fina película de piel nueva, regenerada a medias, excepto en los lugares donde la rompían unos agujeros diminutos que se hundían como por obra de unos alfileres invisibles. Es alergia, me explicó la señora exageradamente amable que se apresuró a llevarme hasta el salón donde mi hermana me esperaba con el vestido que habían cosido para ella las presas de Ventas. El jabón que usaban en el colegio, precisó mientras yo intentaba comprender aquella carnicería, que por lo visto le ha sentado mal, aunque se está recuperando muy deprisa... Pero no eran sólo las manos. Isa estaba tan flaca que ni siquiera en los peores momentos de Madrid, cuando dependíamos de las almendras que nos regalaba la Palmera para cenar, su clavícula había sido tan visible como la que dejaba ver el cuello de su vestido. Y tampoco era sólo la delgadez, porque tenía mala cara, las mejillas hundidas y un color amarillento, feo, que daba la impresión de que le faltaba sangre en el cuerpo. Pero todo eso lo fui descubriendo después de un largo abrazo en el que noté las yemas de sus diez dedos clavadas en mi espalda como si pretendiera contarme con ellos lo que no se atrevía a decir con palabras.

He pensado que le apetecería tomar un café... Ni siquiera me había dado cuenta de que la señora había salido del salón, pero cuando regresó, con una bandeja entre las manos, comprendí que no iba a dejarnos solas, y que la superiora la había prevenido antes de que la hermana portera me diera su dirección anotada en un papelito. Yo me senté al lado de Isabel, la cogí instintivamente de una mano y se la solté enseguida.

—¿Te duelen? —mi hermana asintió con la cabeza, y sólo entonces, dos lágrimas gordas y aisladas brotaron de sus ojos.

—Un poco —cambié de estrategia, pasé el brazo derecho sobre sus hombros para estrecharla, y ella correspondió dejando caer la cabeza sobre mi pecho—, pero menos que antes.

—¿Y cómo estás? —le levanté la barbilla para mirarla a los ojos y lo único que hallé en ellos fue una tristeza mansa, domesticada.

—Está muy bien —la señora contestó en su lugar—. El médico dice que el problema de las manos se solucionará con el tiempo. Lo importante es que las tenga siempre secas, ¿verdad, Isabel? Ha sido una fatalidad, desde luego, pero ni siquiera puede considerarse una enfermedad...

Tenía poco más de treinta años, aunque iba tan arreglada que aparentaba más edad. Tuve tiempo de sobra para fijarme bien, porque hablé con ella mucho más que con mi hermana. Aquella mujer se anticipó a Isa para contestar a todas mis preguntas, dándole apenas ocasión de asentir con la cabeza mien-

517

tras me informaba de que comía con apetito, de que tomaba leche en el desayuno todos los días, de que dormía bien y de que volvería al colegio muy pronto, cuando tuviera las manos sanas. Mientras tanto, fui descubriendo indicios que contaban una historia diferente. Después de dejar escapar sólo dos lágrimas, Isa no volvió a llorar, pero tampoco llegó a sonreír en ningún momento. La expresión de su rostro era tan hermética como un cerrojo, pero la evidencia de que no estaba bien me preocupó menos que la sensación de que apenas estaba, la indiferencia con la que asistía a una conversación que no parecía interesarle aunque girara alrededor de ella. Su apatía me confirmó que aquella escena era una farsa concebida para una sola espectadora. Mi hermana, silenciosa y quieta, ajena, no actuó en ella excepto por las yemas de sus dedos, que en ningún momento dejaron de apretar mi cintura, ni la mano que había posado sobre su hombro. Por lo demás, el vestido que llevaba olía a cerrado, a humedad, y estaba tan nuevo como si no se lo hubiera vuelto a poner desde el día en que la vi subir a un tren en la estación del Norte.

—¿Y sales a la calle, a tomar el aire? —volví a preguntar cuando su benefactora miró dos veces seguidas el reloj.

—¡Uy, sí! —de nuevo, fue ella quien contestó—, todos los días, ¿verdad, Isabel? —y de nuevo mi hermana se limitó a asentir—. Es muy dispuesta, y me ayuda mucho, ¿sabe? Le gusta ir a la compra y está aprendiendo a cocinar, que, por cierto... —miró el reloj por tercera vez—. Son ya las doce y diez, y hoy vamos a hacer merluza con costra, que es muy laboriosa, así que, si no le importa...

—Claro que no —me puse de pie para que Isa me imitara a toda prisa mientras me clavaba todos los dedos en el brazo derecho con tanta fuerza que me hizo daño—. Ya me voy, gracias por todo...

Mientras nos despedíamos, cogí su cara entre mis manos, la besé muchas veces, y al abrazarla, susurré en su oído que íbamos a vernos muy pronto. Ella asintió, como si quisiera asegurarme que me había entendido.

No tenía nada que hacer hasta las ocho de la tarde, excepto

permanecer al acecho de una ocasión para hablar a solas con mi hermana. Desde mi observatorio, vi salir a la calle por la puerta de servicio a cuatro mujeres, una adolescente, dos de mi edad, la última mayor que yo. Todas llevaban uniformes de criada, dos de color azul, las otras dos de color rosa, y una bolsa de tela, para el pan, enganchada en el brazo. Isa tardó casi una hora en aparecer. Su uniforme era azul y le estaba muy grande. Quizás por eso, de lejos me pareció todavía más flaca, sus brazos dos ramitas de un árbol seco que desembocaban en dos manchas blancas, los guantes de algodón que protegían sus manos.

Me buscó con los ojos desde el umbral y levanté una mano en el aire para llamar su atención. Hizo un gesto con la cabeza para indicarme la dirección que iba a tomar y la seguí hasta que doblé la esquina. Allí me estaba esperando.

—¡Manolita! —y todo lo que no había pasado en el salón de la casa donde vivía, se desbordó en un instante—. Qué bien que hayas venido —mi hermana lloraba, se reía, me abrazaba, me besaba y hablaba sin control, todo a la vez, para asustarme y tranquilizarme al mismo tiempo, porque aquella explosión que me confirmó que las cosas no iban bien, me demostró también que Isabel estaba viva—. Lo he pasado muy mal, muy mal...

Iba a comprar el pan y no teníamos mucho tiempo, así que le limpié las lágrimas, la peiné con las manos, le pedí que se tranquilizara para contármelo todo despacio y en orden.

—¿Esta tarde saldrás otra vez?

—Pues... Seguramente, porque suele mandarme a hacer recados.

—Bueno, pero por si hoy no te manda... —la cogí del brazo y echamos a andar hacia la panadería—. Que estás de criada, ya lo veo. Ahora dime qué pasó en el colegio.

Estuve con ella veinte minutos, y aguanté el tiempo justo para despedirla con la mano antes de volver a esconderme detrás del quiosco. Cuando ya no podía verme, me doblé sobre la acera y vomité. El sabor amargo de la bilis me acompañó hasta un banco donde me dediqué a repasar una cuenta que sabía de memoria. Dios no se había cansado, pero peor era que yo tampoco me hubiera acostumbrado. Volví a sentir sus dedos, apretando y ahogándome en las descarnadas manos de Isabel, en su piel de quince años, tirante y seca como la de una vieja, en los huesos que se asomaban a su rostro, a su cuerpo consumido. La memoria del hambre que la había vuelto a crear, tallando sobre su cara otra cara, sobre su cuerpo otro cuerpo, me devolvió unas preguntas que había creído que no volvería a hacerme nunca más. ¿Qué ha pasado, qué hemos hecho, por qué nos pasan estas cosas, por qué nunca dejan de pasarnos? No quiero volver al colegio, me había dicho al final, prefiero estar aquí porque me dan bien de comer. A eso se reducía todo, a la cantidad, la calidad de la comida, y era culpa mía por no haberla protegido, por no haber sido capaz de mantenerla, de retenerla en Madrid, a mi lado. Isa tenía quince años, la edad de estrenar unos tacones, de salir a la calle a presumir, de echarse un novio, de tontear con él en el portal y volver a casa a tiempo de cenar con su familia. Isa tenía quince años y estaba sola, desamparada y enferma, en una casa ajena donde no tenía a nadie con quien hablar, donde no poseía ni siquiera la ropa que vestía y la hacían trabajar como a una adulta sin pagarle un céntimo, pero, a cambio, le daban bien de comer. ¿Cómo podía ser eso?

No había respuestas. Por más que las buscara, sabía de antemano que no existían respuestas para gente como yo, como mi hermana. Sentada en aquel banco, recordé la alegría con la que Isa había recibido la noticia de su viaje a Bilbao. Aquella mañana parecía avanzar hacia una vida nueva pero era una trampa, un espejismo, porque para nosotras sólo existía una vida, la cárcel dentro y fuera de la cárcel, las alambradas de los locutorios, el cementerio del Este, los lavaderos donde unas muchachas menores de edad se destrozaban las manos lavando con sosa, la guerra en la paz, todo igual, siempre lo mismo. Pilarín ha tenido suerte, me contó, a las pequeñas las tratan bien, les enseñan lengua, matemáticas y ciencias naturales. Les cuentan la guerra como les da la gana, eso sí, pero por lo menos las hacen estudiar. Sin embargo, a nosotras... No acabó la frase, no hizo falta. Las pequeñas eran aprovechables porque su memoria era frágil, tan corta y dudosa que no costaba trabajo desmentirla, calcar encima una memoria opuesta que garantizaría de por vida su docilidad al inculcar en ellas un pecado original suplementario, una culpa que no les pertenecía. Pero las mayores habían conocido otra vida, otro país, una definición distinta del Bien y el Mal, y conocían a sus padres. Las monjas no estaban dispuestas a educar al enemigo, pero no tenían inconveniente en explotarlo y la manutención de aquellas adolescentes físicamente maduras, fuertes, resistentes, salía rentable mientras pudieran obligarlas a trabajar gratis, igual que a los presos. La cuenta era muy sencilla. Podía entenderla bien, y sin embargo no podía entenderla. Lo que le había pasado a mi hermana era demasiado horrible, demasiado injusto, tan cruel que, en el verano de 1942, cuando había vuelto a tener un trabajo, una casa, una vida que me parecía normal, volví a preguntarme por qué no nos fusilaban a todos, porque no nos liquidaban de una vez en lugar de matarnos tan despacio, tantas veces, tantas pequeñas muertes de hambre, de tristeza, de humillación.

—Cuéntame otra vez lo de la madre Carmen, anda.

No me moví de aquel banco en todo el día, y a las seis la vi salir otra vez. La señora la había encontrado muy mustia después de mi visita y le había dado permiso para pasear durante una hora.

—No es mala, pero como la superiora y ella son primas, pues...

—Sí es mala, Isa —le llevé la contraria con suavidad—. No hay derecho a lo que están haciendo contigo, pero tú no te preocupes porque yo te voy a sacar de aquí, voy a ir...

—No —y me miró como si fuera la mayor de las dos—. No me van a dejar volver. Tengo que estar aquí hasta que María Pilar salga de la cárcel. Las monjas nos lo decían todos los días.

—Pero eso no puede ser —y me pareció tan absurdo que hasta sonreí—. Es imposible, porque vosotras no estáis presas, no redimís pena porque no tenéis...

—Ya lo verás —negó con la cabeza, como si no tuviera ganas de seguir hablando del tema, y me pidió que le contara de la madre Carmen.

Una hora después me separé de ella con mucho mejor ánimo. No me engañé. El estado de Isa no había mejorado en unas pocas horas, aunque mientras paseábamos a solas no había parado de hablar de sus amigas, de Taña, de Ana, de Magdalena, del cuarto de las escobas y los manteles llenos de pan duro, de la hermana Raimunda, de la hermana Begoña, y sobre todo, de la madre Carmen. Al evocar las mañanas que habían pasado juntas en la capilla, le brillaban los ojos mientras hablaba de música, de músicos a quienes yo no conocía, sonriendo como si se relamiera después de haber probado un sabor dulcísimo que siguiera endulzando su memoria. Al verla comprendí que, al menos, unos pocos días, durante unas pocas horas, había sido feliz en Bilbao, pero todo lo que no había tenido, el dolor de lo que había perdido, seguía pesando mucho más. Y aunque me animó la posibilidad de poder hablar con ella todas las semanas, porque en la casa donde vivía había teléfono y la señora me había dicho que no le importaba que la llamara, mientras volvía en tren a Madrid, comprendí que la serenidad que había logrado acopiar durante aquella tarde no tenía que ver con Isa, sino conmigo.

En España no se podía vivir, pero vivíamos. Los que tenían una oportunidad, se fugaban a Francia o se echaban al monte. Los que las habían perdido todas, se suicidaban. Para los que no teníamos la ocasión ni el coraje de escapar, sólo existía una receta, conformidad, paciencia y, sobre todo, resignación, la falsa amiga, la piadosa enemiga que fue susurrando en mi oído, kilómetro tras kilómetro, que podría haber sido peor, que Isa podría haber enfermado de algo serio de verdad, tifus, tuberculosis, fiebres reumáticas, que podría haberla encontrado en una cama de hospital, que la desnutrición se curaba comiendo, que Pilarín estaba estupendamente, que aquello no iba a durar siempre... La conocía tan bien como el reflejo de mi rostro en un espejo. La odiaba, pero no podía vivir sin ella. Por eso me dejé mecer por su voz, el arrullo tierno, zalamero, que limaba las aristas de una verdad deformada, de contornos progresivamente blandos, redondeados como los cantos de las mentiras. Fue la resignación, no el tren, quien me devolvió a Madrid con fuerzas suficientes para irme derecha al trabajo, pero aquella vez me resistí a su acaramelado veneno y no desistí, porque no sólo estaba convencida de tener razón, sino de que nadie dejaría de concedérmela.

—Lo siento, Manolita —así, me equivoqué tanto como solía equivocarse Rita—. Lo he estado mirando, y... No hay nada que hacer.

Una semana después de mi viaje a Bilbao, me planté en la puerta del Ministerio de Justicia a las ocho de la mañana. El policía que estaba de guardia no me dejó subir hasta las ocho y media, pero localicé a la primera el consultorio al que había llevado a mis hermanas, como si la desesperación se hubiera convertido en una brújula certera, capaz de guiarme por aquel laberinto de pasillos. Allí se extinguió mi suerte. Las dos mujeres que trabajaban en aquella habitación me miraron como si no supieran de qué les estaba hablando. Me mandaron a un despacho, desde donde me pidieron que fuera a otro, y después, a un tercero en el que no me dejaron pasar del umbral. Vaya a Inspección, me dijo una mujer mayor que se esforzaba por parecer muy atareada, pero si de allí vengo, le contesté. Se encogió de hombros e intentó cerrar la puerta, pero no pudo, porque yo adelanté un pie para evitarlo. Entonces perdí los nervios, levanté la voz, grité que era imposible que en un edificio tan grande, tan lleno de gente, nadie pudiera atenderme, y mientras aquella mujer, sin dejar de empujar el picaporte, le pedía a una compañera que llamara a la policía, se abrió una puerta al fondo del pasillo.

—¿Qué está pasando aquí?

Al mirar a aquella funcionaria bajita y regordeta, recordé que el guardia de la puerta le había pedido que nos guiara hasta el consultorio la primera vez.

—Usted... —y recuperé todos los detalles de aquella escena—. Usted se llama Marisa, ¿verdad?

Para ella yo no era nadie, una más entre las decenas, tal vez centenares de muchachas a las que habría visto a lo largo del último año con dos niñas de la mano, pero le sorprendió tanto que supiera su nombre que me invitó a pasar hasta su despacho. Después, me escuchó.

Tenía más de cuarenta años, una insignia esmaltada en rojo con el yugo y las flechas sobre una camisa blanca, una medalla de oro con la imagen de una Virgen en relieve colgada del cuello, ninguna sortija en los dedos, un reloj de hombre y las uñas cortadas al ras. Sobre su mesa, en un marco de plata, Pilar Primo de Rivera y ella sonreían a la cámara, pero me escuchó. Yo me había lanzado a hablar sin fijarme en ninguna de estas señales, y antes de asustarme vi cómo alargaba la mano para coger una pluma, una libreta. A partir de ese momento, me interrumpió de vez en cuando para anotar mi nombre, el de mi hermana, fechas y direcciones que subrayaba después con dos trazos, como si pretendiera asegurarme de que no los iba a olvidar. Cuando me levanté, le estaba tan agradecida como si no me hubiera advertido que no me hiciera ilusiones, y por eso, el lunes siguiente le llevé un regalo.

—Esto no hacía falta —era una caja de lenguas de gato.

—Lo sé —sostuve su mirada con naturalidad—. Pero me apetecía traérselo.

—En ese caso, muchas gracias —abrió la caja, cogió una chocolatina, me ofreció otra—. Aunque no tengo buenas noticias para ti.

Nunca me arrepentí de haberme gastado el dinero en aquel regalo, porque no pretendía comprarla, ni hacerme la simpática con ella. Una semana antes, mientras le iba contando la historia de Isabel, me había escuchado sin interrumpirme, una luz de piedad prendida en los ojos. Por un instante, las dos habíamos sido iguales. Eso, y que me escuchara además de oírme, que fuera capaz de ponerse en mi lugar, de sentir compasión por mí, por mi hermana, era lo que pretendía agradecerle. Ella se dio cuenta hasta tal punto que, en mi segunda visita, fue la que peor lo pasó de las dos.

—Ya te dije que la ley es la ley, y que es igual para todos —levantó la cabeza para dirigirme una mirada cauta, expectante, y yo no dije nada pero ella negó con la cabeza de todos modos—. Debería ser igual, al menos. Y lo que pretende ese decreto es dar facilidades a las familias cuyo cabeza de familia esté preso, siempre que se acoja a la redención de penas, así que...

—Pero en este caso no han sido facilidades —objeté, midiendo cada palabra que pronunciaba—. Las intenciones de la ley serán esas, pero...

—Las leyes no se hacen pensando en las excepciones, Manolita.

Seguimos hablando, discutiendo durante un buen rato, el que ella necesitó para confirmar, punto por punto, la absurda idea que Isabel había aprendido de las monjas. La señorita Marisa volvió a ser muy amable, comprensiva y hasta cariñosa conmigo, mientras hacía hincapié una y otra vez en las intenciones de la ley. Lo repitió muchas veces, y sin embargo, mientras la veía dudar, retroceder, buscar palabras diferentes para decir lo mismo, comprendí las razones de su insistencia.

—Pero a mí nadie me dijo que mi hermana iba a trabajar de lavandera en el colegio —porque ella también era consciente de que existía otra manera de explicar aquella situación—. Ni siquiera le han enseñado a escribir.

—Mujer, las madres habrán pensado que a lo mejor... En su situación... Para ellas, quizás sea más útil prepararse para el servicio doméstico que...

—Ya, aunque... —en las casas se lava con detergente, no con sosa, pensé, pero no lo dije—. Nada.

Después de aquello, no tenía sentido seguir hablando. Por eso me levanté, cogí el bolso y me dispuse a despedirme, pero ella levantó un brazo en el aire como si quisiera detenerme a distancia.

—A mí no me parece nada bien —la miré, la vi negar con la cabeza, volví a sentarme—. Por si te sirve de consuelo, a mí esto me da vergüenza. He hablado con la inspectora y con las funcionarias que fueron al colegio en mayo. Se acuerdan perfectamente de tu hermana, del susto que se llevaron al ver... —se calló de pronto y levantó la cabeza para recorrer la habitación con los ojos, como si temiera que alguien más pudiera oírla—. También he hablado con la superiora. He intentado... —abrió las manos para enseñarme sus palmas vacías—. No se puede hacer nada. Lo siento en el alma, Manolita.

—Pero eso es como... —me paré a coger aire y solté lo que ella temía escuchar desde que me había visto entrar por la puerta de su despacho—. Si no se pueden hacer excepciones ni siquiera con una chica tan enferma que las propias monjas la han sacado del colegio, si el destino de los hijos depende del de sus padres, entonces, es como si ellos también redimieran pena, ¿no? —la miré a los ojos y ella me devolvió la mirada sin esbozar el menor gesto—. Como si los niños también estuvieran condenados.

No me contestó. Durante un instante, la miré, me miró, y ninguna de las dos dijo nada. Más allá de la angustia en la que me había sumido su respuesta, aquel silencio me reconfortó tanto que me hubiera gustado ir hacia ella y darle un abrazo, pero no me atreví.

—Escúchame, Manolita —alargó sus manos sobre la mesa para tomar las mías—. Le he dicho a la superiora de Zabalbide que voy a estar muy pendiente de tu hermana. Ella... Bueno, no te voy a engañar. Por un lado, le conviene mucho que su colegio acoja a hijas de presos, porque el Patronato le envía cada mes una cantidad de dinero para su manutención. Otra cosa es en qué se lo gaste. Ahí puedo hacer poco porque, si quieres que te diga la verdad, su familia está muy bien relacionada y yo no soy más que una jefa de servicio, así que... Pero espero que me haya escuchado. Le he dicho que Isabel no puede volver al colegio hasta que esté completamente recuperada, y además, he mirado el expediente de tu madrastra —hizo una pausa para recuperar la compostura—. No creo que tarde mucho en salir de Segovia.

—¿Qué significa mucho? —me atreví a preguntar.

—No sé, quizás un año —su primer cálculo se quedó corto—, como mucho, un año y medio —el segundo también, pero por muy poco.

El 1 de marzo de 1944, domingo, me levanté de noche sin hacer ruido, para no despertar a mis hermanas, y me encerré en el baño con un arsenal de horquillas. Quería peinarme como si tuviera que esconder un plano en una diadema de pelo que me despejara la cara, dejándome los rizos sueltos por detrás, pero habían pasado más de dos años desde la última vez que lo intenté y ese plazo no me había hecho más habilidosa, más bien al contrario. Perdí mucho tiempo en deshacer lo que había hecho para volver a intentarlo, hasta que conseguí por delante un efecto parecido al que la Palmera lograba con tanta facilidad. Por detrás, me quedó mucho peor, pero Pablo, que se levantó para hacer pis, me dijo que estaba muy guapa. Se lo agradecí con dos besos antes de mandarle de vuelta a la cama, y me aclaró que tampoco era para tanto. Luego, a solas en el comedor, me puse mi único par de medias buenas, de cristal, y un vestido de entretiempo azul turquesa con el que me iba a congelar, pero que era el más nuevo y el que mejor me sentaba de los pocos que tenía. Los tacones de Rita acentuaron mi extrañeza, una sensación de ir disfrazada que tenía menos que ver con mi aspecto que con mi espíritu. A las nueve, cuando salí de casa envuelta en un abrigo negro que había cepillado a conciencia la noche anterior para procurar que, al menos, pareciera limpio aunque mi madrastra lo hubiera estrenado antes de la guerra, ella fue la única que se levantó para darme un abrazo y desearme suerte.

Los autobuses salían de Moncloa, y aunque me habían asegurado que no tendría problemas para encontrar plaza, llegué con mucho tiempo. No quería correr ningún riesgo, y el precio de mi previsión fue una espera de tres cuartos de hora en los que no dejé de tiritar, ni de preguntarme por qué las dos mujeres que estaban delante de mí llevaban un *Abc* debajo del brazo. Cuando el conductor arrancó, creí que había averiguado todo lo que necesitaba saber. La misa de Cuelgamuros era a las doce, no hacía falta apuntarse, los presos se ponían delante, frente al altar, los familiares detrás, y en medio, una hilera de soldados daban la espalda al sacerdote para vigilar a los visitantes durante la ceremonia. Después, los reclusos tenían tiempo libre hasta la hora de cenar, aunque los autobuses volvían a Madrid a media tarde. Algunas mujeres de Yeserías, de esas que lo sabían todo, horas, citas, instrucciones, me lo habían explicado muy bien, pero ninguna había mencionado que las misas se celebraban al aire libre, ni que me convenía llevar un periódico para no destrozarme las rodillas cuando el monaguillo tocara la campana.

—Madre mía...

Al oír aquel tintineo, pensé en mis medias, en mis piernas, en los zapatos de Rita, pero los presos se arrodillaron muy deprisa, los soldados no. Ellos seguían de pie, mirándome, y lo último que quería era llamar la atención, así que me agaché, me puse en cuclillas para intentar limpiar con las manos mi trozo de suelo hasta que una señora mayor, que estaba a mi derecha, me alargó la mitad de su periódico. Se lo agradecí en un susurro aunque las medias se me rompieron igual. Sentí el rasgado nefasto, inaudible, del punto que se escapaba, y la vertiginosa culebrilla de una carrera surcó mi muslo derecho rodilla arriba para detenerse de pronto, y seguir corriendo, y volver a pararse, aunque yo estuviera tan quieta que apenas respiraba. Por lo menos, ha ido para arriba, pensé al levantarme, mientras se quede ahí, puedo llevarla a arreglar, con tal de que... Antes de que pudiera pensarlo, la carrera cambió de dirección, y en un instante, el hormigueo acarició mi empeine.

Aquel accidente, que para otras mujeres habría sido un disgusto, para mí era una tragedia. Eso me distrajo hasta que el sacerdote se volvió hacia los fieles para dar la comunión. Sólo entonces recuperé del todo la conciencia del lugar donde estaba, las razones que me habían llevado hasta allí. El nerviosismo que tantos pequeños contratiempos me habían ayudado a mantener a raya, me sacudió en aquel instante como una corriente eléctrica tan poderosa que rompí a sudar sin dejar de estar helada. No pensaba comulgar, en Madrid nunca lo hacía, pero comprobé enseguida que allí parecía obligatorio, y me sumé a la corriente de mujeres que avanzaba hacia el altar mientras me absolvía a mí misma de mis pecados. No confesaba desde que mi madre me llevó a la parroquia de Villaverde en la víspera de mi Primera Comunión, un ritual al que mi padre no asistió porque, como solía decir él, no era partidario. Desde entonces no había vuelto a comulgar, pero el capellán militar no lo sabía. Mientras la hostia se fundía en mi lengua, deshice el camino andando muy despacio, con la cabeza alta y la esperanza de que Silverio me estuviera viendo, porque en aquella explanada había tantos hombres que renuncié a distinguirle antes de empezar a buscarle.

En el fondo, era mejor así. Mejor no verle, no encontrarle, perder su rastro entre la multitud que se desperdigaría después del último amén. Mejor no recuperarle de aquella manera, en aquellas condiciones, la urgencia de la desesperación y él de nuevo la solución a todos los problemas, yo la herramienta destinada a ponerla en marcha. En aquel momento, me arrepentí de haberme dejado engatusar por mi madrastra, pero enseguida, como si no pudiera disociar el efecto de la causa, recuperé la imagen de un tren entrando en la estación del Norte, Isa avanzando hacia mí, su figura frágil, quebradiza, la piel casi transparente, tan pálida como si sus venas hubieran perdido la facultad de retener la sangre, tan delicada que parecía a punto de romperse, de vaciarse a través de sus manos hinchadas como muñones.

—Manolita...

En aquel andén estaba María Pilar. Estaba Pilarín, alta, guapa y sonriente. Estaban los mellizos, pero Isa vino hacia mí y yo la abracé para esconderme con ella detrás de una columna, como si estuviéramos solas en el mundo.

—Lo siento, cariño —cerré los ojos y escondí la nariz en su pelo, como cuando era pequeña—. Perdóname, Isa, por favor, perdóname...

—¿A ti? —ella separó la cabeza para mirarme—. ¿Por qué?

—Porque sí, porque no he podido... Lo he intentado todo, te lo juro —eso era verdad, pero también lo era que yo había seguido viviendo, que había seguido comiendo y durmiendo, riéndome a ratos, mientras ella volvía a lavar con sosa—. Tienes que creerme, he hecho lo que he podido, pero...

—Tú no tienes la culpa, Manolita. No te eches la culpa, porque eso... —sus manos se apoyaron en mi cara, la acariciaron, y en el tacto de las vendas que recubrían sus dedos, volví a sentir que Isa era la mayor de las dos—. Eso es lo que quieren ellas, ¿sabes?, que nos sintamos culpables siempre, por todo.

Su primera estancia en aquella casa donde me dejaban llamarla por teléfono no había durado ni un mes. Luego había vuelto al colegio, a otra casa y al colegio otra vez. A finales de enero de 1944, cuando María Pilar se benefició de la extraordinaria oleada de excarcelaciones que había liberado a Tasio quince días antes, la sosa había vuelto a destrozarla sin que yo hubiera podido impedirlo. No era culpa mía, pero siempre me sentiría culpable por eso. El recuerdo de esa impotencia pudo más que la alegría de su regreso, pero pronto cedió ante una preocupación mayor.

Al día siguiente, Rita nos mandó un médico, del Partido, supuse, que la reconoció sin cobrarnos un céntimo, pero ahí se terminaron las buenas noticias. No hay nada que hacer, y negó con la cabeza, el ceño fruncido. Procurar que coma, que descanse, que tenga siempre las manos secas, que tome el aire, que haga un poco de ejercicio, seguir con la pomada y cruzar los dedos, porque si pilla una infección con este pedazo de anemia... Esos puntos suspensivos me habían empujado hacia Silverio antes de que tuviera la oportunidad de decidirlo por mí misma, sin tiempo para pensar, para escoger el momento, las palabras. ¿Pero tu marido no está en Cuelgamuros? La señorita Marisa no necesitó más que descolgar el teléfono y hacer una pregunta para confirmarlo. Silverio estaba en la sierra, muy cerca de mí, desde diciembre de 1942, pero nadie me lo dijo antes de que se agotara el plazo de hacer las cosas bien. Quince meses después, Isa había impuesto su propio plazo, y era muy corto, tan peligroso que en él expiraban todos los demás. El azar se había aliado con el destino para obligarme a elegir entre mi vida y la de mi hermana, entre el futuro de Isa y el porvenir de un ensueño tibio y confortable, muy parecido al amor. No era justo. No era fácil, no era bonito, no era romántico. No era lo que Silverio se merecía, lo que me merecía yo. Era lo que había.

Ite missa est. Cuando el sacerdote nos bendijo, la señora que había compartido su periódico conmigo salió zumbando, y al mirar a mi izquierda tampoco encontré a nadie. Mientras los soldados desfilaban detrás del cura, el orden en el que habíamos asistido a la ceremonia se disolvió tan deprisa como si estuviéramos en el patio de un colegio el último día de clase. De un momento a otro, me vi envuelta en un torbellino de cuerpos presurosos, hombres y mujeres que se cruzaban, que me empujaban, que me esquivaban o chocaban conmigo para llegar lo antes posible al lugar donde se habían citado previamente. En el ojo de aquel huracán, donde no lograba ver ni hacerme ver, apenas conservar el equilibrio, estuve más segura que nunca de que no encontraría a Silverio, y sin embargo, el tumulto se despejó tan deprisa como se había formado para dejarme sola de repente en el claro de un bosque de parejas que se alejaban de mí en todas las direcciones. Entonces le vi. Estaba quieto, solo, cerca del lugar donde antes había estado el altar, y me miraba.

Lo primero que distinguí, como si mis ojos quisieran despistarme, registrar los detalles sin importancia para aliviarme del peso de su mirada, fue que iba bien abrigado, mucho mejor vestido que en Porlier. Llevaba un chaquetón azul oscuro, unas botas con suela de goma, y tenía la piel curtida, bronceada por el aire de la sierra. Me pareció más alto que antes, más corpulento, quizás porque comía mejor, aunque esa no era la diferencia principal con el Silverio que yo recordaba. Levanté el brazo derecho en el aire para saludarle, echó a andar hacia mí, y me di cuenta de que yo también debería andar hacia él, pero no pude. No podía mover los pies, no podía mover las manos, no podía hacer nada, sólo esperarle, y mientras le miraba, lo entendí. Faltaba la alambrada. Eso era lo que echaba de menos, lo que le hacía distinto, aquella verja que nos separaba pero nos protegía al uno del otro al mismo tiempo. Mi memoria engañó a mis ojos superponiendo sobre su imagen una reja imaginaria que avanzó con él, pegada a él, hasta que lo tuve tan cerca como nunca habíamos estado a la luz del día, tan cerca que me bastaba con estirar los dedos para tocar su cuerpo en lugar del aire, tan cerca que lo que habíamos vivido juntos me pareció mentira, y me pareció verdad, y ninguna mentira, ninguna verdad me enseñó una manera de saludarle.

—Manolita —la última vez que pudimos tocarnos, cuando la punta del último de mis dedos se desprendió del último de los suyos, había sentido que se me partía el corazón—. Qué alegría verte.

¡Ohhh! Mira a los tortolitos... Yo había escuchado antes esas palabras, las había escuchado en la misma voz y había sabido sonreír, contestar, fabricar una respuesta adecuada, pronunciarla mientras metía todos los dedos en los agujeros de una muralla de alambre, más me alegro yo, tenía tantas ganas de verte, cariño... En el locutorio de Porlier, mientras nos aplastábamos contra una verja sin más intimidad que la que nuestros gritos podían conquistar entre otros muchos gritos, eso había sido fácil. En Cuelgamuros no, porque estábamos juntos, solos, y nadie nos veía, nadie podía escucharnos, pero la voz de Silverio me había desordenado tanto por dentro que no sabía qué hacer, qué decir, ni siquiera qué Manolita ser, la que se divertía fingiendo que estaba enamorada de aquel hombre, la que sólo se había entregado a aquel amor cuando estaba a punto de perderlo, o la que se había bajado de un autobús una hora y media antes.

—Hola —fue la tercera quien empezó—. Yo... ¿Có...? ¿Cómo estás? —después, la primera sonrió como una boba—. Silverio... —pero sólo la segunda pronunció su nombre, soltó el asa del bolso con la mano derecha, alargó los dedos para tocar uno de sus brazos y dijo la verdad—. Yo... No sé qué decirte.

Él asintió con la cabeza, avanzó un paso, salvó con las manos la distancia que nos separaba y me abrazó. Yo llevaba un abrigo de María Pilar, él, un chaquetón de marinero, pero reconocí sus brazos, el relieve de su cuerpo, su olor, apreté mi cabeza contra su cuello con los ojos cerrados y el tiempo se volvió loco de repente, porque seguía sintiendo frío, los pies helados, y escuchaba el silencio clamoroso de la sierra, pero también a Tasio, a Martina, haciendo ruido en un cuarto pestilente donde siempre hacía calor, y cuando él separó su cabeza de la mía, no abrí los ojos, porque en el aturdimiento nacido de mi confusión, creí que iba a besarme.

—¿Cómo es que has venido? —su pregunta nos devolvió la cordura al tiempo y a mí—. ¿Tienes a alguien aquí?

—No, yo... —eché la cabeza hacia atrás, pero no quise soltarle—. Yo he... He venido a verte, por... Es que...

—Pues vámonos —retrocedió un paso y en el espacio que

se abrió entre nosotros penetró una corriente de aire helado—. Aquí no se puede estar.

Echó a andar hacia una carretera flanqueada por soldados armados, y le seguí. Estaba tan nerviosa que no miraba al suelo, y tropecé con otra piedra que terminó de despellejar el tacón de Rita y estuvo a punto de hacerme caer. Silverio me cogió del brazo a tiempo, y después miró hacia mis tacones.

—Ya decía yo que habías crecido —no volvió a separarse de mí y le cogí del brazo, y cuando pensé en lo que estaba haciendo, que aquella mano era mi mano, que aquel brazo era su brazo, que los que salíamos juntos de aquella explanada éramos Silverio y yo, sentí que las rodillas se me doblaban, no supe si de miedo o de emoción—. No deberías haber traído esos zapatos.

—Ya... Ya, lo que... Es que no sabía que la misa era... así... —me miró como si no me entendiera—. Al... Al aire libre, y por eso... Y encima no son míos, ¿sabes?

—Son muy bonitos.

—Sí, pero... —en ese momento, me di cuenta—. Oye, ya no tartamudeas.

—No —se echó a reír y volvió a mirarme—. Ahora tartamudeas tú.

Yo también me reí, y todo empezó a ir mejor.

—Espérame aquí un momento —me dijo cuando llegamos a la carretera—. Tengo que avisar en el control de que he tenido visita. Esto es una cárcel, aunque no lo parezca.

Se dirigió a dos soldados que estaban junto a una garita, se volvió a señalarme con el dedo, y le di la espalda para sacar un espejito del bolso y retocarme los labios a toda prisa. Él tuvo que apreciar aquella súbita escalada de color sobre mi boca, pero no la comentó.

—Vamos a subir un poco, ¿quieres? Ahí arriba, detrás de la curva, hay una pradera que me gusta mucho. Tendrás que quitarte los zapatos, pero...

—No importa —volví a cogerle del brazo y se volvió a dejar—. Total, después de haberme arrodillado ahí abajo, las medias están ya para tirarlas...

Nos echamos a reír otra vez, al mismo tiempo, y subimos la mitad de la cuesta sin decir nada, hasta que el silencio dejó de ser un compañero apacible para interponerse entre nosotros como una distancia sin forma, una separación invisible, tan eficaz como la alambrada de la cárcel.

—Te escribí al penal de El Puerto, ¿sabes? —yo la derribé primero, pero no me atreví a mirarle.

—No recibí tu carta —luego sí, pero él miraba al horizonte, como si hablara solo—. Me trasladaron enseguida, antes de que pudiera pedir un destino, primero a un destacamento ferroviario, cerca de Pamplona, luego a Talavera, a las presas del Alberche. Hasta que me trajeron aquí.

—Me lo imaginaba —me miró—. Volví a escribir y me devolvieron la primera carta, con un sello que decía que te habían trasladado, y después... Como no tenía ninguna dirección...

—No me atreví a mandarte otra carta. Al principio estaba muy lejos, y lo que nos había pasado en Porlier fue tan raro que pensé... —volvía a hablar solo, o con los picos de las montañas que nos rodeaban—. No era vida, Manolita. Tú te merecías algo mejor.

—No lo sé —murmuré, mirando mis zapatos—, porque no lo he encontrado.

En ese momento se paró, y comprendí que había vuelto a mirarme pero no levanté la cabeza. Las palabras que acababa de pronunciar me habían afectado tanto como a él, tal vez más, porque nunca había sido tan consciente de mi pobreza. Silverio no dijo nada, pero apretó con su mano libre la que yo había deslizado entre su cuerpo y su brazo, y subimos así el resto de la cuesta.

—Ya hemos llegado, dame la mano.

El sol de marzo apenas calentaba, pero brillaba en un cielo flamante, tan limpio como si acabara de nacer y ninguna nube lo hubiera ensuciado todavía. El lugar favorito de Silverio era una pradera pequeña, casi redonda, circundada como un jardín secreto por un bosque de pinos viejos, altísimos, y tan frondosos que lo ocultaban de la carretera como una muralla de guardaespaldas, aunque había otras parejas sentadas en mantas, sobre la hierba, y algunos soldados vigilándolas a una distancia pudorosa. El suelo estaba muy frío, pero Silverio me guió hasta dos rocas de granito que parecían haber chocado entre sí para labrar una superficie plana, y cuando me senté en ella, se quitó el chaquetón para envolverme los pies.

—Pero te vas a helar —protesté sin mucha convicción, agradeciendo su gesto más que el calor.

—Qué va —se sentó a mi lado—. El jersey que llevo es muy gordo, y además, me he acostumbrado al frío —sonrió—. Aquí no hay más remedio.

Asentí con la cabeza y miré a mi alrededor, el cielo, los montes, las copas de los árboles. Cerré los ojos, los abrí otra vez y volví a mirarlo todo.

—Qué sitio tan bonito.

—Sí que es bonito —asintió con la cabeza, como si quisiera animarme a arrancar, pero aún no fui capaz de decir nada—. ¿Por qué has venido a verme, Manolita?

Aquella mañana no se había afeitado. En aquella pradera natural, rodeada de montañas, entre pinos más altos que el edificio donde le había visto por última vez, la sombra de la barba le sentaba bien. Parecía un hombre libre, un pastor, un pirata, un soldado de fortuna, dueño de su cuerpo y de su vida. Seguía teniendo la nariz muy grande, pero también eran grandes sus manos, ásperas, callosas, y las botas que protegían sus pies del frío. La luz arrancaba destellos dorados de su piel y mi mirada le favorecía. Me di cuenta de eso, de que me gustaba tanto mirarle que mis ojos le embellecían más que el sol, y me dio pena. Mientras buscaba un hilo del que tirar, una manera de empezar a contarle que mi visita no era lo que parecía, sentí una tristeza húmeda, mohosa como la improvisada nostalgia por un futuro que nunca llegaría. Me habría gustado decir otras palabras que no serían mentira, pues ya ves, me he enterado de que estabas aquí y se me ha ocurrido acercarme... Esas palabras que no iba a pronunciar me daban más pena todavía, pero no podía seguir callada eternamente, así que tomé aire, y sentí que expulsaba mucho más del que había aspirado antes.

—Mira, Silverio, yo lo siento mucho, eso lo primero... De verdad que lo siento, porque me habría gustado venir sin más, sólo por verte, pero... Vas a pensar que hay que ver, que qué cara más dura tengo, y tendrás razón, quiero que sepas que si me dices que soy una caradura tendrás razón, pero...

Él no dijo nada y yo, por no mirarle, miré hacia el cielo, admiré la elegancia de un aguilucho que lo surcaba sin mover las alas, volví a la carga.

—Desde que no nos vemos han cambiado muchas cosas, ¿sabes?, y todas para peor. Bueno, todas no, pero...

El aguilucho se perdió entre las montañas y Silverio me cogió de las manos para obligarme a mirarle.

—Pero ¿qué? —al hacerlo, encontré un gesto tranquilo, el ceño liso, ninguna sombra de temor o preocupación en sus ojos.

—Mi hermana Isa está muy enferma. ¿Te acuerdas de lo contenta que me ponía cuando recibía una carta suya? —asintió con la cabeza, pero no quiso añadir nada—. Pues todo era mentira. En el colegio la trataban muy mal, la obligaban a trabajar, tiene mucha anemia, las manos destrozadas de lavar con sosa, no ha vuelto a tener la regla seis meses seguidos desde que se marchó, está muy débil, y yo...

Mis ojos escaparon de los suyos para recorrer el cielo, los montes, las copas de los árboles.

—Bueno, no he sido yo, fue a mi madrastra a quien se le ocurrió... Todo esto ha pasado muy deprisa, ni siquiera he tenido tiempo para pensarlo bien, porque... María Pilar salió de la cárcel hace veinte días y la semana pasada vino conmigo a Yeserías a ver a Toñito, que está allí, sabes, ¿no? —asintió con la cabeza para ahorrarme el resto de la explicación—. Pues eso, que cuando estábamos juntas en la cola, una mujer dijo que tú estabas aquí, y...

Y deseé con todas mis fuerzas que me tragara la tierra.

—Si Isa pudiera vivir allí, le sentaría bien, eso dijo, y que aquí había trabajo para las mujeres, que no me costaría mucho sacarme un buen jornal, entonces, mi madrastra... Es que el médico nos había dicho lo mismo, que a Isa le convenía salir de Madrid, tomar el aire, que en el campo dormiría mejor, que se le abriría el apetito, y enton...

Apenas lograba reconocer mi voz, un hilo fragilísimo, encarnado como mis mejillas, y tan tenso que cuando sus dedos apretaron los míos se partió en la mitad de una palabra. Después volví a mirarle, y vi que me miraba.

—Yo ya sé que no tengo derecho a pedirte nada, Silverio, al contrario, porque tú estarás pensando, ¿y a mí qué me importa? Los hermanos Perales siempre igual, venga a meterse en mi vida, menudo negocio fue hacerme amigo de Antonio, primero lo de Porlier, y ahora, esta, que menuda jeta tiene, así que... Pero como Isabel ha vuelto tan mal, que eso es verdad, te lo juro por lo que más quieras, que parece un pajarito, se me parte el corazón al verla, y... Bueno, pues María Pilar se enteró de que en teoría tú y yo estamos casados porque Alicia, que es una bocazas, lo dijo en voz alta, ¿pero tu marido no está en Cuelgamuros...? Y yo dije que no, te juro que dije que no, que nos habíamos casado de mentira, que esa boda no valía, pero me dio lo mismo, porque como en la cola de la cárcel opina todo cristo, y allí no hay discreción, ni secretos, ni intimidad que valga...

Me estaba poniendo muy nerviosa, pero sus dedos volvieron a apretar los míos para darme ánimos, una vez, otra, y otra más, y ya no hallé manera de escapar, ya no pude mirar el cielo, ni los montes, ni las copas de los árboles.

—Una mujer dijo luego que el cura de Porlier vende certificados de matrimonio, que una prima suya le había comprado uno, y son carísimos, que esa es otra, porque me vas a mandar a la mierda, pero tampoco sé yo de dónde íbamos a sacar el dinero para pagarlo, claro que a ellas eso les dio igual, ellas ya estaban lanzadas y entre todas me arreglaron la vida en un periquete. Ellas decidieron lo que había que hacer, cómo había que hacerlo, es que ni me preguntaron, te lo juro, y... Ya sé lo que estás pensando. De verdad que lo sé, y no hay derecho, tienes razón, lo que te estoy haciendo no tiene nombre, bueno, sí, tiene uno, pero es muy feo, porque...

Me callé al sentir que sus manos me soltaban. Luego le vi moverse, colocarse frente a mí, inclinar la cabeza hacia la mía.

—Un momento, un momento, a ver si lo entiendo bien... —cerró los ojos, se mordió el labio inferior, volvió a mirarme y sonrió—. ¿Me estás diciendo que quieres venirte a vivir aquí, al campamento, como mi mujer, y traerte a tu hermana?

—Pues... —no parecía enfadado, sólo sorprendido, y fui completamente sincera con él—. Esa es la idea de María Pilar, bueno, de María Pilar y de veinte más... A mí me habría gustado hacerlo de otra manera, Silverio, me habría gustado hacerlo bien y no abusar de ti, porque esto es abusar, lo sé, es cargarte con una responsabilidad que no te corresponde, meterme en tu vida de mala manera, otra vez, igual que cuando las multicopistas. Y tú a mí me importas, Silverio, tú... Lo que nos pasó... Bueno, ya sé que no era verdad, o sea, que al principio no era verdad, pero luego... En fin, que esto es muy feo, y no es justo, yo lo sé, sé que no te lo mereces, por eso te he advertido que ibas a pensar que era una caradura, así que si me dices que no...

—Pero yo no voy a decirte que no, Manolita —cogió mi cara entre sus manos y cerré los ojos, abandoné la cabeza entre sus palmas, sentí calor, un bienestar instantáneo, parecido a la paz que no había vuelto a probar desde que acabó la guerra—. Yo voy a decirte que sí.

Eladia Torres Martínez, carne de cañón, odió en su vida a dos hombres con todas sus fuerzas. Pero aún quiso más al único al que amó.

Mientras se arreglaba para asistir a aquella cita, no pensó en su amor, sino en su odio, una pasión vieja, casi tan larga como su vida y poderosa como un árbol cuyas raíces se hubieran ramificado para invadir sus venas, sus huesos, hasta penetrar en el último resquicio de su cuerpo. Fue el odio, aquel armazón de leña dura, lo que le sostuvo el pulso mientras se pintaba los ojos, los labios, con tonos escogidos con cuidado, en el límite de intensidad que una mujer decente no traspasaría para salir a la calle a media mañana. Después se puso una falda ceñida, no demasiado, y una chaqueta que por delante dejaba ver el casto, plano triángulo que la nueva España había impuesto a los escotes. Los tacones eran finos, pero no muy altos, una opción del odio que también escogió por ella el bolso, el sombrero, los guantes. Sin embargo, cuando se miró en el espejo por última vez, fue su amor lo que la empujó hacia la calle.

El ministerio no estaba lejos, pero al respirar el aire tierno de aquella mañana de abril de 1945, la primavera apoderándose del color del cielo, de los brazos desnudos de las muchachas y la brisa que agitaba con suavidad las hojas de los árboles, paró un taxi. Aquel día cálido y luminoso no era para ella, pero vendrán otros, pensó. De eso se trataba, de comprar otros días, feos o lluviosos, sofocantes, helados, claros o nublados, pero distintos, y dos billetes de tren, una estación remota, un andén desconocido en cualquier lugar del mundo, cualquier clima, cualquier temperatura, cualquier mes de cualquier año. Con esa determinación, pagó al taxista, atravesó la verja, cruzó el jardín y pronunció su nombre sin titubear ante el soldado que controlaba las visitas.

—Aquí está —consultó una lista, asintió con la cabeza—. Tercera planta, segundo pasillo a la derecha —y sonrió como si adivinara sus motivos, los mismos que habían llevado hasta allí, en los últimos años, a una pequeña multitud de mujeres guapas, jóvenes y desesperadas—. El teniente coronel la está esperando.

Cuando otro soldado abrió la puerta de aquel despacho para invitarla a pasar, tomó aire y se dispuso a representar el papel que tenía asignado desde su nacimiento, el mismo que había esquivado con tesón, una voluntad feroz, durante toda su vida. Al traspasar el umbral, su memoria resucitó un coro de voces infantiles, ni puras ni inocentes las niñas que habían empezado a atormentarla cuando no sabía cómo defenderse de sus palabras. No se detuvo en ellas. Alfonso Garrido la recibió tras un escritorio elevado sobre unos tacos de madera, para que sus piernas cupieran en el hueco abierto entre dos columnas de cajones. Sus hombros ocultaban el respaldo de la butaca en la que estaba sentado, acentuando la impresión de que aquel hombre era demasiado grande para los muebles de su oficina. En otro momento, aquella imagen tal vez le habría parecido cómica. Aquella mañana no. Aquella mañana, mientras Garrido la repasaba con los ojos, una avidez fría tensando sus labios, sólo encontró fuerzas para pensar que lo que iba a pasar nunca sería peor que lo que ya había vivido. A esa convicción se aferró para sostenerle la mirada.

—Vaya, vaya, qué tenemos aquí... —el militar sonrió, echó la butaca hacia atrás, volvió a mirarla—. La Reina de Saba en persona, ¡cuánto honor! Y si no me equivoco, vienes a pedir un favor, ¿verdad?

Ella asintió con la cabeza, pero él no se movió, no dijo nada, como si un simple gesto no fuera suficiente.

—Sí —por eso se lo confirmó con palabras—. Vengo a pedirle un favor.

—Pues entonces... —se levantó, rodeó la mesa muy despacio, se recostó en ella y apoyó sus dos inmensas manos sobre el tablero—. De momento, ponte de rodillas, ¿no?

Eladia cerró los ojos, dobló una pierna, luego la otra, y se arrodilló.

—Puta la madre, puta la hija, puta la manta que las cobija...

De pequeña, le gustaba mucho ir al colegio. Era una alumna dócil, aplicada, y tenía muchas amigas con las que jugar en el recreo. Entonces, su abuela era todavía joven, una mujer atractiva, próspera, que andaba muy derecha y se vestía con elegancia. Aunque se pintaba demasiado, todos los tenderos la trataban con el doña por delante, y su aspecto no difería del de otras señoras del barrio. Su casa sí, pero en aquella época, ni ella ni sus compañeras sabían interpretar la naturaleza de esas excepciones.

Las otras niñas tenían padres, Lali no. Ella vivía con su abuela y con Fernanda, su tata, una mujer gorda, hombruna y dulce a la vez, que era su padre y su madre. La única persona que las acompañaba, por lo general los martes y los viernes, siempre por la tarde, era don Evaristo, un señor mayor que vestía de negro, desde las botas hasta una chistera tan flamante como pasada de moda, excepto por el blanco inmaculado de la camisa y una leontina de oro de la que colgaba un reloj del mismo metal. Don Evaristo era juez del Tribunal Supremo, y un hombre amable que de vez en cuando dejaba unos caramelos para la niña en la mesa del recibidor antes de marcharse, porque no solían coincidir. Los martes y los viernes, Fernanda iba a buscarla al colegio y se la llevaba a hacer recados hasta que daban las siete. Después, todavía remoloneaban un rato en la calle, y ni la adulta daba explicaciones ni la niña las pedía. Lali tardó mucho tiempo en conectar las visitas de don Evaristo con la furibunda afición por las aceras que se apoderaba de Fernanda dos días a la semana, quizás porque a veces, al volver a casa, encontraba al amigo de su abuela sentado con ella en el salón, tomando café. Entonces, el juez le enseñaba su reloj y le dejaba pulsar un resorte que hacía brotar música, la alegre melodía de un vals vienés en unas notas tenues, metálicas, tan mágicas como si un hada diminuta se hubiera despertado para tocar un xilófono escondido dentro de la caja.

En aquella época, Lali era una niña feliz y no echaba nada de menos. Tenía dos apellidos, como todo el mundo, pero no sabía que compartía los suyos con su abuela y con su madre. Ni siquiera estaba segura de que las dos no fueran la misma mujer. Ella siempre había llamado a su abuela mamá, porque no tenía cerca a nadie más a quien designar con esa palabra, y no dejó de hacerlo cuando Fernanda empezó a corregirla a espaldas de su señora, que recibía con placer un tratamiento que la rejuvenecía, aunque su edad no hacía imposible que hubiera parido a su nieta. Cuando Lali conoció a su madre, tenía siete años y su abuela aún no había cumplido cuarenta y ocho.

—¡Mi niña! —al volver del colegio, una desconocida le abrió los brazos en el salón de su casa—. Ven aquí, que te vea bien. ¡Qué barbaridad, cómo has crecido! Qué guapa y qué mayor estás...

La niña pensó que aquella señora, aparte de una sobona, era una mentirosa, porque ella no era guapa, ni siquiera alta. Nunca había sobresalido por su estatura, mucho menos por su belleza, con aquellas cejas negras que parecían una sola sobre unos ojos demasiado juntos, la piel mate, renegrida, el cuerpo tan flaco que sus piernas eran puro hueso y los hombros en cambio anchos, cuadrados como los de un muchacho. En el colegio nunca la elegían para la función de Navidad, y en las fotos de fin de curso la ponían siempre en una esquina, lejos de las rollizas muñecas rubias y morenas que posaban de cuerpo entero al pie de la escalera. Por eso, no entendió qué encontraba en ella aquella señora tan guapa, ella sí, que la acariciaba, y sonreía, y parecía al mismo tiempo a punto de llorar.

—¿Quién es usted? —preguntó después de un rato.

—Yo... Yo soy tu madre, cariño.

Cuando la escuchó, se desasió de sus brazos para retroceder unos pasos, frunció las cejas y analizó aquella respuesta como si fuera un problema de aritmética. La mujer que la miraba con la misma expresión que un reo dirigiría a su tribunal, era demasiado joven para ser su madre. Tenía la boca sonrosada y llena, las mejillas mullidas de una muchacha, pero además parecía extranjera, quizás por su ropa, suntuosa y extraña. Hasta que vio sus piernas, largas y esbeltas como las que aparecían dibujadas en los figurines de París, Lali nunca había tenido cerca a ninguna mujer que se atreviera a enseñarlas. En 1925, en la calle San Mateo, las más audaces se destapaban como mucho media pantorrilla, y al cruzarse con ellas, Fernanda las llamaba marimachos por querer ser iguales que los hombres. La recién llegada parecía aspirar a todo lo contrario, pero a la niña le resultó tan ajena que no supo qué hacer, si ir hacia ella o salir corriendo, hasta que su abuela entró en el salón.

—Díselo tú, madre. Díselo tú, que no se lo cree...

Lali nunca se había tomado muy en serio las advertencias de Fernanda pero, aunque no la echaba de menos, había fantaseado alguna vez con la clase de madre que le gustaría tener, una mujer guapa y divertida que pudiera jugar con una niña sin cansarse, que fuera un poco gamberra, y se riera en voz alta, y comiera regaliz sin miedo a que se le ensuciaran los dientes, una madre joven, ágil, con brazos lo bastante fuertes para remar en el estanque del Retiro y tiempo libre para perderlo con ella, para pintarle las uñas, para enseñarle bailes, canciones. Esa, la compañera ideal para compensar el cariño, constante e incondicional uno, caprichoso, voluble el otro, que sólo había recibido de dos mujeres mayores, era la madre que Lali quería. En su primer viaje, Mili superó todas sus expectativas.

—¡Tú estás mal de la cabeza, Emiliana!

Cuando volvían de la calle, cargadas de paquetes, Fernanda ponía los ojos en blanco mientras bloqueaba el umbral con su corpachón.

—Me estoy cansando de decirte que no me llames así, ¿sabes?

—¿Ah, sí? Pues, que yo sepa, no tienes otro nombre, y te voy a decir algo más... Mejor harías ahorrando para cuando vengan mal dadas, en vez de malcriar a la niña, que a este paso no va a haber quien la meta en cintura.

Mili no se la tomaba en serio. Miraba a su hija, ella le devolvía la mirada y las dos se echaban a reír antes de replicar a coro.

—Eres una vieja cascarrabias, tata.

Aquel festival duró once días. Durante once días, Emiliana Torres Martínez, un hada, un milagro, una reina de cuento, salió todas las tardes con su hija para comprarle tres veces de todo, tres abrigos, tres capotas, tres pares de zapatos, el doble de vestidos y de ropa interior. Durante once días, no le negó nada, ni siquiera el capricho de andar por una acera de la calle y no por la contraria. La undécima noche, la vistió de punta en blanco, le rizó el pelo con sus propias tenacillas, le adornó las orejas con dos perlas montadas en oro y la llevó a cenar a un restaurante con grandes arañas de cristal y paredes recubiertas de espejos, donde unos camareros con frac la llamaron «señorita» sin dejar de sonreír, desde que su madre les informó de que aquel día había cumplido ocho años. La niña fue tan feliz que no le preguntó a Mili por qué se había puesto dos alianzas doradas en el dedo, como si estuviera viuda, igual que nunca se había atrevido a preguntarle por qué había tardado tanto tiempo en venir a verla. Ella esperó a que terminara la tarta, antes de contarle que al día siguiente volvería a marcharse.

—Pues me voy contigo.

—No, cariño, no puede ser... —y se echó a reír, como si su partida fuera un accidente sin importancia—. Pero volveré pronto, ya lo verás.

—Pero... —la niña sintió que se le llenaban los ojos de lágrimas mientras contemplaba la radiante, incomprensible sonrisa de su madre—. Pero la última vez... Porque la tata me lo ha contado, que si no... Ni siquiera me acuerdo.

—¡Oh! —Mili echó la silla para atrás, la reclamó con los brazos, la sentó sobre sus rodillas—. No llores, vida mía, por favor, te prometo que volveré muy pronto —y la besó muchas veces antes de mirarla a los ojos—. Estos años he estado muy lejos, en América, ya lo sabes. ¿Te acuerdas de las postales que te regalé? Nueva York, Buenos Aires... Desde allí no se puede volver, pero ahora pienso quedarme aquí, en España, en una ciudad con mar, ¿y sabes una cosa? Este verano igual te mando un billete para que te vengas a pasar unos días conmigo, a la playa. La tata puede venir también, ¿qué te parece?

Después, Lali se deslizó entre las sábanas de su madre cuando todavía estaba despierta. Ella se dio la vuelta, la abrazó y cantó en voz muy baja, arrullándola hasta que se quedó dormida con la certeza de que no podría marcharse sin que se diera cuenta. Pero cuando Fernanda la despertó a las ocho y cuarto, como todos los días, en la otra mitad de la cama no había nadie.

Aquella mañana dejó que le desenredara el pelo sin quejarse, pero no fue capaz de acabarse el desayuno. Estaba muy triste, pero aún más asustada, aunque no se explicaba por qué. Siempre se había sentido segura en el pequeño mundo donde habitaba, la casa, el colegio, las calles de su barrio, y sin embargo, mientras oía a la maestra sin atender a lo que decía, la vuelta a la rutina le dio miedo. La esplendorosa aparición de su madre, la fugaz felicidad de haberla tenido para ella sola, el desconcierto de volver a perderla tan pronto, parecía haber anulado el tiempo que había vivido antes de conocerla, como si su propia vida no le correspondiera, como si Mili hubiera abierto una puerta hacia una realidad mejor, más justa y más feliz, sin enseñarle el camino para que la atravesaran juntas. Sentada en su pupitre, absorta en el misterio de la nostalgia, un sentimiento nuevo para ella, dejó pasar las horas con las manos pegadas a las orejas, sus yemas palpando sin cesar las perlas que adornaban los lóbulos para probar que su madre existía, que la quería, que volvería. Pero aquel día no fue especial sólo por eso. Al salir de clase, se encontró con la abuela esperándola en el patio.

—Tengo que ir a casa de Mari Paz, a probarme —era lunes, pero doña Eladia nunca iba a recogerla—. He pensado que igual te apetecía venir conmigo.

—Bueno —le dio la mano sin añadir nada más, y las dos se dieron cuenta de que cualquier otra tarde, la niña se habría entusiasmado ante la perspectiva de hacerle una visita a la modista, pero la adulta tenía una carta en la manga.

—Me estoy haciendo dos vestidos, y he pensado... —apretó la mano de su nieta para atraer su atención y sonrió—. ¿Qué te parece si le pedimos a la oficiala que nos busque unos cuantos retales grandes y bonitos, para que la tata le haga un vestuario bien elegante a tus muñecas nuevas? —siguió adelante, como si no hubiera visto abrirse los ojos de la niña—. Ella cose muy bien, ya lo sabes, y como Mari Paz tiene muchas clientas, puede hacerles trajes de noche, y de chaqueta, y batas de seda iguales que la mía, vestidos parecidos a los que te ha regalado mamá...

—¿En serio?

—En serio —y se paró delante de La Bearnesa—. ¿Quieres que te compre un bollo para merendar?

—¿Puede ser con nata?

—Pues claro, el que tú quieras.

Aquella tarde, Lali se divirtió tanto como si nunca hubiera conocido a su madre, y cuando volvió a casa con un paquete repleto de pedazos de tela de todas las clases y colores, Fernanda la cubrió de besos sin regañarla por los cercos blancuzcos que la nata había dejado en la pechera de su uniforme. Después de bañarla, se sentó con ella en la mesa de la cocina, y la abuela las acompañó mientras probaban los retales sobre los cuerpos de las tres muñecas, proyectando blusas, faldas y vestidos.

—¿Y los zapatos? —la tata dejó el último detalle para la hora de la cena, sopa de fideos y un filetito empanado, nada de verdura aquella noche—. ¿Cómo los quieres? No tenemos piel, pero puedo hacérselos de tela y llevárselos al zapatero de Churruca, que es muy mañoso, para que les pegue unos palitos que figuren como tacones.

—Entonces negros —y al decirlo, Lali sintió una punzada de dolor en el pecho—. Como los de mamá.

—Pues negros, ya verás qué bien nos van a quedar...

Aunque había fregado los cacharros y los mármoles, aunque había sacado incluso las cenizas del fogón, Fernanda siguió haciendo como que trajinaba con una bayeta en la mano sin perder a la niña de vista. No quería dejarla sola, porque mientras limpiaba sobre limpio, descontaba minutos del plazo de una pregunta inevitable.

—Mamá va a volver —y cuando llegó aquel momento, a ella también le dolió el corazón—, ¿verdad, tata?

—Pues claro que va a volver, lucero —luego hizo lo que tenía que hacer, acercarse a Lali, cogerla en brazos, sentarse con ella en las rodillas y besarla sin parar—. ¿Cómo no va a volver, si te quiere más que a nada en el mundo? —abrazarla muy fuerte y repetir una retahíla que había aprendido de memoria muchos años antes—. Si tú eres su tesoro, su princesa, lo único que hay en el mundo para ella, ¿cómo no va a volver, vida mía? —aguantar el tirón del llanto de otra niña—. Y ya verás cuántos regalos te va a traer, ya te estará echando de menos, lo estará pasando peor que tú —y volver a tragarse sus propias lágrimas, tantos años después—. Mamá tiene que trabajar, si no fuera por eso nunca se habría marchado, hazme caso, que la conozco muy bien, lo sé mejor que nadie —hasta que encontró un resquicio para distraerla—. ¿Sabes lo que vamos a hacer? Pero que no se entere tu abuela, ¿eh? ¿Quieres que durmamos juntas? Ahora nos acostamos y te cuento historias de esas de mi pueblo, de crímenes y de aparecidos, que te gustan tanto...

Al día siguiente, Lali pensó que la abuela y la tata tenían celos de su madre, que por eso la mimaban tanto, pero se equivocaba. Lo que pretendían no era recuperar su favor, sino desintoxicarla, deshabituarla, neutralizar las consecuencias de la visita de Mili, amortiguar su recuerdo hasta convertirlo en una imagen dudosa. Fernanda tenía mucha experiencia, porque había jugado ese papel con Emiliana durante mucho tiempo, todo el que pasó hasta que don Evaristo se encaprichó con su madre y le puso un piso. Gracias a eso, las tres habían podido abandonar el burdel de la calle Flor Alta donde Eladia y Fernanda se habían conocido en 1896, cuando la primera acababa de cumplir dieciocho años y a la segunda le faltaba menos de un mes para alcanzarla.

Cuando atravesaron juntas el portal de aquel edificio, Fernanda decidió que no volvería a gastarse un céntimo en lotería, porque no aspiraba a tener más suerte en la vida. Aquel piso amplio y con balcones a la calle San Mateo, donde por la mañana se oía el barullo de una calle transitada, el reclamo del afilador, el del lechero, las voces de los niños que jugaban a la pelota, por la noche nada, fue para ella una versión privada del Paraíso. Por aquel entonces, hacía ya muchos años que había abandonado un oficio que no se le daba bien y para el que tampoco le sobraban condiciones aunque, como solía decir doña Victoria, en una casa como esta, tiene que haber de todo.

—Los paletos, para Fernanda.

Ella no era guapa ni tenía buen tipo, pero sí la virtud de parecer exactamente lo que era, una chica de pueblo con las piernas gordas como troncos, las caderas anchas y la cara colorada, un producto del campo, decían sus compañeras, sin refinar, sin desbastar, impermeable a cualquier intento de sofisticación. Cuando la conoció, la dueña no tardó ni dos minutos en clasificarla, pero concluyó que, mientras fuera joven, no tenía por qué irle mal. A ella le gustaba presumir de que su casa era un establecimiento de categoría y de que allí no entraba cualquiera, pero eso era sólo una verdad a medias. La calle de la Flor Alta estaba al borde de la Gran Vía, demasiado cerca de la calle Ceres como para resistir una competencia feroz sin hacer concesiones.

En los primeros días de la semana, en el perchero de la entrada sólo se veían sombreros y gabanes, pero a partir del jueves se colaba alguna gorra de paño, ricos de pueblo, tratantes de ganado dispuestos a celebrar una buena venta, campesinos con tierras que acudían a la capital a estrenarse y, a menudo, también sus padres. Su dinero era tan bueno como el que más, pero ellos parecían ignorarlo mientras avanzaban hacia el salón con timidez, incómodos en sus trajes de domingo. Todo les amedrentaba, el espesor de las alfombras, las impasibles cortinas de terciopelo púrpura cerradas al resplandor de las farolas, la fragilidad de las patas de los veladores y los grandes divanes donde se recostaban unos señores a los que habrían cedido el paso si se los hubieran cruzado en una acera. Cuando comprendían que su camino no tenía marcha atrás, que cualquier retirada sería una huida, y la huida un ridículo espantoso, se arrepentían de haber ido hasta la capital a echar un polvo en lugar de quedarse en el burdel de su pueblo, tan ricamente, y no sabían qué hacer, qué bebida pedir, dónde sentarse, mucho menos escoger una mujer en aquella pecera repleta de sirenas plateadas que los miraban con una sonrisita en la que la compasión se transparentaba tras la desgana. Hasta que se fijaban en Fernanda.

Antes o después, descubrían a Nadine, o más bien a Nadín, como decía ella, aquella criatura milagrosa que estaba tan incómoda, tan fuera de lugar como ellos mismos, porque más allá de las gasas, de la purpurina y de aquel nombre francés, tan falso como sus joyas, era una habitante de su propio mundo. Ella les devolvía el aplomo, la confianza, y se sentían tan aliviados al recobrarlos que, mientras avanzaban en su dirección, ni siquiera advertían que, bien mirada, no estaba tan buena. En su pueblo habrían podido conseguir una puta con mejor cuerpo, pero eso les daba igual, porque ellos habían ido a Madrid a echar un polvo y eso era lo que iban a hacer, lo que harían más de una vez, porque si volvían a aquel burdel, irían derechos a por aquella chica corriente, que sabía escucharlos, hablarles con naturalidad, sin la altivez que les impedía acercarse a las demás por mucho que las desearan. Así, algunos viernes, algunos sábados, Nadine llegó a hacer más caja que las veteranas, pero nunca dejó de pasarlo mal.

—¿Y tú por qué tardas tanto? —le preguntaban las otras en el comedor, mientras cenaban de madrugada—. ¿A ti no te han explicado lo que hay que hacer? Mira, cuando la tengas dentro, tú aprietas el coño como si...

—¡Ay, ay, ay! —ella ponía cara de asco, cerraba los ojos, se tapaba los oídos con las manos—. ¡Déjame, déjame! No me lo cuentes, no quiero saber...

—Hija mía, para la pinta de bruta que tienes... ¡Hay que ver, qué delicadita eres!

Pero no era eso. Fernanda sabía que no era delicada, que no era aprensiva ni melindrosa. Nunca le había asustado trabajar con las manos, meterlas en lejía, empuñar una guadaña o rellenar tripas en las matanzas, y ni siquiera le daban asco los insectos. La verdad era mucho más simple, y ya se la anticipó ella a su tía cuando la llevó por primera vez a aquella casa.

—Mire usted que yo para puta no voy a valer.

—¡Qué tontería! —ella llamó al timbre sin volverse a mirarla—. Para eso valen todas, ¿no vas a valer tú? Peor es pasar hambre.

Fernanda había pasado mucha mientras vivía sola con su abuelo, labrando un pedazo de tierra que no les daba para comer, ofreciéndose para ganar un jornal en lo que fuera, aceptando jornadas de limpieza extenuantes en casas donde apenas le pagaban unos céntimos. Por eso, al día siguiente del entierro de su abuelo, había seguido a su tía hasta Madrid. Por eso se quedó en casa de doña Victoria y mientras conservó fresca la memoria del hambre, el grito sordo y constante de sus tripas, se comportó como la más dócil de sus trabajadoras, la única que nunca se encaprichó con un cliente y jamás trabajó de balde, ni tenía ataques de celos, ni se escapaba de vez en cuando para correrse una juerga por cuenta propia. Cuando no estaba ocupada, se quedaba en su habitación, cosiendo su propia ropa, y bajaba de vez en cuando a la cocina para hacerse un flan chino y tomárselo entero, a cucharaditas. Al principio, le parecía mentira que nadie la regañara, y más increíble aún que su flan permaneciera intacto, esperándola, en una cocina tan transitada como aquella, pero así era. Se hizo tantos flanes, que una tarde descubrió que estaba empachada y abandonó el último por la mitad. Se le había olvidado lo que era acostarse sin cenar, y empezó a pasarlo todavía peor.

—¿Pero qué es lo que te pasa a ti, Fernanda?

Doña Victoria le había asignado un cuarto de segunda categoría, pequeño y con dos camas, una mesilla, un armario, una sola ventana que comunicaba con una habitación exterior. Durmió allí sola durante dos semanas, hasta que llegó otra muchacha de su misma edad, que también había nacido en un pueblo de la sierra de Lozoya y llevaba el hambre pintada en la cara. La primera Eladia Torres Martínez parecía una réplica de su compañera de cuarto, pero Fernanda descubrió muy pronto que era mucho más espabilada, y cuando empezó a comer tres veces todos los días, apuntó una diferencia aún más decisiva. Aquella chica de piel oscura, mate, y cuerpo huesudo, con las piernas llenas de costras y tan peludas como el entrecejo, absorbió el oficio con la misma facilidad con la que respiraba. La mejora de su alimentación rellenó sus pechos, sus caderas, y abrillantó su piel, tersa, luminosa sobre la grasa que mullía sus curvas en la proporción justa, pero todo lo demás lo puso ella misma, observando a las demás, imitándolas, reproduciendo sus gestos, sus sonrisas, su manera de moverse, hasta que aprendió a depilarse, a peinarse, a maquillarse sola con una pericia que multiplicaba por muchas cifras las capacidades de su compañera de habitación. Unos meses después, su belleza peculiar, irregular y afilada, más salvaje que exótica, llegó a su plenitud para hacer saltar por los aires todas las alarmas, las del deseo masculino y las de la envidia femenina, en aquella casa. Para aquel entonces, las dos eran ya tan amigas como para que una se preocupara por la tristeza de la otra, y para que esta le confesara, sólo a ella, la verdad.

—Pues qué me va a pasar, Eladia, es que... No sé, llamar cabritos a unos tíos y acostarnos luego con ellos, pues... No me parece bien.

—Pero, Fernanda... —la primera vez que escuchó aquel discurso, se levantó de su cama para sentarse en la de su amiga—. ¿Pero cómo me dices eso a estas alturas, mujer? ¿Tú no sabes todavía de qué va este negocio?

—Pues sí que lo sé, claro que lo sé, ¿qué te crees? Seré bruta, pero no tanto. Lo que pasa es que yo... Yo... —se paró a buscar unas palabras que no iba a encontrar, porque sabía de antemano que su amiga no podría entenderla, y vivía su malestar como una tara, un defecto personal, imperdonable—. Que yo no valgo para puta, Eladia. No sé por qué, pero... No me hago a esta vida, chica, qué quieres que te diga.

Otras pupilas de doña Victoria iban a misa los domingos, rezaban antes de acostarse, se confesaban y se arrepentían antes de volver a pecar. Fernanda no. Ella no era religiosa ni provenía de una familia burguesa venida a menos, no se había escapado de casa, ni tenía una madre que lloraba por ella, ni un hijo pequeño al que no estaba viendo crecer. No se sentía culpable, no tenía que darle explicaciones a nadie ni había desperdiciado ninguna oportunidad, pero no valía para puta y no sabía por qué, pero esa era la verdad, que no valía. Cuando sus clientes eran jóvenes, acababa preguntándoles qué hacían allí, con ella, en vez de buscarse una novia de su edad. Cuando eran mayores no decía nada, pero pensaba que más les valdría haberse quedado en casa con su mujer. Había algo más, pero no sabía cómo llamarlo, porque sólo conocía su cuerpo e ignoraba el de las demás, aunque estaba segura de una cosa. A ella no le atraían las mujeres, pero tampoco le gustaban mucho los hombres. A Eladia, más que comer con los dedos.

—¿Te puedes creer que me he corrido y todo? —Fernanda sabía que no mentía cuando la veía algunas noches con una sonrisa embobada y el cuerpo blando, aflojado por un misterioso mecanismo del que el suyo carecía—. Él se ha dado cuenta, claro, y yo le he dicho que no, que ni hablar, pero al final... Mientras le veía vestirse, me ha dado hasta pena que se fuera, fíjate.

Ella no sentía nada mientras estaba en la cama con sus clientes y sólo alivio, sin excepciones, cuando se levantaban para marcharse. Por eso, al enterarse de que la mujer de la limpieza se volvía a su pueblo, se ofreció para cubrir el puesto. Doña Victoria se la quedó mirando como la primera vez, y tardó casi el mismo tiempo en responder a su oferta.

—Vas a ganar mucho menos.

—Ya, pero... No me importa.

Al día siguiente, Fernanda se mudó a una buhardilla, una habitación sin espejos, sin batas transparentes, sin memoria de Nadine. Nunca se arrepintió, aunque al principio se sentía sola. Pero en el verano de 1902, cuando Eladia volvió a quedarse embarazada y tres médicos distintos le advirtieron que su vida peligraría con otro aborto, su situación le permitió acogerla, cuidar primero de ella y después de su hija, criar a la niña cerca, y lo más lejos posible de su madre, hasta que las tres pudieron instalarse en una casa decente gracias a don Evaristo. Sólo entonces Fernanda volvió a rezar. Todas las noches se arrodillaba al lado de su cama, y sin dirigirse a ningún dios en particular, les pedía a todos los que pudieran oírla que aquel santo no se le muriera.

—Sí, sí, santo... —su amiga se echaba a reír—. Anda que, si yo te contara...

—Eso no me importa, Eladia.

Y no le importaba. Para Fernanda, aquel hombre siempre fue una bendición del cielo, viviera quien viviera allí arriba, y lo único que lamentaba era que hubiera llegado tan tarde, cuando Mili ya no tenía remedio.

—¿Cómo está, don Evaristo? —por eso, desde que nació Lali, aún se esmeró más en hacerle la vida agradable—. Deme el abrigo. He encendido la chimenea del dormitorio porque, hay que ver, ¡qué día de perros!, y que estemos ya en abril...

—A ver, Fernanda —el juez conocía bien el carácter de aquellos prolegómenos—, ¿qué es lo que pasa?

—Es que, verá usted, me gustaría que hablara con la señora, porque...

Don Evaristo Fernández Salgado se había quedado viudo antes de cumplir treinta años y no tenía hijos, apenas familia, ningún compromiso más allá del que le vinculaba con las habitantes de aquella casa, la mujer que le había sorbido el seso después de quince años de soledad, cuando ya parecía garantizado para siempre, y su extraña criada, la puta decente cuya historia le había divertido tanto antes de conocerla, después no. El juez estaba encoñado sin remedio con una, pero volcaba sobre la otra una deferencia que excedía el trato corriente con el servicio, porque aunque Fernanda no supiera leer ni escribir, le parecía la única sensata y, con mucho, la más sensible de las dos. Por eso, rara vez le negaba los favores que le pedía.

—Pues para qué va a querer ir la niña a la escuela, Eladia, no seas animal, joder... ¡Para educarse! ¿Te parece poco? Para aprender a leer, y a escribir, y matemáticas, y geografía, para defenderse sola el día de mañana, para encontrar un buen trabajo, un buen marido. ¿O qué quieres, que se escape de casa a los quince años para volver preñada a los dieciséis, dejarte el crío y lanzarse a dar tumbos por el mundo, igual que su madre?

Fernanda sabía que estaba muy mal escuchar detrás de las puertas, pero permanecía con la oreja pegada a la cerradura del dormitorio hasta que don Evaristo convencía a su amante de que vacunara a su nieta, de que la sacara a tomar el aire, de que llamara al médico, de que la llevara al colegio.

—Bueno, pero tú no te enfades... —y sólo la despegaba al reconocer el acento almibarado, vagamente infantil, que su amiga adoptaba para complacer a su amante—. Mira, ven, que voy a enseñarte una cosita...

Un santo, repetía entonces para sí mientras se alejaba sin hacer ruido, un santo varón, un santo del cielo, sea lo que sea lo que esté haciendo con lo que esa tarasca acaba de enseñarle, un bendito... Luego, al marcharse, don Evaristo le guiñaba un ojo con disimulo, y Fernanda volvía a bendecirlo por dentro sin atreverse a sonreír, prevenida para la explosión que estallaría cuando Eladia le viera salir a la calle desde el balcón.

—Pues nada, que ahora hay que llevar a Lali al colegio porque al señor se le ha puesto en los cojones —aunque hacía mucho tiempo que no la veía tan furiosa como aquella noche—. ¿Qué me dices?

—Mujer —respondió con cautela—, pues no es mala idea, la verdad.

—No. La que es mala es la gente, y tú lo sabes.

—Lo sé, pero ya no vivimos en Flor Alta, Eladia, aquí es distinto, no nos conoce nadie, nadie tiene por qué saber...

—La gente es muy mala, Fernanda —volcó sobre ella una mirada más oscura que la pintura que emborronaba sus ojos—. Y si no, al tiempo.

Después, las dos se fueron a dormir, la una muy preocupada, la otra muy contenta de haberse salido con la suya. Fernanda sabía que Eladia no pretendía perjudicar a Lali, sino protegerla, mantenerla a salvo de las cuchillas de la verdad, pero creía que se equivocaba tanto, o más, de lo que se había equivocado con su madre. Cuando Mili tenía cinco años, ella se ofreció a llevársela al pueblo, pero Eladia no quiso resignarse a verla sólo de vez en cuando y su hija creció en el burdel, aprendiendo el oficio antes de tiempo. Por eso, más que corregirse, se había propuesto hacer con Lali todo lo contrario, pero ya no había razones para limitar la vida de su nieta.

Durante muchos años, el tiempo le dio la razón. Lali empezó a ir al colegio más tarde que la mayoría de sus compañeras, pero se adaptó muy bien a la rutina de las clases y los madrugones. Fernanda siempre estuvo pendiente de ella, y se esforzó por hacer amistad con las mujeres a las que se encontraba cada día en la puerta, y a las que se presentaba como la criada de una viuda acomodada que criaba a su nieta desde de que su hija había tenido que seguir a su marido al extranjero. Ninguna levantó una ceja al escucharla y ella nunca vio en sus rostros expresiones de recelo o sonrisas compasivas, ni al principio ni después, cuando Lali se empeñó en que la llevara a jugar por las tardes a los jardines que daban la espalda al Hospicio. Y hasta que a su madre se le ocurrió cruzar el Atlántico, en la vida de Lali no pasó nada oscuro, nada extraño, capaz de desmentir la apacible monotonía de sus días.

Fernanda habría preferido que Mili se quedara para siempre en la otra punta del mundo, pero neutralizó sin mucho esfuerzo las consecuencias de su visita. Lali ni siquiera se dio cuenta de que la intensidad de los mimos iba disminuyendo gradualmente, hasta que un día su tata volvió a enfadarse por lo sucio que traía el uniforme y ni siquiera le extrañó. Desde entonces, todo pareció igual que antes. Ya no lo era, porque la vida de la niña nunca volvió a encajar en un molde que durante algún tiempo se definiría por la ausencia de su madre. Todos los días pensaba en ella al despertar, al vestirse, al salir a la calle y después, cuando se ponía el camisón sin dejar de mirar sus pendientes en el espejo. Las adultas la estudiaban a distancia, sin decirle nada ni comentarlo entre ellas. Ambas sabían que se había abierto una grieta en la sólida muralla que habían fabricado para protegerla, pero pensaban que una mano de argamasa y un poco de pintura bastarían para cerrarla. No fue así.

—Tata, ¿qué es una puta?

Cuando Lali le hizo aquella pregunta, ya tenía diez años y había pasado más de uno desde que viera a Mili por segunda vez, aunque aquella mujer flaca y mal vestida, sin abrigo, sin joyas y con los nervios de punta, no parecía la misma, ni su visita aquel festival que nunca tendría una segunda edición. El hada de antaño sólo durmió en casa de su madre dos noches, las que tardó en sacarle dinero, y la niña se dio cuenta de que no había cambiado sólo por fuera, sino también por dentro. Estaba distraída, como ausente, y la miraba como si no la viera desde el otro lado de unos ojos perpetuamente empañados, las pupilas reblandecidas, vidriosas. Ni siquiera la encontró tan guapa, y aunque ella misma no pudiera creerlo, se alegró de verla marchar.

—Mamá está enferma —la abuela fue a buscarla al colegio por la tarde, de todas formas—. No ha querido decírtelo para que no te pongas triste, pero tiene que ira ver a unos médicos, para curarse, ¿sabes?

Lali aceptó aquella versión con mucho mejor ánimo que la anterior. El retorno a la normalidad no evitó que se sintiera culpable por aquel bandazo sentimental, pero desarrolló una consecuencia más sutil, que moldearía su carácter en una proporción decisiva. A los nueve años, Lali se convirtió en una adulta precoz, aunque aquel proceso se desarrolló en la dirección contraria a la que había hecho madurar a Mili antes de tiempo. Desde que descubrió que no sabía qué hacer con su madre, si quererla o no, desear su regreso o celebrar su ausencia, sería una niña extrañamente cauta, silenciosa, que se guardaría a sí misma, lo que pensaba, lo que sentía, lo que creía, como si no tuviera otra posesión más valiosa. Mientras tanto, Eladia le mandaba dinero a su hija para que no volviera y Fernanda estaba mucho más tranquila, lo estuvo hasta que Lali le soltó aquella pregunta a bocajarro una tarde, al volver del colegio.

—¿Una puta? Pues no sé —y tenía preparada la respuesta, pero no se atrevió a levantar los ojos de la cebolla que estaba picando—. Debe de ser una cosa muy mala, ¿no? La gente ordinaria dice, por ejemplo, cállate de una puta vez, quédate con el puto vestido, esa es la puta verdad... Y cosas por el estilo.

—Sí, pero... Una madre puta, ¿qué es?

—¡Ah! Pues todo lo contrario —paró el cuchillo, miró a la niña, siguió picando—, una cosa muy buena, fíjate qué raro, pero es así. Esta comida está de puta madre, por ejemplo. Eso quiere decir que está muy rica.

—No, pero lo que yo digo... —Lali se quedó pensando, negó con la cabeza, se resignó a contarlo todo—. Es que unas niñas, en el patio, me cantan una canción... Bueno, no es una canción, es como un refrán, no sé...

Puta la madre, puta la hija, puta la manta que las cobija. Fernanda le contestó que era una frase horrorosa, que no tenía ni idea de lo que significaba, que lo más seguro era que esas niñas tampoco lo supieran y, sobre todo, que no les hiciera ni caso, mientras un sudor frío, espeso y sucio como un pegote de barro helado, le empapaba la nuca. No le contó nada a Eladia por no darle la razón, pero tampoco perdió el tiempo. Al día siguiente era martes, y don Evaristo adivinó que había pasado algo malo sólo con mirarla a la cara.

—Bueno, mujer, no te preocupes. Ya falta poco para que acabe el curso, ¿no? Que no vaya al colegio esta semana y el próximo año la mandamos fuera de Madrid, a un internado o... No sé, ya se me ocurrirá algo.

Lo que le ocurrió fue la muerte.

El golpe que Fernanda temía más que el fin de su propia vida acabó con él a traición, en la última semana de mayo de 1928. Cuando se despidió de ella, ya tenía un dolor agudo en el vientre, pero se negó a ir al hospital. Seguro que no es nada, dijo, ahora me voy a casa, me meto en la cama... No podía andar derecho y Fernanda insistió, pero no le hizo caso. A la mañana siguiente, se enteró de que estaba en el hospital. A la hora de las visitas, ya había muerto. Acababa de cumplir sesenta y nueve años y lo había dejado todo arreglado, pero ni siquiera su generosidad, el testamento en el que le dejaba a su amante el piso donde vivía y una asignación mensual que le habría permitido vivir con holgura y serenidad hasta su propio final, evitó una debacle cuya magnitud desbordó las peores previsiones de Fernanda.

—Pero bueno... ¡Qué madre tan joven tienes, Mili! —giró en su mano la que Eladia le había tendido para besarla en el dorso—. Parecéis hermanas.

Tenía treinta y cinco años, y era alto, guapo, apuesto y tenebroso, uno de los hombres más temibles que Fernanda había conocido en su vida, el más peligroso que Lali conocería jamás.

—Se llama Trinidad —Mili lo trajo consigo tres meses después de la muerte de don Evaristo, como si los dos hubieran olfateado el dinero—. Nos conocemos desde hace tiempo y... Bueno, somos novios.

Desde que se mudaron a la calle San Mateo, en aquel piso tranquilo, de apacibles rutinas, nunca había vivido un hombre. Cuando Trinidad empezó a recorrerlo desnudo de cintura para arriba, la armonía se disipó tan deprisa como si nunca hubiera existido.

—Eladia, por Dios y por la Virgen, que es el novio de tu hija.

—¿De mi hija? El novio de Mili es la morfina, Fernanda. Lo único que la importa es la jeringa y tener algo que meterle dentro...

Lali nunca detectó los indicios que provocaron estas conversaciones, pero la aparición de Trinidad no la desordenó menos que a su abuela. Ella había ido al colegio y sabía manejar un diccionario. No tuvo ninguna dificultad para seguir el rastro de la palabra puta, ver ramera, ver meretriz, ver prostituta, mujer que comercia con su cuerpo, ver comercio, negociación que se hace comprando y vendiendo géneros y mercancías. Al interpretar esas palabras, sintió un fuego líquido, un miedo incomparable, una vergüenza que la mantuvo en cama, verdaderamente enferma, y le dio a Fernanda la excusa ideal para alejarla del colegio. No le contó nada, ni a ella ni a nadie, y por eso se equivocó. Mientras respondía lo mismo a todas las preguntas, ya me encuentro mejor, gracias, y camuflaba con una sonrisa mecánica el incendio que devoraba sus ilusiones sin llegar a quemarlas ni agotarse jamás, en su cabeza sólo había espacio para una frase, una oración breve y contundente como una consigna. Yo no, jamás, yo nunca, jamás, yo no, nunca jamás. Se creía tan lista que se confundió como una tonta. Era tan pequeña, la verdad tan grande, que concluyó mal y que su abuela era su modelo, el único clavo al que podía agarrarse. Eladia siempre se había comportado como una señora, una mujer madura, con recursos, que salía poco a la calle y no daba que hablar. Fernanda era una criada analfabeta, Mili, una puta que ya ni siquiera echaba el cerrojo cuando se quedaba en la cama tumbada, como muerta, la sonrisa de un cadáver curvando sus labios. La niña decidió que sólo tenía un camino y escogió a su abuela, la mantuvo al margen de los cantos de sus compañeras, cultivó su amor mientras el que había sentido por su madre se transformaba pronto en rencor, luego en desprecio. Y sin embargo, dolía. Le dolía tanto que no pudo resistir la tentación de salvar algo de aquel naufragio.

—Dime una cosa, Trinidad —él era guapo, era simpático, joven, y no trabajaba, por eso siempre tenía tiempo para ella, para llevarla por la acera que más le gustara a ver escaparates, a tomar una horchata en una terraza, o a dar un paseo en barca—. ¿Tú conoces a mi madre desde hace mucho tiempo?

—¡Uf! —la miró, sonrió y levantó las cejas, como si hubiera perdido la memoria de una fecha tan remota—. Pues claro.

—¿Desde antes de que yo naciera?

—Desde que abultaba lo que tú, poco más o menos.

Así fabricó Lali su propio laberinto, un círculo concéntrico del infierno que se instalaría en aquella casa antes del aniversario de la muerte de don Evaristo.

—Eladia, por lo que más quieras...

—Tú no lo entiendes, Fernanda, para ti es muy fácil, claro, a ti no te gustan los hombres, pero para mí es muy importante, es mi última oportunidad.

—Pero, mujer, que tienes cincuenta años y lo único que quiere ese tío es chulearte, piensa con la cabeza, por favor te lo pido...

Al principio, todavía la dejaba hablar, expresarse con la confianza que siempre se habían tenido, pero después del verano, él la hizo florecer por última vez y cuando se miró en el espejo, ya no quiso saber nada más.

—Te voy a decir una cosa, Fernanda, cállate. Date un punto en la boca porque no tienes ni idea de lo que dices. Tú puedes sentirte una vieja si te apetece, pero yo todavía soy una mujer joven, ¿o es que no me ves? —la veía, la estaba viendo y no se lo creía, no entendía cómo podía haber rescatado su antigua belleza del desván polvoriento donde languidecía desde hacía tantos años, cómo podía haberse vuelto tan tonta, tan loca a la vez—. Mi dinero es mío, y me lo gasto como me da la gana, pues no faltaba más.

Después se maquillaba, se cardaba el pelo, se metía a presión en un vestido de diez años antes, se colocaba el pecho lo mejor posible dentro del escote, usaba una estola para disimular el grosor de su cintura, e imponente para su edad, cada noche un paso más cerca sin embargo de la patética frontera de las viejas repintadas, iba a buscarle.

—Ya estoy —anunciaba desde la puerta, perfilándose siempre en la distancia, la penumbra que más la favorecía.

—¡Qué guapa! —él avanzaba hacia ella mordiéndose el labio inferior, como si no resistiera el deseo de darle un mordisco, y Fernanda sentía que se la llevaban los demonios y la impotencia de no saber qué hacer, qué agujero tapar, adónde dirigirse.

Ella sólo tenía dos brazos, sólo dos manos, y no podía sostener sin ayuda un edificio que se estaba derrumbando por sus cuatro esquinas. No fue capaz de repartirse entre las dos niñas de su vida y escogió a la mayor porque era la más frágil, la más desamparada, pero todo le salió al revés. Mili nunca le perdonó que la hubiera arrancado del espeso letargo donde dormitaba sin vivir, sin querer saber. Flaca y avejentada, con la piel grisácea, la voz pastosa, invirtió las últimas fuerzas que le quedaban en arremeter contra su madre con una furia que sólo sirvió para afirmar el poder de Trinidad sobre ambas. Lo que tú tienes que hacer es curarte, cariño, fue todo lo que Eladia logró decirle, te hemos buscado un sanatorio en la sierra, es lo mejor para ti... Él gastó menos saliva, mírate, Emiliana, estás hecha una mierda, das asco. Después le ofreció dinero y la certeza de que no podía elegir. Mili se marchó poco antes de la Navidad de 1929. Lali nunca la volvió a ver.

Su partida reinstauró cierto equilibrio, una paz precaria en la que su madre apuró su extraña plenitud, aquella exaltación erizada de púas, sombría de pronósticos, que se parecía a la felicidad pero llegaba demasiado tarde, y soportaba demasiadas culpas, y tenía fecha de caducidad, un límite visible, demasiado inminente como para vivirla a medias. Mientras se entregaba a ella por completo, se desentendió de todo lo demás, un término impreciso que incluía también a su nieta. Lali se encontró con su propia vida entre las manos cuando aún no sabía qué hacer con ella. A principio de curso, se había negado a volver al colegio, se había asombrado al comprobar que Fernanda no le llevaba la contraria, y desde entonces, se dedicaba a acostarse tarde, a levantarse más tarde todavía, y a no hacer nada entremedias. A los doce años, su cuerpo había empezado a cambiar, no tanto como su carácter. Agria y arisca, solitaria, violenta consigo misma y con los demás, no se gustaba ni le gustaba el mundo. Aquella confusión acentuó los rasgos más oscuros de su carácter, y sin dejar de ser hosca, desconfiada, se convirtió en una criatura triste. Aunque no se lo dijera a nadie, a veces se sentía además muy pequeña, frágil como una niña perdida, abandonada a su suerte en un tablero donde los adultos jugaban a un juego cuyas reglas no comprendía. Tampoco entendía lo que le había pasado, cómo era posible que su existencia, antes tan regular, tan ordenada, se hubiera puesto boca abajo en tan poco tiempo. Sentía nostalgia de la disciplina, el fecundo aburrimiento de los madrugones y los deberes, pero la única persona de la que habría podido provenir un nuevo orden ya no tenía autoridad suficiente para imponérselo.

—¿No quieres ir al colegio? Muy bien, ya eres mayor y no necesitas trabajar, pero haz algo, Lali, dibuja, pinta, aprende a cocinar, a coser, o estudia otra cosa, francés, música, corte y confección, lo que más te guste...

—Que me dejes en paz, tata.

Fernanda se lo perdonaba todo, pero se desesperaba al comprobar que el abismo que se había abierto entre ellas no cesaba de crecer, y no se resignaba a que el hilo que las unía se hubiera roto sin remedio. Lali ya no la buscaba, no se confiaba a ella, no confiaba en nadie, pero prefería la compañía de Trinidad a cualquier otra, y cuando los veía juntos, su tata sucumbía a un miedo sin forma, una alarma instintiva en la que ni siquiera se atrevía a pensar. Cuando su madre tenía la edad de Lali, ella había adivinado antes que nadie que no iba a heredar la belleza de Eladia, y el tiempo le había dado la razón. Mili siempre había sido mona, resultona mientras fue joven, nada más, pero su hija era otra cosa. De la crisálida de aquella niña fea y achaparrada, con las piernas larguísimas, el tronco corto, amontonado, y el cuello hundido entre los hombros, iba a emerger una mariposa tan bella como su abuela no había sido jamás. Fernanda estaba segura de eso, y los depósitos de grasa que deformaron su cuerpo un poco más con la primera regla, sólo vinieron a confirmar su intuición. Desde entonces, lo único que se atrevió a pedirle a su suerte fue que nadie más la compartiera, pero los inconcretos dioses a los que había vuelto a rezar ya no escucharon sus súplicas.

—¡Hija de mi vida! —un día se le olvidó comprar el pan, y Eladia se asustó al ver a su nieta con lo primero que había encontrado antes de bajar corriendo a la calle—. Pero si ese vestido ya no te lo puedes poner, si lo vas enseñando todo. ¡Qué barbaridad, estás hecha una mujer!

—Natural —Trinidad miró a la niña, sonrió—. ¿Qué quieres? Con doce años... A esta le voy a hacer yo la horma.

Fernanda estaba cortando el pan. Al escuchar a aquel hombre que destruía todo lo que tocaba, experimentó una extraña calma, una serenidad blanca, fría, que espesaba el aire mientras el tiempo se impregnaba de gravedad. Una lentitud que brotaba de sí misma obligaba a cada segundo a detenerse un instante antes de desaparecer para darle la oportunidad de verse desde fuera, una mujer adulta, tranquila, que levantaba el cuchillo y avanzaba un paso, luego otro, sin descomponerse, sin mostrar a nadie la blancura despiadada, deslumbrante, del fuego helado que ardía sin quemarla en su interior.

—Escúchame bien, Trinidad, porque no lo voy a repetir —blandió el cuchillo como una espada y percibió aquella voz neutra, serena, que también era blanca, que tampoco parecía suya—. Vuelve a decir eso y te mato. Aunque sea lo último que haga en esta vida. Aunque me lleven presa, aunque me den garrote, aunque me pudra en una cárcel, antes te mato. Que no se te olvide.

Aquel deslumbramiento cesó de golpe. Fernanda se extrañó de volver a ser ella, de tener el cuchillo en la mano, y cuando regresó a la tabla donde le esperaba la barra a medio cortar, la voz de Lali pulverizó el silencio de piedra que había sucedido a sus palabras.

—¿Pero qué es lo que ha dicho, tata?

Fernanda la miró, abrió la boca, volvió a cerrarla, y Eladia aprovechó su indecisión para dejar escapar una carcajada hueca, artificial, tras la que se dirigió a su nieta como si le hablara desde un parapeto.

—Nada, cariño, una broma —pero no se atrevió a mirarla a los ojos.

Después clavó los ojos en el mantel para dejar a su último hombre a solas con su amiga más antigua. Ella no se arrugó. Él tampoco.

—¡Mira esta! —aunque su sonrisa no logró disimular del todo su inquietud, porque él sabía mucho de amenazas y se había dado cuenta de que aquella iba en serio—. Para ser una marmota, tienes tú muchos humos, me parece. Que no se te olvide a ti que yo soy el señor de esta casa —Fernanda le respondió con una carcajada y él se volvió hacia su amante, le dio un golpe en el brazo para reclamar su atención—. ¿Es o no es, Eladia?

Ella volvió a sacar de alguna parte el esqueleto hueco de su risa y asintió con la cabeza.

—A ver —concedió—, si no hay otro...

—No —Trinidad volvió a sacudirla hasta que logró que se volviera hacia él—. Así no. ¿Es o no es? Porque si no pinto nada aquí, cojo la puerta y me voy.

—Es, Trinidad, es —y volvió a estudiar el mantel mientras su cara, pálida como la cera, alumbraba los colores de la vergüenza.

Nadie le explicó a Lali lo que había pasado, y aquella vez,

el diccionario, horma, molde con el que se fabrica o se forma algo, no la ayudó. Su abuela no necesitó consultarlo, pero se comportó como si el significado de aquella expresión representara un enigma igual de irresoluble para ella.

—Pero si no significa nada, mujer, es un simple comentario, una tontería, de mal gusto, eso sí, pero nada más —y mientras lo decía, siempre encontraba algo que hacer, un cajón que ordenar, una planta que regar, cualquier cosa para tener las manos ocupadas—. Deja de sacar las cosas de quicio.

—¿Pero cómo puedes decirme eso? —Fernanda iba a por ella, la cogía de los brazos, hablaba encima de su cara, pero ni así conseguía que la mirara—. Estás ciega, no ves nada, ese hombre te está volviendo loca.

—Sí, estoy loca por él, ¿qué quieres que te diga? —hasta que un arrebato de orgullo moribundo levantaba su cabeza, su barbilla, con una arrogancia más cruel consigo misma que con nadie más—. Y él por mí, él por mí, porque... Tú no sabes nada de los hombres, Fernanda, tú no te acuestas con él, no tienes ni idea... Y además, a quién se le ocurre que teniendo a una mujer como yo, Trinidad pueda fijarse en Lali, que no es nada, una chiquilla a medio hacer todavía, eso sólo puedes pensarlo tú, que le tienes ojeriza...

—Eres tonta, Eladia, escúchame bien. Estás ciega y te has vuelto imbécil, mema perdida, eso es lo que pasa.

—Oye, sin faltar.

—¿Sin faltar? —y se apretaba las manos entre sí por no estrellarle los puños en la cara—. Desde luego, no hay peor ciego que quien no quiere ver.

A partir de ahí, todo lo que pasó estaba cantado. Fernanda supuso que Trinidad cargaría contra ella, y acertó. Sospechó que Eladia no dudaría en sacrificarla al capricho de aquel hombre, y volvió a acertar. En el invierno de 1930, su vieja amiga debutó como patrona, y no dejó pasar una semana sin comentar que el dinero se le escurría entre los dedos, que Lali ya podía cuidar de sí misma, que bien mirado, no necesitaban criada. Fernanda se atrincheró en la cocina y pronto descubrió que no aguantaba sólo por la niña, sino también por su abuela.

Mientras replicaba que no tenía otro lugar adonde ir, que para ella aquel piso era un hogar y no un trabajo, que tenía ahorrado casi todo el dinero que le había pagado don Evaristo, brotó en su interior una compasión tierna, limpia, por la suerte de aquella vieja tonta y enamorada, aquella loca impúdica y sin suerte que se marchitaba a marchas forzadas, como una flor tardía, sin porvenir posible. Alguien tendrá que sostenerla cuando esto termine de mala manera, pensaba Fernanda, y cada día sentía más piedad por Eladia, cada día la encontraba más débil, más vulnerable, tan indefensa como las niñas a las que había acunado en sus brazos, o más. Pero en aquella casa estaban pasando muchas cosas, y una se le pasó por alto. Cuando descubrió que había estado tan ciega como Eladia, ya era tarde.

—¿Quieres que nos vayamos juntas, lucero?

Mira, hija, así no podemos seguir... Una tarde de otoño de 1930, Eladia le pidió a Trinidad que se llevara a Lali a dar una vuelta y puso las cartas boca arriba. Yo tengo muchas cosas que agradecerte, y te tengo cariño, ya lo sabes, pero ahora vivo con un hombre, aunque a ti no te guste, Trinidad es mi hombre y esto va de mal en peor, no puedo con tanta bronca... Fernanda la escuchó en silencio, fijándose en las arrugas paralelas, repetidas como los flecos de una alfombra, que marcaban su labio superior, en las que se desplegaban como las varillas de un abanico en la juntura de sus pechos torturados por el corsé. Es una vaca vieja camino del matadero, pensó, pobrecita mía, mientras la escuchaba sin hablar, sin gesticular, y no movió una ceja hasta que se le ocurrió aquella idea. Muy bien, Eladia, si quieres, yo me marcho, pero deja que me lleve a la niña. ¿A la niña...? Antes de que tuviera tiempo de recopilar razones para negarse, le ofreció motivos suficientes para aceptar. Sí, a la niña, porque cuando yo me vaya, quieras que no, tendrás que ocuparte de ella, y Lali estará siempre en medio, estorbándote. Si lo que quieres es vivir a tus anchas con Trinidad, déjame a la niña y yo te la traeré todas las semanas, vendré a buscarla cuando tú digas y las tres estaremos mejor, piénsalo, Eladia...

—Pero yo no puedo irme de aquí, tata.

La había tenido en brazos más tiempo que nadie. Le había enseñado a andar, a hablar, a comer sola. La había consolado cuando estaba triste, se había reído con ella cuando estaba alegre, la había acompañado cuando estaba sola. La conocía tan bien como a las líneas de sus manos, y aunque en los últimos tiempos cada vez la entendía menos, detectó al instante la sombra que proyectaba aquella respuesta.

—Claro que sí, tesoro —pudo medir su longitud, calibrar su espesor, anticipar un futuro espantoso—, claro que puedes. No hace falta que sea para siempre, ni que nos marchemos de Madrid, si no quieres. Podemos irnos una temporada, venir a comer todos los domingos, podemos...

—Yo no quiero que te vayas, tata, pero no puedo irme contigo —cuando ya no había remedio, Fernanda descubrió lo que no había sabido evitar y que no habría sido tan complicado—. Esta es mi casa, es mi familia.

Aquella palabra alumbró la oscuridad, la iluminó para hacerla más negra, más opaca, para deslumbrar a su vez los ojos huecos, inútiles, de una mujer que sólo entonces comprendió la monstruosa condición de su ceguera.

—No es tu padre, Lali.

—Eso no se sabe, tata.

—Sí, yo lo sé —y sus ojos ciegos se llenaron de lágrimas—, lo sé, maldita sea su estampa, ese cabrón no es tu padre, no es tu padre, Lali, no lo es...

La había tenido en brazos más tiempo que nadie. Volvió a cogerla en brazos aquella noche y la abrazó, la besó, la meció contra su cuerpo mientras se enfrentaba al problema más difícil que afrontaría en su vida, un dilema envenenado, con dos soluciones malas, ninguna buena. Habría podido ser valiente y fue cobarde. Habría podido ser sincera y no se atrevió. No mintió, pero tampoco le dijo la verdad, que todas las mujeres con las que había vivido desde que nació habían sido putas alguna vez, puta su abuela, puta su madre, puta ella también hasta sin vocación, sin condiciones. Podría haberle dicho que por eso sabía que Trinidad no era su padre, aunque hubiera sido él quien dejó preñada a Mili a los quince años, que eso daba igual porque los hijos de las putas nunca tenían padre. Podría haberle contado todo eso y que lo único que quería aquel maldito era prolongar la dinastía con carne fresca, pero no se atrevió y estuvo toda la noche en vela, abrazada a la niña, mirándola dormir, sintiéndose incapaz de escoger el menor entre dos males mientras se sentía culpable hasta de haber conspirado para mandarla al colegio. Aquella noche se preguntó si no habría sido mejor que Lali no hubiera tenido amigas, ni habilidad para consultar un diccionario, y se encontró rezando al único santo que había conocido en su vida, para que amparara a su niña, para que la protegiera, para que hiciera un milagro capaz de ponerla a salvo.

Dos semanas más tarde, no le quedó más remedio que marcharse sola. Eladia la acompañó a la puerta, asistió en silencio a su partida, cerró los ojos a sus últimas palabras.

—Como algún día me encuentre con Lali haciendo la calle, te mato a ti.

Desde entonces, y hasta que don Evaristo premió sus súplicas con un ángel de la guarda maricón, con los ojos pintados y sombrero cordobés, la vida de la niña volvió a estar sujeta a un orden riguroso, una disciplina tan firme como la que tuvo una vez. A los doce años, la segunda Eladia Torres Martínez aprendió lo que era el terror sin consultar ningún diccionario.

Todas las noches, cuando la pareja salía a dar una vuelta, iba a la cocina y cenaba algo frío, de pie, deprisa, antes de entregarse al laborioso protocolo de la fortificación. No tenía fuerza para empujar la cómoda con todo su contenido, así que sacaba los cajones, los ponía sobre la cama y arrastraba el esqueleto del mueble para atrancar la puerta con él. Luego volvía a colocarlos, uno, dos, tres, cuatro, y repetía la misma operación con las mesillas, apuntalando la cómoda con ellas para asegurarse de que Trinidad no podría desplazarla. Por último, y aunque él había intentado abrir la puerta varias veces sin lograrlo, tampoco cometía el error de dormir. Completamente vestida, se recostaba en la cama, aferraba con las dos manos el mango del cuchillo que Fernanda usaba para picar carne, y en la oscuridad, con los ojos abiertos, miraba pasar el tiempo hasta que oía el ruido de la puerta, el repiqueteo de los tacones de su abuela sobre las baldosas, el eco más pesado de los pasos de su amante y su voz, primero franca, sonora, acuéstate, Eladia, que ahora voy, después un susurro entrecortado, jadeante.

—¿Estás ahí, cachorrito? —Trinidad fruncía los labios al hablar, como si quisiera besar al aire, y al escucharle Lali aguantaba la respiración y se quedaba quieta, tan inmóvil que a veces le daba miedo que él pudiera oír desde el pasillo la frenética galopada de los latidos de su corazón—. ¿No quieres que tu papi entre a darte un beso de buenas noches? —luego se reía con una risa gruesa, grasienta, más temible que los insultos—. Qué mala eres conmigo, con lo que yo te quiero, y como se me ha hecho tarde, seguro que te has estado consolando tú solita, ¿no? Qué pena, estarás tan cansada... —hasta que la niña percibía en su voz, a través de la puerta, un tono distinto, denso y sucio—. ¡Uy! ¿A que no sabes lo que tengo en la mano? Es toda para ti, ya lo verás. Antes o después te pillaré, y te vas a enterar de lo que es bueno.

Al principio lloraba. Los primeros meses, cuando Trinidad se rendía, al escuchar el eco de sus pasos alejándose, se echaba a llorar y se metía un puño en la boca para que él no la oyera. Hasta que un día no lloró más, porque el terror se había infiltrado en su piel, había encontrado un hogar bajo sus uñas, entre los resquicios de sus dientes, y Lali ya no podía existir sin él, y el terror ya no podía vivir sin ella. Los dos formaban una sola cosa, un solo cuerpo, una sola mente, una naturaleza seca, insensible, con dos ojos que servían para acechar caminos por donde escapar, no para producir lágrimas. Después, Lali echó el llanto de menos, pero pasaron muchos años hasta que pudo volver a llorar.

—¿Qué te pasa, Eladia?

La conciencia de su cuerpo desnudo, la proximidad de otro cuerpo desnudo bajo las sábanas, la despertaba a veces en mitad de la noche. Aunque siempre dejaba una luz encendida para ahuyentar a los fantasmas de la oscuridad, antes de ver a Antonio reconocía su olor, el aroma reconfortante, delicioso y pacífico, que brotaba de la piel caliente de un hombre joven, dormido. Luego le miraba, le admiraba, seguía con los ojos las líneas del brazo que emergía del embozo, la forma perfecta del hombro, la fragilidad robusta de la nuca, y se conmovía tanto al ver todo aquello que olvidaba las noches en las que había deseado morir, y comprendía que no quería morir nunca, no mientras él estuviera en su cama, tan hermoso, tan deseable, tan bueno para ella que mientras deslizaba los brazos bajo los suyos, y se pegaba completamente a él, y le besaba en la espalda, sentía la inmortalidad como si fuera una cosa, como si pudiera tocarla, morderla, bebérsela. Entonces sucedía. El llanto retornó a sus ojos sin que ella lo buscara, en los pliegues más dulces de las mejores noches, y las lágrimas vencieron a la memoria del dolor sin desterrarlo nunca del todo.

—¿Qué tienes, amor mío? —Antonio se despertaba, se daba la vuelta en la cama, la miraba, la apretaba contra sí con los brazos, con las piernas, pegaba la cabeza a la suya, le acariciaba el pelo—. No me asustes.

—Que te quiero mucho —ella no quería llorar y lloraba, pero quería sonreír, y sonreía—. Te quiero tanto que a veces me da miedo.

—Yo también te quiero, cariño. Te quiero, te quiero, te quiero... —la besaba, y volvía a besarla, y la besaba más, y después, a veces hacía otra pregunta sin esperar respuesta—. ¿Qué pasó, Eladia, quién te hizo daño?

Nunca se lo contó. No quería recordarlo pero, sobre todo, no estaba segura de poder ofrecer un relato verosímil, una historia que alguien distinto de sí misma pudiera creer. No era fácil de explicar, porque Trinidad era un gran profesional, un hombre admirablemente dotado para su oficio. Tenía la paciencia de un cazador y la astucia de un superviviente, el despiadado instinto de los depredadores y el olfato de un perro de presa. Olía a una puta mucho antes de que a ella se le ocurriera que peor era pasar hambre y cuando le clavaba los dientes, no la soltaba jamás. Mientras tanto, era el amante que cada mujer quería que fuera, tierno o violento, amable o desdeñoso, apasionado o frío, porque dominaba todos los registros y nunca se dejaba atrapar en cepos sentimentales. Era un miserable, y lo sabía, pero eso no le impedía convivir en armonía consigo mismo. A los treinta y cinco años, cuando Mili se enteró de que su madre había heredado un piso y una buena renta, estaba orgulloso de no haber tenido que dar un palo al agua en su vida, pero también un poco preocupado. Para tener éxito en su trabajo era fundamental cuidarse, estar en forma, mantenerse atractivo y en condiciones de cumplir regularmente en varias camas distintas, pero a él le gustaba beber, bebía demasiado, y su cuerpo ya no era el de antes. De repente, patearse la calle todas las noches le daba tanta pereza como madrugar para presentarse en el tajo a las ocho en punto de la mañana, y la vieja era pan comido. Ni siquiera tuvo que masticar para tragárselo. Podría haberse conformado con eso, pero Lali era un botín demasiado tentador como para dejar que lo encontrara otro.

Esta niña va a tener un polvo mortal de necesidad, pronosticaba mientras la veía, tan fea, tan peluda, tan desproporcionada aún pero con esas piernas largas, esbeltas, y la carne apretada como la de un melocotón recién cogido. Su olfato, que nunca le había engañado, se empeñó en llevarle la contraria, pero su memoria registraba hazañas legendarias, suficientes para alentar sus esperanzas. Lali no podía oler a puta porque todavía estaba tierna como un polluelo, y sujeta a la nefasta influencia de Fernanda. Lo principal era quitarse a la marmota de encima, y cuando lo consiguió, se comportó durante algún tiempo como el más amoroso y seductor de los padres.

—¿Quieres que me quede un rato contigo? —todas las noches entraba a darle un beso, y de vez en cuando, se tumbaba a su lado—. Hazme sitio, anda.

Ella le quería. Eso era lo peor, lo que más le dolió, lo que no se podría perdonar después. Le quería porque tenía que querer a alguien, porque su madre ya no servía para eso, porque su abuela le daba vergüenza, porque Fernanda ya no estaba, porque nunca había tenido un padre, porque desde que Mili se marchó por primera vez, nadie se había preocupado tanto por ella, por hacerla feliz.

—A ver... ¡Uy, qué tetas tan bonitas te están creciendo, cachorrito!

Al principio era como un juego. Trinidad se tumbaba a su lado y le contaba historias fascinantes o divertidas de las cosas que había hecho, las ciudades donde había vivido, la gente que había conocido, deslizándose con cautela, poco a poco, hacia los terrenos que más le convenían. La niña tenía los ojos muy abiertos y comprendía la realidad que le habían ocultado durante años, pero prefirió pensar que su relación con Trinidad estaba al margen, porque tenía que querer a alguien. Él interpretó su necesidad, la encarnó con paciencia y generosidad, dosificó la temperatura, la intensidad de sus caricias y le enseñó a jugar a las cosquillas.

—Es la guerra —decía mientras se lanzaba sobre ella, moviendo los dedos en el aire—, a ver quién gana...

Hasta que una noche, cuando se rindió, Lali estaba tan arrebolada, tan desprevenida de su desnudez, el camisón arrebujado en la cintura, las bragas al aire, que se atrevió a avanzar un dedo, sólo un dedo que acarició sus ingles muy despacio, siguiendo el contorno de las gomas, y ella no se quejó, porque le resultaba agradable, pensó él, porque formaba parte del juego, pensó ella. Cuando ese dedo se metió debajo de la tela, cuando empezó a hurgar en la carne blanda y caliente que nunca había formado parte del territorio de las cosquillas, Lali se puso rígida, cerró las piernas, uso las dos manos para empujar el brazo de Trinidad hacia fuera.

—¿Qué haces?

—No seas tonta, espera un poco, ya verás...

—No, déjame, no me gusta, me haces daño, me estás haciendo daño...

—¡Qué va! —él sonrió, negó con la cabeza, apartó la mano enseguida—. No te estaba haciendo daño.

Lo peor era que ella le quería, que necesitaba querer a alguien y le había escogido a él, y por eso, aquella noche, cuando se quedó sola, quiso confundirse, echarse las culpas, censurarse a sí misma por haberse portado como una tonta. Era verdad que él no le había hecho daño. Su dedo había activado una alarma caliente y rojiza, la conciencia física de un peligro que no llegó a consumarse. La reacción de Trinidad, que en los días siguientes ni siquiera le habló y pasaba de largo por su cuarto cada noche, terminó de convencerla de que estaba equivocada y de que él tenía motivos para sentirse ofendido. Le pidió perdón, y él se lo concedió sin vacilar, te perdono, una pura fórmula, la cáscara vacía del fruto al que Lali aspiraba.

—¿Qué te pasa? —le preguntó unos días después, al comprobar que el perdón no había bastado para que él volviera a sonreír, a llevarla de paseo, a ir a verla por las noches.

—¿Pues qué me va a pasar? —la miró con el desamparo de un perro apaleado—. Que yo te quiero mucho, y me da mucha pena que no me quieras.

—¡Pero si yo te quiero! —a la niña se le llenaron los ojos de lágrimas—. Te quiero muchísimo —y se lanzó sobre él, y él la abrazó, y la besó en el pelo.

—¿De verdad? —Lali se lo confirmó moviendo la cabeza, los brazos cruzados aún alrededor de su cuello—. Pero piensas mal de mí, piensas que quiero hacerte daño, y no es eso. Si me quieres, tienes que confiar en mí, porque yo sólo quiero hacerte feliz. ¿Vas a dejar que te haga feliz?

Si Fernanda no la hubiera echado a perder, se consolaría Trinidad durante el resto de su vida, aquel chollo no se le habría escapado. Pero la niña había ido al colegio, había leído libros, había aprendido que hay cosas que los padres nunca hacen con sus hijas. El resto, esa fiereza que la revestía como una coraza, debía de haberla heredado del cabrón que la hubiera engendrado, que a saber quién habría sido. Él, desde luego, no.

—Como des un paso más, te lo hundo hasta el mango.

La primera vez que encontró un mueble contra la puerta, pudo desplazarlo con facilidad, pero al entrar en el dormitorio se encontró a Lali esperándole con un cuchillo más grande que ella entre las manos.

—No hay huevos —apostó, dando un paso en su dirección.

—¿Que no? —ella sonrió mientras avanzaba hacia él—. Atrévete a probar.

No se atrevió. Habría podido hacerlo, era muy fácil. El cuchillo era largo y afilado, pero ella sólo una niña de doce años.

Habría bastado con darle un sopapo para desarmarla, y sin embargo, al mirarla a los ojos, se quedó clavado en el suelo, porque tuvo miedo, lo que vio en sus ojos le dio miedo. Él tenía treinta y siete, llevaba casi veinte viviendo de las putas, no era la primera vez que le amenazaban, otras le habían arañado, le habían pinchado y no las había temido, pero aquella noche no dio un paso más.

—¡Abuela! —la niña empezó a chillar sin soltar el cuchillo, sin dejar de mirarle—. ¡Abuela, ven! ¡Corre, abuela!

—Pero ¿qué pasa..? —una voz somnolienta, perezosa, intentó zafarse desde el otro lado de la pared—. No puede dormir una...

—¡Que vengas de una vez, abuela!

Cuando escuchó el ruido del somier, Trinidad empezó a andar hacia atrás mientras intentaba llegar a un trato.

—Vamos a llevarnos bien, anda. Esconde ese cuchillo, y a otra cosa...

Ella no cedió, porque estaba segura de que su abuela vería, comprendería, la ampararía. Pero su abuela vio, comprendió, y renegó por igual de sus ojos y de su entendimiento.

—¡Ay, por Dios, pero qué chiquillos sois! Trinidad, parece mentira... ¿Tú te crees que estas son horas de jugar? Dame el cuchillo, Lali, y a la cama, todos a dormir, que es tardísimo, vamos...

Aquella noche la niña no pegó ojo, pero tampoco logró creer del todo en lo que había pasado. Su abuela siempre había sido una señora madura, discreta, con recursos para mantener su casa, que salía poco a la calle y no daba que hablar. Desde que Trinidad vivía con ellas, había cambiado, iba vestida de una manera ridícula y se pintaba más, pero la mujer que Lali recordaba no podía haberse disuelto así como así. Por eso, a la mañana siguiente, intentó hablar con ella como si aquel hombre no estuviera delante.

—Abuela, lo he estado pensando y quiero irme a vivir con la tata —Eladia cerró los ojos, los apretó muy fuerte, encogió los hombros como si el techo fuera a caérsele encima—. Ella me lo ofreció. Seguro que le parece bien.

—Ni hablar —Trinidad se levantó, se acercó a ellas.

—No estoy hablando contigo. Estoy hablando con mi abuela —pero Eladia no intervino, no respondió, no les miró, y Trinidad se acercó un poco más.

—Pues yo sí hablo contigo y te digo que ni lo sueñes. Tú no vas a moverte de esta casa —y una sonrisa esquinada se atravesó entre sus labios—. Tengo grandes planes para ti, y además, es ley de vida. ¿Quién nos va a mantener, si no, cuando seamos mayores?

Antes de contestar, Lali le sostuvo la mirada mientras un demonio que ya nunca la abandonaría le inspiraba las palabras que necesitaba.

—Tu puta —e hizo una pausa, como si quisiera regodearse en sus palabras— madre.

Trinidad le dio un golpe con el dorso de la mano y la tiró contra una esquina. Lali se chupó la sangre que le había brotado de la comisura de los labios y se marchó a la calle. Durante los tres años siguientes, el orden de su vida se intensificó hasta convertirse en una nueva rutina. Su abuela le daba dinero a escondidas, le decía a qué hora tenía que irse, a qué hora le convenía volver, y nunca mencionaba los motivos. Mientras se convertía en la belleza que había presentido Fernanda, en el polvo mortal de necesidad que había olido Trinidad, Lali dormía por las mañanas en una habitación fortificada, vagabundeaba por Madrid todas las tardes, y hacía guardia por las noches con un cuchillo entre las manos. Se acostumbró a que los hombres silbaran al verla, a que los coches frenaran en seco para dejarla pasar, a que los desconocidos la abordaran para ofrecerle lo que quisiera, como quisiera, cuando quisiera, pero no vaciló. Se había hecho amiga de los golfos más violentos de su barrio, les había enseñado que podía ser tan valiente como ellos y se sentía más segura en la calle que en casa. Su vida no le gustaba, pero era capaz de vivirla porque al cumplir trece años se había juramentado consigo misma y estaba dispuesta a respetar aquella promesa por encima de todo. Durante mucho tiempo, Eladia Torres Martínez estuvo segura de que nunca, jamás, volvería a querer a nadie.

Ya tenía veintisiete cuando se arrodilló en el suelo de un despacho del Ministerio del Ejército, en una mañana de abril tan luminosa que el sol entraba hasta el centro de la habitación mientras el teniente coronel Alfonso Garrido eyaculaba en su boca. Comercio, recordó, negociación que se hace comprando y vendiendo géneros y mercancías.

—Ya puedes levantarte —el militar volvió a su escritorio, abrió una carpeta, sacó un papel mecanografiado con una firma autógrafa al pie—. Siéntate, por favor. Vamos a ver qué pone aquí... — y empezó a leer—. Aval presentado por don Alfonso María Garrido Fernández, teniente coronel del Ejército de Tierra, condecorado con tal y tal medalla, destinado en tal y tal sitio, a favor de Antonio Perales García, condenado a muerte por el delito de rebelión militar en consejo de guerra celebrado en Madrid, el día tal de tal... Es esto lo que quieres, ¿no?

—Sí —todavía tenía la boca impregnada del sabor de su semen, pero no le tembló la voz—, eso es lo que quiero.

—Muy bien, pues... Vamos a negociar —y le dedicó una gran sonrisa—. Porque no voy a arriesgar mi prestigio por una triste mamada, como comprenderás.

Aquella mañana, Eladia Torres Martínez no fue consciente de que en las condiciones de aquel trato se cruzaban los dos hombres que habían marcado su destino. Aquella mañana incumplió su promesa más antigua, yo no, jamás, yo nunca, jamás, yo no, nunca jamás, porque antes había incumplido la más reciente, no volveré a querer a nadie nunca más, un propósito que quizás habría permanecido intacto si el hermano de Garrido no hubiera hecho una oferta tan generosa por su virginidad. Pero cuando salió del Ministerio del Ejército no pensó en eso, ni en el instante en el que toda su furia, la rabia acumulada durante años, cobró sentido.

—Vámonos ya, niña, que estoy hecho pedazos.

—Calla, Palmera, que no me dejas oír.

Él tuvo la culpa, por empeñarse en arrastrarla al palacio de su amigo después del último pase. Ella también estaba cansada, agotada de prohibirse a sí misma pensar en Antonio, harta de luchar contra su propio olfato, su propia piel y la memoria de aquel error gigantesco, la incomparable dulzura que sólo unas noches antes, cuando la probó por primera vez, le había parecido tan pequeña, un placentero accidente que sin embargo crecía en cada minuto para desbordar todo lo que creía, lo que sabía, lo que quería. Porque no quería volver a verle pero le veía en todas partes, su rostro pintado en los techos, en las paredes, en cada esquina del cielo azul que la saludaba por las mañanas, en cada matiz de la oscuridad que la despedía por las noches, en el interior de sus párpados cuando cerraba los ojos. Hasta allí dentro, como grabado a fuego veía su rostro, su cuerpo en el de todos los hombres con los que se cruzaba y en ninguno, porque no lograba compararle con otro. Tampoco quería volver a tocarle, pero le tocaba al tocarse, al peinarse, al ponerse las medias, como si los dedos de Antonio hubieran suplantado a sus dedos de antes, como si nunca más pudiera recuperar una sensibilidad genuina, ajena a la fantasmal tiranía de su amante de una noche, aquella catástrofe que la perseguía desde dentro de sí misma como un enemigo imposible de combatir. Por eso estaba tan cansada, porque después de hacerlo entre sus brazos, no había vuelto a dormir bien, porque apenas comía y estaba pálida, marchita, poseída al mismo tiempo por una fuerza oscura, una energía desconocida, tan absorbente que apenas logró ofrecer resistencia cuando la Palmera la vio salir del camerino y se la quedó mirando como si no la conociera.

—Vente conmigo a casa del marqués, anda, y así te distraes.

Hoyos le había invitado a una reunión y él no había entendido bien de qué clase de reunión se trataba. Al llegar, le extrañó no ver coches aparcados, ni escuchar música a través de las ventanas, pero aún le sorprendió más que la puerta estuviera cerrada. Llamó al timbre y no acudió el portero, sino Narciso, uno de los nuevos protegidos de su amigo, un chico muy guapo al que ni siquiera se llevaba a la cama. Él les guió por una escalinata poco iluminada, sin los candelabros que chisporroteaban en las grandes fiestas. Aquella noche, todas las luces ardían en la biblioteca, pero él las contempló sin inmutarse.

Eladia, en cambio, se empapó de aquella luminosidad nueva, deslumbrante, hasta que sus ojos la reflejaron como dos espejos frente a las llamas.

—Ha pasado el tiempo de las componendas —Hoyos, alto y magnífico, estaba de pie, hablando con una voz grave, potente, impregnada de la fe que le había convertido en otro hombre—, y no podemos ceder ni un milímetro a la ofensiva de la reacción. Este mundo viejo e injusto, caduco, ha de perecer, sucumbiendo al empuje de la razón del pueblo. La revolución es nuestro deber y nuestro horizonte, porque sólo después de arrasar hasta la raíz esta realidad odiosa, sobre la tierra quemada brotará la esperanza de una vida mejor.

—¡Joder! —cuando estallaron los aplausos, la Palmera movió la cabeza con un gesto de desaliento—. Menudo coñazo, si lo llego a saber...

—Que te calles, Palmera.

Después del marqués, tomaron la palabra otros hombres y algunas mujeres que hablaron peor que él, pero siempre de lo mismo, revolución, revolución, revolución, destruir, arrancar, remover la tierra para sembrar un mundo mejor. Eladia, asombrada primero, conmovida después, se entregó a la emoción de aquellas voces puras, ingenuas en su insobornable pureza, hasta que sintió que su cuerpo se convertía en una caja de resonancia, un fragmento de una máquina tan vasta como la Humanidad, un engranaje destinado a albergar, a acrecentar y extender las palabras que estaba escuchando. La Palmera se asustó al mirarla, al verla tan viva otra vez, repentinamente recobrada de la herida de aquel amor que se negaba a admitir por razones que él no comprendía, como no comprendía casi nada de lo que hacía aquella chica a la que ya quería como si nunca hubiera tenido más hermanos.

—No sé por qué pones esa cara de Juana de Arco, hija mía, porque, total, todos dicen lo mismo y tampoco hay quien entienda...

—¿Que no? —Eladia se volvió a mirarle como si la hubiera ofendido—. Yo sí les entiendo, Palmera. Les entiendo de sobra.

A tomar por culo el mundo, eso fue lo que entendió tan bien aquella noche. A tomar por culo las putas, los que explotan a las putas, las dueñas de los burdeles y sus clientes, todo y todos ellos, mi madre, mi abuela y Trinidad, los hombres como él, las mujeres como ellas, a tomar por el culo de una vez y para siempre. Si se hubiera levantado a decirlo en voz alta, la habrían aplaudido tanto como a los demás. No lo hizo, pero tampoco ocultó su emoción, y asintió, y aplaudió, y gritó, hasta que se levantó de la silla convertida en una mujer distinta de la que había llegado hasta allí. A partir de entonces, pocas cosas asombrarían a la Palmera tanto como su vehemencia.

—Verás, Eladia, es que yo creo que el anarquismo no te va a sentar bien, porque... A tomar por culo todo, pues muy bien, yo estoy de acuerdo, pero ¿por qué no te haces de los del requesón? Los comunistas son más ordenados, más disciplinados, a ti te convendría más...

—No quiero nada con el requesón, Palmera.

—Eso ya lo sé —el hombre que la conocía mejor que nadie sonreía—. Con el requesón lo quieres todo, hasta casarte y tener hijos, mira lo que te digo.

—¿Ah, sí? Pues si yo quisiera...

—Eso es lo que no entiendo, que no quieras.

Él no podía entenderlo, ni siquiera ella lo entendía muy bien, pero todas las niñas del mundo que escondían cada noche un cuchillo debajo de su almohada tenían que ver con Antonio, con un futuro en el que ningún hombre, ninguna mujer pudiera explotar a sus semejantes, un mundo distinto donde el amor no fuera ya una debilidad, el arma más poderosa de los explotadores. Eso sentía Eladia, y que ella no podía amar porque odiaba demasiado, porque antes de entregarse a aquel hombre tenía que resolver sus cuentas con el odio, echarlo fuera, desprenderse del peso que le encogía el corazón y le impedía confiar en nadie, aquel estigma que la obligaba a sospechar de cualquiera, que la impulsaría a recelar también de él, de sus sentimientos, de sus intenciones, para arruinarlo todo aunque ninguno de los dos lo mereciera. Eso esperaba ella de la revolución, que barriera de la faz de la tierra su infancia y a todos sus habitantes, que allanara los montes, que colmara las hondonadas, que creara un planeta plano, un tablero igual para todos los jugadores, el escenario donde no existirían más las putas ni sus hijos, donde todos los niños tendrían padre y todas las niñas podrían dormir a oscuras con la puerta abierta, donde una mujer como ella podría abrazar cada noche a un hombre como Antonio Perales sin ver al mirarle a un chulo en potencia. Sólo allí, sólo entonces, podría ir hacia él y decirle la verdad, que le quería, que al cumplir trece años se había jurado a sí misma no volver a querer a nadie nunca más y había fallado, que él la había hecho fracasar y que su amor había crecido más y más mientras lo negaba, mientras intentaba arrancárselo sin lograr otra cosa que despedazarse por dentro, destrozarse poco a poco sin pausa y sin piedad, sin alcanzar tampoco a rozarlo con los dedos, tan profundo estaba, tan hundido en el centro de sí misma. Hasta ese momento, ella no podría vivir con Antonio sin contarle la verdad, sin torturarse pensando que él ya la conocía. Hoyos tenía razón, había pasado el tiempo de las componendas. Mientras tanto, estaba mejor sola.

Eladia lo esperaba todo de la revolución, pero lo que llegó fue la guerra, una guerra larga y cruel con su incesante cosecha de cadáveres, chicos como Antonio, de su barrio, de su edad, volviendo a casa muertos, día tras día. La soledad dejó de ser entonces una compañía agradable, su amor, una debilidad que no podía permitirse, y la revolución, la prioridad. Que no lo maten, eso era lo único que importaba ya, que no lo maten, lo único que era capaz de pensar, que no lo maten... Antonio no murió, pero ella tampoco encontró la manera de reconstruir todo lo que había roto, una estrategia para liberarle, para liberarse a sí misma de aquel trato que se había convertido en una jaula sin puertas, de barrotes tan apretados que nunca la dejarían escurrirse entre ellos. Y le acechaba en secreto, vigilaba su casa, preguntaba por él, le veía volver del frente, su ceño cada vez más grave, su cuerpo más delgado, su expresión un poco más trágica en cada permiso, y era incapaz de hablarle, de tocarle, de pedirle perdón. No sabía cómo hacerlo, no lo supo hasta que una noche de invierno de 1938, el azar fue piadoso con ella, y fue cruel.

Cuando lo descubrió al otro lado de la puerta de aquella taberna, percibió su desprecio y se sintió despreciable. Ya no esperaba la revolución, ni siquiera la victoria, pero comprendió a tiempo que ninguna derrota sería peor que aquella. Antonio estaba en la calle, sucio, quebrantado, herido, con el frío de todas las noches que había dormido al raso pintado en la cara, y la miraba. Eladia se vio a través de sus ojos, con su uniforme de miliciana de opereta, un vino en la mano y un hombre sonriente a cada lado, le vio negar con la cabeza, marcharse despacio, y supo que ya no bastaría con conjurar su muerte a todas horas. Vivir con su desprecio no merecía la pena. Por eso, aquella noche no durmió y a la mañana siguiente fue a buscarle. No sabes nada de mí, le dijo entonces. Se lo contaría casi todo un año después, cuando otro golpe de Estado, aquí me tienes, Eladia, haz conmigo lo que quieras, le dio la oportunidad de ser feliz como nunca, bailando en el filo de un cuchillo afilado.

—Mi madre y mi abuela eran putas, por eso las tres nos apellidamos igual —estaban en la cama, él la abrazaba, y sus brazos no se aflojaron, su sonrisa no cedió, sus ojos no se ensombrecieron—. Ahora ya lo sabes.

—Te quiero, Eladia.

Esa fue la primera vez que Antonio le dijo que la quería, y ella percibió un crujido imposible, el silbido metálico de una coraza que se resquebrajaba, una grieta en un muro, la sonrosada blandura de algo nuevo y tierno filtrándose por debajo para asomar a la luz. En los treinta y dos días que duró aquella fiebre, una epidemia de inmortalidad tan sólida que podía tocarse, comerse y beberse como si fuera una cosa, Eladia se resignó al amor, la maldición que había convertido a su abuela en un títere desvencijado, y descubrió que estaba equivocada. Su amor no la hizo más débil, sino mucho más fuerte, más valiente y poderosa, más entera, capaz de soportar cualquier desgracia. Cuando detuvieron a Antonio, le había dicho muchas veces que le quería, y había probado el efecto mágico de aquella bendición sobre su espíritu. Cuando hizo por él, por su vida, lo que nunca jamás iba a hacer en la suya, salió del Ministerio del Ejército pisando con fuerza, con la espalda tiesa y la cabeza muy alta. Al salir a la calle, le compró a una pipera un caramelo de menta y paró un taxi. Aquella mañana, entró sonriendo en el locutorio de Yeserías.

—¡Qué contenta estás hoy, Eladia! Me gusta mucho verte así.

—Te quiero mucho, Antonio —y ni siquiera aquel día fue más verdad que otras veces—. No sabes cuánto te quiero.

Antonio Perales García tampoco llegó a saber nunca cómo había conseguido que le conmutaran una sentencia de muerte por treinta años de reclusión. Que le concedieran la redención de pena antes de que hubiera tenido tiempo para pedirla, no fue mérito de Eladia, sino de su nuevo dueño, que prefirió mandarle cuanto antes lo más lejos posible de Madrid.

—Pero... —la primera vez que recibió aquella orden, no la entendió—. ¿Por qué quieres que me vista de miliciana?

Garrido se las arregló para mirarla desde muy arriba, con un aire displicente, cargado de superioridad, aunque estaba sentado en una butaca y ella de pie, en la mano la botella de la que acababa de servirle una copa.

—¡Ah! —y hasta se tomó la molestia de sonreír—. ¿Y desde cuándo tengo que darte yo explicaciones sobre lo que quiero y lo que dejo de querer?

—No, no —Eladia se apresuró a humillar la voz, y la barbilla—, si no es eso. Es sólo que... Me extraña.

—Pues... —Garrido se relajó—. La naturaleza humana es tan inescrutable como los caminos del Señor. A muchos hombres les excita la lencería negra y digamos que yo soy más original —cuando la vio alejarse, añadió algo más—. Y, hablando de lencería, nada de ropa interior, ¿eh? Vamos a hacerlo bien.

Cuando abrió el paquete, le temblaban las manos, porque ya sabía lo que iba a encontrar. En las tiendas no se vendían disfraces de miliciana, así que Garrido había conseguido ropa usada, auténtica, unos pantalones, una camisa, unas botas, un cinturón que alguna vez había llevado una mujer de verdad, de su misma talla. Mientras se la ponía, Eladia pensó en aquella extraña compañera sin nombre y sin memoria que seguramente habría muerto de hambre, de tuberculosis o contra la tapia de un cementerio, sin sospechar el extraño vínculo que las uniría al otro lado del tiempo y la derrota. En cada visita del militar, antes de ponérsela, acariciaba esa ropa y sentía una extraña ternura, la tentación de imaginarla, de adjudicarle una cara, un acento, una forma de andar. Y al salir del dormitorio, vestida, armada y entera, lo hacía también por ella, para poder recordarla en la hora de su venganza.

Aprendió a dosificar la sumisión y la rebeldía en la exacta proporción que a él le permitía follársela como si en cada polvo volviera a ganar la guerra entre sus piernas. Descubrió sus gustos muy deprisa, y cómo darle cuerda para acortársela después, al ritmo que más le convenía, pero eso no fue lo único que él le enseñó. Mientras duraba su juego, el teniente coronel podía llegar a ser brutal, pero antes y después era un hombre educado, mucho más amable que Trinidad, y a veces, después de recobrarse de la furia con la que la insultaba, con la que la zarandeaba y la tiraba al suelo, se la quedaba mirando con un vestigio de aquella devoción casi virginal que ella había contemplado tantas veces desde el escenario del tablao. Eladia sospechaba que Garrido sentía por ella algo más que el mecanismo que activaba sus erecciones, una pasión confusa, imperdonable, en la que la limpieza de un enamoramiento juvenil coexistía con una excitación sucia y culpable, la sangre hirviendo a borbotones entre sus sienes mientras ella le apuntaba con una pistola descargada y le decía, te voy a matar, fascista hijo de puta, antes de comprobar que no tenía balas y arrastrarse por el suelo para besarle los pies, para rogar por su vida. En la segunda mitad de los años cuarenta, Madrid estaba lleno de mujeres guapas, jóvenes, antiguas anarquistas, socialistas, comunistas que habrían estado dispuestas a hacer ese papel a cambio de sobrevivir, o ni siquiera eso, sólo por comer caliente todos los días, pero a Garrido no le satisfacía ninguna otra. Garrido la quería a ella, la quería por completo, en propiedad y para siempre. Eladia lo sabía, y a veces, no conseguía ocultarlo.

—¿Por qué me miras así?

—¿Yo? —y se apresuraba a bajar la cabeza—. Te miro como siempre.

—No seas insolente conmigo, Eladia. Ten cuidado, o te vas a arrepentir.

Pero él no podía mancharla. Podía pegarle, podía insultarla, podía atarla, obligarla a andar a gatas o eyacular encima de su cara, y ella seguiría emergiendo igual de limpia, igual de íntegra, de todos los frutos podridos de su imaginación. El amor de Eladia era mayor que la perversión de Garrido, aquella adicción que le esclavizaba como una necesidad, las cadenas que no podía romper sin ser desdichado y que tampoco le hacían feliz, porque vivía su relación con ella como un secreto infame, un peligro, una amenaza. El día en que alguien se entere de lo que hacemos aquí tú y yo, tu novio va al paredón, ¿está claro? Al escucharle, ella veía en sus ojos una luz casi suplicante, que la persuadía de que la única felicidad a la que él podía aspirar estaba fuera de su alcance. Ella jamás se sometería por su propia voluntad, nunca se ofrecería como un regalo. Garrido podía jugar a poseerla, podía imponerle el ritual de la posesión, pero ella jamás le pertenecería, y los dos lo sabían igual de bien. Por eso, a veces se le escapaban aquellas miradas que traicionaban lo que estaba pensando, menuda vida de mierda te has buscado, pobre imbécil... Y si Antonio no hubiera pasado por la suya, si no le hubiera enseñado lo que eran la paz, la alegría, el placer, tal vez habría llegado a apiadarse de él. Pero todo en ella, lo que hacía, lo que pensaba, lo que sentía, era obra del amor de Antonio, y por eso acabó odiándole con todas sus fuerzas.

A medida que pasaba el tiempo, cada vez le costaba más trabajo complacerle. La conquista de la técnica la dejó a solas con una realidad en la que aquel hombre disponía de ella como si fuera un objeto, y la pericia con la que logró no parecer otra cosa, lejos de ayudarla a soportarlo, la hizo más consciente del papel que representaba. Eladia descubrió entonces, como Fernanda una vez, que pese a la tradición familiar ella no valía para ese oficio, y el teniente coronel, que no era tonto, tampoco tardó mucho en darse cuenta. Sus exigencias evolucionaron al mismo ritmo que la conciencia de su presa, y llegó un momento en el que ya no le bastó con poseer el cuerpo de Eladia. Aspiraba a poseer también su espíritu y ella lo adivinó a tiempo, pero nunca se descompuso. Aprendió a reflejar la pasión de su amante, a mirarle como él la miraba, a fingir, más que placer, una turbulencia oscura y poderosa, destinada a sugerir que él había despertado en ella una pasión perversa, una ansiedad secreta que residía en regiones de sí misma que nunca había visitado antes de conocerle. Cuando él se ponía el abrigo para marcharse, se quedaba sentada en el suelo, las manos abandonadas sobre el regazo, mirándole como a un dios mientras calculaba qué iba a hacerse para cenar, pero no olvidaba extender un brazo en su dirección con un gesto patético, como si pretendiera rozarle con la punta de los dedos antes de perderle. No se movía hasta que dejaba de oír el eco de sus pasos por la escalera. Luego se levantaba de un salto, abría los grifos de la bañera, encendía el fogón y se sentía ridícula, pero nada peor. No se arrepintió, no pensó en huir, nunca perdió el norte porque sabía lo que estaba haciendo y por qué, para qué lo hacía. Eladia Torres Martínez tenía un plan, y estaba dispuesta a llevarlo a cabo a cualquier precio.

—Jacinta, tengo que hablar contigo —cuando llegó el momento, no le tembló la voz—. Después del último pase, en el vestuario.

A principios de 1947, ya había reunido una cantidad más que suficiente. En eso tampoco se parecía al resto de las chicas del tablao. Antes de la guerra, ya era la que más ganaba y la que más ahorraba, no porque le gustara tener dinero, sino porque no se le ocurría en qué gastarlo. No era caprichosa ni presumida, no le gustaban las joyas y la miraban demasiado por la calle como para que la preocupara salir con unos zapatos y un bolso de distintos colores. Lo único que le gustaba era Antonio y mientras pudo, se gastó el sueldo en él, con una sola excepción.

En marzo de 1944, pidió un anticipo para darle a Manolita las ochocientas pesetas que costaba un Libro de Familia falso. Era mucho dinero, pero no le pesó desprenderse de él. Creyó que no lo echaría de menos, porque Antonio, el preso mejor alimentado de Yeserías, seguía esperando un juicio cuya demora parecía conectada con el curso de la guerra mundial. Tres años más tarde, aunque todos sus cálculos hubieran fallado, el éxito que Manolita había obtenido con aquel préstamo le garantizó que aún se podría comprar cualquier cosa con dinero, en la trastienda de los comercios y en la del Estado. Con esa convicción se reunió con Jacinta, y fue derecha al grano.

—Quiero que Antonio se fugue del campamento ese en el que está.

—¿Ah, sí? ¿Y a mí qué me cuentas?

—Todo. Te lo cuento todo porque quiero que me ayudes a organizarlo.

Jacinta volvió a mirarla, negó con la cabeza, le pegó un empujón a los trajes que dividían la habitación en dos y se dedicó a recorrerla de punta a punta, como si la inutilidad de aquel paseo la compensara por los gritos que no podía dirigir a la mujer que le sonreía desde el centro de la habitación.

—Sí, hombre, tú no sabes lo que dices, esto era lo que me faltaba por oír, pues sí que están las cosas...

—Venga ya, Jacinta —Eladia la dejó cansarse, y sólo intervino cuando sospechó que se estaba aburriendo de andar—. Lo hacéis todas las semanas.

—¿Que lo hacemos...? —se sentó en una butaca, encendió un cigarrillo y se lo fumó casi entero antes de reunir la calma suficiente para terminar las frases que empezaba—. No, hija, eso no es así. Todas las semanas se fugan presos de los destacamentos, es verdad. Todas las semanas y hasta todos los días, porque no hay guardias suficientes para vigilarlos a todos, así que con pillar a uno distraído y echar a andar... Pero fugarse es una cosa, y llegar a alguna parte otra muy distinta —hizo una pausa para mirar a Eladia, y al comprobar que seguía sonriendo, atacó con más fuerza—. Todos los días detienen a presos que se han fugado el día anterior, ¿y sabes lo que pasa? Que los vuelven a juzgar y les echan otro montón de años encima, así que...

—Porque no lo hacen bien. Porque no tienen documentación, ni dinero, ni medios de transporte, ni ropa adecuada, ni un lugar donde esconderse.

—Efectivamente —Jacinta aprobó con la cabeza—. Porque hacerlo bien es casi imposible.

—No. Hacerlo bien es muy caro, pero yo tengo dinero —y durante un instante los ojos de Eladia brillaron más de la cuenta—. Llevo años ahorrando para sobornar a funcionarios, para comprar billetes de tren, para alquilar un piso, para pagar a un guía. Todo se compra y se vende, ya sabes...

—Menos el cariño verdadero —completó la cantaora con un suspiro.

—Ahí lo tienes.

—¡Ay, Eladia, Eladia! Podrías haberlo pensado antes. Tantos años tratándole como a un perro para esto... —se levantó, fue hacia ella, le dio un abrazo—. Voy a ver qué se puede hacer. Pero no me metas prisa, ¿eh? Hacerlo bien cuesta dinero pero, sobre todo, tiempo. Mucho tiempo.

Eladia le prometió que sabría esperar, pero no llegó a cumplir del todo su palabra. La perspectiva de volver a ver a Antonio, de regresar al cuerpo que sabría borrar el tacto, y el olor, y el sabor de Garrido de su piel, de su memoria, endureció todavía más las condiciones de su trato. Las visitas del teniente coronel ya no eran tan regulares como al principio, y a temporadas llegaban a escasear, pero de vez en cuando, por motivos a los que ella no podía anticiparse, su pasión reverdecía y se hacía más exigente, más áspera, más compleja. Si le dejaba adivinar que algo era distinto, no podría saber qué, pero sí quién estaba inspirando aquel cambio. Por eso, se obligó a reaccionar como una amante celosa, y le preguntaba si había encontrado a otra que le gustara más que ella, para que la cara de Garrido resplandeciera de satisfacción en cada retorno. Así, aparte de proteger su plan, logró sentirse cada vez peor.

—¡Eladia! —Jacinta resoplaba cada vez que la abordaba en el pasillo.

—Ya, ya lo sé... Pero no puedo más, te juro que no puedo más.

La cantaora le daba ánimos e información con cuentagotas. Él ya lo sabe, están pensando cómo se puede hacer, todavía no han tanteado a ningún funcionario... Y pasó el invierno, y llegó la primavera, más tarde el calor. Cuando empezó a refrescar por las noches, Jacinta fue a buscarla.

—A ver, ¿dónde está ese dineral que tenías ahorrado?

Tras una larga negociación, había llegado a un acuerdo con su partido. Con el dinero de Eladia escaparían cuatro presos, pero Antonio tendría un plan de fuga exclusivo. Viajaría a Madrid en tren con un documento falso, pasaría la noche en un piso franco, y al atardecer del día siguiente se montaría en un expreso con destino a Jaén. Allí tomaría un autobús hasta Martos y alguien le recogería y le llevaría al monte, a un campamento guerrillero.

—Pero... —la sonrisa de Eladia se congeló al escuchar este epílogo—. A donde yo quiero que vaya es a Francia, no a Jaén.

—Ya lo sé —Jacinta siguió sonriendo, sin embargo—. Pero si va derecho a los Pirineos mientras su foto esté en todas las comisarías, lo más fácil es que le cojan antes de pasar. Eso también ocurre todas las semanas. Como la frontera está cerrada, tienen que ir monte a través, y como no conocen el terreno, antes de contactar con el guía acaban metiendo la pata, preguntando a alguien, bajando a un pueblo... Es más seguro esconderlo en el interior una temporada, hasta que se olviden de él, y que lo intente cuando mejoren las condiciones. Ahora que, si tú no quieres...

—No, no. Yo lo que quiero es lo mejor para él.

Eso fue lo único que quiso hasta la víspera de la fuga de Antonio, pero sólo porque no se le ocurrió que al día siguiente pudiera querer algo más.

—Enhorabuena —Jacinta le dio dos besos cuando se encontraron en el pasillo de los camerinos.

—Gracias, compañera —ella la abrazó y le susurró una pregunta al oído—. ¿Dónde está?

La cantaora negó con la cabeza y se escabulló sin responder, pero Eladia se vistió a toda prisa para irse a aporrear la puerta de su camerino como si estuviera ardiendo el edificio entero.

—¿Pero tú te has vuelto loca o qué?

—No puedes hacerme esto —Eladia empujó la puerta como si quisiera derribarla y la dueña del camerino no tuvo más remedio que abrirla.

—Claro que puedo —luego volvió a cerrarla, echó el pestillo, cruzó los brazos y le dirigió una mirada severa—. Puedo, y debo. Tú quieres que esto salga bien, ¿no? Pues lo mejor es que no sepas dónde está.

—No, eso no puede ser, porque yo... Tú siempre has querido saber cómo le salvé la vida a Antonio, ¿verdad? Pues siéntate, que te lo voy a contar...

Cuando Eladia concluyó su relato, Jacinta decidió olvidar lo que sabía. Media hora después, Carmelilla de Jerez salió al escenario con una bata de cola de color verde botella con lunares negros, grandes y, alrededor de los ojos, un cerco rojizo que el maquillaje no había logrado tapar del todo. Las huellas del llanto no la perjudicaron, porque aquella noche volvió a bailar como si saliera de la tierra. Después, hizo exactamente lo mismo, de la misma forma y en el mismo orden, que cualquier otra noche.

—Hasta mañana, Palmera —Paco seguía acompañándola, aunque viviera sola y a dos pasos del tablao. Ni siquiera a él le contó que aquella noche iba a dormir con Antonio.

Subió las escaleras con el corazón en la boca, pero el exhaustivo control sobre sí misma que había adquirido en los últimos tiempos, le permitió llegar hasta arriba sin ningún rasgo visible de agitación. Sacó un fajo de billetes de uno de los cajones de su cómoda, lo metió en una bolsa que tenía preparada, y volvió a bajar con la misma impasible serenidad. Antes de salir, se escondió en el portal y entreabrió la puerta para mirar a la derecha, después a la izquierda. Eran las cuatro menos cuarto de la mañana, y no vio a nadie. Sin embargo, el sereno seguía apostado en la esquina del pasaje Matheu desde donde la veía entrar en su casa todas las noches.

José Sansegundo López se lo debía todo al Orejas, el camarada que le había encargado que vigilara a Eladia después de ofrecerle un trabajo tan valioso como un seguro de vida. Los dos se habían conocido en el salón de Santa Isabel 19, y por eso, Sansegundo no se extrañó de verle en el velatorio de su suegro. Vamos a hacernos un favor el uno al otro, Pepe, por los viejos tiempos... Se lo llevó aparte y le preguntó si le interesaba ocupar el puesto que el difunto había dejado vacante. ¿Por qué pones esa cara? En Sol, cerca de aquí, y sin cansarte... ¿No te conviene? Claro que sí, Roberto, admitió, me conviene mucho, pero con mis antecedentes... ¿Tus antecedentes?, el Orejas sonrió. ¿Tú qué te crees, que soy tonto? Tenemos un contacto en la Brigada de Investigación Social. No es de los nuestros, pero le gusta el dinero y sabe cobrar sin hacer preguntas. Ya le he hablado de ti y tu expediente no está en ningún archivo, puedes estar seguro...

En octubre de 1947, Sansegundo llevaba más de cuatro años trabajando como sereno en la abigarrada retícula de callejuelas donde estaba incrustada la calle de la Victoria. Vigilar a Eladia no era su único cometido. El Orejas le había encargado que le tuviera al corriente de los pasos de otros enemigos del Partido, pero ninguno de aquellos traidores potenciales trasnochaba tanto como la bailaora. Desde que la seguía, jamás había vuelto a salir. Aquella noche lo hizo, y tan pronto que no le dio tiempo a acabarse el pitillo que encendió al verla entrar.

Veinte minutos después, volvía a pasear su chuzo y su manojo de llaves por su circuito habitual, satisfecho de comprobar que nadie le había echado de menos. Eladia no estaba lejos. Sin bajarse del taxi, la había visto salir de otro y abrir con llave un portal en la calle Fernando VI. No se encendió ninguna luz en los pisos altos pero tampoco averiguó nada más y volvió a su rutina murmurando que había hijos de puta con suerte. Estaba tan seguro de que Eladia había ido hasta allí a follar con uno de ellos, que estuvo a punto de irse derecho a casa, pero era un buen militante. Así que se acercó a la tienda de los Garbanzos, escribió una nota y la metió por debajo de la puerta.

Aquella mañana, el Orejas llegó a su despacho más tarde de lo habitual. La noche anterior se había entretenido con un detenido y Paquita no quiso despertarle para darle el papel que había traído Chata. Cuando lo leyó, eran más de las once y media, pero no perdió el tiempo. Seguía sabiéndolo todo de aquel recluso, hasta el número que tenía asignado en un destacamento que construía carreteras en la provincia de Soria. En el Ministerio de Justicia le confirmaron que, en efecto, Antonio Perales García faltaba de su puesto desde el recuento de la mañana anterior. Colgó el teléfono sólo para volver a descolgarlo, ya sabe que no me gusta molestarle, mi teniente coronel, pero tenemos novedades y no son agradables...

A las doce y media de la mañana del viernes 10 de octubre de 1947, Alfonso Garrido tocó el timbre del bajo derecho de un edificio situado en la esquina de Fernando VI con Campoamor, y conoció a una anciana que vivía con siete gatos. En el bajo izquierda, Eladia masticaba la inmortalidad mientras los dedos de Antonio recorrían su espalda lentamente. Los dos habían aprendido a la vez que las resurrecciones eran más felices que los nacimientos y estaban igual de asombrados por la intensidad que concentraba y expandía cada segundo para convertirlo en una razón para vivir, para morir después de haber vivido. El último fue idéntico a todos los que se habían repetido desde que volvieron a estar juntos, el mejor que habían probado jamás. Después, sonó el timbre de la puerta.

—Vístete —Eladia reaccionó primero.

—Pero —su amante todavía posó en su cuello el último de una larga cadena de besos— ¿qué...?

—Vístete, Antonio, corre.

Cuando terminó de decirlo, ya se había levantado. Como si una voz instalada en su cabeza le explicara exactamente lo que tenía que hacer, abrió su bolsa, sacó una bata, se la puso y atravesó el pasillo descalza, para no hacer ruido. No necesitó abrir completamente la mirilla para reconocer una nariz, una boca, el cuello de un uniforme, y volvió corriendo al dormitorio.

—Tienes que irte, Antonio, ahora mismo, corre, tienes que irte...

El timbre sonaba sin interrupción, y Eladia volvió a salir al pasillo, carraspeó, improvisó una voz serena y somnolienta mientras pensaba a una velocidad que la habría admirado si hubiera sido capaz de prestar atención a su pensamiento.

—¡Ya va! Menudo escándalo... ¿Quién es?

Y pensó que Garrido iba armado, que si no le abría, tiraría la puerta abajo, que si encontraba el cerrojo echado, dispararía contra la cerradura, que en ese caso entraría con la pistola en la mano y que eso no le convenía.

—Abre la puerta, Eladia.

—¡Alfonso! —descorrió el cerrojo y empezó a entretenerle—. ¿Pero qué haces tú aquí?

—Abre la puerta o la tiro ahora mismo.

—Dos minutos. Espera dos minutos, que me dé tiempo a vestirme...

—¡Eladia!

Volvió corriendo al dormitorio, vio cómo la miraba Antonio mientras se ponía la americana y sonrió como una tonta antes de regañarse a sí misma por perder el tiempo en sonrisas. Después cogió el dinero, se lo puso en la mano y le echó de la habitación.

—Vete —le iba diciendo mientras le empujaba por el pasillo—, vete ahora mismo, corre, vete y no te preocupes por mí, ya nos veremos...

—No —él se volvía a mirarla a cada paso, y ella sentía que esas miradas se clavaban en su pecho como puñales—, vístete y vete...

—¡Que no!

Aquella vivienda tenía dos puertas. Una daba al portal del edificio, la otra a un patio trasero con el que comunicaban tres locales comerciales. Uno de ellos era el motivo de que el PCE hubiera alquilado aquel bajo dos años antes. El dueño de aquella cestería a la que los clientes entraban desde la calle Campoamor era camarada y muy mayor. Él mismo fabricaba los objetos que vendía y no tenía dependientes. Por eso, sus vecinos no se extrañaban de que cerrara la tienda de vez en cuando, para ofrecer una salida segura a cualquier clandestino en apuros. Antonio lo sabía. El chico que le había llevado hasta allí, le había dado instrucciones y dos llaves, una para abrir la puerta que comunicaba la cestería con el patio, la otra para salir del local por Campoamor si la policía montaba guardia en Fernando VI. Eso mismo le había contado Jacinta a Eladia, y ella no vaciló ni un instante.

—Vete, Antonio —abrió la puerta que daba al patio—. Yo no estoy presa, no me he fugado, pero no pueden encontrarme contigo. Hazme caso, por lo que más quieras. Lo mejor para los dos es que te vayas.

Al otro lado del pasillo, el hombro del teniente coronel Garrido cargó contra la puerta principal, y ambos lo oyeron.

—Te quiero, Eladia —la emoción esmaltó sus ojos, y ella se sintió afortunada pese a todo—. Te quiero, te quiero, te quiero...

—Y yo te quiero a ti —rozó su cuello con los labios mientras le empujaba hacia el patio—. Te quiero más que a mi vida.

—No me digas eso, por favor —Antonio se sacó una pistola del bolsillo y se la dio mientras Garrido cargaba por segunda vez—. No me digas eso.

—Vete, Antonio.

Cogió la pistola con la mano derecha, cerró la puerta con la izquierda y volvió al dormitorio. Desde allí, oyó cómo cedía la cerradura de la entrada principal, y algo más.

—Tú quédate aquí —el teniente coronel se dirigió a alguien mientras avanzaba por el pasillo—. Prefiero entrar solo.

Eladia comprendió en ese momento el significado de lo que acababa de decir, y en qué consistía querer a alguien más que a su propia vida.

—Cierra la puerta.

Garrido entró con la mano derecha sobre la culata de su arma, pero ella ya le estaba apuntando.

—He dicho que cierres la puerta.

El teniente coronel la miró un momento, el preciso para que ella calculara que Antonio habría podido entrar en la cestería, que quizás había tenido tiempo incluso para echar la llave desde dentro.

—No te tengo miedo, Eladia.

Ella estudió sus ojos un momento y sonrió.

—¿No? Pues deberías, porque esta pistola no es de juguete, ¿sabes?

Era una Luger, un modelo semejante al que ella había visto durante la guerra, así que apostó a que se cargaría de la misma manera y acertó. La primera bala produjo un chasquido al entrar en la recámara y las cejas de Garrido se fruncieron, aunque después se esforzó en sonreír.

—Ya lo veo, y por eso deberías soltarla antes de hacerte daño.

—Yo no voy a hacerme daño —Eladia dejó escapar una risita, mientras calculaba que Antonio estaría saliendo ya a la calle Campoamor—. Lo que voy a hacer es matarte, fascista hijo de puta.

Los dos sonrieron a la vez al escuchar aquella frase, y él la complació con el comentario que ella había buscado al pronunciarla.

—No tengo ganas de jugar ahora, Eladia... —se paró a pensar, dio un taconazo en el suelo, la miró con un gesto de impotencia—. Por el amor de Dios, esto es ridículo. Te estás buscando una ruina sin necesidad.

—¿Sin necesidad? —ella sonrió, y a Antonio ya no le faltaría mucho para doblar la esquina, para llegar a Génova, para salvarse—. No entiendes nada, Garrido. No puedes entenderlo, porque a ti nadie te ha querido nunca como quiero yo a ese hombre. Siempre he pensado que no eres más que un pobre imbécil, ¿sabes?, tantos años creyéndote el amo, mientras te conformabas con las migas de un pastel que sólo se ha comido otro —aquel comentario le enfureció tanto que dio un paso hacia ella, pero Eladia alargó el brazo para detenerle con la pistola por delante—. No des un paso más, porque no quiero disparar antes de tiempo. Necesito explicarte por qué vas a morir. Sé la clase de cabrón que eres, y no voy a arriesgarme a que me arranques la piel a tiras, a que me rompas todos los huesos para sacarme una confesión. Para mí, eso sería peor que morir. Así que prefiero matarte, y matarme después.

En ese momento, Alfonso Garrido comprendió que Eladia hablaba en serio. En ese momento, y Antonio estaría ya bajando hacia Colón, sus ojos reflejaron la misma luz que paralizó a Trinidad cuando era una niña de doce años. La situación del teniente coronel era distinta. Él no ganaba nada quedándose quieto, y por eso desprendió el corchete que cerraba la tira de su cartuchera, cogió su pistola y afianzó sus dedos en ella, pero no pudo sacarla de su funda. Antes de intentarlo, había recibido un tiro en la garganta, otro en el cuello, otro en la clavícula. Eladia avanzó hacia él mientras disparaba a quemarropa, para no errar el tiro, pero le había matado con la primera bala.

Antonio no oyó el sonido de ninguna. Cuando Garrido se desplomó en el suelo, estaba comprando el *Abc* en un quiosco de la calle Almagro. A despecho de los cálculos de Eladia, al salir a Génova había cruzado la plaza de Alonso Martínez sin ninguna razón especial, excepto que su tren no saldría de Atocha hasta las ocho en punto, y lo único que le sobraba era tiempo. Habían pasado más de ocho años desde la última vez que paseó por su ciudad, y ya que no podía pasar con Eladia las horas que tenía por delante, se propuso aprovechar la oportunidad, pero no la disfrutó. Fue hasta el Retiro por el camino más largo y no dejó de pensar en ella ni un instante.

A las seis y media de la tarde, le dolían tanto los pies que se sentó en un banco de la calle Alfonso XII para hacer tiempo. Allí, tan cerca, volvió a verla subiendo la cuesta de Santa Isabel, pisando como si las baldosas de la acera se disolvieran de placer bajo sus pies, y se arrepintió de haberle abierto la puerta, de haberla metido en su cama y, sobre todo, de haberle dado la pistola. Intentó tranquilizarse recordando de qué clase de mujer estaba enamorado. Eladia era muy rápida, muy lista, y tan guapa que cualquier hombre se lo pensaría dos veces antes de disparar contra ella. Si había podido usar su pistola para huir, la habría limpiado antes de tirarla a una papelera, y de lo contrario, no la habrían pillado con ella encima. Por si acaso, había dejado encajadas en el marco, pero abiertas, las dos puertas de

594

la cestería. Eso también había sido una temeridad, aunque estaba dispuesto a afrontar las consecuencias. Estaba dispuesto a dar, a hacer, a asumir cualquier cosa por Eladia. Por eso se había asustado tanto al escuchar que ella le quería más que a su vida.

A las ocho menos veinte, se caló el sombrero, entró en el vestíbulo de la estación y se dirigió a la consigna. Abrió una caja, sacó una maleta y dejó en su lugar dos pares de llaves, las del piso y las de la cestería, y una nota para que alguien fuera a cerrar las puertas de la tienda. Después subió al tren en un vagón de primera clase y le advirtió al revisor que no tenía ganas de cenar. Estaba muy preocupado y seguro de que no pegaría ojo, pero llevaba dos noches seguidas durmiendo a ratos, y mientras el traqueteo del tren empezaba a mecerle, cerró los ojos. A las cinco y media de la mañana, cuando el revisor le despertó, ya había llegado a Linares-Baeza. El único contratiempo del viaje fue el frío que pasó hasta que llegó el tren de Jaén y después, hasta que a las nueve y media cogió la camioneta que le dejaría en Martos. Allí, todo se torció.

—Antonio Perales, ¿verdad? —un teniente de la Guardia Civil fue derecho a por él—. Bienvenido a esta provincia.

Y un instante después, mientras los demás pasajeros le esquivaban como si estuviera apestado, le puso las esposas murmurando una advertencia en un tono apenas audible.

—Esto no es lo que parece —dijo, o al menos, eso fue lo que Antonio creyó oír.

No se fió de sus oídos, porque tenía demasiado miedo. Han detenido a Eladia, se dijo, la habrán molido a golpes hasta hacerla hablar, y es todo culpa mía, culpa mía... Se lo habría preguntado al teniente, pero él ya estaba hablando con un hombre que parecía esperarle a su pesar, a juzgar por cómo le miraba desde la cochambrosa furgoneta en la que estaba apoyado.

—Aquí ya hemos terminado, Cuelloduro —le habló en un tono cortés, seco a la vez—. Nos llevas a Fuensanta, ¿verdad?

—A ver... —miró a Antonio y movió la cabeza con tristeza—, ¿puedo negarme?

—Ya sabes que no.

—Pues entonces no sé para qué pregunta tanto —abrió la puerta de la furgoneta y la sostuvo para que entraran—. Pasen.

—No —el tono del guardia se endureció—. Abre atrás.

—¿Atrás? —hizo una pausa para volcar sobre su interlocutor una mirada airada—. No, teniente, atrás viajan las cosas y este hombre es una persona.

—Este hijo de puta es un enemigo del Estado y viaja atrás porque lo digo yo, y no me toques los cojones, Cuelloduro, que sabes que no te conviene.

El dueño del vehículo respondió a aquella advertencia con una efímera mirada de desafío y abrió la puerta trasera para hacer un hueco entre sacos y cajas de botellas antes de colocar en él una manta doblada dos veces. Antonio se acomodó sobre ella, y desde allí volvió a escuchar al militar.

—Déjanos en el cruce del molino viejo, que van a venir a buscarlo desde la comandancia de Alcalá la Real.

Pero cuando bajaron de la furgoneta y la vieron perderse en el horizonte, el teniente le pidió que echara a andar monte arriba y empezó a subir tras él. Antonio obedeció porque no podía resistirse, aunque estaba seguro de que no iba a llegar al final de la trocha.

—Me vas a pegar un tiro, ¿verdad?

—Que no, coño, que ya te he dicho que esto no es lo que parece —su voz había cambiado tanto que parecía otra—. Pero nadie puede darse cuenta, así que tira para arriba, con cara de miedo y calladito.

Antes de que coronaran la cuesta, una extraña pareja empezó a bajarla hacia ellos. Antonio reconoció a Pepe el Olivares y sonrió, pero al guardia civil no le hizo ninguna gracia la estatura de su acompañante.

—Hay que joderse con el puto niño... —y se adelantó para tapar con su cuerpo el de su prisionero—. Métete las manos en las mangas como si tuvieras mucho frío, que no vea las esposas.

Avanzó unos pasos, se giró para comprobar que Antonio le había hecho caso, y volvió a cambiar de voz.

—¡Nino! ¿Ya has hecho rabona otra vez? Anda, que tienes a tu madre contenta...

El niño se asustó, abrió mucho la boca, más los ojos, y bajó corriendo un trecho antes de contestar.

—Pero que no he hecho rabona, Sanchís, si no hay clase hasta el lunes que viene...

—Pues algo habrás hecho, porque acabo de encontrármela y te iba llamando por la calle a grito pelado. Yo que tú me iba a casa ahora mismo, porque la que te va a caer, va a ser pequeña.

—¡Ay! —el niño le miró, miró a Pepe, y Antonio le calculó unos nueve años, una devoción por su acompañante sólo comparable al pánico que le inspiraba la autoridad materna—. ¡Ea, pues me voy! —y cuando ya había empezado a correr, se dio la vuelta—. ¡Mañana vengo y vamos a por cangrejos!

—Claro, Nino, aquí te espero.

Levantó un brazo en el aire para decirle adiós y se volvió para mirar al guardia civil con una sonrisa cómplice.

—¡Joder, Miguel, lo tienes frito! Pobrecito mío, me lo vas a matar a disgustos...

—La culpa es tuya, Portugués, que pareces su niñera, no me jodas, todo el día pegado a tus pantalones. Cuando menos te lo esperes, el disgusto nos lo va a dar él a nosotros.

—¿Nino? Qué va, hombre, si es mi amigo... —y por fin se volvió hacia Antonio—. Y hablando de amigos, quítale las esposas a este, anda, que tengo ganas de darle un abrazo.

—Hasta que el jodido crío se pierda de vista, no —en ese momento, Nino se volvió para saludar con la mano desde la última curva del camino—. ¿Lo ves?

Sólo después Antonio pudo abrazar a Pepe, y el teniente sonreír mientras los miraba.

—¿Cuándo os vais a ir para arriba?

—Esta misma noche.

El oficial asintió antes de despedirse de su prisionero.

—Salud, camarada —fue lo que le dijo—. Que tengas suerte.

Diez días más tarde, cuando Antonio ya había conocido a Elías el Regalito y estaba más o menos aclimatado a la vida en el monte, Pepe subió a verle y no quiso contarle la verdad.

—No detuvieron a nadie —porque El Guapo, como habían empezado a llamarle los de arriba, no ganaba nada con saberla—. Tu novia debió de escapar.

En cierto sentido, era verdad.

Cuando comprobó que había matado a Garrido, Eladia sonrió. Mientras se dirigía a una miliciana desconocida, esto ha ido también por ti, compañera, sintió que su cuerpo se aflojaba, como si se ablandara por dentro. Aquella sensación la devolvió a la cocina de San Mateo, una sopa de fideos, el delantal de Fernanda, su propia risa a los seis, a los siete, a los ocho años. Eladia Torres Martínez acababa de matar a un hombre y, con él, a la rabia que la poseía desde que aquella niña creció. Al liberarse de aquel peso se sintió asombrosamente liviana, pero esa bendición no le impidió recordar que Garrido no había llegado solo. Tampoco había cerrado la puerta. Su cadáver estaba atravesado en el centro de la habitación, su cabeza a unos centímetros de la hoja entreabierta. Fuera quien fuera la persona que estaba al otro lado, no había acudido a auxiliarle, y eso significaba que aún tenía una oportunidad.

Dispuesta a aprovecharla, cargó la pistola, la dejó al alcance de su mano y empezó a recoger su ropa para meterla en la bolsa. Sus movimientos eran tranquilos, precisos, sus ideas tan claras y ordenadas que cuando encontró las bragas ni siquiera se las puso, tampoco los zapatos. Los dejó en el suelo, a un lado, para salir descalza por la puerta trasera. Ya me los pondré en la calle, se dijo mientras cogía el vestido para darle la vuelta. Sólo le faltaba eso, cubrir su desnudez y huir, cuando alguien más entró en la habitación.

Roberto el Orejas no era un hombre valiente. Al oír los tiros, se había acercado al dormitorio lo justo para ver el cadáver de Garrido y retroceder a toda prisa. Se escondió tras la esquina del pasillo para asistir a la huida de Antonio sin ser visto, pero al ver que nadie salía de aquella habitación, se fue acercando a la puerta muy despacio y se asomó para ver a Eladia como jamás se había atrevido a imaginar que llegaría a verla algún día.

Su belleza le paralizó. Sus pechos, sus caderas, sus piernas desnudas le deslumbraron de tal modo que ni siquiera se acordó de disparar mientras la miraba. En ese plazo, Eladia le descubrió y su serenidad se esfumó tan misteriosamente como había nacido. Tiró el vestido al suelo, cogió la pistola, apuntó y erró el tiro. El policía, en cambio, acertó a la primera.

Eladia Torres Martínez, carne de cañón, odió a dos hombres con todas sus fuerzas, pero dio la vida por el único al que amó. Cuando se acuclilló a su lado para acariciar su piel mullida, lujosa, Roberto el Orejas celebró que su cuerpo aún estuviera caliente.

Cuando Lourdes vino a buscarme, no me encontró.

—Estoy aquí —levanté en el aire las tijeras de podar—. No tardo nada.

—¡Manolita! —avanzó hacia mí con la cabeza inclinada, atisbándome entre las macetas—. ¿Pero qué haces?

—Cortar unos esquejes, ¿ves? —señalé hacia una cesta de mimbre que estaba casi llena mientras plantaba el último con cuidado en un cucurucho de papel lleno de tierra—. Voy a llevármelos de recuerdo. ¿Quieres alguno?

Se lo pensó un rato antes de rechazar mi ofrecimiento. Mientras tanto me levanté, me quité el delantal, lo coloqué junto con las tijeras dentro de la cesta y seguí a mi amiga sin volver la cabeza. Pero al borde del primer peldaño, me volví para mirar por última vez mi casa. Ya no podía llamarla de otra manera, aunque seis años antes Silverio hubiera escogido otra palabra.

—Tienes que conseguir un Libro de Familia, eso lo primero —al escucharlo sonreí, como si después de haber logrado que me aceptara, cualquier requisito representara un contratiempo más liviano que la ruina de mis medias—. Supongo que podrás pedirlo con el certificado del cura de Porlier, aunque igual tienes que untar a algún funcionario... Necesitarás una partida de nacimiento tuya y otra mía. Eso es más fácil, pero entre unas cosas y otras, tenerlo todo te llevará dos o tres meses. Tampoco importa mucho, porque no me darán permiso para traerte hasta que haya construido una chabola donde puedas vivir. Hemos hecho muchas, entre varios, pero eso también lleva su tiempo porque hay que agenciarse los materiales, convencer a los encargados para que nos den lo que sobra, negociar con los contratistas para que nos vendan baratos los excedentes y birlar lo que se pueda. La mano de obra no es problema. Yo he ayudado a muchos compañeros y ellos me ayudarán a mí, eso aquí es sagrado, pero sólo podemos trabajar en nuestro tiempo libre y casi no tenemos. Oficialmente, el campamento no existe. En Redención de Penas hacen la vista gorda, pero los permisos dependen de la empresa, porque la concesión abarca el terreno donde viven las familias, y a ellos sólo les interesa ganar dinero. El negocio que hacen con nosotros es demasiado bueno como para arriesgarse a perderlo. Si echaran a las mujeres, habría protestas, motines, nos devolverían a la cárcel y se les acabaría el chollo, así que, por ese lado, no hay peligro. El jefe de mi destacamento es un buen hombre, aunque conviene que se acostumbre a verte por aquí. Lo mejor es que vengas a misa los domingos, que te vean comulgar, eso es muy importante, y que me abraces en la explanada antes de irte como si se te estuviera partiendo el corazón... —hizo una pausa, me miró, sonrió, y no encontré nada ingenioso que decir—. No has traído comida, ¿verdad?

Aquel inesperado colofón me pilló con la boca abierta. Nunca había escuchado hablar a Silverio durante tanto tiempo seguido, y la duración de su discurso me afectó más que su fluidez. Aquel día no llegué a detectar sus titubeos, la velocidad a la que cambiaba de rumbo para sortear los obstáculos, las pausas apenas perceptibles que le daban la oportunidad de buscar un sinónimo cada vez que presentía que iba a trabarse en la primera sílaba de una palabra. Había aprendido a dominar aquella técnica como si su lengua fuera una máquina averiada que se pudiera arreglar con una goma y dos horquillas, una proeza que me conmovería muchas veces antes de que el tiempo la hiciera imperceptible para mis oídos, pero aquel día ni siquiera me di cuenta. Estaba demasiado preocupada por la sensación de que era la primera vez que hablaba con él.

Hasta aquel momento, estaba segura de que conocía bien a Silverio. Le había visto tantas veces que ni siquiera habría sabido contarlas, primero en mi casa, en mi barrio, luego en la cárcel, lunes tras lunes. Allí, con dos alambradas y un pasillo de por medio, habíamos hablado de todo, mi vida, la suya, la muerte, cosas insignificantes como sus indigestiones y mis problemas en el trabajo, graves como las ausencias que habían ido dejando huecos que nunca se rellenarían por más que sobraran presos para aplastarse contra la verja. Pero en Cuelgamuros, al aire libre, mientras era consciente de que me bastaría con alargar los brazos para rodear su cuello, con inclinar mi cabeza para besarle, me sentía mucho más lejos de él que en el locutorio de Porlier. Era como si todo lo que habíamos vivido juntos no contara, como si los muros de la cárcel hubieran encerrado en un gigantesco paréntesis una realidad aparte, una irrealidad ajena a la frescura del aire del Guadarrama en una fría y soleada mañana de marzo, como tantas que habían existido antes de aquella, como tantas que existirían después, con o sin nosotros. Aquella pradera, el cielo azul, la colosal estatura de los pinos, no nos necesitaban para existir, para construir un tiempo y un lugar auténticos, indiferentes a nuestra voluntad, a mi ánimo o sus preocupaciones, una categoría en la que Porlier nunca había llegado a encajar. Allí, ¿cómo estás?, bien, ¿y tú?, bien, me alegro de verte, más me alegro yo, gracias por el paquete, de nada, ¿estaban buenas las magdalenas?, estaban riquísimas, hablar era fácil, y la dificultad que parecía envolver cada palabra, un puro espejismo. Dos años antes, yo había estado dispuesta a entregarme a Silverio sin condiciones, había hecho cuanto estaba a mi alcance para acostarme con él durante una hora en el suelo de un cuarto asqueroso, infestado de cucarachas, había perdido la vergüenza, la dignidad, lo poco que tenía, en aquel empeño y no lo había logrado, pero tampoco dudaba de que habría llegado hasta el final, de que habría apurado hasta el último instante el fruto de mi esfuerzo, el deseo de un hombre al que en realidad ni siquiera conocía.

Si en aquel momento no le hubiera mirado, esa certeza me habría aplastado. Si él no hubiera percibido mi extrañeza, si no la hubiera malinterpretado, si no hubiera vuelto a coger mi cara entre sus manos para levantarla hacia la suya, seguramente nuestra historia no habría pasado de ahí. Pero lo hizo, y así pude ver sus ojos castaños, limpísimos, una mirada amable, risueña como una promesa de armonía, solemne como una alianza.

—Pero no te pongas así, por favor, que no pasa nada...

A nuestro alrededor, otros presos comían con las mujeres que habían venido conmigo en el autobús. No los veía, pero oía un rumor inconfundible, el chasquido de los broches de las tarteras, el eco de los cubiertos y los platos de metal que chocaban entre sí, el ruido sordo de los sacacorchos que liberaban los cuellos de las botellas, y sabía que Silverio hablaba de la comida, que me estaba absolviendo por haber llegado con las manos vacías, y al mirarle, me daba cuenta de que seguía siendo más bien feo, de que tenía la nariz muy grande, la cara demasiado larga, y eso no me sorprendía porque nunca me había gustado, pero no podía apartar mis ojos de los suyos porque nadie me había mirado como me miró él aquella mañana, desde fuera y a la vez dentro de mí. En cualquier realidad ajena al locutorio de una cárcel, Silverio y yo no nos conocíamos, y sin embargo, en aquel momento me reconoció como si los dos fuéramos la misma cosa. Eso leí yo en sus ojos, que se volvieron misteriosamente claros, casi líquidos, sin renunciar a su verdadero color, y aquel misterio evocó otro, una escena vergonzosa, Martina y yo pegándonos en plena calle, el desdén con el que me miró una mujer que no quiso pagar por mi turno. Él lo sabe, pensé, en la cárcel se sabía todo, y aquel pensamiento, en lugar de avergonzarme, me tranquilizó. Él tenía que saberlo, pero eso no le impedía mirarme con aquellos ojos transparentes, acuáticos, como recién nacidos. Por eso dominé el impulso de salir corriendo y me quedé a su lado, pero no aproveché la oportunidad de hacer las cosas bien.

—Ya —dije solamente—, es que yo no...

No me he atrevido. Esa era la verdad y lo que debería haber confesado, que no quería que pensara que lo daba todo por hecho, que después de dos años sin verle, aparecer con una cesta para que comiéramos juntos sobre una manta me parecía demasiado descarado, que por eso sólo llevaba en el bolso un bocadillo de queso que me había hecho en el último momento para no hacerme ilusiones y tener algo que llevarme a la boca si no le encontraba, si le encontraba con otra, si me decía que no. Eso era lo que debería haberle explicado, pero no fui capaz, porque no estábamos en el locutorio de Porlier y ningún obstáculo nos separaba.

—No he traído comida —respondí por fin—. Lo siento.

—No importa —él me sonrió, se levantó, desenrolló con delicadeza el chaquetón con el que me había abrigado los pies y me ofreció una mano para ayudarme a bajar de la roca—. A mí me han invitado a comer unos amigos. Seguro que se alegran de verte y además, así verás el sitio donde vas a vivir.

No me puse los zapatos para no acabar de estropearlos. Al posar los pies en el suelo, el frío de la hierba me sobresaltó y dejé escapar un grito pequeño, casi infantil, que le hizo sonreír.

—¿Quieres que te...?

En ese pronombre le llegó el turno de la vergüenza. La sensación de irrealidad que me había asaltado antes que a él, se desplomó de golpe sobre su cabeza como si hasta entonces no se hubiera dado cuenta de lo que yo le había pedido, de lo que él acababa de concederme, una casa para vivir juntos, para aparentar al menos que vivíamos juntos. Yo lo percibí con tanta claridad como si lo estuviera viendo, y presentí que en aquella confusión tan parecida a la mía, todo estaba a punto de extinguirse, su sonrisa, la serenidad que había demostrado desde que me vio en la explanada y hasta la fluidez con la que había hablado hasta aquel momento.

—N-no, na-ada.

¿Quieres que te coja en brazos? Había empezado a estirarlos hacia mí cuando comprendió que entre nosotros ninguna acción inocente lo parecería del todo. Mientras los retiraba a toda prisa para meterse las manos en los bolsillos, me puse colorada y comprobé que él estaba más colorado que yo.

Nadie había contado con eso. Mientras María Pilar se volvía loca, mientras las mujeres de la cola de Yeserías jaleaban su locura, mientras arreglaban entre todas mi vida, la de Isabel, lo único que importaban eran las normas, los plazos, los reglamentos, Silverio y yo no. Nadie había pensado en él excepto para calcular si me diría que no, si me diría que sí, si se habría echado una novia, si le gustaría más que yo, si no le gustaría tanto. Nadie había pensado en mí, ni siquiera yo. Aquel disparate me había vuelto loca a mí también, deteniendo el tiempo en un beso muy largo, muy corto, cinco minutos que se estiraron de pronto como un puente infinito, capaz de salvar cualquier distancia. A mí no había vuelto a pasarme nada bueno, pero aunque él se encontrara en la misma situación, para los dos había pasado el tiempo y no iba a ser fácil. Silverio y yo habíamos ido demasiado lejos sin haber llegado nunca a estar demasiado cerca, y mientras las plantas desnudas de mis pies hollaban el frío de la hierba, un frío distinto, nacido del impecable razonamiento con el que Andrea zanjó la discusión que ella misma había provocado, se apoderó de mi estómago. ¿Y por qué va a decirte que no, mujer? Aunque te casaras con él sólo para ponerle en contacto con tu hermano, ¿qué más le da? Si luego no quiere nada contigo, con no ir a verte cuando vivas allí, arreglado...

—Ponte los zapatos —Silverio sólo volvió a hablar cuando llegamos a la carretera.

—Es que me los voy a cargar.

—No, ahora tenemos que andar un buen trecho por el asfalto —extendió un brazo para señalar la cuesta por la que habíamos subido antes y me apoyé en él para ponerme un zapato, después el otro—. Luego, cuando haya que trepar, te los quitas otra vez.

En la cola de Yeserías no había querido entrar en detalles, pero cuando salimos del locutorio, María Pilar no me dejó en paz hasta que le hablé de las multicopistas, y aquella historia pasada, una operación clandestina tan inocente, tan chapucera que recordarla en voz alta me dio hasta vergüenza, precipitó el retorno a sus viejos cuarteles en un país donde, de nuevo, sabía moverse como pez en el agua.

—Y esos Arroyo, tus jefes... No serán los que vivían en Serrano, que casaron a una hija con el pequeño del conde del Asalto, ¿verdad?

Cuando fui a buscarla a la estación, la encontré tan frágil, tan desorientada e indefensa como en el penal de Segovia. Allí había sufrido mucho, y la libertad, poder abrazar a los mellizos, volver a andar por la calle, respirar el aire de Madrid, dulcificó su gesto, la inmutable sonrisa con la que lo dio todo por bueno. Antes de entrar en casa, leyó el aviso de derribo clavado en el portal pero no dijo nada. Al llegar arriba, se puso tan contenta de volver a ver sus muebles, que los acarició con dedos temblorosos de emoción, y hasta me dio un beso por haberlos salvado.

—Lo demás... —añadió, mirándose en la pobreza en la que vivíamos—. Bueno, una casa es, y bien limpia que la tienes, desde luego.

Aquella conformidad no duró más que un par de días. El tercero empezó a preguntarse en voz alta quién le habría dicho a ella que algún día iba a vivir en un piso sin puertas, sin baldosas, sin lámparas, con ese aspecto de carromato de gitanos que, perdona que te lo diga, hija mía, era todo lo que yo había conseguido en los años en que había faltado de casa. A partir de aquel momento, no volvió a pronunciar la palabra cárcel ni siquiera para hablar conmigo, que la había visto entre rejas tantas veces. Prefería decir que había estado fuera, ausente, lejos de Madrid. Nunca llegué a saber cuál de esas expresiones escogió cuando fue a hablar con doña María Luisa sin tomarse la molestia de avisarme. A través de sus viejos contactos había descubierto que, en efecto, la nuera más joven del conde del Asalto era su cuñada, y la señora condesa, que en los buenos tiempos de la monarquía había sido amiga íntima de la familia para la que trabajaba como cocinera, había tenido la bondad, así lo dijo ella, de hacerle una carta de recomendación.

—Anda que... —fue Aurelia, mi jefa, la que me informó de su visita—. ¡Qué tontas somos las mujeres! Fíjate tu madre, tan buena, tan trabajadora, y que se metiera en líos por el sinvergüenza de tu padre... Pobrecita, doña María Luisa ha dicho que no se merece lo que le ha pasado, desde luego.

Que ella no había tenido la culpa de nada, eso contó. Que estaba loca por su marido, que estaba ciega, que no veía más que por sus ojos, que él la obligó, que fue él, con sus contactos en la Guardia de Asalto, quien montó aquella red de desvalijadores de pisos, que le daba hasta el último céntimo que sacaba porque la tenía amenazada, porque sabía que andaba con unas y con otras, porque le dijo que la abandonaría si no colaboraba, y ella le quería tanto que se le cortaba la respiración sólo de pensarlo, porque estaba loca por él, porque estaba ciega, porque las mujeres somos tan tontas, tan tontas... La condesa del Asalto era además tan chismosa que para ensalzar a la señora de Arroyo, una santa, le había contado que su marido le había puesto un piso a una modista monísima en la calle Arenal. Por eso, cuando consiguió prender en los ojos de doña María Luisa una chispa de comprensión, a medio camino entre la caridad cristiana y la solidaridad de las infidelidades compartidas, María Pilar sacó del monedero una foto de mi padre y se la enseñó.

—¡Qué barbaridad, hija! Pues sí que era guapo... —y levantó la vista para posarla en su compañera de fatigas—. Da hasta miedo mirarlo.

Esa complicidad resultó decisiva para que mi patrona la colocara en el guardarropa de un restaurante que estaba a punto de abrir en la calle Alcalá, un trabajo cómodo, mucho mejor pagado que el mío, al que se incorporó el primer día de marzo, una semana antes que los clientes. Después, su carácter, aquella simpatía servil que la había hecho tan popular en las cocinas de los grandes de España, incrementaría sus ingresos en la misma proporción que los claveles que, a la hora de las propinas, sabría colocar en solapas masculinas y femeninas sin equivocar nunca los apellidos y aún menos los tratamientos, excelencia, mi general, señora embajadora, señor magistrado... Así, el cuarto interior derecha del número 7 de la calle de las Aguas iría asemejándose poco a poco a aquel piso de la de Santa Isabel que ella nunca dejó de llamar su casa. El lugar donde vivía no lo era, pero tampoco lo abandonó, porque después de informarse sobre los precios de los alquileres, decretó que era una insensatez renunciar por el momento a un acuerdo tan ventajoso como el que había arreglado yo con don Federico.

—No podré recibir visitas, claro, pero en un par de años, como mucho, habré ahorrado lo suficiente para marcharme de aquí, y de eso se trata.

Aquella decisión puso el punto final al retorno de María Pilar. En veinte días no había conseguido solamente un buen trabajo, sino también restaurar las condiciones de su vida pasada, el reflejo de una riqueza ajena con el que se adornaba como si fuera una joya propia. Impaciente por lucirla lo antes posible, el lunes 28 de febrero me anunció que quería acompañarme a Yeserías, a ver a Toñito.

—Luego no voy a poder, porque cuando empiece a trabajar, como comprenderás... Lo tuyo es distinto, tú no tratas con los clientes, pero yo... No puedo arriesgarme a que nadie me reconozca en la cola de una cárcel.

Me pregunté si mi hermano se alegraría de verla. Cuando entramos en el locutorio ni siquiera me fijé en eso, porque Andrea había detonado ya la bomba que iba a poner mi vida boca abajo.

—Agárrate, anda, que sólo falta que te caigas y te rompas una rodilla.

Mientras bajaba la cuesta cogida del brazo de Silverio, vigilando sin hablar la distancia que mediaba entre nuestros cuerpos rígidos, inmóviles como estatuas, recordé la silenciosa explosión de euforia que había convertido el locutorio de Yeserías en otro distinto, modificando los rostros, los cuerpos que veía al otro lado de otra alambrada para devolverme a un verano remoto que de repente me pareció tan próximo como si respirara pegado a mi sombra. Aquel espejismo me impidió valorar las condiciones de una felicidad que a cualquier otra chica de mi edad, en tiempos buenos, incluso malos, le habría parecido miserable, tan triste que aún le habría dado más pena evocarla. Pero yo había sido feliz en el locutorio de una cárcel en los tiempos peores, y eso habría bastado si María Pilar me hubiera dejado a solas con mi certeza, o si yo hubiera tenido la precaución de no contarle toda la verdad.

—¿Qué es eso de que te casaste de mentira? No sabía nada...

La noticia de que Silverio estaba tan cerca me absorbió hasta el punto de que no presté atención a lo que iba diciendo, y cuando mi madrastra reaccionó, tardé mucho tiempo en procesar lo que acababa de escuchar.

—Desde luego, yo tan tranquila, en Burgos, pensando que no tenía de qué preocuparme, y tú arriesgándote como una imbécil. ¿Y si te hubieran detenido? ¿Qué habría pasado con tus hermanos? ¡Qué decepción, Manolita! No me podía figurar que fueras tan irresponsable, tan...

En ese momento, la miré y se calló. En ese momento, la miré pero no la vi, porque estaba viendo una silueta escuálida, un traje raído, un pañuelito rojo y la sonrisa de la Palmera cuando se sacaba de los bolsillos aquellos paquetes de papel de estraza, blanquecinos de sal. La memoria de la desesperación encendió en mis ojos una luz salvaje, que tan pequeña como era yo, como había sido siempre, bastó para amedrentar a María Pilar. Su silencio resultó sin embargo una recompensa mezquina, incapaz de colmar su ingratitud. No hay derecho, pensé, no tiene derecho a hablarme así. No lo dije, porque cuando aún no había logrado ver del todo la cara de Jero el tonto babeando delante de mis tetas, recordé que yo sí había recibido visitas en el número 7 de la calle de las Aguas. Habían venido Rita y la Palmera muchísimas veces, habían venido Martina y Tasio, había venido Jacinta, y la señorita Encarna, que lloraba a mi padre como a la única cosa buena que le había pasado en muchos años. María Pilar tenía razón, pero no la tenía. Haberme arriesgado sin pensar en los mellizos había sido una irresponsabilidad. No hacerlo habría sido algo mucho peor, tanto que ni siquiera acerté a ponerle nombre.

Por mí y por todos mis compañeros, recordé, y todas las cosas buenas que me habían pasado en el infierno de Porlier, pestilencia, cucarachas y tristeza, pero también Rita, la emoción, la compañía, aquella sensación de formar parte de algo mucho más grande que yo, una fantasía muy parecida al amor. Mi madrastra no era consciente del proceso que había puesto en marcha, y sin embargo, la insoportable arbitrariedad de su comentario acababa de explicarme en qué país me había tocado vivir y algo aún más importante, quién era yo, en qué clase de mujer me había convertido. Porque existen hambres mucho peores que no tener nada que comer, intemperies mucho más crueles que carecer de un techo bajo el que cobijarse, pobrezas más asfixiantes que la vida en una casa sin puertas, sin baldosas ni lámparas. Ella no lo sabía, yo sí, y nunca me arrepentiría de haber tomado el camino que me lo había enseñado, que me había mostrado la dignidad despojada e incólume de la viuda del doctor Velázquez y otras maneras de sobrevivir, chistes, recetas, remedios caseros para caminar en una cuerda floja sobre el cuchillo de la desgracia sin tropezar jamás, anda y que os den, palabras para gritar que no, maneras de decir que nunca, jamás, podréis contar conmigo.

En 1944, en un vagón de metro que circulaba entre Acacias y La Latina, comprendí que aquel era un viaje sin retorno. Lo que el Orejas no había conseguido en los tiempos heroicos de la victoria posible, lo habían logrado las mujeres de la cola de Porlier en el pozo sin fondo de una derrota absoluta. Con ellas había aprendido que renunciar a la felicidad era peor que morir, y que el anhelo, el deseo, la ilusión de un porvenir mejor, aunque fuera tan pequeño como el que cabe entre una pena de muerte y una condena a treinta años de reclusión, era posible, era bueno y legítimo, era digno, honroso hasta en aquella sucursal del infierno donde había hecho cola todos los lunes del mejor verano de mi vida. Aspirar a ser feliz en una cárcel era una forma de resistir, y eso, aunque mi madrastra jamás lo entendería, no era una renuncia a la normalidad, a la comodidad, al destino apacible de la gente corriente, sino una elección libre y soberana. El fruto de la única libertad que me quedaba.

Yeserías estaba mucho más cerca de mi casa que Porlier. Entre Acacias y La Latina sólo había dos estaciones, pero bastó con que las puertas del vagón se cerraran una vez para que me encontrara pensando en el futuro, la vida a la que una chica como yo podía aspirar, un trabajo aburrido, mal pagado, un noviazgo arduo y eterno, de lunes en lunes, con un muchacho triste y acobardado, una boda con cura y sin convite, una existencia dócil, mansa, carente por igual de riesgos y de brillos. Esa era, en apariencia, la vida que yo había deseado tantas veces mientras miraba a las mujeres jóvenes y embarazadas que recorrían las calles de Madrid al mediodía con una tartera y dos cucharas. Pero eso había sucedido en otra ciudad, otro país donde la pena y la alegría se formulaban en otras condiciones, con reglas diferentes que implicaban la oportunidad de escoger una vida entre muchas posibles.

En 1944, para una chica como yo sólo había una vida disponible, y antes de salir del metro decidí que no la quería. La única elección a mi alcance era negarme a aceptarla, escoger la dureza, la miseria, las dificultades de una existencia sujeta a las reglas de una prisión. No me engañaba. Sabía muy bien lo que me esperaba, era toda una experta en el sistema penitenciario español, en el frío, en la miseria, en el hambre, en la pestilencia y la insalubridad de las cárceles. También en su calor, ¡ohhh, mira a los tortolitos!, en la entereza de las mujeres desnutridas que se quitaban la comida de la boca para alimentar a sus presos, en la fortaleza de los brazos que sostenían a las que se venían abajo y la intensidad de las pocas, pequeñas alegrías que se multiplicaban hasta hacerse inmensas en el número de las sonrisas que las compartían. Al salir a la calle, la nostalgia de aquella luz posaba sobre todas las cosas un reflejo pálido, dorado, tan débil y tenaz como el último rescoldo de una vela casi consumida, dispuesta pese a todo a seguir ardiendo. Cuando entré en mi casa, sentí que no lo era, que aquel piso ya no era un hogar, ni siquiera un refugio para mí, por más que yo lo hubiera encontrado, por más que lo hubiera pintado con mis propias manos, por más que aún recordara el precio de las esteras y las cortinas, de cada grifo y cada cristal. Estaba entrando en casa de María Pilar, y si no salía corriendo enseguida, sólo lo haría muchos años después para casarme con un muchacho triste y cobarde. Eso sentí, después de que mi madrastra me enseñara lo que no había querido aprender en los últimos cinco años, y en aquel momento, mientras me dejaba arrebatar por el orgullo de haberme atrevido a ser feliz en el centro de la capital de la tristeza, todo me pareció muy sencillo.

Seis días después, Silverio me recomendó que me quitara los zapatos para subir por un sendero apenas esbozado entre las rocas y esa sencillez estaba en el centro de todas las dificultades. La realidad se nos había caído encima y hacía daño, pero a mí me dolían más las palabras que no me atrevía a decir en voz alta, que no podía volver a Madrid, a una casa que ya no era mi casa. A aquellas alturas, Isabel estaba tan lejos como si nunca hubiera vuelto de Bilbao. Su salud, la fragilidad de aquel pajarito consumido y pálido cuyo aspecto me estrujaba el estómago cuando la miraba, ya no era importante. Nadie habría podido creerlo, yo tampoco. Llevaba tantos años pendiente de mis hermanos que pensar en mí me parecía una monstruosidad de egoísmo imperdonable, pero Isa de repente no importaba, no importaban Pilarín ni los mellizos, sólo Silverio, que caminaba en silencio, a mi lado, sólo yo, que no me atrevía a mirarle mientras vigilaba el suelo para no clavarme una piedra en las plantas de los pies. Así, atrapada en una encrucijada insoluble, un laberinto donde mi existencia dependía de la voluntad de un hombre que no sabía cómo salvar el abismo que le separaba de mí mientras caminaba a mi lado, como no sabía yo atravesar el desierto que le mantenía tan lejos mientras escuchaba el ritmo de su respiración, levanté la cabeza y miré a mi alrededor.

El paisaje que me rodeaba era grandioso y feísimo, unas cuantas casuchas desperdigadas, paredes de ladrillo o listones de madera, techos improvisados con un toldo recubierto de ramas de pino, a ambos lados de un sendero apenas aplanado, miseria y suelos de tierra en la ladera de una montaña majestuosa e inhóspita, una belleza perfecta donde hasta entonces sólo habían vivido las águilas. Era un pésimo escenario para un final feliz. Era también la vida que me esperaba si las cosas iban bien, y aunque no había previsto nada mejor, hundí los dedos en la manga de Silverio sin darme cuenta. Esta vez, él ni siquiera necesitó mirarme. Pasó su brazo derecho por mis hombros, los apretó, y murmuró una frase ambigua, una orden camuflada en el tono de una súplica, cuatro palabras que hallaron un camino para penetrar en mí y supieron hacerse fuertes para fortificarme por dentro.

—No te desanimes, Manolita.

Percibí que aquellas palabras eran importantes, pero no logré entender por qué. Tampoco que aquel día decisivo, agotador y extraño, se estaba deslizando hacia un nuevo terreno, un paisaje más abrupto que las montañas que nos rodeaban, habitable sin embargo como una paradoja con dos caras, una helada, la otra cálida, incluso confortable. No te desanimes, Manolita. Eran sólo cuatro palabras, una frase amable, corriente, que expresaba más de lo que decía porque Silverio jugaba con ventaja. Él sabía que la verdad que nos había aplastado un rato antes no era definitiva porque no era plana, simple, sino un poliedro con muchas más caras de las que se apreciaban a simple vista. Estábamos a punto de entrar en otra versión de la realidad, una cárcel sin rejas y sin guardias, pero una cárcel, un lugar donde sí nos conocíamos, donde él era otro hombre al que le dolían las mandíbulas de tanto sonreír, y yo una novia de Porlier, de esas que podían con todo.

Allí había sido fácil y a la vez muy difícil. Aquí sería mucho más duro, pero posible, y él lo sabía. No te desanimes, Manolita. Ante aquella fila irregular de chabolas construidas de mala manera, Silverio mantuvo su brazo sobre mis hombros hasta que yo deslicé el mío alrededor de su cintura. Sólo después sentí el cansancio de aquella mañana, mis pies maltratados por la caminata, y mi cabeza se apoyó sobre su hombro como si estuviéramos estudiando un plano a la luz de un ventanuco. Acababa de cerrar los ojos para apurar esa breve tregua cuando una voz de mujer gritó su nombre.

Miré en su dirección para descubrir a una chica morena, delgada y graciosa, más guapa que yo, pensé en aquel instante, y mayor, más hecha, más cuajada... Antes de que extrajera otras conclusiones, una mancha blanca, como un brochazo de inesperada claridad en una superficie muy oscura, atrajo mi atención con el reclamo de una imagen remota, familiar. Julián, el primogénito de los lecheros de la calle Tres Peces, aún no había terminado de crecer cuando le brotó un manojo de canas encima de la frente, y ahí seguía.

—¿Dónde te habías metido? Ya estábamos preocup...

Al fijarse en mí renunció a terminar la frase. En su lugar

abrió mucho los ojos mientras chocaba las manos para expresar su asombro con una palmada. Después, pronunció mi nombre como si fuera el de una actriz famosa.

—¡Manolita Perales! —e hizo una pausa que no supe rellenar—. Pero bueno, ¿qué haces tú aquí? ¿Cómo estás? Me alegro mucho de verte...

Yo también me alegré de verle, de saber que estaba bien y con Silverio, los dos juntos, a salvo de la cuenta que a aquellas alturas seguía sumando como un grifo averiado, incapaz de cerrarse del todo, el número de los chicos de Antón Martín que habían muerto desde julio de 1936. Pero todavía me alegró más la fórmula con la que me presentó a aquella chica morena después de abrazarme.

—Mira, esta es Lourdes, mi mujer... —ella se adelantó y me dio dos besos, como si no fuera la primera vez que nos veíamos—. Y Manolita... Bueno, ya sabes quién es.

Había conocido a Julián mucho antes que a Silverio. Él fue el primer amigo que hizo Toñito en Madrid y durante años le había visto a diario, en el colegio Acevedo primero, y en la puerta de mi casa, cuando empezó a encargarse de los repartos de la lechería, después. Quizás por eso, al oír que daba por sentado que su mujer ya me conocía, capté en su voz un eco risueño, una hebra de complicidad que me excluía y sin embargo le vinculaba con ella, con su amigo, alrededor de mí. Al mirar a Silverio, le encontré sonriendo para el suelo con las mejillas ligeramente coloreadas, y comprendí que les había hablado de Porlier, de nuestras bodas, pero una vez más, la memoria de aquel noviazgo extraño, tan chapucero como la operación de la que había nacido, me tranquilizó en lugar de avergonzarme. Había empezado a sospechar qué significaba conservar el ánimo en aquel lugar, y aquel empeño iba a absorber todas mis capacidades.

La casa donde entramos no tenía puerta. Una tabla apoyada en la fachada debía servir para cerrarla cuando no había nadie dentro, pero entretanto sólo una cortina de una tela muy rara, de un color impreciso, entre el gris y el verde, la separaba de un camino que ni siquiera merecía ese nombre. Al entrar en su interior sentí sobre todo frío, la humedad penetrante del cemento fresco, ese olor tan triste, a musgo y tierra mojada, que perfuma los edificios en construcción. Era una habitación cuadrada y no muy grande, con una sola ventana que proporcionaba luz suficiente para vislumbrar un cable blanco, sujeto con clavos al techo de madera, del que colgaba en vano un casquillo desnudo y bailarín. El suelo estaba seco, misteriosamente mullido, e hizo un ruido pequeño, crujiente como el de las hojas secas, para quejarse de mis tacones. Al mirarlos, me asombró comprobar que se apoyaban en una especie de alfombra confeccionada con la misma tela que colgaba del hueco de la puerta, las lonas enceradas que cada semana llegaban a Cuelgamuros por docenas, envolviendo las varillas metálicas que se utilizaban para construir los pilares. Los presos las guardaban debajo de sus colchones hasta que a alguno le hacían falta, recortaban los bordes para que sus ángulos encajaran con las esquinas de cada chabola, y como eran largas pero estrechas, las empalmaban con un sistema muy ingenioso, abriendo en el borde de cada tira una hilera de agujeros rematados con arandelas corrientes, que se superponían para clavarlas en el suelo con piquetas de metal, igual que el suelo de una tienda de campaña. Las mismas piquetas recorrían los extremos de los muros para tensar un revestimiento de varias lonas superpuestas que aislaban los pies del frío y la humedad de la tierra.

—Adivina a quién se le ocurrió —me dijo Julián cuando me vio seguir con los ojos aquellas pintorescas costuras de clavos.

—Y porque no me hacen caso —Silverio me miró con un gesto de desánimo—, porque haciendo dobles los tabiques y forrando el interior con la misma lona, se aislarían muy bien las paredes, incluso el techo.

—Sí, hombre —su amigo se echó a reír—, pues no faltaba más, con lo que cuesta levantar una...

—Pues ya verás en invierno, cómo os acordáis de mí.

No te desanimes, Manolita. A pesar de que dos de las paredes y un tercio de otra estaban revocadas pero sin pintar, los ladrillos a la vista en el resto, la campana de la chimenea era larga, cónica y tan perfecta como el hogar, fabricado con tres hileras de ladrillos refractarios, muy bien dispuestos. A su alrededor, en el suelo, un zócalo de madera hecho con tablones iguales que los del techo, resultaba hasta bonito, porque alguien se había tomado el trabajo de biselarlos, en lugar de colocarlos en ángulo recto.

—Otro invento de Silverio —me aclaró Julián cuando estaba a punto de preguntar—, para que no prenda una chispa y se incendie la lona.

El fuego estaba encendido, y en una rejilla, sobre las brasas, había una cazuela que olía muy bien, a ajo, a pimentón y a tocino. Aparte de eso, el mobiliario consistía en una mesa pequeña, tres sillas muy viejas, el asiento de anea tan gastado que la paja asomaba por debajo como el flequillo tieso de una bruja, y una cama sin armazón de ninguna clase, un somier con cuatro patas y un colchón encima, pero tan bien hecha que una moneda habría podido surcarla de punta a punta sin tropezar en ninguna arruga, las mantas remetidas con tanto primor que me explicaron mejor que Silverio cómo era posible mantener el ánimo en aquella implacable y amorosa penuria.

—Pero pasa, siéntate, por favor... —Lourdes quitó una pila de ropa de una silla y la colocó sobre la cama—. Aquí, ven, cerca del fuego. Esto no es muy acogedor, que digamos, pero todavía no nos hemos mudado, ¿sabes?

—¿Y cómo es que has venido? —Julián se sentó frente a mí—. Le habrás dado a Silverio una buena sorpresa.

—Sí... Yo... Bueno... No... No sabía dónde... Y... —ya está bien, me dije a mí misma, y lo afirmé con la cabeza para soltar el resto de un tirón—. Mi hermana Isa está muy enferma. El clima de Madrid no le sienta bien, y estamos pensando en venirnos a vivir aquí.

Julián levantó en el aire el cuchillo con el que estaba a punto de cortar media barra de pan y me miró con la boca abierta, no tanto como su mujer, que soltó el cazo con el que removía el guiso para volverse hacia mí sin darse cuenta de que seguía dando vueltas hasta que el mango desapareció dentro de la cazuela. ¿Qué he dicho?, pensé, y busqué a Silverio con los ojos pero no le encontré, porque se había acuclillado ante el fuego sólo por darme la espalda.

—Bueno, esto... —Lourdes me miró como habría mirado a un novillo en la puerta del matadero—. Esto es muy duro, ¿sabes? Aquí no hay nada, ni agua, ni luz, ni alcantarillas, así que...

Pero Julián dejó escapar una carcajada a tiempo.

—Mira qué suerte, Manitas, que ocasión más buena vas a tener de aislar las paredes de una casa.

Silverio no se movió, no dijo una palabra, ni siquiera nos miró hasta que añadí algo más con la esperanza de que comprendiera que estaba hablando con él, para él, aunque me dirigiera a Julián en apariencia.

—Y el techo —no voy a desanimarme tan fácilmente—. Si él quiere...

Al escucharme se quedó quieto. Luego levantó la cabeza, se puso de pie y me miró como si de repente hubiera brotado una alambrada entre su cuerpo y el mío. Habíamos pasado juntos casi tres horas, pero hasta ese momento no volví a ver al hombre que sonreía para darme la bienvenida al locutorio de Porlier.

—Pero, no entiendo... ¡Coño! —Lourdes había intentado pescar el cazo con los dedos, se quemó, soltó el mango al mismo tiempo que el taco y volvió a intentarlo con un tenedor—. No entiendo nada, porque las lonas son demasiado estrechas y en una pared... ¿Cómo vas a clavar las piquetas?

—De ninguna manera —Julián volvió a reírse—. No lo va a hacer con piquetas. Va a atarlas, me lo ha explicado un montón de veces.

—Claro —Silverio se acercó a ella, muy animado, para devolverme el gesto, porque me estaba contando a mí lo que aparentaba explicarle a Lourdes—. Es el mismo sistema, los agujeros, las arandelas, pero en lugar de las piquetas se mantienen unidas con dos sogas entrecruzadas, igual que las velas de algunos barcos. En las cuatro esquinas se deja una arandela vacía para sujetarla a un gancho fijado con cemento al primer muro, se tensan bien y luego se levanta otra pared en paralelo. No es tan difícil.

—Anda que, lo que no se le ocurra a este hombre... —Lourdes me tendió un plato de judías blancas con tocino—. Ya verás qué ricas. Las ha hecho mi madre, que siempre se trae un saco cuando va a Turégano, a ver a una hermana que tengo casada allí.

Mientras la veía repartir el guiso en tres platos, me dije que tenía un nombre muy raro para ser hija de un rojo. No lo era, pero eso sólo me lo explicó después de decidir cómo íbamos a organizarnos, Silverio sentado en el suelo con un plato para él solo, Julián y ella frente a mí, compartiendo una ración que no llegaba al doble de las demás, y yo con plato y una silla propios, porque para eso eres la invitada y ni se te ocurra llevarme la contraria, me advirtió con el dedo levantado.

—Mi padre está aquí con un contrato de la empresa encargada de las obras del monasterio. Tenía un taller metalúrgico en La Granja, y hace un par de años, cuando pidieron herreros, nos vinimos de allí. Vivimos en la colonia de abajo, ¿la has visto?

Negué con la cabeza mientras deducía de la sonrisa de su marido, la sorna con la que se quedó mirándola, los motivos que la habían impulsado a escoger un eufemismo tan laborioso, y hasta la discusión que iba a provocar.

—En la colonia de los hombres libres —al escuchar ese nombre, Lourdes estudió la cuchara con tanta concentración como si estuviera leyendo un mensaje escrito en ella—. Se llama así, ¿no?

—Sí, la llaman así —hasta que vació su contenido y se la pasó a Julián, como si de pronto hubiera perdido el apetito—, pero es un nombre muy feo.

—No estoy de acuerdo —Silverio discrepó desde el suelo—. A mí me parece un nombre bonito.

—Bueno, no empecemos...

—Si la que empieza siempre eres tú, Lourdes —Julián volvió a mirarla, a sonreír con una expresión distinta, tierna y melancólica, amorosa, pero un poco triste también—. Estar libre no es una ninguna deshonra, sino una cosa estupenda. Ojalá estuviéramos libres nosotros —llenó la cuchara, la acercó a su boca y golpeó con la punta sus labios cerrados hasta que consiguió que sonriera—. Come, anda, que estás muy malcriada...

El suegro de Julián habría preferido que su hija no se enamorara de un preso, porque él siempre había sido gente de orden y su ideología política se reducía a que el gobierno de turno garantizara la paz, el trabajo que a él nunca le había faltado. Casado con una católica ferviente que había bautizado a sus tres hijas, Fátima, Guadalupe y Lourdes, con nombres de vírgenes célebres y milagrosas, no se había movido de La Granja en su vida, y desde allí, donde el triunfo del golpe de Estado del 36 había aislado su vida de los horrores de una guerra lejana, había seguido con alegría los avances del ejército franquista, abanderado del nuevo orden que iba a devolverle a España la paz y el trabajo. Con esa convicción había llegado a Cuelgamuros, dispuesto a dar lo mejor de sí mismo por el salvador de la patria.

—Hasta que se calló —su hija lo recordó en voz alta mientras yo descubría lo ricas que estaban las judías que hacía su madre—. Ahora ya no habla de Franco. Sólo cuenta los días que le faltan para marcharse de aquí.

El padre de Lourdes era una persona de orden. Por eso no aprobaba que dos hombres que hacían el mismo trabajo no cobraran el mismo sueldo. Ni que a los presos les descontaran, en concepto de alojamiento y manutención, las cuatro quintas partes de un jornal que no llegaba a la mitad del mío. Ni que el precio de la comida que les daban, legumbres, patatas y arroz, jamás huevos, ni carne, ni fruta, ni pescado, representara una mínima parte de esas dos pesetas diarias por hombre y día con las que más de uno se estaba forrando. Ni que los obreros penados tuvieran que comprarlo todo, tabaco, papel de carta, medicinas o un par de alpargatas nuevas, a través de guardias y capataces que les cobraban lo que les daba la gana para forrarse ellos también. Ni que los picadores que perforaban una montaña con cartuchos de dinamita y un simple pico, trabajaran las mismas horas que los demás, sin huecos de ventilación ni rutas de emergencia. Ni que las mujeres de los presos criaran a sus hijos en chabolas construidas a toda prisa al borde de un barranco, en condiciones semejantes a las madrigueras de los animales. En Cuelgamuros, el padre de Lourdes dejó de entender, de aprobar tantas cosas que su concepto del orden se hizo más complejo en la misma medida en que su ideología política se simplificaba para resumirse en un único punto. Si son peligrosos, que los metan en la cárcel, y si no lo son, que les paguen por su trabajo y les dejen vivir como personas.

Cuando su hija menor le escuchó repetir aquella frase media docena de veces, dejó de mantener su noviazgo en secreto. Todas las noches, poco después de las nueve, Julián iba a buscarla a la puerta de su casa y paseaba con ella hasta que sonaban las sirenas que obligaban a los presos a volver a sus barracones para estar acostados antes de que se apagaran las luces. Su madre se disgustó mucho, porque había planeado casar a Lourdes con un cuñado de su hermana Lupe, la que vivía en Turégano, pero una noche de invierno, cuando estaba empezando a nevar, su marido salió a la puerta y le dijo a Julián que entrara. Era su jefe desde hacía más de un año, había visto cómo miraba a su hija, cómo sonreía ella al pasar a su lado cuando bajaba a la obra a llevarle la comida y cómo se las arreglaban para cruzar un par de frases a la menor ocasión. También sabía que era un buen chico, así que sólo le hizo una pregunta que no era la que él esperaba. Al padre de Lourdes no le inquietaban las intenciones con las que cortejaba a su hija, sino cómo era posible que teniendo su familia una lechería en Madrid, un negocio suficiente para vivir con holgura, se le hubiera ocurrido hacerse republicano.

—¿Republicano? —pregunté, muy sorprendida.

—Sí —Lourdes se echó a reír—. Es que le hemos dicho que Julián era de Azaña, así que cuando le conozcas, ándate con ojo, porque como se entere de que es anarquista, para qué queremos más...

—Vete a saber —su marido le llevó la contraria con suavidad—. Tu padre es un buen hombre.

En aquella comida aprendí muchas cosas, pero la más importante fue que acababa de arribar a un mundo extraño, como un islote que se hubiera desprendido de la tierra firme para navegar a la deriva, una comunidad donde las cosas no eran lo que parecían y que tampoco se parecía a ningún otro lugar donde yo hubiera estado antes. Cuelgamuros era un rompecabezas defectuoso, formado por demasiadas piezas que nunca encajarían por más que las hubieran acoplado a martillazos para fundar en el mismo espacio una cárcel y una obra pública, un campo de trabajos forzados y una oportunidad de escapar de la miseria, un proyecto de reeducación que funcionaba en más direcciones de las previstas y un negocio redondo para empresarios bien relacionados, un monumento al fascismo y un nido de antifascistas que trabajaban hombro con hombro con quienes, como el padre de Lourdes, habían acudido a la llamada de su Caudillo con el corazón atiborrado de propaganda y de gratitud, buenos hombres que no habían sido de los nuestros, pero que en muchos casos tampoco eran ya exactamente de los suyos.

Cuelgamuros tenía sus propias reglas, distintas de las elaboradas por el Patronato de Redención de Penas, y las mujeres de los presos no cabían en ninguna, pero estaban allí desde el verano de 1942, cuando una chica que llegó en el autobús de las visitas, plantó una tienda de campaña en el monte, frente al barracón donde dormía su marido, y se negó a marcharse. El Cuelgamuros de las mujeres también era un poblado complejo, con normas propias y dos versiones, la colonia de los hombres libres, casas humildes pero bien construidas, situadas cerca de una fuente de agua potable y de un lavadero, provistas de cocinas de carbón y luz eléctrica desde la puesta del sol hasta las once de la noche, y lo que se llamaba el campamento por llamarlo de alguna manera, un puñado de casuchas que apenas tenían cuatro paredes y un techo. Allí, por no haber, ni siquiera había cimientos, y sin embargo, en cada anochecer se llenaban de muchas cosas, tantas que compensaban el vacío que dejaban los hombres al marcharse.

—Yo estoy en medio —me explicó Lourdes, mientras comía con Julián de un solo plato, una sola cuchara que usaron por turnos equilibrados al principio, después, cuando ya se podían contar las judías que flotaban sobre la loza, más parcos y tramposos, porque él tomaba las legumbres de una en una, y ella las alternaba con cucharadas de caldo—, con un pie en la colonia y otro aquí. Cuando esto esté mejor, me gustaría mudarme, pero de momento, duermo abajo y vengo sólo por las tardes, y los domingos, claro, aunque siempre podré irme a casa de mis padres cuando empiecen las heladas, y traerme de allí la comida y el pan. Pero las que no pueden hacer eso lo pasan fatal, sobre todo en invierno. Lo aguantan, claro, porque sus pueblos están muy lejos. Si no se hubieran venido, nunca verían a sus maridos, pero tú vives a dos pasos...

—Ya, pero mi vida en Madrid también es dura —al decirlo, sonreí sin saber por qué—. No tengo muchas cosas que echar de menos.

No tendría muchas, sino muchísimas, buenas y hasta malas, la gente, las aceras, el bullicio, las tiendas, el alumbrado, el ruido, los lavabos, los grifos, los serenos, los carros de los basureros, las terrazas, los bares, los escaparates, los mercados, los teléfonos, el metro... Todo eso me iba a faltar pero en ese momento no lo creí, porque ya no tenía frío, porque podía hablar con Lourdes como si fuera una vieja conocida de Porlier, porque su compañía, la de Julián, habían disipado mi confusión, aquella mezcla de miedo y de vergüenza que ya no me impedía mirar a Silverio y a él le permitió mantener sus ojos en los míos mientras me hablaba.

—De todas formas, en verano da gusto vivir aquí. No hace demasiado calor, refresca por las noches y hay muchas pozas para lavar, y para bañarse. A tu hermana le sentará bien.

—Sí, seguro que se le abre el apetito.

Después de decir eso, Julián nos miró, miró hacia la cama y volvió a mirarnos, pero fue su mujer quien nos señaló un camino para dejarlos solos.

—Bueno, pues ya que estás tan decidida... ¿Le has enseñado tu sitio a Manolita, Silverio? —él negó con la cabeza y ella empezó a recoger los platos—. Llévala ahora, todavía tenéis tiempo. Yo voy a avisar a Mariluz, para que se lo explique todo cuando bajéis...

Porque antes había que subir, dejar atrás las últimas casas, coronar una cuesta suave pero muy larga, subir todavía más para bordear por la izquierda un peñón de granito, y seguir subiendo. El último repecho era el peor, porque ascendía muchos metros en muy poca distancia, y aunque alguien había labrado la roca para crear una serie de espacios donde poner los pies, aquellos peldaños eran demasiado toscos e irregulares como para considerarlos una escalera. La recompensa, a cambio, era espectacular.

—Todos los domingos, después de comer, subo hasta aquí —Silverio miró a su alrededor y abrió los brazos—. Es lo más parecido a estar libre que he sentido en cinco años.

Una pared rocosa, ligeramente cóncava y no tan alta como para tapar el sol del mediodía, le daba la espalda al norte para abrigar una pradera natural donde había crecido una milagrosa encina rodeada de pinos. Desde allí, sólo se veía la inmensidad del cielo, las montañas, y a lo lejos, las obras de la basílica, tan diminutas e inocentes como un juego de construcciones. Las rocas que se habían desprendido del monte habían sido acarreadas para levantar un muro que ocultaba los tejados del campamento aunque estuvieran muy cerca, justo debajo de nosotros. Aquel era el sitio de Silverio, y era muy hermoso.

—Antes de que empezaran a construir el monasterio, al principio de todo, el jefe del puesto de la Guardia Civil de El Escorial vino por aquí. Le habían encargado que buscara un sitio alto, llano, para instalar una torre de transmisiones, y como debía de ser bastante bruto, decidió que este era perfecto —hizo una pausa para mirarme, y me di cuenta de que estaba esperando a que me riera, pero no pude complacerle porque no entendía el chiste—. Una torre de transmisiones aquí, ¿te das cuenta?, con ese pedazo de peña ahí encima... Total, que limpiaron el terreno, hicieron la tapia y empezaron la obra, pero enseguida llegaron las constructoras y los ingenieros pararon aquel disparate. Al final, pusieron la antena en ese cerro, ¿lo ves? —seguí la dirección de su índice para descubrir a mi espalda una torre de metal en una cota despejada, más alta que el lugar donde estábamos, y ante ella, a un soldado que debía estar viéndonos tan bien como nosotros le veíamos a él—. Por eso, la escalera está a medio hacer, sin embargo...

Le seguí hasta una pequeña calva y descubrí que el suelo allí era gris. Pensé que era roca, pero Silverio limpió una esquina de la mezcla de pinaza y tierra que lo había cubierto con el tiempo para mostrarme un agujero redondo, profundo, con una expresión de júbilo a la que tampoco supe cómo responder.

—¿Lo ves?

—Sí —asentí con la cabeza sólo para moverla en sentido contrario un instante después—. Lo veo, Silverio, pero no te entiendo. Es que yo... Yo también debo ser bastante bruta, ¿sabes?, y no sé nada de antenas, ni eso.

—Esto es hormigón, Manolita —lo golpeó con el tacón de su bota, como si quisiera probarme su dureza—, y las perforaciones son los huecos para los pilares, con sus esperas y todo. Llegaron a cimentar, ¿lo entiendes? —volví a asentir sólo por no darle un disgusto—. Aquí arriba se podría hacer una casa de verdad, mucho mejor, más sólida que las de abajo...

Después de decir eso, siguió hablando. Durante más de media hora habló y habló sin tropezarse en ninguna palabra, moviéndose alrededor de aquel suelo de hormigón como si bailara al ritmo de una música que sonaba sólo en su cabeza para impulsarle a abrir las manos, a mover los brazos, a girar alrededor de sus talones mientras sus dedos levantaban en el aire las cuatro esquinas de una casa imaginaria. Yo, sentada en una piedra, le miraba, le escuchaba como una niña boba o muy pequeña escucharía un cuento de hadas, iba la lechera al mercado con un cántaro de leche, hasta que la misma música, una melodía enigmática, muda y armoniosa, brotó dentro de mí. No tenía ni idea de lo que significaban las palabras que iba diciendo, pesos, arrastres, estructuras, troncos de árbol en lugar de vigas de hierro, y por aquí, y por allí, ¿lo ves?, me decía, ¿lo ves?, pero asentía con la boca abierta hasta que lo vi, empecé a verlo y ni siquiera sabía lo que estaba viendo, pero lo vi. Sucumbí al delirio benéfico y templado que levantaba del suelo los pies de aquel chico tan inteligente que lo tenía todo pensado, tan paciente que había analizado los problemas muchas veces, tan habilidoso que había hallado más de una solución para cada uno, hasta que a mí también me entraron ganas de bailar. Por eso me levanté, me acerqué a él como si hubiera contagiado su ingravidez a mis piernas, y me volqué entera en cada punto que señalaba, el cielo, el suelo, el viento del norte, y la lechera caminaba hacia el mercado por un camino liso, cada vez más llano, porque Silverio fulminaba, una por una, las piedras en las que mis pies no tropezarían, y esto ya lo he hablado con uno de los aparejadores de abajo, y el padre de Lourdes opina que sí aguantaría, y un capataz me dijo que le parecía asombroso que nunca hubiera estudiado nada de esto, pero es que él nunca ha estado preso, claro, no sabe la cantidad de tiempo que tenemos los presos para pensar...

Lo que más me asombró aquella tarde no fue aquel proyecto, ni siquiera el talento de Silverio, su seguridad, el aplomo con el que dibujaba muros en el aire. Lo más asombroso para mí fue sentir que nadie, ni siquiera Dios, tenía poder para apretar, para ahogarme, mientras estuviera con él allí arriba. No tenía mucho donde comparar, no había sido feliz demasiadas veces en mi vida, pero en la casa imaginaria que habité durante treinta, quizás cuarenta minutos, lo fui tanto, tan completamente, que la sensación llegó a marearme.

—Y si este sitio es tan maravilloso —le pregunté cuando aún podía recelar de mi suerte—, ¿cómo es que nadie se ha hecho una casa aquí?

—Porque no saben. No tienen imaginación, no confían en sí mismos y no han leído *Robinsón Crusoe* —en aquel momento, nuestras cabezas estaban tan cerca que creí que iba a besarme—. ¿Tú has leído *Robinsón Crusoe?*

—No. Sólo los *Episodios Nacionales,* algunos muchas veces.

—Da igual —entonces me besó.

Mientras sus labios se posaban en los míos, sonó una sirena en algún lugar, por debajo de nuestros pies. Parecía un signo del universo, un clamor de la tierra que se resquebrajaba de emoción, pero era sólo el aviso de que los autobuses para Madrid saldrían media hora después, la señal de que el hombre al que estaba besando era un preso, el lugar donde nos besábamos, una colonia penitenciaria, y sin embargo, ni siquiera aquella oscura evidencia logró arruinar lo que me estaba pasando.

—Tenemos que irnos pitando —aún me abrazaba y me besó en los labios otra vez—, o te vas a quedar aquí antes de tiempo.

—Hay que ver —murmuré, mientras mis brazos se resignaban a soltarle.

—¿Qué?

—No, nada, nada...

Hay que ver lo mal que atino con el tiempo, era la frase que había estado a punto de escapar de mis labios antes de que descubriera que bajar por aquel simulacro de escalera era mucho peor que subirla.

—¿Y aquí no podrías poner una barandilla?

Se rió y estuve a punto de resbalar al escucharle. No me contestó porque controlaba los tiempos mucho mejor que yo y sabía que no teníamos plazo ni para eso. Bajamos la cuesta muy deprisa, y apenas se detuvo cuando una mujer salió a nuestro encuentro. Era muy bajita, tan menuda que de lejos parecía una niña de doce años, pero a pesar de su aspecto, y de que su edad rozaba a duras penas una década más de la que aparentaba, ella había sido la pionera, la novia que llegó un domingo en el autocar con una vieja tienda de camuflaje, y la plantó en el monte, y allí se quedó. No voy a marcharme, le dijo con una sonrisa al capataz que había subido con la intención de echarla, y él se quedó tan perplejo que no halló una manera de llevarle la contraria. Desde entonces era la encargada de las mujeres, no tanto una jefa como una experta en vivir en Cuelgamuros.

—Manolita, ¿verdad? —su casa estaba pintada de blanco y una hilera de macetas de geranios adornaban la fachada como un zócalo de llamas rojas y rizadas—. Yo soy Mariluz, bienvenida.

—Muchas gracias —le tendí la mano pero ella me cogió de los hombros para plantarme dos besos, igual que había hecho Lourdes antes—. Qué...

—Nada —Silverio me interrumpió antes de que pudiera alabar sus flores—. Ve contándoselo por el camino porque si no, va a perder la camioneta.

Cuando llegamos abajo, atravesó la explanada corriendo para pedirle al conductor que me esperara. Yo le seguí tan deprisa como me lo consintieron los tacones y me monté en el autocar con el motor ya en marcha. Sólo entonces me acordé del paquete que llevaba en el bolso, y lo busqué para tirarlo por la ventana de la primera fila de asientos.

—Es un bocadillo de queso —le grité a Silverio—. Me lo había traído para comer, por si no querías saber nada...

Él se agachó para recogerlo, y mientras el conductor empezaba a dar la vuelta, sonrió y gritó a su vez.

—Confía en mí, Manolita.

Una hilera de sonrisas me escoltó y me bendijo al mismo tiempo hasta que gané el fondo del autocar. Todas las mujeres sentadas cerca de aquella ventanilla y las que mejor oído tenían entre las demás, celebraron nuestra despedida con la misma complicidad, a medias romántica, a medias maternal, que yo había recibido y entregado tantas veces en las colas de las cárceles. Como había llegado tan tarde, tuve que ocupar el peor sitio, en el centro de la última fila, a la derecha de una anciana tan flaca que me dio miedo aplastarla en una curva, a la izquierda de una campesina colorada y lo suficientemente gorda como para aplastarme a mí sin pretenderlo, pero cuando cerré los ojos y acomodé la nuca en el borde del respaldo, me quedé dormida casi en el acto. Antes de que la espuma sonrosada de una fatiga tibia y confortable triunfara sobre el último resquicio de la vigilia, pensé que todo aquello era un disparate, una locura, una fantasía sin pies ni cabeza hecha a la medida de la chica más ridícula y tontorrona del mundo, porque sólo a ella, a mí, se le ocurriría la barbaridad que estaba a punto de hacer, dejar un trabajo fijo, un piso ruinoso pero medianamente confortable, una ciudad grande y llena de oportunidades, para irse a vivir al pico de un monte. Ese pensamiento, lejos de inquietarme, me arrulló como una nana infantil, una canción familiar, mil veces repetida. En el verano de 1941 había tenido tiempo para aprenderme de memoria todos los versos de aquella letanía y a no hacerles ni caso, así que sólo volví a abrir los ojos cuando la mujer gorda y la anciana flaca entre las que me había encajado, se levantaron para bajarse en Moncloa.

—¿Qué tal te ha ido? —cuando llegué a casa, María Pilar sonrió, sin sospechar la efímera condición de su alegría.

—Muy bien, pero tenemos que hablar de dinero.

La cola de los paquetes no había cambiado. Ante la fachada trasera de la cárcel de Porlier, una pequeña multitud de desconocidas avanzaba despacio con una caja de cartón entre las manos, la misma gama de actitudes, de expresiones, que yo había visto en otros rostros cada tarde, mientras fui la Manolita, una más entre todas. Jóvenes y maduras, alguna anciana, alguna niña, las menos caminaban con la vista fija en una acera que tenía el ingrato don de reflejar las preocupaciones como un espejo. Las demás seguían hablando como cotorras, intercambiando recetas, direcciones, remedios caseros, tú abrígale bien, ponle tres mantas encima y que lo sude... El funcionario que atendía detrás de la ventanilla tampoco había cambiado. Su bigote seguía siendo igual de negro, sus dientes tan amarillos como cuando me cacheó por primera vez. No te desanimes, Manolita.

—Nombre —ni siquiera me miró mientras hacía una nueva rayita en el libro de actas que usaba como inventario.

—No, yo no traigo ningún paquete —levantó la cabeza, las cejas fruncidas de extrañeza—. He venido a hablar con usted. ¿Se acuerda de mí?

Me miró con más atención, sin atreverse a avanzar una respuesta, y me apresuré a ponérselo fácil.

—Yo me casé aquí dos veces, en 1941, con un preso que se llama Silverio Aguado Guzmán, aunque todos le llamaban el Manitas porque es muy habilidoso. ¿De él sí se acuerda?

Hice una pausa para mirarle y me estrellé con un gesto de piedra, un rostro tan inexpresivo como una máscara, pero Mariluz también me había prevenido contra eso. A algunos no les gusta que se lo recuerden, porque tienen miedo. Están pringados en un asunto ilegal y no se fían de nadie, pero si el que te toca es de esos, baja la voz y explícate deprisa. En cuanto oiga hablar de dinero, ya verás cómo cambian las cosas.

—Ahora está en Cuelgamuros y me gustaría irme a vivir allí, con él. Sé que el capellán hace muchas obras de caridad, y si pudiera hacerme un certificado de matrimonio, yo haría una donación —volví a mirarle para comprobar que Mariluz tenía razón—. Pagaría lo que me pidiera, puede usted estar seguro.

—Espera por aquí cerca —respondió en un susurro—. Cuando se acabe la cola, hablamos.

Quedaban siete mujeres y calculé que no tendría que esperar más de un cuarto de hora, pero cuando volví al mostrador, negó con la cabeza.

—En Padilla esquina con Torrijos hay una taberna con azulejos en la fachada —murmuró antes de cerrar la ventanilla—. Espérame allí, no tardo nada.

Estuve casi media hora sentada en un banco hasta que le vi aparecer, vestido de paisano y mucho más tranquilo, casi sonriente.

—¿Por qué no has entrado? Aquí hace frío.

—Bueno, yo... No estoy acostumbrada a entrar sola en los bares, ¿sabe? Además, no tengo sed, ni dinero para gastarlo alegremente.

—Pues eso es un problema, porque lo que quieres no sale barato... Entra, anda. Yo voy a tomarme una cerveza, tú puedes pedir un vaso de agua.

Nos sentamos en una mesa del fondo, lejos de la ventana, y todavía me preguntó de parte de quién venía. Cuando pronuncié el nombre de Mariluz, asintió con la cabeza, y me informó de unas condiciones que ya conocía, con una sola excepción que valía diez duros.

—Pero Mariluz me dijo... —él no me dejó acabar la frase.

—Ya, pero desde que nos mandó a la última, han pasado casi seis meses y el precio ha subido. Está todo por las nubes, ya sabes.

Era un trato sencillo. Por ochocientas pesetas, una cantidad que en mi caso representaba el sueldo de casi ocho meses, él me entregaría un Libro de Familia auténtico, relleno fraudulentamente con mis datos y los del que sería mi marido por obra y gracia de la firma que el capellán de la cárcel estamparía en la página correspondiente.

—Las partidas de nacimiento te las puedes ahorrar —sonrió con la misma condescendencia casi paternal con la que me había animado a pedir un vaso de agua—, porque, total, con que me apuntes en un papel los datos de los dos y qué día queréis que ponga que os habéis casado... El lunes que viene, aquí mismo, a las siete en punto, me traes ese papel y treinta duros de señal. Por menos de eso, el páter no descuelga el teléfono, así que no te descuides.

Confía en mí y no te desanimes, Manolita... Me marché a casa andando, más por ahorrarme el metro que para seguir el ritmo de la lechera del cuento, y no tropecé con ninguna piedra. El reencuentro de mi boca con la de Silverio, tan breve, tan leve, tan emocionante, me había devuelto a aquella ansiedad que no conocía antes de besarle por primera vez. Entre dos besos, había llegado a olvidar que la naturaleza de la ambición es la insaciabilidad, desear más, siempre más, temer cada vez más lo que más se desea. Aquel abismo rojizo, absorbente, se extendió sobre las calles como una alfombra de colores intensos, una marea espesa que me llamaba, y me asustaba, y volvía a llamarme, susurrando mi nombre como la fórmula de una promesa incumplida mientras yo avanzaba haciendo equilibrios sobre la punta de un pie. Frente a ese vértigo hirviente, frente al hielo que lo acechaba, ochocientas pesetas no eran nada, un poco de dinero solamente. Y al llegar a casa con los pies dos veces machacados, por los tacones del día anterior y por el peso del cántaro que había paseado por medio Madrid, reproduje para María Pilar un cálculo poderoso, la compleja secuencia aritmética que iba a permitirme triunfar, comprar una casa con las ganancias de unos litros de leche.

—Yo tengo ahorrados casi diez duros y le puedo pedir a la encargada un anticipo de veinte más sobre el sueldo de marzo. Con eso, y unas pesetas que pida prestadas, tengo para la señal. No podré ayudarla con los gastos de la casa, pero como ahora usted trabaja y gana más que yo, si reduzco mis gastos al precio del autobús de los domingos, y no me compro nada, y voy y vengo andando al trabajo todos los días, podré ahorrarme casi entero el sueldo de abril. Eso haría, en total, unas doscientas sesenta, con suerte doscientas setenta pesetas. Si usted me prestara un poco del dinero que le han pagado por redimir pena, llegaríamos a las trescientas, y todavía podría trabajar en mayo, por lo menos un par de semanas. Con eso, y lo que me liquiden...

—Te seguirían faltando casi quinientas —concluyó ella—, casi el doble de lo que tendrás si haces todo eso que dices.

—Sí —admití, con un buen humor para el que no tenía motivo—. Esas también voy a tener que pedirlas prestadas.

—¿Y quién te va a prestar a ti quinientas pesetas, criatura?

Era una buena pregunta. Tan buena que cuatro días después, antes de apoyar el dedo en el timbre de la puerta de Eladia, el Sagrado Corazón de Jesús que coronaba la mirilla desde un óvalo esmaltado en colores feos, chillones, me miró con los ojos de mi madrastra, y casi pude ver su altiva sonrisa de gran señora de pacotilla en la mansedumbre de los labios rosados, perfilados y llenos como los de una muñeca, que brillaban más de la cuenta en aquel mal retrato de un hombre barbudo.

—Ya he hablado con ella —la tarde anterior, al salir del trabajo, me encontré a la Palmera en la puerta del obrador—. Ve a verla mañana a estas horas, pero no tardes, que luego tiene que hacer.

Eladia seguía viviendo a dos pasos del tablao, en el mismo piso que había compartido con Toñito. No quería hacerla esperar, así que hice un dispendio y cogí el metro hasta Sol, pero para recorrer los dos pasos mal contados que separaban la calle Carretas de la de la Victoria, tuve que imponer mi voluntad a la de mis nervios, que estrujaban mi estómago como las manos de una lavandera experta retorcerían una sábana recién lavada. Bobadas, había dicho Paco muy tranquilo, en la merienda de emergencia a la que había invitado también a Rita, le pides el dinero a tu cuñada, y andando... Aquella palabra me extrañó tanto que le pregunté a quién se refería. Él me contestó con otra pregunta, ¿cuántas cuñadas tienes tú, a ver?, y mientras me explicaba que Eladia era la estrella del espectáculo, la que ganaba más y la que gastaba menos, porque sólo salía de casa para ir a trabajar o a Yeserías, intenté hacerme a la idea de aquel parentesco. El viernes, cuando llamé al timbre de su puerta, no lo había logrado todavía.

Si en el mundo existían dos clases de mujeres, las que podían entrar en una cárcel para acostarse con un preso sin desentonar, y las que no, la novia de Toñito y yo seguíamos estando en los extremos opuestos del planeta. Más allá de la República, de la guerra, de la derrota y hasta de aquel uniforme de miliciana que le sentaba tan bien como los trajes de faralaes, quinientas pesetas seguían siendo un dineral y Eladia, la diosa plebeya que reventaba cada tarde las aceras de la calle Santa Isabel, un modelo de perfección tan inalcanzable que no admitía imitaciones. Si hubiera tenido algo que apostar, me lo habría jugado a que saldría de aquella casa con las manos vacías y habría perdido. Cuando me abrió la puerta estaba recién peinada, maquillada y vestida como si la hubiera sorprendido a punto de salir, pero era la misma mujer que cinco años antes había venido a decirme, con la cara lavada y un pañuelo en la cabeza, que mi hermano estaba bien porque estaba con ella.

—Entra, corre, no tenemos mucho tiempo...

No se paró a besarme. No me dio un abrazo, ni me preguntó cómo estaba, ni me dijo que se alegraba de verme pero eso no me sorprendió, porque Eladia siempre sería Eladia, tan tierna como el borde de un adoquín. Y sin embargo, algo en ella, por encima de la fugaz sonrisa de sus labios pintados o el decidido repiqueteo de sus tacones sobre las baldosas, me transmitió sin palabras el calor de una bienvenida.

Antes de entrar en su dormitorio, se volvió a mirarme y me di cuenta de que estaba nerviosa. Después, sin perder un segundo, abrió el armario, apartó las perchas con las dos manos y sacó una pequeña caja de caudales de su escondite. Ese era el objeto de mi visita y la solución a todos mis problemas, pero ni siquiera me volví a mirar qué hacía con ella. Oí a mis espaldas el tintinear de un llavero, el chasquido de una lengua de metal que encajaba en el hueco de una cerradura, el ruido que hizo al girar hasta que los vástagos que sostenían la tapa se movieron dentro de sus bisagras, pero no vi nada de eso. Una manga larga de tejido desgastado, su color ya impreciso por el paso del tiempo pero tan familiar, tan inconfundible como la voz de un ser querido que ha estado ausente muchos años, me reclamó desde una percha. Me acerqué un poco y tiré del puño para contemplar el resto de la prenda, una blusa abierta que dejaba ver unos pantalones del mismo color, doblados con cuidado sobre el travesaño. Alrededor del gancho, un pañuelo rojo abrigaba el cuello de madera igual que habría adornado alguna vez el de una mujer, pero incluso sin la minuciosa perfección de ese detalle, habría identificado sin vacilar lo que estaba viendo, un error monstruoso, peligroso, tan imposible como si la Tierra se hubiera desprendido de su eje para empezar a girar al revés, a su aire. Era un uniforme de miliciana, y los ojos de aquel Cristo tan feo que había en la puerta, me miraron a su través para hacerme tiritar de frío y de calor, mientras mis dedos lo tocaban con el mismo respeto, el mismo temor con el que habrían tocado una mortaja.

—Deja eso, por favor...

Eladia los desprendió con suavidad, volvió a colocar la manga en su sitio y la acarició, como si cubriera el brazo de una persona, antes de empujar la percha hacia el fondo. Al mirarla, comprendí que aquella ropa estaba allí por alguna razón, y que esa misma razón era la que temblaba en sus ojos.

—Lo siento —ni siquiera sabía lo que sentía, ni por qué mis ojos temblaban como los suyos—. Lo siento mucho, yo...

—No pasa nada —su voz, dulce como nunca, volvió a ser la de siempre cuando cerró el armario—. Ven, anda, vamos a acabar con esto.

La caja de caudales estaba abierta sobre la cama, junto a un fajo de billetes manoseados, de distintos valores. Me parecieron demasiados, pero ella me cogió una mano para ponerlos encima y apretó con las suyas para cerrar mis dedos a su alrededor.

—Toma, ochocientas pesetas. Eso es lo que cuesta, ¿no?

—Sí, pero... Esto es mucho dinero, Eladia, yo sólo necesito quinientas, lo demás...

—Ya —sonrió mientras negaba con la cabeza—. Ya me lo
ha contado Paco, que vas a ir andando a todas partes, que no
te vas a comprar ni un triste par de medias y que vas a hacer
huelga de hambre... Pero así y todo, necesitarás una cama, ¿no?
Una mesa, dos o tres sillas, sábanas, mantas y cacharros para
guisar. Porque si no comes durante mucho tiempo, te vas a morir, y si te mueres, ya me contarás tú para qué habrá servido todo
esto —entonces sonreí yo—. Cógelo, Manolita, no es más que
dinero, una mierda... Ya me gustaría a mí que en Yeserías hubiera un cura tan sinvergüenza como el de Porlier, que me casara todos los meses con tu hermano.

Después de decirlo, como si no hubiera nada más que añadir, cerró la caja y volvió a meterla en el armario. No había
tenido tiempo de darle las gracias cuando sonó el timbre.

—¡Hostia! —durante un instante se quedó tan paralizada
como si hubiera olvidado hasta la manera de respirar—. Será
cabrón...

Volvió hacia mí una cara tan blanca como si la sangre hubiera salido huyendo despavorida de sus mejillas, las mandíbulas a cambio apretadas, tan firmes como si fueran de piedra.

—¿Se me ha corrido la pintura de los ojos?

Negué con la cabeza mientras se daba unos golpecitos en
los pómulos con las yemas de los dedos hasta que el timbre
volvió a sonar, esta vez con más impaciencia, un timbrazo largo
al que contestó con un grito después de asomarse a la puerta.

—¡Voooy!

Se acercó a mí, me besó en la mejilla y salió al pasillo a toda
prisa para darme instrucciones en un susurro frenético y sereno
a la vez, como si su cabeza circulara en una dirección opuesta a
la que marcaban sus pies.

—Tú ahora te callas, ¿entendido? Me dejas hablar a mí, me
sigues la corriente sin poner caras raras, das las buenas tardes y
te esfumas.

Cuando ya había descorrido el cerrojo, se volvió a mirarme
durante un segundo, el plazo que necesité para asentir con la
cabeza. Luego abrió la puerta y me dejó ver a un hombre inmenso, tan alto que tuve que levantar la barbilla para mirarle

a la cara. Su ceño fruncido me persuadió de que me convenía volver a bajarla, y mantuve los ojos fijos en sus descomunales zapatos mientras Eladia sacaba de alguna parte una voz cantarina que no logró encubrir del todo su nerviosismo.

—¡Alfonso! Pero... ¿son ya las siete? ¡Qué barbaridad! Se me ha pasado el tiempo volando. Pasa, por favor, no te quedes ahí —retrocedió unos pasos para franquear la entrada a aquel coloso y me puso una mano en el hombro como si quisiera anunciarme que estaba a punto de entrar en escena—. Esta es Milagros, una costurera que vive aquí al lado. Me está haciendo un traje y ha venido a tomarme las medidas, ¿sabes?

—Mucho gusto —me limité a decir para que él correspondiera con un simple movimiento de cabeza—. Yo ya me voy, Eladia, gracias por todo.

—De nada —me tendió la mano y se la estreché como si acabara de conocerla—. Llámame para la prueba, ¿quieres? Y si te hace falta volver, por lo que sea, déjame recado en la portería.

Mientras salía al descansillo, sentí su mano abierta sobre mi espalda. Las yemas de sus dedos me apretaron ligeramente para esbozar una caricia ambigua, que pretendía echarme de allí pero también protegerme de lo que fuera a pasar detrás de aquella puerta, en unos dominios donde el Cristo que reinaba sobre la mirilla carecía de jurisdicción. Bajé la escalera corriendo, como si escapara de un peligro sin nombre, y al llegar al portal cerré los ojos para respirar el aire de una noche de invierno. La peste del cubo de la basura se mezclaba con el humo de los coches y el lejano tufo de una freiduría para elaborar un aroma cotidiano que siempre me había resultado desagradable. En aquel momento me pareció tan perfumado y balsámico como los vapores de un jarabe medicinal, pero la sensación de peligro no se disipó, el miedo tampoco. El corazón me galopaba en el pecho a un ritmo desenfrenado, más inquietante aún porque era absurdo, incomprensible su agitación en aquel portal iluminado, tranquilo, donde no me acechaba enemigo alguno. Quizás por eso aquel tumulto de latidos no se detuvo cuando salí a la calle. Me acompañó hasta la Puerta del Sol, retumbó entre mis costillas mientras cruzaba la plaza y apenas cedió a las cuchilladas del viento de la sierra que me escoltó de vuelta a casa.

Mi corazón sabía más que yo. Había visto lo que yo no supe ver, había interpretado lo que yo no comprendía, y aunque no quiso compartir su sabiduría conmigo, era mi corazón y no podía ignorarle. Él decretó la tristeza sin condiciones que me recubrió como un manto de musgo frío, húmedo, cuando me encerré en el baño para contar a solas aquellos billetes desgastados, marcados por las huellas grasientas de todos los dedos que los habían tocado, un botín que debería haberme hecho feliz pero acentuó aquella súbita melancolía. Tres años después, cuando la muerte pudo una vez más con tanto amor, la Palmera me contó la historia que mi corazón intuyó, yo no, aquella tarde de marzo de 1944. Para aquel entonces ya le había devuelto casi setecientas pesetas, pero aunque Eladia hubiera vivido para cobrar los veinte duros que le faltaban, nunca habría podido pagar la deuda que contraje con ella aquel día, una moneda con dos caras, el dorso brillante, luminoso, de una generosidad que puso en mis manos más que dinero, el revés siniestro de un conocimiento oculto por las puertas de las casas de la gente. Las pequeñas vilezas individuales engrosaban, día tras día, la vileza colectiva de un país donde se hacía de todo por unos cuantos billetes, pero donde también vivían personas capaces de entregar cuanto tenían sin exigir recibos de ningún tipo. Sentada en el retrete de un piso ruinoso, tras una puerta cerrada sobre la que los nudillos de Pilarín repiqueteaban cada vez con más insistencia, no fui capaz de imaginar las precisas condiciones del pacto que había sometido a la mujer más indómita de cuantas conocía a la oscura voluntad de un hombre gigantesco, pero cuando salí al pasillo para que mi hermana pasara a mi lado como una exhalación, ya había empezado a sospechar que tal vez mis fantasías no fueran tan descabelladas como parecían. Quizás fuera más dulce, más indoloro vivir en el pico de un monte, en una casa sin baño, sin agua, sin luz, que disfrutar de un bienestar que se pagaba en la moneda de la propia dignidad. Antes de comprobar por mí misma la compleja calidad de aquella intuición, conté con la ayuda de un amigo inesperado.

—Espera un momento, Rita...

La Palmera ya se había ofrecido a hablar con Eladia para que me prestara el dinero y ella, después de aprobar con entusiasmo aquella gestión, había añadido que le encantaría ayudarme, aunque no se le ocurría qué podría hacer. A mí tampoco se me ocurrió hasta que la vi con el chaquetón puesto, a punto de marcharse.

—¿Tú no tendrás un libro que se titula *Robin* no sé qué?

—¿*Robin de los Bosques*?

—Pues no sé. ¿Ese de que va?

—De uno que roba a los ricos para dárselo a los pobres —terció la Palmera desde el primer peldaño de la escalera—. Lo que nos haría falta aquí, poco más o menos...

—¿Y se hace una casa? —al escuchar aquella pregunta, los dos me miraron con la boca abierta.

—No sé —Paco respondió primero—, yo sólo he visto la película.

—Mujer, una casa se hará, pero...

—No, no... En el libro que yo digo, la casa es lo más importante. Tiene que tratar de alguien que se hace una casa en un monte.

—¡No! —Rita se echó a reír—. No es en un monte, es en una isla desierta. El libro que dices es *Robinsón Crusoe*.

—Sí, ese... —sonreí al reconocer las dos palabras que habían precedido al silencio en el que Silverio me había besado—. ¿Lo tienes?

—Sí, pero era de mi padre, así que tienes que prometerme que lo vas a cuidar mejor que los zapatos —los levantó en el aire y cerré los ojos para no ver los tacones despellejados, acuchillados por mi torpeza—. No te pongas así, chica, que era una broma.

El domingo siguiente, cuando volví a Cuelgamuros, no había avanzado mucho. Aquel relato cuajado de apellidos extranjeros y barcos que atravesaban océanos remotos para arribar a continentes de los que apenas había oído hablar, me resultaba tan ajeno que estuve a punto de abandonarlo. No era ya que nunca hubiera estado en Inglaterra o en Brasil, sino que en los veintidós años de mi vida ni siquiera había llegado a pisar una playa. Pero Robinsón Crusoe era un náufrago, eso decían las solapas de aquel volumen antiguo y bien cuidado en el que el padre de Rita había escrito su nombre cuando era un muchacho, y yo había tenido bastante con la ría de Bilbao para convertirme en una experta en naufragios. Aun así, no habría seguido leyendo si Silverio no me hubiera enseñado que las islas desiertas también podían existir, para lo bueno y para lo malo, en la cima de un monte. Y que la extravagante historia de aquel náufrago inglés iba a explicar la mía mucho mejor que el cuento de la lechera.

—Bueno, a ver... ¿Dónde quieres la puerta?

Aquel día, los dos lo habíamos hecho todo mucho mejor, aunque a mí me seguían pesando los dos pares de calcetines que llevaba debajo de unas alpargatas corrientes e intentaba ocultar, sin mucho éxito, bajo la falda más larga que tenía. Para compensar aquella calamidad, me pinté los labios de rojo justo después de comulgar y al terminar la misa, cuando le vi venir derecho hacia mí, intenté prevenirle.

—No me mires las piernas, anda —eso fue lo primero que hizo, lo segundo, sonreír—, que estoy horrible...

La primera vez que besé a Silverio, el contacto de mi lengua con la suya trastornó mi carácter y una buena parte de las ideas sobre el mundo que había elaborado a lo largo de mi vida. La segunda vez me besó él, y sus labios actuaron como una garantía de las palabras que habían pronunciado antes, no te desanimes, Manolita, y de las que pronunciarían después de posarse sobre los míos. La tercera vez ni siquiera supe quién había empezado.

—Pero, bueno, ¿y a vosotros no os da vergüenza? —era un chico muy joven, y al mirarle vi sus mejillas ardiendo, un escapulario con una cinta morada sobre la guerrera—. ¡Que acaban de llevarse al Altísimo! Largo de aquí...

Hasta que aquel soldado nos interrumpió, no me pregunté qué estaba haciendo, ni recordé que Silverio nunca me había gustado, ni me esforcé por averiguar cuál de las varias chicas más o menos ridículas y tontorronas que había encarnado desde que entré en Porlier por la puerta de atrás, se besaba con él en el centro de aquella explanada. Pero la benéfica y blanda indolencia que me consintió disfrutar de aquel beso como si fuera el primero, y un simple beso, no resultó lo más extraordinario, ni lo mejor de aquel domingo.

A pesar de la generosidad de Eladia, los filetes empanados, incluso de cerdo, me parecieron un lujo injustificable, así que estuve todo el sábado pendiente de un experimento de doña María Luisa que no había tenido éxito. Las empanadas de pulpo eran tan raras para los madrileños que el jueves se hicieron cuatro y aún quedaban dos en el escaparate. Una se vendió de milagro aquella misma tarde y la otra me la llevé yo, muy rebajada, en una bolsa de papel que me vino muy bien para despistar tres huevos cuando nadie miraba. Al llegar a casa, cogí otro de la despensa para hacer una tortilla de patatas mediana, lo suficientemente grande como para no quedar mal si Lourdes y Julián volvían a invitarnos a comer, lo bastante pequeña como para que no sobrara demasiado si al final comíamos solos al aire libre. En la cesta metí también un mantel, dos tazas de hojalata, dos tenedores, un cuchillo y el *Abc* que María Pilar se había traído del restaurante la noche anterior. Así, cargada con el equipo de las veteranas, me levanté antes de que amaneciera el día siguiente para irme andando a Moncloa.

—Pero, bueno, menudo festín... —Lourdes se llevó las manos a la cabeza cuando vacié la cesta sobre la mesa—. No deberías haber traído nada, mujer, si tengo yo aquí unas lentejas muy ricas que ha hecho mi madre.

—Pues si no os importa —Silverio la miró, miró a Julián después—, voy a bajar a avisar a Matías para que se venga a comer. Como me ha ayudado tanto estos días...

—Claro, pero dile que se traiga su cuchara, que aquí sólo hay cuatro.

Salió tan deprisa que creí que no le había oído, pero volvió enseguida con un chico alto y muy delgado que enarbolaba una cuchara en el aire como si fuera un gallardete. Tenía una cara curiosa, casi confusa, extranjero el cuello, las mandíbulas, incluso la nariz, de ahí para arriba los ojos oscuros, las cejas pobladas, la frente más bien estrecha y el pelo castaño de un español corriente.

—¡Manolita! —para acabar de complicarlo todo, hablaba con acento ligeramente andaluz—. Ya tenía yo ganas de conocerte...

Matías, o Matthias, Burkhard Rodríguez, hijo de un ingeniero prusiano que encontró trabajo después de la Gran Guerra en la dársena de Puerto Real, y de la hija menor de un bodeguero de Sanlúcar de Barrameda que habría dado cualquier cosa por evitar aquella boda, había empezado a estudiar Arquitectura en el curso 1940-1941. Su padre, socialista, había muerto unas semanas antes del 18 de julio de 1936. La viuda huyó del calor de la capital con su dolor a cuestas justo después del entierro, y pasó la guerra en Puerto Real, donde le quedaban algunos buenos amigos, para volver a Madrid sólo cuando su primogénito se matriculó en la Universidad Central. Allí, en la puerta de un aula, lo detuvieron una mañana de noviembre de 1943 junto con otros miembros de la FUE. Su madre fue a verlo a la Puerta del Sol y le preguntó qué quería que hiciera. Matías sabía que no había vuelto a ver a sus padres desde antes de su boda, y que Queipo de Llano era el principal admirador de la joya de la bodega familiar, un amontillado muy viejo, tan caro que él nunca lo había probado, del que su abuelo le enviaba un par de cajas todos los meses para que nunca lo echara de menos. Por eso le dijo que no hacía falta que hiciera nada. Ella, a pesar de todo, movió los hilos necesarios para que su hijo redimiera condena en Cuelgamuros, trabajando como auxiliar en el estudio que el arquitecto Pedro Muguruza, un buen hombre que no era de los suyos, mantenía abierto a pie de obra. Todo eso lo fui aprendiendo después. El día que le conocí, el placer de la comida le absorbió tan completamente que durante más de un cuarto de hora ni siquiera despegó los labios, y cerró los ojos en cada cucharada para apreciar mejor su sabor hasta que tuvo tiempo de rebañar todos los platos.

—¡Qué rica, Lourdes! Nunca había comido empanada de pulpo.

—Ya, pero no la he hecho yo. La ha traído Manolita.

—¿Y has subido arriba? —me preguntó entonces, con una gran sonrisa—. ¿Te ha gustado el *château*?

—¿El qué?

—No lo ha visto todavía —le aclaró Silverio—. Ahora subimos.

—Si queréis, voy...

—No, no hace falta —y le interrumpió con tanta urgencia que volvió a sonreír—. Luego te cuento.

La curiosidad me empujó hacia arriba como si estuviera ascendiendo por una escalera ancha, cómoda, pero la transformación de aquella pradera la rebasó con creces para dejarme a solas con un estupor que paralizó a la vez mi mente y mi cuerpo, mis piernas y mi imaginación. Silverio me miraba como si estuviera pendiente de mi opinión, pero yo no podía dársela, ni siquiera podía saber si lo que estaba viendo me gustaba o no, porque no era capaz de interpretarlo. Alguien había barrido el suelo para dejar a la vista un cuadrado de hormigón muy grande, que se elevaba unos centímetros sobre el nivel de la hierba y tenía tres perforaciones equidistantes en cada lado. En el interior de aquella plataforma, ocho estacas de madera, rodeadas a media altura por una cuerda para dibujar un cuadrilátero más pequeño, sobresalían de otros tantos agujeros. Entre dos de las estacas había un espacio abierto, y en el lado que quedaba a su derecha, otra cuerda, sujeta con dos piedras, marcaba sobre el suelo una línea recta que cruzaba el espacio en sus dos terceras partes. Miré todo aquello muy bien mientras buscaba algo que decir, pero no lo encontré. Cuando volví a mirar a Silverio, comprendí que no hacía falta.

—No lo entiendes, ¿verdad? —negué con la cabeza y él sonrió—. Pues va a ser tu casa, así que... Te lo voy a explicar.

Un día, al salir de su cabaña, Robinsón Crusoe se fijó en un tallo verde, frágil, que apenas asomaba de la tierra, muy cerca de la puerta. El cuadrilátero exterior mide ocho por ocho metros, es demasiado grande, pero el interior, el que hicieron para anclar la torre, tiene veinticinco metros cuadrados y esa superficie es asequible... Aquel tallo le resultó familiar, pero no supo explicarse por qué, y se limitó a estudiarlo día tras día hasta que distinguió las yemas de las que brotarían unas hojas muy finas, casi plumas. Matías dice que con vigas de madera tenemos de sobra para levantar un edificio de una sola planta, y como trabaja en el estudio de Muguruza, conoce al hombre de El Escorial que se encarga de vender la tala comunal... Robinsón limpió la tierra que rodeaba aquella planta recién nacida, tan frágil todavía, y buscó la forma de protegerla para ayudarla a crecer. Esa madera sale más barata que la que traen los contratistas, y además, como otros ya han comprado listones en el mismo aserradero, si encargamos ocho vigas cuadradas tampoco llamaríamos mucho la atención... Sólo cuando se alzaba ya unos centímetros sobre el suelo, el náufrago se atrevió a identificar aquella planta como una mata de trigo, y a creer en su suerte. Hay que pedir permiso, claro, aquí hay que pedir permiso para todo, pero don Amós me debe un favor, porque le arreglé un reloj de cuco hace unos meses, y tampoco soy el primero, no me va a negar a mí lo que les ha concedido a los demás... Durante muchas semanas, Robinsón vigiló la planta, la regó, la abonó como pudo, y esperó. Luego, sólo necesitaríamos los ladrillos y aquí mismo hay un horno donde los fabrican, porque hacen falta para construir los chalés de los ingenieros, las casetas de las carreteras, los almacenes de material, ahora ya no hacen tantos como al principio pero allí sigue trabajando gente y algunos son camaradas... Cuando el tallo se elevó y las hojas empezaron a cuajarse de granos verdes, Crusoe rezó a su Dios para que no le enviara a traición un temporal de lluvias torrenciales, y su Dios le escuchó. Ya les he avisado, y me han dicho que harán lo que puedan, decir que una partida ha salido defectuosa, guardarme tres o cuatro de cada hornada, a partir de mañana iré por allí todas las noches, en el rato que tenemos libre después de cenar, para ir escondiéndolos en algún lugar seguro... El sol hizo madurar la espiga, y cuando sus granos estaban dorados, llenos, Robinsón la cosechó con manos temblorosas de emoción. El resto habrá que comprarlos, pero he estado echando cuentas y debo tener ahorradas en el peculio más de doscientas pesetas, porque ya llevo aquí catorce meses y no he gastado casi nada, sólo en picadura...

Separó los granos con cuidado, uno por uno, y los sembró en una pequeña parcela que había rodeado con una empalizada de estacas afiladas, lo suficientemente altas como para que ningún animal pudiera traspasarlas. Con eso debería haber de sobra, pero si pasa cualquier cosa, también puedo pedirlo de fiado, porque seis años más aquí no me los quita nadie, para saber eso no necesito ni hacer cuentas... Aquel trigal minúsculo prosperó en una isla tropical tanto como la ambición de su propietario, que después de unos días de descanso se dedicó a fabricar y secar al sol los adobes con los que pensaba construir un horno. He calculado que dentro de un mes, más o menos, estará todo, así que lo primero que voy a hacer es una polea de manivela, para subir los materiales y para que tú sigas usándola después para subir el agua, la compra, lo que haga falta... Y cuando la cosecha estuvo a punto, Robinsón la separó en dos mitades, una para sembrarla y ampliar el trigal, la otra para moler el grano y hacer harina. Matías y yo hemos encontrado un sitio donde se puede salvar el desnivel sin que las cadenas rocen en ninguna roca, y con unas ruedas de hierro de cualquier carretilla vieja, si el padre de Lourdes me dejara fabricar los soportes y las varillas de transmisión en su taller, que me dejará, sólo voy a necesitar que me compres unos metros de cadena corriente en una ferretería, ya te diré el diámetro que hace falta... Y con la harina, un poco de agua y una pizca de la sal que obtenía decantando el agua de mar, Crusoe hizo una masa sin levadura y la dejó reposar mientras encendía el horno. Lo único que no hemos decidido todavía es dónde vamos a poner la puerta, porque lo lógico sería colocarla lo más cerca posible de la polea, tal y como está, ¿ves el hueco?, para que no tengas que cargar peso más de lo imprescindible... Después aplastó la masa para darle forma de tortas y las introdujo en el horno de adobe, teniendo cuidado de que no se quemaran. Pero Matías dice que los tres metros de hormigón que rodean la casa por cada lado serían ideales para hacer un porche con una lona, porque podríamos aprovechar los agujeros de fuera para sujetarla con tres estacas, y que lo mejor sería orientarlo al sur, porque aquí nunca hace mucho calor en verano, pero en otoño y en primavera, cuando salga el sol, será muy agradable estar fuera... Las tortas que salieron del horno de Robinsón, planas y tostadas, eran semejantes al pan ácimo de los judíos, pero estaban muy ricas. El problema es que la polea estará más cerca de la fachada que da al este, y lo que quiero preguntarte es si no te importaría que el porche estuviera a su izquierda, o sea, que no te lo encuentres al entrar y al salir, aunque te haremos un tejadillo sobre la puerta para protegerla de la lluvia, y sobre todo de la nieve, que aquí es peor... Y cuando las probó, el náufrago lloró de alegría, y dio gracias a su Creador por tanta magnificencia. Otra idea de Matías es hacer un tabique que no llegue hasta el techo allí, donde está esa cuerda, ¿la ves...? Desde entonces, Robinsón Crusoe comió pan, pero nunca supo cómo había llegado la primera semilla, un simple grano de trigo, hasta la puerta de su casa. Porque si hacemos la chimenea en el ángulo, aunque el tiro esté en la pared de carga, el fuego calentará el tabique, y como el calor tiende a subir, también pasara por encima, así que si colocas la cama pegada a la pared, te llegará calor por dos vías distintas sin el peligro de dormir al lado de la chimenea, respirando humo... Durante mucho tiempo, mientras comía el pan hecho en su propio horno, con su propio trigo, el habitante de aquella isla desierta repasó muchas veces la disposición de las mercancías que viajaban en la bodega del barco hundido. Así, además, tendrás un dormitorio separado del resto de la casa aunque el tabique no tenga puerta, que según Matías tampoco pasa nada, porque en muchas casas modernas hay tabiques de estos, como biombos, que no se cierran aposta... Hasta que concluyó que aquel grano de trigo se habría pegado por casualidad en el fondo de un saco o de un cajón de los muchos que había transportado desde el barco hasta la isla. Así que, bueno, la chimenea estaría aquí, el tabique iría por allí, el dormitorio tendría unos dos metros por cinco, lo justo para poner una cama de matrimonio y una mesilla en el testero, y lo demás, ya lo ves, sería bastante grande... Y volvió a dar gracias a su Dios, porque el azar que había transportado y sembrado aquel grano de trigo en la puerta de su casa sólo podía interpretarse como un milagro de su Divina Providencia.

—¿Qué? —cuando terminó de hablar, se me quedó mirando—. ¿Te gusta?

—Claro que me gusta. Me encanta, pero... Todo esto va a ser muy caro, Silverio. Va a costar mucho dinero, mucho trabajo, y... —acerqué la cabeza a la suya, cerré los ojos, volví a abrirlos—. ¿Y si luego la que no te gusta soy yo?

—Tú me gustas mucho, Manolita.

—Eso no lo sabes.

—Claro que lo sé —se inclinó sobre mí y nos besamos durante muchos minutos, más de cinco, hasta que sonó la sirena que anunciaba la partida de mi autobús—. Lo sé.

El 15 de mayo de 1944, el hermano pequeño de Julián se ofreció a llevarme a mi nueva casa en la camioneta de la lechería. En Cuelgamuros no se celebraba el día de San Isidro, y cuando llegamos todo el mundo estaba ocupado. Las mujeres que no trabajaban limpiando y cocinando para los trabajadores, se habían montado a las ocho en punto en la camioneta que bajaba todas las mañanas hasta El Escorial para recoger a algunos capataces y obreros libres que vivían en el pueblo. Por eso, cuando Abel aparcó su furgoneta en la colonia, donde terminaba la carretera, sólo la madre de Lourdes y algunas de sus vecinas salieron a darnos la bienvenida.

El domingo anterior me había llevado a Madrid el carro de mano que Silverio había hecho para mí. Abel consiguió otros dos y así, dando varios viajes, transportamos mi ajuar hasta el final de la cuesta. No estábamos solos. Él había reclutado a dos de sus primos, que se apuntaron para poder pasar un rato con Julián, y yo había aportado a Rita y a Pilarín, que transportaron los bultos más pequeños. Isa las siguió con las manos vacías, y me di cuenta de la decepción que le inspiraba el aspecto del campamento, pero no le advertí que no se desanimara para que nuestra casa le gustara aún más.

—¡La madre que lo parió! Será hijo de puta —al llegar hasta la polea, Abel me miró mientras negaba con la cabeza—. No me podía imaginar... —y se echó a reír—. Desde luego, genio y figura.

—¿Has visto? —yo me sumé a sus carcajadas ante un coro

de mujeres atónitas, cuyo estupor se acrecentó al verme colocar el contenido de mi carro de mano sobre una plataforma de metal soldada a las cadenas de aquel artefacto—. Toma, ponle tú las cuerdas y yo subo...

—No, no —me interrumpió caballerosamente—. Lo hacemos nosotros, tú quédate aquí.

Aseguré la carga con la destreza que había adquirido después de repetir la misma operación con paquetes y paquetes de ladrillos, y esperé a que Abel me preguntara si estaba todo listo. Cuando le dije que sí, las maletas y las cajas subieron solas, gracias a las dos cadenas que giraban en sus respectivas ruedas, ancladas al suelo por soportes de hierro fijados con cemento.

—Pero ¿esto qué es? —me preguntó Isa con cara de susto.

—Una polea —respondí con tanto desparpajo como si llevara toda la vida usándolas.

Cuando la última remesa llegó hasta arriba, fijé mi carro de mano a un eslabón con un candado, lo cerré con una de las llaves que a partir de entonces llevaría siempre colgadas del cuello, y encabecé la ascensión con una advertencia.

—Agarraos a la barandilla, que los escalones no están bien hechos.

Las estacas de madera bordeaban muy aproximadamente los peldaños tallados en el granito, porque Silverio sólo había podido clavarlas en los lugares donde se había acumulado una cantidad de tierra suficiente sobre la roca. El conjunto parecía una línea recta trazada por un borracho, pero los troncos de pino que servían de pasamanos hacían la subida más cómoda, la bajada mucho más segura. Creí que aquel sería su último regalo, pero cuando me acerqué a la casa distinguí en el porche una construcción nueva y pequeña, adosada al muro.

Yo ya sabía que un domingo entero daba para mucho, porque el día que construyeron mi casa había estado allí, dando de beber a los cincuenta hombres que ejecutaron impecablemente, en unas pocas horas, un plan de trabajo que a mí me había parecido un delirio.

—Claro que se puede, Manolita —Matías asintió con la cabeza antes de explicarme por qué estaba tan seguro—. Vas a tener la mejor mano de obra de España. Un buen obrero es, por definición, un hombre inteligente, y nueve de cada diez obreros inteligentes son trabajadores con conciencia política. Aquí, de esos hay a montones, y están deseando demostrar lo que valen para que se jodan los de abajo, no por otra cosa. Tu casa, a estas alturas, es lo de menos. Esto va a ser un acto de propaganda, y por eso va a salir bien.

Tenía razón. Aquel domingo, todos se sintieron casi libres mientras se repartían el trabajo como si cada uno fuera una tuerca, un tornillo de una máquina admirable, y cuando se pusieron en marcha sentí que estaba viendo una película proyectada demasiado aprisa, imágenes que se atropellaban entre sí a una velocidad superior a la capacidad de mis ojos. Un tercio, distribuido en grupos de tres hombres, fue levantando las paredes a la vez mientras otros montaban los andamios que don Amós les había prestado sólo por un día, para subirse encima y colocar las vigas, las traviesas del techo. Lo hicieron todo muy bien, muy deprisa, pero a media tarde, cuando salió el autobús, la casa sólo era un cubo con paredes de ladrillo a medio rematar y un techo plano de madera. Una semana después, comprobé que en las cuatro horas restantes habían levantado los pináculos que coronaban dos de las fachadas para colocar las vigas que sostendrían el techo definitivo, también de madera, pero a dos aguas, y habían enlucido las paredes, por dentro y por fuera. Aquel día, Silverio, Julián, Matías, Lourdes y yo las pintamos turnándonos una escalera de mano y nos sobró tiempo, pero ni así me habría atrevido a esperar tanto.

—¡Manolita! ¿Qué haces ahí? —cuando Isa vino a buscarme, seguía acariciando los ladrillos que formaban aquella hache mayúscula como si fueran seres vivos, capaces de agradecer el tacto de mis manos—. ¿La has visto por dentro? Es precio... ¿Y esto qué es?

—Una cocina.

Unas varillas de hierro atravesadas a media altura, entre la zona reservada al fuego y el final de los muretes de ladrillo, servían de parrilla, y una superficie de ladrillos planos, que prolongaban el travesaño de la hache y estaban sustentados por dos columnas del mismo material, formaban una mesa recubierta por tablones de madera. Debajo, en todos los huecos había leña, troncos redondos en los extremos, y palitos y piñas, buenas para encender el fuego, en el central. En la casa de Villaverde donde había vivido de pequeña había una cocina muy parecida, y sin embargo, al verla sólo pude pensar en el horno de Robinsón Crusoe. Por eso, Isa no entendió que me hubiera emocionado tanto al descubrirla. Tampoco que la echara de casa justo después de cenar.

—No, si yo me quedo —intentó corregirme mientras me veía abrazar a Rita, a Pilarín, mientras las dos me prometían que vendrían a verme de vez en cuando—, como no vuelvo a Madrid...

—No, tú te vas. Por favor, Isa... Bájate a casa de Lourdes y así ves un poco todo esto. Luego, cuando Silverio se marche, bajo con él y te recojo.

—Pero es que, subir de noche... —intentó resistirse hasta que me miró—. Hija, tampoco es para ponerse así.

Aunque la chimenea estaba encendida, después de extender una manta en el suelo encendí algunas velas más. La última acababa de prender cuando se abrió la puerta igual que se abriría, a las nueve y cinco más o menos, todas las noches a partir de aquella.

—¿Y tu hermana? —Silverio me miró, miró a su alrededor, le extrañó encontrarme sola, descalza y con el abrigo puesto, pero no dijo nada—. Qué bien tira la chimenea, ¿no?

—Sí, es que está muy bien hecha —me acerqué a él, le cogí de la mano y nos acercamos al fuego—. Tienes que prometerme una cosa, Silverio.

Él respiró hondo y asintió brevemente con la cabeza.

—¿Qué?

Me desabroché los botones sin apartar los ojos de los suyos, pero mantuve el abrigo cerrado con las manos.

—Prométeme que no vas a pensar mal de mí.

Antes de responder me dirigió una mirada concentrada, casi solemne. Luego sonrió.

—No voy a pensar mal de ti —y empecé a separar las solapas de mi abrigo muy despacio—. Te lo prometo.

Un instante antes de dejarlo caer en el suelo, me di cuenta de que tenía los pies helados. Sin embargo, al quedarme desnuda ante él no sentí frío. Estaba segura de que en aquel momento iba a cerrar los ojos, pero no lo hice porque Silverio siguió mirándolos, porque mantuvo sus ojos fijos en los míos antes de recorrer mi cuerpo con ellos. No era la primera vez que me quitaba la ropa delante de un hombre, pero en la trastienda de Jero, donde hasta mi aliento se congelaba en cada respiración aunque la caldera estuviera echando humo, sólo había escuchado el efecto de mi desnudez, sin llegar a contemplar nunca su reflejo. Silverio no hacía ruido. Me miraba con los labios cerrados, sin moverse, sin jadear, y pude verme en sus ojos muy abiertos, mirarme con ellos mientras avanzaba hacia mí tan despacio como si le diera miedo asustarme. Cuando sus manos se posaron en mis pechos frunció un instante el ceño, y quizás sólo fuera un síntoma de su concentración, pero en aquel instante recordé las mismas manos, el mismo gesto en el cuartucho de Porlier, y volví a escuchar su voz, ¿pero qué pasa?, y la mía, ¡que estás tolay, eso es lo que pasa! Para ahuyentar aquellos ecos, recubrí sus manos con las mías, las apreté contra mi pecho y sin saber por qué, porque no estaba triste y no sentía dolor, vergüenza o rabia, porque no tenía miedo y nada en aquella escena me daba lástima, se me llenaron los ojos de lágrimas.

Aquella noche sólo estuvimos juntos una hora y media, pero en ese plazo aprendí muchas cosas. Que los ojos representaban una parte muy pequeña del cuerpo. Que el órgano del gusto era la lengua, y por eso la piel no sabía llevarle la contraria. Que la suerte de mi piel estaba echada desde que mi lengua decidió por mí en la dulce y confusa ceremonia de mi segunda boda fraudulenta. Que la piel de Silverio lo sabía, y sabía que entonces también habría llegado hasta el final sin una casa como una isla desierta de por medio. Que ni su piel, ni su lengua, ni su cuerpo podrían pensar mal de mí porque ya no podían pensar, porque ninguno de los dos pensó mientras estuvimos juntos y abrazados encima de aquella manta. Que el placer era un misterio con color, con tacto y con sabor, brillante como la cola de un pavo real, sedoso como la caricia de una pluma, tan sólido que podía masticarse en el aire. Que una hora y media era larga como un día entero de espera, tan corta a la vez como un suspiro. Y que no había aprendido nada de la ambición, de su insaciable naturaleza, hasta que Silverio se separó de mí para marcar mi piel con la llaga imaginaria de su ausencia. Pero antes que eso, aprendí algo más.

—Lo de que no pensaras mal de mí no era sólo por lo de acostarnos, ¿sabes? —él levantó la cabeza para mirarme desde la fina línea que separa el recelo de la extrañeza—. Es también por esta casa, porque no quiero que pienses que soy una aprovechada y...

No me dejó terminar la frase y así, el último beso de aquella noche me enseñó lo más importante. Que nada, ni los hielos del invierno, ni las borrascas del norte, ni el Patronato de Redención de Penas, ni Franco, ni lo que había hecho con España, ni siquiera ese Dios torpe y tullido que acababa de quedarse manco y ya no tenía fuerzas para apretar, para ahogarme a la vez entre sus dedos, iba a impedir que yo fuera feliz en Cuelgamuros.

Mi hermana Isa me dejó sola cuando empezó el invierno. A lo largo de la esplendorosa primavera que engendraría un verano ideal, fresco, soleado y seco, su cuerpo se recuperó al mismo ritmo que su espíritu. El secretario de la oficina, un preso que se llamaba Miguel Rodríguez, le enseñó a leer y a escribir mientras el aire de la sierra la fortalecía, y desde que encontré trabajo como camarera en un hostal de El Escorial, su única ocupación consistió en arreglar la casa, hacer los deberes y tomar el sol. Por la tarde, cocinábamos juntas en el porche y después de cenar se iba a dar una vuelta sin que tuviera que pedírselo. Su vida fue un veraneo sin límite hasta que el otoño acortó los días y deslizó un escalofrío en cada ráfaga de viento.

Sólo entonces me enteré de que se había echado un novio. Alfredo Ramírez era amigo de Miguel y cacereño, como Taña, pero no se fijó en él por eso, sino porque era músico. Silverio me había contado que todas las noches, al subir, se cruzaba con mi hermana. Baja tan deprisa que un día de estos se va a escoñar, me dijo, pero cuando le pregunté adónde iba, sólo me contó que había conocido a un chico que sabía tocar el piano, que leía partituras y que tenía un acordeón.

—Deberías bajar conmigo a escucharle —y movió los brazos con las manos abiertas, pulsando el aire con los dedos para crear una melodía imaginaria a la que acompañó con todo el cuerpo—. Toca muy bien, ¿sabes?

—Sí, bueno, ya veremos...

Yo tenía mejores cosas que hacer por las noches, y no me enteré de nada hasta que Isa empezó a toser. A primeros de noviembre, su catarro se convirtió en una bronquitis. Ella se empeñó en quitarle importancia, pero el domingo siguiente, el acordeonista subió a verme.

—Es que, verá, yo quería decirle... —sólo cuando me trató de usted, comprendí que compartía con mi hermana algo más que el amor a la música—. Tiene usted que conseguir que Isa se vaya a Madrid. Aquí va a ponerse cada vez peor. Yo ya he intentado convencerla, pero no me hace caso.

A mí tampoco me lo hizo hasta que Alfredo consiguió que un tío suyo, empleado en la sede central de la constructora, le reservara una plaza en Madrid para cuando le pusieran en libertad. No iban a tardar mucho porque hacía ya un par de meses que había redimido toda la pena.

—Pero no quiero una novia tísica —le dijo a Isa cuando empezó a helar por las noches—, así que como no te vayas y me esperes en tu casa, me vuelvo a Cáceres. Tú verás lo que te conviene...

Aquella era una preocupación muy común entre los presos de Cuelgamuros. Aunque sabían que su situación no era diferente de la del ganado al que sus amos cuidan y alimentan para obtener el mayor rendimiento posible de su explotación, se sentían unos privilegiados por no pasar hambre, por trabajar al aire libre y descansar los domingos. Pero esas condiciones, aplicadas a la vida de sus mujeres, les parecían tan crueles que vivían permanentemente divididos entre la alegría de verlas a diario y la culpa de haberlas condenado a vivir en la cárcel sin muros de aquel paraje inhóspito. Yo lo aprendí enseguida, porque cuando se fue Isabel y el invierno cayó sobre nosotros, Silverio empezó a decirme que yo también podría volver con mi familia, pasar en Madrid lo peor, regresar en primavera.

—¿Es eso lo que quieres? —le pregunté una noche y no me contestó—. ¿Preferirías que me marchara? —estábamos desnudos, abrazados junto al fuego, y me apretó tan fuerte que tuve que usar los codos para separar mi cabeza de la suya, porque necesitaba mirarle a los ojos—. Dime la verdad.

—No —a aquellas alturas, todavía se puso un poco colorado—. Yo te quiero. Y quiero que te quedes.

Así que me quedé. Llegaron las tormentas, luego las nevadas, y seguí viviendo en el pico de un monte como una reina con poder y sin gobierno, la emperatriz de un mundo aparte, un planeta innombrado donde los calendarios contaban los días de la Edad Media mientras los relojes marcaban el ritmo de la Revolución Industrial. Mi casa, pequeña y bonita, no tenía luz eléctrica pero todas las noches, a las nueve en punto, resplandecía como una catedral profana, porque Silverio había fabricado cuatro grandes fanales de cristal y hojalata para colgarlos del techo, porque cada uno incluía cinco soportes para velas gruesas como los cirios de iglesia, y porque cuando los encendía todos, al atardecer, reflejaban una luz más poderosa que las llamas.

Vivía en una isla desierta, una playa sin mar, sin río, sin tuberías, sin grifos, pero me las arreglé para cultivar un jardín, y un huerto más fértil que el de Robinsón Crusoe. Todos los domingos, Silverio y yo bajábamos hasta la fuente de la colonia con el carro de mano para llenar de agua potable varios bidones de cinco litros, que vertíamos después en los dos grandes cántaros que reposaban en un soporte de madera, en el rincón más fresco de la casa. Pero el resto, agua para regar, para fregar, para lavarme, era un regalo del cielo. Un aljibe adosado al muro que daba al norte, recogía para mí la nieve y la lluvia, y al llegar el deshielo, mi huerta se regaba sola con los regatos de agua que bajaban por la peña que nos protegía del viento en invierno. Allí cultivé patatas, cebollas, repollos, calabacines, pepinos, lechugas y berenjenas, hasta tomates en verano, pero también planté flores, rosales de pitiminí, que aguantan bien las heladas, muchos geranios y dos cerezos, que explotaban en capullos sonrosados al llegar el mes de abril.

Allí crié también a mis dos hijos mayores, Laura, que nació en Madrid, en marzo de 1945, y Antonio, que dos años después me costó una bronca con su padre, porque llegó en julio y no quise irme de Cuelgamuros para parirlo. Aquella vez fui yo la que le pidió un favor a don Amós, y mi hijo nació en casa igual que un príncipe, con cuatro médicos para nosotros solos, dos ginecólogos y dos pediatras, todos presos, alrededor de mi cama. Cuando Silverio lo vio, cuando lo cogió en brazos recién nacido como no había podido coger a su hermana, se puso tan contento que ni siquiera se acordó de darme la razón. Y aquel mismo verano le añadió a nuestra casa una habitación más, para que nuestros hijos tuvieran su propio dormitorio.

Así viví seis años, así crié a dos niños, así sembré, coseché, y a veces lo pasé mal, aunque fui muy feliz muchos días y todas las noches. Pero nunca me acomodé a vivir en Cuelgamuros. Nunca, ni por un instante, olvidé qué clase de naufragio me había arrojado a aquella roca, ni oteé el horizonte para distinguir las velas del barco que no vendría a rescatarme. Todos los días, cuando dejaba a los niños en la guardería que una vecina había improvisado en la colonia para irme a trabajar, veía a lo lejos las obras del monasterio, recordaba el nombre con el que otros lo conocían, y lo que significaba. Todas las noches, cuando Silverio se marchaba para llegar a tiempo a su barracón, recordaba que le habían condenado a treinta años de cárcel por imprimir unas octavillas. Cada día y cada noche pensaba en todo esto y al principio me sentía incómoda, casi traidora por la razonable placidez de mi vida en el epicentro de tanto dolor, aquel monumento a mi propia derrota. Sin embargo, con el tiempo comprendí que la alegría era un arma superior al odio, las sonrisas más útiles, más feroces que los gestos de rabia y desaliento.

Para las mujeres de Cuelgamuros la felicidad era una consigna, el grito mudo que recordaba a los de abajo, día tras día, que su victoria no había sido bastante para acabar con nosotras, que preferíamos vivir en los márgenes, en casas sin agua y sin luz, edificadas con nuestras propias manos, a habitar en el centro que habían levantado sobre nuestra ruina. Por eso me acostumbré a sonreír siempre, a toda hora, con motivos o sin ellos, para que entendieran que no podían herirme, ya no, y mis sonrisas, las de las demás, se fueron infiltrando poco a poco en mi interior, moldeando mi carácter para hacerme cada vez más fuerte. A finales de 1949, mientras Silverio seguía trabajando de propina, porque había redimido ya toda la pena, murió Muguruza. Cuando su sucesor anunció que no quería más presos políticos en su monasterio, ni siquiera tuve que cruzar una palabra con mi marido para darle una respuesta a don Amós.

—Vengo a ver si convences a este, Manolita, que es más terco que una mula...

El 24 de diciembre ya me había despedido del trabajo. Los dueños del hostal cerraban hasta Año Nuevo, y estuvieron de acuerdo conmigo en que no merecía la pena que me reincorporara para una semana. Eso no significaba que estuviera de vacaciones. Tenía mucho que empaquetar, porque todos sabíamos que los presos se irían de Cuelgamuros antes del 10 de enero, pero aquel día, cuando Silverio apareció con don Amós a media mañana, estaba fuera con los niños.

—Hace un día tan bueno que no aguantaba dentro —les expliqué, aunque no me habían preguntado nada—. La verdad es que voy a echar de menos esto.

—¿A que sí? —don Amós me sonrió y se volvió hacia Silverio—. ¿Lo ves? —pero él también sonrió mientras negaba con la cabeza.

Luego, mientras tomábamos un vaso de vino cerca del fuego, me contó que la empresa le había ofrecido a Silverio un puesto de obrero libre, muy bien pagado, para retenerle en las obras del monasterio.

—Y yo le he dicho: pero, hombre, con lo que habéis trabajado tu mujer y tú aquí, con esa casa tan bonita que tenéis, ¿por qué no quieres quedarte? En Madrid no dejarás de ser un ex presidiario, tendrás que volver a empezar, y a lo mejor las cosas no te van tan bien como crees... —entonces se volvió en la silla para dirigirse a mí—. Imagínatelo, Manolita, imagínate lo que sería vivir aquí con agua corriente, con luz, como en las casas de la colonia pero con un sueldo mejor que el del padre de Lourdes. Tú ni siquiera tendrías que trabajar y...

En ese momento se calló, porque me vio sonreír y adivinó la sonrisa que había provocado la mía.

—¿Te das cuenta de que he acabado siendo un buen partido?

—Y que lo digas...

Don Amós no entendió la pregunta de Silverio, ni mi respuesta, ni las carcajadas en las que desembocaron nuestras sonrisas, pero negó con la cabeza varias veces, como si ya hubiera escuchado bastante.

—Pues vas a ir a una cárcel —le advirtió a Silverio—. Va a ir a la cárcel —me advirtió a mí—, tres o cuatro meses como mínimo, hasta que le arreglen los papeles. ¿Eso queréis? —él no dijo nada, yo tampoco—. No lo entiendo. No entiendo qué pretendéis demostrar con esto.

—Hombre, pues no es tan difícil, don Amós...

Cuando Silverio intentó explicárselo, movió la mano en el aire, como si no quisiera saber nada, se levantó y le dijo que no hacía falta que volviera a la obra, que se quedara en casa hasta después de cenar. Luego se despidió de mí, de los niños, y fue hacia la puerta, pero no la traspasó.

—La verdad, Aguado —dijo desde allí—, es que no te entiendo. Tampoco sé si darte un abrazo o un par de hostias.

Silverio y yo nunca volvimos a hablar de aquella oferta. Pero tampoco olvidamos aquella casa en la que, a despecho de la derrota, de nuestro destino y de la omnipotente voluntad de un dictador, habíamos conseguido ser felices.

Robinsón Crusoe recogió muestras de su isla antes de abordar el barco que le devolvería a Inglaterra. Yo también me llevé algunas semillas, y esquejes de todos mis geranios, que viajaron hasta Madrid en unos cucuruchos de papel rellenos con su propia tierra, la tierra de Cuelgamuros que rellenaría las macetas donde los planté unos días después.

Y sin embargo, mientras me volvía a mirar mi casa desde el asiento trasero de la camioneta de Abel, no pensé en el náufrago, ni en su isla, ni en su travesía de regreso, sino en mi hermano Toñito, que por aquel entonces vivía muy lejos, en los arrabales de París. Porque en enero de 1950, alejarme de Silverio me dolía más que el dolor y la esperanza de dormir con él una noche entera, y otra, y otra más, hasta perder la cuenta antes de que acabara el invierno, era una promesa más dulce que la primavera.

Eso significaba que, después de todo, las multicopistas que llegaron desde América diez años antes habían funcionado, aunque no hubieran servido para imprimir ni una triste octavilla.

Silverio Aguado Guzmán no dejó de pensar en aquellas máquinas durante el resto de su vida.

Muchos años después de verla dibujada en tinta china, consiguió localizar en un catálogo antiguo una multicopista doble, idéntica a la que Rita había copiado del natural. Se trataba de una patente japonesa fabricada en el Perú, un modelo con cuatro rodillos en la parte superior y otro encajado en el fondo que formaba parte de un mecanismo secundario, destinado a canalizar las hojas que se imprimían de dos en dos pero se recogían de una en una, en las bandejas situadas a cada lado. Unos días más tarde, el representante que había rescatado aquel cuadernillo del trastero de un almacén le contó que aquella novedad no había tenido éxito, porque la complejidad del diseño multiplicaba las averías y el quinto rodillo no giraba a la velocidad suficiente para evitar los atascos de papel. El fabricante original había dejado de producirlas antes de que cumplieran un año en el mercado, pero su filial de Lima siguió intentándolo durante algún tiempo. Silverio supuso que el Partido las habría comprado allí, probablemente muy rebajadas, y comprobó que había acertado en todo lo demás. A esas alturas, aquello era lo de menos, y sin embargo se puso tan contento que hasta le dio vergüenza exteriorizarlo ante su mujer. Cerró el cuadernillo sin hacer aspavientos, esperó hasta que se acostaron, y por fin lo comentó en el tono de las cosas sin importancia, como si ella no se hubiera dado cuenta de que todos los días se traía un par de catálogos del trabajo, como si no le hubiera visto estudiarlos después de cenar, como si no supiera lo que estaba buscando.

—Habrían funcionado, ¿sabes?

Manolita dejó caer el libro que estaba leyendo, giró la cabeza y le miró.

—Las multicopistas, ¿no? —su marido asintió—. Nunca lo he dudado.

—Pues yo no estaba tan seguro, porque... —ella se echó a reír y le pegó con el libro en la coronilla.

—Silverio, por favor... —él cedió a la risa mientras se cubría la cabeza con un brazo, a tiempo de parar el segundo golpe. Luego cayó fulminado por un sueño instantáneo, tan benéfico como el de un bebé.

El mecanismo de aquellas multicopistas le había obsesionado durante años, y sin embargo, al despertar comprobó que había explotado en el aire como una burbuja de jabón, sin hacer ruido ni dejar rastro. La solución del problema al que había dedicado tantas horas de su vida desencadenó un vacío misterioso, casi físico, porque tenía forma de agujero, tan redondo como si las ilustraciones de aquel catálogo le hubieran perforado el estómago mientras dormía. Fue una sensación contradictoria pero sobre todo efímera, porque la experiencia de la dictadura, dentro y fuera de la cárcel, le había convertido en un militante muy distinto del ingenuo mecánico de Porlier, aquel muchacho de veinticuatro años que desconocía por completo las reglas de la clandestinidad. Sólo eso, y que su trayectoria política se hubiera desarrollado bajo el paraguas de una legalidad casi ininterrumpida, pudo explicarle a principios de los años cincuenta la serenidad con la que había aceptado el plan de Antonio, que siempre había sido el único insensato de los dos. Así y todo, aquel era un misterio muy menor en comparación con el proceso que le había llevado a enamorarse de una chica que nunca le había gustado.

Ni siquiera podía recordar cuándo la había visto por primera vez. Manolita siempre contaba que aquella tarde de primavera de 1934 en que su hermano le llevó a la tienda para que arreglara la registradora, le había visto desmontar la carcasa como si pellizcara sus tornillos con unos dedos mágicos, porque la herramienta que usaba era tan pequeña que ni siquiera asomaba entre sus yemas. El detalle con el que su mujer evocaba aquella escena, le convenció de que aquel día tenía que haber estado allí, pero por mucho cuidado que pusiera en sonreír y asentir con la cabeza mientras la escuchaba, la verdad era que nunca consiguió situarla detrás del mostrador. En aquella época, Manolita tenía doce años pero parecía más pequeña, y aún tenía los rasgos borrosos, intercambiables, de los niños que no llaman la atención ni por su físico, ni por su gracia, ni por su carácter. De eso sí estaba seguro, porque cuando estalló la guerra y su hermano empezó a convocar reuniones casi a diario en el salón de su casa, se fijó en que se había convertido en una mujer sin haber llegado nunca a dar un buen estirón. Y hasta que se la encontró en el locutorio de Porlier, en mayo de 1941, apenas había vuelto a reparar en ella.

Antes de acostumbrarse a mirarla a través de una alambrada, Manolita representaba para él una presencia familiar, tan insignificante a la vez como los muebles que veía todas las tardes en aquella habitación, una chica sin suerte, embutida entre la belleza consumada de su hermano mayor y la explosión que prometía el cuerpo de Isabel. A los cinco años, Pilarín, que corría a sentarse en sus rodillas apenas le veía, para enroscar los brazos en su cuello y ofrecerle matrimonio a cambio de que le rascara la espalda, era mucho más seductora. En aquel cubil de serpientes tentadoras, Manolita parecía una figuranta, esa actriz que en todas las compañías de teatro hacía varios papeles pero sólo decía una frase, vestida casi siempre de doncella, señor, la mesa está servida, aunque él llegó a detectar algo más. Mientras la veía deambular por el pasillo, impermeable a la pasión que incendiaba su casa, un mellizo encajado en cada cadera y el gesto perpetuamente hosco que la había convertido en la señorita Conmigo No Contéis, pensaba que quizás se había ganado ese apodo por razones más complejas, más peligrosas que los reproches de su hermano. Nunca se lo dijo a nadie, pero se fue convenciendo poco a poco de que Manolita, ni perezosa, ni egoísta, ni indiferente, era en realidad una facha emboscada, que todas las noches encendía una vela para arrodillarse en el suelo y pedirle a una estampita de la Virgen que Franco llegara cuanto antes a la Puerta del Sol.

659

Si él hubiera vuelto a pasear por aquella plaza, si hubiera podido volver a su barrio de vez en cuando con un permiso para dormir en su cama, como todos los demás, habría podido ahorrarse una sospecha que después le colorearía las mejillas muchas veces. Pero Silverio, sin haberse movido de la provincia de Madrid en toda la guerra, apenas había pisado las aceras de su ciudad desde el mes de febrero de 1937.

—¡Aguado! —el timbre de aquella voz no le asustó, porque aquel energúmeno sólo sabía hablar a gritos.

—¡Aquí, mi cabo! —contestó sin levantarse.

—Pues mueve ese culo de una vez, ¡coño!

Aquel día, el sector del frente del Jarama ocupado por su compañía estaba tranquilo, pero el cabo les había explicado muchas veces que con independencia de que los fascistas dispararan o no, lo último que había que hacer dentro de una trinchera era levantarse. Aquel animal, que sólo sabía tirar de pistola para imponer disciplina, tenía enfilado a Silverio desde que le vio con un libro de Machado entre las manos. Desde entonces, le arrestaba con el menor pretexto, se burlaba de él ante los demás y no desperdiciaba la ocasión de censurar la blandura de los jefes de un ejército que admitía en sus filas a señoritas aficionadas a la poesía. No sólo era despreciable. También era peligroso, y por eso, aquella mañana, el lector corrió agachado, sorteando cuerpos como un conejo en su madriguera, hasta que lo tuvo delante.

—¿Tú tienes un amigo en la Sexta que se apellida Perales? —le preguntó sin más preámbulos.

—Sí —entonces fue cuando Silverio se asustó—. ¿Qué ha hecho?

—Nada, hombre —aquella bestia sonrió con una esquina de la boca—, pero tienes que venir conmigo. El mando quiere verte.

Le siguió hasta una tienda de campaña donde un comandante, un teniente coronel y el comisario jefe de su sector dejaron de discutir alrededor de un mapa para estudiarle con la expresión propia de los miembros de un tribunal de oposiciones ante un nuevo candidato.

—Vamos a ver... —pero el examen resultó asombrosamente fácil—. ¿Tú eres el que sabe arreglar cualquier máquina con una goma y dos horquillas?

—Bueno, mi teniente coronel, a veces necesito algo más.

—¿Como por ejemplo?

—Pues, no sé, un destornillador o una llave inglesa, según...

—Muy bien, pues ahora mismo te vas a Madrid con el capitán Vélez. Que te lo vaya explicando por el camino.

Silverio Aguado Guzmán era un mecánico sumamente habilidoso y un chico muy inteligente, pero no sabía nada de la guerra. Cuando llegó al frente del Jarama y aprendió que, al cesar el fuego, todos los soldados y hasta los suboficiales tenían que recoger los casquillos desperdigados por el suelo, para llenar con ellos unos sacos idénticos a los que llegaban cada día con balas nuevas, creyó que eso era lo normal, lo que hacía también el enemigo, todos los ejércitos en todos los frentes estabilizados del mundo. Si el capitán que mandaba la compañía de Antonio Perales no hubiera sido el encargado de reaprovisionar aquel sector, tal vez nunca habría llegado a enterarse de la verdad. Pero aquella mañana, a su amigo le había tocado ir a buscar munición y no encontró nada que canjear por los casquillos.

—¿Como que canjear? —miró al capitán y él correspondió con una expresión que no supo interpretar—. ¿Pero eso no se compra?

—Los fascistas, sí —Vélez suspiró—. Nosotros no podemos.

Al principio creyó que era una broma. Todos los días oía hablar del embargo contra la República, de la barrera que las democracias habían levantado para impedir las importaciones de armas del gobierno, de los tanques y aviones bloqueados en la frontera francesa que nunca llegarían a las unidades para las que habían sido comprados, pero el armamento pesado era una cosa, pensaba, y las balas, tan pequeñas, tan baratas, otra muy distinta.

—No te lo crees, ¿verdad? —el capitán lo leyó en sus ojos—. Pues no te preocupes, vas a verlo ahora mismo.

Lo único que vio cuando se bajó del coche fueron las obras de los Nuevos Ministerios, el desolador efecto de los bombardeos sobre los edificios a medio construir, una doble ruina que Vélez atravesó a buen paso. El soldado le siguió en silencio hasta un patio interior que no parecía distinto de los demás, pero al cruzarlo, distinguió al fondo una acumulación vertical de cascotes que no podía ser fruto del azar. Al otro lado de aquella muralla improvisada había una estructura de hierro con cuatro postes alrededor de un hueco cuadrado. En uno de ellos estaba atornillado un botón rojo que el oficial pulsó para desatar de inmediato el ruido inconfundible de un motor asociado a algún tipo de engranaje. Silverio nunca había estado en una mina, pero antes de que la plataforma alcanzara el nivel de sus pies adivinó que iba a viajar hacia el subsuelo en un montacargas semejante a los que usaban los mineros.

—¿Qué es esto, mi capitán? —preguntó de todas formas.

—Ahora, una fábrica subterránea. Antes eran las obras del metro.

A la luz de un farol enganchado a la estructura, Silverio distinguió unas marcas de almagre pintadas en la pared y contó seis, seis metros, antes de que la plataforma se detuviera en un vestíbulo donde un soldado custodiaba una puerta de metal. El capitán Vélez le conocía, y respondió a su saludo antes de traspasar el umbral para conducir al soldado Aguado hasta un lugar extraordinario, el único milagro verdadero que contemplaría en su vida.

A finales de 1936, cuando se cerró el cerco sobre Madrid, el secretario general del sindicato metalúrgico de la CNT de la capital se acordó del túnel de siete kilómetros de longitud que había sido perforado sólo unos meses antes, para conectar la línea de metro que partía de Atocha con la futura estación de los Nuevos Ministerios. Se llamaba Lorenzo Íñigo y sólo tenía veinticuatro años. Después de inspeccionar aquella obra, tuvo también una idea luminosa.

—Fui convenciendo a los dueños de los talleres, uno por uno, de que trasladaran su maquinaria, garantizándoles la propiedad y ofreciéndoles un salario por trabajar aquí, con sus propias máquinas —él mismo se lo explicó al recién llegado, que se limitó a mirar a su alrededor con la boca abierta, disfrutando por anticipado de aquel paraíso terrenal de la mecánica—. Excavamos el terreno por el lado sur para construir una rampa por la que transportamos todo lo que no cabía en el montacargas, y cerramos el paso después con un muro de piedra cubierto por un terraplén. Así entraron aquí los camiones. Y como los huecos de ventilación ya estaban hechos...

La bóveda había sido explanada en el centro para crear una pista por la que circulaban camionetas que trasladaban piezas o materiales de un lugar a otro. Todo lo demás eran máquinas, agrupadas por su naturaleza y perfectamente alineadas contra los muros. Entre ellas, a intervalos regulares, unas paredes de ladrillo delimitaban espacios cerrados que se utilizaban como talleres y dormitorios, porque las normas de aquella fábrica comprometían a los trabajadores a dormir en el subsuelo y salir a la superficie lo menos posible.

—Como comprenderás, a seis metros de profundidad no tenemos ni idea de lo que está pasando arriba, y esto está tan alejado del centro que ni siquiera en la calle se oyen mucho las sirenas. El mecánico que se ocupaba de las reparaciones tuvo mala suerte. Se le ocurrió escaparse para dormir en su casa en el instante en el que estaba comenzando un bombardeo y ni siquiera llegó a salir del recinto. Lo dejaron frito allí mismo. Por eso estás aquí, pero no te voy a obligar a quedarte. En el túnel todos somos voluntarios, así que tú decides.

Silverio miró a su alrededor una vez más antes de fijar la vista en los ojos de su interlocutor.

—Yo me quedaría de mil amores, pero hay un problema —y señaló con el dedo las insignias prendidas en la guerrera de Lorenzo—. Soy comunista.

—Eso me da igual —aquel chico sonrió y abrió un brazo para abarcar el espacio que le rodeaba—. Aquí hay gente de todos los partidos porque no hacemos política. Sólo obuses.

—Cojonudo —Silverio extendió una mano que Lorenzo estrechó con una sonrisa más vigorosa que sus dedos—. ¿Por dónde empiezo?

Ni siquiera preguntó dónde podía dejar el macuto. Con él a cuestas, siguió a su nuevo jefe hasta una pulidora con una palanca atascada que le dio la oportunidad de demostrar sus habilidades, porque no necesitó pedir herramientas para arreglarla. Con las que llevaba en el bolsillo, dentro de un cubilete de caramelos de café con leche, tuvo de sobra.

—Ya está —informó tres cuartos de hora después—. Con este apaño, tira una semana como mínimo. Luego, cuando lleguen los repuestos, sería bueno limar las varillas para...

—Silverio.

—Que no se sobrecargue el eje central, porque el problema ha sido...

—¡Silverio!

Estaba tan absorto mientras dibujaba en el aire el mecanismo que se le acababa de ocurrir que sólo cuando Lorenzo le interrumpió por segunda vez se detuvo a mirarle, y no comprendió la expresión de su rostro.

—No van a llegar nunca. Aquí trabajamos sin repuestos.

Sacudió la cabeza, como si temiera no haber oído bien, pero el fundador de aquella fábrica no se inmutó.

—Así que no hay repuestos —repitió, muy lentamente.

—No.

—¿Y un torno, tenemos?

—Eso sí.

—Pues entonces, habrá que fabricarlo —la sonrisa de Lorenzo se ensanchó—. Ahora, en un momento...

—No. Ahora tienes que ir a mirar una troqueladora que se ha roto esta mañana. Ven, por aquí...

Cuando tuvo un momento libre para fabricar la pieza que necesitaba aquella pulidora, llevaba más de cuarenta y ocho horas bajo tierra y no había llegado a dormir ocho en total. La maquinaria concentrada en aquel túnel llevaba casi cuatro meses funcionando sin interrupción, porque los operarios estaban organizados en tres turnos que se relevaban entre sí para no detener jamás la producción, y hasta los equipos que al llegar eran nuevos se resentían de aquel esfuerzo, por mucho mimo con el que los trataran sus propios dueños. Silverio nunca había trabajado con la intensidad que le exigió el mantenimiento de aquella fábrica singular y subterránea, pero aún se arrepintió menos de haberse quedado. Sabía que en ningún otro lugar habría sido más útil, ni habría tenido la misma sensación de estar haciendo todo lo posible para ganar la guerra, sobre todo después de resolver el misterio que rodeaba a aquel lugar, cuya admirable existencia representaba un secreto aún más incomprensible.

—*I can't believe it...*

El día que Sally bajó a buscarle, llevaba viviendo en el túnel casi dos meses y en ese plazo no había visto por allí a ningún civil. Ya había aprendido por qué se recogían los casquillos después de los combates, y que se canjeaban por otros rellenos de plomo gracias a las máquinas que él mismo mantenía en funcionamiento. Aquel constante cambalache de munición le daba la oportunidad de subir a tomar el aire y charlar un rato con Antonio cada dos o tres días, pero aún no sabía que el frente de Madrid era el único sometido a aquella penuria de balas usadas. Eso fue lo primero, pero no lo más importante, que descubrió gracias a Sally Cameron.

—Al principio no me gustabas nada, ¿sabes? —la primera vez que se acostaron juntos, le miró como si no le conociera y se echó a reír—, porque como no pareces español...

—¿Ah, no?

—No, eres demasiado... Rubio no, pero... —asomó la punta de la lengua entre los labios mientras cerraba los ojos, como siempre que necesitaba buscar una palabra—. No pareces gitano.

—Vaya, hombre...

Silverio conocía sus gustos desde el verano de 1936, una de esas sofocantes noches de agosto en las que Antonio y él sacaban a pasear sus impolutos uniformes de pipiolos de retaguardia. Su abuelo se había ofrecido a militarizar la imprenta familiar para impedir que lo movilizaran, y eso hacía su destino aún más humillante que el de su amigo, que al fin y al cabo ocupaba una mesa en Capitanía. Por aquel entonces, los dos estaban convencidos de que la guerra iba a durar un suspiro y de que se la iban a perder, y no envidiaban a nadie tanto como a Puñales, que se había alistado con sus hermanos en un batallón sindical y andaba por la sierra pegando tiros. Allí lo situaban cuando se lo encontraron de madrugada en la plaza de Santa Ana, sentado en un banco con una chica pelirroja, enorme, que le sacaba casi la cabeza, aunque en aquel momento no se fijaron en su estatura. Su pecho proyectaba a la luz de las farolas una sombra tan monumental que ni siquiera la miraron a la cara hasta que Vicente se la presentó.

Sally era escocesa, tenía veintiún años y estaba completamente loca, aunque no tanto como su hermano mayor, Sean Cameron, corresponsal en España de una agencia de noticias británica y otra norteamericana, que la había invitado a pasar el verano en su casa. Los dos tenían previsto celebrar su reencuentro con un largo, soleado y pintoresco viaje por Andalucía, pero cuando estalló el golpe de Estado aún no se habían movido de Madrid. En ese momento, y en lugar de enviarla de vuelta a Escocia por cualquier medio, como habría hecho cualquier persona sensata, a Sean no se le ocurrió nada mejor que pedir una credencial de prensa a su nombre para llevarla consigo a la sierra del Guadarrama, armada con una cámara fotográfica, un corazón inflamado y, eso sí, un español mucho mejor que el suyo. La señorita Cameron había estudiado la lengua castellana en un internado de Surrey donde compartió habitación durante varios años con dos hermanas cordobesas, hijas de un aristócrata, exquisito propietario de una ganadería de reses bravas. Ellas le habían prometido un irresistible programa de fiestas, ferias y capeas si se animaba a visitarlas en una de sus fincas, y cuando llegó a Madrid, nada le apetecía más que cumplirlo. Pero a fines de julio, tan influida por las opiniones de su hermano como por el fervor revolucionario que estimulaba su producción de hormonas en una asombrosa proporción, decidió que sus antiguas compañeras no eran más que unas fachas asquerosas. Y nunca se arrepintió de haber rechazado su oferta.

—Pues qué quieres que te diga... La conocí ahí arriba, hace un par de días. El capitán nos destacó a unos cuantos para volar un puente y cuando quisimos darnos cuenta se había venido detrás. Lo del puente salió bien y en el camino de vuelta empezó a hablar conmigo, a tocarme el pelo, a juntar su mano con la mía para que viera lo blanca que es y a decirme que parezco torero, ya ves... Total, que esta mañana, cuando me han dado permiso, me ha dicho que se venía conmigo a Madrid, y... aquí estamos.

Mientras el Puñales, piel aceitunada y el pelo lacio, tan negro como el ala de un cuervo, iba contándole todo esto, Sally bajaba por la calle de Prado emparejada con Antonio aunque su cabello castaño fuera más claro que el de Silverio, casi rubio en verano. Cuando se separaron, ya empezaba a amanecer pero aún no se había decidido. Besó a los dos en los labios antes de parar un taxi y el Manitas, del que se despidió con un simple gesto de la mano, creyó que nunca la volvería a ver. En septiembre se enteró de que había vuelto a la sierra con Vicente sólo para perderle de vista enseguida. A cambio, cuando su hermano decidió quedarse una temporada en la ciudad, fue a buscar a Antonio a Capitanía, y él pensó que su pelo rojo y sus tetas descomunales la hacían muy indicada para darle celos a Eladia.

—¿Tú quieres que yo te enseñe a una miliciana anarquista peligrosa de verdad?

Estaban los tres sentados en la barra de un café, y Silverio vio cómo relucían los ojos de la reportera mientras un sabor amargo, cuyo origen no logró precisar, le trepaba de pronto por la garganta.

—¿Es famosa?

—Claro, porque es bailaora de flamenco —y por si ese anzuelo fuera poco, lanzó otro más—. Y creo que nadie le ha hecho fotos todavía...

Cuando ella dejó de besar, abrazar y agradecer al soldado Perales aquella oferta por todos los medios aceptables en aquel local, se levantó para ir al baño y Silverio decidió que había llegado el momento de marcharse.

—Pero, bueno... —su amigo le conocía demasiado bien como para dejarle ir sin más—. ¿Y a ti qué te pasa?

—Eso debería preguntártelo yo a ti —le replicó, sacudiendo el brazo para desprenderse de la mano que pretendía retenerle—. Porque no entiendo cómo puedes ir ofreciendo a Eladia por ahí, igual que si fuera un mono de feria.

—¿Un mono de feria? —Antonio se echó a reír—. ¡Vamos, no me jodas! ¿Y para qué se disfraza todas las tardes, si no?

No encontró una buena respuesta para esa pregunta. Tampoco acertó a explicarse por qué el día siguiente, a las siete y media de la tarde, se quitó una bata azul estampada con manchas de todos los colores y anunció a sus compañeros que iba a salir a dar una vuelta. La escena que contempló en el portal del número 19 de la calle Santa Isabel le enseñó, sin embargo, algunas cosas de sí mismo que aún ignoraba.

—Mira, ahí la tienes.

Cuando llegó, Eladia empezaba a subir la cuesta, pero incluso a esa distancia los detalles de su atuendo, la gorra, las botas, el correaje, eran lo suficientemente llamativos como para persuadir a Sally de que no tenía un minuto que perder.

—No dirás que te he engañado, ¿eh? —Antonio se recostó plácidamente contra la fachada mientras su invitada ocupaba el centro de la calle a ciegas, un ojo guiñado y el otro clavado en el visor de su cámara.

—No —respondió ella sin dar importancia a la reacción de su modelo, que frunció el ceño antes de pararse en medio de la acera para calibrar lo que estaba pasando—. Es una maravilla... Maravillosa...

Aunque aquel prodigio apretó el paso, su velocidad no resultó suficiente para detener una hemorragia de instantáneas que sólo cesó con el fin del carrete destinado a inmortalizarla. Cuando llegó a su altura, la fotógrafa ya tenía otro en la mano y sonreía como si se prometiera una sesión más relajada aunque Antonio, que conocía a Eladia mejor que nadie, se apresuró a escoltarla en actitud de alerta.

—Oye, monada... —su enemiga, y el amor de su vida, ni siquiera le miró mientras escogía un tono correcto, incluso cortés, para dirigirse a la escocesa—. ¿Puedo hacerte una pregunta?

—Claro —Sally sonrió para que Antonio se tensara un poco más, y hasta Silverio presintió que aquel acento era un caramelo envenenado—. Pero no te preocupes. Ya te avisaré...

—No, si no es eso —puso los brazos en jarras y avanzó hacia ella muy despacio, contoneando las caderas como si ejecutara un paso de baile—. Es que, estaba yo pensando... —hasta que la tuvo delante, y levantó la barbilla mientras hinchaba el pecho igual que una gallina—. Y tú, ¿por qué no retratas a tu putísima madre?

—Yo... —Sally miró a su alrededor como si acabara de darse cuenta de que estaba perdida en un planeta desconocido—. Pero...

Eladia aprovechó su desconcierto para lanzar un zarpazo hacia la cámara, pero Antonio consiguió agarrarla antes que ella.

—Y a ti... —la bailaora apretó los puños y los levantó en el aire como si pretendiera descargarlos sobre el salvador de su rival, que ya no lo parecía tanto, porque había usado la cámara como punto de apoyo para empujar a Sally hacia atrás con mucha más fuerza de la necesaria para protegerla.

—A mí... —Antonio sonrió, se acercó a Eladia, pegó la cabeza a la suya como si estuviera a punto de besarla—. ¿Qué?

En ese momento, todo cesó. Silverio fue más consciente de la parálisis que congeló a los tres personajes de aquella escena que de haberla provocado él mismo. Sally le miraba, la cámara entre las manos, la cara todavía pálida del susto, con una expresión de perplejidad absoluta y desprovista de matices, pero el rostro de Eladia reflejaba un estupor distinto, animado por una luz de reconocimiento, un indicio de complicidad que él nunca había visto en aquellos ojos. Antonio se mostró indeciso durante un instante. Luego se echó a reír, y su carcajada devolvió el movimiento a las dos mujeres que le acompañaban, para lograr a cambio que Silverio dejara de aplaudir.

—Te ha gustado, ¿eh? —le preguntó entonces, intentando aprovechar la situación para enlazar la cintura de Eladia, sin conseguirlo.

—Pues sí —él respondió en voz alta y tampoco comprendió la serenidad que desprendía su voz—, porque a mí también me ha tocado mucho los cojones este safari, ya te lo dije anoche. La próxima vez que esta quiera hacer fotos exóticas, llévala a la Casa de Fieras, mejor.

Giró sobre sus talones sin detenerse a apreciar el efecto de su declaración y empezó a subir la cuesta a buen paso, pero no tan deprisa como Eladia, que se paró un instante a su lado para ponerle una mano en el hombro y mirarle mientras asentía con la cabeza. Hasta aquel momento, él había estado seguro de que el motivo de su reacción habían sido los celos, pero en las chispas de sus ojos percibió el rastro de un orgullo tan feroz que sobrepasaba el nivel de su propia indignación. No llegaron a cruzar ni una palabra, porque ella volvió a ponerse en marcha enseguida para coronar la cuesta casi corriendo, sólo unos segundos después de haberse detenido. En ese brevísimo plazo, Silverio se reconcilió íntimamente con su amigo. Esos pocos segundos bastaron para darle la oportunidad de comprender por qué Antonio el Guapo había perdido el seso por aquella mujer, y si hubiera podido estar a solas con sus pensamientos un rato más, quizás habría llegado incluso a envidiar el grado de enajenación que tanto le había asombrado hasta aquel momento. Pero Eladia no era la única mujer capaz de correr que había en la calle Santa Isabel aquella tarde.

—Un momento —antes de que alcanzara la de Atocha, Sally le cortó el paso con las mejillas coloreadas por la carrera, los ojos muy abiertos—. Así que tú también eres español, ¿eh?, a pesar de las pecas... —él no se molestó en contestar mientras ella señalaba a su cara—. Un hidalgo.

—No —a eso sí respondió, porque aquella palabra le tocó los cojones todavía más que la sesión fotográfica—. No soy hidalgo, soy impresor. Y tengo mucho trabajo, así que si no te importa...

Cruzó Antón Martín esquivando los coches sin volver la cabeza, aunque ella no dejó de llamarle desde la esquina donde la había dejado plantada. Cuando volvió a ponerse la bata, no podía imaginar que el rasgo más acusado de su carácter fuera la tenacidad. A la mañana siguiente, el chaval que atendía el mostrador entró en el cuarto de la Minerva para anunciarle que tenía una visita y tampoco se le ocurrió que pudiera ser ella.

—Salud —pero ahí estaba, con la cámara colgando del cuello y una libreta en la mano derecha—. He venido a entrevistarte. Creo que eres muy interesante, ¿sabes?, para el público británico. El hidalgo impresor. El orgullo del proletario. Nosotros no...

—Mira, guapa —se limitó a decir—, vete a tomar un rato por el culo.

Sally no se inmutó, porque estaba demasiado familiarizada con el registro coloquial del español que hablaban los madrileños como para dejarse impresionar por esa frase.

—Pues si no te gustan esos títulos, pongo otro, pero quiero hablar de ti, comprender por qué la solidaridad internacional... —no paró de hablar, ni Silverio de escucharla hasta que el ruido de la máquina inundó sus oídos como una caricia.

Una vez más, pensó que no volvería a verla, y una vez más, se equivocó. Aquella misma noche aprendería que dos rechazos consecutivos no eran suficientes para desanimar a aquella mujer.

—No he traído nada.

Eso fue lo primero que oyó al salir de la imprenta. Al levantar la cabeza, la vio avanzar hacia él con las manos en alto y la misma expresión desvalida con la que habría intentado apelar a su compasión si la estuviera apuntando con una pistola. Aquella mirada estableció entre ellos una relación de fuerzas tan peculiar que Silverio llegó a sentirse desagradable, incluso cruel por no haber atendido a su petición, aunque lo único que pretendía era que le dejara tranquilo. Pero Sally parecía afectada de verdad, y por eso, él también se rindió, y dejó caer los brazos mientras ella se acercaba con precaución.

—No tengo cámara. No he traído pluma, ni libreta, nada de entrevista... Sólo quiero que me lo expliques.

—Que te explique, ¿qué?

—No sé, dónde he metido la pata. Por qué me insultáis, tú y esa... —cerró los ojos y apretó los párpados con tanta fuerza que sus sienes se llenaron de arrugas—. Esa horrible mujer.

—¡Uf!

Aquella exclamación condensó a la perfección su estado de ánimo. Aquella noche, Silverio estaba muy cansado y no era una novedad. Todas las noches salía de la imprenta tan consumido que al pisar la calle ni siquiera se acordaba de comparar su cansancio con el de los soldados que dormían vestidos dentro de las trincheras. Cuando Sally fue a su encuentro, lo último que le apetecía era dar una conferencia en la mesa de un café para una oyente exclusiva y pesadísima, pero un instinto sin nombre le disuadió de contestar deprisa. Después de advertirse a sí mismo que lo que quería era irse a casa, cenar y meterse en la cama, asintió con la cabeza, la cogió del brazo y empezó a caminar a su lado, porque había adivinado a tiempo dos cosas. La primera era que no le resultaría difícil acostarse con aquella chica. La segunda, que Sally Cameron no sería la mujer de su vida.

Nunca lo eran. Unas horas más tarde, cuando volvió a abrir la imprenta, y guió a la escocesa a tientas hasta la máquina más grande, y la encaramó en un reborde plano de dimensiones ideales, lo bastante ancho como para que ella pudiera sentarse y rodear su cintura con las piernas, ni tan bajo como para que él necesitara agacharse, ni tan alto como para que tuviera que estar de puntillas mientras la penetraba, Silverio no había cumplido aún veinte años, pero ya había desarrollado un sistema propio para fracasar con las mujeres.

En realidad eran las mujeres quienes fracasaban con él, porque siempre empezaban ellas. Desde que la Luisi, la hija de la portera de los Perales, le trincó una tarde por el brazo, le arrastró hasta el chiscón y le preguntó a bocajarro si era marica para posterior regocijo de Manolita, que se partía de risa cada vez que imaginaba aquella escena, Silverio nunca se había atrevido a tomar la iniciativa con una chica. Siempre había sido muy tímido, pero había algo más y él lo intuía, aunque no acababa de entenderlo. Con el tiempo llegó a vislumbrar que el origen de aquella dificultad no era el defecto, sino el exceso de sus expectativas. Las mujeres le gustaban demasiado, tanto que no podía soportar la facilidad con la que le decepcionaban. Mientras sus amigos se lanzaban como perros hambrientos sobre la primera que amagara con dejarse, él siempre se quedaba un paso por detrás. Nunca se atrevió a contarles que prefería esperar la aparición de una compañera definitiva, porque se daba cuenta de que aquel sentimiento de idealismo exacerbado, estrictamente romántico, era incompatible con su ideología marxista. Eso le hacía sentirse todavía peor, aunque se consolaba pensando que el padre de Marx no había abandonado a su familia por la taquillera de un cine de la Gran Vía.

El suyo le regaló el juguete más bonito que llegaría a tener en su vida cuando cumplió nueve años. Era un autobús de hojalata pintado a mano, en el que la poderosa tracción de las ruedas, capaces de impulsarlo por el pasillo a toda prisa, competía con la gracia de los pasajeros, figuritas también de hojalata, también pintadas a mano y cada una con su propio aspecto. Había dos parejas, una joven y otra de ancianos, una madre con un niño, una señora gorda, un campesino, un cura tocado con una teja y, en los asientos libres, cestos y paquetes semejantes a los que se amontonaban en la baca del techo. Todos los pasajeros estaban vueltos hacia las ventanas excepto el conductor, y como la trasera estaba cerrada, aquella extravagante perspectiva ocultaba la endeble condición de sus cuerpos planos. Mientras hacía girar entre sus manos aquel vehículo tan exótico como el nombre de la línea, México-Cuernavaca, escrito en sus dos flancos, Silverio comprendió que nadie le había hecho nunca un regalo que le gustara tanto, y abrazó a su padre con todas sus fuerzas. Él lo levantó del suelo y le besó muchas veces, como si quisiera compensarle por su ausencia en todos los cumpleaños que le quedaban.

Aquella noche, se llevó el autobús a la cama, lo escondió bajo las sábanas hasta que su madre le dio las buenas noches, y encendió la luz de la mesilla para seguir mirándolo. Durante la cena, había descubierto unas pestañitas de metal en la base de la plataforma. No se había atrevido a levantarlas delante de testigos, pero después, a solas, empujó una hacia arriba con la uña y mucho cuidado, y aunque estaba muy dura, no hizo nada peor que un clic. Repitió el procedimiento una vez, y otra, hasta que el chasquido de la cuarta pestaña coincidió con el ruido que hacía la puerta de la calle al cerrarse. No era muy tarde. Silverio pensó que sus padres habrían salido a dar una vuelta y levantó la carcasa del autobús por un lado para comprobar que el suelo también estaba pintado. En su excitación, no fue capaz de interpretar otro portazo, que sonó dentro de la casa, y el eco de un ruido más extraño, sordo, sofocado. A toda prisa, con la destreza de la experiencia, levantó todas las pestañas del lado opuesto y se maravilló al comprobar que los pasajeros de su autobús tenían piernas, faldas, pantalones, zapatos dibujados sobre las primorosas láminas de metal que los constituían. Al cerrar de nuevo todas las pestañas, paladeó por adelantado el placer que sentiría al compartir con su padre aquel prodigio, y cayó fulminado por la alianza del cansancio y la emoción.

A la mañana siguiente, su madre no se levantó a hacerles el desayuno. En la cocina estaba sólo Primi, que era apenas unos meses mayor que su hermana Marta pero se empeñaba en tratarle como a un crío. Aquel día tenía los ojos hinchados y suspiraba más de la cuenta, pero eso no era una novedad o, al menos, él no quiso verla, ni preguntarse por qué parecía más empeñada que nunca en acariciarle la cabeza como si fuera un bebé. La gozosa perspectiva de enseñar el autobús en el patio del colegio, con y sin carcasa, le absorbía por completo, tanto que logró arrinconar los portazos de la noche anterior en el desván de los recuerdos sin importancia. Hasta que se encontró con Ernestina, la mujer que cuidaba de su abuelo Silverio desde que se quedó viudo, en la puerta del colegio.

—¿Qué haces tú aquí?

Ella no le contestó enseguida. Antes, le acarició la cabeza con la misma detestable conmiseración que Primi había exhibido en el desayuno, y después le cogió de la mano para guiarlo en una dirección distinta a la que recorría todos los días. Sólo cuando Silverio la soltó, Ernestina accedió a explicarse.

—Hoy vais a comer en casa de tu abuelo.

—¿Quiénes?

—Todos.

Aquella palabra le tranquilizó porque aún no era capaz de interpretarla. Pero cuando llegó a la imprenta, y siguió a Ernestina hasta la trastienda donde siempre había creído que vivía su abuelo, encontró una mesa puesta con dos cubiertos menos de los que esperaba. Su madre no tenía ganas de comer, le dijeron. De su padre, nada.

Silverio nunca volvió a aquel piso de la calle Preciados que seguramente no era tan grande, ni tan bonito, ni tan luminoso como lo recordaría durante el resto de su vida. A partir de entonces, vivió con su madre y con su hermana en la casa de su abuelo, un tercer piso del mismo edificio donde estaba la imprenta y cuya existencia había ignorado hasta aquel día. La primera noche, durmieron los tres juntos en una cama grande, porque la casa había estado cerrada desde que su abuela murió, antes de que él naciera, y Ernestina sólo había tenido tiempo para limpiar un dormitorio de aquel hogar que al niño le pareció un almacén de bultos cubiertos de sábanas sucias, un destierro inhóspito, helado y polvoriento. Las contraventanas habían estado cerradas a cal y canto durante más de una década, pero a lo largo de aquella semana volvieron a abrirse una por una para que Silverio comprobara que el sol también sabía atravesar unos visillos finísimos, desgastados por la oscuridad de tantos años, y entrar en aquellas habitaciones tan tristes por las rendijas que dejaban las cortinas oscuras, pesadas como la madera de los muebles. Era, sin embargo, un sol distinto, más pálido, casi frío, quizás porque su madre también había perdido calor, y color, desde que se resignó a contemplarlo a través del balcón de su dormitorio.

—¿Y ahora vamos a vivir aquí?

Sólo se atrevió a hacer esa pregunta cuando se cumplió una semana de la misteriosa enfermedad que la retenía en la cama durante la mayor parte del día, aliviando a sus hijos de la inquietud de verla vagar por el pasillo con pasitos de anciana, la cara tan blanca como los vaporosos volantes de su bata.

—Sí —aunque su voz fina, quebradiza, parecía haber retrocedido hasta la infancia.

—¿Y por qué?

—Pues para hacerle compañía al abuelo.

—¿Y papá?

—Ha tenido que irse de viaje.

—¿Y se ha marchado así, sin despedirse?

—Sí, es que tenía mucha prisa.

—¿Y por qué?

—¡Ay, Silverio, hijo mío! —sólo entonces su madre volvió

a ser ella, su voz la de antes cuando abrió los brazos para invitarle a tumbarse a su lado—. No me hagas más preguntas, por favor te lo pido...

Siete años después, Laura Guzmán volvió a pedirle a su hijo que no le hiciera preguntas. Para aquel entonces, Silverio tenía ya dieciséis y creía que lo sabía todo, que su padre se había largado con una taquillera, que su abuelo siempre había sabido que acabaría pasando algo así y que su madre había cometido el error de su vida al casarse con un señorito.

Cuando se mudaron a la calle de San Agustín, el abuelo repetía a todas horas que Rafael les había destrozado la vida. Le llamaba así, por su nombre de pila, como si no quisiera recordar a los niños que hablaba de su padre, y Silverio pensaba que tenía razón, porque su madre no acababa de levantarse de la cama, no se vestía, no se peinaba, no salía a la calle, y aquella tristeza sin límite le estaba cambiando hasta la cara, la piel arrugada, seca como los pétalos de una flor mustia. Hasta que un día se cansó de estar acostada y volvió a parecer la misma de antes, aunque no lo era, porque la pena no la abandonó. Seguía estando ahí como un velo transparente, una sombra de melancolía en los atardeceres, un brillo húmedo que sólo afloraba a sus ojos cuando estaba sola y su gato se acomodaba en su falda para que lo acariciara hasta que llegaba alguien. En ese instante, los dos, el gato y aquella pena domesticada, casi confortable, se esfumaban a la vez. Silverio se acostumbró a verla así, y a echar de menos a su madre de la calle Preciados, aquella chica joven, guapa, graciosa, que cantaba muy bien, y bailaba sola, y se reía todo el rato. Por eso no entendió por qué, cuando el proceso de recuperación de Laura Guzmán la devolvió a esa alegría que era su auténtica naturaleza, el abuelo volvió a repetir a cada paso que Rafael le había destrozado la vida.

—Bueno, ¿qué? —entró en su cuarto hecha un figurín, y su hijo pensó que ninguna taquillera de la Gran Vía podría competir con ella aquella tarde—. ¿Vas a convidarme a merendar o me busco a otro acompañante?

El curso 1932-1933 acababa de terminar y la tarde anterior, al verle volver del instituto con el título de bachiller entre las manos, Laura le había regalado diez duros con esa condición. Él sabía que le tocaba invitar, la estaba esperando y se había arreglado para salir con ella. Lo que nunca se habría atrevido a esperar fue la naturaleza de la conversación que sostuvieron frente a frente, en una terraza del paseo del Prado.

—Mira, Silverio, yo quería hablar contigo porque... —sacudió la cabeza como si no le gustara aquel principio, y escogió otro—. Me ha dicho el abuelo que quieres trabajar en la imprenta. ¿Es verdad?

Él frunció el ceño. Estaba seguro de que su madre ya conocía sus planes, pero le miraba con tanta atención que se lo confirmó con palabras.

—Sí, eso es lo que quiero. Me gusta mucho, ya lo sabes.

—Lo sé —ella asintió con la cabeza—, y me parece estupendo. Es un trabajo precioso, vas a tener el mejor maestro del mundo y, además, lo lógico sería que acabaras heredando el negocio, así que... Tendrías la vida resuelta.

Silverio también había pensado en eso, porque su madre tenía una hermana que no había tenido hijos, y un hermano que vivía en Valencia y había montado allí su propia imprenta, pero la expectativa de la herencia no había influido en su decisión. Él quería trabajar en la imprenta por la misma razón por la que conservaba, pese a todo, el autobús que le regaló su padre cuando cumplió nueve años, porque nada le gustaba más. Era muy fácil de entender, pero ella se resistió a aceptarlo y levantó las cejas antes de volver a la carga.

—Yo lo único que quiero es que lo pienses bien, porque... Bueno, tu padre es abogado, lo sabes, ¿no? A él le gustaría... Le habría gustado que fueras a la universidad, y lo que me da miedo...

Volvió a detenerse, y esta vez fue su hijo quien levantó las cejas. La pausa anterior, con su correspondiente corrección del tiempo verbal, no le había pasado desapercibida, pero aunque percibía el nerviosismo de su madre, el esfuerzo que le costaba deshacer los silencios para seguir hablando con naturalidad, aún estaba tranquilo.

—Verás, hijo, yo... Voy a ser sincera contigo. Lo que te ha

contado siempre el abuelo no es verdad. Tu padre no es un cabrón, ni un golfo, nada de eso. A mí siempre me trató muy bien, fue un buen marido, yo le quería con el alma y fuimos muy felices hasta que conoció a aquella mujer. Entonces ya no hubo remedio, aunque tampoco te creas, porque no duraron ni un año... De todas formas, yo sabía que eso podía pasar, que hasta podría haberme pasado a mí, los dos lo sabíamos, lo teníamos muy hablado. Pero como tu abuelo...

En aquella pausa, Silverio ya estaba más nervioso que ella y, sobre todo, muy asustado. El insospechado elogio de su padre había reventado en sus oídos como una blasfemia terrible, una fuente de temor situada más allá del asombro, una grieta recién nacida que amenazaba con partir el mundo, su mundo, por la mitad. Lo que pasaba era más fácil y mucho más difícil, pero todavía no había empezado a sospecharlo.

—En fin, ya sabes cómo es, estricto, inflexible, muy honrado, eso sí, muy bueno, pero también muy puritano, a su manera, desde luego, aunque en el fondo... —Laura sonrió, y dejó escapar una risita antes de continuar—. Si me oyera, nunca me lo perdonaría, pero la verdad es que es como un cura, ¿no? De la iglesia de los obreros socialistas, eso sí, pero un cura. Si fuera por él, yo no saldría de casa, no podría trabajar, ni arreglarme, ni hacer nada, tendría que estar todo el día encerrada, cosiendo en mi habitación, por estar separada, por haberme atrevido a desafiarle. Él quería que me casara con un oficial de la imprenta, un trabajador igual que él, decía, como si los abogados no trabajaran. Eso lo sabes, ¿no? —Silverio asintió, aunque aún no se había dado cuenta de todo lo que sabía—. Y eso que tu padre también es socialista, son del mismo partido, pero claro, tenía el pecado original de haber nacido en una familia burguesa, de haber ido a la universidad, y por eso quiero estar segura de que si renuncias a seguir estudiando es por tu voluntad, por tu propia voluntad, y no por las ideas que el abuelo te haya metido en la cabeza.

—Pero yo voy a seguir estudiando, mamá —contestó muy despacio, como si le trajeran sin cuidado la palabras que decía, o necesitara toda su voluntad para bloquear las que empujaban ya desde el fondo de su garganta—. Aunque me quede en la imprenta, tendré que estudiar, aprender muchas cosas, ¿no?

—Sí, supongo que sí, y además eres muy joven. Tienes mucho tiempo para rectificar, pero yo... —le miró, sonrió, y en ese momento Silverio vio la verdad en sus ojos con tanta claridad como si un haz de luz hubiera bajado del cielo para iluminarle—. Quería estar segura, y no por mí, sino por tu bien. Lo entiendes, ¿verdad?

—Claro —buscó una transición, una forma de enlazar la conversación que acababa de expirar con la única que le interesaba, pero no la encontró—. Oye, mamá, ¿puedo hacerte una pregunta?

Laura Guzmán levantó la vista de su plato con la boca llena de tarta, miró a los ojos de su hijo, masticó lentamente, se limpió los labios con la servilleta antes de contestar, y a lo largo de aquel proceso, Silverio se dio cuenta de que ella también disponía de su propio haz de luz celestial.

—No —pero sonrió, y su hijo halló fuerzas en la curva de sus labios para llegar hasta el final.

—Tú le ves, ¿verdad?

Ella volvió a empuñar el tenedor, cortó una porción de tarta demasiado grande, la embutió en su boca, se manchó los labios de merengue y los dos se rieron a la vez.

—¡Ay, Silverio! —se limitó a decir después—. Con lo orgullosa que estoy yo de ti, tan inteligente, tan estudioso, tan responsable... ¡Qué lástima que estés tan sordo, hijo mío!

Una mañana de marzo de 1935, cuando su hijo acababa de cumplir dieciocho años, Laura Guzmán se levantó temprano, se bañó, se arregló, estrenó un sombrero que se había comprado la tarde anterior, advirtió que no la esperaran para comer, tiró de la puerta y nunca volvió. Pasaron más de veinticuatro horas hasta que su familia empezó a preocuparse. A los cuarenta y tres años, la ausente seguía manteniendo con su padre el mismo feroz pulso por su independencia que había jalonado la vida de ambos, pero ahora ganaba todos los asaltos. Cuando se recuperó de su abandono y encontró un misterioso trabajo que la requería algunas tardes, otras no, para imponerle a cambio viajes aún más misteriosos, que la obligaban a dormir fuera de casa cada dos por tres, a veces una noche, a veces más, a veces una semana entera, contaba con una baza de la que había carecido en su adolescencia. Mira, papá, ya soy muy mayor, así que si me obligas a vivir como cuando era una cría, me voy y me llevo a los niños... El día que desapareció ni siquiera le había hecho falta recurrir a esa amenaza. A aquellas alturas, su hija se había casado, su hijo ganaba su propio sueldo, y estaban todos tan hartos de broncas que ni Laura pedía permiso ni su padre amagaba con negárselo. Silverio esperó hasta el atardecer del día siguiente para denunciar la desaparición. Su abuelo se empeñó en ir con él, pero no insistió en acompañarle al Anatómico Forense, donde se custodiaba el cadáver de la víctima de un accidente de tráfico cuya descripción coincidía con la de Laura.

Cuando llegó, el horario de atención al público estaba a punto de expirar. En la comisaría le habían recomendado que se diera prisa, lo peor es la incertidumbre, musitó el agente que les atendió. Por eso cogió un taxi, corrió hacia la puerta, y al cruzarla se fijó en un señor que parecía a punto de marcharse. Ya tenía el abrigo puesto, debía de haberse parado a contarle algún chiste al portero, porque los dos se reían con muchas ganas hasta que le vieron entrar, desencajado por el miedo y la carrera. Después, el hombre del mostrador siguió riéndose solo. Su interlocutor, repentinamente serio, se dirigió al visitante con la mano extendida en el aire.

—Lo siento mucho —Silverio la estrechó por un acto reflejo, sin atreverse a interpretar aquel saludo—. Uno de mis ayudantes está todavía con él —se volvió hacia el portero, que ya había recuperado la circunspección propia de su oficio—. Avisa a Camilo, ¿quieres? —y empujó al visitante con suavidad hacia un pasillo—. Por aquí, siga hasta el fondo y doble a la derecha. Es la segunda puerta a la izquierda, la sala 3 B, ¿se acordará?

Lo que estaba a punto de pasar habría pasado igual si el forense que acababa de examinar el cadáver de Rafael Aguado Betancourt no hubiera levantado la liebre. Pero las cosas sucedieron así, aquel médico le reconoció, le saludó y podría no haberlo hecho, podría haberse marchado a su casa tres minutos antes, o después, de que el único hijo varón del último cadáver de su turno entrara en el vestíbulo, pero lo que pasó fue lo contrario. Al llegar a la mitad del pasillo, Silverio se volvió para comprobar que seguía allí plantado, mirándole como si no albergara duda alguna de quién era, ni del parentesco que le vinculaba al cadáver que le había convocado a sus dominios. Su aplomo le abrumó de tal manera que ni siquiera se atrevió a decir que él no había venido a identificar a ningún hombre, que buscaba a una mujer morena, de estatura y complexión medianas, ojos castaños, un lunar en el pómulo izquierdo, cuarenta y tres años de edad. No abrió la boca, porque ya intuía que ninguna de esas palabras podría cambiar las cosas.

—Lo siento mucho...

Camilo, estudiante del último curso de medicina legal, no era mucho mayor que él, pero reaccionó igual que el forense. Con un gesto contenido, levemente contrito, que debía de formar parte del aprendizaje de su profesión, cogió a Silverio por el codo con la fuerza justa para dirigirle y sostenerle a la vez mientras tiraba con la otra mano del asa de un cajón que se deslizó mansamente sobre unas guías de acero, dejando a la vista el bulto de un cuerpo cubierto con una sábana. Cuando la levantó para descubrir la cabeza, Silverio lo entendió todo y dejó de entender lo que estaba pasando.

La última vez que vio a su padre, tenía exactamente la mitad de su edad, pero le identificó con la misma aplastante certeza con la que habría reconocido su propia imagen en un espejo. Tenía el pelo un poco más oscuro, los hombros más anchos, el cuello grueso y una sombra de papada adecuada a su edad aunque había seguido siendo un hombre delgado, pero mientras lo miraba, su hijo pensó que se estaba mirando a sí mismo al cabo de treinta años, y durante un instante no se le ocurrió nada más.

—Murió a mediodía, en una curva de la carretera de El Pardo —Camilo malinterpretó su anonadamiento y se lanzó a hablar como si pudiera levantar un dique de palabras capaces de protegerle de la realidad que contemplaba—. Por la hora y el lugar, lo más lógico es pensar que iba a comer a algún merendero y se salió de la carretera. Quizás iba distraído, o patinó por culpa de la lluvia, o se le cruzó algún animal, eso no lo sabemos, pero estamos seguros de que fue un accidente. Hemos examinado el cuerpo a fondo porque su partido nos ha pedido que descartáramos un atentado... No se preocupe por mí, quédese con él todo el tiempo que quiera.

—No.

Cuando retuvo al ayudante del forense, Silverio Aguado Guzmán estaba llorando, pero no sabía muy bien por qué, ni por quién lloraba. Las lágrimas brotaban simplemente de sus ojos mientras pensaba que su padre, sin haber sido nunca guapo, era menos feo que él. Intentaba averiguar la razón, descubrirla en sus rasgos, en sus proporciones, y lloraba, y se daba cuenta de que su pensamiento iba por un camino y su llanto por otro, pero no podía reunirlos en un solo punto, no podía evitar la acción de sus ojos ni la de su cerebro. Tampoco había olvidado el motivo de su presencia en aquel lugar.

—Iba con una mujer, ¿verdad? —el sonido de su voz, eco de una humedad viscosa, gruesa y apagada, le sorprendió más que la respuesta.

—Sí, pero no la hemos identificado todavía porque... Está mucho peor. Él se rompió la nuca por el golpe, pero el coche volcó, y se incendió por el lado del acompañante. Aunque la lluvia apagó el fuego antes de que los rescataran, tiene medio cuerpo quemado.

—¿Puedo verla?

—Claro, aunque... —tiró de otra asa, abrió otro cajón, descubrió otro cadáver, pero antes de destapar su rostro le hizo una advertencia—. ¿Cree que la conoce? —Silverio asintió y los labios del forense se contrajeron en una mueca—. Pues prepárese, porque puede ser muy desagradable.

Los acontecimientos que se desencadenaron a partir de aquel momento marcarían para siempre el carácter de Silverio Aguado Guzmán, pero él nunca logró recordarlos en orden, con la serenidad con la que evocaría después otros hechos trascendentales de su vida. El cuerpo de su madre olía a carne quemada pero en una esquina de su rostro, el amasijo de bultos carbonizados, sanguinolentos, que ofrecía una gama completa de tonos entre el rosa claro y el negro, sobrevivía aquel lunar que ella resaltaba con un lápiz marrón. Su hijo tuvo la certeza de que hasta sin aquella pizca de su personalidad la habría reconocido, pero todo lo demás era dudoso, una borrosa sucesión de imágenes difuminadas, temblorosas, que se desvirtuaron mucho antes de convertirse en recuerdos, porque se agitaban ya en él, con él, cuando su cuerpo se dobló por la acción de una náusea violentísima. Vomitó sobre las baldosas de la sala 3 B, y el ayudante del forense volvió a decirle que no se preocupara. En algún momento, él pensó que aquel chico no sabía decir otra frase, pero no supo si eso fue antes o después de que le hiciera una pregunta, ¿la conoce? Sí, es mi madre, son mi padre y mi madre, respondió. Aquella fórmula le pareció tan extraña que añadió otra más corriente, son mis padres, y aquel plural, después de tantos años, le resultó más raro todavía.

Luego hizo muchas cosas, no dejó de hacerlas durante largas horas, pero siempre las recordaría como si le hubieran pasado a otro, un desconocido con su rostro y con su cuerpo, el fruto de un estupor tan puro que logró sacarle de sí mismo, mantenerse intacto en su interior mientras un doble repentino, repentinamente eficaz, tomaba decisiones para las que él no estaba preparado. Camilo le preguntó cómo quería organizarlo todo y no lo sabía. Por eso no contestó, pero su silencio no llegó a inquietar a aquel joven de bata blanca cuya prioridad parecía consistir en privarle de toda preocupación, porque no sólo no repitió aquella pregunta, sino que la contestó él mismo unos segundos después. ¿Los llevamos a Eguilaz número 6, principal derecha? Silverio no conocía a nadie que viviera en aquella dirección, ni siquiera sabía que existiera esa calle, pero al volverse vio una caja de cartón, una cartera de hombre abierta entre las manos de Camilo. Le preguntó si eran las cosas de su padre y él contestó que sí, que de su madre no había quedado nada. Silverio retuvo esa frase en la memoria porque antes de salir del Anatómico Forense ya había adivinado hasta qué punto era errónea. De su madre le quedarían siempre demasiadas cosas, tantas que no podría resolverlas en su vida.

Nunca llegó a saber qué había pasado, cómo, cuándo, por qué sus padres escogieron rehacer su vida sin él, sin su hermana, aunque se fue enterando de detalles sueltos, fragmentos de un relato que jamás lograría completar del todo, una asombrosa historia que aquella misma noche empezó a generar otras muchas historias asombrosas. La primera comenzó en su propia voz, que dispuso el traslado de los cadáveres a una casa desconocida pero se acordó de pedir un margen de una hora para avisar a sus familiares, y continuó en los dedos que sostenían una pluma de laca negra y baquelita verde, estilizada y elegante, ajena y propia, con la que firmó un montón de formularios, el último un recibo de la cartera que se guardó en el bolsillo interior de su chaqueta, al lado de la suya y de aquella pluma tan bonita. En otros bolsillos repartió un mechero, unas gafas, una cédula personal, una nuez y dos juegos de llaves.

—No quiero saber nada —después de escucharle, su abuelo se secó los ojos y no volvió a llorar—. Ni se te ocurra traerla aquí, no quiero verla —se levantó, le miró y él sintió que no le conocía—. No deberías llevarlos a ninguna parte. Deberías dejar que se pudrieran en medio del campo, porque eso es lo que se merecen, que se los coman los buitres —y mientras le dejaba solo, murmuró algo más—. Una ingrata sinvergüenza y un hijo de la gran puta, eso es lo que son...

Si Silverio hubiera tenido la oportunidad de alimentar su propio rencor, quizás todo habría sido distinto. Si no le hubieran dejado a solas con los cuerpos de su padre y de su madre, tal vez su reacción habría sido más semejante a la de su abuelo, a la de su hermana, a la de su tía. Ninguno de ellos quiso acompañarle a la calle Eguilaz, como si todos supieran lo que él ignoraba, lo que Laura no había querido contarle aquella tarde que pasaron juntos, merendando en una terraza del paseo del Prado.

—Marta lo sabía —le confirmó Ernestina unos días después—. Tu madre habló con ella hace un par de años, porque era la mayor, porque iba a casarse. Le parecía que por eso lo entendería mejor y que su boda era una buena ocasión para que volvierais a ver a vuestro padre. Pero tu hermana opinó lo mismo que tu abuelo, que si Laura había vuelto con Rafa no se merecía nada, y él menos, que no tenía derecho a perdonarle después de lo que os había hecho, que ella no quería volver a verle en su vida, en fin...

—¿Y yo qué? ¿Conmigo no pensaba hablar?

—Pues... —Ernestina sonrió—. Supongo que sí, pero tú no le preocupabas, Silverio. Ella sabía que no eres como tu hermana. No sé decirte por qué, yo no he tenido hijos, pero te conocía bien, desde luego, porque has hecho exactamente lo que tu madre esperaba que hicieras.

Cuando los insultos de su abuelo, aquella maldición abrupta e incompleta, le paralizaron en la trastienda de la imprenta, Silverio notó que alguien le tocaba en un brazo y se asustó. Al volverse, descubrió a Ernestina, vestida de luto, con un pañuelo negro en la cabeza. Salieron juntos a la calle y sólo allí le anunció que iba a acompañarle. Después, en el taxi, le explicó a un conductor que tampoco sabía cómo llegar, que Eguilaz era una calle pequeñita, que estaba entre Sagasta y Luchana.

—Alguien tenía que estar al corriente, ¿no? —añadió después, en un susurro—. Por si algún día pasaba lo que acaba de pasar...

Ante el portal encontraron una pequeña multitud, dos docenas de personas que fumaban y charlaban para hacer tiempo hasta que el taxi se paró ante ellos. Silverio comprendió que le estaban esperando, y experimentó una extrañeza tan profunda que hasta le inspiró los síntomas de una borrachera ficticia, su cabeza flotando como si acabara de separarse de su cuello mientras aquellos hombres y mujeres a quienes no conocía de nada le abrazaban y le besaban con ojos húmedos de pena auténtica. Volvió a sentir que aquello no podía estar pasándole a él, sino a otro, otro hijo de otros padres diferentes, hasta que distinguió, tras el hombro de una mujer muy perfumada, una presencia que parecía llegar desde otro mundo, un lugar que sí le pertenecía, el aroma del chocolate y los picatostes de los domingos en un piso grande, bonito, luminoso, de la calle Preciados.

—¿Te acuerdas de mí? —le preguntó cuando llegó a su lado, y Silverio asintió, porque le recordaba. Había engordado, ya no llevaba bigote, era más viejo y parecía más cansado, pero seguía siendo el mismo que le dejaba comerse las patatas fritas cuando su padre le llevaba a tomar el aperitivo, el que traía unos pasteles riquísimos cuando su madre le invitaba a comer, el que los domingos, si había suerte, se lo llevaba al Metropolitano a ver jugar al Atleti.

—Claro que me acuerdo —su cómplice de antaño empezó a sollozar y se abandonó entre los brazos de Silverio, obligándole a retroceder un par de pasos para equilibrar su peso y no caerse, pero aquel esfuerzo rescató un nombre propio de un lugar de su memoria que no había visitado en mucho tiempo—. Tú eres Paco —y al pronunciarlo sintió que volvía a ser uno solo, él y su doble, Silverio Aguado Guzmán, huérfano de padre y madre—, Paco Contreras.

—Sí... —él se rehízo lo justo para mirarle y darle la razón con la cabeza—. Yo era el mejor amigo de tu padre.

Entonces llegaron los coches fúnebres. Silverio se lanzó sobre las escaleras, subió mirando los dos manojos de llaves que llevaba en el bolsillo, y después de estudiar la cerradura del principal derecha, escogió dos. La primera no abrió, la segunda sí, y mientras Ernestina pasaba a su lado a toda prisa, él se quedó parado un instante con los pies sobre el felpudo, indiferente a la cola que se estaba formando a su espalda.

Aquel había sido un día frío, lluvioso, pero la lámpara encendida sobre el escritorio, en un gabinete con la puerta abierta, parecía desmentir el cielo blanco de una noche de perros. Pero, Rafa, ¿otra vez? Eres peor que los niños, te lo digo en serio... Su padre era muy despistado. Todos los días perdía algo, la cartera, las llaves, las gafas, y todos los días su mujer lo encontraba antes que él mientras le regañaba por dejarse las luces encendidas, las puertas de par en par. Silverio lo había olvidado, pero lo recordó en el umbral de una casa que tenía todas las persianas levantadas, los visillos entreabiertos, las cortinas replegadas sobre los muros para que el sol entrara hasta el centro del pasillo en días templados y felices, o como una contraseña, un indicio conmovedor e irremediable de lo que ya no volvería a pasar en su interior. La pantalla de aquella lámpara esparcía una luz cálida, dorada como un tesoro lejano, un espejismo que apenas duró un instante, el que Ernestina tardó en encender los apliques del pasillo, aunque Silverio alcanzó a interpretarlo. Aquel podría haber sido el momento del rencor, de la amargura de un niño condenado a vivir exiliado de la luz, pero esa rabia no llegó a nacer, no tuvo tiempo. Durante muchas horas, Silverio estuvo solo, rodeado de gente y solo, en una casa que aún se aferraba a la vida, pero no encontró un momento para dejar de amar a su madre, para empezar a odiar a su padre, porque esa tentación no resistió la competencia de otras sensaciones, la fantasía de imaginar a Laura riendo siempre, cantando y bailando sola mientras Rafael la miraba desde una butaca, imágenes de una felicidad verdadera y ficticia que le reconfortaba en contra de sus propios intereses mientras seguía llegando gente, y más gente que insistía en decirle que le acompañaba en el sentimiento, como si eso fuera posible aquella noche en la que ni siquiera él podía entender lo que sentía.

Sólo una cosa escapó a su confusión. A las siete de la mañana, la luz entraba a chorros en el comedor donde reposaban los ataúdes de sus padres. Ernestina se le acercó para sugerirle que convendría bajar un poco las persianas, y él le dijo que no, pero aceptó una segunda sugerencia. Deberías ir a casa, a lavarte un poco y ponerte un traje, le había dicho, sólo faltan tres horas para el entierro.

La imprenta estaba cerrada, pero en aquel piso oscuro como una cueva no había nadie. Él tampoco permaneció allí mucho tiempo. El traje que había estrenado en la boda de Marta se le había quedado pequeño antes de que tuviera ocasión de volver a ponérselo, pero su madre se había empeñado en comprarle otro, por si las moscas, le había dicho, un traje siempre viene bien... Al quitarle la etiqueta, comprobó que ya no podía llorar más, pero el agotamiento que secó su llanto no le nubló la vista al estudiar su aspecto en la luna del armario. Estaba viendo algo que no había visto nunca, y aún no era la orfandad. Veinticuatro horas antes, al vestirse con su ropa de todos los días, no se le había ocurrido mirarse en ningún espejo, pero si lo hubiera hecho, habría visto a un adolescente, casi un niño, cargado todavía con el blando peso de su niñez. Después de vestirse para enterrar a sus padres, lo que contempló fue la imagen de un adulto. En una sola noche, se había convertido en un hombre, y se dio cuenta. Luego pensó que los hombres no necesitan juguetes.

Volvió a la calle Eguilaz llevando consigo una bolsa de papel por cuyo contenido ni siquiera Ernestina le preguntó. Cuando llegaron los empleados de la funeraria, les pidió que levantaran un momento la tapa del ataúd de su padre. Creyeron que quería besarlo, pero ni siquiera se inclinó sobre él. Las personas que le rodeaban vieron que dejaba algo junto al cuerpo y nadie le dio importancia. Nadie excepto Paco Contreras, que reconoció aquel viejo autobús de la línea México-Cuernavaca y comprendió lo que significaba. Por eso, cuando llegó el momento, trató a Silverio como a un hombre.

—Me imaginaba que estarías aquí.

La aguda insistencia de los timbrazos que le despertaron incrementó su desorientación para provocarle una sensación peculiar. Al abrir los ojos, creyó que había tenido una pesadilla, pero miró a su alrededor y sólo reconoció el aroma de una almohada impregnada con el perfume favorito de su madre. Pensó que seguía soñando, que despertarse tras una pesadilla formaba parte de la propia y verdadera pesadilla, pero el timbre volvió a sonar y se incorporó, extendió los brazos para palpar los límites del lugar donde se encontraba, su mano derecha encontró algo que parecía una perilla, oprimió el botón, se encendió una luz y por fin comprendió que todo era verdad. Estaba viviendo una pesadilla y acababa de despertarse en la cama de sus padres.

—¡Voy! —gritó mientras buscaba sus zapatos.

Después del entierro había vuelto solo a la calle Eguilaz. Necesitaba habitar esa casa a la que nunca había sido invitado, recorrer despacio todos los cuartos, abrir los armarios, los cajones, sentarse en un sofá, coger un vaso y beber agua del grifo. Durante un par de horas no hizo nada más, nada menos que eso, extrañar algunos objetos, estremecerse al reconocer otros, contemplar su propio rostro adolescente en una fotografía enmarcada e imágenes de todas sus edades en otras sueltas, guardadas en una caja, revisar papeles, documentos, mirar, pensar, tratar de comprender. Había dejado el dormitorio para el final. Aquel cuarto le daba miedo, pero no encontró allí nada temible ni desagradable, sólo una cama grande, dos mesillas de madera y mármol, un reloj de pulsera, muy bonito, sobre una de ellas. Se sentó en la cama para mirarlo, comprobó que era de hombre, se lo puso y sólo entonces se dio cuenta de lo cansado que estaba. Llevaba despierto más de veinticuatro horas. Se tendió sobre la colcha, cerró los ojos y sintió frío. No va a ser más que un momento, se dijo a sí mismo mientras se quitaba la chaqueta y abría la cama para acostarse vestido en ella. Se quedó dormido casi al instante y durmió muchas horas, hasta que el timbre de la puerta le despertó.

Al salir al pasillo, le sorprendió la oscuridad. Se preguntó qué hora sería, recordó que tenía un reloj y comprobó que eran las ocho y media. El timbre sonó otra vez antes de que tuviera tiempo de preguntarse de qué día, y cuando abrió la puerta se encontró a Paco Contreras, con una bolsa de papel en una mano y una bandeja de pasteles en la otra.

—También me he imaginado que no habrías comido —respondió sin que él le hubiera preguntado nada—, y que podríamos cenar aquí, los dos juntos.

—O sea, que es de noche... —Paco asintió—. El entierro ha sido esta mañana —volvió a asentir—. Me he quedado dormido, ¿sabes?, he debido dormir un montón.

—Has hecho muy bien.

El amigo de su padre sonrió, y él retrocedió para dejarle entrar.

—Es verdad que no he comido —reconoció mientras cerraba la puerta—. Y anoche tampoco cené, así que...

Fue al baño, se lavó la cara, y al entrar en la cocina encontró la mesa puesta, una hogaza de pan, una tabla con embutidos, un cucurucho de papel repleto de calamares fritos y dos botellas de un Rioja tinto, muy bueno y bastante famoso. Paco señaló una silla con la mano mientras abría la primera, y Silverio recuperó una confidencia remota e infantil, la voz de su padre diciendo que, si le hubieran bautizado, aquel hombre habría sido su padrino.

—¿Quieres vino? —mientras elevaba el vaso hacia él, aquel recuerdo le reconfortó—. ¿Cómo estás?

—Mal —le respondió, y apuró el vaso, y pidió otro—. Muy mal, porque... Es que ni siquiera puedo estar triste, ¿sabes? —sus ojos se llenaron de lágrimas mientras lo decía—. Me gustaría, pero como no sé nada... No sabía nada, y... No lo entiendo. Estoy hecho una mierda, la verdad.

Paco Contreras era periodista, encargado de la crónica de espectáculos en dos o tres diarios y alguna radio. Por eso, él la vio primero, su rostro enmarcado como un retrato por la ventanilla de un cine de la Gran Vía. Se llamaba Dolores, estaba más cerca de los treinta que de los veinte, y reunía la lozanía de una juventud todavía plena con una misteriosa madurez de mujer baqueteada por la vida, un cansancio prematuro por las cosas que alentaba en el rictus amargo de unos labios rotundos, rotundamente pintados. No estaba buena, precisó. Estaba buenísima, pero de una manera tan poco convencional que para explicarlo tuvo que ponerse lírico, evocar el atractivo de una flor oscura, aterciopelada pero espinosa, que prometiera un sabor intenso, tan amargo como el que dejan en el paladar los licores fuertes. Era puro truco, sólo maquillaje, pero eso no lo descubriría él, sino su amigo Rafa, que tuvo más y mucha menos suerte con ella.

—Una noche, fui al cine y no la encontré. Un acomodador me contó que la habían echado de la noche a la mañana. Ahí podía haberse terminado todo, pero me la tropecé por la calle un mes y medio después...

Era muy temprano y llevaba la cara lavada, pero tenía una sombra violácea bajo los párpados, tan tenue que hasta le favorecía, los labios enrojecidos de tanto mordérselos. El empresario la había echado porque no había querido acostarse con él, resumió. Lo que tú necesitas es un abogado, chica, Contreras fue igual de conciso, y yo tengo un amigo que te representaría sin cobrarte un céntimo. Dolores no tuvo tiempo para dudar, él no se lo concedió, podemos ir ahora mismo, si quieres, trabaja aquí cerca...

—Yo lo que quería era tirármela, como comprenderás, pero aquella misma mañana me di cuenta de que los tiros no iban por ahí. Cuando salimos del despacho, me tendió la mano, me dio las gracias con mucha formalidad y se me escurrió enseguida, diciendo que tenía prisa. No conseguí que me diera una cita ni señas donde buscarla, así que me dediqué a otras cosas, y no volví a pensar en Dolores hasta que tu padre me preguntó si me molestaría mucho que tuviera algo con ella.

»En cualquier otro momento no habría pasado nada. Un año, incluso seis meses antes, el abogado se habría acostado con su clienta una vez, o dos, o ninguna, para matar el gusanillo o ni siquiera, pero en la primavera de 1924, los arrumacos de Dolores, irresistible en la distancia corta, insípida en la larga, pillaron a Rafa en muy mal momento. Y no te lo vas a creer, pero la culpa, en el fondo, fue de Primo de Rivera.

»Tu padre estaba, literalmente, hasta los cojones. Y con razón. La indignidad de que los socialistas colaboráramos con una dictadura que había ilegalizado a todos los demás partidos de izquierdas nos había partido en dos mitades, y nosotros estábamos en la de los encabronados, desde luego. Pero para tu abuelo, Largo Caballero era Dios, y lo que decía iba a misa, cuando acertaba y cuando se equivocaba. En el 24 se equivocó, y así empezó todo. Largo aceptó la oferta del general, tu padre tomó la palabra en el Comité de Madrid, tu abuelo le replicó, y se lió una bronca monumental. Laura se puso de nuestra parte y su padre renegó de ella. Esa ya no es mi hija, dijo delante de todo el mundo. A tu madre le dolió mucho, claro, y a partir de ahí, las cosas sólo podían ir a peor.

Silverio Guzmán era muy orgulloso. Su yerno, más todavía. Laura, atrapada entre dos fuegos, intentó mediar entre dos hombres que tenían muchas cosas en común, pensando que su condición de compañeros de partido a la fuerza pesaría más que su enemistad política. Ella también se equivocó, porque nunca pudo concebir que un amigo de Largo Caballero y un amigo de Indalecio Prieto pudieran llegar a odiarse tanto. Volvió a equivocarse al calcular que le resultaría más fácil conseguir que Rafa diera su brazo a torcer, porque no sabía que cuando empezó a pedirle algún gesto de reconciliación, la taquillera más seductora de la Gran Vía ya se pintaba los labios sólo para él. Y así consiguió que su marido cerrara el círculo de las equivocaciones.

—Cuando me dijo que se iba de casa, no me lo podía creer. Tú a lo mejor no te acuerdas, pero yo, que nunca me he casado, ni ganas, solía decirle a tu padre, mira, Rafa, si alguna vez me ves con una y la misma cara que se te pone a ti cuando vas con Laura por la calle, haz el favor de avisarme para que empiece a arreglar los papeles... Eran la pareja ideal, y te lo digo de verdad, no porque hayan muerto. También se lo dije a tu padre cuando dejó a tu madre, y que la iba a cagar. Cuatro meses después, él me citó en una terraza de Rosales para tomar el aperitivo y me dijo eso mismo, Paco, la he cagado...

Durante los tres años siguientes, todo lo que hizo Rafael Aguado fue buscar desesperadamente la manera de volver con su mujer. Ella no se lo puso fácil. Cuando Paco Contreras reunió el valor suficiente para hacerle una visita, sólo después de comprobar que don Silverio estaba trabajando en la imprenta, ni siquiera salió a verle al descansillo de la escalera. Ernestina le echó de allí sin contemplaciones, aunque unos días después recibió una nota de Laura por correo. «Déjalo, Paco», decía. «Para mí, Rafa no está solamente muerto. A estas alturas, ya se lo han comido entero los gusanos.» Su marido leyó esas palabras y sonrió. Cuando su amigo le preguntó si le molestaría explicarle por qué, volvió a sonreír y dijo, bueno, ha contestado, ¿no? Si de verdad no quisiera nada conmigo, no habría escrito esta nota. Luego anunció que iba a aceptar la oferta que el PSOE acababa de hacerle.

—Tu padre sabía que le convenía marcharse de Madrid por algún tiempo para neutralizar la influencia de tu abuelo, y se fue a vivir a Marruecos, con la misión de reactivar la organización en el Protectorado. A mí me pareció una locura, sobre todo porque seguía llevándose a tiros con la dirección, pero él lo tenía todo muy bien pensado. No era un puesto cómodo, porque se pasaba la vida viajando de una ciudad a otra, no era un puesto lucido, porque no se salía en los periódicos, y sobre todo, era un puesto muy peligroso, porque los moros habrían podido cargárselo en cualquier momento, así que nadie lo había querido. Al aceptarlo, tu padre quedaba como un socialista ejemplar, un hombre dispuesto a purgar sus pecados, evitaba que tu abuelo le fuera a Laura con el cuento de que si le habían visto aquí o allí, bebiendo, o comiendo, o corriéndose una juerga, y de paso, la tenía con el corazón en un puño, sin saber si estaba vivo o muerto.

Aquel puesto estaba además muy bien pagado, y Rafa necesitaba el dinero. Antes de romper con su suegro, su ideología le había costado ya una ruptura con sus padres y siempre había vivido con lo justo. Don Silverio, pese a reprocharle a toda hora sus orígenes burgueses y sus estudios universitarios, tenía mucho más dinero que él. Para impedir que Laura dependiera económicamente de su padre, Rafa le enviaba a Paco Contreras cada mes, desde Tetuán, un sobre con más de la mitad de su sueldo y una larga carta destinada a su mujer. Él reenviaba aquellas misivas para recibir otra a vuelta de correo. Laura le devolvía las cartas de Rafa y se quedaba con el dinero, pero a partir del tercer envío, el periodista se dio cuenta de que la solapa del sobre procedente de Marruecos volvía siempre arrugada, con pliegues o pequeñas roturas que no tenía al llegar a sus manos. Tu madre las abría con vapor, le contó a Silverio, las leía y volvía a recomponer el sobre con pegamento. Así estuvieron las cosas hasta que Rafa volvió a Madrid, sano y salvo, en el invierno de 1926.

—Pero tu madre era dura de pelar, y todavía tuvo que cortejarla durante casi un año. Al principio, ni siquiera consentía en verle. Era yo quien le llevaba el dinero, y tu padre esperaba en la calle para verla salir del café donde hubiéramos quedado. Hasta que empezó a ir él en persona. La primera vez, Laura salió huyendo. La segunda, cogió el dinero sin decir nada. La tercera, empezaron a hablar. Y luego...

Al llegar a ese adverbio de tiempo, Paco Contreras miró a

su ahijado, volvió a llenarle el vaso y se encogió de hombros. Silverio comprendió que para su interlocutor la historia terminaba en ese punto, justo en el comienzo de la única parte que a él le interesaba. La ruptura y la reconciliación de sus padres había sido sólo asunto suyo, de Rafa y de Laura, pero la decisión de mantener su relación en secreto, como una aventura, un amor clandestino, peligroso y emocionante, le había cortado en dos, abandonándole en una orfandad sin respuestas después de haberle robado a su propio padre durante la mitad exacta de su vida. Te voy a decir una cosa, conseguiría arrancarle a Ernestina unos días después, tu madre estaba loca por tu padre, eso es verdad, pero también estaba bastante loca por su cuenta... Paco, que la había querido y la había perdido, que también se sentía huérfano de su mejor amigo, fue menos tajante, más piadoso.

—Ella decía que era mejor esperar a que os hicierais mayores... Era difícil, Silverio, eso es verdad, porque vosotros vivíais con vuestro abuelo, que seguía odiando a Rafa, que le habría odiado aún mucho más si hubiera sabido que tu madre había vuelto con él. Reconstruir su vida, volver a montar una casa, llevaros allí, os habría costado a todos una ruptura completa con don Silverio, que al fin y al cabo os había acogido, había cuidado de vosotros durante muchos años y te iba a dejar en herencia la imprenta...

Al escuchar esa explicación, el heredero negó con la cabeza, repartió el vino que quedaba entre su vaso y el de Paco, y este se dio cuenta de que no había sido suficiente.

—Laura le tenía mucho miedo a su padre. Ya sé que parece mentira, pero es verdad. Y, luego, además... —hizo una pausa para mirarle a los ojos y prosiguió en un acento manso, cauteloso—. Tú eres muy joven todavía y a lo mejor no puedes creerlo, pero... a los dos les gustaba mucho esto, comportarse como si fueran adúlteros, tenerse mutuamente en vilo... No sé explicarlo de otra manera —mentía a medias, aunque Silverio nunca le reprocharía que no quisiera pasar de ahí—, pero así eran felices, fueron muy felices... A lo mejor, cuando seas mayor, lo entenderás.

694

Tienes que prometerme una cosa, Silverio... Cuando lo entendió, todavía no había cumplido treinta años, pero había pasado tres en una guerra y llevaba cinco en la cárcel, una trayectoria idónea para madurar antes de tiempo. Prométeme que no vas a pensar mal de mí... Si aquella noche de 1935 hubiera podido contemplar la escena que fulminó su entendimiento en mayo de 1944, tampoco la habría creído. Sintió que no podría volver a creer en nada, nunca más, hasta que Paco Contreras le dio un abrazo en la puerta de la casa de su padre, y después de estrecharle con fuerza, se separó de él como si acabara de darle un calambre.

—Dime una cosa —por su gesto, parecía importante—. ¿Sigues siendo del Atleti?

Él se echó a reír y respondió con la frase que el propio Paco le había enseñado cuando tenía seis, o siete años.

—Hasta el último aliento.

—¡Así me gusta! —su padrino volvió a abrazarle—. Entonces podemos volver a ir juntos al campo, ¿te parece?

Durante algo más de un año y medio, hasta que Varela se plantó en las puertas de Madrid, Silverio sólo creyó en el Atleti y en el afecto sin nombre de Contreras. Paco cuidó de él igual que si se hubiera comprometido a hacerlo ante una pila bautismal hasta el verano de 1936, cuando se fue de vacaciones a su pueblo, una aldea de Zamora de la que desapareció sin dejar rastro. Silverio intentó animarse pensando que habría logrado escapar a Portugal, pero le echó mucho de menos. Con él perdió, además, la única fuente fiable de la que disponía para descifrar un enigma que le perseguiría durante el resto de su vida.

—¿Y a ti qué te pasa?

Dos semanas después del entierro, subió a casa de los Perales a buscar a Antonio y cuando bajaban tranquilamente por la escalera, Luisi se asomó a la puerta del chiscón, dejó pasar al hombre de sus sueños, trincó a Silverio por el codo y le metió en la portería.

—Tú es que eres marica, ¿o qué? —al fondo, en la butaca donde solía sentarse la señora Luisa, Cecilia hacía que lloraba con la cara tapada, mientras contemplaba la escena por las ranuras de sus dedos—. ¿Te parece bonito lo que le has hecho a la pobre chica?

—¡Silverio! —Antonio gritó desde el portal—. ¿Dónde te has metido?

Él aprovechó la ocasión para zafarse del brazo de Luisi y largarse de allí, pero si su amigo no le hubiera rescatado a tiempo tampoco habría dicho nada, mucho menos la verdad. No podía evitar sentir lo que sentía, aunque ni siquiera se atrevía a pensar en lo que le pasaba. Que desde que descubrió la verdad sobre su padre y su madre, Cecilia, que siempre le había gustado, se había vuelto misteriosamente transparente, inodora, incolora e insípida como el agua. Que no tenía fuerzas para luchar contra las imágenes que le asaltaban a traición y a todas horas, su madre entrando en el piso de Eguilaz con el abrigo desabrochado y esa media sonrisa de niña gamberra que se le pintaba en los labios cuando se divertía, su padre esperándola detrás del escritorio, dos zapatos de tacón volando por los aires, primero uno, después el otro, y un reguero de ropa marcando el pasillo como una fila de miguitas de pan. Que por más que se dijera que se lo estaba inventando, que no podía saber cómo habían sido en realidad las cosas, él sabía que habían sido así y esa certeza le gustaba, le excitaba, le daba calor. Mucho más que su novia.

Por eso había dejado a Cecilia, poniendo como excusa que el trabajo político le absorbía cada día más. Por eso decidió fracasar con las mujeres, esperar a la única, concentrarse en el milagro improbable de llegar a ser algún día un hombre atrapado en una historia feroz, vertiginosa, tan puntiaguda como la que había hecho a su padre feliz, y desgraciado, y más feliz todavía durante tantos años. Y como no podía pensar en el sexo de sus padres, por más que su propio sexo lo hiciera en su lugar, se obligó a pensar en el amor. Así se convirtió en un romántico tan ingenuo, tan candoroso, tan paciente que hasta le daba vergüenza explicarse en voz alta. Prisionero en una paradoja demasiado compleja como para pretender que cualquier otro llegara a entenderla, Silverio cultivaba una inocencia ficticia para protegerse de una perversión real, que era en sí misma inocente, peligrosa a la vez. Mientras tanto, se dejaba llevar por las mujeres que la vida le iba poniendo en el camino, sin tomar jamás la iniciativa, dando lo justo y prometiendo nada. Con eso, y la incomprensible devoción que le inspiraba ese orgullo de hidalgo que debía de haber heredado de su padre, o de su abuelo, o de los dos, Sally Cameron tuvo bastante para convertirse en la más duradera y esforzada de sus amantes.

—*Hey, man!* —cuando oyó su voz desde debajo de la camioneta a la que le estaba mirando las tripas, creyó que estaba teniendo una alucinación—. Don Quijote proletario, sal de ahí... —llevaba dos meses viviendo en el túnel de los Nuevos Ministerios y hacía más de tres que no la veía—. *Come on!*

Impulsó hacia atrás el carro sobre el que estaba tumbado y la vio del revés, de abajo arriba, primero los zapatos, luego los tobillos, unos pantalones marrones, una blusa blanca y los brazos abiertos de par en par.

—¡Sally! —ella se le tiró encima a pesar de que estaba lleno de manchas de grasa—. ¿Pero qué haces tú aquí?

Le besó en la boca en lugar de contestarle, mientras dejaba que otra voz conocida se encargara de aquella tarea.

—Para eso estamos los amigos, ¿no?

Cuando se apagó la urgencia del primer beso, apartó un momento la cabeza para comprobar que había acertado, y volvió a celebrar la compañía de la escocesa hasta que los comentarios de los hombres que empezaban a hacerles corro le animó a buscar un lugar más discreto. Antes de pensar cuál podría ser, fue hacia él y le dio un abrazo.

—Joder, macho —Roberto pegó la boca a su cuello para hablarle en un susurro—. Qué tía más pesada... Por no oírla, se da dinero.

Sally Cameron, que era incapaz de entender la palabra «no» en cualquiera de los idiomas que conocía, había ido a la sede de la JSU de Antón Martín cada día, por la mañana y por la tarde, para averiguar el paradero de Silverio. El Orejas lo sabía gracias a Antonio, que se había pasado a verle durante su último permiso, pero intentó desanimarla alegando que su amigo estaba recluido en unas instalaciones estratégicas donde no se admitían visitas de civiles, y ni siquiera lo decía por quitársela de encima, sino porque estaba convencido de que era verdad. Ni él, ni ningún otro dirigente de cualquier organización madrileña, había oído hablar jamás de aquella fábrica subterránea, pero Sally no iba a darse por vencida con tan poco. Después de someterle durante veinte días a la tortura de su inagotable tenacidad, aquella mañana había entrado en su despacho con una sonrisa triunfal, había apoyado las manos en su mesa para inclinarse sobre él como si quisiera asfixiarle entre sus tetas, y había proclamado con un acento casi furioso que el mismísimo Rojo le había confirmado que las visitas al túnel de Nuevos Ministerios no estaban prohibidas. Pobre coronel, pensó Roberto, como si no tuviera bastante con defender Madrid, tener que aguantar a esta, encima... Me ha dicho que no puedo ir de reportera, precisó a continuación, pero sí de particular. Pues entonces voy contigo, concedió él al final, porque tú, otra cosa no, pero particular eres un rato, guapa.

—Y como he pensado que, además, debes estar más salido que el pico de una plancha... —el mecánico asintió sin dejar de reírse mientras el Orejas miraba a su alrededor—. ¿Y dónde se ha metido esta ahora?

Desde aquel día y hasta el fin de la guerra, Sally fue a los Nuevos Ministerios todas las semanas para ver a Silverio, pero ni un solo día dejó de maquinar una manera de desobedecer las instrucciones del coronel Rojo.

—¿Y por qué no se puede contar esto?

Cuando el Orejas la echó de menos, ya había empezado a preguntárselo. Silverio la descubrió a su espalda, la rodeó con sus brazos y no supo darle una respuesta. Voy a presentarte al jefe de la fábrica, a ver qué nos dice. Lorenzo estuvo muy simpático con Sally, pero no les aclaró gran cosa. Él no tenía inconveniente en que hiciera todas las fotos que quisiera, pero dudaba mucho que pudiera publicarlas. Ella le preguntó por qué, él se encogió de hombros y enseguida, a la velocidad precisa para evitar más preguntas, les aconsejó que subieran a la superficie. En la planta baja del Ministerio de Fomento hay algunos cuartos que siguen en pie y resultan muy acogedores. Además, añadió, mirando el reloj, estas no son horas de bombardeos...

Silverio disfrutó mucho de Sally aquella tarde. Disfrutaría de todas sus visitas mucho más que de los encuentros que habían tenido antes, fuera del túnel, porque seguía estando seguro de que la reportera Cameron no era la mujer de su vida, pero en aquella situación, encarnaba a la vez a todas las del mundo y a la única posible. Enseguida descubrió que representaba algo más, una grieta por la que Rafael Aguado iba a volver a colarse en su vida.

—No lo entiendo —Sally fue a su encuentro con una expresión que él nunca había visto—. Mi reportaje no ha pasado censura —la cara de la impotencia, de la derrota de una mujer indoblegable—. ¿Y cuál es el motivo? Para una cosa que funciona bien en la República... ¿No dicen siempre que es injusto que sólo se cuente lo malo? Una fábrica como esta, sin huelgas, sin apagones, con obreros de todos los partidos del Frente Popular trabajando juntos... Y no me dejan publicarlo. ¿Por qué?

Silverio nunca le contó la verdad. Le dolió ocultársela, porque había trabajado mucho, había hablado con trabajadores de todas las especialidades, todos los orígenes e ideologías, había gastado un montón de carretes en retratar por igual hombres y máquinas. Pero no puedo arriesgarme a que se entere, le advirtió Lorenzo, no podemos, insistió, implicándole en aquel plural, porque lo publicaría. Y es lo que se merecen esos cabrones, ni más ni menos, pero tal y como va la guerra, no nos lo podemos permitir.

—Cuando se me ocurrió la idea de aprovechar el túnel, me fui a ver al general Miaja...

Lorenzo hizo una pausa para sacar un pitillo, le ofreció otro, encendió los dos, y a la luz de la llama del chisquero, Silverio vio en sus ojos oscuros la misma sombra de desolación que había enturbiado aquella mañana el verde claro, azulado, de los ojos de Sally.

—Él me escuchó con mucha atención y le gustó la idea, así que le pedí que hablara con el ministro de la Guerra, para informarle de lo que queríamos hacer. Miaja fue, se lo explicó, y Prieto le preguntó quién había sido el demente al que se le había ocurrido esa gilipollez. Cuando me lo contó, le miré a los ojos y le dije, mi general, usted sabe mejor que nadie cómo estamos en Madrid, así que dígame, ¿quién le parece a usted más gilipollas, el ministro o yo? No se lo pensó ni un segundo. Siga adelante, Íñigo, me dijo, tiene usted mi permiso. Así que... —hizo una pausa para tirar la colilla y la pisó con tanta fuerza como si tuviera debajo el cuello de alguien—. Cuando todo estaba en marcha, lo volví a intentar. Ya producíamos obuses más baratos que los que salían de las fábricas oficiales, abastecíamos de sobra a los frentes de los alrededores, y trabajando en condiciones, fabricando balas en lugar de perder el tiempo rellenando casquillos con plomo todos los días, podríamos haber producido armamento para otros frentes, porque no nos afectaban los bombardeos, porque no había huelgas, porque en Madrid no existía la retaguardia y la moral de los trabajadores era muy alta, porque trabajábamos veinticuatro horas al día, sin parar. Pero cuando yo mismo se lo conté a Prieto, se puso como una fiera. Que el gobierno no contemplaba Madrid como sede de una fábrica de armamento, me dijo, que las únicas autorizadas eran la de Barcelona y la de Valencia. Entonces, ¿qué hago?, le pregunté, ¿la desmonto? No se atrevió a decirme que sí, porque eso era lo mismo que regalar la ciudad, pero insistió en que no estaba dispuesto a comprar repuestos ni maquinaria para una fábrica insumisa, eso mismo me dijo, que éramos unos insumisos.

Hizo una pausa para valorar la reacción de Silverio, y él no le defraudó.

—Me cago en todos sus muertos.

—Ya —Lorenzo sonrió—. Yo también he hecho eso un millón de veces, pero no cambia nada... El caso es que a tu novia no le dejan publicar su reportaje porque no quieren que se sepa lo que nos están haciendo.

Para un hombre español nacido en 1917 y apellidado Aguado Guzmán, militar en una organización de izquierdas no era una opción, sino el único destino natural. Eso no impidió que, en 1934, al pasarse a las Juventudes Comunistas, Silverio se sintiera culpable de darle un disgusto a su abuelo. Cuando Paco Contreras le contó lo que había pasado diez años antes, se alineó políticamente con él, con sus padres, para afirmar que Caballero no había sido otra cosa que un colaboracionista con Primo de Rivera. Cuando llegó al frente, el cabo a cuyas órdenes le tocó servir le demostró que tenía camaradas que no merecían ese nombre. Cuando conoció a Lorenzo, se arrepintió de haber pensado siempre mal de todos los anarquistas con la única excepción de su amigo Julián. Y cuando Lorenzo le contó que Indalecio Prieto, el amigo de su padre, el hombre que le había abrazado con lágrimas en los ojos en aquel piso de la calle Eguilaz, el que había cantado la Internacional con el puño en alto en el entierro, era además el responsable de que se recogieran los casquillos de las balas usadas en los frentes de Madrid, supo que la República iba a perder la guerra.

No se esforzó menos por eso. Siguió trabajando con el mismo ahínco y mejores resultados, porque cuando triunfó aquel pronóstico ya conocía la maquinaria del túnel como si fuera una extensión de su propio cuerpo y cada tornillo, cada tuerca, cada palanca, un molde hecho a la medida de sus dedos. Sólo unas semanas antes de que Lorenzo y él se despidieran con un abrazo interminable, entre sollozos tan impropios de su edad como del milagro que habían logrado mantener en pie, vivo hasta el final, Sally le dijo, también llorando, que se marchaba de Madrid.

—Yo ya sé...

Cuando terminó de hipar, se revolvió entre sus brazos en el sofá que alguien había llevado a lo que debería haber sido la conserjería del Ministerio de Fomento, un mueble resistente, ancho y cómodo, que cada trabajador del túnel recubría con su propia manta y, hasta en eso, una admirable disciplina cada vez que tenía visita. Estaba cayendo el sol, y a través de los ventanales, de los agujeros que sus cristales habían creado al estallar, Silverio vio un cielo azulísimo, digno de un verano perfecto que nunca llegaría, rindiéndose poco a poco al cansancio de la luz, los últimos rayos de un sol cumplido envolviendo los contornos de todas las cosas en un vapor sedoso, triste y tierno. Mientras se dejaba envolver por aquella belleza aérea, efímera, capaz sin embargo de prestar a aquel edificio exhausto de bombas la noble apariencia de una ruina clásica, se dijo que no habría podido desear un decorado mejor para una despedida. No sospechaba que aquella tarde tendría que hacer algo más que decir adiós.

—Yo lo sé todo... —volvió a repetir Sally—, pero he pensado...

Se acurrucó entre sus brazos, escondió la cabeza en su pecho y cerró los ojos antes de seguir hablando.

—Esto ya se ha acabado, y ha acabado muy mal, pero si tú quisieras... Si quisieras casarte conmigo, tendrías pasaporte británico y podríamos marcharnos juntos. He hablado en la embajada y me han dicho que sí... En Aberdeen hace mucho frío, pero podríamos vivir en Londres, claro, que allí tampoco... En fin, que si tú quieres...

Levantó la cabeza y le miró. Silverio vio en sus ojos que estaba enamorada, comprendió que él era el destinatario de su amor y le costó trabajo creerlo. Siempre había sabido que su relación con Sally era desigual, que ella tenía mucho más interés en él del que él había llegado a sentir por nadie, pero jamás habría creído que su amante estuviera dispuesta a llegar tan lejos. Hasta aquel momento, él habría definido su relación como un azaroso fruto de la guerra, la catástrofe que había ido tomando por ellos todas las decisiones que les habían llevado hasta aquel atardecer, el admirable cielo que contemplaban juntos, desnudos y abrazados, desde un edificio en ruinas. Al comprobar que estaba equivocado, que aquella mujer tenaz, generosa y completamente loca había abrigado fuerzas, ganas, el deseo suficiente para enamorarse de él en el vértice de la desesperación, se conmovió tanto que la abrazó con todas sus fuerzas y la besó en la boca. Cuando sus cabezas se separaron, la sonrisa radiante que contempló en su rostro le demostró que dejarse llevar por aquel impulso no había sido una buena idea.

Que no podía seguirla, le dijo. Que su deber era quedarse en Madrid, afrontar la suerte de sus camaradas. Que cuando las cosas se tranquilizaran, iría a verla a Aberdeen, a Edimburgo, a Londres, donde hiciera falta. Y ella, tan roja, tan revolucionaria, tan enamorada de él y de los rojos españoles, aguantó el tipo y le dijo que lo entendía, que estaba orgullosa de esa decisión. No esperaba menos de un hidalgo, añadió al final, tragándose las lágrimas, y él se sintió cobarde por no haberle contado la verdad, por no haberse atrevido a decirle que ella no era la mujer que esperaba. Muy pronto tendría motivos para arrepentirse de aquella decisión.

—¡Manitas! —a mediados de junio de 1939, el Orejas llamó con los nudillos a la puerta de su casa—. ¿Cómo estás?

—Estoy —por aquel entonces, esa palabra significaba más que nunca—. ¿Y tú?

El secreto cargado de culpas que el gobierno de la República había decretado sobre el túnel de los Nuevos Ministerios le había favorecido. Cuando excavaron el terraplén, los franquistas hallaron las instalaciones desiertas y ninguna pista sobre la identidad de los trabajadores que habían pasado la guerra bajo tierra. Silverio ni siquiera fue a la cárcel. Soldado raso sin responsabilidades conocidas, cuando el Orejas fue a buscarle acababa de volver a Madrid después de la primera fase de su servicio militar, dos meses de instrucción en un campamento de Guadalajara donde su habilidad como mecánico había brillado lo suficiente como para que le trasladaran.

—Me alegro mucho por ti —Roberto asintió con la cabeza al enterarse de que su amigo había recobrado el oficio de impresor en el Servicio de Publicaciones del Ministerio del Ejército—, sobre todo porque los camaradas están cayendo como chinches, y por eso... Bueno, desde luego puedes decirme que no. No te lo reprocharía, porque tal y como están las cosas... Pero como yo también estoy fuera y era ya el responsable del radio... Me gustaría hacer algo para movilizar a los nuestros, para que sepan que seguimos existiendo, que estamos dispuestos a resistir...

Al despedirse, el Orejas le rogó que tuviera mucho cuidado porque sospechaba que había un traidor entre los trabajadores del túnel. No lo creo, Silverio negó con la cabeza y tanto ímpetu como si pretendiera desprenderla de su cuello, pero su amigo insistió con la misma vehemencia, alegando que entre los hombres de Lorenzo también habían empezado a proliferar las caídas. Cuarenta y ocho horas más tarde, le llevó el texto que debía imprimir, un centenar de octavillas que él mismo recogió a medianoche. Todo salió muy bien, y dos semanas más tarde se arriesgaron a repetir la operación. Silverio siempre recordaría que cuando la policía tiró la puerta de la imprenta, la Minerva todavía no estaba caliente. Le llevaron a una celda de Gobernación donde el Orejas le estaba esperando, y allí pasaron juntos una semana, hasta que Paquita, aquella chica retrasada, tan rara, que siempre había estado loca por Roberto, convenció al facha de su padre para que intercediera por él. Silverio se quedó solo y sin el consuelo de envidiar a su amigo, porque él había tenido su propia oportunidad, una ocasión inmejorable para escapar, y la había desperdiciado.

En los primeros meses de su estancia en Porlier, mientras el destino de España dejaba de ser una incógnita y Francisco Franco el nombre de un general, Silverio imaginó a todas horas cómo sería su vida si estuviera viviendo en Londres, con Sally, y no dejó de reprocharse amargamente aquella equivocación ni un solo instante. Ante él se extendía, en el mejor de los casos, una larga existencia carcelaria, treinta años de encierro y días iguales, una tristeza dolorosa e inútil, formulada en una interminable sucesión de tristes, dolorosas e inútiles jornadas. Ese era el premio que había conquistado su insensatez, aquella absurda fantasía romántica, la maldita herencia de Rafael Aguado y Laura Guzmán. Eso creyó, que la ausencia que había destrozado su infancia iba a arruinar lo que le quedaba de vida, hasta que sucedió algo extraordinario. El 8 de mayo de 1941, contra todo pronóstico, recibió una nueva oferta de matrimonio.

—Me voy a poner celosa, Silverio, cualquiera diría que tienes más novias...

Cuando Manolita Perales le anunció que iban a casarse, no le pidió su opinión y él no quiso pensar, no habría podido. El hacinamiento, el hambre, los piojos, las diarreas, la sed, la suciedad, la pestilencia y el miedo habían suplantado su pensamiento. Algunos días, ya ni siquiera se acordaba de Sally. La nostalgia, la rabia, el arrepentimiento eran lujos que sólo estaban al alcance de los presos afortunados, los que tenían visitas, los que recibían paquetes, palabras de aliento a través de una alambrada, razones para sobrevivir a aquel infierno. Él pertenecía a los otros, a los que no tenían nada, si acaso el deseo de morir durmiendo para acabar de una vez, sin enterarse. Su hermana Marta, cuyo marido se las había arreglado para hacer buenos contactos en el nuevo Régimen, no fue a verle nunca. Al principio, Ernestina le llevaba comida varias veces a la semana, pero en el invierno de 1940, cuando murió su abuelo, Marta le dio quinientas pesetas para que se volviera a su pueblo y vendió la imprenta sin contar con la opinión de su otro heredero. Desde aquel día, Silverio estuvo completamente solo y cansado de pensar. Ponía mucho cuidado en disimular esa debilidad ante sus compañeros, pero a veces, cuando se daba un golpe por azar, se asombraba de no haber perdido la capacidad de sentir dolor. Se masturbaba con frecuencia y un afán casi científico, para medir la intensidad, la velocidad de las respuestas de su cuerpo.

Y entonces llegó Manolita, tan menuda, tan joven, tan desarmada, muy poca cosa para todo lo que tenía dentro. Y llegaron sus paquetes, tan bien escogidos, tan primorosamente preparados, tan elocuentes de su condición de experta en cárceles. Y llegó el día de su boda, aquel vestido tan blanco, aquellos labios pintados, aquellos tacones altos y la confusión, su torpeza, la habilidad con la que aquella jovencita inexperta fue capaz de devolverle el aplomo, la fe, el aprecio por sí mismo y una ilusión vaga, inconcreta, minúscula pero suficiente para que volviera a sentir que estaba vivo. Gracias a ella, Silverio resucitó en el mecánico que arreglaba cualquier cosa con una goma y dos horquillas, en el clandestino que iba a hacer funcionar dos multicopistas aunque fuera lo último que hiciera en su vida, en un hombre que fue feliz en el locutorio de una cárcel durante el verano de 1941 y después desgraciado al asistir a la desesperación de una chica sin suerte, mucho más al perderla.

La secuencia de su suerte y su infortunio deberían haberle dado alguna pista, pero no fue capaz de descifrarla. Sin embargo, cuando volvió a ver a Manolita en la explanada de Cuelgamuros, casi dos años y medio después de marcharse de Porlier, fue muy consciente de lo que sentía, una misteriosa combinación de sensaciones entre las que destacaban dos opuestas entre sí, la alegría y el miedo. Cuando la despidió en la puerta de la camioneta, descubrió que la segunda era más fuerte. Tenía tanto miedo de que no volviera que se embarcó sin pensar en el proyecto de una casa insensata, una isla desierta en el pico de un monte, un hogar confortable en un campo de prisioneros, el *château* Aguado, como lo llamaba Matías, todo un cañón para matar moscas. Aquella vez no dudó, no se escandalizó, no desautorizó su propia ambición como había desautorizado tantas veces la de su amigo Antonio. Una parte de él sabía lo que estaba haciendo porque al final resultó que era hijo de su madre, una mujer que ya estaba bastante loca por su cuenta antes de volverse loca por un hombre.

—Quiero que me prometas una cosa, Silverio.

El 15 de mayo de 1944, cenó a toda prisa y subió corriendo hasta la que a partir de aquella noche sería también su casa. Mientras caminaba hacia la puerta le llamó la atención el silencio, al empujarla, el resplandor de muchas velas encendidas que no parecían colocadas al azar. Iluminaban a Manolita, que le esperaba de pie, ante una manta tendida en el suelo, cerca de la chimenea. Llevaba puesto el abrigo aunque estaba descalza. Aquel detalle le sugirió que estaba asistiendo a alguna clase de representación, pero no se atrevió a imaginar su argumento.

—Prométeme que no vas a pensar mal de mí...

Cuando lo hizo, ella avanzó hacia él, dejó caer el abrigo y le enseñó su cuerpo desnudo a la luz de las llamas. Él sintió muchas cosas a la vez, pero todas eran la misma emoción, una intensidad que le invadió por completo para acariciarle por dentro y por fuera, implicando a su corazón, su memoria, tanto como a su sexo y su piel. Sólo tenía una hora y media, pero en ese plazo volvió a nacer. Su renacimiento fue tan absoluto que ni siquiera necesitó hablar, compartirlo con aquella chica que nunca le había gustado hasta que se abrió el abrigo como Laura Guzmán habría abierto el suyo tantas veces, en el pasillo de un piso de la calle Eguilaz. Manolita le miraba, le tocaba como si se diera cuenta de que estaba pasando algo que no comprendía, algo que estaba en ella y muy lejos a la vez, y tampoco habló, no hasta el final, cuando dijo exactamente lo que tenía que decir.

—¿Sabes que eres el segundo hombre que me ve desnuda? —todavía estaban tumbados sobre la manta, pero en lugar de esconderse, se incorporó para mirarle a los ojos mientras se lo contaba—. El primero fue Jero, el panadero tonto de la calle León, ¿te acuerdas de él? —él asintió con cautela, ella sonrió—. Al principio me daba un pistolín si le enseñaba las tetas, pero como fue subiendo los precios... No te lo vas a creer, pero en Porlier, cuando iba a verte y metía los dedos en la alambrada para tocarte sin tocarte, siempre me acordaba de él y me daba mucha rabia.

—Qué bien, qué suerte he tenido —él la abrazó, la besó—. Si algún día vuelvo a verle, le daré las gracias por ser tan cabrón.

Eso fue todo. Ninguno de los dos necesitó decir nada más para justificarse, para explicarle al otro o a sí mismo lo que había pasado antes, lo que iba a pasar después. Silverio volvió al campamento con la piel erizada, marcada en cada poro por la herencia de aquel placer complejo, que saciaba y alimentaba su deseo a partes iguales, una avidez que se apoderaría por completo de cada minuto del día siguiente para llegar a la noche intacta y aún más poderosa. No sabía lo que esperaba, pero al descubrir a Manolita vestida sintió una punzada de decepción que no sobrevivió a la peculiar, elocuente sonrisa que le dio la bienvenida.

—Ven aquí, anda, que me da vergüenza hablarte de lejos.

Él se acercó, se sentó en una silla, y en ese instante, Manolita se levantó de la que ocupaba para sentarse a horcajadas encima de él.

—Primero tienes que decirme si te gustó lo de ayer —él asintió, se rió, ella rodeó su cuello con los brazos para hablarle al oído—. Ya me lo había parecido, por eso... Es que me he acordado de una cosa que hacía Martina... —se enderezó, le

707

miró, sonrió—. Pero hoy es todavía mucho más importante que me prometas que no vas a pensar mal de mí...

Aquella frase se convirtió en un sinónimo de viejas persianas levantadas, visillos que al abrirse dejaban entrar el sol hasta el pasillo y la contraseña de una felicidad rotunda e improbable, un amor tan difícil que sólo podía crecer de hora y media en hora y media, tan fácil que cada noche le sobraba tiempo para imponerse por sí mismo, sin contrapartidas, sin deudas, sin condiciones.

—Yo no sé lo que me pasa, de verdad. A mí esto no me pega nada, pero es que no puedo parar, ni siquiera cuando estoy dormida. Anda, que si te cuento lo que soñé anoche... Lo que no sé es qué vas a pensar de mí.

Así, en el lugar menos propicio, Silverio Aguado Guzmán descansó de la tarea de compararse a todas horas con su padre, de comparar a todas las mujeres con su madre, y ya no volvió a acordarse del color del pasaporte de Sally Cameron, ni de su propia derrota.

—Le he pedido a Lourdes que invite a Isa a comer, porque... ¿Has visto que buen día hace? Pues se me ha ocurrido... Pero prométeme que no vas a pensar que soy una... Bueno, igual un poco puta sí que me estoy volviendo, ¿no?, porque... ¿A que no parezco yo? Al final, mira por dónde, he salido a mi padre. No te rías, que lo digo en serio.

En invierno y en verano, en días de lluvia y de sol, con temperaturas frías y sofocantes, dentro y fuera de la casa, embarazada y sin esperar a nadie más que a él, Manolita le miraba, sonreía, le daba la risa, se ponía colorada y, sin más herramientas que su cuerpo, inventaba mecanismos capaces de suspender el tiempo y la historia, de desmentir la cárcel y la muerte, de disolver las sentencias de jueces que no la conocían y de convertir el placer, las caricias, los besos, en una barricada.

—¡Ay, ay, ay! Yo me estoy volviendo loca, Silverio. Para bien, no te digo que no, pero estoy como una jaula de grillos. Me pasan unas cosas que hasta me da vergüenza contártelas... El caso es que yo te pediría... No, no, déjalo, que después de lo de ayer, a ver qué vas a pensar de mí.

Así, Silverio Aguado Guzmán, trabajador penado del destacamento penitenciario del monasterio de Cuelgamuros, se convirtió en un hombre libre rodeado de esclavos. Sus guardianes, sus jefes, sus compañeros lo ignoraban, pero él sabía que aunque no pudiera decidir dónde quería vivir o para quién quería trabajar, aunque no tuviera derecho a cobrar por su trabajo ni a expresar sus ideas en voz alta, su destino y su uniforme, su número de expediente y su condena carecían de poder para someterle. Mientras estaba abajo, recordando el ángulo exacto de los muslos de su mujer, riéndose solo y poniendo mucho cuidado en no accidentarse, porque durante los primeros días, la novedosa sensación de ser feliz le había costado varios dedos machacados, él sabía la verdad y que su trabajo no implicaría sumisión, renuncia alguna, mientras siguiera existiendo una isla desierta, una casa en el monte, una mujer, un amor en el que atrincherarse y resistir.

—Hay que ver... ¡Qué cabeza tengo! No me lo creo ni yo, pero esta mañana, en el trabajo, me he acordado de lo del domingo pasado, lo que hicimos en la poza, ¿te acuerdas?, lo he visto como si fuera una película y me ha dado un... No sé cómo llamarlo, pero me he mareado y todo, te lo juro. Y tú estarás pensando... Mira, no quiero ni saberlo.

Así, a ratos, sin contar con el festín semanal de los domingos, pasó el tiempo como si no pasara. Nació una niña, después un niño, el frenesí de los primeros meses se remansó para volver a aflorar con la violencia de un torrente subterráneo, y Silverio ni siquiera necesitó pararse a pensar que estaba absolutamente ligado a Manolita, que era incapaz de concebirse a sí mismo, de concebir su vida sin esa mujer. Aquel sentimiento era tan fuerte que a veces la perspectiva de su verdadera libertad le daba miedo, y aunque se escandalizara de su pensamiento, al acercarse el final de su condena empezó a preguntarse si en Madrid lograrían ser tan felices a tiempo completo como lo habían sido en Cuelgamuros de hora y media en hora y media. La oferta de don Amós resolvió todas sus dudas.

—No.

—No, ¿qué? Si ni siquiera me has dejado que te explique...

—No voy a trabajar en un monumento llamado el Valle de los Caídos por mi propia voluntad.

—Pues otros lo hacen.

—Ya, pero yo no.

Ninguno de los dos dijo más, pero después de medirse con los ojos un buen rato, el jefe de su destacamento se empeñó en ir a hablar con su mujer. Estaba seguro de que ella, con ese sentido común propio de su género, sabría apreciar una oferta tan ventajosa, pero Manolita le decepcionó en la misma medida en la que alimentó el orgullo de su marido, un hombre que sólo volvió a sentirse preso cuando se despidió de ella en la puerta de una casa a la que nunca volvería.

—No te desanimes, Manolita.

—¿Yo? —ella se rió, le abrazó un poco más fuerte—. ¿De qué? Con lo guapo que estás detrás de una alambrada...

La última estación del expediente penitenciario de Silverio Aguado Guzmán fue la cárcel de Yeserías, tres meses largos como años enteros hasta que un funcionario entró en su celda, pronunció su nombre y añadió tres palabras, a la calle. Por aquel entonces, abril de 1950, habían pasado casi once años desde que aquel prisionero pisó una calle de su ciudad por última vez. La certeza de que estaba a punto de volver a hacerlo le inspiró una urgencia tan irreprimible que casi pasó de largo por la garita.

—¡Eh, tú! Ven aquí, que tienes que firmar —un funcionario le reclamó con acento airado y él retrocedió con una sonrisa en los labios, porque su abogado debía de haberse enterado antes que él y Manolita estaba en la verja con los niños, esperándole—. Aquí, y aquí... —siguió el rastro del dedo de aquel hombre—. Y espérate un momento, que te voy a dar tus cosas.

Un cinturón acartonado. Un monedero del que ni siquiera se acordaba. Un mechero barato, que le había regalado Sally. La pluma de su padre. Un cubilete de caramelos de café con leche lleno de...

—¿Y esto qué es? —el funcionario que anotaba la descripción de los objetos devueltos le miró con extrañeza mientras lo agitaba en el aire igual que un sonajero.

—Mis herramientas. ¿Puedo irme ya?

—Cuando firmes el recibo.

Cruzó el patio tan deprisa como podía hacerlo sin correr, mientras su mujer avanzaba hacia él con los brazos abiertos.

—¿Y usted adónde va, señora? —el guardia de la puerta extendió el suyo para cortarle el paso—. ¿Qué quiere, quedarse dentro?

—Uy, no, perdone, son los nervios...

Después le miró, le sonrió y le esperó tan cerca como se lo consintió aquel hombre. Tenía los pies juntos y los ojos húmedos, aunque al colgarse de su cuello se estaba riendo a la vez. Sólo mientras la abrazaba, Silverio aceptó que estaba fuera, que podía ir a donde quisiera. Había pasado tanto tiempo encerrado que durante un instante sintió algo parecido a un mareo, pero Manolita le sostenía y no le soltó.

—Vives en la calle de San Andrés. En el número 26, segundo exterior derecha. Tengo los balcones reventando de geranios. ¿Te acuerdas de los esquejes que cogí antes de marcharme de casa? —él asintió con la cabeza y dejó de verla bien—. ¿Te apetece andar un poco, coger el tranvía? Los taxis están carísimos, pero hoy merece la pena. ¿Qué quieres hacer?

—Te quiero a ti.

—Ya lo sé, tonto.

Luego añadió que prefería andar un trecho. Hacía un día frío y luminoso, gobernado por un sol radiante que no calentaba, pero creaba un benévolo espejismo de calor. El suelo frío de la acera también le pareció caliente, tan blando como si estuviera recubierto de espuma, y todo más bonito, la ciudad, los edificios, los rostros de sus hijos.

—Dime una cosa, papá...

Llevaba a Laura en brazos, y lejos del Guadarrama tenía la sensación de hacerlo por primera vez.

—¿Qué? —por eso la apretó contra sí y la besó en el pelo muchas veces.

—¿Es verdad lo que dice mamá? ¿Que vas a vivir con no-

sotros, pero durmiendo, y desayunando, y todo, y todo, todo
el rato?

—Sí, es verdad —ella separó la cabeza para mirarle, le cogió la cara con una mano y levantó las cejas—. ¿Qué pasa, no
te gusta la idea?

—Sí, sí me gusta, pero es que... Es muy raro, ¿no?

Silverio Aguado Guzmán sonrió, volvió a besar a su hija y
no le llevó la contraria.

(Un final:
La trayectoria de un ejemplar servidor del Estado)

Roberto Conesa Escudero nace en Madrid en 1917.

Respecto a sus orígenes, sólo podemos conjeturar que no debe pertenecer a una familia acomodada, porque empieza a trabajar a los quince años como chico de los recados en una tienda de ultramarinos situada en la calle del General Lacy, una bocacalle de Méndez Álvaro próxima a la glorieta de Atocha, en un barrio popular, y por entonces no demasiado boyante, del centro de la ciudad. Cabe suponer, por el carácter de tal empleo, que el domicilio familiar no estaría muy distante de su lugar de trabajo.

Tampoco se tienen noticias de los inicios de su militancia política, aunque se sabe con certeza que en su adolescencia se afilia a la Juventud Socialista Unificada, organización a la que sigue perteneciendo en el Madrid republicano hasta el final de la guerra. Muchos años después, cuando se hace famoso, numerosos socialistas y comunistas madrileños de su edad le reconocen como un militante más entre los que frecuentaban la sede de su organización, situada en la calle del General Oraa.

A pesar de la curiosa insistencia con la que el callejero madrileño, tan prolífico en nombres de generales, marca sus primeros años, ninguno de sus conocidos recuerda haberle visto con uniforme militar. Teniendo en cuenta el papel que está llamado a desempeñar en la historia del franquismo, la ausencia de información acerca de su participación directa en el conflicto parece indicar que esta no llega a producirse. Esto no significa que el joven Roberto, a quien su edad habría librado de la movilización forzosa en 1936, se desentienda de su organización. Al contrario, resulta verosímil suponer que sigue estrechamente vinculado a la dirección de la JSU en la retaguardia porque, de lo contrario, no habría podido entregar, en el plazo de un mes y medio, a la responsable del PCE y a la cúpula de la propia JSU.

No existen datos acerca de las circunstancias en las que Roberto Conesa entra en contacto con la policía franquista, que no lleva ni una semana operando en Madrid cuando recibe el primer regalo de su nuevo confidente. Sin embargo, considerando su militancia en una organización del Frente Popular, y la tenebrosa fama cosechada por los represores del bando vencedor en los territorios ocupados con anterioridad, no parece muy probable que acuda a ofrecerse por su propia voluntad. Resulta más verosímil pensar que, tras ser detenido, se anima a vender información a cambio de su libertad. En cualquier caso, a partir de ese momento, su vida cambia radicalmente.

El chico de los recados de la tienda de la familia Arranz, conocida en el barrio por el mote de «los Garbanzos», contrae pronto matrimonio con la hija de su antiguo patrón, Francisca. Es un buen partido, porque su padre se convertirá pronto en un pequeño potentado que triplica su negocio, gracias a dos nuevos ultramarinos, en una ciudad que se muere de hambre. Tan súbita prosperidad sólo se explica por las excelentes relaciones que Arranz mantendría con los vencedores, amistad utilísima para su flamante yerno. A la inversa, sin duda, el tendero sale perdiendo. En un río tan revuelto como el Madrid de la primera posguerra, emparentar con un rojo, por muy arrepentido y chivato que se haya vuelto, representa un riesgo considerable que, quizás, los Arranz sólo afrontan porque no pueden evitarlo. Quizás el amor de Francisca consolida la salvación de su novio.

Aunque Dios no quiere bendecir su unión con ninguna descendencia, el Régimen sí sabe recompensar la abnegación del recién casado, que se muda con su mujer a un barrio mucho más caro, más seguro también para él, tras ingresar en la Brigada Político Social —cuerpo represor por excelencia del nuevo régimen— en el mismo año de su fundación, 1941. Naturalmente, no se conocen las circunstancias que permiten que Roberto Conesa deje de ser un simple confidente para convertirse en agente de la ley, pero sí su domicilio, situado en un ático del número 48 de la calle Narváez, en el distrito de Salamanca, la más significativa y clamorosa «zona nacional» de la capital.

Para Roberto Conesa es muy importante mantenerse lejos de su antiguo barrio y esquivar los encuentros casuales con viejos conocidos. Por una parte, no le conviene nada que sus compañeros de la Brigada descubran que ha formado parte de la Antiespaña durante la guerra civil. Por otra, la ocultación de su identidad resulta esencial para su trabajo, porque su primera especialidad en la policía política son las infiltraciones. Su trayectoria como militante de la JSU le ha permitido mantener el contacto con los comunistas madrileños, a quienes va diezmando implacablemente a lo largo de los años cuarenta. Aunque hay constancia de que ya entonces interviene en los interrogatorios, aliñados con eficaces sesiones de tortura, que se producen en los sótanos de Gobernación, debe escoger muy bien a los detenidos a quienes les enseña la cara. Quienes ya lo conocían, sólo deben tener el dudoso placer de volver a verle cuando su muerte está decidida de antemano, porque de lo contrario no habría logrado sobrevivir a las misiones que sus superiores le encomiendan muy pronto.

Se sabe que Conesa cruza los Pirineos tres veces en la primera mitad de los años cuarenta, para intentar infiltrarse en la organización guerrillera sostenida por la dirección del PCE en Toulouse. Según el testimonio que aportan algunos supervivientes, al menos una de ellas tiene lugar en 1942. El 7 de noviembre de ese año, el policía franquista, que habría desempolvado su identidad juvenil para entrar en Francia como un exiliado comunista, es el responsable de la detención y posterior ejecución de diez guerrilleros españoles que planeaban la voladura de una fábrica de material de guerra nazi en la localidad de Fumel, en el departamento de Haute-Garonne. A lo largo de su vida, a Conesa le gusta alardear de esta experiencia y presumir de que tuvo que salir a tiros de Toulouse. Es probable que no exagere, porque los riesgos que corre en Francia son muy graves. Un encuentro casual podría haber arruinado su cobertura en un instante aun cuando la guerra mundial hubiera impedido el contacto entre los comunistas españoles a ambos lados de los Pirineos, pero no es así. Los del exilio cruzan la frontera con la misma frecuencia con la que lo hacen quienes han conseguido huir del monte, de la cárcel o de los destacamentos penales, tejiendo una red que resulta mortal para la mayoría de los infiltrados franquistas. Entre ellos se cuenta un policía que, al parecer, trabaja codo a codo con Conesa en uno de sus viajes. Se apellida Otero y es ejecutado por los guerrilleros en cuya organización logra infiltrarse.

Con la victoria aliada, se acaban las excursiones por el extranjero y Roberto Conesa vuelve a concentrarse en los comunistas del interior. Después de participar, en 1942, en la caída de la dirección de Heriberto Quiñones, tiene un papel estelar en la desarticulación de la presidida por Agustín Zoroa en 1945. Pero muy pronto comprueba que, a pesar de las torturas —en el caso de Quiñones tan salvajes que le rompen la columna vertebral, y tienen que atarlo a una silla para ejecutarlo en la tapia del cementerio del Este—, los fusilamientos masivos y los infiltrados que mantiene en su organización, los comunistas se han vuelto a recuperar. Formula entonces la tesis de que la anatomía de los grupos clandestinos es semejante a la de las lagartijas. Si sólo les cortan la cola, se reproducen una y otra vez. Es imprescindible cortarle la cabeza al PCE. Y él mismo decide asumir en persona esa tarea.

En el otoño de 1946, Roberto Conesa Escudero ingresa en la organización clandestina del Partido Comunista de España. El celo con el que ha ocultado su pasado, su obsesión por no ser fotografiado, el cambio de barrio, de circuitos, de costumbres, y el hermetismo en el que ha sabido envolverse como en una capa desde el final de la guerra, revelan al fin su admirable utilidad. Probablemente, sus años de militancia en la JSU le resultan provechosos, quizás su experiencia francesa también lo sea. El caso es que permanece en la clandestinidad, como un militante modélico, hasta que en mayo de 1947, él mismo provoca una caída que le permite experimentar un nuevo sistema.

Conesa, que se las arregla para no despertar sospechas entre sus «camaradas», desarticula la cúpula de la organización, pero se detiene en los eslabones inferiores. Escarmentado por tantos éxitos clamorosos que después resultan no haberlo sido tanto, en esta ocasión deja cabos sueltos, rabos de lagartija a través de los que pretende llegar, una vez más, a la cabeza del Partido. Esta ha desaparecido en la consabida tapia, pero después de unas semanas, afloran aquí y allá militantes de base a los que la policía ni siquiera ha molestado. Solos y perdidos, desconectados de cualquier estructura, se dedican a buscar información y se van enterando poco a poco de que en la calle San Bernardo existe una chocolatería donde sus camaradas vuelven a reunirse. La dueña de este establecimiento se llama Pilar C., ha pertenecido al Partido y se dedica a ayudar a los presos políticos. Es una mujer muy hermosa —«como una modelo de Rubens, pero sin grasa», en las felices palabras de un pintor español y comunista que frecuenta el local en aquella época—, pero su marido, también camarada, no debe tenerla muy contenta, porque muy pronto estrena amante. Este, por supuesto, es un hombre bajito, poco agraciado, pero generoso y muy divertido, que se llama Roberto Conesa.

No se sabe si Pilar llega a conocer la verdadera identidad del policía, ni si monta el negocio por sugerencia suya o por su propia iniciativa, pero a pesar de la oscuridad que sigue envolviendo esta etapa, parece que actúa de buena fe y que su culpabilidad se extingue en el adulterio. En todo caso, la chocolatería de San Bernardo representa una fecunda fuente de información para Conesa hasta que el marido de su amante, ignorante siempre de su infidelidad, empieza a sospechar a cambio de su lealtad. Él mismo recomienda al conocido como «grupo de San Bernardo» que abandone el local. Es una medida bienintencionada pero inútil. Conesa ya lo sabe todo, y cuando le viene bien, octubre de 1952, los manda detener en una cafetería de la calle Alcalá.

Con este nuevo éxito comienza la década más comprometida y menos brillante de la trayectoria policial de Roberto Conesa Escudero. Seis años después de haber logrado infiltrarse personalmente en el PCE, y tras haber alternado asiduamente con sus militantes, el policía está quemado para el trabajo callejero. No le queda más remedio que recluirse en los sótanos de la Puerta del Sol, y quizás por eso, no comprende muy bien los cambios que se están produciendo en la superficie.

En 1953 comienzan las negociaciones para la instalación de bases norteamericanas en España, un proceso que en realidad comporta el perdón de los aliados hacia el régimen presidido por el único amigo del eje Roma-Berlín que sigue en el poder después de 1945. Una de las condiciones que Estados Unidos impone para sentarse a negociar es que el franquismo se lave la cara, que renuncie a la simbología y parafernalia fascista que ha constituido su seña de identidad política. Evidentemente se trata de una transformación cosmética, superficial, como Franco se apresura a garantizar a los falangistas que se sienten traicionados por él una vez más. Hay que cambiarlo todo para que nada cambie o, en un lenguaje menos solemne, conviene levantar un poco el pie del pedal, lo justo para engañar a los norteamericanos. El problema de Conesa es que el pie que oprime ese pedal es precisamente el suyo y le gusta pisarlo hasta el fondo.

La oposición clandestina también ha empezado a cambiar, y él tampoco es capaz de asimilarlo. Acostumbrado a reclutar confidentes entre los prisioneros que no resisten sus torturas, su mentalidad está anclada en la lógica de la guerra civil. Sin embargo, en la revuelta estudiantil de febrero de 1956 se enfrenta por primera vez a un nuevo modelo de militante subversivo. Los calabozos se le llenan hasta los topes de jóvenes que no han hecho la guerra, que estudian en la universidad, que han crecido en el seno de familias burguesas y que, en muchos de los casos, son hijos de héroes de la Cruzada o nietos de los ideólogos del Movimiento Nacional.

Aquella novedad le desorienta completamente. Después de que sus superiores le adviertan que es imprescindible tratar a los detenidos con guante blanco, comprueba que aquellos niños bien, cultos, educados, políglotas y seguros de sí mismos, no sólo no se dejan impresionar por sus técnicas, sino que se comportan con la certeza de que, de un momento a otro, una llamada de algún viejo amigo de su familia va a ordenar su puesta en libertad. Así es en muchos casos. En otros, Conesa hace el ridículo. El escritor Jesús López Pacheco recuerda años después que tiene que morderse los labios para no reírse mientras un policía bajito, radicalmente despistado, le propone trabajar para él como confidente. No lo consigue ni en su caso ni en ningún otro. De hecho, después de haber desarmado con tanta facilidad las direcciones comunistas en los años cuarenta, Conesa ni siquiera llega a enterarse de que todos aquellos jóvenes de buena familia han sido reclutados por Jorge Semprún —nieto, por cierto, de don Antonio Maura—, en su condición de dirigente clandestino del Partido en Madrid. Aquella es la nueva cabeza de la serpiente a la que jamás logrará degollar, y que duplica su testuz en 1957 con la llegada de Francisco Romero Marín.

La trayectoria de estos dos clandestinos modélicos revela hasta qué punto los dirigentes del PCE han evolucionado hacia la perfección. Jorge Semprún, que vuelve a Madrid en 1953, pasa los años más felices de su vida en su ciudad natal, hasta que en 1962 la dirección de su Partido le retira del cargo contra su voluntad. La situación más comprometida que tiene que resolver en una década de trabajo clandestino consiste en que, al poco tiempo de llegar, entra a tomarse una caña en uno de esos bares de tapas que le gustan tanto y asiste en silencio a una discusión sobre el juego del Real Madrid entre el dueño del bar y algunos parroquianos. Cuando el primero le pregunta ¿y qué opina usted de Di Stefano?, no sabe qué decir. Al preguntar quién es Di Stefano, todos los clientes del local se le quedan mirando con la misma extrañeza. Semprún comprende que debe ponerse al día en la Liga española de fútbol y, cumplido ese requisito, no vuelve a sentirse en peligro nunca más.

Paco Romero Marín, no en vano apodado «el Tanque» —mote cuya paternidad adjudican algunas fuentes a Dionisio Ridruejo—, sigue viviendo en Madrid hasta su única detención, en abril de 1974. Hasta entonces, trabaja en la clandestinidad durante diecisiete años ininterrumpidos, y aunque la policía le sigue de cerca, escapa a tiempo de todas las trampas. Sus amigos temen por él porque, lejos de aceptar la plácida monogamia que garantizaría su seguridad, practica una peligrosa promiscuidad sexual, y no elige a sus amantes entre las camaradas. Le gusta ligar en la calle, cambia de pareja con frecuencia y las simultanea más de una vez. Sin embargo, sabe escoger a sus mujeres, porque ninguna le denuncia. Y cuando por fin le echan el guante, le condenan a treinta años, pero sólo cumple dos, porque se beneficia de la amnistía de 1976. A Roberto Conesa no le debe de gustar nada enterarse.

Tampoco le habían gustado los detenidos de 1956, entre quienes se cuentan personajes que alcanzarían después tanta relevancia en los ámbitos de la política y la cultura españolas como Javier Pradera, Enrique Múgica, Ramón Tamames, Gabriel Elorriaga o Fernando Sánchez Dragó. Todos ellos perciben en Roberto Conesa una hostilidad que brota de un profundo complejo de inferioridad. El policía, poderoso pero inculto, alude con rencor en los interrogatorios al nivel de vida y los estudios universitarios de sus prisioneros. Quizás por eso no les pierde de vista.

Conesa es muy listo y poco inteligente. Su astucia se desarrolla con brillantez al nivel del suelo, pero su débil capacidad de reflexión no es capaz de elevar su pensamiento hacia las agudezas de la política. Por aquel entonces, esta se centra en una difícil negociación que dará sus frutos en 1959, cuando el presidente Eisenhower visite Madrid para proporcionar a Franco el respaldo internacional que ha perseguido obsesivamente desde que los aliados ganaron la guerra mundial. Aquel encaje de bolillos resulta demasiado sutil para un perro de presa que sólo recibe información desde abajo, gracias a los confidentes que mantiene infiltrados en la oposición clandestina. Así se entera de que un grupo de dieciocho jóvenes españoles, entre los que se encuentran varios de sus detenidos del 56, asiste en el verano del año siguiente al VI Festival Mundial de la Juventud y los Estudiantes en Moscú, y no pierde el tiempo. A su regreso, los hace detener, y entre diciembre de 1957 y enero de 1958, impulsa un expediente que representa el mayor error de su carrera. A pesar de que dispone de pruebas contundentes, fotografías que muestran a los detenidos en la capital soviética, posando entre otros comunistas tan jóvenes y sonrientes como ellos, aquella causa permanece estancada en un juzgado hasta que en octubre de 1958, aprovechando la muerte de Pío XII, se archiva para que todos los detenidos sean puestos en libertad sin cargos.

Este fracaso hace muy incómoda la posición en la Brigada de Roberto Conesa, cuya imagen deja de ser la de un agente celoso e incansable para convertirse en la de un fanático gilipollas, que no se ha enterado de que hay que dejar de tocarles los cojones a los norteamericanos, además de a algunas ejemplares e influyentes familias del régimen que ya sufren bastante con la desgracia de tener un hijo comunista. Nuestro hombre decide entonces poner tierra por medio aprovechando sus propios contactos. En 1954 ha formado parte de la escolta del tenebroso dictador dominicano Leónidas Trujillo en su visita oficial a España, entablando con él cierta amistad. A ella recurre en el invierno de 1958, rogando a Trujillo que solicite a Franco el envío de un experto para perfeccionar su policía política. Conesa permanece en Santo Domingo dos años, adiestrando a los hombres que en 1956, bajo tutela de la CIA, torturaron y ejecutaron a un famoso republicano, el dirigente del PNV en el exilio Jesús Galíndez. A juzgar por los hechos de sus discípulos —que intensifican un terror ya insoportable hasta impulsar el asesinato del dictador en mayo de 1961—, hace un buen trabajo antes de regresar, en 1960, a una España que está volviendo a cambiar, pero esta vez a su favor.

Los primeros años de la década no le resultan sin embargo propicios. Al poco tiempo de su regreso, muere su mujer. Simultáneamente se agrava la úlcera de estómago que padece desde hace algunos años y que ya no dejará de torturar al torturador. Conesa decide entonces dejar al PCE por imposible. Acierta al diagnosticar que la desarticulación del partido más poderoso de la oposición clandestina es una tarea superior a sus posibilidades. ETA, cuyo primer atentado se produce en 1961, y sobre todo, un grupo de disidentes comunistas decididos a escindirse para fundar un nuevo partido pro chino, le ayudan a reorientar con éxito su carrera profesional.

La relación de Roberto Conesa Escudero con el Partido Comunista Marxista-Leninista, fruto de dicha escisión, que se apunta en 1962 para consumarse dos años después, convierte al antiguo especialista en el PCE en un experto en las pequeñas organizaciones comunistas que empiezan a proliferar a la izquierda del gran Partido en los años sesenta, por su discrepancia con la política de reconciliación nacional impulsada por la dirección de este. Algunos de sus compañeros y confidentes cuentan después que Conesa tiene al PC Marxista-Leninista infiltrado desde el primer momento y al más alto nivel. Eso, y que dichas siglas se nutran fundamentalmente de españoles que han emigrado por razones económicas o políticas, explica que el policía se dedique a pasear por Europa durante la década prodigiosa. Ginebra, Bruselas, París y Luxemburgo se convierten en estaciones de paso para el rey de las cloacas de la Puerta del Sol, por donde sólo asoma ya de vez en cuando. No necesita más porque tiene su descendencia asegurada. En aquellos calabozos mandan ahora sus cachorros, entre quienes pronto destaca Luis Antonio González Pacheco, alias Billy el Niño, policía, torturador y asesino, dispuesto a mancharse las manos de sangre para complacer a su maestro, que tiene mejores planes para sí mismo.

A estas alturas, en las esferas de la alta política se han acabado ya las contemplaciones. Por una parte, la alianza con los norteamericanos, que cuentan con cuatro bases militares en suelo español, es definitivamente sólida. Ningún exceso policial puede hacerla peligrar, sobre todo cuando a la izquierda del PCE brotan grupos, como el FRAP, que abrazan la lucha armada dos décadas después de que el Partido renunciara a ella. Paradójicamente, en este momento, ETA resulta una bendición para la Brigada Político Social en general y, en particular, para Roberto Conesa, que tiene sin embargo juicio suficiente como para no meterse en ese jardín. Escoge otros caladeros más fáciles, más cómodos y, sobre todo, más propicios para su éxito personal.

Entonces empiezan a pasar cosas raras. En la primavera de 1966, el consejero eclesiástico de la embajada española en

Roma, monseñor Ussía Urruticoechea, es secuestrado por una misteriosa organización presuntamente anarquista, autodenominada Grupo Primero de Mayo, que al reivindicar su captura exige libertad para los presos políticos, así, en general. El 3 de mayo, el diario *Madrid* publica un extracto de un artículo aparecido en la prensa italiana que dice literalmente: «Este caso no parece que vaya a tener una solución en breve tiempo. En varios sitios se afirma que el gobierno franquista conoce muchos más detalles de los que hace creer». Unos pocos días después, Roberto Conesa viaja a Roma y rescata a monseñor Ussía en una operación tan fácil y limpia que se diría que, sencillamente, ha ido a buscarlo. Al ser liberado, el obispo declara, muy tranquilo: «Siempre estuve seguro de que no me harían nada». Y el agente más famoso de la Brigada Político Social ofrece su primera rueda de prensa, en la que no deja entrar ninguna cámara.

La feliz resolución de secuestros misteriosos se convierte en la palanca que propulsa hasta la gloria a Roberto Conesa, ascendido a comisario en marzo de 1973 de acuerdo con el escalafón, después de que su expediente sufra una curiosa alteración que adelanta en dos años, hasta la inverosímil fecha de agosto de 1939, su ingreso en la Policía. Al parecer, el ya comisario Conesa desempeña un papel determinante en la liberación de Baltasar Suárez, director del Banco de Bilbao, secuestrado en mayo de 1974 por un extrañísimo Grupo Antifascista Revolucionario Independiente (GARI), que cobra un elevado rescate del que nunca se vuelve a saber nada. Quizás por eso en este caso no hay rueda de prensa, ni con cámaras ni sin ellas. Después, el GARI se desarticula solo y, eso sí, con un montón de millones que jamás aparecen.

Contra todo lo que parece lógico, sensato, justo y hasta higiénico, la llegada de la democracia no supone ningún contratiempo para Roberto Conesa Escudero, que alcanzará la cumbre de su carrera dos años después de la muerte de Franco, gracias a otra prodigiosa resolución de un secuestro, doble en este caso.

En enero de 1977, el Grupo Revolucionario Antifascista Primero de Octubre —obsérvense las coincidencias de esta marca con la de los secuestradores de monseñor Ussía, otro Grupo que también recurrió a una fecha para bautizarse, y con la que reivindicó el secuestro del director del Banco de Bilbao, un tercer Grupo que se bautizó con los mismos adjetivos en orden inverso—, más conocido como GRAPO, secuestra a Antonio María de Oriol y Urquijo, presidente del Consejo de Estado, y al teniente general Emilio Villaescusa, presidente del Consejo Supremo de Justicia Militar.

Esta acción llama poderosamente la atención de la opinión pública por dos razones. La primera es que los dos secuestrados desempeñan cargos de altísimo rango institucional. La segunda es la inoportunidad de aquel secuestro desde el punto de vista de los intereses de la izquierda. Enero de 1977 es un mes negro para el Partido Comunista de España. En sólo una semana, pistoleros fascistas asesinan a cinco abogados en un despacho laboralista de CC.OO. en la calle Atocha, y a un manifestante llamado Arturo Ruiz. Otra chica, Mari Luz Nájera, muere en una manifestación de protesta por la muerte de este último celebrada al día siguiente, porque un antidisturbios le tira un bote de humo en plena cara, a muy corta distancia. Que en este momento, mientras sale a la luz la profunda relación entre los pistoleros ultras que campan a sus anchas y la policía, un grupo izquierdista secuestre nada menos que a Oriol y a Villaescusa, resulta incomprensible. Como otras acciones de los GRAPO, aquella tuvo el resultado de equilibrar una sangrienta balanza, sugiriendo que la policía tenía motivos para actuar como lo hacía. Otras veces sus atentados producirían el efecto aún más contradictorio de enardecer los ánimos de los golpistas repartidos entre la extrema derecha y el Ejército.

En febrero de 1977, el ministro del Interior, Rodolfo Martín Villa, reclama a Roberto Conesa —que había sido nombrado jefe superior de policía de Valencia por su antecesor en el cargo, Manuel Fraga Iribarne, en junio de 1976— y le encarga que se ocupe del doble secuestro. Es una buena idea, porque el comisario libera a los secuestrados el día 11, con tal facilidad que ni siquiera tiene que tirar las puertas de las viviendas donde permanecen recluidos. Tampoco es preciso disparar un tiro, aunque un agente deja escapar uno de manera involuntaria y sin necesidad, puesto que tanto Oriol como Villaescusa están solos, cada uno en un piso vacío. A pesar de lo sencillo que le resulta convertirse en un héroe nacional, Conesa pasa entonces de comisario a superagente, y toca al fin el cielo con las manos.

En la rueda de prensa que se ofrece con posterioridad, se sienta al lado del ministro Martín Villa y posa con naturalidad ante las cámaras mientras sus superiores anuncian su inminente condecoración. Todas las imágenes que se conservan de Conesa proceden de esta rueda de prensa y de un par de entrevistas que concede en los días inmediatos.

Pero, igual que las polillas que se acercan demasiado a una llama terminan quemándose, la gloria de Conesa resulta efímera. Después de recibir la Medalla de Oro al Mérito Policial de manos de Rodolfo Martín Villa en julio de 1977, su estrella se va apagando lenta e inexorablemente. Pronto es apartado de los cargos de responsabilidad y la jubilación le llega sin haber vuelto a desempeñar ningún papel relevante.

Roberto Conesa Escudero muere en Madrid el 27 de enero de 1994, en plena jornada de huelga general contra el proyecto de reforma laboral emprendido por el gobierno socialista que preside Felipe González.

Sus necrológicas recogen el dato de que ningún miembro del gobierno asistió a su entierro. Pero en ninguna aparece el mote con el que Roberto Conesa, alias «el Orejas», fue conocido en su barrio durante su infancia y su juventud.

La última boda de Manolita Perales García

El 11 de febrero de 1977, Silverio cumplió sesenta años.

Yo le compré en las rebajas un abrigo, que le hacía falta, y le regalé además una taladradora nueva que no necesitaba, porque ya tenía otra y encima no estaba rebajada, pero era lo que más le apetecía. Al día siguiente era sábado y celebramos el cumpleaños con nuestros hijos. Entre todos, le regalaron un montón de cosas, dos camisas, un jersey, un juego de destornilladores de precisión y, los nietos, varios dibujos, una caja de caramelos de café con leche y un muñequito de plástico, horroroso, con un cartel que decía «mi abuelo sí que es el mejor». Para no ser menos, el Estado español le regaló uno de los peores disgustos de su vida.

—¡Serán hijos de puta! —cuando mi yerno empezó a chillar, yo salía de la cocina con una bandeja llena de mediasnoches entre las manos—. ¿Y a esto le llaman democracia, joder?

No le presté atención, porque en los últimos tiempos le había oído formular muchas veces la misma pregunta, con ese acento airado tan propio de los jóvenes que creen que lo han vivido todo. Tampoco me extrañó que Laura protestara, aunque la culpa era suya. Se había empeñado en dar de mamar al bebé en el salón, con el follón que había, para no perderse *Informe Semanal*, y Pablo, que aún no tenía tres meses, se había asustado con los gritos de su padre. Mis nietos mayores estaban sentados en el suelo del pasillo con los lápices y los cuadernos de colorear que les había traído de la papelería. Los sorteé con mucho cuidado y la intención de poner orden, pero al traspasar la puerta del salón no acerté a decir ni una palabra.

Silverio miraba hacia delante con la boca y los ojos muy abiertos, la piel tan blanca como una máscara de cera. Tenía las manos apoyadas en los brazos de la butaca, las piernas dobladas, y el tronco inclinado hacia delante en una postura muy forzada, tan incómoda que parecía una fotografía captada cuando estaba a punto de levantarse para apagar el televisor. Nada en él, ni las pestañas, ni los músculos, ni los pliegues de la ropa, revelaba el menor movimiento y esa extraña parálisis me asustó mucho, me asustó tanto que al verle dejé de pensar en mi hija, en mi yerno, en mi nieto.

Así, el relato que transmitía el locutor de aquel reportaje sobre la liberación de Oriol y Villaescusa logró penetrar limpiamente en mis oídos. Una operación impecable, oí, un mando policial de dilatada experiencia, éxitos legendarios al mando de la Brigada Político Social, un ejemplar servidor del Estado que hoy comparece por primera vez ante las cámaras... Hasta aquel momento no había sabido nada y de repente lo supe todo. Supe tanto que fui consciente del pánico que me inspiraba el televisor, e incluso llegué a pensar en darme la vuelta y esconderme en la cocina, quedarme allí sentada, con los ojos cerrados y la cabeza tapada con un paño, hasta que alguien viniera a decirme que no, que no, que me había confundido. Pero entonces oí la voz de la estrella del reportaje y comprendí que aquel momento tenía que estar siendo más duro, mucho peor para Silverio que para mí. Por eso decidí ir hacia él. Y se me olvidó que llevaba algo entre las manos. Y solté la bandeja. Y la fuente se rompió. Y todas las mediasnoches se cayeron al suelo entre pedazos de loza blanca mientras Rodolfo Martín Villa, ministro del Interior, anunciaba que iba a proponer la concesión de la Medalla de Oro al Mérito Policial a don Roberto Conesa Escudero. Y cuando miré por fin a la pantalla, el Orejas sonreía, muy complacido por la noticia.

Su silueta transparentándose tras un cristal esmerilado, María Pilar hablando por teléfono, no te equivoques conmigo, Roberto, y el otro día al salir del metro seguí a una chica con las piernas muy bonitas y resultó que eras tú, y qué guapa estás, parece que te está ardiendo el pelo, y aquella caja de zapatos que llevaba Mari Carmen Vives mientras andaba con él por la calle Atocha, y ¿tú sabes dónde está tu hermano?, y la voz de Silverio en el cuarto de las bodas, el Orejas dice que el traidor igual es una chica, y aquella misteriosa aparición en la cola de Porlier, y ¿qué pasa, que eres mujer de un solo hombre?, y el billete de metro que me regaló al saltar el torno, y su interés por saber qué opinaba Toñito de mi noviazgo con el Manitas, y el abrazo que me dio cuando vino a decirme que lo habían detenido en la carretera de Colmenar, y la alegría de la Palmera al contarme que había encontrado una forma de salvarle la vida a mi hermano, y su rostro compungido en el entierro de Eladia... ¿Y qué más?, me pregunté, ¿quién más?, ¿cuántos más?, mientras una lista larguísima de nombres desfilaba por mi memoria.

Cuando logré ponerme en marcha, Silverio no había terminado de hacer sus propias cuentas. Seguía paralizado en la misma antagónica tensión entre la quietud y el movimiento, su cerebro agitándose, sospeché, con la misma violencia que impedía el movimiento de sus músculos. La Minerva todavía no estaba caliente, había recordado en voz alta la primera vez que me contó su detención, mientras hablábamos en una esquina para no saber que Tasio, pobre Tasio, y Martina, pobre Martina, estaban follando como descosidos en el mismo cuarto. La Minerva no estaba caliente. La temperatura de aquella máquina le había costado casi once años de cárcel. Y nosotros éramos de los que habían tenido suerte, porque yo estaba viva, y por eso pude acercarme a él, inclinarme sobre el respaldo de la butaca, rodear su cuello con mis brazos, pegar mi cabeza a la suya y sentir el calor de un hombre vivo.

—¡Qué tontos somos!, ¿verdad? —se volvió a mirarme, me besó en los labios, sonrió, y aquella sonrisa me pareció más triste que ningún otro gesto que hubiera llegado a ver en su rostro—. Una partida de gilipollas, y además toda la vida, ¿eh? Toda la puta vida...

Él acababa de cumplir sesenta años. Yo tenía cincuenta y cuatro, y a pesar de eso, rodeé la butaca, me senté en sus rodillas y apreté mi cabeza contra su cuello para que me abrazara y me besara en la cabeza como a una niña pequeña. En ese momento, sentí que estábamos solos. Nuestros tres hijos estaban allí, y con ellos el marido de Laura, la mujer de Antonio, embarazada de siete meses, la de Rafa, a la que todavía no se le notaba el embarazo, y Guille, que iba a cumplir tres años, y Marisol, que ya tenía dos. Era mucha gente, pero ninguno hablaba y ni siquiera los niños se movían.

—Hay que llamar a tu hermano.

La voz de Silverio actuó como un interruptor capaz de devolver al mundo el movimiento. Un instante después de que se acordara de Toñito en voz alta, oí a la vez el timbre del teléfono y un grito de mi nuera Marisol, que se precipitó sobre los niños al descubrir que habían aprovechado el desconcierto de los adultos para lanzarse sobre las mediasnoches tiradas en el suelo. Mi otra nuera, Paz, fue a buscar una escoba y un recogedor mientras su marido intentaba contener el torrente de palabras que le asaltaba a través del teléfono.

—No... No, si... No... Claro, pero es que... Claro que te entiendo... Que sí, que sí... Espera un momen... ¡Que esperes un momento, por favor! —cuando Rafa logró su objetivo, dejó caer el auricular, tapó la parte inferior con la mano, y se volvió hacia su padre con un gesto indeciso entre la alarma y el estupor—. Es tu amigo Julián, papá. Deberías ponerte, porque está muy nervioso. Lo único que dice es que vais a tener que matar a alguien.

Silverio me dio una palmada en la pierna para que me levantara, y fue a coger el teléfono con la misma incomprensible tranquilidad que percibí en su voz un instante después.

—Pero si tú no sabes hacer bombas, Julián, si eres un manazas... El único que podría hacer una soy yo, y preferiría pegarle un tiro en la cabeza, así que... Claro, quedamos y lo discutimos. Que sí, hombre, lo que pasa es que ahora no puedo... Pues porque están aquí todos mis hijos, ayer fue mi cumpleaños, ¿no te acuerdas? Por supuesto que te invito a una copa, a las que tú quieras, no faltaba más.

Cuando colgó el teléfono, se volvió hacia nosotros y aquella escena empezó a resultarme familiar.

—Nadie va a matar a nadie —nos fue mirando a todos, uno por uno—. Por lo menos de momento, así que no os preocupéis.

—Vale —Antonio se acercó a él con una expresión cautelosa—, pero te voy a tomar la tensión.

—No, porque no hace falta. La tengo de puta madre.

—Bueno, vamos a verlo...

—Desde luego, hijo de mi vida, si llego a saber lo pesado que te ibas a poner, no te pago la carrera.

Que Antonio reconociera que la tensión de su padre estaba sólo ligeramente por encima de sus valores habituales me sorprendió más que a él. Mientras Silverio anunciaba que de todas formas iba a tomarse una copa de coñac, que era lo mejor para bajarla, sonó el timbre de la puerta. Qué prisa se ha dado Julián, pensé, pero cuando fui a abrir me encontré con la Palmera, que vivía mucho más cerca.

—¿Lo has visto?

Unos meses después de la muerte de Franco, Paco decidió volver a salir a la calle con los ojos pintados. La primera vez que le vi probé un sabor agridulce, una equilibrada combinación de alegría y tristeza. Me alegré porque sabía que para él era importante, pero me dio mucha pena ver la raya gruesa, irregular, grumosa, que traicionaba el pulso tembloroso de un anciano donde antes había admirado una línea finísima, tan perfecta como si un delineante la hubiera trazado sobre un plano. Aquella noche no aprecié ninguna diferencia, porque llegó a mi casa con la pintura corrida, extendida como un doble borrón de tinta alrededor de los ojos.

—Sí —confirmé—. Lo he visto.

La huella de sus lágrimas contagió a las mías mientras nos abrazábamos en el recibidor con la impotente desesperación de otros tiempos, pero en sus brazos hallé el mismo consuelo, un cariño que sin dejar de serlo era además otras cosas, comprensión, compasión, experiencia, solidaridad, rabia y conocimiento, igual que entonces. Cuando nos separamos, me saqué del bolsillo el pañuelo que solía llevar encima desde que debuté como abuela, y le limpié los ojos con mucho cuidado mientras en el salón volvía a sonar el teléfono.

—¿Y cómo está tu marido? —frunció las cejas, como si le diera miedo escuchar mi respuesta, pero le dije la verdad.

—Mejor que nosotros.

—Me alegro.

Yo ya he vivido esto, volví a pensar, yo ya he estado aquí, con Paco, con Silverio, con Julián...

—Mamá —Laura vino a buscarme y me entregó la pieza que me faltaba—. Es Rita. Quiere hablar contigo.

Pero hoy no han matado a nadie, pensé mientras me acercaba al teléfono, hoy no ha muerto nadie, y me aferré a esa idea como si fuera un clavo ardiendo, mañana no tendremos que enterrar a nadie, mientras Rita chillaba en mi oído, ¿pero tú lo has visto, tú has oído lo que decía el locutor?, eso era verdad, ¡es un torturador, Manolita, un asesino!, que no habían matado a nadie, ¿y cómo sabía dónde estaban los secuestrados, cómo ha podido liberarlos sin pegar un tiro, por qué nadie le pregunta eso?, y sin embargo nos habían matado un poco a todos, ¡pues porque estaba en el ajo desde el principio!, habían vuelto a matar a los que estaban muertos, ¡porque se dedica a montar grupos terroristas de pacotilla para desarticularlos cuando le viene bien!, y habían matado un pedazo de los que seguíamos vivos, esa es la democracia que tenemos en España, el mes pasado los de Atocha y ahora esto, y sin embargo yo seguía diciéndome que no habían matado a nadie, ¿es que les parece que no hemos sufrido bastante?, y aquel clavo me estaba quemando los dedos, ¡y ahora le van a dar una medalla, me cago en sus muertos, una medalla!, pero lo agarraba con todas mis fuerzas porque necesitaba creer en algo, ¿y has oído lo de las misiones internacionales?, porque tenía tres hijos y los tres estaban conmigo en aquel momento, un torturador hijo de puta que se fue a Santo Domingo a enseñar a torturar a los hijos de puta de los policías de Trujillo, ¡a eso le llaman misión!, porque tenía tres nietos y ellos me estaban mirando, ¡pero en qué mierda de país nos ha tocado vivir!, porque iban a nacer otros dos niños que me miraban también desde los vientres de sus madres, ¿pero qué hemos hecho nosotros para merecernos esto?, porque Rita tenía razón pero yo no podía venirme abajo, toda

736

la vida luchando, toda la vida sufriendo, toda la vida enterrando a camaradas, ¿y para qué?, en el salón de mi casa no, ¿para qué?, delante de mis hijos no, ¿para qué?, mientras Silverio estuviera entero y bebiendo coñac no, ¡para que condecoren a Conesa, para eso!, por eso le pedí que se tranquilizara, yo me quiero morir, Manolita, le conté que la Palmera estaba en mi casa, me quiero morir, que Julián estaba a punto de llegar, te juro que lo único que quiero es morirme, y le pedí que dejara de decir tonterías, ¿cómo les vas a dar la alegría de morirte precisamente ahora, Rita, no te parece que se nos ha muerto ya bastante gente?, pues..., vale, esperadme, se lo digo a Guillermo y vamos para allá.

Antes de colgar, vi entrar a Julián con la cara desencajada, la mandíbula inferior tan tensa que las venas de su cuello se marcaban como las de un caballo en pleno galope, y tras él, a Lourdes, tan preocupada que se fue derecha hacia Antonio para pedirle que le tomara la tensión a su marido.

—Le acabas de dar una alegría —Silverio sonrió—. Porque es su pasatiempo favorito, ponernos a régimen y tomarnos a todos la tensión...

Julián sí la tenía más alta de la cuenta, pero se sumó al sistema de su amigo y liquidó media copa de un trago mientras su mujer expresaba en voz alta la sensación que a mí me había asaltado un rato antes.

—Esto parece... —se paró a escoger las palabras—. No sé, ¿os acordáis de cuando detenían a alguien y nos juntábamos todos por la noche?

—Sí, yo también me he dado cuenta —me acerqué a Lourdes y la besé en la mejilla sin pensarlo, atrapada en el protocolo de aquellas madrugadas en las que todos nos besábamos, y nos tocábamos, y nos abrazábamos todo el tiempo, sin ton ni son—. Pero hoy no han matado a nadie.

—No estaría yo tan seguro... —objetó la Palmera mientras se apuntaba al remedio del coñac.

El teléfono volvió a sonar. Mi cuñado Alfredo me pidió que tuviera cuidado con lo que le contaba a Isa, porque estaba histérica y no le convenía. Hacía menos de una semana que le habían dado el alta después de una operación de rodilla bastante complicada. Por eso no me voy ahora mismo a la Puerta del Sol, fíjate lo que te digo, porque estoy coja, que si no... Tranquilicé a una mujer furiosa por segunda vez en un cuarto de hora. Después, entre todos me tranquilizaron a mí.

Rita y Guillermo llegaron con Andrea, su hija pequeña, la tía favorita de mi nieto Guille, que se lanzó a sus brazos y acabó quedándose dormido sobre su regazo. A pesar de aquel ahorro, tuve que ir a buscar una butaca a mi dormitorio y traer el taburete de la cocina, porque con las sillas del comedor no había bastante. Calculé que acabaríamos liquidando las botellas de anisete que sobraban cada año del paquete que le daban a Silverio en la imprenta cada Navidad, pero antes nos bebimos entre todos las dos de ron que Rita había traído de su casa. Con tanta mezcla voy a cogerme una cogorza monumental, temí, pero aquella noche también se pareció a las vigilias de antaño en la benéfica naturaleza del alcohol, que atravesó mi cuerpo como si fuera agua.

—Bueno, y ahora... —cuando ya estábamos todos sentados y con una copa en la mano, Laura hizo una pregunta difícil de responder—. ¿Se puede saber qué ha pasado?

Silverio y yo nos miramos con extrañeza. A los dos nos resultaba igual de difícil creer que un hija nuestra no supiera quién era el Orejas, pero Rafa y Antonio estaban igual de expectantes, y fue la Palmera quien arrancó.

—Tu padre, y Julián, y tu tío Toñito eran amigos de Conesa del barrio, de toda la vida... Le llamaban el Orejas, porque las tenía enormes, ya lo habéis visto.

Empezamos a hablar todos a la vez, pero el relato encontró su propio camino y se fue encajando solo. Si media hora antes alguien me hubiera dicho que aquella noche volvería a llorar, pero de risa, no lo habría creído, y sin embargo así fue.

—Pero... ¿tú salías con ellos? Eres mucho mayor, Paco.

—Ya, pero nos seguía por la calle como una sombra.

—¿Y por qué?

—¿Que por qué? A mí estos me daban igual, pero tu tío... Tu tío era el hombre más guapo de Madrid.

—Paco le llamaba el requesón, no te digo más.

—¿En serio? ¿Al tío Antonio? ¿Y ya era guerrillero?

—Era... Lo que le daba la gana, era. Y guapo de morirse.

—Y anda que no nos reíamos en la cola de Porlier... El día que llegó Julita con la pescadilla, ¿te acuerdas, Manolita?

—Pero Julita..., ¿tu antigua jefa? ¿La que te traspasó la papelería?

—La misma, pero lo que quería su marido eran empanadillas, y le dijo, ¿por qué me has traído pescadilla, Julita, si sabes que no me gusta? Y nos partimos de risa, aunque la madre de Rita nos echó una bronca... ¿Te acuerdas?

—Claro. Pues, ¿y aquella otra que estaba acatarrada, y su marido entendió que estaba embarazada, y se cogió un cabreo que para qué en medio del locutorio?

—¡Ay, no me lo recuerdes!

—Sí, mejor que no te acuerdes, porque la que me liaste a mí el día que nos casamos...

—Silverio, eso no lo cuentes.

—Que sí, papá, cuéntalo.

—Pues nada, que me dijo que iba a casarse conmigo porque era muy buen partido, y cuando llegamos al cuarto aquel, pues yo, que tenía veinticuatro años y hacía más de dos que no tenía una mujer cerca, ¿qué quieres?, me tiré encima de ella.

—¿Y mamá?

—Mamá me pegó un empujón y me dijo que estaba tolay...

—¿Tolay? ¿Pero ya existía esa palabra?

—Sí, hijo, y la luz eléctrica.

—Y aquel tan jovencillo que nos enseñó las multicopistas... ¿Cómo se llamaba? Al final lo fusilaron, al pobre.

—Y los domingos nos comíamos las judías con oreja que hacía la madre de Lourdes, ¡qué ricas estaban!

—Sobre todo para Matías, ¿os acordáis del hambre que tenía siempre, con lo delgado que estaba?

—Porque nosotros veníamos de la cárcel. En comparación, la comida de Cuelgamuros nos parecía un banquete, pero él se moría de hambre, pobre...

—Sí. Tendríamos que haberle llamado, ¿no? Aunque nunca conoció al Orejas.

—Y entonces salí de trabajar y una chica, muy mona por cierto, me preguntó la hora y me dijo que estaba interesada en unas botellas de sidra El Gaitero. Esa era la contraseña para que yo supiera que la enviaba el PCE para interesarse por un clandestino al que teníamos escondido con la tripa rajada por siete sitios, porque la policía le había preparado una encerrona en una tienda y había escapado atravesando el escaparate.

—¡Jo, qué poco romántico!

—Pero ¿qué dices, Andrea? A mí me parece muy romántico.

—A mí también —eso lo dije yo, que recordaba todos los detalles de aquella historia—. Bueno, voy a buscar el anisete, porque ya se ha acabado todo lo demás,. ¿no?

—Sí, pero tú no bebas más, Julián, anda.

—¡Ay! Déjame, mujer, no seas pesada, con lo bien que nos lo estamos pasando...

Tardé unos minutos en encontrar las botellas porque ni siquiera me acordaba de dónde las había guardado. Encontré tres, pero sólo cogí dos, y al salir de la cocina con una en cada mano, me paré un momento en la puerta del salón para mirarlos a todos, mis hijos, mis nietos, y aquellos viejos amigos que eran también mi familia. Me gustó mucho lo que vi. Me gustó tanto, que me sentí una mujer afortunada, a pesar de todo.

—¿Pues sabéis una cosa? —lo reconocí en voz alta mientras rellenaba los vasos con anisete—. No me arrepiento de nada.

—Eso es mucho más de lo que podrá decir nunca el Orejas —Silverio chocó su copa con la mía y me besó en la sien—. Yo tampoco me arrepiento.

A las cuatro y media de la mañana, Julián, que estaba divertidísimo y borracho como una cuba, se cayó de la silla para disolver la reunión. La despedida fue mucho más liviana que la bienvenida. Ya no necesitamos pronunciar palabras solemnes, y los abrazos fueron parecidos a los de cualquier otra noche, los besos corrientes, propios de personas acostumbradas a besarse cada vez que se ven. Luego, Silverio me ayudó a recoger, y mientras despejábamos las mesas de copas y ceniceros, tuve la sensación de que estaba de buen humor. Hasta aquel momento, más allá del alcohol y de las risas, había desconfiado de su serenidad, esa obligación de parecer entero que tal vez se habría impuesto a sí mismo como una penitencia, pero cuando nos quedamos solos celebré que la amargura que nos había congregado aquella noche se hubiera disipado sin dejar rastro en él.

—Es que cuando he visto al Orejas en la televisión, lo primero que he pensado es que mi vida entera había sido una mierda —acabábamos de acostarnos, y nos abrazamos como si estuviéramos tendidos sobre una manta, muy cerca de la chimenea, en una isla desierta sin playa y sin mar, en el pico de un monte—, pero enseguida me he dado cuenta de que no es verdad. Mi vida no ha sido una mierda, ¿por qué?, si he sido feliz, si te tengo a ti, tengo una familia, un trabajo que me gusta, y todavía no me duele nada... Yo siempre he sabido lo que hacía, y sabía por qué, para qué lo hacía. En el fondo, que el traidor fuera Roberto o fuera otro... Da lo mismo, ¿no? El caso es que Franco está muerto, y tú y yo estamos aquí. Nadie habría llegado hasta aquí sin nosotros. Eso es lo que importa. Y que ha merecido la pena.

Había sido mucha pena, pero no le llevé la contraria. Sus palabras me arrullaron hasta que me quedé dormida y me acompañaban todavía cuando me levanté a la mañana siguiente. Mientras fregaba los últimos vasos se me ocurrió aquel disparate, una idea que me gustaba y era insensata, que era bonita y era insensata, y justa, divertida, emocionante, pero sobre todo insensata, tanto que la clasifiqué sin pensarlo mucho entre los caprichosos frutos de la resaca. Sin embargo, a medida que los días iban pasando, aunque cada vez hablábamos menos del Orejas, aunque dejamos incluso de mencionarle, no logré arrancármela de la cabeza. No pude hacerlo porque comprendí a tiempo que no era más insensata que nuestra propia vida, y que precisamente por eso tenía sentido.

—Oye, Silverio...

Escogí el momento que siempre habíamos preferido para hablar, el último rato de lucidez de la jornada, los dos acostados pero despiertos, yo además tan nerviosa que no me paré a escoger las palabras.

—Quiero pedirte una cosa —había dicho aquellas tantas veces que acudieron a mis labios por su propia voluntad—, pero no pienses mal de mí.

—¡Coño! —Silverio se incorporó de un brinco, se sentó en la cama, se quedó mirándome con una sonrisa antigua y los ojos muy abiertos..

—No, que no, que no es eso... —yo cerré los míos un instante, pero no conseguí hacerlo mejor—. Esta vez te lo digo de verdad.

—¡Ah! ¿Es que las otras veces era de mentira?

—Pues claro que no, pero... ¡Ay, Silverio, no me líes! ¿Puedo pedírtelo o no?

—Bueno, ya he cumplido los sesenta, así que no sé qué decirte... —pero cuando me vio bufar, estrellar los puños sobre la colcha, volvió a recostarse y cambió de tono—. Vale, no te enfades. ¿Qué quieres?

—Pídeme que me case contigo.

Si le hubiera pedido cualquiera de aquellas cochinadas que se me ocurrían a mí sola sin que ni siquiera yo supiera de dónde las sacaba, mientras trabajaba en un hostal de El Escorial como si mis manos y mis pies fueran misteriosamente autónomos, apéndices ajenos de un cuerpo que sabía pensar mejor que mi cabeza y sólo podía pensar en él, en mí, en el asombroso poder de su sexo y de mi sexo, no se habría sorprendido tanto.

—¿Quieres que te pida que te cases conmigo? —me miró y asentí con la cabeza—. Pero si tú y yo... Tú y yo llevamos casados más de treinta años, Manuela.

—No, Silverio, tú y yo nunca hemos estado casados. Tú y yo llevamos treinta años haciendo como que lo estamos, inscribiendo a los niños en el Registro Civil, registrándonos en los hoteles como matrimonio, porque yo le compré un Libro de Familia más falso que un duro de palo al cabrón del cura de Porlier, con ochocientas pesetas que me prestó la pobre Eladia. Y el día que el Orejas salió por la tele, pensé... Muy bien, así que esto es lo que hay, borrón y cuenta nueva, ¿no? Hacemos como que aquí no ha pasado nada. Pues no me da la gana, eso pensé, que no me daba la gana. Y ya sé que no hace falta. Y que nos va a costar un dineral, eso también lo sé, pero... Si al Orejas le van a dar una medalla, yo quiero casarme contigo, Silverio. Quiero contarle a un juez por qué no nos casamos hace treinta años, y por qué nos casamos ahora.

Estuvimos callados un rato muy largo. Al principio creí que se lo estaba pensando, pero estiró un brazo y recorrió mi cara con la mano abierta como si quisiera reconocerme, los ojos entornados en un gesto de concentración que había visto muchas veces. Y en el instante en el que solía sonar la bocina de Cuelgamuros, sonrió.

—Ya te lo pedí una vez, ¿te acuerdas? —yo también sonreí, porque me acordaba, el locutorio de Porlier, el ruido, la alambrada, y todas esas mujeres, esos hombres que dejaron de hablar para mirarnos—. ¿Quieres casarte conmigo, Manolita?

—¿Estás seguro? —le pregunté, como si acabara de resolver el misterio del quinto rodillo.

—Segurísimo.

—Entonces, sí quiero.

La concesión de la Medalla de Oro al Mérito Policial a Roberto Conesa Escudero se publicó en el BOE del 1 de julio de 1977.

Nosotros todavía tuvimos que esperar unos meses para ahorrarnos el engorro de una declaración de apostasía, porque con el cura de Porlier ya habíamos tenido bastante.

No pude escoger al juez que nos casó. En la secretaría del juzgado donde había resuelto el papeleo, tampoco entendieron que quisiera verle antes de la ceremonia, pero me puse tan pesada que al final accedió a recibirme. Era un chico joven, con la oposición recién aprobada, que me advirtió que sólo disponía de media hora y me escuchó con una atención cortés, indiferente, mientras miraba el reloj de vez en cuando, con disimulo.

No le impresionó lo que estaba oyendo. Ni siquiera entendió por qué se lo contaba. Me di cuenta de que mi historia le parecía un folletín anticuado, pasado de moda, pero llegué hasta el final.

Tampoco me he arrepentido nunca de eso.

La historia de Manolita
Nota de la autora

El 25 de junio de 2004, la Asociación para la Recuperación de la Memoria Histórica y la Fundación Contamíname convocaron en Rivas, Madrid, un concierto-homenaje a los republicanos españoles, bajo el lema *Recuperando Memoria*. Aquel acto, el primero en su especie que se celebraba en España después de treinta años de democracia, supuso un éxito de convocatoria que desbordó los sueños más felices de la organización. Yo, que tuve la suerte de ser invitada a intervenir, acudí en mi propio coche junto con otros escritores participantes, mi marido, Luis García Montero, y mis amigos Benjamín Prado y Ángel González. Antes de llegar al desvío de Rivas, encontramos en la carretera de Valencia un tráfico inusualmente denso para un sábado a media tarde. Al tomar ese desvío, la densidad se había convertido en un tapón. A medida que nos acercábamos al lugar donde iba a celebrarse el concierto, formábamos ya parte de un considerable atasco para el que aún no nos atrevimos a formular una explicación, porque no podíamos creer que todos aquellos coches fueran en la misma dirección que el nuestro. Hasta aquel día, los homenajes a la República a los que habíamos asistido habían sido actos íntimos, envueltos en una penumbra casi clandestina, representativa de la humildad acomplejada y culpable con la que la izquierda había mirado hacia 1931 desde la muerte de Franco. Nada nos había preparado para lo que íbamos a vivir.

Los españoles, ya se sabe, nunca estamos preparados para ser felices. Pero aquella tarde, en un campo deportivo de Rivas, más de treinta mil lo fuimos, y mucho, mientras una infinidad de banderas tricolores de todos los tamaños ondeaban al viento con naturalidad, una alegría que ponía los pelos de punta. Sin tristeza, sin culpa, sin más amargura que la imprescindible, los republicanos celebramos una fiesta, y con ella, el orgullo de pertenecer a la mejor tradición de la historia de este país. En las primeras filas, ochocientos ancianos y ancianas, excombatientes, represaliados, guerrilleros, presos políticos, miraban hacia delante con una mezcla indescriptible de emoción, euforia e incredulidad. Muchos de los participantes agradecimos desde el escenario su coraje y su ejemplo, la determinación de una lucha destinada a conquistar, para los españoles de ayer, un futuro que es el presente de los españoles de hoy. Nunca como entonces percibí que nuestra propia existencia representa la victoria póstuma de los derrotados de 1939, la derrota de quienes provocaron una guerra atroz para ganarla, ocupar el poder durante casi cuarenta años, y disolverse después, como un azucarillo en un vaso de agua, en esa posteridad que pretendieron eterna e imperial. Aquella noche, el homenaje apareció en todos los telediarios. Y algo empezó a cambiar en España.

Desde aquel día, Rivas —una ciudad situada a quince kilómetros de Madrid y cuyo espectacular crecimiento se asentó en la proliferación de cooperativas de viviendas impulsada por los partidos y sindicatos de izquierdas— se convirtió en la casa común de los republicanos de Madrid. El ayuntamiento de esta «inexpugnable aldea gala», gobernada casi ininterrumpidamente por Izquierda Unida en una comunidad autónoma dominada por la derecha, se constituyó en sede y refugio, en patrocinador y soporte de muchas iniciativas que, sin su constante e implicada generosidad, habrían estado abocadas al fracaso. Los republicanos madrileños del siglo XXI nunca podremos saldar nuestra deuda de gratitud con Rivas. La mía se acrecentó decisivamente cuatro años después.

El 14 de junio de 2008, «nuestro» ayuntamiento ofreció otro homenaje a los republicanos españoles. Para aquel entonces, el clima había cambiado tanto que, por la mañana, más de cuatrocientos represaliados por el régimen franquista visitaron por primera vez el Congreso de los Diputados para ser recibidos por el presidente de la Cámara. Después asistieron en Rivas a una comida servida por un centenar de voluntarios, en un polideportivo presidido por el lema de la convocatoria: *Homenaje a una generación que luchó por la democracia*. Aquel día, en aquel lugar, conocí a Isabel Perales.

Fue después de los postres, cuando nos estábamos despidiendo. Una señora que destacaba por su aspecto, casi tan alta como yo, perfectamente maquillada y muy elegante a los ochenta y un años, se me acercó para hacerme una pregunta. ¿Tú sabes algo de los niños esclavos del franquismo? Le contesté que no, y unos días después se presentó en mi casa a media mañana para contarme una historia terrible. Tenía catorce años cuando el decreto de 23 de noviembre de 1940 permitió a su madrastra, presa en Ventas, solicitar para ella y para su hermana Pilar dos plazas en el colegio bilbaíno de Zaballbide, propiedad de la orden religiosa de los Ángeles Custodios. Todavía tiene las manos deformadas por la sosa con la que lavó durante años en aquel centro al que había acudido con la ilusión de aprender a leer y a escribir.

He contado la historia de Isabel, de su desamparo, de su sufrimiento, de su soledad, y de lo que representó para ella, en aquella implacable desolación, el cariño de una monja llamada Carmen, en una novela que no habría podido escribir sin su tenebrosa revelación de que en la España de la posguerra, los hijos de los presos —las niñas de Zaballbide al menos— estaban sometidos a un régimen de trabajos forzados para redimir las penas de sus padres, el pecado original de ser hijos de rojos. Al margen de esta monstruosidad moral y jurídica, la vida de Isabel, su extraordinaria trayectoria de superviviente, me ha inspirado tanto como la historia que me contó. Ella, que después de trabajar unos años en el servicio doméstico, formó parte durante décadas del mundo del cine español, trabajando primero como doble de luces, más tarde como especialista, por fin como sastra, oficio al que su nombre aparece ligado en los créditos de infinidad de películas, rodadas desde la década de los cincuenta hasta hace pocos años, es una demostración irrefutable del valor de una generación que encontró maneras de salir a flote, de progresar y vivir con dignidad, partiendo de la más despiadada de las penurias.

Esta novela, una vez más, debe mucho a muchas personas. Isabel es la primera de esa lista, y por eso aparece aquí con su propio nombre. Y aunque no tuvo ninguna hermana llamada Manolita, he conservado su apellido, el nombre de la verdadera hermana que la acompañó a Bilbao, el de aquel colegio y otros datos de su biografía, su infancia en Villaverde, su orfandad temprana, la segunda boda de su padre, su pertenencia a la Guardia de Asalto durante la guerra, el carácter de su madrastra y el empobrecimiento radical que la derrota supuso para una familia que, sin ser nunca rica, siempre había vivido bien. También el compromiso político de una mujer que no dejó de militar, de resistir durante toda la dictadura. Desde aquí quiero agradecer una vez más a Isabel todo lo que ha hecho por esta novela, aunque siempre que nos vemos ella insiste en darme las gracias a mí por haber atendido a su deseo. «Yo lo único que quiero es que esto se sepa, que se entere la gente...»

Las tres bodas de Manolita tampoco habría llegado a existir sin Juana Doña, sin la conmovedora crónica de su amor por Eugenio Mesón que publicó en 2003, más de sesenta años después de que su marido cayera ante un pelotón en la tapia del cementerio del Este. *Querido Eugenio* es quizás el testimonio escrito que más me ha emocionado entre todos, y son muchos, los que he conocido a lo largo de los últimos años. Esta historia de amor perfecta, contra la que no pudo nada ni siquiera la muerte, representa además una fuente excepcional para conocer la vida cotidiana de los presos de Porlier y sus mujeres. Cuando encontré en sus páginas la figura de aquel capellán que se forró durante años, organizando cinco «bodas» al día —dos mil pesetas, diez kilos de pasteles, diez cartones de tabaco, una espectacular mina de oro fundada en la desesperación de los presos y sus familias—, supe que algún día escribiría una novela sobre ese tema. Esa novela, que es esta, le debe al libro y a la figura de Juana muchas más cosas. Sobre todas, la declaración final de Manolita, «no me arrepiento de nada», con la que a aquella incansable luchadora le gustaba resumir una existencia que la dictadura franquista pretendió convertir en un calvario sin lograrlo jamás. Este libro es también un homenaje a la resistencia de las mujeres antifranquistas, entre las que la figura de Juana Doña adquirió una dimensión ejemplar. Entre todas las personas que me han ayudado a escribirlo, se cuenta también su hijo, Alexis Mesón Doña, con quien siempre estaré en deuda por su aliento y generosidad.

El tercer volumen de los Episodios de una Guerra Interminable es, como las dos novelas precedentes y las tres sucesivas, una obra de ficción basada en acontecimientos históricos reales. Así, recoge muchas historias que son verdaderas aunque no lo parezcan. Y aunque parezca mentira, es cierto que la cúpula de la Juventud Socialista Unificada de Madrid, diecisiete dirigentes con su secretario general a la cabeza, fueron detenidos por las republicanas tropas del Consejo de Defensa del coronel Casado a partir del 5 de marzo de 1939 y jamás liberados. Los casadistas los trasladaron a Valencia, los encerraron en la cárcel de San Miguel de los Reyes y, cuando la caída de la ciudad era ya inminente, salieron corriendo sin abrir las puertas de sus celdas. Los franquistas se encontraron con un regalo que no esperaban pero supieron gestionar con su proverbial eficacia. Devolvieron a los presos a Madrid, los metieron en Porlier, los juzgaron y fusilaron a quince de ellos el 3 de julio de 1941, por el simple delito de ser quienes eran.

Juana Doña cuenta en *Querido Eugenio* cómo eran las bodas de Porlier y quiénes fueron sus padrinos en la primera. No cita los nombres de la pareja que hizo aquel papel en la segunda, y por eso me he atrevido a escogerlos. Cuando busqué información sobre los compañeros de expediente de Eugenio, me tropecé con una página web que me pareció conmovedora. *José Suárez Montero, en memoria de quien sólo conocí por las cosas que me contaron, y que quisiera que hubieran sido más. Mi abuelo.* Allí, un nieto de José Suárez ha publicado los pocos datos y fotografías de su abuelo que ha logrado reunir. No le conozco, no sé quién es, pero cuando leí esta página, pensé que tanto amor merecía una recompensa. Por eso elegí a José Suárez, y a su mujer y tocaya, Josefa, a la que me he tomado la libertad de llamar Pepa, como compañeros de Eugenio y Juani en el cuartucho de Porlier, igual que ellos compartieron su destino en la vida y en la muerte, ellas lo hicieron en la obligación de sobrevivirles.

Pero entre las aportaciones de la realidad a esta novela destaca sobre todas la figura de Roberto Conesa Escudero, a quien el lector ha conocido durante casi todas sus páginas por un mote, el Orejas, también auténtico y muy justificado por la forma y tamaño de tales apéndices. Su nombre, que no significará nada para los más jóvenes, todavía habrá sido capaz de desatar un escalofrío en la nuca de muchos de sus padres.

El comisario Conesa es otro personaje paradigmático del franquismo, la cara siniestra de la moneda, el torturador, y maestro de torturadores, más célebre de la dictadura. Su trayectoria juvenil, como militante antifascista primero y traidor apresurado, contumaz, desde la misma entrada de las tropas franquistas en Madrid, es mucho menos conocida, porque él mismo se ocupó de ocultarla. Yo descubrí su rastro en un libro de Josep Carles Clemente —*Historias de la Transición: El fin del apagón (1973-1981)*— donde se le cita como delator de Matilde Landa.

Todo lo demás proviene de un extenso e interesantísimo reportaje sobre su vida que Gregorio Morán escribió para *Diario 16* y dicho diario publicó en nueve entregas, a finales de marzo de 1977, bajo el título «Superagente Conesa: Esta es su vida». Nunca habría podido acceder al impresionante caudal de información que contiene si mi amigo Miguel Ángel Aguilar, director de *Diario 16* por aquellas fechas, no lo hubiera recordado para mí en una comida en la que le conté el proyecto de este libro. No he encontrado ninguna otra fuente relevante sobre Roberto Conesa. El valor de esta se acrecienta, además, porque el auténtico Orejas presentó una demanda por difamación contra Morán y Aguilar, autor y editor de esta muy desautorizada historia de su vida, que no prosperó. Recurrió en varias instancias y perdió en todas ellas, lo cual tal vez no implique una garantía absoluta de autenticidad sin fisura posible, pero sí descarta la falsedad de la información que Gregorio Morán recogió de muchos testigos directos de los hechos de su vida.

He recreado libremente a Conesa en el Orejas, integrando los poquísimos datos de su vida cotidiana que le han sobrevivido en una ficción capaz de sustentarlo narrativamente como personaje. Así, el Orejas que recorre toda la novela no es Roberto Conesa, aunque los hechos decisivos de la trayectoria política y profesional de ambos coincidan. El detalle de que el Orejas amigo de Toñito y asesino de Eladia no tenga apellido me ha permitido adjudicar a Paquita un síndrome, el de la inteligencia límite —cuyo conocimiento debo a mi amiga Eva Ortiz—, que no tenía en realidad, y una amante que era prima de su mujer, entre otras invenciones. Del mismo modo, el reclutamiento y primeros pasos del Orejas en la Brigada Político Social son pura fabulación, una hipotética interpretación del progreso del comisario que puede o no coincidir, en varios puntos o en ninguno, con la realidad. Sin embargo, como ya sucedía en *Inés y la alegría*, todos los datos que aparecen en el último capítulo, cuyo título está encerrado entre paréntesis —«La trayectoria de un ejemplar servidor del Estado»—, son auténticos. También lo es, para vergüenza nuestra, la Medalla de Oro al Mérito Policial que le concedió Rodolfo Martín Villa y que representa, en mi opinión, un nuevo paradigma, en este caso del turbio espíritu de la Transición.

La vida del auténtico Roberto Conesa Escudero proyecta aún múltiples enigmas de difícil solución sobre la historia reciente de España. El más relevante afecta a la existencia misma del GRAPO, brazo armado del Partido Comunista Reconstituido, una escisión pro china del PCE semejante en su origen e ideario al PC-ml que Conesa infiltró al parecer de arriba abajo. Tal vez, Pío Moa, que llegó a ser nada menos que su secretario general, y tuvo después la extraordinaria fortuna de ser juzgado —por su complicidad en el secuestro de Oriol y Villaescusa— con tal benevolencia que su condena se limitó a un año de cárcel que no tuvo que cumplir, podría escribir un libro para arrojar luz sobre este oscuro asunto. En mi modesta opinión, resultaría más interesante que los que ha publicado hasta ahora.

La verdadera identidad del primer antagonista relevante de Conesa, Heriberto Quiñones, secretario general del PCE clandestino en la España de la inmediata posguerra, representa un misterio aún más intrincado, a estas alturas ya seguramente irresoluble. La biografía de David Ginard i Ferón, *Heriberto Quiñones y el movimiento comunista en España (1931-1942),* reconstruye hasta donde es posible la trayectoria de un personaje tan enigmático y fascinante como pocos héroes de novelas de aventuras.

El hombre ejecutado y enterrado en Madrid, el 2 de octubre de 1942, bajo el nombre de Heriberto Quiñones González, había nacido en una fecha indeterminada de la primera década del siglo XX muy lejos de Asturias, seguramente en Besarabia, una región de Moldavia que entonces formaba parte de la Rusia imperial. Por tanto, y aunque provenía al parecer de una familia judía, su lengua materna, al menos una de ellas, habría sido el rumano, detalle que ayuda a explicar su extraordinaria facilidad para los idiomas en general, y para el español en particular. Pero, aparte de que nadie sea capaz de aprender español tan deprisa ni tan bien como un rumano, él tuvo ocasión de practicarlo en Argentina, donde trabajó en los años veinte a las órdenes de Victorio Codovila como un jovencísimo agente del Komintern, organización para la que nunca dejaría de trabajar. Después, según algunos investigadores, se instaló en Francia y vivió allí una larga temporada bajo la ficticia identidad de Yefin Granowdisky, con la que cruzó los Pirineos después de su expulsión del territorio francés en octubre de 1930. En España, donde transcurriría el resto de su vida, usó diversos nombres, como José Cavanna García o Vicente Moragues Martorell, hasta que un funcionario del Ayuntamiento de Gijón le regaló, literalmente, una partida de nacimiento que le serviría para fabricar su última y definitiva identidad. Lo fue hasta el punto de que su hija, Octubrina Roja Quiñones Picornell, que nunca tuvo otro apellido, lo transmitió a sus hijos, que a su vez tuvieron otros hijos que siguen apellidándose Quiñones y viviendo en la isla de Mallorca. Ni ellos conocen el verdadero nombre de su abuelo, ni llegó a conocerlo Josefina Amalia Villa, que fue la última pareja sentimental de Heriberto en Madrid.

La muerte de Quiñones, a quien su mano derecha, Luis Sendín, y su secretario de organización, Ángel Cardín, tuvieron que llevar en brazos hasta la tapia del cementerio del Este, porque los torturadores de la Puerta del Sol le habían roto la columna vertebral, y tuvieron que atarlo a una silla para fusilarlo sentado, es tan auténtica como el anuncio

DIRECCIÓN GENERAL DE SEGURIDAD
Para identificar a un hospitalizado desconocido

El día 30 de diciembre último fue recogido en la calle un caballero de unos treinta y cinco años, de buena complexión y pelo castaño, con entradas bastante pronunciadas; viste traje y gabán color café, con espiguilla; sombrero gris y zapatos marrón *[sic]*.

Por haber sido hospitalizado y no tener documentación que lo identifique, se ruega a los familiares, dueños de pensión o casas particulares que hayan notado su falta, se personen en la Inspección de guardia de la Dirección General de Seguridad (Puerta del Sol) a efectos de identificación.

que la Brigada Político Social insertó en el *Abc* del día 4 de enero de 1942, y al que una señora llamada Mercedes Tenés Guardiola, que alquilaba habitaciones en su piso de la avenida de Felipe II, respondió inmediatamente. Echaba de menos, desde hacía unos días, a uno de sus huéspedes, un viajante de comercio al que ella conocía como Anselmo González Sánchez, uno más entre los innumerables nombres que Quiñones usó antes de gritar ¡Viva la Tercera Internacional! para expirar en tierra ajena, muy lejos del lugar donde nació. Fue un final tan heroico como provisional. Para mis lectores más constantes, añadiré que sólo unos meses más tarde, en marzo de 1943, llegó a Madrid un hombre alto, distinguido y joven aún, todo un señor de aspecto tan impecable como su acento de Pamplona, que se instaló en un chalé confortable, discreto y con jardín, del barrio de Ciudad Lineal. Se llamaba Jesús Monzón Reparaz. Y cuando parecía que todo había terminado, todo volvió a empezar.

Heriberto Quiñones, a quien nunca podremos llamar por otro

nombre, fue quien ordenó que dos de las tres multicopistas que habían llegado de América por vía marítima viajaran hasta Madrid, tal y como se cuenta en el primer capítulo de no ficción de *Las tres bodas de Manolita*. Esta historia, la de su novelesca detención, la de su lugarteniente, Luis Sendín —que provocó la caída porque, desobedeciendo una orden de Heriberto, se negó a abandonar el piso de la calle Santa Engracia donde vivía tan ricamente, con dos hermanas de la JSU que tenían horarios de trabajo opuestos, una diurno, la otra nocturno, que le permitían acostarse con las dos—, y la del sofisticado código que Quiñones impuso a los militantes para traer de cabeza a la policía hasta que se incautaron de las tres maletas que guardaba en una habitación de la casa de doña Mercedes, provienen —¿de dónde si no?— del imprescindible *Madrid clandestino. La reestructuración del PCE, 1939-1945,* uno de mis libros de cabecera desde hace años.

Desde aquí, aparte de agradecerle una vez más su incomparable y preciosa aportación, quiero animar a Carlos Fernández Rodríguez a que publique su tesis doctoral antes de que se descuajaringue del todo mi ejemplar del libro que entregó como avance, a estas alturas tan machacado, subrayado y lleno de papelitos, que a veces me cuesta trabajo interpretar mis propias notas. Se lo agradecería muchísimo, porque me temo que volveré a necesitarlo.

La historia de la fábrica subterránea de armamento de los Nuevos Ministerios me cautivó desde las páginas de otro libro extraordinario, que suelo recomendar cuando alguien me pregunta qué puede leer para enterarse de lo que pasó en España entre 1936 y 1939. Ronald Fraser, un historiador de primera fila y un excelente narrador, publicó *Recuérdalo tú y recuérdalo a otros. Historia oral de la guerra civil española* en 1979, después de entrevistar a muchos protagonistas del conflicto que le contaron su experiencia en primera persona y con su propia voz. Entre ellos estuvo Lorenzo Íñigo, a quien el lector ha conocido como jefe y amigo de Silverio en el túnel. Hasta que leí el libro de Fraser —que toma su título del primer verso de un estremecedor poema de Luis Cernuda, «1936», que yo escogí entre todos los inspirados en la guerra de España para leerlo en *Recuperando Memoria*—, nunca había encontrado en ninguna parte la menor alusión a la admirable fábrica de armamento de Nuevos Ministerios, un nuevo paradigma, en este caso de la ejemplar resistencia que los madrileños opusieron al fascismo. Las razones de este olvido, tan injusto como culpable, son fáciles de entender y explican a su vez, admirablemente, por qué la República fue derrotada en 1939.

Poco tiempo antes de que Ronald Fraser, hijo de británico y norteamericana que nació en la alemana ciudad de Hamburgo, acometiera la escritura de este libro, un muchacho nacido en Valdealgorfa, provincia de Teruel, y recién licenciado en Historia por la Universidad de Zaragoza, tuvo la misma idea. Con su polo Fred Perry y sus bambas de algodón, este animoso jovencito invirtió el verano posterior a su licenciatura en un largo viaje destinado a visitar a personas que habían alcanzado relevancia en los procesos de colectivización agrícola y en los frentes de Aragón durante la guerra. Su intento cosechó el más clamoroso de los fracasos. Los hombres y mujeres que después hablaron con Fraser como cotorras, se negaron en banda a recordar ni un nombre, ni una fecha, ni un detalle, para aquel muchacho de aspecto inofensivo, peligroso sin embargo porque era español. El joven historiador cambió el tema de su tesis y se quedó después con la boca abierta al leer *Recuérdalo tú y recuérdalo a otros,* un libro que le enseñó en qué país vivía más y mejor que a ningún otro lector. Aquel joven, hoy célebre, prestigioso historiador, y amigo mío, es Julián Casanova. Cuando decidí que a Toñito y a Silverio también les convenía tener un amigo bueno, inteligente, apasionado, honesto y anarquista, pensé que nadie podría encarnarlo mejor que él. Por eso, el lechero de la calle Tres Peces tiene un mechón blanco en su pelo negro y los rasgos físicos de un catedrático de Historia Contemporánea de la Universidad de Zaragoza. Ambos comparten, además, a una mujer encantadora que se llama Lourdes.

En *Las tres bodas de Manolita* aparecen numerosas personas reales caracterizadas y tratadas como personajes de ficción. Muchas se han desvelado ya. Entre las restantes, quiero proclamar mi predilección por Antonio de Hoyos y Vinent, que ha sido recreado en otras obras literarias antes de ahora desde perspectivas diferentes a la que yo he escogido para mirarle. Luis Antonio de Villena le tomó como modelo en *Divino,* concentrándose en su etapa de escritor exquisito y decadente, previa al estallido de la guerra, aunque le situó en la cárcel al final de su obra. Juan Manuel de Prada lo retrató en *Las máscaras del héroe* como a un chequista gordo, indolente y depravado. A mí me enternece sobremanera la doble autenticidad que, como señor y como anarquista, ve Manolita en él, y su radical generosidad, la coherencia que le impulsó a compartir la suerte de sus compañeros, auténtico también en eso y hasta la muerte, en lugar de renegar de su fe, pedir perdón e intentar exiliarse en la Costa Azul, lo cual quizás no le hubiera resultado tan difícil teniendo en cuenta sus orígenes. La comuna de la calle Marqués de Riscal es un escenario luminoso, emocionante, pequeño y grandioso a la vez, en el que quizás no habría reparado si mi amigo Eduardo Mendicutti, a quien debo tantas cosas, no me hubiera sugerido que escribiera sobre el Hoyos revolucionario.

Miguel, el preso que hacía funciones de secretario en la oficina de Cuelgamuros, se convirtió con el paso del tiempo en el padre de mi amiga Azucena Rodríguez. Sus memorias, que tituló *El último preso del Valle de los Caídos,* porque tuvo que quedarse un día más que sus compañeros para recoger la oficina, me han ayudado tanto como los recuerdos que transmitió a sus hijos para recrear la vida en aquel campo de trabajo. Por lo demás, *La verdadera historia del Valle de los Caídos,* el libro que Daniel Sueiro publicó en 1976 para reeditarlo, corregido y ampliado, en 1983, y que incluye, entre otros, el testimonio de Miguel Rodríguez, sigue siendo, a mi juicio, la mejor fuente sobre el monumento de Cuelgamuros. Sin embargo, recientemente han aparecido otros dos volúmenes con el mismo título, *El Valle de los Caídos,* ambos escritos por periodistas, Fernando Olmeda en un caso, José María Calleja en el otro, que también ayudan a comprender la génesis y el desarrollo del faraónico mausoleo que Franco construyó para apuntalar su inmortalidad en un país que se moría de hambre. Una lectura siempre recomendable, por su calidad literaria y la conmovedora autenticidad de la voz narradora, es la novela autobiográfica *Otros hombres,* en la que Manuel Lamana cuenta la novelesca historia de su fuga de Cuelgamuros, en la que le acompañó Nicolás Sánchez-Albornoz.

Es probable que los lectores que se hayan enfrentado por primera vez a la rutina de un destacamento penal como aquel estén asombrados del relativo bienestar del que disfrutaban los trabajadores penados. Quienes tengan la curiosidad de contextualizar las condiciones de su cautiverio, hallarán en *Españoles en el Gulag. Republicanos bajo el estalinismo,* el último y excelente libro de Secundino Serrano, un retrato de los campos de trabajo siberianos de Stalin que se puede calcar

—ocho horas de trabajo y dos de tiempo libre a diario, jornada semanal de descanso, insignificante retribución económica, pabellones mixtos para parejas, posibilidad de criar a los propios hijos en el campo— de los estatutos de los campos de trabajo franquistas. La única diferencia es que en España no existían los campos mixtos, y a cambio, se toleraba la presencia de las familias de los presos en las condiciones que he descrito en esta novela. Que el Gulag represente hoy un indudablemente merecido sinónimo del infierno, mientras el Patronato de Redención de Penas haya sobrevivido al franquismo como una benévola obra de caridad del régimen, ya es historia. Y nunca mejor dicho.

Quiero agradecer especialmente a mi sobrino y futuro arquitecto, José García Navarrete, la información acerca del proceso que hace posible la construcción de una vivienda sobre una plataforma de hormigón destinada a albergar una torre de transmisiones. Porque si él no me hubiera explicado lo que son las esperas, la casa de Silverio y Manolita se habría hundido sin remedio.

En el primer capítulo de no ficción de *Las tres bodas de Manolita,* aparece una recién nacida cuyo bautizo propició la refundación de PCE en marzo de 1941. Rosario Tuero, Cheli para los amigos, volvió a Madrid hace unos años desde Cuba, el país al que la llevaron sus padres a vivir de pequeña, su país, y tuve la oportunidad de conocerla cuando aún no sabía cómo iba a contar las historias que confluyen en este libro.

Con todo, entre los personajes muy secundarios de esta novela de Madrid, cuyas tramas argumentales se reparten principalmente entre dos barrios, aquel en el que transcurrió la infancia de mi madre, que vivía en la calle Lope de Vega —muy cerca de Santa Isabel, de San Agustín, de Antón Martín, de la calle Atocha, de la calle León, de la del Prado—, y el que contempló la infancia de mi padre, que vivía en la calle Velarde —muy cerca de la calle Hortaleza, de San Mateo, de la esquina de Fernando VI con Campoamor, de Marqués de Riscal, de Eguilaz, de San Andrés—, mi favorito es sin duda Manuel Rodríguez, que aparece citado una sola vez como dueño de la taberna situada en la esquina de Velarde con Fuencarral, donde Antonio Perales comía todos los días el cocido que le llevaba su hija Manolita.

Porque el tabernero Manuel Rodríguez, que indiscutiblemente existió, es mi bisabuelo.

Entre los modelos que he utilizado para construir a los personajes de esta novela está también Carmen Amaya, o mejor dicho, el papel que interpretó en su debut cinematográfico, que tuvo lugar en una película interesantísima que debería proyectarse en todos los institutos de este país al menos una vez al año, para que sus alumnos entendieran, en poco más de una hora, qué representó en realidad la Segunda República Española.

La hija de Juan Simón, estrenada en 1935, es el mejor ejemplo de la ambición de Filmófono, productora republicana por excelencia. Su fundador, Ricardo Urgoiti, que desde el primer momento tuvo como mano derecha a Luis Buñuel, aspiraba a difundir una nueva moral en películas populares, melodramas y musicales que sirvieran de soporte a estereotipos progresistas, capaces de competir con la polvorienta beatería de los argumentos de Cifesa. El protagonista de la película, Angelillo, es un buen chico que no sabe que ha dejado embarazada a Carmela, a la que ama tiernamente, cuando se marcha del pueblo para huir del paro y buscar un futuro como cantante. En un tablao de Madrid contempla la actuación de una bailaora, Carmen Amaya bailando para Luis Buñuel, que rodó casi todo el metraje aunque no quiso firmar la película, por miedo a desprestigiarse en los ambientes vanguardistas a los que había dejado pasmados en 1929 con *Un perro andaluz*. Buñuel cedió la autoría oficial a un joven aspirante a director llamado, nada más y nada menos, José Luis Sáenz de Heredia, que con el tiempo firmaría, entre otras muchas películas, *Raza* —que se estrenó en Madrid el 4 de enero de 1942, el mismo día que el *Abc* publicó el anuncio destinado a identificar a Heriberto Quiñones— y *Franco, ese hombre*.

Volviendo a *La hija de Juan Simón*, la bailaora, al terminar su número, se compadece de la desesperación del joven cantante que no logra triunfar y le ofrece una caña de vino. Al verla, el señorito que paga la juerga se acerca a ella, se pone chulo y le reprocha que quiera invitar a beber a ese desgraciado. Entonces sucede. Carmen Amaya le entrega la caña a Angelillo, se vuelve fieramente hacia su patrocinador, y le dice, en España, en 1935, que su cuerpo es suyo y que ella hace lo que le da la gana. Eladia Torres Martínez habría sido otra si esa secuencia no me hubiera dejado con la boca abierta a tiempo.

Por último, y ya que me he puesto flamenca, quiero recordar aquí a Lola Flores, la más grande, cuya voz —¡ay, pena, penita, pena!— me ha acompañado como una amiga constante desde el verano de 2010, a lo largo de los tres años que he tardado en escribir *Las tres bodas de Manolita*.

Almudena Grandes
Madrid, octubre de 2013

Los personajes

La familia Perales

Antonio Perales Cifuentes, el padre.

María Pilar, su segunda esposa, madrastra de sus tres hijos mayores, madre de los tres pequeños.

Antonio, conocido en casa como Toñito y en el barrio como Antonio el Guapo.

Manolita, la protagonista de esta historia.

Isabel, una chica buena, guapa y sin suerte.

Pilarín, la primogénita de Pilar.

Juan y Pablo, mellizos, siempre a cargo de Manolita.

Una extraña sociedad

María Pilar García Fresneda, madrastra de Manolita.

Eusebio, antiguo mayordomo del marqués de Hoyos.

Milagros, antigua ama de llaves de un consejero del Banco de Vizcaya.

Epifanio, antiguo ayuda de cámara del general Weyler.

María Teresa, antigua primera doncella de la duquesa de Alba.

Mateo, antiguo mayordomo de la hija menor de los duques del Infantado.

Antonia, antigua ama de llaves de la familia Ruiz Maldonado.

Entre un palacio y un tablao

Antonio de Hoyos y Vinent, hijo del marqués de Hoyos, Grande de España, anarquista y escritor.

Francisco Román Carreño, conocido como la Palmera, bailaor y palmero en un conjunto flamenco, amigo y protegido de Hoyos.

Bernabé, hermano mayor de la Palmera.

Don Celedonio, promotor de espectáculos.

Pepito Zamora, dibujante, figurinista y escenógrafo, amigo de Hoyos.

Tórtola Valencia, célebre bailarina exótica en la década de 1920, íntima de Hoyos y de Pepito Zamora.

Claudio, pianista, efímero amante de la Palmera.

ELADIA TORRES MARTÍNEZ, bailaora flamenca, de nombre artístico Carmelilla de Jerez, hermana adoptiva de LA PALMERA.

DON ARSENIO, propietario del tablao de la calle de la Victoria.

JACINTA, de nombre artístico Encarnita de Antequera, cantaora en un tablao de la calle de la Victoria.

MANUEL RODRÍGUEZ, tabernero, propietario de Casa Rodríguez. La Taberna de las Torrijas, amigo de ANTONIO PERALES CIFUENTES.

MARISOL, bailaora del conjunto.

DOLORES, la sastra del tablao.

ALFONSO GARRIDO, esquiador, cliente habitual y admirador de ELADIA.

JUAN GARRIDO, militar, hermano mayor de ALFONSO.

NARCISO, protegido de HOYOS, chófer de la comuna de la calle Marqués de Riscal.

De la calle Santa Isabel, a la de las Aguas

DOÑA ENCARNACIÓN PELÁEZ, vieja conocida de MANOLITA.

LA SEÑORA LUISA, portera de Santa Isabel, 19.

LUISI, su hija.

CECILIA, amiga de LUISI y de MANOLITA, primera novia de SILVERIO.

COLÁS y JOSEFA, tíos de MANOLITA, vecinos de Villaverde.

ABEL, hijo menor de la lechera de la calle Tres Peces, hermano de JULIÁN.

EL SEÑOR FELIPE, cordelero de profesión y juguetero aficionado.

DON FEDERICO, funcionario del Ayuntamiento de Madrid.

DON MARCELINO, dueño de una tienda de antigüedades.

MARGARITA, vecina del número 7 de la calle de las Aguas.

MARI, su hermana, niñera eventual de los mellizos.

JERÓNIMO EL TONTO, hijo de la panadera de la calle León.

OLVIDO, antigua encargada de Manolita en el taller de bordados.

DOÑA MARÍA LUISA VELÁZQUEZ, propietaria de la Confitería Arroyo, tía de RITA.

MELI, la encargada de la tienda.

AURELIA, jefa del obrador.

JUANITA, oficiala, protectora de MANOLITA.

Los amigos de Toñito

RAMIRO FUENTES, profesor en el colegio Acevedo, fundador de una célula anarquista en la trastienda de la lechería de la calle Tres Peces

JULIÁN EL LECHERO, compañero de colegio de TOÑITO, alumno predilecto de RAMIRO.

SILVERIO EL MANITAS, impresor y mecánico genial, capaz de arreglar cualquier máquina con una goma y dos horquillas.

VICENTE EL PUÑALES, campeón de todas las peleas de Antón Martín.

ROBERTO EL OREJAS, ni guapo como TOÑITO, ni apasionado como JULIÁN, ni inteligente como SILVERIO, ni fuerte como PUÑALES.

Mari Carmen Vives, camarada de Toñito. Vende la dirección de JSU de Madrid por un par de zapatos.

Ernesto Jiménez, conocido como Tito, hijo del tendero de la calle Amor de Dios.

Pepe el Olivares, camarada, compañero de armas y salvador de Toñito.

La cárcel de Porlier

Rita Velázquez Martín, la mejor amiga de Manolita.

Caridad Martín, esposa del doctor Andrés Velázquez, psiquiatra y preso político, y madre de Rita.

Julita, militante comunista, esposa de un preso político.

Asun, hermana de Julita, esposa de otro preso.

Capellán de la cárcel de Porlier, personaje fundamental en esta historia.

Tasio, camarada, amigo y padrino de Silverio en Porlier.

Martina, la novia de Tasio, madrina de las dos primeras bodas de Manolita.

María, hermana de Domingo Girón García, dirigente de la JSU madrileña y comisario político de la Comandancia de Artillería de Madrid, preso político condenado a muerte.

Un funcionario de prisiones con los dientes amarillos.

Juani (Juana Doña), militante comunista, esposa de Eugenio Mesón Gómez, secretario general de la JSU de Madrid, preso político condenado a muerte.

Alexis, su hijo.

Petra, esposa de un preso político, amiga y madrina de boda de Juani.

Pepa (Josefa Hierro), esposa de José Suárez Montero, compañero de expediente de Eugenio Mesón, preso político condenado a muerte.

El Seminarista, funcionario de prisiones.

Teodora, esposa de un preso político.

Heriberto Quiñones, secretario general del PCE en el interior desde la primavera de 1941 hasta el otoño de 1942.

Luis Sendín, comunista valenciano, lugarteniente de Quiñones, cuya detención en un edificio de la calle Santa Engracia acarreó la gran caída del PCE en Madrid, en noviembre de 1941.

Ceferino, encargado de una tintorería de la calle Mesón de Paredes.

Luisa Díaz, encargada de transportar las multicopistas desde Bilbao hasta Madrid.

Emilia, Reme, Amelia, María y otras mujeres, compañeras de destino de Juani y de Pepa, madres, hermanas, hijas, esposas de Guillermo Ascanio, Fernando Barahona, Manuel Bares, Raimundo Calvo, Godofredo Labarga, Eladio López, Federico Manzano, Daniel Ortega, Germán Paredes y Pedro Sánchez, compañeros de expediente de Domingo Girón, Eugenio Mesón y José Suárez, presos políticos condenados a muerte.

Manolo Prieto, Boni, Chus, presos políticos, amigos de Silverio.

Conchita, novia de Chus.

Un colegio de Bilbao

LA SEÑORITA MARISA, funcionaria del Patronato de Redención de Penas.

LA HERMANA RAIMUNDA, encargada de la clase de ISABEL.

LA MADRE CARMEN, directora del coro y organista de la iglesia.

MONTAÑA (conocida como TAÑA), alumna rebelde, amiga de ISABEL.

ANA Y MAGDALENA, compañeras y amigas de ISABEL.

LA HERMANA GRACIA, encargada de la clase de PILARÍN.

AURORA, la chivata.

LA HERMANA BEGOÑA, enfermera del colegio de Zabalbide.

LA MADRE SUPERIORA, responsable de la congregación.

EL PADRE BENEDICTO, confesor de las monjas y de sus alumnas.

LOS CAMAREROS DEL CAFÉ ARRIAGA, Y LOS DEL HOTEL EXCÉLSIOR.

Los sótanos de la Puerta del Sol

LOS GARBANZOS, apodo de los propietarios de una tienda de ultramarinos de la calle General Lacy.

CARLOS VÁZQUEZ ARIZA, militar de carrera adscrito al SIPM, Servicio de Información y Policía Militar del ejército rebelde.

MATILDE LANDA VAZ, secretaria general del Socorro Rojo Internacional, responsable del PCE en la clandestinidad, primera víctima del OREJAS.

ISIDRO RODRÍGUEZ, dirigente de la UGT de Madrid, detenido, torturado y muerto en los calabozos de Gobernación.

DON JOAQUÍN, comisario de la Brigada de Investigación Social, jefe del OREJAS.

PAQUITA, la esposa del OREJAS.

CHATA, prima de PAQUITA y amante de su marido.

JORGE, lugarteniente imaginario que HERIBERTO QUIÑONES se inventó para proteger a sus auténticos camaradas.

PEDRO LÓPEZ BALLESTA, identidad falsa del OREJAS en la Francia ocupada.

El último viaje a Toulouse

JESÚS MONZÓN, CARMEN DE PEDRO Y MANUEL AZCÁRATE, dirigentes del PCE en la Francia ocupada durante la segunda guerra mundial.

INÉS RUIZ MALDONADO, cocinera del cuartel general del Ejército de la UNE en Bosost durante la invasión del valle de Arán, esposa del comandante GALÁN.

MONTSERRAT ABÓS SERRA, ayudante y amiga de Inés en Bosost, esposa de EL ZURDO, otro comandante del Ejército de la UNE.

TIRSO, exiliado comunista español en Francia, destinado en una Brigada de Trabajadores de la Organización Todt, cerca de Brest, invasor de Arán después.

EL GITANO, comisario político del Ejército de la UNE, residente en Toulouse tras el fracaso de la invasión de Arán.

AMPARO, exiliada comunista española, encargada de la Taberna Española de la rue Saint-Bernard, en Toulouse, esposa de EL LOBO, comandante en jefe del Ejército de la UNE en el sector de Bosost.

ANGELITA, exiliada comunista española en Toulouse.

COMPRENDES, oficial del Ejército de la UNE, residente en Toulouse en 1945, casado con ANGELITA.

El barranco de Cuelgamuros

ALICIA, amiga de TEODORA, esposa de un preso político internado en Yeserías.

BRÍGIDA, limpiadora de la embajada estadounidense en Madrid, esposa de un preso político de Yeserías.

VALERIANA, madre de dos presos políticos, uno en Yeserías, otro en Ocaña.

LOURDES, esposa de JULIÁN EL LECHERO, trabajador penado en el destacamento de Cuelgamuros, y amiga de MANOLITA.

MARILUZ, esposa de un trabajador penado, fundadora del campamento de Cuelgamuros.

MATÍAS BURKHARD RODRÍGUEZ, estudiante de Arquitectura, miembro de la FUE hasta su detención, trabajador penado después en el destacamento de Cuelgamuros.

PEDRO MUGURUZA, arquitecto falangista, autor del proyecto del Valle de los Caídos.

DON AMÓS, encargado de las obras del monasterio de Cuelgamuros.

MIGUEL RODRÍGUEZ, trabajador penado, secretario de la oficina de las obras del destacamento del monasterio en Cuelgamuros.

ALFREDO RAMÍREZ, acordeonista, trabajador penado y novio, después marido, de ISABEL.

Tres generaciones de mujeres con los mismos apellidos

DOÑA ELADIA TORRES MARTÍNEZ, abuela de ELADIA.

EMILIANA, conocida como MILI, TORRES MARTÍNEZ, madre de ELADIA.

FERNANDA, criada de DOÑA ELADIA, tata de su hija y de su nieta.

DON EVARISTO, juez del Tribunal Supremo, amante de DOÑA ELADIA y protector de su familia.

MARI PAZ, la modista de DOÑA ELADIA.

DOÑA VICTORIA, dueña de un burdel situado en la calle Flor Alta.

TRINIDAD, un hombre tenebroso.

JOSÉ SANSEGUNDO LÓPEZ, sereno de la calle Espoz y Mina.

Un desenlace inesperado

EL TENIENTE MIGUEL SANCHÍS, oficial destinado en la casa cuartel de Fuensanta de Martos.

CUELLODURO, vecino de Fuensanta.

Nino, amigo de Pepe el Olivares, hijo de un número del cuartel de Fuensanta, nueve años.

Elías el Regalito, jefe de la brigada guerrillera de la Sierra Sur de Jaén.

La imprenta de la calle San Agustín

El capitán Vélez, oficial encargado del reaprovisionamiento de munición en el frente del Jarama durante la guerra civil.

Lorenzo Íñigo, secretario general del Sindicato Metalúrgico de la CNT antes de 1936, fundador y responsable de la fábrica de armamento de los Nuevos Ministerios después.

Sean Cameron, periodista escocés, corresponsal en España de una agencia de noticias británica y otra norteamericana.

Sally Cameron, reportera de guerra accidental, hermana menor de Sean.

Primi, criada en la casa de los padres de Silverio.

Marta Aguado Guzmán, hermana mayor de Silverio.

Don Silverio, dueño de la imprenta de la calle San Agustín.

Ernestina, su criada.

Laura Guzmán, la madre de Silverio.

Rafael Aguado, su marido, padre de Silverio.

Camilo, estudiante de Medicina Legal, ayudante en prácticas en el Instituto Anatómico Forense.

Paco Contreras, íntimo amigo de Rafael Aguado y Laura Guzmán, *padrino* y protector de Silverio.

Dolores, taquillera de un cine de la Gran Vía.

Francisco Largo Caballero, dirigente del PSOE y secretario general de la UGT, amigo de don Silverio y enemigo político de Indalecio Prieto.

Indalecio Prieto, dirigente del PSOE, amigo de Rafael Aguado y enemigo político de Francisco Largo Caballero.

El Estado español también sabe hacer regalos

Laura, hija de Manolita, su marido, Guillermo, y sus hijos.

Antonio, hijo de Manolita, su mujer, Marisol, y su hija.

Rafa, hijo de Manolita, y su mujer, Paz.

Andrea, hija de Rita.

Guillermo García Medina, médico clandestino, empleado en una agencia de transportes bajo identidad falsa, marido de Rita, padre de Guillermo —yerno de Manolita— y de Andrea.

Protagonista de *Los pacientes del doctor García*.